CHALLENGER ▶▶▶ ▶▶

[上册] 最强王者

南北逐风 著

CHALLENGER

最强王者·上册 | 目录

001.
一、
新队友竟然是那个打野

021.
二、
春季赛一开始就不太平

041.
三、
都是算计

063.
四、
老队友

087.
五、
你喜欢她吗？

CONTENTS

CHALLENGER

最强王者·上册 | 目录

111.
六、
拒绝生人投喂的 AD

173.
九、
春季赛的最后一战

137.
七、
菜是原罪

189.
十、
海南单杀之旅

165.
八、
我带你飞

CONTENTS

一、
新队友竟然是那个打野

"听说今天就要来新人了。"散播小道消息的彭炀说道。

基地里的气氛要比平时轻松得多，可能是因为刚刚结束了全球总决赛，队员们紧绷了一年的神经终于可以放松一下，虽然并没拿到什么很好的成绩。

章凡颜抓了抓头，用眼神示意彭炀说下去。

"知道是谁吗？"高程插嘴。

彭炀摇了摇头："不知道，这次队里的管理层不知道在打什么主意，并没有提前说，不过我感觉可能会来一个打野（指游戏比赛中负责资源获取的位置）吧。毕竟V神退役，队上现在缺一个打野。"

"现在整个联盟里叫得上名字来的打野都有谁？小圆？DK？或者说来的是个韩国人？可是韩国人不单卖的啊！"

高程觉得彭炀分析得有道理："也有可能我们会换位置吧，新赛季版本大更，一切都说不定。"

章凡颜嚷嚷："你们俩啰啰唆唆的好烦啊，其他人什么时候回来？都要在外面浪一天了。"

"晚饭前总应该回得来。最近放假，难免玩得厉害些。"彭炀回答。

LC电子竞技俱乐部《英雄联盟》分部，在全球总决赛上铩羽而归之后，队内的打野V神选择了退役，而留给俱乐部的问题是，如何在风起云涌的转会期物色到合适的新打野，并且重整旗鼓迎接新赛季。管理层对这个问题简直抓破了头，不过队员们好像并不太在意。

章凡颜是队内的ADC（Attack damage carry，伤害输出核心），其实他的国服ID叫"天命不凡"，成为职业选手之后ID变更为"Living"。因为他本人脾气比较差，很没耐心，烦躁起来就容易暴走喷人，"不凡"也就变成了"不烦"。也是拜这样的性格所赐，章凡颜打比赛的风格永远是刚正面，从来不虚，宁死不屈，这就苦了他的辅助彭炀，永远得像人妻一样跟在"不烦"身后，以免没看住他导致爆炸。

他喷别人，别人也喷他，简直无解。

相比较之下，上单（指游戏比赛中负责上路进攻的位置）高程的日子就好过多了。

天色将晚，队长张思卿和领队阿琛回来，让大家意外的是，两人直接接回了他们的神秘新队员。

"噔噔噔"，张思卿进门之后还摆了个身段，换来的是其他人的实力白眼："喂喂，对你们可爱的队长都没有一丝丝敬意吗？！"

"脑残。"

"神经。"章凡颜和高程异口同声道。

"不跟你们废话了。"张思卿让了个位置出来，"快来迎接我们的新队友——"

他尾音拉得长试图增加一点惊喜感，可当那个人从他身后站出来的时候，对于剩下的几个人，特别是章凡颜来说，惊是有了，喜可是一点都没感受到。

"我去！怎么是他？"章凡颜脱口而出。

"烦……你别……"彭炀拉住了章凡颜，却不知道该怎么说下去。他看了一眼高程，对方也是一脸的难以置信。

"大家好。"苏哲好像对章凡颜过激的反应并没有太在意，反而笑得一脸人畜无害，"今后请多关照。"

章凡颜暗骂了一声直接甩手走人。

气氛顿时变得有点尴尬，张思卿身为队长只能无奈地出来带节奏："那个……苏哲，你刚来先熟悉一下环境，四处逛逛什么的，一会儿给你把电脑配上，晚上大家一起吃个饭，给你接风。"

"好。"苏哲嘴上答应着，眼神却瞟了一下章凡颜离开的方向。

彭炀谨慎地敲了敲章凡颜的房门，在得到回应之后才拉开了门缝。

"干吗？"章凡颜背对着门口，抱着笔记本不知道在捣鼓什么。虽然看不到表情，但彭炀猜他现在一定是一张臭脸。

"队里晚上组织聚餐，我来叫你的。"

"不去！"

"烦，别闹脾气了。生米都煮成熟饭了，他现在是咱们的队友了……"

"怀了孩子还能打胎呢！生米熟饭个毛线！"

章凡颜最开始知道苏哲这个人是他自己刚刚开始打职业赛的时候。

那时苏哲还在玩辅助，后来才换到了打野，结果就在这个位置上焕发了光彩。整整一年的联赛里，他的野区别人碰不得，别人的野区就跟他家后院一样，同时他在国服、韩服还有美服的rank（段位）都很猛，就这样，苏哲拿了那一年的联赛MVP（Most valuable player，最有价值玩家）。

什么"国内第一打野世界三大野王"啦，章凡颜本身是很看不上的，觉得都是粉丝吹出来的。

就是一个小白脸——这是章凡颜对苏哲的评价。

后来他在排位的时候碰到了苏哲，而且连排两场都是对方，结果被苏哲抓爆了下路，各种被杀。好巧不巧的是，那次排位是苏哲在直播，当着几十万人的面。章凡颜觉得自己里子面子都掉光了，他平时爱喷人嘴上不干净，讨厌他的人不少，自然是跟风一起嘲。

"再练练吧，游戏是靠脑子玩的。"

这是那次苏哲留给他的话。

经此一役，苏哲上了章凡颜的黑名单。后来在比赛中章凡颜遇到他就怀着复仇之心，但战绩只能打个四六开，他四，苏哲六。

也是整整一个赛季，苏哲的名字像颗钉子一样钉在章凡颜的心里。队友总是笑话他，你一个ADC和打野较个什么劲儿，根本就不是一路人，可章凡颜就是气啊。

"电竞玛丽苏有什么可臭屁的！"章凡颜气不过，大叫了一声，"这种人为什么会变成我的队友？"

彭炀笑出了声："好啦好啦，躺平接受事实吧，苏哲来了也挺好啊，队伍的实力又提升了一个水平。你啊，就是太记仇了，本来就没多大事吧。"

"你又不是我。"

"那你到底要不要去吃饭啊？"

"不去！"

"那好吧。"彭炀无奈地摊手，"你不去也好，省得饭桌上瞬间爆炸完成团灭，我走了啊，拜拜。"

众人看着彭炀一个人从楼上下来，明白了没成功。

阿琛拍了拍手："别管那个小暴龙了，咱们去吃喝玩乐吧，走。"

章凡颜睡到中午才起来，队友们已经开始吃饭了。不知道昨天晚上到底发生了什么，大家好像很快地就接受了这个设定，一大桌子人吃饭吃得其乐融融。

"烦巨巨，快点吃饭了，要不一会儿没了。"高程叫了他一声。

"哦。"章凡颜了无生趣地坐在椅子上扒饭，尽力让自己不去在意苏哲，以免饭都吃不下去。

下午训练开始,整个训练室都是鼠标和键盘的声音,还有章凡颜的叫骂。

"彭彭你在干吗?!刚才为什么不闪现开大?!"

"上路那个人的脑子糊了!"

"卖我?!这游戏太难玩了!"

张思卿看了他们一眼,对一直以来陪着章凡颜双排的彭炀感到十分敬佩。

"啊!"一局游戏结束,章凡颜简直要怒摔键盘了,"搞什么啊?!这都排到的什么玩意?!一个比一个坑。"

"新赛季还没开始,段位都没刷新呢,何必那么大脾气。"高程笑道,"要不我们 solo(单排)?"

"我怕把你打哭。"

"到底是谁把谁打哭啊?!"

他们斗嘴的时候,教练慢慢悠悠地晃进了训练室。

"哟,一大早都很精神嘛。"

"现在已经是下午了吧……"张思卿满脸黑线,但还是顺着他的话回答,"安西教练早啊。"

张思卿每每喊出这个名字,就感觉像是穿越到《灌篮高手》的剧情里,而身为队长的自己无论怎么看都不是赤木大猩猩那个类型吧!

安西其实叫安溪,但是因为发音相同,大家都管他叫安西教练。他不是什么和蔼的胖老头,相反,倒是个喜欢自称"老头子"的油嘴滑舌的年轻人。

"苏帅已经报到了啊。"安西佯装捻须,"对新基地习惯吗?"

"都挺好的。"苏哲淡淡地回答。

"啊,你来就好了,LC 的颜值简直提升了一个档次,以前只有我一个电竞阿汤哥,实在带不动他们啊。"

"你真是够了……"章凡颜都快咬掉自己的后槽牙了,"又不是娱乐圈。"

又是众所周知,这样那样各种各样的原因,电子竞技职业选手大部分有点其貌不扬。如同章凡颜一直以来的观点,竞技体育靠的是能力又不是卖脸,一天恨不得二十四个小时都蹲在电脑前玩游戏的宅男们有几个会在乎自己的外貌?

他坚信,小白脸是玩不好游戏的。

只可惜,苏哲让他把这句话原封不动地吞了回去。

因为苏哲真的挺帅的。

开始大家叫他"苏帅"，但是后来随着苏哲的名气越来越大，脑残粉越来越多，大家就开他的玩笑，叫他"玛丽苏"。

对于各种各样奇怪的称呼，苏哲通常只是笑笑。

"虽然冬天还没过去，但是春季赛马上就要开始了呀！"安西说了句毫无逻辑的话，"今年联盟的队伍扩充了，我不管你们常规赛怎么打、季后赛怎么打，只要别降级、拿到全球总决赛的门票就OK啦！"

"拜托，不降级和拿到总决赛门票这两个之间的实力差距有点大吧！"张思卿扶额，天知道为什么安西能把"不降级"和"进决赛"如此轻松地放到一起说。

"我们今天要干什么？"苏哲问道。

"单排、双排、横着排、躺着排，你们想怎么排就怎么排啊。"

"啊……好吧。"章凡颜无奈地耸肩，打算无视安西，"实力王者双排差一坑，来的密我。"

结果并没有人理他。

"彭彭！"

"呃，我答应呜喵要陪他练solo的。"彭炀指了指高程，后者一脸坏笑。

"我竟然被我的辅助抛弃了。"章凡颜捂心口做痛心状。

"我跟你排吧。"苏哲看了章凡颜一眼，章凡颜哆嗦了一下差点从椅子上掉下来。他咳了一声，打算当作没听见。

"我说，我跟你双排吧。"苏哲重复。

"我不要打野。"

"我会辅助。"

章凡颜拧着眉毛看苏哲，其他人很识趣地该干吗干吗，一副很忙的样子。他简直就差把"给老子滚远点"这几个字写在脸上了，安西却十分轻松地拍了拍他的肩膀："苏帅玩辅助可是很厉害的哦，你真的不想试试吗？"

话音一落，章凡颜心里就咯噔了一下。

什么叫笑里藏刀啊？！安西就是个老狐狸啊！如果现在不答应，他可能连自己以后怎么死的都不知道。

虽然不情愿，章凡颜还是勉强点了点头。

黑着一张脸进了游戏，一到ban/pick（禁用/选择人物）界面，苏哲率先在公屏里敲字。

"4L5L下路。"

章凡颜心里默默地白了他一眼。

游戏一开始,章凡颜拿了个女警就疯狗一样往下路跑。打 rank 他有点独,不喜欢说话,一旦他开口了,那就是开始喷人的时候了。

他稍微压了对方的刀,经验也多一些,达到二级的时候抓到对方走位失误直接就上了。

可惜屏幕上显示苏哲拿到了一血。

"我平 A 一下就拿人头了!你挂什么点燃?!"章凡颜看着到手的一血没了,火气"噌"的一下就起来了,"你是傻吗?你风女为什么会带点燃?!"

"我怕你伤害不够点不死啊。"苏哲表情有点无辜。

"你一个风女不会 Q 一下给我留人啊?!"

"CD(Cool down,技能冷却时间)啊。"

"CD 个什么?那你还闪现点燃!别告诉我早用早 CD!别告诉我你计算不出来伤害!你骗鬼呢啊?!"

章凡颜快要从椅子上跳起来了,苏哲的位子就在他旁边。可是面对章凡颜的暴走,他好像并没什么太大的反应,脸上依旧挂着似有似无的笑:"一血而已,你不至于吧?还是说差这么个人头你就发育不起来了?你再叽叽歪歪的,可就连补刀都要落后对面了,到时候被打爆不要怪我。"

"你!"章凡颜被噎了一下,苏哲的话在他听起来像是无尽的嘲讽,骂街归骂街,但是他一点也不想在这种人面前丢面子。章凡颜重新坐好,一脸要杀人的表情盯着屏幕,连点鼠标都比平时用力了很多。

"用我帮你垫刀吗?"

"滚蛋!别影响我补刀的节奏!"

"这波塔刀你漏了一个。"

"啊啊啊!闭嘴!"整个训练室里都是章凡颜的声音,其他人都戴着耳机装作什么都没听到。张思卿在打直播,他的背后就是章凡颜和苏哲,摄像头清晰地记录了章凡颜的一举一动以及骂的每一句街。张思卿直播室里的弹幕刷的全是苏哲到了 LC 基地的事情,以及章凡颜果然不能和苏哲和平共处。

"我说,"晚上的时候,张思卿在外面和高程抽烟,伴着月光,他忽然觉得有点深沉,"小烦和玛丽苏他俩真的不会把咱们队搞爆炸吗?"

"玛丽苏还好,我看今天小烦那么发脾气他都没怎么吭声,就是小烦,火撒不出来感觉都要气死了……唉，还是年纪小啊。"

"小暴龙，也该有人治治他了。"张思卿掐灭了烟，拍了拍高程就回去了。

此时此刻小暴龙章凡颜正窝在自己的床上看电影，他训练结束就回了自己房间。虽然他看苏哲不顺眼，但是两个人的战绩倒是莫名的好，这让他觉得更纠结了。

没一会儿彭炀也回来了，他和章凡颜住同一个房间，美其名曰 ADC 要和辅助好好培养感情，俱乐部就差安排他俩睡一张床了。

"我看了你的记录，今天连胜啊。"彭炀笑道。

章凡颜从鼻腔里哼了一下："一般般吧。"

"苏哲辅助玩得怎么样啊？有传说中那么刚吗？"

"我不喜欢到处游走的辅助。"

"你是有多在意人家去带节奏啊？"彭炀哈哈笑了出来，自己家的 ADC 还是自己最清楚。章凡颜线上打得太凶，辅助如果丢下他去游走的话，保不齐他就会被对面压着打。他一旦被压了，就会特别烦躁，没有安全感，所以彭炀从来都跟在他身边。

"啊，对了！"彭炀忽然想起来什么一样，"你知道吗？下周我们得去打杯赛了。"

"去哪儿啊？"

"深市吧。"

"什么时候走啊？"

"阿琛说周日。"

"那不就是后天！"章凡颜腾的一下就起来了，"我还没歇够呢！"

"本来听安西的意思是不想参加来着，因为那会儿咱们队里人都还没定下来，不过苏哲赶上了最后报名的时间，队里就准备去了。"

"这么快就要和那个人一起打比赛了？"

"别这样啊！"彭炀拍了拍章凡颜的肩膀，"权当磨合队伍了。"

"啊——"章凡颜忽然大叫了一声，然后泄气一样倒在了床上。彭炀叹了口气，凑到他身边："小烦，你千万别闹脾气了，这个赛季我们好好打，争取再进全球总决赛，拿冠军！"

"你也是强行忘记被韩国队支配的恐惧了。"

"你说的这是什么话？！"

"我现在有的时候一闭眼就能想起来前不久，八强赛上的画面。"章凡颜闭上了眼睛，"我从来没有过那种感觉，艰难地尽力从小组赛出线，然后八强赛被人打爆，那时候我真觉得自己太没用了……"

"所以这个赛季你要加油啊！"

"从不和队友闹矛盾开始吗？"

"你啊……"

章凡颜闷头睡了两天，周日一大早就被拽起来拉到机场。他在飞机上睡不着，只能两眼呆滞地看着前排座椅。

张思卿坐在他旁边，掐了一下他的脸颊："回魂了！"

"滚！"

"没大没小。"

章凡颜白了张思卿一眼，头一歪打算换个朝向，转过去才意识到自己的另一边是苏哲。

苏哲好像注意到了有视线扫过来，下意识地也看章凡颜，一不小心，两人的视线就对上了。

真是说不出的尴尬。

"看什么看？！"章凡颜率先开口，用力瞪了苏哲一眼，鼻腔里还伴着哼声。苏哲都被他这个样子逗笑了。

"你不看我怎么知道我看你？"真是俗烂的回答。

章凡颜眉毛瞬间拧了起来，他刚要张嘴骂街的时候，苏哲却靠了过来，在他的耳边轻轻地说："想看我可以明目张胆地看，不用偷偷看。"

空气凝滞了几秒。

"给老子滚蛋！老子要下飞机！谁要和这个死变态打比赛啊！"

苏哲看着眼前暴走的章凡颜和惊慌失措不知道发生了什么的队友，忽然觉得自己真是恶趣味得可以，并且感觉这次比赛之行会很有趣也说不定。

想到这点，他的嘴角又忍不住地弯了起来。

他们住的酒店离比赛的场馆只隔了一条街，步行就可以到了，因为是主办方提供的，所以其他的队伍也住在这里。虽然是冬天，但是这座南方城市依旧十分温暖。苏哲是地地道道的北方人，打职业赛的缘故，常年住在魔都，活动的范围也多是南方一带，但仍旧习惯不了这种气候，或者说是，不喜欢。

"好啦！"阿琛办好了入住手续，拿着房卡叫大家，"又到了吐槽主办方的时候啦！因为房间比较紧张，咱们队来得又比较晚，所以分给咱们的有双人间也有大床房，每个房间两张房卡，大家抓阄吧，抽到号码一样的就住一起啦。"

大家好像对阿琛的把戏感到很无聊，纷纷"喊"了一声就都很随意地从他手上拿了房卡。

"你们都是几号啊？"章凡颜晃了晃手里的房卡，"我是304，彭彭，你多少啊？"

"我是306啊。"

"啊！"高程叫了一声，"彭彭，咱俩是一间。"随即又贱笑了两声，对着章凡颜阴阳怪气地说："烦巨巨，你的爱妃今儿晚上归我了啊！"

"德行。"几个人都对好了房间号码，章凡颜忽然有种不祥的预感，因为此时此刻就剩下他和苏哲两个人了。

"不是吧……"

当苏哲拿着房卡在自己眼前晃的时候，章凡颜觉得自己出门一定是没看皇历。

当他们打开房间门的时候，章凡颜觉得岂止是没看皇历，简直就是大凶之兆。

"啊？"章凡颜用力一转身，撞到了正好从自己身后经过的张思卿。

"哎哟！烦烦。"张思卿叫唤，"你这么大动静干吗，怎么了？"

"你跟我换房间！"章凡颜一把拉住张思卿，阴着脸好像要杀人的样子。

张思卿侧了个身往里面看了看，瞬间就明白了章凡颜的意思，笑了笑，说："乖，别闹脾气了，能跟苏帅睡一张床，你知道得有多少女粉丝羡慕你吗？别闹了啊，赶紧收拾东西，一会儿还要先开个小会。"

他拍了拍章凡颜的脸，不给后者任何回嘴的余地，说完话马上就溜，只留下章凡颜在原地跺脚。

而苏哲早就进去收拾东西了。

他看着章凡颜浑身不自在地坐在床上，好像受了天大的委屈一样的表情，心情顿时又好了一些。

"你不收拾一下行李吗？"

章凡颜瞥了他一眼，用眼神告诉他：老子很烦，别跟老子说话。

"至少先把鼠标、键盘拆出来吧。"

见章凡颜还是不理自己，苏哲只能无奈地叹口气，然后自己收拾。杯赛的赛程并不长，所以他也没带多少东西。包里有他的新队服，T恤和棒球衫的两件套，红黑相间，他随意地丢在了床上，然后掏出了自己的键盘，也是红黑相间。

"骚包。"章凡颜嘟囔了一声。

苏哲看了他一眼，笑道："不是我自己买的，是别人送的。"

"粉丝吧。"章凡颜双手抱臂，有点风凉地说，"女粉丝？"

苏哲摇了摇头，站起来拍了拍手，指着床说："你要睡哪边？"

"随便。"章凡颜从后槽牙里挤出了两个字。

此时他跷着二郎腿坐在床上，苏哲站在他面前，居高临下地看着他。章凡颜有点莫名其妙，便也抬头看他，皱着眉，好像在说：你看我干吗？

苏哲笑了一下，身体忽然往前倾，章凡颜没防备，整个人被他困在了床上。

"你就这么讨厌我？"

"滚！"章凡颜不知道苏哲忽然发什么神经，但是现在的处境真是太奇葩了，就跟脑子短路一样，他直接一拳往苏哲脸上招呼，"有病吧你！"

苏哲侧身闪了一下，章凡颜连忙从床上爬起来逃命似的往外跑，一边跑一边大喊："彭彭，我要和你住！不要和变态在一起！"

苏哲笑得想捶床。

比赛是第二天开始的，他们的赛程安排在傍晚左右，章凡颜睡到了中午才起来。

因为彭炀并没有好心地收留他，所以跟苏哲睡一张床这个设定让章凡颜整个人都不好了。他胆战心惊地在床上挺尸到后半夜才有了困意，第二天醒来的时候，房间里只剩下他一个人了。

这次的杯赛其实只是春季赛之前的一个小比赛，算作调剂，比赛奖金也没有多少，所以大家只当作是队伍磨合外加出门散心，并没太看重。

首场比赛他们算是开门红，在结束之后的记者采访环节上，新打野苏哲立即成了众人聚焦的对象。他长相出众且实力不俗，在镁光灯下被衬得跟其他人完全不是一个次元的，章凡颜站在他身边，全程没有什么好脸色。

"Living，请问，今天对战 RG 战队的时候，下路在打野照顾的情况下打得依旧有些乏力，是因为第一次配合还没有磨合好吗？"记者问道。

章凡颜愣了一下，才意识到记者在问自己问题。可他不知道该怎么回答，准确地说今天的比赛他就是躺赢的，RG 的下路组合其实线上能力并不如他们，可他偏巧整场都在梦游，苏哲的皇子第一次来下路抓人的时候就因为他的一个失误导致差点爆炸，各种不应该犯的错误通通出现了，幸好队友 carry（带领队伍胜利）才拿下了比赛。

他对着话筒支支吾吾，苏哲抢了过来，说："这是我来 LC 之后的第一场比赛，所以队伍磨合上还是有些问题的，很多细节没有考虑到，配合也不是很默契，不过一切都是刚开始，我相信以后会越来越好的，也希望新赛季大家能一如既往地支持LC。"

章凡颜觉得苏哲在打官腔，睨了苏哲一眼，但是因为在场的记者太多，他说不出个什么来。

"那么，外界一再传闻的LC新打野和下路不和是否属实呢？"那个记者不依不饶地问。

苏哲笑了笑，把话筒又递到了章凡颜面前，温柔地问他："你觉得呢？"

所有镜头唰的一下集中到章凡颜身上。

我觉得呢？苏哲你是傻吗？烫手山芋往我怀里扔！

"我……"章凡颜吭哧了半天，才憋出来几个字，"没有的事，我们关系好着呢！啊哈哈！"

记者们一副了然的表情。

采访结束后，天已经黑了。战队的人回酒店做了例行的赛后分析，大家四散去吃夜宵。安西和阿琛留在宾馆里准备隔天的比赛没有出来，其他人就跟撒欢一样。

"我想吃麻辣烫，好想吃麻辣烫啊。"章凡颜整个人都挂在彭炀身上，一边走一边哀号，"比赛的时候就饿了，糟心死。"

"这里街边有麻辣烫卖？"高程叼着烟问他。

"我就不理解为什么比赛不能在川市办，好吃的、好玩的那么多，深市有什么？"章凡颜自问自答，"可能就稍微暖和点吧，魔都太冷了。"

"要是能回京市就好了。"苏哲没来由地插了一嘴，"至少不用冻着。"

"我最开始打职业赛的时候战队就在京市。"张思卿说，"不过后来战队解散，那时候身上一分钱都没有，比赛的奖金迟迟不发，我真觉得自己要坚持不下去了，幸好后来被LC看上来了魔都的地基。说起来，对于京市的回忆……真是太辛酸了啊。"

说完他还自顾自轻松地笑了笑，其他人也跟他一样笑了笑。

大家的职业生涯都差不多，从最开始几个人挤在小房间里没日没夜地训练、比赛……没有人看得起默默无闻的自己，冷眼、嘲笑、渺茫的梦想。能够站在高处的人少之又少，他们每一个人在遇到彼此之前，哪个不是经历了一个又一个故事呢？

高程吐了个烟圈，说："我记得我在原来一个小战队的时候，那会儿穷，出去比赛的路费都得大家凑，可那真的是我玩这个游戏最开心的时候。"

"别说得你好像现在玩得很痛苦一样，好吗？"张思卿笑了笑。

"可能没有当初那么单纯了吧。压力太大,稍微做错一点就会被口水淹没……太可怕了。"

彭炀拍了拍高程的肩膀:"做好自己就好了。"

"哪儿有那么容易?"高程掐灭了烟,看了看苏哲,用下巴点了一下他,"苏帅,你呢?我以为打职业赛的都是我们这种网瘾少年。"

"我也是个网瘾少年啊。"苏哲笑着回答,"我从小就没人管,我爸妈都忙着赚钱,后来我就迷上了玩游戏,我在外面通宵好几个晚上不回家,我家里也不会有人知道。再后来我游戏玩得还不错,就有战队邀请我,我想了想,感觉这样也不错,还有人跟我一起玩,就来打职业了啊。"

"哎!"张思卿叹了一声,"都是眼泪啊!"

"哎!前面有卖麻辣烫的!"章凡颜咋呼了一声,狗一样跑了过去。

几个年轻人吃到半夜才结束,懒懒散散地回了酒店。章凡颜的键盘、鼠标是彭炀背回来的,他先跟彭炀回房间拿,顺便聊了两句,等回到自己的房间的时候,浴室里传来了水声,他想可能是苏哲在洗澡,就掏出了平板电脑看比赛。

没一会儿,苏哲就出来了。

"你回来了啊。"苏哲擦着头发,章凡颜压根没正眼看他,只是"哼"了一声。等他把视线从屏幕上收回来的时候才发现……苏哲裹着个浴巾就出来了。

"你为什么不穿衣服!"

"啊?"

苏哲转过身,一脸莫名其妙地看着章凡颜。他头发有些长,湿的时候正好搭在前额上,微微挡住眼睛。他有保持锻炼的习惯,即使训练再忙,每周也会有固定的时间去游泳。有这种习惯倒不是因为什么别的,纯粹是一天到晚坐在电脑前太累,找个事情放松放松而已。

所以说,苏哲身材练得还不错,特别是跟这群宅男比起来。

章凡颜放弃一般向后躺倒,大喊:"天哪!我为什么会有你这种队友!天要亡我啊!这届全球总冠军看来是无缘了……"

"我以为你不会回来得这么快,所以……你懂的,这不能怪我。"

章凡颜无奈地摇了摇头:"你别说话,我想静静,也别问我静静是谁……为什么我队友都是神经病还是我讨厌的人,安西是故意的,他一定是故意的……"

"喂,你还好吧?"苏哲走到他身边,伸手拉了拉他。

"你别碰我！"章凡颜都要怒了，明明满脸写着"我不想搭理你赶紧穿上衣服滚蛋让我好好待着，可为什么这人就是视若无睹，还往上凑"。

　　"你脾气真是阴晴不定，玩 ADC 的人都会这样吗？"苏哲并没有放手，依旧是那副居高临下的态度，章凡颜被他拉得不由得微微抬起身体，他的脸靠得很近，让章凡颜有种要窒息的感觉。

　　"滚远点。"章凡颜推他的肩膀。此时房门却被打开了，彭炀大大咧咧地走进来："烦，你的键盘掉了个键……在……我……这里……"

　　眼前的场景让他瞠目结舌，他赶忙跑过去拉开了苏哲："苏哲，烦是小孩子脾气你别跟他一般见识，有话好好说，可千万别动手啊！"

　　这都什么跟什么啊？

　　在此之前彭炀对他们两个人的相处模式一直脑补成章凡颜嘴上没个把门的不分场合地怼苏哲，苏哲懒得和他一般见识也不见怎么发脾气，开门的时候他还以为章凡颜终于把苏哲惹恼了，以至苏哲决定痛下杀手。

　　对于彭炀的误会，章凡颜也有点尴尬："喀……彭彭，没事。那什么，我哪个键落你那儿了啊？"

　　"R 键啊。"彭炀从兜里掏出来递给章凡颜，"是不是今天比赛的时候就松了啊？我看你放大招的时候没平时那么顺当。"

　　"可能吧。"

　　章凡颜的键盘是纯黑的定制版，没有小键盘，只有一个 R 键是橙红色的。他从彭炀那里回来的时候没注意看，不知道怎么的就落下了。

　　"那什么，我先走了啊。"彭炀起身，"明天你别睡太晚了，还得打训练赛呢，你俩……你俩好好的啊。"

　　"知道了知道了！"

　　他们说话的工夫苏哲已经去换了衣服，出来的时候彭炀已经离开。

　　章凡颜用被子把自己裹了起来打算逃避一下现实，天知道自己是造的什么孽。

　　经过训练赛和小组循环赛，LC 的战绩还算不错，以小组第一的身份进入淘汰赛。八强赛的前一晚，安西召集队员们进行最后的战略部署。

　　他指了指显示器："小烦，你在一、二级表现的进攻欲望太过强烈了，打野在你身后你要上，打野没在你身后你还是要上，我想如果你能在这个时间段权衡一下的话，我们比赛的前、中期可能会更稳一些。"

"好吧好吧。"章凡颜摆了摆手,"我尽量。"

"我们明天的对手BKA战队素来以稳健著称,套路很深。苏帅,这就需要你前期能够做出有效gank(围杀),去扰乱他们的节奏。"

"明白。"

"不过你们也不要太在意,放轻松去打,这只是个游戏。"

章凡颜每次听到安西说这句话的时候,压力都比平时更大一些。安西总是笑嘻嘻地说:"放轻松,这只是个游戏。"但是他们都很清楚,对于游戏,职业选手更多的是要承担一种责任,为了队友,也是为了自己。

比赛当天,章凡颜坐在自己的位子上调机器,做最后的准备。他的手有节奏地在键盘上来回敲击,彭炀看了他一眼,知道这是他的习惯。

"你的R键修好了吗?"彭炀问。

"废话,不修好我拿脚去carry啊?"

"想想晚上吃什么?"

"你是想BO3(三局两胜制)全打完正好晚上去吃饭吗?"

"哈哈,如果我们运气好的话,打两局就可以结束了,无论是输是赢。"

章凡颜皱了一下眉:"彭彭,别拿比赛开玩笑。"

聚光灯亮起来的时候,观众爆发了一阵掌声,比赛之前是例行解说,介绍双方队员,摄像机扫过每一个人,然后队员招手跟大家打招呼。

章凡颜在摄像机前面永远面瘫,僵硬地挥了一下手后,视线连忙放回显示器上。大屏幕轮番转一遍,苏哲抬头笑得无比温柔美好,可低头的一瞬间,笑容就全没了,眼神变得有些冷酷。

抬头食草,低头食肉。

BKA同样是去年联盟里数一数二的优秀战队,实力不容小觑,虽然只是个杯赛,但是这场比赛确实是国内战队的顶级较量。前两局双方打得有来有回,虽说有表现亮眼的地方,但是均有不小的失误,以至把比赛拖到了第三局的决胜局。

章凡颜摘下了护目镜,一只手撑着额头,最后一局比赛马上就要开始了,他忽然觉得自己有点晕,闭眼的一瞬间,脑子里不知道怎么的就又出现了全球总决赛上,自己家水晶爆炸的画面。

"小烦,你怎么了?"张思卿用手肘捅了捅他。

"嗯?"章凡颜回神,揉了揉眼睛,"好长时间没打过BO3了,眼睛累。"

"那要是打BO5(五局三胜制)你还活不活了?"张思卿侧过头看着章凡颜,"我怎么觉得你有点紧张？烦神，这点小场面能镇住你？不至于吧？"

"你在脑补些什么有的没的啊！"章凡颜挺直了身体。

"哦……"张思卿拉长了声音，然后凑到章凡颜身边，小声地说，"怕下路又被无脑针对死得太惨，会在苏哲面前掉价？"

"你再多嘴我就去 carry 对面！"

"哎呀，寒叶飘零撒满我的脸，吾儿叛逆伤透我的心啊！"

"闭嘴！"

随着音乐响起，双方进入第三局 ban/pick（禁选 / 选择人物）阶段，LC 后手，对方首选上单兰博。

"先把皇子拿了吧。"高程坐在一号位上，"把皇子放给对面，开团太猛了，谁受得了？"

"皇子配合什么，先拿 AD（Attack damage，伤害输出）吗？"张思卿有点犹豫，"算了，拿皇子、风女吧，拿个稳当点的辅助先。"

BKA 后面接连选了中单劫、打野狮子狗，LC 拿了一手中单狐狸、上单大树，最后 BKA 的下路组合是男枪和日女，LC 的 Counter pick（针对性选人）留给了章凡颜。

他的手不耐烦地在键盘上来回敲，彭炀盯着屏幕帮他选人。

"拿一手轮子妈怎么样？"

"我最近轮子妈手感一般。"章凡颜摇了摇头，"卢锡安吧。"

"你疯啦？！"高程离他最远，但是耳机里传来的声音无比大，"卢锡安被削得都上不了场了你还拿，你这也太自信了吧，实力带领队友团灭吗？"

"还是拿轮子妈吧，稳点。"张思卿身为指挥做了最后的决定，"别老自信瞎选，还嫌被黑得不够多吗？"

"好吧好吧。"

一进入游戏画面，双方先是互相试探性地做视野，并没有打一级团的打算。

"我发现最近比赛苏帅几乎都是单 buff（增益效果）开局。"高程率先上线，随意地点了一下，发现可怜的皇子被人反了蓝 buff。

"但是他单 buff 开局胜率还不低。"张思卿回答，"看来是正常对线了，小烦你稳当点啊。"

"知道了，闭嘴吧！老头！"

"滚蛋！"

苏哲打完自己的 buff 之后选择找机会 gank，直接来到了下路的草丛里蹲着。他估算了一下经验，感觉对方下路会先到二级，所以打算反蹲。

果不其然，对方率先升级，对方打野过来 gank。

苏哲一个 EQ 二连上去就把对方的人挑了起来。

"Nice！"上路的高程直接传送，顿时所有人都集中到下路打麻将，章凡颜躲在高程的大树身后各种输出，拿下了一波零换二。

开局还不错。

"皇子抢我的人头。"章凡颜嘟囔了一句，"本来必死的，你多 Q 一下干吗？"

"为了 KDA（kill，杀人率；death，死亡率；assist，支援率）。"苏哲淡定地回答。

"滚蛋！"

一个优势的开局其实并不意味着什么，他们本以为这局会稍微轻松一些，没想到 BKA 的套路更深，双方的节奏始终拉扯不开，一度陷入僵局。

连张思卿都有些烦躁了："打到后期了，对面那个兰博太猛了，小烦你注意一下走位，别又被秒了，风女给好保护。"

"知道了知道了。"章凡颜叹了口气，等复活的时候微微屈了一下手指。

大龙毁一生啊！本来他打算在对方没视野的情况下偷龙的，结果对面的狮子狗嗅觉太灵敏，一个人也敢摸过来，最可气的是，竟然最后一下让对方把龙抢了，BKA 其他人支援过来，爆发了大龙圈的团战。

因为轮流抗龙的伤害，大家状态都不好，差点让对方收割了。

现在四十多分钟的时间，双方外塔都已经被拔了，BKA 靠着大龙优势还拔了 LC 高地的一路门牙，复活的时间越来越长，胜负就看下一波团战了。

"一波定胜负了。"张思卿揉了一下鼻子。

双方在 LC 高地前互相纠结了许久，团战一触即发，BKA 把 LC 的几个人拉扯下了高地，章凡颜从侧面绕下了高地，本想等开打之后直接切进去，结果野区的眼没有排干净，让对方抓了个正着，率先用一套技能秒了。苏哲直接 EQ 上前，顺势开了个大招。

"你开什么大招啊？！"章凡颜忽然叫了出来，刚叫完，兰博原地也开了大招，顿时战场被烈火切割。

章凡颜看着复活的时间，觉得这把可以 GG（Good game，此处指游戏结束）了。

好在高程装备足够好能抗下来，对方的伤害第一时间又全打在章凡颜身上了，所以互相丢完技能之后，对方也死伤严重。

可惜自己这边门牙都没有一个，高程和张思卿打算回家，却被对方还活着的狮子狗强行留了下来。

还在泉水等复活的章凡颜看见眼前一道光闪过,复活的兰博竟然直接传送到高地上来打算偷家!章凡颜顿时感觉心态都要炸了。

"他们没散!"张思卿喊了一声,他们刚解决掉狮子狗,本以为走掉了的劫又杀了回来,"复活时间够不够啊?!"

"我要灭了兰博!"章凡颜看着自己马上就到复活的时间,手指都要把键位抠下来了,"没事没事,我抗一波!"

"抗个屁啊!"高程叫唤。

"烦!你只要抗个10秒!就10秒!"彭炀来回切着计分板,看着对面复活的时间。

"10秒告诉你们什么是真男人!"章凡颜一个轮子丢出去,瞬间复活离开泉水。虽然兰博血量不多,但是对面的超级兵上来了,水晶岌岌可危,两个人隔着一个水晶站位,兰博与他拉开了距离,章凡颜直接闪现。

就在他闪现的同时,兰博也交了闪现,两人错身而过,兰博留给他一团火焰烧烤,劫直接进场。

水晶爆炸的一瞬间,章凡颜甚至觉得有些不可思议。

偷家这种事情,注定只有一方能成为英雄,偏不凑巧,幸运女神没能眷顾他。

BKA成功淘汰了LC晋级四强,章凡颜垂头丧气地等对方来握手。

"别这么丧。"张思卿拍了拍他的肩膀,"你最后很勇敢的。"

"唉……"章凡颜长长地叹了口气。

幸好只是个普通的杯赛,他想,刚才那一幕说不紧张是假的,如果不紧张也不会错误地交个闪现,只可惜……就差那么一点点。

这一点点的落差让章凡颜连晚饭都没吃,一个人回了房间惆怅。不过其他人倒显得很稀松平常,也许大家对比赛的看法并不同。

吃过晚饭后,苏哲回到了房间里。

"你真的不打算吃点东西?"

他看着在床上来回翻的章凡颜,感觉眼前的人果然还只是个小鬼。他猜章凡颜郁闷的根本不是输掉了比赛,而是没能成为孤胆英雄。

如果他做到了,那这场比赛足够他吹一阵子了。

"只是被偷了个家而已,不比我偷龙丢面子的。"

"那是因为你自己傻！"章凡颜懒得搭理苏哲，没好气地说："能把惩戒交对面英雄身上，全联盟估计也就你一个。"

"那是因为你跳下来卡了我的视角了！"苏哲澄清，"而且最后你交的那个闪现也是实力青铜水平了吧。"

"但就效果而言没有任何差别啊，要是不丢那条大龙，说不定还有的打。"章凡颜死不认账。

对于打野来说，其实有些时候很不喜欢去打龙的，每次打龙都紧张死，怕被对方抢了，龙一丢，妥妥是打野的锅。

"好吧好吧，这场比赛我背锅。"苏哲无奈地摇了摇头，"那你能委屈一下把你金贵的肉体抬开吗？床单、被子都被你滚一起去了。"

章凡颜被苏哲这么一说，有点恼怒："你怎么这么烦人！"

"明天有一天自由活动的时间，定的后天回去的机票。"苏哲撑了一下床单，章凡颜差点被他滚下床，"想去哪儿玩？"

"你问我这干吗？"章凡颜莫名其妙，"不想玩，这几天没睡好，想补眠。"

"那我也不出去了。"

"哈？"

"我跟他们不太熟。"

"那你跟我熟了啊？"

"好歹躺过一张床。"苏哲想了想，继续说，"还有，你单方面喷过我那么多次，不熟的话，好意思吗？"

"你这人怎么这么恶心？！"

"一般般吧。"

"如果你粉丝知道你的脑子有病可能早就炸了。"

"我并不是对谁都如此。"

苏哲坐在床上，跷着二郎腿，一手拄着床，另一手托着腮，笑得特别淡定。

章凡颜忽然觉得，此人套路太深。

那个打野，
问题真的很大。 ▶ ▶▶

二、
春季赛一开始就不太平

战队在吃吃喝喝中度过了自由活动的一天，输掉比赛并没有特别影响大家的心情。全队隔天飞回了魔都。

到了基地，章凡颜才有种终于回家的心情。

安西和阿琛一回来便躲到房间里不知道又去想什么套路了，其他人各自简单收拾。不一会儿，战队里的队员们跑到训练室，开着电脑倒也不打rank，随便玩玩别的游戏再看看电影。要不然几个宅男实在不知道该干吗。

煮饭阿姨提早做好了饭菜等他们回来，中午一群人围在桌边叽叽喳喳的，好不热闹。

"今年的春季赛什么时候开始啊？"章凡颜一边扒饭一边问道。

"一月中旬吧，具体哪天忘记了。"彭炀回答，"这么说起来没几天了啊。"

张思卿笑道："元旦都还没到，你这过得有点快啊。"

"啊！元旦！"章凡颜拍了一下手，"我们跨年有什么活动啊？"

"还能有啥活动？"高程说，"顶多就是吃饭唱歌呗，还能跨出花儿来啊？"

高程说完看了一眼阿琛。一般队里的杂事都由阿琛来安排，安西只管当教练，其他的一概懒得掺和。阿琛一个人带着一个队的问题少年，简直又当爹又当妈。

"今年啊……"阿琛犹豫了一下，最终还是说出了他的计划，"咱们打跨年直播吧，正好苏帅来了，也跟一直支持我们的粉丝分享一下。"

"分享啥？"张思卿纳闷，"把苏帅扔在摄像头前面卖笑吗？"

高程笑着接茬："我看行。"

苏哲对于他们的调侃没说什么，只是嘴角一扬。

章凡颜对于苏哲这个表情有点一言难尽的感觉，可能那几天跟他住，看到最多的表情就是这个了。他觉得从某种层面上来讲，苏哲只有两种表情，一种是打比赛的时候皱着眉一脸冷酷严肃的样子，一种是平时这种嘴角微微上扬看起来是在笑的样子。

总的来说，苏哲是个面瘫。

苏哲的嘴角带钩，笑的时候会特别好看，但是在章凡颜眼中，苏哲的笑容全是算计和套路，指不定做出点吓死别人的举动。

对此他深有体会。

十二月三十一号晚上，队里跨年直播活动开始了。战队已经提前几天在微博上发了公告，晚上八点，直播间里已经都是人了。

因为所有人都同意把苏哲丢出去卖笑，所以开的是苏哲电脑上的摄像头。

身为队长的张思卿拍了拍苏哲的肩膀："苏帅，你可是LC的门面，加油！"说完，还附赠凝重点头。

苏哲无奈地叹了口气："那我要不要换身西装啊？"

"这就不必了吧，太二了。"高程坐在自己的位子上，离他们还有点距离，"可能你什么都不穿会比较好吧。"

"那女粉丝们岂不是都要尖叫了？"彭炀说道。

阿琛调好了摄像头，对大家说："好了好了，你们别臭贫了，过来和大家打个招呼吧！苏帅，你先来。"

苏哲对着摄像头挂上了自己招牌的笑容："大家好，我是Wind，新年快乐！"

果然还是有偶像包袱啊！章凡颜一翻白眼。

苏哲比赛用的ID就是Wind，他国服的大号也是英文，叫The Wind。其实对于游戏ID而言，大家总感觉用英文格调高。

后面的人也跟着报自己的正式ID，比如高程的ID叫LichK，其实就是Lichking的缩写，但是因为比赛有时要加赞助商的名字，所以写不下全称。他起这个名字是因为特别喜欢《魔兽世界》里的巫妖王阿尔萨斯，章凡颜曾经问过他"你为什么不干脆叫Arthas"，高程回答"带个king比较霸气"。但队友和粉丝们不这么认为，通常叫他呜喵。

张思卿和彭炀的ID则略显普通了，一个叫MissU，一个就叫Peng，起英文ID真是为难死这群网吧少年了。

章凡颜的Living其实是到LC来打ADC之后才换的，之前在不知名的小战队的时候，他还打过上单，但是因为性格太不稳了并不能胜任这个位置。他改叫Living的原因很简单，身为ADC，只有活着才有输出和创造一切的可能。

每个人都凑在摄像头前给看直播的观众老爷们问好，也就张思卿因为经常代表队伍发言，面对镜头时会老油条一些，其他人多少有点无措。章凡颜只在骂街的时候嘴皮子特别利索，让他好好说话能要了他的命。

阿琛一直躲在摄像头外面指挥大家，只有声音，人并没有出现。

"现在大家看到的是咱们LC的新打野苏帅大神，以后请不要再叫我们草根队了啊！"张思卿对着镜头拍了拍苏哲的肩膀，"今天把苏帅贡献给大家，免费。"

苏哲笑了笑。

"说一下今天的活动啊,一会儿我们在官博的留言下面现场随机抽五位粉丝,然后进行水友赛。"张思卿一边说着,一边在苏哲的电脑上打开了 LC 战队的官方微博,并且拉开了评论,"大家评论的时候一定要写上自己的 ID 啊,默认都是一区的,因为我们打的是一区的号,请保证在线,以便我们抽的时候能及时加上好友开黑(指一起游戏时用语音交流)。"

"我们五个人分成两队,分别带上各自的队友。"张思卿继续解释规则,却被章凡颜小声打断。

"那岂不是会二三分?"章凡颜眉头一皱,"不公平啊,有三个的那方岂不是会更好打一些?"

"那你和苏帅一队不就好了。"高程插嘴,"最强打野和实力 ADC 的组合,可以 carry 全场了啊!"

"滚蛋!"

章凡颜骂高程的时候噘了一下嘴,声音表情全被镜头记录了下来,直播的屏幕上立刻刷了一层厚厚的弹幕。

"烦神实力噘嘴。"

"小烦太可爱了!好萌啊!"

"我烦不开心了,一会儿实力带崩三路。"

"烦神要和苏帅一队吗?求被抽中啊!求当队友!"

苏哲一直靠在一边对着屏幕,看着上面刷过的一行又一行调戏章凡颜的话,不由得扬了一下嘴角。

"不行!"章凡颜又重新强调拒绝了一遍张思卿的建议,"我要我的御用辅助!"

"那大不了把彭彭也扔你们那拨。"高程回答,"我相信我们中单实力carry。"说罢,他还向张思卿示意了个眼神。

两人说不出的老谋深算。

肯定又是套路!章凡颜警惕地盯着高程和张思卿看了半天:"我俩一队就我俩一队!怕你们啊!"

"天哪,要下红雨了!"连彭炀脸上都露出了不可思议的表情。

决定好分配之后,他们带上了彼此抽到的粉丝,拉了个房间就愉快地开黑了。

直播用的是苏哲的电脑,所以观众们看到的是他的第一视角。

起初张思卿还问苏哲要不要带个妹子，平衡一下。苏哲却反问他："你是看不起妹子还是看不起我？"张思卿觉得这人真是自信，就果断闭嘴了。Loading（等待）界面出来的时候，章凡颜看了看自己这边的阵容，除去他和苏哲两个人都是最强王者段位的边框，其他人两个黄金一个白金。

"不是吧。"章凡颜哀号，"我的辅助是个黄金！"

"无所谓的吧。"彭炀背对着他回答，"我的ADC还是个白银，嗯，小烦求放过。"

虽然他口口声声说ADC是个白银，但是并没有告诉章凡颜打野是个王者，这一波并不亏。

"玛丽苏你给我多抓一下下路。"章凡颜对苏哲说道，"看见就往死里打。"

"OK，没问题。"苏哲在地图上标记了一下信号，"石头人让给你，先升到二级，辅助先上线，别亏兵。"

"用得着你废话？"

"别因为对面是白银就随便打啊，说不定是小号。"

"呵呵，你也别被抓野了啊，人家看的是你的第一视角，被路人打爆可不好看哦！"

苏哲轻轻"哼"了一下，笑着对章凡颜说道："谢谢关心。"

他们两个都是那种一旦认真玩游戏就不喜欢说话的人，因为要思考的事情太多，说话会分心，而且直接在地图上标记比说话更方便一点。

章凡颜的招牌英雄是暴走萝莉金克丝，一个扎着麻花辫、满身文身背着火炮的蓝发妹子。因为人设，好多人都喜欢玩金克丝，但是这个英雄没有位移技能，所以在正式比赛的时候很少看到。

不过既然是娱乐赛，大家没有特意地针对ban（禁用），高程和张思卿为了照顾章凡颜和苏哲只有两个人，特意换了下位置，张思卿打上单，高程打中单。

只见高程祭出了诡术妖姬乐芙兰。

"你还会玩乐芙兰？"章凡颜不屑地说道。

"你别开玩笑了好吗，你思卿哥哥的乐芙兰都是我陪练出来的。"高程回击，"中单我就这个玩得最厉害。"

"给黄金选手点蜡。"

章凡颜正说着话，忽然彭炀的锤石一个钩子丢了过来，准确地钩到了暴走萝莉弱小的身躯，可惜他的辅助是个日女，想上去帮忙抗一波伤害，结果对方打野直接过来了，章凡颜奋力抵抗，最终跟彭炀换了，打了一波一换二。

"好伤啊。"章凡颜叹了口气，"对面AD收俩人头，这还怎么打。"说完，他又回头对着彭炀大喊了一声："彭彭你竟然忍心钩我！"

彭炀戴着耳机，假装没听到。

"毕竟白银ADC。"苏哲补刀。

"都赖你！"那句白银ADC彻底激怒了章凡颜，凭什么一个白银狗也在他头上拉屎撒尿？苏哲只是耸耸肩，并没说什么。

但观众并不放过他们，又是一行"烦神实力送温暖""LC下野不合果然是真的"的弹幕刷过。

因为前期打得有点伤，苏哲一直在默默发育，等待六级有大招的时候看看有没有机会。这一把他用的是盲僧，他除了喜欢用皇子之外就喜欢用盲僧，回旋踢玩得相当娴熟，也曾在世界大赛上秀过。

章凡颜反倒是一直在猥琐补刀偷发育，连野区都要被他扫荡一圈。

对面的打野不知道为什么特别喜欢蹲下路，苏哲看自己六级了，就提前来下路反蹲。他蹲人从来不着急，排好了眼就在草丛里待着。

可章凡颜是个暴脾气啊，一看打野都过来帮忙了还尿什么啊，话都没多说一句就冲上去了。

"哎你！"苏哲都想直接卖了章凡颜算了。

对面不止一个打野过来蹲，连高程都跑来凑热闹。

下路顿时又热闹地打麻将了。

他们辅助各种发信号撤退，但是章凡颜直接拉着一屁股人绕到了野区。苏哲从后面切了出来，看了看高程的站位，知道他十有八九等着章凡颜给自己送人头，立刻一个Q技能丢到妖姬身上，骗了一套技能，秒插眼W过墙，一个回旋踢大招直接把妖姬踢到了日女身边。

日女上前开盾一套技能丢在妖姬身上，打出了被动分身，章凡颜反身来了一枪，结果打在了分身上，高程技能CD已经转好，极限逃生。

直播间弹幕上顿时一行的"6666666""苏帅神操作"以及"烦神实力坑队友"。

"我狙了个假的！"章凡颜气炸。如果刚才他成功狙到本体，绝对是一套完美击杀。虽然他对苏哲这个人有成见，但是那一套摸眼过墙回旋踢简直盲僧教科书，手速和反应都极快。

就是最后他没狙到人，太气了啊！

"哎呀！苏帅操作真是行云流水啊！"高程笑了出来，"可惜你摸到我的时候我W没按出来，要不你还得交个闪现。"

"也是撸了二十年的手速了,厉害!"张思卿附和。

"哎,就为了救烦烦一条狗命苏帅也是千里回旋踢,好拼啊。"高程继续耍贫嘴,"只可惜烦烦自信回头盲狙分身,哈哈哈!"

"你们闭嘴!"章凡颜恼羞成怒。

烦神很生气,后果很严重。

暴走萝莉瞬间变身暴走章小烦,全程高能输出,最终以十七杀三死八助攻的成绩拿下了比赛。

他们打了两场,互有输赢,看了看时间不早了,就决定结束今天的活动,大家跟观众道别。

章凡颜凑在镜头前,特别不乐意地说:"下次再让我碰到乐芙兰我就打爆他,不管是谁!"因为他在苏哲的位子上,苏哲正好站在他后面。苏哲太高,为了镜头能收到所有人,不得不稍微躬着身体,于是乎干脆将一只胳膊挂在章凡颜的肩膀上。

章凡颜神经瞬间紧绷,但是实在没法发作,表情变得特别诡异。

"好了好了,今天就到这里吧。"苏哲最后说话,关摄像头的时候顺势摸了一下章凡颜的头。

这人果然是个小爹毛。

元旦期间战队放假,只是队员们家都不在魔都,基地又是在郊区,一个个的还都是光棍,所以三天时间基本是宅在基地里打游戏。

只有苏哲不见了。

章凡颜依旧中午饭的时候才起来,迷迷糊糊地扫了一眼桌子,十分随意地说:"哎?玛丽苏不在啊?"

大家有点惊讶。

"他一大早飞机回京市了。"彭炀回答,"他元旦要回去陪家里人。"

"有瘾。"章凡颜小声说道。

要说这人也够神秘的,一段日子接触下来,章凡颜觉得苏哲好像跟他们并不在一个世界里。苏哲跟他接触的别的职业选手都不一样。总的来说,这帮人打职业赛的目的很单纯,职业圈挣的钱其实并不比打直播开淘宝多,打到顶级联赛的,多少都是为了那种荣誉感和想要去世界舞台一较高下的梦想。

游戏在他们眼中就是战场,成王败寇。

苏哲玩游戏确实狠,但是好像并没那么执着。他不像是混迹街头的不良少年,也不像是生活所迫投身电竞。章凡颜坐在苏哲旁边，等复活空闲的时候曾悄悄观察过苏哲。苏哲的手指十分修长，骨节也不是特别明显，典型的十指不沾阳春水。但是他抠键盘会特别用力，章凡颜十分怀疑苏哲的键盘是青轴的，噼里啪啦的特别响。

有时气质这个东西很难说，腹有诗书才能气自华。像他们，书都没读过几本，苏哲光是坐着气场就不太一样。他永远那么自信，永远都是一副居高临下的样子。

章凡颜猜测，这人说不定是个养尊处优的少爷。

三天过后，苏哲归队，LC正式开始春季赛常规赛的训练。

"这个版本野区的改动很大，这要求打野要有更强的团队意识。"安西指着屏幕说道，"小龙的改动取消了全图经济，拖慢了比赛节奏，团战的处理尤为重要。苏帅，我相信你的个人能力以及对切入时机的准确把握。我们现在欠缺的是磨合。"

"我觉得这个版本打野还挺有意思的。"苏哲笑了笑，"至少惩戒可以扔在英雄身上了。"

说罢，他若有似无地看了章凡颜一眼。

"啊，顺便再提一句，我们的下路一直以来就是一个特别不稳定的点。"安西也顺着他的目光看向了章凡颜，"小烦，真不是我说你什么，简直就是个神经刀，状态好的时候carry全场，状态不好实力带崩。我觉得我们这个赛季能否杀进总决赛，全得看你的稳定性了。"

"……我知道了。"章凡颜有点委屈，"我尽力。"

安西掸了掸手站起来，忽然有点认真地对所有人说："每次游戏版本大更的时候都会淘汰掉一部分无法适应版本的人，我希望你们能尽快适应新的比赛节奏。老实说你们对去年的成绩难道就没有遗憾吗？职业选手的职业生涯都太短了，有数不清的后起之秀想要踩在你们的身上证明自己。什么才是王者？不是你rank国服登顶韩服登顶，不是国内比赛拿冠军，真正的王者是在世界舞台上一决高下。听着，电竞圈就是丛林法则，优胜劣汰，没有顶级的冠军头衔，永远会有人不服你。"

一片安静。

"你们其实都是打一年就少一年的人，这个赛季，我希望你们都能好好想想，自己是为什么来打职业的。"安西环视了每一个人，最后说道，"下午开始进行训练赛，从现在开始的每一场比赛，让我看到你们的决心。"

午饭后有短暂的休息时间，章凡颜躺在床上，捅了捅身边的彭炀："安西今天是不是吃错药了？怎么忽然搞得那么严肃？害得我还以为自己穿越到热血漫画里了。"

"他一向如此，你又不是第一天认识他。"彭炀翻着手里的书，随意地回答，"一会儿跟个流氓一样,一会儿又高大上得好像救世主。"

"不过他今天那番话,确实挺热血的。"

"是吗?"

"彭彭。"章凡颜坐起身,下巴搭在了彭炀的肩膀上,"你觉得我们今年还能打进总决赛吗?国内只有三个出线名额,可是我看了一下最近各大战队公布的名单,且不说本土高手,就连韩国那帮牛人都买来了,今年……可能是一场恶战。"

"可我们也并不差啊。"彭炀安慰他道,"烦烦,我一直觉得你是个眼睛长在头顶上的人,没想到也会担心这个。你是全联盟最优秀的ADC,赛场上的自信都到哪儿去了?"

"最优秀的ADC?"章凡颜挑眉。

彭炀"哈哈"笑了一下,拍了拍章凡颜的肩膀:"不不不,当然不是最优秀的ADC,你是最优秀的ADC没有之一,至少在我心里是这样。"

"彭彭,你……会打到什么时候呢?"章凡颜问道。

彭炀没有立刻回答,想了一下,才说:"其实今年打完决赛之后,我想过退役的……我年纪比你们都大,怕这个赛季状态不好拖累你们。"

"彭彭……"

"但是我舍不得你啊,小朋友!"彭炀戳了一下章凡颜的额头,"所以就当作是我职业生涯里最后的愿望了。今年说什么也得拿冠军啊!要不然我真得含恨退役了。"

"……"

"说真的,我真的特别庆幸苏哲来了咱们队。"

"那个玛丽苏到底哪里好了?!为什么你们都夸他?!"章凡颜有点愤愤不平。

"因为他确实很强,丛林法则,你懂的。"彭炀摊手,"我们打的是团队比赛,不是个人能力好就能赢的,安西把苏哲弄来,难道你还不明白是什么意思?"

章凡颜特别上道地问:"什么意思啊?"

"节奏。"彭炀回答,"我们是要用节奏来赢对方,不是吗?苏哲是少有的大局观十分优秀的选手,清楚地知道什么时候做什么事能带来最大的利益。我相信你也看过他的很多比赛。难道你不承认他的游戏意识堪称神级?"

"彭彭,你真的不是他的脑残粉吗?"

"哈哈,别这样。"彭炀笑过之后又恢复了冷静,"苏哲真的很优秀,我也是真的觉得,我们今年是有希望的。"

"好吧好吧,我答应你。"章凡颜装作随意地摆手,"爸爸带你飞。"

彭炀没说话，只是看着他笑。

下午他们准时在训练室里进行训练赛。

章凡颜等比赛开始的时候会开个自定义房间，整个房间里只有自己一个人，然后无聊补刀。这很枯燥，但他一向习惯如此。

今天的训练赛是和 VIVA 战队打。上个赛季 VIVA 战队同他们一起拿到了决赛门票，并且打进了四强。

其实打了这么久的联赛，大家抬头不见低头见的，rank 上也经常互相打照面，对彼此的实力还是清楚的。VIVA 素来以中野闻名，特别是打野小圆，常年在榜上与苏哲不分上下。

"我觉得今天野区里可能会出事。"章凡颜补完最后一刀，退出了房间，准备比赛。

"不如我们今天来打赌吧。"高程搓了搓手，问道，"你们觉得苏帅和小圆谁能养谁的猪？"

张思卿举手："为了 LC 的颜面，我赌苏帅养小圆的猪。"

然后他走到苏哲身边，拍着苏哲的肩膀特别严肃地说："为了野爹的荣耀，为了猪圈的繁荣，还有为了我的蓝 buff，苏帅，你要加油啊！"

苏哲笑而不语。

联盟春季赛的常规赛更改了比赛规则，由原来的每场 BO3 改成 BO2，也就是说允许平局的存在，胜利积三分，平局积一分，失败则零分，常规赛积分位于前八名的队伍进入季后赛。

但是战队打训练赛通常都打 BO5，三局两胜。

如此漫长的比赛过程其实更加考验选手的综合实力以及心态。

LC 的开局并不好，前两把打着打着都陷入了 VIVA 的节奏，苏哲一直皱着眉，在屏幕和小地图之间来回切换视线，只可惜并没有什么作用。

输了两局，安西好像并不是太在意："注意一下控龙，前两条小龙没有必要抢得太死，先保证视野再去考虑我们接下来要做什么。"

他们稍做调整之后，又进行了下一局比赛。

"哎，老头，我觉得你可能要赔上你的蓝 buff 了。"章凡颜开玩笑地说，"你野爹两把都被制裁了。"

"你知不知道有个词叫让二追三啊？"张思卿反驳，"别说了，BP（ban/pick，禁用/选用）开始了。"

"我想玩滑板鞋。"因为 LC 是后手选英雄，看对面直接锁了个卡萨丁，章凡颜就想先拿一套下路阵容。

"对面卡萨丁不知道是上单还是中单。"张思卿犹豫了一下，"你真想玩复仇之矛？这可是个新英雄啊。"

"反正都输了两局了，放开打吧。"

"行，那就帮你抢一手下路组合。"

"要滑板鞋和日女。"

最终双方定好了阵容，VIVA 上单卡萨丁，中单狐狸，打野盲僧，下路轮子妈和锤石。LC 上单刀锋意志，中单妖姬，打野皇子，下路复仇之矛和日女。

"队长大人，你想拿妖姬为什么不把狐狸 ban 了啊？"高程有些不解，毕竟妖姬线上打狐狸并不是一个很好的选择。

"老头实力不服对面呗。"章凡颜补刀，"VIVA 的中单绝心也算顶级了，你俩这简直就是互相刚啊。"

"别说我。"张思卿一脸淡定地看着屏幕，"你滑板鞋练得怎么样啊？这把坑了就是你的锅。"

"呵呵，我的滑板鞋可是魔鬼的步伐。"

进入比赛画面，大家集体噤声。

两队先是互相做了一番视野，复仇之矛和自己的辅助中间连了一条线，章凡颜特别不喜欢这条线，因为总感觉会暴露什么，虽然对手并看不到。

他和彭炀两个人在河道的地方蹲，忽然一个谜之钩子出来，直接把复仇之矛拉了过去。日女前几级作战能力并不行，而且很明显对方是好几个人在蹲，一套技能就把章凡颜带走了。

VIVA JX 击杀了 LC Living。

第一滴血。

"啊！"章凡颜觉得这绝对是对面锤石走狗屎运，这么极限的盲钩也能钩中。

"摩擦摩擦，是魔鬼的步伐。"高程没忍住直接唱了出来，"不愧实力滑板鞋，直接滑到对面送一血。"

"啊啊啊！"章凡颜不服，看着地图上几个人的位置。苏哲直接跑上路去了，很明显在相当长的一段时间里，他们的下路都不会有自家打野光顾了。

因为章凡颜起手怒送一血，而且还好死不死地送给了对面的狐狸，导致张思卿中路对线有些吃力。

只是需要更加谨慎罢了，除了一个人头之外，乐芙兰并没有被狐狸压刀。

但是这种感觉怎么说呢？就像是有把刀一直悬在头上，不知道什么时候会落下。

张思卿不清楚对面打野的位置，手上的W技能始终不太敢丢出去。

苏哲小地图来回切，皱着眉毛思考眼前的局势。他打完了自己的buff，回家买了装备，直接绕着野区去了上路。

"绕后，塔下。"高程记得对方插眼的时间，这时候河道的视野应该是掉了，其他两路打得难解难分，他想对方打野应该是在蹲中路，就让苏哲过来塔下强杀。

"这么刚？"苏哲嘴上这么说，手上EQ二连把对面的卡萨丁直接在塔下挑起来。初期的时候，防御塔打人是很疼的，他先抗住了伤害，高程再进场，两个人把卡萨丁走位封住，困在了塔下，完成击杀。苏哲先一步出来远离伤害，高程的刀妹切入的时候用身体卡了一下小兵，给自己留了退路，就剩个血皮的时候反手Q身后的小兵逃生。

"Nice！"

虽然捞回了一个人头，但苏哲还是很烦对面狐狸和盲僧的阵容。这对中野组合真的很烦人，双人游走抓人简直恶心。

下路这边，章凡颜窝着一肚子的火，但是只能全部发泄在小兵身上，彭炀有点后悔为什么没拿风女这种保护型英雄。

他和章凡颜练过滑板鞋和日女的阵容，日女这个英雄，冲脸特别猛，但是容易有去无回，配合滑板鞋的大招还能救他一命。俩人打rank的时候，彭炀先冲出去吸收一波伤害，章凡颜再把他拉回来，或者章凡颜把他丢出去，他还能再往前突进，当时这种玩法两人玩得欢乐得不行。

但那是打rank啊，现在章凡颜一脸憋屈，彭炀真担心他会想不开自己突上去。

章凡颜不开心，兵线控得特别靠前，简直都要压着对面在塔下突突了。

对面的轮子妈也是无语，明明复仇之矛初期线上劣势啊，哪里来的自信把自己压在塔下凶，跟谁说理去？

没办法，谁让他的对手是联盟第一暴脾气ADC，章凡颜线上从来不讲理。

苏哲在地图上几次给他发了危险信号让他靠后，章凡颜都不搭理，苏哲无奈，只能摸到下路反蹲。

锤石先忍不住了，一钩飞出去，准确地钩到了复仇之矛，章凡颜心里大骂，又是锤石！

ADC被钩过去了，小团战开打。

苏哲先是抓住对方走位，把两个人都挑起来，彭炀上去抗伤害，章凡颜跑到后面猥琐输出，最终是卖了辅助换了俩人头回来。

但是优势并没有保持多久，没一会儿狐狸配合盲僧抓中路，当时张思卿什么技能都没交就被按住打了一顿。

这一局，双方打得有来有回，经济差距并没有拉开，LC只控住了一条小龙，而VIVA则拿了三条，好在对面拿龙他们就推塔，并没有亏太多。

张思卿眼睛盯着屏幕："再这么打下去要黑啊。"

很久都没说过话的苏哲忽然开口："打大龙。"

"你疯了啊？现在打大龙？送给对方团灭吗？"章凡颜第一个不干，"小龙没一会儿就刷新了，给对面四条小龙还怎么打？"

"相信我，打大龙。"

苏哲的口气异常坚定，他不断地在地图上点大龙的位置，张思卿和高程向他移动过去。章凡颜没法儿，也只能跟着去。

偷龙不光是个技术活，更多的时候拼的是心理素质，特别是对于打野，惩戒得交得刚好合适，不到最后一秒都放不下心来。

好在他们打大龙有够快，对方就算察觉到他们去打大龙了也不敢贸然上前，毕竟那里没有VIVA的视野。在VIVA的设想中，LC极有可能假装打大龙，然后就此埋伏一波。

LC哪管那些，上来就开龙。

"小龙刷了。"

苏哲看了一下聊天频道里的记录，每次野怪和对方英雄技能刷新的时间他都记录了，其实他自己全凭脑子就能记下，发到频道里只是提醒队友。

"过去。"张思卿立马会意。苏哲开技能先靠近小龙圈，在里面插了眼，这一看不得了，VIVA打小龙竟然没有把龙拉出来，但是他们打得特别快，眼看小龙就要被打掉了，但是LC其他几个人还差点距离。

苏哲看准了时机，想都没想就跳进了龙圈交了惩戒。

屏幕上显示LC Wind击杀小龙。

电光石火之间，苏哲开启大招，一个天崩地裂把对手全困在了里面。

随后彭炀一个大招跟上，VIVA的人有闪现的交闪现，没闪现的交位移技能，LC一群人开始冲脸，彭炀的虚弱套给了对面绝心的狐狸，狐狸顿时失去了战斗力，乐芙兰在人群里来回穿梭，复仇之矛在场外收割。

最终，残血的日女被赶到的滑板鞋救了回来，苏哲和高程阵亡，换来了对方一波团灭。

LC一鼓作气推上了对方高地。

打了整整五局比赛，应了张思卿那句"让二追三"，LC以三比二的成绩赢下了这场训练赛。

晚上吃饭的时候，队员们还在讨论下午的战况。

"第三局苏帅偷龙抢龙太机智了！"吃饭都堵不住张思卿的嘴，"那条大龙简直就是后面胜利的基石！"

章凡颜把脸埋在饭碗里，压根不想看眉飞色舞的张思卿。

"其实VIVA小龙团那里失误挺大的。"苏哲表现得很淡定，"我不太理解为什么他们五个人在那里扎堆打小龙，明明三个人就能打掉的。而且他们竟然在龙圈里打，那种地形应该拉出来才对啊，他们那种经验老到的队伍不应该犯这种错误。"

高程摆摆手："人有失手马有失蹄，指不定当时指挥脑子短路呢？比赛的时候即时处理真谈不上是好是坏，毕竟结果第一。如果我们没偷个大龙，人家五个人扎堆打小龙也没什么问题啊，还会打得特别快。"

"VIVA的场上指挥是谁啊？"章凡颜终于把脸从饭盆里抬了出来。

"据说是小圆。"彭炀回答。

章凡颜看着彭炀，眼神偷偷瞄了一下苏哲，脑子里不知道怎么就忽然浮现出一句话。

别人家的打野和我们家的打野。

"咱们队里是不是没有指挥啊？"苏哲问，"我来的这些日子，打比赛的时候好像大家都不怎么说话。"

"就……习惯眼神交流了啊。"张思卿一脸见怪不怪的表情，"过段时间你也会习惯的，大家是想到什么说什么，觉得可行就去那么做，其实吧，就是说动烦神太难，他只听他的辅助的。"

说罢，张思卿还朝着彭炀一笑。

身为全联盟脾气最差、最没耐性的ADC，章凡颜是所有辅助的噩梦。但因为他足够出色，所以他也是全联盟的辅助最想搭档的人选。

起初，章凡颜很看不上彭炀，觉得这人没脾气，打rank的时候就算队友坑得不行他也不喷人、不挂机，章凡颜就喜欢跟人对着刚。这么一个温暾水的辅助，让他觉得使不上劲儿。对彭炀印象改变是在一次比赛中，LC大逆风，那局比赛打得异常艰难，章凡颜对着屏幕烦躁得不行，彭炀就一直对他说："没关系的再坚持一下，还有得打，我们阵容是可以拖后期的，是可以翻盘的。"

那一局打了一个多小时，几乎所有人都经济溢出买了复活甲，最终还是以双方换家惊险获胜。

当时他忽然觉得，彭炀并非只是个单纯好脾气的人。

彭炀是他们所有人当中，最坚韧的一个人，具有一个职业选手最可贵也是最基本的素养——不到最后一秒，永远不会放弃比赛。

从那以后，章凡颜开始静下心来跟彭炀打配合，久而久之，也开始习惯听彭炀的意见。彭炀给他当辅助之后，他线上打得更凶了，因为他知道，彭炀会把他护得好好的。

全联盟都知道 LC 的 ADC 烦神是个小暴龙，别人是惹不得的。

但只有 LC 的人才知道，有人降得住小暴龙，那就是他家辅助。

彭炀不好意思地挠了挠头。

晚上大家也依旧在训练室里泡着，虽说是自由活动，但他们还是选择打 rank。

张思卿和高程跑出去抽烟放风，彭炀出去接电话，一时间房子里只有章凡颜和苏哲两人了。

刚刚排到的比赛，苏哲一刷新，就看见对面那个叫天命不凡的打野盲僧。

他回头看了一眼章凡颜，发现对方竟然一直盯着屏幕，十分认真的样子，看来章凡颜并不知道对面中单小鱼人就是苏哲的小号。

既然他不知道，苏哲就选择装到底。

苏哲发现章凡颜玩打野就喜欢四处找人打架，不管能不能打过，至少先耗对面一波血再说，节奏往往被他带得特别诡异。

线上基本上五五开，哪边也没特别大的优势和劣势，他中路这条线压对面的刀，不一会儿对面被他打回家了。

苏哲本想收波兵回去买装备，一回头却看见盲僧暗暗地蹲在河道的草丛里。

小鬼，你蹲在我的眼皮子底下不要太开心啊。

此时此刻他充分发挥了自己的演技，装作要走不走想再贪一波兵的样子，当他靠近防御塔边缘的时候，盲僧终于忍不住地冲了出来。

其实苏哲早就卡了兵线，他一个技能丢小兵身上位移穿回来，盲僧 Q 技能甩空，干脆闪现近身，小鱼人蹦蹦跳跳地围着盲僧打。盲僧一怒之下一脚回旋踢将小鱼人踢飞，岂料小鱼人预判走位反手甩了个大招过去。

一个大鲨鱼一口吞了那个可怜的瞎子。

好在瞎子命硬，并没有被大招打死，打算摸眼逃生，结果不知道是手一抖还是怎么回事，竟然原地插眼，小鱼人又是蹦蹦跳跳地跑来，平 A 了一下，送盲僧回家。

从头到尾，队友仿佛消失了，谁都没来支援过。

这局比赛最终是苏哲的队伍取得了胜利。

章凡颜摘下了耳机，一脸的不爽。

苏哲扭头看他："你怎么了？"

"没事。"

"哦……"苏哲的尾音拉长，忽然说道，"solo 输了？"

章凡颜唰地扭头看苏哲。

"那个小鱼人是我。"

"你有病啊！"章凡颜骂道。

"承认技不如人很难吗？"

"你！"章凡颜气得不行，"刚刚那局不算！鬼知道你有没有窥我的屏！"

苏哲表示很无语。

"不行！有种 solo！"

"那……"苏哲看着章凡颜，忽然一笑，"总得赌点什么吧？"

"你随便。"

苏哲想了想："那这样吧，我赢了你就答应我一件事，你赢了我就答应你一件事，怎么样？"

"成交！"

"不考虑考虑？"

"反正输的人又不会是我。"

彭炀打完电话顺便买了点吃的回来，进训练室的时候，发现高程和张思卿两个人正站在章凡颜和苏哲的身后。

"你们干吗呢？"

没人理彭炀。

他走过去，章凡颜的屏幕瞬间就黑了。

张思卿和高程才像是回神一般，看见彭炀站在身后，张思卿赶忙拉开他转移话题："哎呀！彭彭你回来了啊！正好我和高程都饿了，还说一会儿出去吃夜宵，幸好你买了吃的。"

彭炀一头雾水："怎么了？"

高程和张思卿俩人夹着彭炀就去了厨房。

"彭彭你今天晚上小心点。"高程一脸神秘紧张的样子,"我和张队刚才回来,看见小暴龙在和玛丽苏 solo,三局两胜,结果小暴龙跪了两局,估计现在憋了一肚子火不知道往哪儿撒。"

"有这么严重?"彭炀表示不信。

"你亲儿子 ADC 你还不知道?"张思卿接着话茬继续说,"他输给谁都行,输给玛丽苏简直就是新仇加旧恨,那还得了?唉……真是为 LC 的未来感到担忧啊……"

高程继续补刀:"你是没看见刚才小暴龙那张脸,真跟猪肝一样。"

"那这么说起来,苏哲也挺厉害的啊,能打赢小烦。"彭炀的重点好像不太对。

因为非战斗人员的果断回避,训练室里又剩下章凡颜和苏哲俩人了。

章凡颜先是自己跟自己闹了半天别扭,才特别不甘愿地对苏哲说道:"你想让我干吗?"

苏哲淡淡地回答:"你先欠着吧,我还没想好。"

"你玩我啊!"

"愿赌服输,这可是你说的。"苏哲反将一军,"你放心吧,不会叫你去杀人放火的。"

那天晚上,章凡颜因为输给了苏哲整个人都不好了,疯狂地打了一宿的 rank,直到天蒙蒙亮的时候才钻回去睡觉,补了几个小时的觉,下午又和大家一起打训练赛。

"烦烦。"彭炀关心地拍了拍章凡颜,"你眼睛里都是血丝,行不行啊?"

"不要问我行不行,要问就问干不干!"章凡颜一脸杀气。

果然,当天的训练赛章凡颜神挡杀神佛挡杀佛,最后团战以一波完美五杀拿下三局胜利。不知道的人以为章凡颜最近状态好,知道的人都明白,他这是泄愤。

随着时间的推移,春季赛的脚步邻近。

结束了当天的训练之后,安西笑眯眯地对大家说:"下周就要开始春季赛的首轮比赛了。我看了一下咱们的赛程,安排得马马虎虎吧。有经验宝宝队,也有老牌豪门。前两轮比赛我希望大家能够放松心态去打,毕竟联赛是漫长的,春季赛的磨合是为了夏季赛更好地发挥,今天的训练就到这里。明天大家放假一天,可以休息休息玩一玩,以一个好的状态迎接比赛!"

众人作鸟兽散。

宅男的假期,要么躺着,要么玩游戏,好像跟他们平时并没有什么差别。

苏哲好不容易有一天放假,跑去健身房泡了一天,回来的时候还顺便去剪了新发型。毕竟明天是换了战队之后的联赛首秀，他想让别人看到不一样的自己。

春季赛第一周比赛当天，LC 的队员们睡到中午才起来。

他们的比赛是最后一场，虽然基地在郊区，但大家并不怎么着急，先悠闲地吃过饭，复习了一下之前讨论的第一局比赛的 ban/pick 环节，收拾收拾东西，才上了开往赛场的车。

抵达赛场时，上一场比赛还没结束，队员们在选手休息室里做做准备活动。章凡颜反复摆弄自己的键盘，确定不会再掉下来什么键，苏哲跷着二郎腿坐靠在一边听歌，手指有节奏地敲打膝盖。

今天对战的是 TMA 战队，处于中流梯队的一支战队。虽说每一个人都觉得这场比赛十拿九稳，但毕竟是联赛的第一场，多少是有点紧张情绪的。

两队上场调机器的时候，解说一直在讲有趣的段子，避免观众觉得太无聊。

座位顺序按照队内位置决定，依次为上单、打野、中单、AD、辅助。

比赛开始前，镜头扫过参赛的每一个人，大屏幕上是他们的选手资料。

不出意外，镜头轮到苏哲时，场上的欢呼尤为热烈，特别是女性观众。

连解说都调侃苏帅换了发型，看来首秀志在必得。

第一局，LC 按照计划的 ban/pick 展开节奏战。苏哲皇子二级就开始 gank，打出了一波优势之后，五人开始抱团推塔，不到十几分钟，TMA 的全部外塔和小龙都拱手让给了 LC，张思卿和章凡颜两大 C 位爆炸伤害，TMA 全无招架之力，这场比赛 LC 轻松拿下。

第二局双方也是主流 ban/pick，阵容拿得都比较全面，起初也是 LC 具有优势，但是下路团战的时候，章凡颜上去浪了一波，送给了对方一个小团灭。

好在还有的救，否则章凡颜妥妥背锅。

"烦神求不浪。"高程说道，"要是再送对方一波团灭，神都救不了了啊。今天要是拿不了三分，安西会搞死我们的。"

章凡颜不耐烦地点着地图："就这一波就这一波！我送出去的人头我自己拿回来！"几个人在野区包抄 TMA 众人，苏哲这把拿的自信盲僧，找准了机会闪现过墙回旋踢，把 TMA 的 ADC 踢到了 LC 的包围圈，这一脚仿佛把肉踢到了一群狼面前，几个人瞬间将其秒杀。与此同时，盲僧摸眼回来，一系列操作配合行云流水。

观众群里爆发了一阵热烈的欢呼。

第二次上 TMA 的高地，他们本来以为可以一波带走的，结果对面纷纷复活，在高地门牙下面又展开了一波团战。大家都上去浪了，反倒是章凡颜扛了两下塔的伤害，对面AD一套技能都丢在章凡颜身上，大家的血线都有点崩，彭炀顶着伤害把最后的治疗技能都给了章凡颜，然后被点死。

章凡颜一上头，就冲进去虐泉（在对方玩家的复活点出完成击杀，是一种有争议的游戏行为）了。

张思卿跟高程赶忙把最终的水晶点掉，屏幕弹出"胜利"字样的时候，大家才发现泉水上的塔最后一个击杀的是盲僧，而章凡颜进泉就开了中娅（一种可以短时间无敌的游戏装备）保住一命。

"你为什么出了个中娅，你有事吗？！"张思卿大呼。

可章凡颜并没理他，张思卿扭头看他，章凡颜呼吸很重地凝视着屏幕。

按照惯例，获胜一方要去跟失败方握手，章凡颜错了个身位，站在了最后一个，把外套的拉链拉开，里面的衬衣下摆自然而然地垂了下来。

握完手，其他人慢悠悠地拆键盘，谁都没留意章凡颜抱着键盘一溜烟地跑了，除了苏哲。

直到上了车，张思卿才发现某个本该骂骂咧咧的小鬼不在场。

"烦神呢？"

大家面面相觑，表示没看见。

"哎，跑哪儿去了？"张思卿刚要下车去找人，就被苏哲拦住了。

"我去找他吧。"

不给张思卿任何说话的机会，苏哲直接下车走人。

那时他看到章凡颜慌慌张张地往后台跑，印象中那里好像只有休息室，是不是章凡颜有东西落在那里找不到了？苏哲本能地往休息室走去。

他们刚刚打的是今天的最后一场比赛，整个后台都没什么人了。

苏哲打开休息室的门，自然是一个人都没有。他刚要去别的地方找，忽然听到了什么动静。

休息室里有一个小的储物间，声音仿佛来自那里。

光亮照进来的一瞬间，章凡颜觉得自己整个人都爆炸了。

"你……"

苏哲惊讶地看着眼前的章凡颜，他整个人蜷缩在狭小的储物间里，用一种惊恐又近乎迷茫的眼神看着自己。

"你滚！"章凡颜挣扎着站起来，却被苏哲一把推到墙上。

苏哲的手极快，反手带上了门，另一只手就把章凡颜困在了墙角，因为空间狭窄，两个人在里面转身都有些困难，更何况是章凡颜无力的抗争。

"虐泉会让你变成这样吗？"苏哲轻轻地说道，"我说怎么一下场你就跑了，怪不得。"

"嗯……"章凡颜无法挣脱，简直想死，咬着牙，眼睛都要瞪掉了，"闭嘴！"

"你确定？"

根本不给章凡颜任何机会，苏哲仗着身高优势欺负人，单手就把他拽了起来。

"啊！"章凡颜吓得叫了出来，苏哲冲他摇了摇手指："不要太大声，难道你想被人听到？"

章凡颜觉得自己可以去死了。

苏哲反倒是笑了笑，说道："你冲进泉水的时候，可是我帮你抗的塔，你要怎么谢我？"

章凡颜唰地抬起头，他的脸涨得通红，表情别扭得好像是受了天大的委屈。

"你……你……"支吾了半天，章凡颜也"你"不出个所以然来，就在这么一个闭塞的空间里，苏哲完全能左右他的一切，他不敢大声说话，不敢叫骂，万一真招来别人，那就真不用混了。他脑子混乱，不知道该怎么处理眼前这一切。

最终，章凡颜无可奈何，咬着下嘴唇，扭头垂下了眼，眼泪忽然就掉了下来。

"怎么哭了？"苏哲拍着章凡颜的后背温柔地说，"好啦，逗你的，别让他们等急了，没事了。"

三、
都是算计

苏哲和章凡颜一前一后地上车，苏哲始终是一副笑模样，可章凡颜黑着一张脸。

彭炀问他怎么这么久没个影，章凡颜摇摇头，也不说话。

他坐在最里面的位置，靠着窗户，佯装睡觉。

回到基地的时候已经不早了，晚饭都能当夜宵吃，随便吃了点东西，大家又跑去训练室打 rank。

章凡颜说自己累了，整个晚上都没出现。

张思卿和高程两个人双排，张思卿中单，高程打 AD。张思卿看了看高程的出装，特别纳闷地问他："你不觉得 AD 出中娅特别坑吗？"

"有点 AP（Ability power，技能输出）的可以出个玩玩吧？我看烦神下午那场最后出了个啊。"

中娅沙漏，增加法强和护甲，主动效果激发时可以保持 2.5 秒无敌状态，但是不能移动和攻击，英雄整个身体成金色固定在原地，所以中娅沙漏也叫金身，适合所有法师英雄。

但是，ADC……是物理输出啊！

"他是小学生，你也跟他一样小学生？"张思卿一脸无语，"他指不定当时脑子短路想什么呢？"

"说起来……他今天回来的时候好像怪怪的。"

"哪里怪？是'脑残'两个字写在脸上了吗？"张思卿又不屑地重复了一遍，"那个金身虐泉估计又可以让他的那点黑们开心一阵了。"

"每次比完赛都是他话最多，但是这次竟然老老实实地跑去睡觉了，太奇怪了。"

"可能见鬼了吧。"

见了鬼的章凡颜此时此刻躺在床上来回翻得睡不着。

晚上那件事情简直就是……噩梦！

他不知道到底是怎么了，不知道是不是因为那是这个赛季的第一场比赛，不知道是不是因为场馆的温度过高，不知道是不是一路游戏激战得痛快，一切都让他兴奋至极。所以他慌慌张张地抱着键盘跑了，所有与他错身而过的人就都如同幻影。

他把自己关在那个格子间里，黑暗中什么也看不见，一闭眼就是那些水晶爆炸的画面，赢过的，输过的。

然后就是刺眼的光亮，然后就是苏哲的脸。

Boom！

章凡颜觉得自己脑子一定是被什么东西堵塞了，为什么那个时候毫无反抗，至少也要把那个死变态骂到祖宗十八代都不认识他了才好！可是……可是……他就像话都不会说了一样，任由苏哲摆布。

一定是因为部落·德玛西亚万岁·来自东方的神秘力量绑架了他的大脑和身体。

这波真是亏到地心了。

"啊——"

章凡颜胸闷地怪叫了一声，用被子把自己整个人都蒙住。

苏哲说："我替你扛的塔，你要怎么报答我？"

他焦躁地在床上来回翻腾的时候，门冷不丁地开了，章凡颜翻过身来："彭彭！"

Boom!

又是苏哲的脸。

"你到我房间里来干吗？"章凡颜一身的毛全都竖了起来，满脸戒备的表情。

"我来帮彭炀拿充电器。"苏哲特别淡定，"他在打排位走不开。"

章凡颜指了指桌子："就那个，拿了赶紧滚蛋。"

苏哲从桌面上拿了充电器，转身离开，可惜，本该滚蛋的他却把门给带上了，回身面对章凡颜。

"你！"章凡颜吓得往后缩了一下。

苏哲笑得人畜无害："我怎么了？"

"你、你、你、你别过来啊！再过来我叫人了！"

这句话一说出来，章凡颜恨不得一头撞死，这是什么狗屁剧情啊！

苏哲见他两条眉毛都要扭到一起了，猜他可能又展开什么奇怪的心理斗争了。

怎么就这么别扭。

"你别这么紧张，我又不会干什么。"

"你还想干吗？"

苏哲走到章凡颜的床边，居高临下地看着缩在墙角的章凡颜的感觉很好。他微微俯下身，低声说："你怕我？"

"怕鬼啊！这是讨厌！是讨厌！"章凡颜一脸凶巴巴的，他觉得苏哲特别有压迫感，让他很难受。

"你的讨厌还真是一点分量都没有啊，除了会骂人，你还会做什么？"

"什么？"

"想喷别人，自己先成为最厉害的人再说吧。今天的比赛虽然赢了，可你的 KDA 简直就是小学生水平，就你这还算一流 ADC？"

章凡颜炸了："你才是小学生，你说谁小学生啊！"

"我？"苏哲好像听到了很可笑的事情一样，低声说，"我技术怎么样，难道你不知道吗？"

章凡颜的脸唰一下就红了，被噎得什么都说不出来，脑子里噼里啪啦的就跟放炮一样，吵得他想敲晕自己。

苏哲这人有毒啊！每次面对他，自己都好像被套了个虚弱然后一万个技能砸下来被一套带走似的。

章凡颜只能在心里大骂苏哲。

这些天苏哲的心情好得有些过分，这直接体现在比赛里，首轮的比赛 LC 以全胜的纪录保持排行榜第一，每场比赛苏哲节奏都带得飞起。反而章凡颜倒成了一个团队型 ADC，普普通通地对线，被压了就去偷发育，幸好张思卿实力 carry，要不然也要被章凡颜带崩了。

"烦烦，你这几天怎么了？"彭炀拿着一罐可乐贴向章凡颜的脸，章凡颜被他吓得一激灵，回神时才接过了可乐。

"我能怎么了？"

"感觉你最近状态有点迷啊。"彭炀打开了自己的可乐，"有时候我钩到人你却好像发呆一样跟不上收割，怎么了？青春期？"

"胡说！"

"那为什么比赛的时候你就跟没睡醒一样？"

章凡颜翻白眼，他怎么可能告诉彭炀到底发生了什么。他觉得尴尬透了，比赛的时候哪怕下路都快要打崩了，他也不想给苏哲发求救信号，好在苏哲意识够强，总能及时赶到给章凡颜化解危机。

这让章凡颜感觉更烦躁了，明明不想看到的人，可迫于现实每天都看得见，这样下去自己真的不会爆炸吗？

现在的烦神，是名副其实的烦。

不过唯一值得庆幸的是，联赛期间除了比赛之外，就是排得满满当当的训练，他只有那么一点点空闲时间去诅咒苏哲，其他时间都给了无尽的练习。

章凡颜拿着手机上网，看论坛上又是一堆骂自己的帖子，觉得更烦了。那些帖子的内容无外乎什么这个赛季"烦神"已捞，实力 carry 对面，团战零作用全靠躺赢……职业选手要面对比赛的压力，同时也要面对舆论的压力，总会有人看你不顺眼，总会有人为了黑而黑，其实有些时候真的不是战胜自己就可以的，心态这个东西太难把握了。

虽然他有的时候觉得安西这人套路太深不好相处，但对方有一句话，章凡颜是十分赞同的，只有拿到顶级赛事的冠军，站在最高的地方，才能让所有人都闭嘴。

新赛季开始，rank 重置刷新，大家都在紧张地打定级赛，章凡颜更是熬了一个通宵才打了一个七胜三负的战绩，全程一句话都没说，好像训练室里压根就没他这个人一样。

天蒙蒙亮的时候他才走出训练室，郊外的清晨安静得不行，这个时候大家睡得正熟，章凡颜连自己的呼吸声都听得一清二楚。

已经很久没有见过这样的黎明了，一个人的时候章凡颜喜欢发呆。他坐在餐厅的吧台边，眼前是一整块落地窗户。他搓了搓手，有些凉意，刚才接的一杯温水也渐渐冷了。

他把那杯水捧在手心里，却一直没喝下去。

不知道怎么的，章凡颜开始矫情地回忆自己的职业生涯。当时满怀信心地来打职业赛，但是现实跟他想的一点也不一样，这条路太艰苦也太难了，今天还在赛场上的人，也许明天就不在了，有人来，也会有人走。

大家都是怀揣梦想而来的，可真正能圆梦的人，没有几个。

想到这里，他就不由得有点伤感。

章凡颜捧起水杯凑到了嘴边，忽然肩膀上的重量吓得他松了手。

"喂。"苏哲不知道什么时候站在了他身后。

"啪"的一声，玻璃杯掉在地上摔得粉碎。

声音清脆明亮，打破了难得的寂静和章凡颜的"中二"情怀。

"你想吓死我啊！"章凡颜连忙从椅子上跳下来，蹲下去捡玻璃碎片。

苏哲皱了下眉，伸手去拦他："别用手捡。"

可终究晚了一步，章凡颜手太快，玻璃划过他的手指的时候，他人甚至还没反应过来，血就瞬间渗开了。

"你蠢啊！"苏哲拉过了章凡颜的手，"连小学生都知道玻璃不能用手捡吧！"

章凡颜看苏哲拉自己，吓得手上劲儿更大了些，导致玻璃直接划进了皮肤。虽然那块玻璃没多大，伤口却划得很深。

划破的还正好是左手食指。

"你才蠢吧！大清早的不睡觉瞎晃荡什么？！"章凡颜抽回了手，从桌子上拿了纸随便擦了擦，难得一个清静的早上闹这么一出，节奏全被带乱了。

"我睡不着，下楼来喝水，正巧看见你在这里，谁知道你发什么呆。"

"分明是你走路都没个声的吧！"

"这也怪我啊？"

章凡颜两条眉毛拧在了一起，他比苏哲矮了半头，不得不抬着头怒瞪苏哲，样子好像一只随时要咬人的小兽，就差喉咙里再发出呼呼的声音了。

苏哲无奈地笑道："好吧好吧，怪我，你的手还好吧？今天有比赛的。"

"爸爸我单手操作照样能 carry 全场！"

"那我只蹲上中好了。"

"你敢！"

章凡颜下意识地吐出了那两个字，但马上感觉到说错了话。他低头咬了下嘴唇，转过身去用纸巾一点一点擦自己手指上渗出来的血。苏哲离开了一下，回来时手上多了一个创可贴，他站在章凡颜面前，高大的身影挡住了朝阳透过薄雾射进来的光。

"你干吗？"章凡颜警觉地往后缩。

"还是贴个创可贴吧，总是流血也不是个事啊。"苏哲很认真地帮他把创可贴缠在手指上。章凡颜看了看，皱着眉说："为什么是粉红色的，你有病吗？"

"粉丝送的。"

"粉多就是好。"章凡颜嘟囔了一声，"连创可贴都送。"

"我也不知道为什么。"苏哲笑道，"不过送得最多的还是吃的用的，我本来都不想要的，可是他们从来不写寄的地址，想退都没地方退。"

"那你都怎么处理的？"

"扔在基地，谁喜欢谁就拿去好了。"

"我决定把你的这段话爆料出去，你说会不会有好多人粉转黑？"

"你可以试试。"苏哲很无所谓的样子，"反正跟我也没多大关系。"

章凡颜有些不理解，歪着头看苏哲。

"看我干吗？我真觉得这跟我没关系，他们喜欢我、讨厌我，又不影响我玩游戏，我没必要在乎这些吧？"

"呵呵。"章凡颜抽回了手，此时天已大亮，今天的比赛在下午第三场，刚好他能够补个眠。不过最好今天在比赛之前都别让安西看到他的手，否则安西一定又会骂人的。

在赛场的电脑前调机器的时候，彭炀发现了章凡颜手指上的创可贴。

"烦烦，你手怎么了？"

"没事，划了一下。"章凡颜随意地戴上了眼镜。他比赛的时候习惯戴护目镜，因为赛场的灯光太亮，训练时间长了也会戴，以免眼睛太累。

"严重吗？"

"严重的话我还能坐在这儿？"章凡颜拍了拍彭炀的肩膀，"放轻松，比赛而已。"

章凡颜拿了两局的轮子妈，团队型 ADC，求稳。

中间一波团战的时候，苏哲拿着皇子在小龙团开大招困住了对方四个人，但是因为章凡颜切入战场稍微慢了点，皇子瞬间被集火，一次胜算极大的团战最后打了个五五开，好在拿了条龙。

苏哲看着自己瞬间变黑白的屏幕皱起了眉："你发什么呆呢？"

"我 R 没按下去！"章凡颜叫了一声，"我的锅，我 R 没按住大招开慢了。"

"没事。"张思卿打比赛的时候从来不指责队友，哪怕送对面一波团灭，他都能淡定地说没事，下一波再打回来。

章凡颜是用食指去按 R 键的，按的时候指尖的刺痛让他下意识地把手指弹了回来。他没什么别的不好，就是怕疼，打比赛的时候他抠键盘的力度足以让痛感从指尖扩散到神经。这么一条件反射使得他没及时开出大招。本来苏哲是能先手开团活着出来的，结果被章凡颜卖了。

章凡颜想：今天的比赛苏哲的 KDA 一定很难看吧。

然后他又很阴暗地想：活该啊！

最终两个队伍打成了平局，握手言和。

收好外设离开赛场时，苏哲正好走在章凡颜的身边，他晃晃荡荡地对章凡颜说："你不是说一只手也能 carry 吗？"

"carry 不了。"章凡颜淡定地吐出几个字。

"疼吗？"

"疼什么疼，不用你管！"苏哲深吸了一口气，一把抓住了章凡颜想把他往墙边推。怎奈章凡颜及时预判走位一个闪现冲到了前面寻求队友的帮助："彭彭！玛丽苏吓唬我！"

"滚蛋！"旁边的张思卿戳了一下章凡颜的头，"老大不小的了干吗这么一惊一乍，谁吓唬谁啊？"

章凡颜被他戳疼了，十分不满地揉着自己的头发抱怨。"那老头你戳我干吗？不知道男人的头不能摸吗？"

"男人？你个小屁孩才多大？"

"我都老大不小的了！这你刚才说的！"章凡颜说着朝张思卿吐了吐舌头，又屁颠屁颠地去找走在最前面抽烟的高程。

苏哲在后面看着前面四个人打打闹闹的，无奈地笑了一下。

晚上的基地训练室里灯火通明，章凡颜把创可贴揭了看着自己的手指，只留了一道细细的划痕，但特别疼。都说十指连心，看来是真没错。

他想了想，决定用指甲去抠键盘。

本周 LC 有三场比赛，赛程安排得比较紧张，章凡颜晚上一直在和彭炀双排下路组合冲分，毕竟是老搭档，只要其他路的队友不是特别坑，基本都是胜利的节奏。

正常来说，他们是晚上十点结束正式训练，章凡颜打了一晚上觉得无聊，打开了直播。

打着打着，他感觉不太对，不说用大号总是被针对，对方像是能知道他和彭炀在哪里埋伏、在哪里插眼似的，总能及时躲避 gank。

章凡颜扭头对彭炀说："彭彭，我怎么感觉有点怪啊。"

"我也感觉到了。"

"不会是有人窥我的屏吧？"章凡颜看了一眼摄像头，在公屏里跟对面的人打了个问号。

【所有人】DASIVIDE：哟，烦神，求轻虐。

【所有人】天命不凡：你们有意思吗？

【所有人】DASIVIDE：？？？

【所有人】天命不凡：窥屏好玩吗？

【所有人】DASIVIDE：窥啥屏？烦神别这么输不起啊，被 gank 了说对面窥屏？烦神可以实力躺赢的啦！

看见"躺赢"那两个字，章凡颜神经一下就崩了，他正在直播，对面有人窥屏根本就是作弊，竟然还嘲讽他。对面那个不知道叫什么的算哪根葱啊，放在平时章凡颜早就一秒五喷了。他本来还轻松的表情顿时化身死妈脸，电脑的摄像头夹在了显示器上面，正好俯拍45度角，一脸的杀气。

"我躺赢？看我怎么收拾你！"

他这句话一说出来，直播间里顿时炸开了锅，有人喷对面窥屏狗，有人瞎起哄各种"666"，也有人说是章凡颜太装。

章凡颜依旧是和彭炀打下路，只是不再和彭炀商量怎么走或者去哪儿支援了，因为直播的是他的第一视角，所以换作了彭炀点地图指挥，俩人不说话也十分有默契。之前他意识到被窥屏的时候，已经打成了逆风局，自己一个ADC以0-3开局，简直是惨得不能再惨。

职业选手的优势在于，知道该怎么去弥补自己和对面的经济差距。人头上虽然落后，但是出色的补刀能力和偷发育能力让对方的装备并没有甩章凡颜太多。

对面一直和他刚的也是个AD，用的轮子妈，章凡颜拿的小炮，彭炀拿的风女。他最讨厌这种在自己眼皮子底下跳的货，彭炀怕他一上头直接冲上去，着实花了点时间把自家野区点亮，顺便配合打野入侵了一下对方野区。

章凡颜也不再钻草丛，反正谁都看得见谁。他在河道的时候看到中路AD落单，想都没想开技能一屁股坐到了那个轮子妈脸上，接着就是一套技能暴打。轮子妈交盾交闪现，可惜还是被章凡颜最后挂上的点燃烫死了。

他正好卡了轮子妈治疗CD的时间，如果对方治疗还在，是还有逃生机会的。

"你就这么突人家脸啊？"彭炀笑道，"不怕打野在附近？"

"来一个杀一个，来两个杀一双！"显然一个人头不足以熄灭章凡颜愤怒的火焰，加上敲键盘手指太用力，疼痛让他更是烦得不行，彭炀背对着他也知道，此时此刻的烦神杀意已决。

整场里面章凡颜逮到谁杀谁，简直回到了他还是路人时候的那种见谁刚谁的状态，也是因为他捡漏能力够强，每次进场各种收割，再加上跟着风女游走，生生地把局势扭转了回来。游戏打到后期，他们一群人准备在下路开团，彭炀不断地点地图发信号。对方撤退时，章凡颜他们就跟在屁股后面打消耗。终于，彭炀凭借超高的移动速度绕过了野区，找准时机闪现出来开启大招，本来都要逃出生天的敌人全都被风吹了回去。

"这大招！"章凡颜惊叹，"彭神可以啊，风女闪现大招开团！太牛了！"

后面的队友跟上控制，各种大招互换，章凡颜疯狂走位点技能平A，耳边全是击杀的音效。

Penta Kill（五杀）！

五杀团灭。

直播屏幕上各种"6666666"。

正好己方兵线也已经到达，就着对方团灭的时间，章凡颜一方顺利点掉水晶，游戏获胜。

无论比赛还是打 rank，结束之后章凡颜都会看一眼本场的数据，虽然逆风局翻盘赢了，但是在他看来，还没有达到他的预期，所以就算拿下五杀，他的表情也没什么变化。

但观众都以为，烦神是在强行装。比起胜利之后欢乐地说"就你这水平还在我面前跳？怎么样？爸爸教你做人了吧！"，他现在冷着一张脸更具有杀伤性和威慑性。

这个赛季一开始，就有各种人说他是躺赢。因为苏哲加入 LC，这个打野把节奏控得无比好，gank 成功率相当高。从版本角度来讲，中单英雄也能承担起 carry 的角色，相比较之下，章凡颜只是做了一个 ADC 该做的事情，没什么表现亮眼的地方，只是不拖后腿。所以大家都说这个赛季烦神不 carry 了，存在感没之前强了。

本来章凡颜不太想提这个事，那个路人却直接撞了枪口，所以章凡颜只能送他升天了。

章凡颜的臭脸一直延续到第二天的比赛中，张思卿并不知道昨天发生的事情，坐在章凡颜身边感觉到了气氛不太对。

"你手好了没啊？"张思卿问。

章凡颜握了握拳："算是吧。"

"什么叫算是？"

"那就当作好了吧。"

张思卿无语。

比赛准时开始，他们是蓝色方，上单兰博，中单小鱼人，打野皇子，下路复仇之矛和锤石。与他们对阵的是 LKT 战队，实力中上游，双方属于互拿三分都有可能的情况，LKT 后手拿的上单刀妹，中单乐芙兰，打野蔚，下路轮子妈和风女。

复仇之矛这个英雄对线很强，而且它的大招和锤石的灯笼可以互相拉人，LKT 本来想打一个换线，但是被 LC 抓到了，所以又成了一个正常对线的局面。

章凡颜憋了一宿的气全撒在了小兵和对方英雄身上，他手速本来就快，现在正经认真打，连推线带点人，滑板鞋各种穿梭，跟他打下路的彭炀都有点受不了了。

"烦烦，注意一下走位啊，对面打野感觉应该在后面了。"彭炀点了一下地图提醒章凡颜。

"应该不会。"章凡颜回答，"对面天晓玩蔚打野的时候就喜欢前十分钟不上线无脑刷，我猜他现在出的八成是个紫色的打野道具，野区扫一遍再说。"

"套路要能让你猜到，还要教练干吗？"

两人说话的工夫苏哲已经来到了下路，只是他在一塔后面的草丛里偷偷蹲着，章凡颜他们也已经把线压到了塔下。

但是对方的双人路好像已经嗅到了危险，兵线都不管了就往后撤退，章凡颜迅速清掉了兵，越塔追过去，三个人猥琐地在一塔和二塔之间截断对方的兵线，既让对方吃不了经验也拿不到钱。

"散。"苏哲言简意赅地指挥。

"这波可以打的啊！"章凡颜有点贪，"我双招都有的。"

苏哲压根就没理他，自己先跑了，彭炀的意思也是往后退，章凡颜只能无奈地走人。

正常比赛双方都打得偏稳，苏哲控龙一向不错，而且他们还有一个为了小龙团而生的上单兰博，前四条小龙都没有给对方太多机会，但是临近第五条小龙出生的时候，章凡颜被LKT单抓阵亡。

"啊！"章凡颜连忙看了下公屏里苏哲发的时间记录，发现还有半分钟小龙刷新，惊险之余只能感叹幸好时间还够，"他们要是开小龙你们先拖住啊。"

"放心，少你输出也够。"高程笑了一下。

LKT先到龙圈做好了准备，LC因为少个人所以只能骚扰骚扰，双方纠结了半天谁也不开龙，终于LKT先忍不住了，打野进场把龙拉了出来，希望几个人能速度推掉。

可LC哪儿能给他们机会？

"我好了好了！"章凡颜一复活马上家园卫士冲出去，"你们拖住啊！"

正面战场之上，小龙被打掉了一半的血，苏哲算了算时间，冲进人群开启大招，高程也顺势开大，皇子加兰博的大招团战简直无解，众人瞬间被砸成了残血，小龙因为没人拉仇恨开始往回飞，苏哲手上还留着一个闪现，直接闪现到小龙身边。别人打架，他就鸡贼地一套技能最后惩戒落下把小龙收入囊中。

章凡颜是方才砸大招的时候赶到战场的，想都没想就开始无脑上去突人，各种技能让河道顿时炸开了花。

Quadra Kill!四杀滑板鞋。

LKT最后只剩下一个残血的轮子妈逃出战场，章凡颜大喊："我要五杀！！给我五杀！"

但他在最后面，无论怎么样也追不上轮子妈，只能靠队友留人。

"烦烦，开大招，我拉你！"彭炀说道。章凡颜发动复仇之矛的大招，彭炀就瞄准了轮子妈的方向突了出去，然后反手一个灯笼丢给章凡颜，示意章凡颜点灯笼过来闪现追人。

他们计划得是没什么问题，怎奈彭炀刚放好灯笼，章凡颜还没来得及点，皇子就已经点了灯笼飞身向前，正好技能CD也好了，一发EQ就挑死了轮子妈。

章凡颜的五杀泡汤。

"你有病吗？！你想死吗？"章凡颜气得要摔键盘了，"你干吗抢我的五杀！我的五杀啊！"

苏哲一副没事人的样子，跟着兵线就上了高地，直到对方家里水晶爆炸，仍是好像什么都没发生一样。

比赛结束，LC全取三分，但是章凡颜一脸快要爆炸的表情。

"我真是服了！"章凡颜感觉自己胸中一口老血都要喷出来了，"彭彭给我的灯笼你捡什么啊？！我的五杀！你是不是脑子有病？！"

苏哲面无表情地摆了摆手："我怕你没闪现追不死人，再说本场的MVP都给你了，不用计较这么多吧？"

"我有闪现啊！我在频道里发了时间啊！你自己不会看啊？！"章凡颜觉得苏哲就是在找理由，"别告诉我打野看不懂时间！你骗鬼啊！"

本来是妥妥的五杀，别人家的队友都会拼命帮忙留人的，自己家队友却抢人头，章凡颜气得直跺脚。

"给我五杀多好！"

"对不起，我要KDA。"苏哲淡淡地说。

"KDA个鬼啊！"

KDA是个迷幻的东西，英雄联盟的KDA计算公式为击杀加助攻除以死亡次数。KDA越高代表选手在本场比赛中发挥越好，但是苏哲那句为了KDA的话说出来纯属扯淡。通常来讲，一个队伍中APC（Ability power carry，法术伤害核心）和ADC的KDA会比较高，因为要承担输出的角色，打野的KDA相较之下就没那么重要，毕竟打野KDA再高，节奏带崩了还是得崩。

张思卿、高程还有彭炀坚定遵守非战斗人员请回避的准则，直到回了基地都跟章凡颜保持一定的距离。

被抢了五杀的 ADC 随时在开大招的边缘。

"玛丽苏还真是刚得可以啊。"老烟友张思卿点了烟,火光照亮了他的半边脸,他深深地吸了一口,然后吐出烟圈,感觉下午的比赛简直欢乐得不行,"小暴龙的五杀都敢抢,真是光脚的不怕穿鞋的。"

另外一位老烟友高程笑了笑:"烦神叫唤的时候我都惊了,他大概要气死了吧,本来就不喜欢那个玛丽苏,还被抢风头,还好一个 ADC 一个打野,要是换成中野或者下路组合闹这个别扭,那真是没的救了。"

"我觉得玛丽苏人还行。"

"怎么说?"

"不瞎叨叨。"张思卿说道,"你没见他比赛的时候除了记时间之外,只有开团或者 gank 这种必要的点上才说两句吗?今天小暴龙都骂街了,他也不说什么,真是稳。"

"哈哈哈,他是没的说吧,反正我是闹不明白玛丽苏抢个人头是为哪般。"

"逗他玩吧。"张思卿摇了摇头,"唉,希望他俩能稳点,先拿下明天的比赛再说,周末阿琛说出去玩。"

"啊,终于可以出去放风了。"高程放松地伸了伸懒腰。

职业选手的生活其实很无聊,每天就是无尽的 rank、训练赛和比赛,除此之外很少能有自己的时间。毕竟选手的职业生涯很短暂,如果不能在有限的时间内拿到成绩,那么一切都将是一句废话。

章凡颜带着所有的怨念迎来新的比赛。对方是个比较弱的经验宝宝队,他打起来心理上没什么负担,一路超神,拿下了比赛。

但是赛后总结的时候,他却被安西骂了一顿。

"今天的比赛大家辛苦了,自联赛开赛以来,大家的表现都可圈可点,但是有一个问题我希望你们能注意一下。"安西坐在那里的样子比平时更严肃一些,"心态。我是说,烦烦,今天的比赛中你让我很失望。"

"什么?"章凡颜有些不可思议,"我拿 MVP 了!我哪儿做得不好了?"

"如果换作别的强一点的队伍,已经花式赢了你们了。不说别的,该撤退的时候 ADC 带着上去浪,你的比赛的态度根本就是藐视对手。"安西皱起了眉,"用尽全力去对待每一场比赛才是给对手最大的尊重,我不希望你因为一点成绩就觉得自己很厉害了。当然,我不只是说烦烦,也是在给你们所有人提个醒,我不希望以后再看到这种玩闹的比赛。"

"知道了。"章凡颜低着头,有点委屈。

"不过明天我们可以组队出去玩啦!"安西瞬间画风一变,从一个鬼畜教练变成了满脸绮丽表情的怪蜀黍(怪叔叔),"吃饭唱歌看电影哟!是不是有点小激动?!"

众人发出了"喊"的声音。

周末的阳光异常明媚,LC队员倾巢出动,迎来了久违的户外运动。

"我觉得自己好像刚放出来的劳改犯。"章凡颜揉了揉眼睛,"难得不用对着电脑啊。"LC的基地别墅远离市区,比赛的时候基地和赛场两点一线,不比赛大家就是宅在基地里。

阿琛刷着手机,身为煮饭阿姨得全程伺候好这群生活技能为零的低能儿童。他提议道:"去看电影怎么样?我看看最近有什么好看片子啊?好像只有《霍比特人3》啊。"

"就是那个阿拉希战场?"高程思考了一下,"对不起,我玩部落的,我对兽人战败这个事并不能忍。"

"阿尔萨斯可是人类王子啊,人族是联盟。"张思卿回答,"五军之战里不是还有精灵吗?"

"他们一定是暗夜精灵伪装来的。"

"暗夜精灵是紫色的……"

游戏才是一群男生之间永恒的话题。

高程在玩LOL之前什么都玩过,可能游戏少年的经历皆是如此,年纪比较大的孩子带着小的玩,如此一代换一代。他很小的时候流行玩《魔兽争霸》,那时候还有一个叫WCG的比赛。在世界的另外一端,当人皇SKY两度登顶时,高程还在街边嚼糖。

等到他成为职业选手的时候,陪伴了大家十三年的WCG落下了帷幕。当时他去现场看了比赛,当屏幕上出现"再见,魔兽争霸III"的时候,心里涌起了一种莫名的情绪。

他本以为自己对游戏没有什么太多的情怀,可那时还是觉得唏嘘的。他的游戏ID就叫LichK,永远的巫妖王,永远的冰封王座。

"哥当年也是阿拉希的霸主啊。"高程指的是自己后来玩《魔兽世界》的事,不过他也只断断续续地玩了两个版本,《英雄联盟》开服后他就掉入了这个深坑。

"就这么决定了,看《霍比特人3》!"阿琛并没理会高程莫名其妙的追忆,替大家做了主。

本来安西是跟他们一起来的，可是刚到电影院的时候就被一个电话被叫了回去。电话那头说是俱乐部那边要开会，安西简直要哭了。
　　"开会？你还开什么会啊？"章凡颜有点不解。
　　"可能是月度总结大会之类的吧，反正跟你们没关系，是管理层的事情啊。"安西佯装抹泪，"请替我把那一份看完。"
　　阿琛摇了摇手："反正只有六张票了，你走了我们人数正好，再见。"
　　"真是太无情了！"
　　众人无情地抛下安西，各自分散去买电影院零食。
　　因为买票的时候已经临近电影开场了，所以他们并没有买到靠在一起的位置，阿琛还是按照惯例进行抽票。
　　"来来来！买大买小，买定离手啊！"阿琛玩这一套特别熟练。
　　基于上次比赛分房间的痛苦经历，章凡颜这次说什么也不想自己单抽了，用胳膊肘捅了捅彭炀："彭彭，你抽两张吧，咱俩一人一张。"
　　"好啊。"
　　章凡颜看着彭炀伸手，就好像在比赛时满怀希望地看着锤石出钩一样。彭炀很随意地拿了两张票，章凡颜迫不及待地问："怎么样怎么样？是一排吗？"
　　"是啊。"彭炀仔细看了一下，"八排的连号。"
　　章凡颜松了口气。
　　电影快开场了，他看了看时间打算先去个厕所，把东西都给了彭炀让他拿着。可当他九曲十八弯地绕回来时，门口只剩下了苏哲一个人。
　　"他们人呢？"
　　"你去了太久，电影都开场了，他们就进去了啊。"
　　"那为什么是你在这儿？"
　　"我让彭炀先进去，我等你不好吗？"
　　"哪儿凉快哪儿待着去。"
　　"赶紧的吧。"苏哲晃了晃手里的票，"再磨叽会儿可能连电影出品商的片头都看不见了。"
　　当看到苏哲手里晃的票的时候，章凡颜忽然有种不好的预感。
　　不会又是套路吧？！
　　他脑子里还在分析是不是套路的时候，整个人已经被苏哲推进了电影院。从亮的地方忽然到一个暗的地方，章凡颜感觉自己就跟瞎了一样，苏哲掏出了手机给他照着脚下的路："看着点，别摔着。"

"你当我傻啊！"他叫了一声，马上意识到这里是电影院，就又把声音缩了回来。

等他和苏哲坐在八排的连号座位上时，章凡颜想哭，什么最强打野，分明是最强套路王，彭炀你怎么就傻白甜地上了这人的当啊！

然而什么都不知道的彭炀等人正坐在他们前两排的位子上。

"你说，我们这样会不会让别人觉得我俩关系还不错？"苏哲的眼睛一直看着大银幕，话却是对章凡颜说的。

"一边去啊！！"章凡颜几乎是咬着后槽牙吐出的这几个字，大兄弟你是不是有问题啊？！有问题就要去看医生啊！看什么电影！

"烦烦，总是骂人可不好。"

听到苏哲这么叫自己，章凡颜鸡皮疙瘩都要起来了："烦个鬼啊烦！"

"看电影的时候也不要总是说话，会影响别人的。"

章凡颜哭了，分明是你一直在说话，别以为你音量小就可以装作自己没说话啊！

"当然了，电影剧情还是可以讨论的。"

再见。

泪流满面的章凡颜觉得自己好像《大话西游》里面被唐僧一直啰唆，最后只能拔刀自杀的黑牛喽啰。

整整一部电影的时间章凡颜始终笼罩在被苏哲支配的痛苦阴影里，以致最后他连五军之战到底是哪五军都没弄明白。

"你是不是都没看过《指环王》和《霍比特》前两部啊？"从影厅出来后，苏哲见章凡颜一脸的生无可恋，象征性地问一句。

"没看过又怎样？"

"有时间可以看看啊，还挺好看的。你看高程，他喜欢玩魔兽，魔兽的很多设定跟这个就是一样的，你看他看得多欢乐。"

苏哲指了指前面聊得兴高采烈的高程。

"我又不感兴趣。"

"也是啊，那会儿你年纪太小了。哎，对了，你成年了吗？"

章凡颜惊讶地指着自己："我看着像未成年？！"

"难道你比赛注册的时候他们没翻过你的身份证？"

"你傻吗？！注册的时候不用身份证难道要刷脸吗？！我当然成年了啊！夏季赛打完了我都要过十九岁生日了！"

"那你还是小啊。"

"你又能比我大多少啊？！"

"我今年二十一，不过我生日小，在年底。"

"老年人。"来来回回这么多遍，章凡颜终于成功吐槽了苏哲一次，心里有点暗爽。

"是啊，是老啦。"苏哲伸了伸腰，好像并不太在意这些。他逆着光，光晕把整个人都勾出了一层金边，抬着手臂向上伸展的时候，身体被拉长了许多。他本来就高，此时章凡颜在他后面，感觉自己渺小得不行。

"这个赛季打完了，明年可能我就要退役了。"苏哲缓缓地说出了后面的话。

"……"

"可是，"苏哲瞬间转身，章凡颜冷不防地撞在了他的胸口上，苏哲笑了笑，手掌压在了章凡颜的头顶，"等你先赢过我再说吧。"

"把你的狗爪拿开！男人的头不能摸啊！"

"你俩在后面磨磨叽叽的在干吗啊？兄弟。"高程着实在饭店门口等了两人一会儿，下午几个人看完电影逛逛，就到了晚上饭点，"你俩什么时候关系这么好了？"

"哪里好了？"章凡颜努了一下嘴。

"阿琛提前订好的包间，他们先进去了。"

"你们就这么喜欢只留一个人等人吗？"章凡颜回想起下午看电影的经历，高程没弄明白他的意思。

一旁的苏哲说："进去吧。"

"我要吃香芋扣排骨！"章凡颜翻着菜谱第一个叫唤。彭炀坐他身边，就跟个家长一样说："烦烦，吃太甜不好。"

"可我就是喜欢吃啊。"章凡颜一脸诚恳又可怜地看着彭炀。

最后还是张思卿说："他又不是小孩，甭管他了，来烦烦，叫爸爸，爸给你点。"

"爸。"

众人扶额无语，为了口吃的这人还要不要脸了？！

看着满满一桌子的菜，苏哲并没有什么胃口。来南方生活的这几年，他一直没吃习惯。他不喜欢吃那些甜得发腻的东西，糖分多得好像能堵住脑回路一样。并不是他嘴太挑剔，只是打小就这么长起来，豆腐脑、炒肝、油条、焦圈，那才是他熟悉的味道。

有多少午夜梦回的夜晚他只想吃一碗热腾腾的卤煮啊。

他想，在座的所有人肯定都无法理解自己。

饭桌上几个人不怎么想聊比赛的事，可他们的生活又确实单调无聊，只能互相套八卦。张思卿和高程两个人把苏哲拉到了自己的阵营里，时不时地调侃两句。

"你们知道吗？上个赛季我记得有一次，就是咱们队跟 NAS 打的时候，那会儿苏帅还在 NAS。比赛结束后不都有观众上来合影嘛，那会儿我就看见一群姑娘朝着苏帅跑，当时简直了，哎，我这辈子都没遇到过。"

"可不！"高程附和，"好气啊！"

"现在真的很能理解你原来的队友。"张思卿拍着苏哲的肩膀说，"现在我微博下面的留言都是什么'哎呀美队你今天比赛发挥得太好了请问能给我苏帅的手机号吗？'。"

张思卿的 ID 是 MissU，拜某个解说所赐，在一场比赛里因为觉得叫名字太麻烦，所以一直叫他 M 队，后来又谐音成了美队，大家就这么叫开了。只是队里其他人已经习惯了叫他的名字，并没有改过口。

"有那么夸张？"苏哲有些不以为意。

"当事人是你，难道你感觉不到？"张思卿的表情有点浮夸。

"每次我站在那里不就行了吗？跟人肉背景没什么区别。"

"不愧是最强打野。"张思卿竖起了拇指，"果然两耳不闻窗外事，一心只刷蓝爸爸。"

"对了。"一直没说话的彭炀出了声，"我们下个星期是不是要跟 NAS 打了啊？"

阿琛回答："是啊，下个星期咱们就排了一场比赛，跟 NAS 的。"

"换了韩国外援的 NAS 今年实力不是一般的强。"高程缓缓地说道。

NAS 在联盟之中本来就不容小视，在苏哲离队后，NSA 又引进了两名韩国外援。那两人来自上赛季全球总决赛的冠军队伍，打野 Whisper 和 ADC Hide。本赛季大量世界级外援的引入让联盟的比赛变得更加精彩激烈，同时给本土选手更多的压力。

高程的话一出，大家先是沉默了一番。

在世界级比赛中 LC 还赢不了韩国队，国内的队伍也有越发多的韩国选手，诚然，他们是能在这样的较量中得到提升，但归根结底，大家心底里还是希望能够给本土选手多一些机会的，毕竟人都是需要成长的。

"苏帅，你为什么离开 NAS 啊？"张思卿问这个问题的时候又点了根烟。

苏哲好像很费劲地回忆了一下："我不想跟韩国人同队。"

章凡颜歪脑袋看了一眼苏哲，满脸写着"你还有这无聊的使命感和爱国情怀"？

"那会儿 NAS 其实是想买一对下路组合的。你们应该都了解吧，上赛季九曜的状态起起伏伏。虽然打进了决赛，但是下路确实给对手很多突破口。NAS 的管理觉得下路是短板，索性全换掉。我们都觉得挺无奈的，后来说是买了一对韩国的最强下路，本来先开始是和 Hide 谈的，那会儿我就觉得这事没意思，国内又不是真没人了，干吗抱别人大腿？现在九曜去二队打了，我也离开了 NAS，反正挺唏嘘的吧。"

关于九曜，章凡颜好歹也跟他交手过很多次，虽然跟本人不太熟，但赛场上已经是老对手了。同样身为 ADC，章凡颜跟九曜对线时就觉得这人特别稳，即使线上打不出来优势，但基本不会打崩，属于团战型 ADC。

玩 AD 的人，多多少少都比较狂。但在章凡颜的印象中，九曜是个很低调谦逊的人，除了比赛训练以外很少出现在大家的视野里，打 rank 时碰到也不怎么说话。

这样一个 ADC 能让队伍保持稳定，但并不能带领队伍去创造奇迹。

"NAS 今年的阵容可以啊。"张思卿琢磨了一下，"看来是冲着夺冠去的。你们那个中单，就是可心，这赛季也是 carry 得不行，简直无敌。"

NAS 之前一直以中野著称，中单可心加打野苏帅，赛场上的配合天衣无缝。当时的苏哲入侵对方野区后最喜欢的事就是去反蓝 buff，控制对方中单的蓝 buff 可以极大限度帮助自家中单打出优势。这是让所有和 NAS 交手的队伍最头痛的事情，张思卿也不例外。他仍然记得当时和 NAS 打比赛，有时去拿个蓝 buff 甚至要动用三四个人的力量，简直郁闷。

"他呀。"苏哲想了想，"可心无论作为队友还是对手，都是很强的存在。"

"哎呀。"高程长叹了一声，"从此他再也不能叫你帮打蓝 buff 了，你也必须去中路 gank 他了，每一对分开的中野就好像离婚的夫妻啊！"

苏哲不自觉地笑了出来。

几个人吃吃喝喝到很晚才回了基地，回去之后又各自打 rank。因为饭桌上提起了 NAS，章凡颜不由得回忆起自己在过去一个赛季里跟 NAS 的交手。线上的时候他能压着九曜打，但是那时的可心和苏哲特别喜欢中野双游，只要在野区里就能被他俩给抓死，现在想想都是特别不好的记忆。正因为他对苏哲没好感，连同对可心也没好感，不过个人恩怨放在一边，可心技术上没得黑。

这个赛季，苏哲来到了他们队，可心也有了新野爹，不知道再打起来，是怎样一番光景。

晚上十二点多，章凡颜喊肚子饿。张思卿说："厨房里有吃的，自己鼓捣。"章凡颜只能自己跑厨房去翻。

正好苏哲进来接水，看见眼前一片乱七八糟。

"你这是干吗呢？"

"实力炒饭。"章凡颜"砰"的一下打开灶台，有种爆炸感。

苏哲看他一副如临大敌的严肃样子，一下推开了他，"我来吧，正好我也有点饿了。"

"你会吗？"章凡颜表示很不放心。

"你可以试试。"

苏哲熟练地打好鸡蛋，又切了一些辅料，章凡颜看他切东西的手法觉得还挺靠谱的，便乖乖地守在一旁，等着吃白食。

"哎，下周要跟老东家打了，你有什么感觉啊？"章凡颜拿了根葱段在手里来回转，笑得一脸坏，"你跟可心关系不错吧，舍得痛下杀手？"

"有什么舍得不舍得的？赛场上哪儿讲究那么多？"

"如果彭彭去给别人当辅助的话我一定会很不开心的，他的钩子要是敢钩我，我就去找他真人PK。"

"你还真是小孩儿脾气。"

"你认识可心吗？"

"嗯？"章凡颜愣了一下，"算认识吧，但是不太熟，我觉得他这人挺高冷的，不好接触。"

"可心他确实不是什么热闹的人。"苏哲把手收了回来，将早就打好的鸡蛋摊在锅里，厨房里瞬间充满了嗞嗞的响声，"别的我不知道，不过就是因为这样的性格，他在联盟里也没什么朋友。"

"那种大神会没朋友？你别逗我。"

"我逗你干吗？虽然是有很多人有各种理由想接近他，但是他好像就是……不太会跟人交往，我差不多和他是同一时间到NAS的。那会儿我俩打配合他很少说话，以至于后来我也习惯不说话了。"

章凡颜有点不屑："原来NAS的无敌中野一直都是眼神交流啊，我还以为你俩多亲近。都说AD得和辅助睡一张床才能培养感情，中野不应该也这样吗？啊，可心再加上一个九曜，你们NAS的基地岂不是得冷成冰窖了啊。"

"你的智商真是跟脑洞不成正比啊。"苏哲笑着用手指戳了一下章凡颜的额头，后者眉毛瞬间就拧在了一起，"你以为谁都像你一样？得亏彭炀脾气好，否则谁受得了你？"

"我就纳了闷了我有那么差吗？"

"你是说技术还是人？"

"都是！"

"你算是个还不错的AD，但是……"苏哲意味不明地抬了一下嘴角，"脾气倒是宇宙级的差。"

章凡颜看不懂苏哲的表情，但是总觉得苏哲在嘲讽他。他清楚自己的实力，毫不自夸地说，能把他打得没脾气的AD屈指可数。中国虽然盛产AD，但就算用数据衡量，他也能跻身顶尖行列。结果到了苏哲这里，自己就只是个"还不错"的AD，这叫章凡颜很不能忍，脑子里瞬间全是当年被他抓爆的下路和被支配的恐惧。

"你又能强到哪儿去啊！不就会抢个龙嘛！给我个惩戒我也会！"

"你这张嘴真是学不乖。"苏哲微笑道，"我不是彭炀，他会哄你，我可不会。你可以试试把话说得再难听点……我都会叫你再咽回去的，以各种方式。"

章凡颜被苏哲吓唬得有点傻，一时半会儿说不出话来。

苏哲说道："不过现在先吃饭吧。"

"哦。"

章凡颜捧着手里的饭碗蹲在电脑前，虽说苏哲这个人很烦、很讨厌，但是做饭的手艺强过基地里的所有人，不包括煮饭阿姨。此时此刻的烦神很挣扎，实在不理解苏哲这人到底要干吗，摆弄他就好像猫捉耗子一样。

他把头一低，觉得这个赛季可能要陷入人生低谷之中。

*那个打野，
问题真的很大。* ▶ ▶▶

四、
老队友

与 NAS 的比赛恰逢周末，来看比赛的人很多。毕竟是目前联赛积分榜排名前列的队伍之间的比赛，精彩程度不言而喻。

但是场地依旧很冷。

章凡颜握着自己的水杯暖手，整个人缩在椅子上，一边抖腿一边放松身体，他微微颔首，目不转睛地盯着屏幕。

"你都准备好了？"彭炀还在忙活，"今天感觉怎么样？"

"还行，没什么特别的感觉，就是这里好冷啊。"

"好像是空调还没修好，真不知道他们在搞什么。"

章凡颜把左手放在键盘上，手指回忆着操作的频率去敲键盘，"手都要伸不开了。"

彭炀握了一下他的手，温度的差异让彭炀瞬间感受到了章凡颜指尖的冰凉，"狗爪子。"

"今天靠狗爪子 carry 啦。"

彭炀坐在自己的位子上，面对着章凡颜，把他的双手捂了起来："Hide 的比赛你都看过吗？"

"嗯。"章凡颜点头，"我都补过了，Hide 也属于团战型 ADC，打团的时候伤害爆表，就是不知道和 NAS 磨合得怎么样。现在刚第二轮比赛，估计大家有所保留，但是我想……"

"线上打爆他？"

"你真是我亲生的辅助。"

"得了吧。"彭炀搓了搓章凡颜的手，顺便帮他活动关节，"人家可是去年的冠军 AD，没那么容易的。"

"你不相信我？"章凡颜很郁闷，苏哲看不起他，连彭炀也厌了，"我管他哪儿来的！韩国选手就牛吗？"

彭炀只是笑了笑。

机器调得差不多了，时间也刚刚好，解说啰唆地说了一堆暖场的话，搞得好像今天是世界大战一样。章凡颜最后握了一下拳，比赛正式开始。

NAS 蓝色方，LC 红色方。

BP 时，LC 纠结了半天要不要 ban 掉狐狸，因为对方中单可心算是全联盟玩狐狸的个中高手，特别是改版之后狐狸更是强到逆天。张思卿倒是很轻松地说："没关系啦，我也不是吃素的啊，把狐狸放出来吧，试试水，也许可心根本不会拿呢？"

结果可想而知，OP 英雄非 ban 必选。

苏哲看可心果然拿了狐狸，就赶紧抢了个盲僧。

NAS 最终阵容兰博、狐狸、挖掘机、卢锡安、风女。

LC 最终阵容纳尔、泽拉斯、盲僧、复仇之矛、日女。

卢锡安在上赛季是个炙手可热的 AD 英雄，但是随着版本的削弱，本个赛季已经很少出现在赛场上了。Hide 在这个赛季也是第一次拿出卢锡安，章凡颜皱了下眉，不知道对方是太自信还是根本就看不起自己。

双方并没有换线的打算，日女在前几级的战斗力很低，风女给一个盾，卢锡安甚至能卡着兵线收兵，打这种阵容的时候章凡颜总是感觉很别扭，但是技能限制，他也没什么法子。

很快，打野 Wishper 游走到下路准备一波 gank，被彭炀插在河道左边一个位置十分刁钻的眼看到，章凡颜迅速后撤，Wishper 只能无功而返。

比赛节奏意外的缓慢，好像大家都在找机会，但是都没找到特别好的机会。

苏哲记了一下 buff 的刷新时间，就蹚进了对方野区，Wishper 其实已经到下路 gank 了两次，但都因为视野的关系没有成功。这对他来说算是比较伤的，所以在极力地刷野补充自己的等级，苏哲也并不打算现在和他刚。

与此同时，上路的对拼就显得激烈一些，双方的血线都被消磨得比较危险，可是谁都没什么退意。兰博率先六级，抓住纳尔走位失误一个大招从天而落，把纳尔砸得只剩下血皮，高程倒也没太慌张，交个闪现就往自己塔下跑，兰博觉得这个人头志在必得，紧追不舍。

马上就要到防御塔的边缘了，只要兰博平 A 一下就能收掉纳尔，高程心里计算了一下，手速极快地点掉了眼前的一个小兵，纳尔瞬间升到六级，满怒变身反扑挥舞着大爪子一把将兰博拍在了墙上。此时又不知道从哪儿飞出来一个盲僧，兰博竭尽全力想临死前换一个，但怎奈变大的纳尔太肉。

最终兰博命丧塔下，盲僧拿到一血。

收了人头的苏哲马上回城换装备，然后回到自己的野区。

他点了一下张思卿："过来拿蓝。"

"我塔下收波兵。"

"那你快点。"苏哲看了一眼自己的血线,"打完这个蓝咱们去做点事情。"

因为推了一波兵,狐狸已经去游走了,苏哲和张思卿掐好时间去了对面蓝buff处,打算返对方的蓝。

"怎么感觉有点虚啊?"张思卿嘀咕,"这蓝竟然还留着呢?不会是套路吧。"

"没关系,打吧。"苏哲倒是很淡定,起手Q就踹向了无辜的蓝爸爸,"Wishper放buff放得挺多的,狐狸在下路也赶不过来。"

"呵呵,我感觉肯定有套路。只是个狐狸又不是冰鸟,竟然如此针对人家的蓝buff。"张思卿扫了一眼下路,感觉应该暂时打不起来。

但是章凡颜就快气死了,他什么时候这么憋屈过?对面忽然过来一群人把复仇之矛按在塔下一顿爆揍,说好的上单抗压呢?!怎么变成ADC抗压了?!要报警了啊!

"烦烦你往前卖一下,我们过来gank。"张思卿说话不急不慢的。

"狐狸有大招。"章凡颜一脸面瘫,"我再往前走一步就能瞬间一套把我带走。"

"你双招都有吧。"苏哲问道。

"有。"

章凡颜还没来得及问干吗,只见盲僧从草丛中飞了出来,因为小兵卡了一下走位,狐狸没能及时躲开。但是可心反应极快,他料到对面来的人肯定不少,干脆瞄准了章凡颜,预判走位成功魅惑,开启大招将章凡颜的复仇之矛秒杀。他的大招还有一段加闪现,风女开了大招保狐狸,可惜狐狸刚要反身逃脱却又被苏哲踹回了塔下,泽拉斯补上大招,狐狸顿时升天,上路的高程也传送了下来,三人收下了风女的性命。

"一换二,但是我怎么感觉不赚?"张思卿摸了一下下巴,十分风凉地说,"换AD是不是亏啊?"

"一般般吧。"苏哲看了一下章凡颜的补刀,除了死了一次之外,其他的并没有太大损失。

双方就这么有来有回地打节奏战,苏哲的爱好就是死控对方的蓝,哪怕面对是曾经的老搭档也不放过,所以莫名地双方经常在蓝buff附近小打一波,两队不赔不赚,经济也没拉开太多。

有的人等复活,有的人回城,有的人收线,苏哲就在中路的河道蹲着,双方的中路一塔都已经被拔掉了。狐狸正好过来收兵,想都没想就冲了上去,可心也是下意识地走位躲开了盲僧的技能，因为太熟悉彼此了，两个人在兵线之中逗了半天也摸不到对方。狐狸飞过来，盲僧就一脚把他踹飞顺带清兵线，狐狸开大招，盲僧就闪现躲开，但是因为技能伤害和装备问题，苏哲感觉自己打不过，准备开溜走人。

他向河道插眼W位移，狐狸似乎根本不想放过他，在他位移的瞬间挂上了一个点燃，最终盲僧被烫死。

切地图围观了全程的章凡颜只有两个感想，第一，可心的狐狸玩得是真溜，第二，苏哲这人问题很大。

这一波单杀发生在小龙刷新前三十秒，连解说都不理解为什么苏哲要在这个时候去找可心单挑，简直就是拱手让小龙的节奏。

虽然队友也不理解，但是他们觉得苏哲这么做一定是有原因的，也没有说什么。

"你复活时间不够吧。"章凡颜看了一眼时间，"龙放了吧。"

大家一致同意。

但是放龙，并不意味着处于劣势，你拿了我的小龙，那我至少要扫你一圈野区或者拿你一个塔，这样才不亏。

"兰博回家了，过来拿蓝。"苏哲指着对面的野区，"抱团，扫眼。"说罢，他又点了一下蓝buff后面的草丛。

"这个蓝可心是不会放过的。"苏哲的表情很严肃，他好像比赛的时候很喜欢皱眉，"如果他来，就让他付出代价。"

但是章凡颜觉得，苏哲一定是脑子里进水了。

首先，兰博虽然在家，但是兰博是有传送的，蓝buff处在狭窄地形，兰博的优势简直逆天；再者，他就不明白了苏哲怎么就非得跟个蓝buff过不去。

拜托这是比赛啊！不要打得跟黄金段位一样好吗？

苏哲把草丛里的眼全排掉，然后一个人把蓝buff拉了出来。

"你当可心傻吗？"章凡颜忍不住说了一句，"我是真看不懂。"

"你不需要懂。"苏哲回答。

蓝buff残血，狐狸出现在地图上的视野范围内，可心是清楚人群的大概位置的，但是好像也对这个蓝buff情有独钟，苏哲抢他的，他就势必抢回去。他出招的同时苏哲落下惩戒，盲僧脚下多了一个蓝圈。

他们都知道彼此的身后等着一群人，但有时候就是爱较劲儿。

苏哲的左手在键盘上来回轻轻地滑，不断地走位寻找时机，盲僧技能转好的同时，直接Q到狐狸身边一脚把人踹到了复仇之矛脸上。

"神经吧你！"章凡颜叫了出来。

有把狐狸往人堆里踢的吗？这个打野是脑残啊！

他叫归叫，但是手上的反应比嘴还快，因为彭炀把虚弱套给了狐狸，他秒闪到后排，冲着狐狸放冷箭。此时双方队友都已经跟上，兰博更是传送了过来，张思卿喊了一声"往后撤"，因为地形狭窄，兰博的大招分割了战场，大家散的不是同一个方向。

章凡颜习惯和彭炀跑一边，在前面看见了逃出去的狐狸："彭彭，秒狐狸。"

"丢我。"彭炀调了一下视角，视野变绿，顿时就朝着狐狸冲了过去，然后丢了个E技能指向狐狸，"中！"

狐狸当场被日女定住，章凡颜连贯接招，最后一枪暴击终结狐狸。

但因为和队友脱节，苏哲强行开团被秒，正好纳尔的怒气已散，章凡颜虽然收了狐狸，但是其余人都已阵亡，一波团战打得亏得不行。

万恶的蓝buff。

苏哲等复活的时候只是轻飘飘地说了一句："我的。"

乱带节奏！章凡颜心里骂了一万句。

双方互相拉扯了半天，LC始终找不到太好的突破口，张思卿发育平平，只能到处去刷兵补经济。他拿了这种大刷子英雄打野就得泪奔，因为他连三狼F4通通不能放过。

比赛拖到了中后期，盲僧输出略显乏力，NAS也已经逼到了上路高地塔之下，在对方经济领先的情况下，团战一触即发。

双方清兵线都很快，特别是NAS有个卢锡安，时不时地开大招洗一圈，兰博再烧烤一下，什么红名都给清没了。

苏哲本想摸到后面找机会，但是对方根本不给他机会，高地塔被磨得就只剩下了血皮。挖掘机上来抗塔，兰博大招跟上，章凡颜下意识地就往后退。彭炀成功指到了狐狸，但是交技能慢了一点，狐狸走位突到了盲僧身边。盲僧一脚踹开狐狸，怎奈狐狸大招CD转好，直接欺身上前秒杀盲僧，马上就变成了五打四的局面。

章凡颜一边输出一边找机会，但前排都被打成了残血，输出环境极度恶劣，只能拼死换一个兰博。张思卿也开启大招，但是泽拉斯的灵活性并比不上其他中单，狐狸加卢锡安一套爆发，再加上风女的回血保护，收割全场。

完胜。

复活时间太长，NAS顺势一波带走，拿下了第一场比赛。

章凡颜摘下耳机和眼镜，靠在椅背上，低头揉了揉太阳穴。

中场的时候，队员们在各自的休息室里总结上场比赛的问题。

"我觉得第一局节奏打得有点乱。"张思卿说道，"我们在针对对方中单的时候有些急躁，节奏点就是蓝 buff 那个地方的团战，那一波的伤害是预估到了的，就是大家在撤退的时候走得太分散了，以至于被打了一波小团灭。"

章凡颜的脸色不太好看："那波团根本就不应该开，当时他们打完小龙肯定是要去拿蓝的，明明是既定的结局为什么还要去做？"他说这话的时候眼睛斜向了苏哲。在章凡颜看来，这一整场的锅都应该让苏哲背，开了几次特别迷幻的团，完全不知道是在干吗。

"是我的问题。"苏哲也不反驳，"这局是我托大了，自以为了解对方，可以靠经验打，没想到被带了节奏。"

在旁边一直没说话的安西耸了下肩："没关系，才只是第一局而已，可心这个赛季确实 carry，下一轮我们可以针对一下 BP 环节，不过 Hide 倒是跟传闻的一样，不秀，伤害却打得很足。"

"没关系，联赛而已嘛，都是有输有赢的。"高程看上去反倒很轻松，"走吧，下场该开始了，大家加油！"

几个人晃晃荡荡地走出休息室，章凡颜走在后面，身后是苏哲。他回头看了一眼苏哲，怨念地小声说："如果这局你再被养猪，就去死吧！"

苏哲歪着头看章凡颜，意味不明地笑了一下。

"这么大岁数了还学人打恩怨局，你累不累得慌？"

"你哪只眼睛看到我打恩怨局了？"

"从你开始无脑控可心蓝 buff 开始。"章凡颜双手抄在了口袋里，跟苏哲并肩走着，"你很懂他吗？"

苏哲想了想："可心说过，抢他蓝 buff 的人，不共戴天。"

"什么仇什么怨。"章凡颜更看不懂这个剧情了，"你说可心来拿蓝 buff 就让他付出代价，结果自己带着人团灭，不懂你们的套路。"

"下一局不会了。"

他们重新坐回了选手席上，这一场红蓝互换，张思卿学乖了，上来就 ban 了狐狸。双方加起来六个 ban 位，其中 ban 掉了四个中单英雄，不可谓不针对。

一轮下来，LC 拿到的阵容上单卡萨丁，中单露露，皇子打野，下路金克丝和安妮。

NAS 上单人马，中单妖姬，打野蔚，下路飞机加锤石。

其实很多人觉得现在的 BP 环节能影响整个比赛的节奏，其实也要看选手个人的英雄池深浅和团队的配合默契。在联赛初期，很多人喜欢拿常规英雄，比如轮子妈就是大部分 ADC 的首选，但是有人偏偏不喜欢用。选手风格也能影响比赛的结果，对，这个英雄很强力、很好用，我喜欢的英雄版本劣势，但我就是有自信拿出来秀。

章凡颜觉得反正苏哲打野迷得不行，大不了一起上去送，想都没想就锁了他最喜欢的金克丝。

前期生存能力弱又怎样？没位移又怎样？我偏偏就是喜欢。

蓝头发的火炮妹扛着火箭筒跟她的安妮小萝莉一起蹦蹦跳跳地上了路。

苏哲好像跟没别的事干一样，时不时地路过中路蹲一下，妖姬本来打露露就打得费劲，露露又有皇子撑腰，就狂推线，妖姬出来清兵露露就点它。不过可心也不是吃素的，两个人互相丢技能换血，谈不上谁亏谁赚。

NAS 的阵容很明显上来就是要冲脸，不过好在露露有保命技能，关键时刻开大，能保一个是一个。

双方打到二十七分钟，一度陷入僵局，NAS 虽然在局面上有些小优，但是经济上并没有拉开太多，双方都在寻求突破口。

LC 早已经来到小龙处控制视野，这是他们的第三条小龙，在此之前 NAS 也拿到了一条小龙。

"拉出来打拉出来打。"章凡颜不断地点地图，身为 ADC 他有太多次被人或者踹或者顶或者拽到小龙圈里丧命的经历，对那个坑的记忆只有噩梦。

"注意一下对面蔚的位置。"每次打龙的时候打野都最紧张，苏哲也不例外，集中注意力看小地图的视野范围，怕蔚忽然从哪个角落飞出来大招把所有人都顶飞，"飞机没闪现。"

他小心地把小龙拉出来，飞机就在后面突突打一波消耗。NAS 觉得这波有必要开团，蔚开大招一拳砸过来，苏哲 EQ 回挑瞬间反身盖大，连人带小龙都扣了起来，被圈住的飞机连忙后跳，露露闪现给皇子大招保了他一命，章凡颜的火炮萝莉走位躲掉了锤石的钩子，可惜被分割开的彭炀连大招都没开就被秒。

混战之中小龙在人群中飞舞，因为之前是苏哲开龙抗的伤害，血线控得很不稳。几个人互相砸大招，小龙也被磨掉了血。两个打野即使满身鲜血也对小龙虎视眈眈，几乎是同时，两个人落下惩戒。

屏幕上显示 NAS 击杀小龙。

台下一阵欢呼。

章凡颜忍不住骂了一句。

"没关系，也只是对方的第二条小龙而已。"张思卿淡定地说，"这波不亏。"

"但是也不赚啊。"章凡颜回城更新装备，看了一眼自己的属性，并没有能到预估的爆炸伤害，"皇子别先手了，下波让安妮开团。"

"前提是你得确定 Wishper 不会像这次这样无脑上来硬开团。"苏哲回答，手上不停地在频道里记录所有人技能和小龙刷新的时间。

刚刚的小龙团 NAS 打回了一些节奏，马上利用这段时间控制了视野，让 LC 的局面变得被动起来，张思卿说道："先做下视野，不要被单抓，这个时候被抓了很可能丢大龙的。"

高程目不转睛地回答："他们优势没那么大，不会打大龙的。"

"不好说。"彭炀和苏哲辅野双游，布视野的同时一点一点向对方野区推进，"现在节奏太僵了，他们很可能打一波大龙彻底掌控节奏。"

他之所以这么说，是因为地图上现在只能看到人马一个人的位置，无法确定其他人是在野区里晃荡还是回城了，而人马是带着传送的，能够随时加入战场。

不一会儿卡萨丁过来和他们抱团，三个人在自己上路二塔下碰到了对面的飞机、人马几个人，对面的人想强点掉这个塔，彭炀看准了时机闪现上去开大，可 Hide 的飞机反应太快，闪现逃出，但是其他人被晕住。卡萨丁稍微落后他们一点，准备加入战场，技能还没按出来，就被在旁边阴了一万年的妖姬链到。妖姬专门挑露露不在场的时候给了卡萨丁一套技能，飞机绕过来突脸，所有技能都交上，卡萨丁被套虚弱瞬间被秒。

留下的皇子和安妮没有后续输出，安妮卖得太深也跟着阵亡。

"完了，他们要打大龙了。"看着 NAS 的人在地图上相继消失，苏哲马上嗅到了危险的味道，LC 在大龙附近是没有视野的，现在阵亡了两个人，对方很可能顺势拿条大龙推高地。

此刻的章凡颜还在下路收线，露露也刚回城更新装备："我去看一下。"

苏哲来到龙圈外，身上已经没有眼和闪现了，要是 NAS 真在打大龙，光等章凡颜和张思卿赶到就什么都没了。他快速地思考了一下，问章凡颜："你之前团战大招没交吧？"

"没有。"

"行。"苏哲应了一声，手指微微曲张了一下，全神贯注地盯紧了屏幕，"就看你手速够不够快了。"

"喂喂喂你干吗？！"

章凡颜的话音还没落，苏哲就十分英勇地用 E 跳进了龙圈探视野，果不其然看到 NAS 在打龙，并且大龙就还剩下三分之一的血量了，他用自己的命让章凡颜看清了位置。

超究极死神飞弹从下路缓缓飞了上来，朝着大龙"砰"的一声，照亮了地图上方。

LC Living 击杀纳什男爵。

台下爆发了排山倒海的欢呼和尖叫。

"这也行？！"LC 众人的脸上也写满了不可思议。

金克丝的大招是全地图支援的，但是弹道过长，需要足够的时间，章凡颜只在苏哲跳下去的一瞬间看清了大龙的血量，但随后苏哲就被秒了，他完全是靠感觉丢的这个大招，谁都没想到能命中，简直神操作。

这个大龙 buff 彻底激发了 LC 的士气，大家一鼓作气，推上了 NAS 的高地，双方最终打成一比一。

他们去和 NAS 的队员握手，轮到苏哲的时候，可心站起来抱了他一下，拍了拍苏哲的肩膀："你今天打得很好。"

"有吗？"苏哲还是往常的笑容。

"我没想过你会这么针对我。"可心低了低头，"晚上一起吃个饭吧，上次总决赛之后，咱们好像还都没怎么说过话呢？"

苏哲沉默了一下，然后看了看前面正在向队友疯狂炫耀的章凡颜，转头对可心说："不了，我得和队友回去了，晚上还要做赛后总结。"

"风……"可心连他的名字都没叫完整，苏哲就已经走远了。队友拍了可心一下，他才回过神来，默默地拆了外设离开。

"你在后面磨叽什么呢？"章凡颜绕过苏哲的身体往后看，他今天心情极好，说话的时候表情都活泼了很多。

"没有，跟老队友聊了两句。"

"可心？"

"嗯。"苏哲侧身从走廊穿过去，却被工作人员拉住，说一会儿想让他接受下采访。

章凡颜吐槽："什么嘛，明明刚才这个弱智打野小龙都被抢了，要不是爸爸我神勇给他抢了条大龙，这厮今天就晚节不保了！为什么要采访他？"

"因为帅。"张思卿默默补刀。

"我不帅？！"章凡颜指着自己，"你敢说我刚才那一发终极大招不帅？！"

"好啦好啦。"彭炀胳膊搭在了章凡颜的肩膀上搂着他往外走，"玛丽苏是帅，你是萌，你俩就是咱们 LC 的门面。"

"喂喂喂你把我这个电竞吴彦祖放哪儿了？"旁边的安西不乐意了。

张思卿扶额，明明上次还说自己是电竞阿汤哥，这次又成了电竞吴彦祖，安西大大你要糟蹋多少人才乐意？

在主赛场的分舞台上，苏哲开始接受采访。

"首先恭喜 LC 拿下第二局最终是战平了 NAS。"漂亮的女主持说话很客套，"这次也是苏帅在本届比赛上第一次和昔日的队友比赛吧，请问有什么感觉吗？"

苏哲摇了摇头："还好吧，赛场上站到对立面就都是对手，没有多大差别。"

"哇，苏帅还真是冷静。第一局时我们看到在中路的时候，你的盲僧和可心的狐狸有一个 solo，虽然盲僧被单杀，但是你的操作也是很秀的，你跟可心之前是老搭档了，是不是很了解对方下一步的动作？"

"我跟可心是很好的朋友。"苏哲笑了一下，"之前在 NAS 的时候就经常跟他 solo 练英雄，其实在那个时间点上盲僧是打不过狐狸的，但就是太清楚彼此的走位了，所以能打得有来有回，很可惜最后他还是挂了个点燃把我烫死了。"

"第二局的时候烦神有个精彩的抢龙啊，那会儿你是用自己的身体去探的视野吧，当时是怎么打算的呢？"

"当时啊……没多想，只觉得这条大龙不能让，可是我那会儿惩戒什么的都没了，只能那么做了。虽然基本上就是靠运气的事，但是我相信我的队友，烦烦那个大招挺精准的。"

"现在 LC 在磨合上还会有什么问题，战队对未来的比赛有什么期许吗？"

"春季赛还是在磨合期吧，希望能在春季赛把状态都调整好，至于目标嘛……"苏哲想了想，决定还是要攒人品，"争取能打到前三的位置，这样可能季后赛会比较好走一点。"

"希望 LC 在接下来的比赛中也能取得好成绩，感谢苏帅今天的到来。"

苏哲从赛场出来就直奔后门，见张思卿、高程他们一群人围在门口抽烟："就你们几个啊？章凡颜呢？"

"那边。"高程夹着烟的手往旁边一指，"姑娘们围着他拍照呢。"

苏哲抬头往远处看了一眼，人堆里一眼就看见章凡颜，几个小姑娘轮番跟他合影，他可能是今天心情太好，一直笑嘻嘻的，任由别人挽着他的胳膊，根本不见平时三句话就嫌麻烦的表情。苏哲活动了一下肩膀，就朝那边走去。

"啊！苏帅！"也不知道是谁第一个看见了苏哲过来叫出了声。苏哲脸上是温柔又客气的笑，冲着凑上来的女孩子们摆手，人畜无害可又生人勿近，他摸了下章凡颜的头，"走啦，别让他们等急了。"

"哦，你等下啊。"章凡颜意外地没有躲开，手上快速地给人家签好自己的名字，"我该走了。"

"烦神！"一个姑娘喊了他一声，章凡颜回头看她，姑娘的个子不高但是长得很可爱，头发又长又直，一直垂到腰间。

"怎么了？"章凡颜问。

"我……"姑娘有点紧张有点害羞，纠结了一下，从书包里掏出一个玻璃罐子递给章凡颜，"这是我叠的幸运星，烦神，你每场比赛我都看过，这个赛季要加油啊！"

章凡颜愣了一下，看着已经被塞到怀里的星星罐："谢谢。"

"走吧。"苏哲又重复了一遍。

两人离开时还能听到背后几个小女生幸福地窃喜打闹，好像高中女生送给喜欢男生的礼物被收下之后那样。苏哲抬了下嘴角，一只胳膊搭在了章凡颜的肩膀上，他本来就高，做这个动作自然没什么违和感。

"采访都问了什么？"

"无非就是些赛后感想罢了，一堆有的没的。"苏哲回答，"你呢？我以为你对这种跟粉丝瞎混的事不感冒。"

"你以为谁都跟你一张人肉背景脸啊。我觉得没什么啊，她们喜欢我，又碍不着什么别的，再说了，今天心情好。"

"我第二局打得好不好？"

"勉强一般般吧。"章凡颜"哼"了一声："还是爸爸我比较厉害。绝对是上一周 TOP10 第一名的神作。"

"那你要怎么感谢我啊？"

"我感谢你？"章凡颜扭头，瞪大了眼睛看苏哲，"我感谢你什么？你脑子被糊了啊？"

"我拿 KDA 给你换的 MVP 哎。"苏哲双手环臂，"你不应该好好谢谢我？"

章凡颜一脸面瘫："你怎么不去死？"

"那一下我是真死了你没看到？"

"再见。"

章凡颜朝苏哲挥了挥手,仿佛开了疾跑一样往前奔,不料被苏哲"钩"了回来。

"光天化日朗朗乾坤,你再动手动脚我就喊人了啊!"

"可是我什么都没干啊。"苏哲摸了一把章凡颜的头,"回去再说。"

"有病吧你!"章凡颜是真想一脚踹死苏哲,可是被他用手抵在头上,苏哲的臂展比他长了不是一点半点,他怎么都够不着苏哲,搞得自己好像爹了毛的猫瞎扑腾。

一边的队友们看着远处打打闹闹的两个人,高程说道:"你们说,他俩到底是关系好还是关系不好啊?我怎么看不懂?"

"章小烦那脾气你还不知道?"张思卿的表情特别深沉,"就是嘴上厉害,要是动真格的,指不定谁先尿。"

"苏哲也是忍辱负重。"高程感慨。

"那你说彭彭是怎么过来的?"张思卿笑着指了指站在一边的彭炀。彭炀愣了一下,马上说:"我觉得还好吧,他那个性格吃软不吃硬,哄哄就好了。"

张思卿抬头看了看黄昏的天空,长长地叹了一下:"怎么就是长不大啊……"

章凡颜长不大,这是认识的这些年下来,张思卿对章凡颜的印象。

其实张思卿认识章凡颜要早于两人进职业圈,那时大家都是高分路人,打排位的时候经常遇到,后来几经辗转他们都进了职业圈,还成了队友。当时十六七岁的章凡颜在张思卿眼里就是个彻头彻尾的臭脾气的小鬼,只会打顺风,逆风心态一准爆炸。他年纪小,大家多少都让着他。

那年他们出国打全明星赛,那是章凡颜第一次参加世界级的赛事,但是成绩很不理想。最后一场结束的时候,他从舞台上眼泪横流地一直哭到了后台,当时大家心情都不好,可谁也没想到章凡颜会哭得那么惨。

全球总决赛止步八强的时候,章凡颜一样哭了。只是他没蠢到又当着摄像机的面哭成狗,低着头把脸埋在彭炀怀里,彭炀摸着他的头哄他。

后来大家逗章凡颜的时候就总爱拿他哭过的比赛嘲笑他,调侃烦神大概是整个联盟里被"打"哭最多的选手了。章凡颜板着一张脸回道:"因为我那个时候是真的难过。"

对于他们而言,任何一场比赛都有可能是最后一场,没人知道明年的这个时候还能有谁陪自己站在这里。

兜兜转转的,高程来了,彭炀来了,后来V神退役了,然后苏哲又来了。

章凡颜还是那个章凡颜。

张思卿看着在院子里追着苏哲跑的章凡颜想，他什么时候才能成长成一个真正意义上的男人呢？所有人都可以是队伍的基石，但是章凡颜必须成为关键时刻挺身而出的刀锋。

　　那时是否梦想就能达成？

　　张思卿挠了挠头，招呼大家收队走人了。

　　晚上的自由训练时间，苏哲又跟章凡颜提起了KDA的事，说："我KDA掉了我不管你今天晚上得陪我双排。"

　　章凡颜当时是想拿起凳子直接给苏哲爆头的，但是苏哲笑啊笑的，章凡颜就虚了，怕要是不答应苏哲，指不定他能搞出点什么别的事来。

　　排一局的时间很慢，好不容易排到的时候，章凡颜在三楼，苏哲在五楼。他本来想要打野位置的，但是犹豫了一下，手上就敲了几个字。

　　"3L5L，下。"

　　然后他俩拿到了复仇之矛加风女的组合。

　　等待界面一跳，对面的ID都刷了出来，中单劫的名字赫然写着ImaGine。

　　苏哲想直接按ESC秒退，因为可心的ID就是ImaGine。

　　"你发什么呆呢？"章凡颜叫了一声，"赶紧买装备出门了。"

　　"哦。"苏哲刷了一下装备，就跟在章凡颜屁股后面往野区跑。

　　【所有人】ImaGine：风？

　　章凡颜看了一眼屏幕才反应过来："这是可心吧？这把要输。"

　　"没事，有我在。"

　　"你个风女能carry吗？"章凡颜冷眼看了一下苏哲。

　　"辅助也能撑起一片天啊。"苏哲在输入框里打了几个字，但最终还是都删掉了："放心，保准叫辣个中单近不了你的身。"

　　"辣、个、中、单？"章凡颜随手补掉了最后一个小兵，歪着头看苏哲。

　　"辣个"——其实就是"那个"，选手这个圈子南方人比较多，就也随了他们的口音，只不过苏哲一口正经标普，所以总说得很奇怪。这个词在他们职业圈是个很特指的词，毕竟大家都知道彼此的名字和ID，再怎么着都能说上来个一二三，但凡在某个人的位置之前加上"辣个"，就十分意有所指了，明摆着就是爱谁谁，我压根不想提你的名字。

　　"你离开老东家不会是因为和可心吵架了吧？"章凡颜想了想，"可也没见

NAS之前传过什么中野不和的消息啊？"

复仇之矛往前突着补兵，风女时不时地给他套个盾，下路的进展异常平稳，苏哲打路人辅助时神经不会像打野那么紧绷，倒也有闲心跟章凡颜聊天："没有啊，就只是单纯转会，你脑子里都是什么啊，《甄嬛传》看多了吗？"

"可心跟你打招呼你都不理他。"

"又不是八百年没见过了，计较这个干吗？"

他们正说着话，可心推了一波线就来了下路蹲着，河道的眼掉了之后苏哲并没有及时补上，以至两人根本没看见虎视眈眈的可心。

章凡颜把兵线往里面推了一下，可心随即找准时机上来了，下路立马形成了三打二的局面。

"辣个中单下来了你没看见啊？！"章凡颜叫道。

苏哲不慌不忙地将各种减速啊盾啊虚弱啊都丢了出去："眼没补好，没事啦，你死不了。"

说完他自己的屏幕就变黑白了。

ImaGine击杀TheWind。

"你怎么搞的啊？"章凡颜开启嘲讽模式，"这都能死？你行不行啊？就这还打职业赛？"

苏哲扭头，瘫着一张脸看章凡颜，并没有说什么。

章凡颜下意识地闭嘴了。

节奏不紧不慢地控着，苏哲并不喜欢在线上待着保ADC，很早就去和打野双游了，只留章凡颜一个人，搞得他好气啊。

可心在拆中路塔的时候，苏哲绕到对方后面从河道附近钻了出来。可心看见了他也没多想，回身就想击杀，苏哲把保命技能一交，瞬间开大招把可心吹回了防御塔下，此时对面是没有兵线的，防御塔把可心打得不行。章凡颜赶到战场，可心看自己跑不了了，打算跟苏哲换，章凡颜一口治疗交上来保住了苏哲的狗命，收了可心的人头。

此后两人顺风顺水地带起一波节奏，轻松地拿下了比赛。

章凡颜站起来伸了伸腰，说今天白天打完比赛太累了，晚上想早点休息。其实他的潜台词是"玛丽苏我陪你双排一局了啊，差不多得了，不想陪你玩了"。

"哦，吃夜宵吗？"

"不吃。"章凡颜打算离开。

"你喜欢吃什么啊？"苏哲话还没说完，章凡颜人都跑没影了，正巧刚结束一局的张思卿幽幽地说："他喜欢吃甜的，所以他在基地常年吃不饱饭。"

原因很简单，其他人喜欢吃辣的，基地的阿姨又是个四川人，每次饭桌上一片通红的时候大家都很喜闻乐见。章凡颜死活吃不习惯，可又不能活生生让自己饿死，只能一直保持在勉强温饱的状态。

要说起来烦神也是命苦，和平年代了还吃不饱饭。

队伍一旦有机会出去吃饭，章凡颜就可以为了吃东西抛弃自尊。

"哎，对了，我记得好多人送他吃的啊，他不要吗？"苏哲问道。

彭炀接过了话茬："烦烦不吃生人给的东西，别人送的礼物什么的他倒是会收，吃的从来不要。"

还是个生人禁止投喂的主儿。

他们比赛的时候其实是会有很多粉丝来看，有点像是娱乐圈的应援团，姑娘们喜欢送吃的、用的东西，一般来说现场送的大家就都瓜分了，苏哲记得今天围住章凡颜的几个姑娘好像只给章凡颜塞东西，并没有见着吃的。他猜可能大家都知道章凡颜有这毛病，就都不送了。

说来觉得好笑，苏哲记得特别清楚，当时那个头发很长的姑娘看章凡颜的眼神里写满了崇拜，就是女人对男人的那种崇拜，只可惜章凡颜当时要么低头签名，要么视线就集中在装满星星的瓶子上，并没太看到女孩炙热的眼神。

就算看到了又怎样？章凡颜那个智商要是能想明白，太阳就真从西边出来了。

章凡颜躺在床上玩游戏，他手机里装了各种各样的游戏，每个都刷了一遍之后退出来，觉得实在无聊，就登了自己的QQ打开了常年隐身的粉丝群。

粉丝群是邪物，每次打开都会刷出来各种各样爆炸的信息，他平时忙根本没时间看，也就无聊了上去跟大家打个招呼，表示自己还活着。

"烦烦出现了！"

"呀烦神闪现！求合体！"

"烦神今天表现真是'6666'！迷之抢大龙！"

"最近总是强行一比一啊，什么时候才能全取三分啊！"

章凡颜看着屏幕上飞速滑动的信息，第一次觉得自己的手有点跟不上。他用键盘打字能"一秒五喷"，但是换作手机就不知道为什么总会慢半拍，他正回复着大家，旁边显示了一条新信息。

有人私戳他。

"烦烦，是我呀。"

"你是……"章凡颜努力地想了半天也回忆不起来这人是谁。

"今天送你幸运星的那个，你还有印象吗？"

"哦！"章凡颜发了个表情，表示自己记得，"我知道。"

"今天的比赛真是辛苦，不过好精彩啊。那会儿见你的时候我太紧张了，感觉好多话都没有说。你在训练吗？如果很忙的话可以不用理我的，训练要紧。"

"没有啊。"章凡颜手指在屏幕上一个字一个字地戳，"训练已经结束了，正好闲了一会儿。"

"你们平时训练这么忙，都没有时间干别的吧，不陪女朋友的话，对方应该会不开心吧？"

章凡颜想都没想："我没女朋友啊。"

"真的吗？"

"嗯。"

那边沉默了好久都没消息，章凡颜又开了一局游戏玩，玩得正开心的时候，QQ信息弹出来挡了一下他的视线，他手速极快地把窗口拉了回去，没细看内容。后来手机没电了，章凡颜才想起来充电器在楼下自己的桌子上，慢悠悠地溜达下去拿。

"他们人呢？"空旷的训练室里只有苏哲一个人还蹲在电脑前，其他的位置都是空的。

苏哲指了指大门："那个上单和那个中单在外面抽烟，那个辅助洗澡去了。"

"那个打野为什么不哪儿凉快哪儿待着去？"

"那某个 ADC 下场比赛可能要被抓爆下路了。"苏哲活动了一下肩膀，"你不是歇了吗，怎么又下来了？"

"拿充电器。"章凡颜在自己桌子上扫了一圈，才找到已经被遗落在犄角旮旯的充电器，他瞥到一眼苏哲的屏幕，"你还玩其他位置啊？"

"排到五楼，位置被抢了，我只能补位了。"苏哲的注意力都集中在游戏上，说话的节奏明显比平时慢了一点。

"你原来打辅助，后来怎么打野了？"

苏哲没有马上回答，他这局玩的中单，数据好到不行，各种 carry，最终带着队伍上了高地推平了水晶。他点完最后一下，屏幕上显示出"胜利"的字样，才回头看向章凡颜："因为不想指挥。"

"NAS 原来的指挥是你？"章凡颜有点惊讶，"我说怎么那么神经刀。"

"你是黑我呢？还是黑我呢？"

"我以为你们的指挥是上单或者中单，那你打野之后就不指挥了？指挥不好吗？"

"场上指挥太影响操作，其实就大局来讲辅助指挥比较好，不过还是看意识。"

"所以你是想说原来指挥的时候限制了你的操作，后来转打野才能发光发热？就是这个原因？你这锅甩得，真是没技术含量。"

"那好吧。"苏哲起身给自己倒了一杯水，回身面对章凡颜的时候微微抬起了下巴，"你打得不好的时候，彭炀会骂你吗？"

"不会啊。"

"可是我会。"苏哲笑了笑，"我不是个什么好脾气的人，你玩 ADC 会挑辅助，而我玩辅助会挑 ADC，要不然你觉得前年夏季赛 NAS 前前后后换的那几个 ADC 是为什么？后来是协调不过来了，我自己申请去打野的。"

"简直就是个团队毒瘤。"章凡颜吐槽了一句，"可是不应该啊，你玩辅助就只能喷喷下路，打野可是三路都能喷啊。"

"可能年纪大了就懒得说话了吧。"苏哲摊手。

章凡颜皮笑肉不笑地呵呵了一句："原来你当年是个人尽可夫的辅助。"

"你说什么？"苏哲钳住章凡颜的肩膀，他的笑容在章凡颜面前瞬间放大，"我之前说的话你都忘记了？"

因为这该死的身高优势，苏哲每次抓章凡颜都没失手过，章凡颜在游戏里的预判和走位都十分风骚，可是换作真人就差了至少一个银河系的距离。也就开阔地带他还能跑路，训练室里全是桌子椅子，根本没地方给他发挥。

那个打野是抓人狂魔啊！不要每次都把我抓爆啊！

大名鼎鼎的 ADC 烦神的内心几乎是崩溃的。

"你……你说什么了？"章凡颜脑子里一片空白，他无辜地瞪大眼睛，好像上学的时候老师提问自己，可是他怎么都回答不上来一样。

"你可以把话说得更难听点。"苏哲的手指在章凡颜的脸上划了一下，"不过我都会叫你再咽回去的，以各种方式。"

最后一字隐没在他带笑的唇角，章凡颜想骂的街也被堵回了嘴里变成毫无意义的呜咽。

爆、炸！

脑子里是炸的，耳朵也是嗡嗡的，要不他干脆咬死那个打野吧，好歹要有男人的尊严。

门厅有一些响动，是张思卿跟高程回来了，此时此刻的苏哲面临很多个选择，比如立刻和章凡颜分开装作什么都没发生，比如继续这样被队友撞破，比如……

他直接捞着章凡颜闪现到一旁的隔断里，那里本来是大家用来放杂物的，地方不大，连门都没有，只有一个帘子。

而章凡颜想选择死亡。

"哎，没人了啊？"张思卿一进来就看着空旷的训练室，只有苏哲的屏幕还亮着，但是人不知道跑哪儿去了。

"可能去厕所了吧。"高程坐回了自己的座位上。

闭塞的空间对章凡颜来说似曾相识，苏哲屏住呼吸听了一下外面的动静，然后面对章凡颜，一根手指贴在自己的嘴唇上，示意他不要说话。

现在的战局是这样的，打野和ADC在野区没视野的情况下瞎折腾，然后上单和中单前来gank，打野反应快，拖着ADC进了草丛，对面两个人各种徘徊，可怜的ADC心里只能祈祷对面千万不要探草丛。

"他们不会是要再开一局吧？"章凡颜用近乎唇语的声音问。

苏哲摇了摇头表示自己也不知道，章凡颜着急得要暴走。

苏哲想摸章凡颜的头让他不要动，章凡颜为了闪开他的魔爪动得更欢了。苏哲瞪了他一眼，章凡颜不知道哪里来的胆儿回瞪了他一眼。苏哲虽然是个打野，但是正面接触时从来不虚。他拎起了章凡颜，小声说了一句："你再瞪一个试试。"

章凡颜心态简直在崩溃的边缘，凭什么一个打野都能压在自己的头上，到底谁才是队霸啊？！凭什么每次都要被抓小黑屋真是太气了啊！吓唬小孩呢啊？！

烦神不服。

"我瞪你怎么了？！弱智打野！"

章凡颜好像被激怒了的小狮子，全身的毛都奓了起来，就差亮獠牙了。

苏哲看了看外面，又回头看章凡颜，忽然意味不明地笑了一下，低声说："你可不要后悔。"

章凡颜一脸匪夷所思地看着苏哲。

苏哲脸上的笑逐渐扩大，他缓缓抬起一只手贴上了章凡颜的后脖颈子，苏哲的手有些凉，皮肤接触的瞬间，章凡颜就被激起了一身鸡皮疙瘩。

好像小狗崽要被抓起来了，命在人家手上。

"你听。"苏哲对章凡颜说，章凡颜除了自己的心跳和呼吸哪儿还听得到别的声音？苏哲贴着他的耳朵继续说："他们好像要过来了。"

高程和张思卿双排，进了选择界面之后，高程拽了一下耳机，居然把线给拽断了，就问张思卿有没有备用的。张思卿一边翻抽屉一边说："要不你去隔断里找吧，那里什么外设都有。"

然后高程就在自己浑然不知的情况下踏上了脸探草丛的路。

"你……你……你，放开我……"章凡颜要急哭了。

"我……我……我，放开你有什么用？"苏哲指了指外面，"还不是一个结果。"

"彭彭，你耳机用吗？"高程突然看到了刚洗完澡的彭炀擦着头发出来，就想先朝他借一副，彭炀无情拒绝说自己还要用。

高程摊手："那你知道放隔断里哪个位置了吗？过来帮我找找。"

"哦好。"

脚步声越来越近。

高程刚要拉开隔断的帘子，忽然听到一声异响，然后一个黑乎乎的东西朝着他整个人招呼过来。他瞬间往后跳，只见苏哲已经摔在了楼梯上。

"我去！"高程叫出了声，一回头，看见章凡颜喘着粗气走出来，可是眼泪汪汪的。

还是彭炀反应快，赶紧去扶苏哲，拉扯的时候苏哲"嗞"了一声，托住了自己的左胳膊。

"你们干吗呢？"张思卿听见那么大动静赶紧跑了过来，眼前的景象让他有点摸不着头脑。

明明是苏哲被扶着，反倒是章凡颜哭得欢，到底是谁揍的谁啊？！

"你先别碰我。"苏哲皱着眉，"刚刚撞到胳膊了。"

"要不要去看看啊？"彭炀看苏哲的胳膊都没法儿伸直，担心真的撞坏了，转身问章凡颜："你们俩干吗呢？有什么话不能好好说，非得动手啊？"

章凡颜哑口无言，干脆直接甩脸子上楼走人。

"先别管别的了，我和高程先跟苏哲去医院。彭彭，你上去看看那个小暴龙，别这边胳膊折了，那边再一个不爽自己爆炸了，还玩不玩了？"张思卿和高程扶着苏哲出了门，彭炀叹了口气上了二楼。

彭炀对着房门犹豫了一下才打开。

章凡颜窝在自己的床上，被子把整个人都蒙了起来。彭炀知道他闹别扭的时候就会这样。

"烦烦，你们……"彭炀坐在床上，"你们怎么了？"

章凡颜不说话。

"你俩前段时间不还挺正常的吗？怎么忽然又闹开了？"彭炀见章凡颜不理自己，只能对着空气说话，"你们在那个隔断里干吗？"

章凡颜抖了一下。

"你是不是把他踹出来了？他好像撞到了胳膊，不知道严不严重。"

"他活该。"章凡颜声音闷闷的。

"这周我们只有跟NAS的一场比赛，可是下周呢？"彭炀轻轻地把被子撩开，"这样总归不是什么好事，你啊，就是个急脾气，且不说他怎么你了，你就不能忍忍吗？都多大的人了。"

章凡颜心里叫屈，可嘴上又说不出来个一二三，只能自己憋着。这事没法儿说，虽然彭炀跟他关系最亲，他也不可能什么都告诉彭炀。

可是他也不知道该怎么办才好，打从第一天起他就觉得苏哲这人套路太深，自己不知道是手法不行，还是意识不行，每天都活在被苏哲支配的恐惧中。

特别是苏哲还那样对自己。

章凡颜幼稚单纯的脑子根本想不明白这到底意味着什么，只是隐约觉得事情不应该这样，可越用力想的时候，越觉得那个不可预知的答案令他感到恐惧。

这种感觉比成为ADC计量单位还惨。

章凡颜捶了一下床，眼泪没个把门地就往下掉。

"哎呀谁又惹到你了？"很显然彭炀是不知道章凡颜那点小心思的，看他好好的又开始哭，觉得有些莫名，赛场上倒是经常看到章凡颜哭，平日里却没见过这样的章凡颜，好像是受了天大的委屈一样。

他摸了摸章凡颜的头："苏哲欺负你了？"

章凡颜简直是生生地把所有委屈、不服、矫情、怨念都吞了回去，默默地吐出两个字："没有。"

"哎，你说你俩这是逗的什么乐啊，弄得鸡飞狗跳的，好了，你既然不想说，那我也不问了，早点睡觉吧。"

彭炀关了灯离开。章凡颜哪儿睡得着，一闭上眼全都是苏哲的影子。

简直要爆炸了。

彭炀在外面等了半天，那三个人才回来，苏哲的左臂上了夹板。

"怎么样啊？"彭炀关心地问。

"还行，不至于死人。"苏哲开玩笑，指了指自己的左臂，"只是固定了手肘，手指还能动的，并不影响玩游戏。"

张思卿扶额："你别闹了好吗？大夫都说了，就这夹板至少夹十天半个月的，这还怎么 carry 带节奏？我的蓝爸爸岂不是要被对面打野反烂了？！"

"天哪，你竟然只关心你的蓝爸爸，一点身为队友的同情心都没有吗？"高程学着张思卿的样子扶额，"那我的红爸爸怎么办？"

"什么时候上单开始拿红了？"苏哲无语。

高程哈哈一笑："哦，我只是应个景儿。"

"如果明天领队和教练问怎么了，就说是我不小心撞到的吧。"

彭炀无奈地看了一眼苏哲："那你这不小心也太不小心了吧，多大的仇能自己撞成这样？骗鬼啊！"

苏哲笑了笑，没有多说什么。

彭炀回房间的时候章凡颜是知道的，他根本就没睡着，一直躺在床上装死。等彭炀都睡着了的时候，章凡颜还是精神的。

他从床上坐起来，看了看窗外的月光，是个晴朗的夜晚。

章凡颜蹑手蹑脚地爬起来溜到训练室，打开了自己的电脑，反正横竖都睡不着，还不如打会儿排位。

半夜打排位容易打出事来，因为这个点小学生已经睡觉了。理论上王者局不太可能会有什么特别坑的存在，但是也保不齐忽然脑抽一下。

所以半夜的排位赛里，妖魔鬼怪特别多。

章凡颜就碰到了一个十分爱游走但是视野做得极差的辅助。他本来心情就不好，半夜打排位还遇到个最反感的类型，当即忍都不打算忍了，开启一秒五喷模式，喷完了就挂机，挂完机还要举报该玩家游戏水平过低。

这一宿，章凡颜见谁喷谁，好像要把所有的怨气都发泄到游戏上一般，一路愣是杀到超神。

但他心里始终是不痛快的，杀戮的快感并不能弥补内心的纠结，游戏里提示连续击杀的音效吵得他更烦了，章凡颜忽然觉得，踹了苏哲一脚都是轻的，也就当下疼一阵，哪儿会像他自己这样被害得整晚睡不着觉？

只是不知道苏哲的胳膊到底会不会有什么影响。

章凡颜给自己找了一万个理由，就算安西问他他也不怕，可是心底里还是有点虚的，万一真撞坏了怎么办？万苏哲一打不了比赛了怎么办？

他是懂得双手对一个职业选手的意义的，上次他只是划破了手指，打比赛都差点坑了，更何况苏哲撞到了整个手臂。章凡颜回忆起苏哲玩盲僧的时候的那个手速和反应，不禁有点担忧会不会真害得他变成残疾人，一代野王从此陨落。

脑洞极大的章凡颜发了一会儿呆，然后懊恼地整个脑袋砸在桌面上，心想这都是什么事啊，每次都因苏哲而起，结果反而是自己落到惨不忍睹错上加错的境地。

自己一定是上辈子欠了他的。

那个打野，
问题真的很大。 ▶ ▶▶

五、
你喜欢她吗？

第二天中午,大家纷纷起来到饭厅吃饭。苏哲因为胳膊不方便,收拾起来慢吞吞的,自然来得晚了一些。

"天哪,你怎么了?"安西惊讶地看着苏哲的左臂,"一夜不见怎么残疾了?你们昨晚干吗了?"

话音一落,他和阿琛两个人瞬间扭头看章凡颜。

这是正常人都会有的反应,大家知道章凡颜和苏哲的关系很微妙,但是安西从来没想过这个只会龇牙瞎叫唤的小暴龙真的会痛下毒手。

"看我干吗?"章凡颜一张臭脸。

"我昨天晚上自己不小心撞到的。"苏哲解释,"没什么太大问题,只是手臂活动不了,手指还是能动的。"

苏哲这人有时还是有点装的,本来把手臂悬挂在脖子上会轻松一些,但他觉得那样看上去真的像个残疾人了,所以一直没挂。他右腿搭在左腿上,稍微欠身,胳膊正好能放在大腿上,只是吃饭就有点费劲了。

但这又有什么难倒他的呢?大不了他慢点吃就是了。

安西凑到章凡颜耳边小声问:"真的不是你干的?"

章凡颜撂下筷子,白了安西一眼:"是又怎么样?"

他很不屑于苏哲为自己开脱,在章凡颜看来,敢做要敢当,没必要装。

"你这严重影响队内和谐啊。"安西一脸严肃认真,"现在春季赛过半了,可没时间再给你们瞎胡闹了,多大人了还这么不懂事啊?"

他的音量有些大,饭桌上的所有人不由得抬头看过来。

"没事没事,大家吃饭吧。"阿琛说道。

安西咳了一下,也不打算跟章凡颜嘀咕了:"我也不追究你们之前的事了,现在结果就是这个结果,既然你也承认,就应该有点担当。"

"我担当什么?"章凡颜指着自己。他现在是典型的有苦说不出,明明是苏哲的不对,可大家都觉得是自己任性做错了事。

"从现在开始,苏哲的日常生活都由你打理,直到他卸了夹板为止。"

章凡颜完全愣住了。

其他人一样愣住了，包括苏哲。

章凡颜放在饭桌上的手紧紧地握成了拳头，用力到微微颤抖，他盯着安西，表情说不出的难看。彭炀坐在旁边，见势头不对，赶忙拍了拍他的腿。

最终，章凡颜松开了拳头，整个人泄了气一般，很是颓然。

大家吃完饭纷纷离开，离正式的训练开始还有一段时间，饭厅里只剩下两个人：一个磨磨叽叽还没吃完饭的苏哲，一个发呆看着他吃饭的章凡颜。

"你要盯着我看到什么时候？"苏哲低头喝了口汤，说话时眼都没抬一下。

"看你什么时候把饭吃完。"章凡颜一脸生无可恋，说话都没什么力气，"安西都发话了，你满意了吧？"

苏哲笑道："你刚才死不承认不就得了嘛，谁知道他会这么处理？"

章凡颜撇了下嘴，一只手拄着下巴又进入了发呆模式。

苏哲这顿饭吃得慢慢悠悠的，其实他原来就不是吃饭很快的人，特别是在这群狼吞虎咽的人中，尤其显得节奏脱节。

但是章凡颜有点沉不住气了。

"你能快点吗？"章凡颜恨不得把饭碗直接塞苏哲嘴里。

"快不了。"苏哲用下巴指了一下自己的手臂，"我一只手不方便。"

"那你想怎样啊？！"

"要不然你喂我？"

章凡颜很诧异："你这么大的人了吃饭还要人喂？"

苏哲反击："你这么大的人了不也照样有个什么事就哭吗？再说了，我还是病人呢！我弄成这样都是因为谁啊？"

章凡颜一巴掌拍在桌子上，怒道："你是脑子有病吧？！"

苏哲不恼，只看着章凡颜气得不行的样子。两人静默了一阵，只有章凡颜吭哧吭哧的火撒不出来，苏哲却把碗递给了章凡颜，然后点了下下巴："你不想让安西接着罚你吧？"

烦神要被他气死了。他确实不敢惹安西，不光因为安西是教练，还有个原因是当年是安西把他从网吧里带出来的。安西年纪并不是很大，可章凡颜对安西是小孩对长辈的态度，平时能打打闹闹，安西真治他的时候，他是一点都不敢造次的。

章凡颜重重地呼出一口气，好像是在说服自己一般，用力接过了饭碗，十分不情愿地挖了一勺饭递到苏哲面前，硬生生地挤出两个字："张嘴。"

苏哲没憋住，一下就笑出了声儿。

"笑什么啊？！"章凡颜还维持着那个动作，但感觉上已经是爆发的边缘了，"再笑信不信我把你的嘴扯烂啊！？"

"好好好，我不笑了。"苏哲勉强收住了表情，他本来是跟章凡颜开玩笑的，没想到这小孩儿还真的照做了。想必是安西的话他不敢不听，这次还真是歪打正着了。

他瞥了一下自己阵亡的左臂，感觉这波不亏。

苏哲张开嘴，章凡颜的动作很僵，其实他是想直接把勺子插进眼前这个人的喉咙捅死对方算了。

"我记得我妈跟我说，女孩儿拿筷子、勺子位置靠后的，将来会嫁得很远。"

章凡颜皱眉："我又不是女孩儿！"

"我又没说你是。"

苏哲吃饭的速度更慢了，章凡颜压根不会伺候人，根本不迁就着苏哲。章凡颜是个急脾气，动作毛毛糙糙的，苏哲只能自己慢点，否则绝对会被他捅死。

一顿饭吃完，正好卡着下午的训练赛开始。

他们打训练赛通常打 BO5，据阿琛所说，这次他约的是一支北美的队伍。

英雄联盟在全球分为韩国、中国、北美、欧洲、东南亚五大赛区，每年夏季赛结束后决出地区代表队伍去参加全球总决赛。在过去的几个赛季里，从未有一支来自中国的队伍能成功登顶。除去最开始那个远古的年代，韩国的队伍一直都在世界领域上具有极大的统治力。

韩国的队伍成了他们最大的劲敌，其他赛区的队伍在他们眼中就没有什么特别强的对抗性。

他们打训练赛大部分时候约的是国内的队伍，有时能约到国外的队伍，北美虽然算是个大赛区，但就水平而言，并不足以与韩国和中国匹敌。

安西看了看时间："今天打满五局吧。"

"什么叫打满五局？"张思卿登了自己账号检查符文，"训练赛还要打个套路？北美赛区都是菜鸡互啄，真的不能打三比零吗？"

"你这是什么心态？"安西只要切换成比赛模式，整个人立即特别正经，"别老认为除了韩国队之外其他人都是菜鸡，去年的总决赛韩国队打谁都是人机模式三比零，唯一在小组赛里打赢了他们的队伍来自欧洲，你们做得到吗？大家都是人，谁和谁比都差不了多少，排名再怎么靠后的队伍也有值得学习的地方。"

"好吧好吧。"张思卿双手合十，"教练教训得是。"

"欧美的队伍跟我们的打法不一样，我让你们打满整个 BO5 不是放水，而是这次机会难得，想让你们尽可能多地了解不同的套路。"

高程冷不丁地问："你就这么确信人家会拿出真本事？"

"也许前四局并不会。"安西沉吟了一下，"但是 BO5 的奥义在于，到第五局的时候，其实并不看你的水平如何了，而是看心态。大赛上如果打 BO5 打到最后，就是看谁的心态能稳住，谁的心态先崩。训练赛的奥义则在于，到最后为了面子也要拿出点本事。"

他走到苏哲身边，笑着拍了下苏哲，对大家说："不过你们不用担心如何放水而不被发现，毕竟我们这里还有个残疾选手。"

章凡颜活动了一下手指，心里嘀咕还不知道谁放谁的水，指不定直接上来被对方三比零了呢？毕竟四打五。

他平时很喜欢看韩国的联赛，欧美联赛看得少一些，不知道为什么那边几个赛区在本赛季的比赛节奏都放得很慢。通常会有漫长的对线期和漫长的野区捉迷藏，不过在开发英雄和战术上，他们往往做得很好。

这是中国的队伍比较短板的地方。

苏哲把手臂放在桌面上调整了一下位置，他有点庆幸幸好摔的不是右手，因为握鼠标的时候难免手肘会动，左手只要夹在那里按键盘就好了，虽然有时候会拉得有些疼，不过这并不影响什么。

进入 BP，苏哲拿了个盲僧。

"大神你行不行啊？"张思卿比起别人更关心苏哲，因为目前的版本就是靠中野游动带节奏，苏哲一上来就拿个被削了还需要操作的英雄，搞得他有点虚，"求不要带伤秀操作。"

"我觉得没什么问题啊。"苏哲理所应当地说。

"好吧，实力打满 BO5 的节奏。"

出乎大家预料，苏哲的伤似乎并没有影响到他的操作，打完 buff 二级上线 gank，率先拿到了一血。盲僧是个很需要在前中期建立优势的英雄，一旦优势没有甚至打成了劣势，那么这个英雄后期几乎就不会有什么作为了。

苏哲盯着屏幕，没什么表情，玩打野时间久了就习惯稍微歪着一点坐，因为要不断切地图看小地图，而小地图在屏幕右下方。本局他几乎常驻在了下路，以至于把对方下路抓爆了，对方 ADC 混不下去，把上单弄下来抗压了。

第一局的节奏完全在苏哲的掌控之中，团战的时候完美回旋踢总能踢到最关键的人，轻轻松松三十分钟上了高地拿下比赛。

"苏帅可以啊。"张思卿吹了个飞哨，"真是身残志坚啊！下场请帮我反一下对面的蓝爸爸，跪谢。"

第二场苏哲实力带崩三路，好像换了个人一样。

张思卿的蓝没反到，自己家里的野区让对面反了个烂，硬去抢蓝结果送了对面一波团灭，当场GG。

"那个打野一定是被智商压制了。"章凡颜"呵呵"了一声，"唉，智商是硬伤啊！"

彭炀笑道："没关系，反正是BO5！"

他们最终三比二赢下了比赛，之前双方都有失误互相送，最后一局终于认真起来，打得难解难分，还是靠苏哲开团打了四个，才力挽狂澜推上了高地。

大家本来以为是场轻松的比赛，没想到打完之后累成了狗。最后三局全打到了大后期，成了膀胱局，结束时天色已经不早了。

"我怎么觉得这支北美队打得这么费劲啊？"高程打了个哈欠，精力集中地打满BO5让他有些疲倦，"而且他们的打法不太像是北美那边流行的。"

"是啊。"彭炀回忆了一下比赛，"特别是打到大后期的时候，那个节奏很奇怪，像是……"

"像韩国的队伍。"苏哲补充。

"Bingo！"安西笑了笑，"因为本来就是韩国的队伍嘛！"

章凡颜惊了一下："你不是说是北美菜鸡队吗？"

"所以你们是真的蠢，也不算算美国现在是几点，谁会大半夜地跟你们打训练赛啊？"

"你怎么不早说？！"

"早说？"安西双手抱臂，"早说你们就早被三比零了！这个队虽然不是韩国的顶尖队伍，但也算是联赛劲旅，你们打韩国队会输，并不是因为操作上差太多，而是因为你们心底都已经认为自己打不赢韩国队。谁上都是三比零，你们带着这样的心态上场，能赢才奇怪了。"

大家一片沉默。

"高程，你的团战意识很好，判断传送的时间点和位置的能力顶尖，但是你对线能力太弱了。前期如果被单杀或者对方打野抓住，你很难再有什么优势。思卿，我觉得你是最不像指挥的指挥，你和苏帅一样，大局观都很出色，对战斗变化的判断也很敏锐，我希望你能注意一下自己的操作，尽可能多地在团战中活下来。"安西开始认真地点评他们每一个人的优劣，大家听得也很认真，"至于下路组合，你们的配合一直都很好，不愧是一张床上睡出来的感情。不过，烦烦，你还是老问题，线上太刚了，有时撤退的意义要远高于进攻，不要总想着团队为你贡献资源，要多想一想你能为团队做什么。彭炀，你就太迁就他了，以后可以多研究一下眼位的设置。"

安西说话的时候来回踱步，等走到苏哲面前的时候，忽然停下，看着苏哲说："而你，苏帅，你的个人能力和游戏意识都很优秀，我想你需要正视的问题是自己的职业态度。"

所有人都看向安西，不理解安西这句话是什么意思，包括苏哲。

"职业态度？"苏哲很纳闷。

"对，虽然我相信在座的所有人都知道这个词，可不见得谁都有这个概念，但至少你们打比赛都是为了赢，对吧？"安西笑了笑，"但是你啊，去年的联赛你顺风顺水，光芒掩盖了一切，今年春季赛赛程过半，我却看不明白你为什么打职业赛了。"

苏哲歪了下头："你什么意思？"

"你还是问问你自己吧，游戏对你来说就是游戏这么简单的事情吗？你打得是很好，比赛的时候也很冷静，可我看不到你想赢的欲望，一点都没有。"

没有人说话，训练室里只有电脑运行的噪音。

恐怕这个问题苏哲自己都没想过，今天忽然被安西指出来，一下就蒙了。他知道自己是喜欢玩游戏的，也认为也许是有些天赋。他比别人玩得好，自然而然地走上了职业这条路。大学上到一半就退了学投身职业圈，起点是 NAS 那样的一流战队，一路走来几乎就没什么坎儿。虽然没有在世界比赛上登顶，但好歹击败过韩国一流的打野，国内联赛杯赛的奖项他也是拿到手软。

没想到今天忽然有人跟他说："你没有想赢的欲望。"

苏哲是觉得很莫名其妙的，可潜意识里像被人打了一巴掌，说不上来什么感觉，就是瘆得慌。

安西最后说："你们都各自想想自己的问题所在吧，对症下药比盲目训练有意义得多。春季赛本来就是用来队伍磨合的，但从季后赛开始，我不希望你们仍停留在原地。现在国内联赛竞争有多激烈，逆水行舟，不进则退，这道理我想你们都应该明白。"

一整个下午都在打 BO5，安西训话完之后没一会儿就到了晚饭时间，只是大家好像没什么胃口。安西对苏哲的那番话虽说是对苏哲一个人说的，可其他人未免也会多思考一下自己的职业生涯。

一时间饭桌上都没什么人说话，阿琛下午并不在，看大家都是死气沉沉的样子，就问安西说："下午的比赛输了？"安西回答："没有啊，赢了啊。"阿琛又问："那怎么一个个比输了的表情还难看？"安西耸肩。

饭后大家扯了会儿皮，就老老实实地去打排位了。苏哲因为手臂有伤，晚上本来可以休息的，只是他自己并不太在意这些，觉得一个人待着无聊，就还是老样子打着，只是相较于之前打排位密度小了一些。

章凡颜头天没睡觉，下午又打了一个BO5，晚上十点的时候已经困得不行，盯着屏幕补刀的动作都慢了好多。他一个劲儿地打哈欠，眼睛里泛着生理性眼泪。

"烦烦，那里有人。"彭炀点了一下地图提醒章凡颜，可是眼见着章凡颜还是直线往前走，草丛里瞬间跳出来四个人，彭炀赶忙点灯笼，可惜章凡颜手还是慢了一点。

高地水晶被拆的时候，章凡颜双手离开了键盘，对着屏幕有点发呆。

他揉了揉鼻子，去洗了把脸，出来时见苏哲过来，便侧身，没想到苏哲和他侧到了同一个方向，两人晃了个来回。章凡颜皱眉："你故意的吧！"

"是你挡我的路。"苏哲干脆站到了一边，"你用完没？我要洗澡。"

章凡颜沉着一张脸往外走。

"哎，你等等。"苏哲叫住了他。

章凡颜无奈回头："你又干吗？"

苏哲笑了一下，冲着章凡颜说："我要洗澡。"

"那你洗啊！我不是给你让地方了吗？"

苏哲抬起了右手悬在空中，抬着下巴看章凡颜，脸上写了三个字——扶着朕。

章凡颜几乎是秒懂了苏哲的意思，脸唰一下就红了。

他是气的。

希区柯克电影《惊魂记》里有这样一幕，女主角在旅馆洗澡时被人连捅十好几刀最终毙命，这一幕在电影史上的地位举足轻重，因为这是单纯靠着剪辑营造出了恐怖感，并非实打实的血腥。

如果眼刀可以杀人，章凡颜有足够的自信让苏哲比电影里的女主角死得还惨烈。

至少他现在满脑子只有这个画面。

"你轻点。"苏哲笑着埋怨。

章凡颜把刚给苏哲脱下来的上衣甩在了地上："嫌我下手没轻没重就找别人去！"

"哈哈，你说这话的时候应该跺脚才对。"

"为什么？"

"因为女孩儿发脾气的时候才会说这样的话。

"你说我是女人？！"

"没有。"苏哲摇了摇头，"至少她们这辈子都不可能像你这么笨手笨脚。"

章凡颜凶巴巴地盯着苏哲，苏哲看着他这副表情忍不住想笑，只不过越笑越拉仇恨，为了避免章凡颜怒气溢出瞬间爆炸完成双杀，苏哲还是收敛了一些的。

"好啦，别干瞪眼了，我可不想洗个澡都要洗到半夜。"

苏哲平时生活习惯很好，饮食习惯也十分健康，即使训练压力再怎么大，他都保持一定的运动量。

章凡颜不得不承认，苏哲的身材好到不行。

但是章凡颜并没有欣赏的心情，现在只想跪在地上求玛丽苏大魔王能赶紧放了自己，再待下去他脑子都要进水了。

"你看着点啊。"苏哲把花洒递给章凡颜，"大夫说不能沾水的。"

章凡颜无辜地看着苏哲，绝望地说："我还要帮你洗啊？"

"要不然呢？"

章凡颜脑子里又闪过《惊魂记》里的经典一幕。

他真的特别想哭。

彭炀打完排位回房间准备休息的时候，看到章凡颜失魂落魄地推门进来。

"你怎么了？"

章凡颜摇了摇头。

彭炀无聊地翻手机，看了看队伍的赛程表："咱们下个星期还是只有一场比赛，和BKA的。"

"BKA？"章凡颜回神，"上次杯赛就输给他们了。"

"这次赢回来就好了啊，上次毕竟苏哲是刚来。"

章凡颜的表情变得有点微妙："你不要提他。"

彭炀轻松地呵了一下："我以前还希望你俩关系能好一点，现在觉得，你俩不爆炸就行了。"

章凡颜心里回道：你应该企盼那个人不要总来招惹我。

"我一直不理解你为什么不喜欢他。就因为他直播的时候说你玩游戏不动脑子？更难听的话你都听过吧？怎么就跟他过不去了？"

彭炀的问题章凡颜无法回答，他也说不上来为什么。事实确实如彭炀所说，当初苏哲嘲讽了他一句，他记下了这个仇。可按道理来讲，这真的不是什么大事。但是，在赛场上遇到苏哲通常都是他来下路 gank 的时候，章凡颜不知道被苏哲抓爆了多少次，然后紧接着心态爆炸，再接着他嘲讽自己的那一句话就会反复在脑子里回响。

任何话重复一万遍，都会变成魔咒。

结果就是，章凡颜将自己绕进去了，以至看到这个名字就讨厌。

没想到的是，事情的发展远比小说有意思，最讨厌的人成了自己的队友，他不得不和这样一个人生活在同一个屋檐下。而且认识了才发现，苏哲比他想象中的……更！过！分！他果然没讨厌错人。章凡颜唯一能安慰自己的是自己幸好不是中单，中单跟打野的关系更为密切，他不想连比赛的时候都要跟苏哲坐在一起。

"彭彭。"

"嗯？"

"你说这个世界上有没有一个人的存在，就是为了克另外一个人呢？"

彭炀愣了一下，目光诡异地看了章凡颜半天，才勉强地回道："烦烦，你懂'冤家'是什么意思吗？"

"啊？"章凡颜不懂彭炀的意思，"冤家不就是仇人的意思吗？"

彭炀感觉自己没法儿跟这个小学生沟通，于是用手机打开了词典，递给了章凡颜："你自己看。"

冤家：称给自己带来痛苦而又舍不得的似恨而又似爱的人。

章凡颜沉默了几秒，然后淡定地说要睡觉了，麻利地脱了衣服用被子把自己裹起来背对着彭炀。

给自己带来痛苦——正确。

舍不得——怎么可能？

似恨——明明就是恨！

似……爱？

一定是《现代汉语词典》写错了啊！

与 BKA 比赛的当天，天有点阴。

章凡颜很早就起来了，这几天他一直睡不太好，说不上来是哪根筋没搭对，总有点莫名其妙的烦恼。他起来之后没事干，就跑去训练室开了个自定义模式练习控线和补兵。

没一会儿外面便淅淅沥沥地下起雨来。

等下午他们到达赛场的时候，雨已经不小了。

车直接开到了赛场的门口，章凡颜戴上了棒球帽，还把帽衫上的帽子一并戴了起来。因为有帽檐的遮挡，他低头的时候只能露出一个下巴，显得整个人都小了一圈。

"不烦！"

章凡颜下车的时候听到有人叫自己，顺声寻找，发现角落里有一个撑伞的女孩。

他记忆力极好，一眼认出来是那天送他礼物的女孩子。

其他人已经进了场馆，女孩子走过来微微抬高手臂帮章凡颜撑伞，她问道："你还记得我吧？"

"嗯。"章凡颜看了看四周，"就你一个人吗？下雨天多冷啊。"

"今天天气不好，我的朋友们都没陪我来。"女孩子笑了笑，用手指把沾到雨水的头发别到耳后，她指尖微微泛红，想必已经等很久了，"今天比赛要加油啊！"

章凡颜心里有些不好意思："要不……要不你跟我去休息室吧，外面太冷了。"

女孩有些惊讶："我可以进去吗？"

"走，我带你进去。"

因为下雨，整个后台都显得有点冷清，章凡颜问："我还不知道你叫什么名字呢？"

"李想。"

"嗯？"

"我叫李想。"

章凡颜笑了一下："挺好听的名字。"

还有一场比赛结束才轮到他们，几个人窝在休息室里看比赛的直播。

李想的头发很长，发梢淋了雨水，湿湿地垂了下来，她好像被弄得有点不舒服，就把头发撩到胸前，用手慢慢顺开。

张思卿看章凡颜带了个陌生人进来，便问："这谁啊？"

所有人的目光都集中在李想身上。

"我……我……"李想有点紧张。

"我的一个朋友。"章凡颜帮她解围，"她在外面等我，我叫她进来了。"

"哦——"张思卿尾音拉长，意思不言而喻。

苏哲挂着下巴，目光在李想的身上扫了两下。他记得这个女孩儿，之前比赛来过的，也记得这个女孩儿看章凡颜的眼神。

"现在是谁和谁的比赛啊？"

"VIVA 和 TMA。"高程回答，随即补充道，"但是上一把 TMA 赢了，这一把刚开局没一会儿，不过一级团的时候绝心刚送了一血，而且很不巧，他送给对面的中单了。"

章凡颜定睛看了一眼屏幕："绝心拿个劫，一上来就劣势，这还怎么打？"

"这才刚开了几分钟，都是没谱儿的事。"

"哎你们说，"张思卿开口，"VIVA的绝心和NAS的可心是什么关系啊，两个人名字里都有心，还都是中单，英雄池也挺相似的。"

"可能是失散多年的兄弟吧。"彭炀接茬。

他们来的时候在车上坐了很久，现在都站着一边儿晃荡一边儿看比赛，只有苏哲坐在后面的沙发上。

李想还站在门边。章凡颜对李想说："你愣着干吗，坐啊？"

李想看了看苏哲，并没有动。

沙发是简易的双人小沙发，苏哲人高腿长，卸了夹板的胳膊活动还不太方便，就搭在扶手上。他整个人垮在那里占了大半个位置。

章凡颜走过去踹了他一脚："这么大的人了连个眼力见儿都没有啊。"

苏哲一直在认真看比赛，无端端地被踹也很纳闷，可还是站了起来。章凡颜把李想拉过去坐，高程和张思卿两个人互通了个眼神，尽是八卦的意味。

可最敏感的终究是女孩儿。

李想是知道苏哲的，毕竟明星级选手，人长得帅，实力又强，好多女生都喜欢他。可上次第一次那么近距离地看苏哲，她觉得这个人虽然一直在笑，却不是好接触的类型，现在这种感觉尤其强烈。

"呀，白所这是被疯狂养猪了啊。"章凡颜看着屏幕笑出了声，"这团开的，这场绝对他背锅。"

"白所"是VIVA的打野Gofly，本名白飞，之前大家习惯叫他大白或者fly，只是去年春季赛季后赛他打了三场梦游局，直接导致VIVA被淘汰，一怒之下便削发明志。章凡颜嘲笑白飞像是劳改所里刚被放出来的，一直管他叫白所长，他这一带节奏，白飞彻底没救了。

"不过白所也挺厉害了，被压制成这样也没死，你看。"张思卿指了指小地图，"在关键的眼位上，VIVA并没有落后。"

彭炀点了点头，身为一个辅助，对这些问题看得要更全面："VIVA的阵容适合打后期，白所需要做的是稳定节奏。TMA团战的处理有些问题，到后期对面AD起来了，切他们就跟切菜一样。"

用上帝视角永远都能准确分析，但是真到自己打比赛的时候完全做不到，场上的变数太大，看的全是临场反应和判断。

苏哲一直靠在墙边，忽然说道："fly 这场不好打，他们没前排，想要 AD 能在团战中站得住，他自己就得上去当前排，但是他前期打得太伤了，开团也站不住。除非大龙、小龙那里阴一波，否则节奏还是不太好找回来。"

他身为一个打野，其实是最清楚打野的处境的，而且又跟白飞在野区里有来有回地打了一个多赛季的时间，很了解白飞的套路和习惯。

旁边从头至尾都在安静看比赛的安西回头看了一眼苏哲："如果换作是你，你怎么办？对面要开龙了，这团你开不开？"

苏哲摇了摇头："我现在看到的都是上帝视角，并不是他的第一视角，现在就这个形式来看，其实不开比较好。但如果换作是我，我想我会开。"

安西挑眉："为什么？"

"因为我的队友并不是 VIVA 那几个人。"

大家安静了一阵，还是张思卿先做了个搞笑的表情，说："我怎么一点都没被感动到？"

高程拍了拍他的肩膀："因为你也老了。"

"不不不，"张思卿连忙摆手，"我永远年轻，永远热泪盈眶。"

几个人都笑了起来。

李想也被他们逗笑了，只是她太过腼腆，笑的时候仍然低着头，章凡颜坐在她旁边的沙发扶手上，笑得整个人都在颤。

VIVA 和 TMA 的第二局比赛，TMA 打了整场的好局，结果最后一波团战功亏一篑，被 VIVA 翻盘，比赛结束。

之后就到 LC 对战 BKA 的比赛了。

上场的时候，李想跟着他们一起出来，只是她需要再绕到观众席上。几个男生腿长走路又快，把女孩儿甩在了后面，章凡颜看她落单，就稍微慢下来陪她。

"比赛的票都是通票，可以看一下午的，你怎么不直接在赛场里等？"章凡颜没话找话。

"因为想等你们来啊。"

"哦，是吗？"章凡颜想了想，"你在电信一区有号吗？回头带你打匹配啊。"

"有，可是玩得不好，你会嫌弃我的，到时候把我拉黑了怎么办？"

李想说话的时候一直都是笑着的，她长得可爱，齐刘海、黑长直，笑的时候很甜。

章凡颜有点手脚不知道往哪儿放了。

他原来放学一有时间就跑到网吧打游戏去了，可能也是那会儿年纪小，从不记挂什么女生，后来打职业赛慢慢地混出了名气，也有喜欢他的女粉丝，但都是公众场合上大家一群人拥过来。他训练太忙，除了休假的时候，几乎没什么自由的时间，这样同女孩子单独接触，真是连纯情的学生时代都没有过的。

他其实不喜欢带女孩子玩游戏，原来带过，但实在带不动，又不能喷人家坑。后来一说有女生，他就不玩了。章凡颜觉得能力强是用来对抗和竞技的，而不是用来讨好女孩子的，在一个女生面前炫耀自己游戏玩得多牛，其实是很傻的事情。他这么问李想，只是无话可聊随便问了一句，没想到李想却有自知之明。章凡颜暗自庆幸，不由得也对李想多了一点好感。

两人走到分岔口的时候，其他人已经到位子上去调外设了。李想犹豫了一下，对章凡颜说："我能抱抱你吗？"

章凡颜没反应过来。

"可以吗？"李想满怀期待地看着他。

"哦……好。"

李想笑了，踮起脚双臂搂住了章凡颜的脖子，满满的一个拥抱，然后小声地又重复了一句："比赛加油。"

"嗯。"

章凡颜杵在原地不敢动，女孩儿的身体是很柔软的，他觉得自己毛手毛脚的，一动可能会弄疼人家。只是他想，女孩儿的拥抱果然是不一样的，跟男人比，一点都不一样。

他回头的时候看见苏哲抻着键盘线看着自己，两人四目相对，苏哲不着痕迹地把目光收了回来，继续调外设，而章凡颜被苏哲看得心里发毛，轻轻地与李想拉开距离。

"我要走了。"

章凡颜头也不回地上了赛场。

"那姑娘到底是谁啊？"彭炀问道，"不会你昨天说的就是她吧？"

章凡颜用力把键盘线插上："你什么时候也这么八卦了？"

"烦烦，你真谈恋爱了啊？"

"啊什么？章凡颜谈恋爱了？"耳机里传来张思卿八卦的声音，章凡颜瞬间头都大了。彭炀跟他说话的时候正好在调麦，语音频道里的所有人都听到了。

高程出来带节奏："烦神可以啊，终于长大成人动凡心了啊。"

"是啊！"张思卿附和，"刚才那姑娘吧？我看行，长得挺漂亮的，跟烦神般配。哎，怎么有种儿大不中留的感觉？"

"你们瞎闹什么啊！"章凡颜恼羞成怒。

"来来来，我看看。"张思卿的位置在章凡颜旁边，他双手掰过了章凡颜的脸，"你脸红什么啊？"

"滚！"

张思卿逗了会儿他就继续调自己的机器了，比赛正式开始。

与BKA的比赛里，苏哲两局都是拿的皇子。他打比赛本就话少，今天更是一句都没说，带着张思卿把对家野区蹚了个遍。第二局他更是让对面中单一个蓝buff都没拿到，节奏带得飞起，十分钟就把人家外塔都拆完了，跟个拆迁队一样。

这还怎么玩？说好的残疾打野呢？

最终LC二比零拿下三分。

张思卿没想过跟BKA打会这么简单，不过确实是苏哲节奏带得好，配合起来行云流水，根本没给对面任何机会，也难怪两场MVP都给了他。

相比较之下，章凡颜简直实力躺赢。

比赛结束时，天色已经不早了，雨还没停，温度比来时更低了一些。

张思卿和高程依旧靠在门口抽烟，苏哲经过的时候，张思卿拦了他一下，顺手递过去一根烟："MVP，来根不？"

苏哲接了过来。

"我觉得你今天比赛就跟打了鸡血一样。"张思卿说道。

"有吗？"苏哲吸了口烟，"我以为比赛都是一样的。"

"不不不，今天不一样，以前看你比赛或者跟你打比赛没见过你有这么大杀气。"

高程也点了点头："今天简直就是杀意已决。"

"可能天气不好吧。"苏哲抬头看了看落雨的昏暗天空，"南方的天气太糟糕了，下场雨都能冻死人。"

"你家在哪儿？"张思卿问道。

他知道苏哲是北方人，但是对北方的方言没什么研究，大概只能分出东北话。因为东北话对于他们这些南方人而言，已经是最有代表性的了。

"京市。"

"京市人说话不都应该是'您吃了吗'这种感觉的？"张思卿继续说，"那个叫儿化音是吧？"

苏哲解释:"四九城里地方不一样,口音还有点区别,就属南城口音最重说话最垮。其实京腔是最好学的方言,你判断一个人是不是地地道道的京市人,不能单从口音上看。"

"那从什么上看?"张思卿又问,"骂街吗?你们骂街有什么不一样的词吗?"

"有什么特别脏的吗?"高程也问。

苏哲想了想,笑道:"还是别了吧,真挺脏的。"

"能有章凡颜说话脏?"张思卿说,"他现在收敛多了,你是没见过他原来的样子,真是什么都敢说,年纪轻轻说的话我感觉都够污的了。哎,好像最近没怎么见着他喷人了。"

高程掐灭了烟头:"可能因为谈恋爱了吧。"

"也是。"

"你们又编排我什么呢?"

章凡颜不知道什么时候冒出来的,吓了他们一跳。

还是老队长张思卿反应快,见章凡颜一个人出来,便问:"就你一个人啊,那个妞儿呢?"

"人家从正门走了啊。"

"没送送啊?"

"送你妹啊!"

张思卿摆手笑道:"我可没这么漂亮的妹妹。"

高程暧昧地用胳膊捅了捅章凡颜:"快来给哥哥们八卦一下,何时勾搭上的啊?章小烦你行啊,不声不响地秀了一波操作,一血拿了没,高地上了没。"

"没有啊!"章凡颜无奈道,"我跟她根本不熟。她只是来看我比赛,之前聊过两句,怎么就被你们想得那么龌龊了?"

"哎,没关系嘛!"张思卿好像并不在意细节,拍着章凡颜的肩膀说,"年轻人嘛,多交往交往也是好的。"

"闭嘴吧!"

他们有来有回地吵架斗嘴,苏哲安静地在一旁看着,直到烟灰掉在了手上才回过神来。阴雨天总归不会有什么太好的心情,连带着胳膊都不舒服,至少他是这样感觉的。

不一会儿,接受完采访的彭炀出来了,几个人才集合回了基地。

今天是比赛日,并且还赢了,晚上回去其实可以稍微放松一下,大家不用那么紧锣密鼓地训练。

但大家依旧蹲在电脑前，毕竟闲着也是闲着。

可意外的是，苏哲今天开了直播。

他的直播房间瞬时人数排到了平台的最前面。

摄像头架在显示器上，屏幕里的苏哲正好俯视四十五度，因为思考的缘故总是习惯性皱眉，表情比平日里严肃了好多。

但这并不妨碍弹幕上出现一行又一行的"老公"。

结束了一局排位之后，苏哲收到了一个游戏邀请。来自 ImaGine，他想了一下，便接受了邀请。

可心在 QQ 上给他发了一个语音，他回文字说："我在基地，环境音太乱。"可心表示没关系，语音开黑比较方便，苏哲也就答应了。

结果没想到的是，可心那边更乱，NAS 的基地每天晚上就跟炸开了锅一样，其中还夹杂着不明所以的韩语以及各种语法错误的英语。

苏哲调侃了一句："你们天天这样也不怕耳朵发炎。"

"习惯了。"可心回答，"Wishper 年纪小，喜欢吵吵闹闹的。"

"那个韩国小野王？年纪小的是不是都爱瞎折腾？"

"谁知道呢？不过他从不帮我抢蓝。"

可心说这话的时候苏哲没什么表情，只是他的直播间弹幕忽然变得厚了很多，一行又一行的"风心党头顶青天""中野依旧在"。

说话间排到了比赛，两人还是拿了各自熟悉的位置——狐狸和盲僧。

苏哲换了个龙年限定的瞎子皮肤，很多人都说，这游戏没皮肤怎么玩，他自然不例外。不过苏哲只收自己常用的英雄的皮肤，而且特别专情，只用一款，比如玩皇子的时候就是万年雷打不动的吕布皮肤。

他转玩打野的时候，已经过了龙年的限定时间，龙瞎很难搞到，一时间价格就被炒了上去，后来还是他过生日的时候，可心送了他一个。

那年的联赛上，苏哲的龙瞎异常夺目，到后半程的时候甚至变成了会上 ban 位的英雄。

NAS 的中野一度被誉为国内第一中野组合。

只是谁都没想到苏哲会离开 NAS。

苏哲只点地图，在频道里记录刷新时间，可心也不怎么喜欢说话，直播间里只能听到游戏的音效和键盘鼠标的声音，苏哲更是什么表情都没有，要不是游戏画面一直在变，大家都以为是自己网卡了。

"你怎么不说话？"可心问。

"懒得说。"苏哲回答，语气里听不出什么情绪，"阴雨天，烦。"

"怎么了？"可心刚说完，对面打野就从草丛里冲了出来，他一没注意，屏幕就变成了黑白的。

"我的。"苏哲承认自己没做好反蹲，"刚才胳膊抽了一下，反应慢了。"

"之前有人说你受伤了，真的假的？今天看你比赛挺正常的。"

"又不影响什么。"

可心听他这么说，那就十有八九是真的了："你怎么不说啊？"

"有什么可说的，让人家带节奏说 BKA 连残疾人都打不过？没必要吧。"

可心难得笑了一下："我要是 BKA 的打野，就把 R 键抠了，这样大家才公平。"

"那你可真是想多了。"

"今天 VIVA 的打野上的谁？小圆还是白所？"

"Gofly。"

"VIVA 真是有钱，一个位置上能养两个国内的顶尖选手，特别还是最缺的打野。"

"丛林法则。"

章凡颜刚结束了排位，手机的屏幕亮了一下，提示他有新消息。

是李想发来的微信。

内容无非便是"今天的比赛恭喜啊""辛苦了啊"什么的，章凡颜象征性地回了一句。

"你在忙吗？"李想问道。

"现在没有。"章凡颜看了一眼时间，"已经过了训练时间，现在没什么别的事了。"

"哦……"过了一会儿，李想又发来一句，"总找你聊天我也蛮不好意思的，怕打扰你训练。"

"还好。"

"烦烦。"

"嗯？"

"我能问你一个问题吗？"

"什么？"

"你没有女朋友吧？"

"没有。"

李想那边没了声音。

章凡颜拿着手机站起来喝水，打算再去接一杯，李想又发来了信息。

"那我能做你的女朋友吗？"

"噗！"侧着身正喝水的章凡颜一口水全喷在了苏哲身上。

当时苏哲正跟那儿拆基地呢！

章凡颜吓得不行，把手机甩到一边，连忙抻了纸巾给苏哲擦，说："我不是故意的我不是故意的，对不起！"

"你轻点！"章凡颜站在苏哲的左边，给他擦的时候动作太大拉到了受伤的胳膊，苏哲臭着一张脸皱着眉甩开了章凡颜，"你想弄死我啊？"

"我……"章凡颜倒是没见过这样的苏哲，有点委屈，"我都道歉了，你这么大脾气干吗？"

苏哲没理他，扭头回去换衣服了，只留下一个正在直播的房间。

安西坐在宽大的训练室里，看着屏幕上的联赛积分。

早上的时间是属于他一个人的，队员们都是夜猫子，这个时候还在睡觉，他却已经习惯了早起。已经是三月的天气，但早上依旧微寒。

LC 目前的积分排在第二名，与第一名的 VIVA 相差四分，但后面的几个战队分数都差得不多。因为本赛季引入了平局的积分，所以可能一场胜负就能影响几个战队的排名，不过对于他们而言，常规赛只剩下最后一轮了，排名只是决定了季后赛会先碰到谁。

安西的心情却晴朗不起来。

论纸面上的战斗力，大家谁也差不了谁多少，这就是本届联赛竞争激烈的原因。虽说联赛无弱旅，但在安西看来，也并没有什么十分具有统治力的队伍。

也许春季赛大家还在试水，夏季赛就要拿出真本事了。

在引入苏哲的时候，安西也曾担忧过。因为当前版本已经不再突出个人能力了，而是更加要求团队合作，一方面他看中苏哲的判断力，可另一方面，他觉得现在队伍的配合还是存在问题。

决定现在这支 LC 能走多远的人，其实是章凡颜。

两年前他在国服高端路人局里看到了天命不凡，当时是打一个逆风局，章凡颜玩的大嘴，硬是拖到后期发育了起来，几乎是靠着一己之力翻盘成功。

安西印象很深，当时的章凡颜即使装备不好也没有缩在队友身后，并且不是无脑送，而是总能靠走位躲掉对方最关键的技能，在团战中活到最后，一个人凶巴巴地追着敌人跑，异常自信。

后来安西自然开始特别注意这个叫天命不凡的人，他的打法很凶，那时还是崇尚个人英雄主义的年代，他在游戏里大杀特杀，出尽风头。安西就有想法接触接触对方，见面之后才发现，不过是个少年。

他问章凡颜："你想打职业赛吗？"

章凡颜知道"职业选手"这个词，但没有什么特别具象的概念。安西就跟他说："职业选手就是要去打比赛，天天让你玩游戏还给你发工资，你会被更多的人知道，如果你足够强，还能拿世界冠军。"

这对于一个重度网瘾少年来说，简直就是天上掉馅饼。

他毅然决然地来到了魔都——中国电子竞技的中心，一个为所有电竞玩家造梦的地方。

初入联赛的章凡颜虽然莽莽撞撞，但是锋芒毕露，因为年轻，又足够张扬。安西始终相信，章凡颜是一个天赋型选手，他需要的只是成长。

这种成长并不单是技术上的提升，还有心态上的磨炼。年轻的章凡颜可以初生牛犊不怕虎，但是联赛是残酷的，没有人能一直保持巅峰状态，怎样面对失败的压力和舆论的指责才是每一个职业选手最大的难题。

这个赛季，已经开始有人说 Living 不再 carry 了，说他团战隐身，说他躺赢。章凡颜嘴上不说什么，心里总还是烦恼的。

"年轻"这个词带给章凡颜的是"冲劲"，同样也带给了章凡颜"不成熟"。

可惜在这个问题上，没人能帮他。

其他位置上的几个人的状态已经趋于稳定，只有章凡颜忽上忽下。安西看着MVP榜忽然下意识地笑了一下，可能这才是竞技体育的魅力所在，你永远不知道一个选手会被挖掘出怎样的能力，也永远不知道一场比赛会是怎样的结局。

章凡颜的烦恼不光来自舆论的压力，那些闲言碎语至少他可以选择性不看，但是队友关系这一层，他无法回避。

每每想到这一点，章凡颜心里就会默念一句——

苏哲你不是人！

这几天里苏哲一直冷着一张脸，要么就是皮笑肉不笑。章凡颜的位置挨着他，总能感觉到一股特别诡异的气压。章凡颜仔细想了想，好像并没有做什么得罪苏哲的事情，除了上次不小心把水喷苏哲身上了，可他当时就道歉了，没想到这人原来如此小气。

那他之前这样那样对自己的时候，自己找谁哭去？

真是没地方说理。

如果单单是低气压就算了。训练赛的时候苏哲经常来下路 gank，他们俩总能发生意见上的冲突，要么就是章凡颜觉得这波越塔可以上，苏哲不想上；要么就是苏哲上的时候完全不管章凡颜技能已经 CD 了。

气得章凡颜一结束训练赛就抓着苏哲的领子问他："你是不是不想打啊！不想打滚蛋！"

苏哲只是回了他一句："你懂什么？"

这句话像是踩到了章凡颜的尾巴。

"你懂什么"——所有人都觉得他什么都不懂。

张思卿和高程逗着他玩，彭炀哄他，安西担心他，大家都把他当小孩，他们习惯了章凡颜的脾气，多少都会让着他。

他比赛的时候想要五杀，高程就能一路帮他追到高地塔。他无数的 MVP 都是牺牲队友的 KDA 换来的，那时章凡颜觉得这些都是应该的，ADC 就是要活到最后收割全场，可现在这些都让他迷茫了。

他越是告诉自己不要在意，可越忍不住去想。

这些通通是他的烦恼。

打完最后一场排位，章凡颜推开键盘，稍微活动了一下脖子，拿着手机就回了房间。

他最近时常和李想聊天，上次李想问的那个问题他没有回答，李想也就很聪明地没有再提过了。章凡颜性格咋呼，但其实是一个十足被动的人，李想来找他，有时间的话他都会回一句。他对于女孩儿的认知有限，李想却能给他很亲近的感觉。

各种好的坏的矛盾冲突的关系一直维持到 LC 的最后一场比赛，也是整个春季常规赛的最后一场。

这场比赛无论输赢，LC 都稳坐第二名进入季后赛，所以大家也就都放松了心态去打，没有特别准备。

恰逢周末，来看比赛的人很多，不意外的是，李想也来了。

她在观众席里看章凡颜的比赛，因为有喜欢的人，所以会格外认真。

大屏幕上时刻切到选手的比赛画面，每次切到苏哲的时候，台下的女观众欢呼声就会特别大，可苏哲一直皱着眉，没什么表情，但就是瘆人。

别人做这个表情会被说摆臭脸，但换成苏哲那张脸，大家都会说霸道总裁。

没什么悬念，LC 拿下了春季赛的最后三分。主持人上台宣布挺进季后赛的八支队伍，并且宣布常规赛第一名的VIVA将代表中国赛区参加ALLSTAR季中邀请赛，同时提醒大家全明星投票还在继续，得票最高的两名选手将可以参加全明星挑战赛。

章凡颜记得那个投票的事情，印象中好像是苏哲高居第一，后面是谁就不记得了，反正跟他没关系。

因为李想经常来看比赛，章凡颜也习惯了结束之后李想在外面等自己。张思卿他们已经默认烦神坠入爱河了，倒也不再开他的玩笑了。

其实他们只有一小段能面对面聊天的时间，章凡颜留不了一会儿就得随队回基地，但对李想来说已足够。四月的天气开始变得暖和，李想把头发剪短了一些，利落了很多。她开开心心地恭喜章凡颜季后赛拿到了好的名次，章凡颜却摇了摇头，说："除了第一名之外其他的都不是好名次。"

"你们要是拿了第一名，就该出国去打全明星赛了，要是输给了韩国，回来又要被骂了，这种压力还是留给别人吧。"

"不试试怎么知道赢不了韩国？"章凡颜皱了皱眉，"如果因为害怕背锅就不去努力争取了，那还打什么职业赛？"

李想低下了头。

章凡颜意识到自己话说得有点重，有点不知所措地说："我只是表达一下我的观点，并不是有什么别的意思。"

"我知道，每一个努力的选手都是值得肯定的……"李想笑道，"我很高兴自己喜欢的是一个有梦想的人。"

章凡颜傻了一下，脸都红了。

正是尴尬的时候，苏哲晃荡了过来，面无表情地跟章凡颜说："该走了。"

"哦。"章凡颜回神，然后跟李想摆了摆手，"那……再见了。"

他先转身离开的，苏哲跟在他身后，没走两步，苏哲停了下来，慢慢地回头看了李想一眼。

李想吓了一跳，因为苏哲的眼神并不友好，他好像很是玩味地看着自己，忽然朝自己笑了一下。苏哲很高，即使离她有些距离，李想也能感受到苏哲俯视自己时的轻蔑感，加之他笑得不明所以，李想只觉得背后发凉。

每次见到苏哲的时候，他都是这样看着自己。

李想并不知道自己哪里能得罪到这个跟自己的生活毫不相关的大神。

"你们在一起了？"苏哲跟章凡颜并肩走着的时候问了一句。

章凡颜没反应过来："嗯？"

"我说那个女孩儿。"虽然已经离开很远了,苏哲还是象征性地指了指身后,"你每场比赛她都来看,你们还会单独聊一会儿。我记得之前你还把她带到了休息室里,你们在一起了?"

"跟你有什么关系?"章凡颜觉得这人很无聊。

那个打野，
问题真的很大。 ▶ ▶▶

六、
拒绝生人投喂的 AD

季后赛在一个星期之后开赛，晋级季后赛大名单的队伍有 VIVA、LC、NAS、BKA、LKT、TMA、RG、AZ 共八支。按照第一名对战最后一名的顺序，LC 第一场比赛将对上 RG。

安西看了一眼赛程安排，他们的比赛在开赛第二天，于是决定先给大家放一天的假，缓解一下数月联赛的压力。

队长张思卿依旧稳坐在电脑前："还有一个星期开赛，他竟然还有心思放假。天哪，季后赛可是淘汰赛啊，进不了决赛就真闹笑话了。"

"你竟然比安西还着急。"高程有点不可思议，"磨刀不误砍柴工，不差这一天的。"

张思卿叹了口气："我打了这么多比赛，但是这次季后赛不知道为什么，我感觉特别紧张。"

"为什么？"高程想了一下，"哦，我明白你的意思了，你是说那两个不稳定分子？烦神万年电梯党上上下下的，至于玛丽苏……虽然他这段时间都比较低气压，可是比赛发挥还挺好的啊。我看他俩目前没什么正面冲突，应该打不起来。"

"但愿吧……"张思卿希望自己只是没事找事，"其实早炸早解脱，就怕留到赛场上爆炸，那就真 GG（good game，竞技游戏结束时的礼貌用语）了。"

高程笑了笑，随手打开了网页："哎？你看今年全明星的投票了吗？玛丽苏遥遥领先啊！"

"所以大家只能争夺一下第二名的资格了。"张思卿问道，"目前第二名是谁啊？"

"可心。"

"哎呀，好羡慕啊！"张思卿叫唤了一声，"我觉得票选这个比联赛第一去打全明星幸福多了，没比赛压力还能出国玩。"

"只可惜同样是中单，你没人家可心长得帅。"

"男人靠的是实力！"张思卿强调。

高程调侃："有本事季后赛你别被人家可心线上单杀。"

张思卿捶桌："我要是季后赛被他单杀我当场退役行了吧！"

"这可是你说的。"

仅有的一天假期，张思卿还是在努力训练，章凡颜则选择睡觉，因为睡觉对于他而言是一种很好的解压方式，至少睡觉的时候大脑不用活动和思考。

苏哲泡了一天的健身房。

前段时间因为手臂受伤以及密集的赛程安排，他没有大段时间可以出来活动，一身的精力和怨气都没地方撒。

最近他没怎么搭理章凡颜，本想冷一段时间看看剧情到底能发展成什么样，没想到他的判断一点没错，章凡颜是个七窍玲珑心全点在了游戏上的智障小学生，要怪就怪他自己眼瞎。

苏哲是一个控制欲很强的人，从他打的两个位置就能看出来，辅助和打野，都是掌控比赛节奏的点。他最开始知道章凡颜其人，还是在打辅助位的时候，只是那时候他用的不是现在的 ID，而且时间很短，也许章凡颜对此印象并不深刻。但是苏哲记得很清楚，跟章凡颜对线压力很大、很激烈，可谓是充满挑战。

辅助对 ADC 总有一种特别的情怀，那段时间苏哲频繁换 ADC，可总换不到一个自己满意的。

如果能是那个 ADC 该多好。

后来他没一个能看上的，只能转去打野。一旦碰上跟 LC 的比赛，他就喜欢蹲下路。他承认这是自己的恶趣味，如果得不到，那选择把对方挤对到死。

一次又一次的击杀让他有得逞的快感。章凡颜操作够好、反应够快，可就是容易上头、容易浪，苏哲在野区不知道因为这个制裁了他多少次。

即使他知道这种行为会让那个 ADC 更加厌恶自己。

没想到的是，赛季结束之后的转会期，他意外地接到了 LC 的邀请。

苏哲几乎想都没想就答应了。

LC 管理层也很惊讶，这样一个如日中天的明星打野竟然连条件都不谈就接受了邀请。他们问起苏哲的时候，苏哲也只是淡淡地说："条件？我不需要。"

金钱？名声？

他是真的不需要那些。

因为苏哲不光赛场上顺，人生轨迹也顺，做事全凭心情喜好，其他的都不管。

其实一切都在照着苏哲的计划进行，他知道章凡颜脾气暴，但也只是单纯的脾气暴，骨子里还是一个很被动、很单纯的人。

苏哲一拳打在沙包上，巨大的震动感充斥了整个神经。

他擦了擦汗，调整了一下呼吸，让一切趋于平稳。

Wind 是掌控比赛节奏的人，苏哲亦是。

苏哲回到基地的时候已经是傍晚，其他三个人还在打排位，他问了一句："章凡颜呢？"

彭炀用目光指了一下楼上："还在睡觉，啊，苏帅，你帮我去叫一下他吧，一会儿该吃饭了，我这局刚开。"

"哦。"

苏哲用指尖缓缓地推开门。房间里拉着窗帘，十分昏暗，他走进去时反手关上了门。

"起床。"苏哲推了章凡颜一下。

章凡颜哼唧地翻了个身。

"啧。"苏哲抓起了章凡颜的被子打算掀开，章凡颜梦里迷迷糊糊地握住了苏哲的手，嘴里还十分不清楚地嘟囔着不要闹。

房间里很安静，章凡颜不愿意醒，呼吸缓慢平滑。苏哲坐在床边，帮他把睡得乍起来的毛理顺，然后微微欠身，在他的脑门儿上弹了一下。

"嗯……"

没什么意识的章凡颜很乖，毫无攻击性，这样苏哲不必担心他会咬自己。苏哲正出神，章凡颜忽然像只蒙眬而慵懒的猫，睁开眼睛眨了一下。

"啪"的一声，惊醒的章凡颜一巴掌甩在苏哲的脸上，瞪大眼睛十分惊愕地看着苏哲。

"你……你……"章凡颜哪儿还有什么困意，"怎、怎么是你？"

"我怎么了？"苏哲摸了摸被打的左脸，语气很冰冷，章凡颜的大脑有点短路。"说话啊！不是挺凶的吗？我怎么了？"苏哲只觉得自己是好心没好报。

章凡颜的呼吸有些颤抖，他像是用尽了全身力气一样大喊了出来："你给我滚！我不想看到你！"

晚饭的时候，气压比平时更低了。

张思卿看了看苏哲微微泛红的左脸，心里十分悲哀。他不知道章凡颜和苏哲之间到底发生了什么，只是就结果来看，好像离彻底爆炸不远了。

彭炀和高程想的跟张思卿差不多，彭炀有些自责，如果那时候自己去叫章凡颜，就不会有现在这么一出了。

而罪魁祸首章凡颜一直闷着头吃饭，一句话也不说。

还有一个星期开赛，所有人心里都没个底。

最近几天他们的训练安排得很紧，几乎每天都会打一个BO5的训练赛，晚上的时间则是各自安排打排位。

训练赛上，章凡颜的发挥很不好。

他连最基本的控线都开始出现问题，每次都有点着急地推线，要么就是团战的时候八秒走位一秒输出，要么就是带线太深被单抓，还总是选一些少位移的英雄。

后来还是安西下了死命令：男枪和飞机这两个英雄只要没ban就二选一。

可惜这两个版本火热的英雄章凡颜玩得都很一般。

任务当前，章凡颜只能埋头苦练。一个星期时间是很短的，他挤出了睡觉的时间，在训练室里一待就待到凌晨，看别人在比赛里怎么使用英雄，他们走位的技巧，推线、控线的技巧，然后自己反复练习，加深印象和身体习惯性。

大家都很努力，章凡颜尤甚。每天只有三四个小时的睡眠量，饭也没怎么好好吃，自身的状态让他有点焦躁。烦起来的时候章凡颜只能再埋头苦练，一旦和队友配合出现失误不免又开始着急，如此这般，形成了一个不大不小的恶性循环。

简直头都要炸了，他以前从来没这样过。

明明只是一个春季赛的季后赛，他有什么可紧张的？

折腾了一周的时间，章凡颜整个人消瘦了一些，下巴颏都尖了很多。

做好了赛前最后的战略部署，安西合上了本子："今天晚上就到这里吧，早点休息，希望大家明天以最好的状态迎接比赛。"

通常比赛都是安排在下午四点之后，也是为了配合选手们的生物钟，这样他们整个上午的时间都可以睡过去。

但是章凡颜睡不着。

从晚上开始就睡不着了，自己躺在床上翻来覆去，训练的疲惫感让他有些累过劲儿了。章凡颜一再地跟自己说，明明只是一个季后赛而已，没什么大不了的，世界赛不也这么打过来了吗？但他心底里一直有一个声音在说，这次是不同的。

至于哪里不同，他也不清楚。

不知是版本限制还是队内资源分配的限制，他一整个常规赛都表现平平，只能说是做到了一个ADC在场上该做的，却没有什么爆炸级的亮眼操作。平心而论，今年的联赛争夺异常激烈，稍微一松懈他们就会被别人赶超。

还有那个处处针对自己惹人烦的苏哲。

章凡颜觉得压力有些大。

他在床上长长地叹了口气，反正睡不着，还是不要浪费时间了。他起身悄悄地溜到了训练室，却发现训练室里有人。

显示器映射出的光芒照在苏哲的脸上，惨白惨白的。他面无表情地扭头看自己的时候，章凡颜甚至有种见鬼的感觉。

自从上次他甩了苏哲一巴掌之后，一个星期内两个人一句话都没说，包括训练赛时。要么点地图，要么打字，两人都坚守着沉默是金的原则。

事实上也没什么好说的。

苏哲只是看了他一眼，然后没事人一样迅速把目光又放在了屏幕上，继续他的游戏。半夜的时候线上还是有人的，只是排位的时间并不会很快。章凡颜也没说话，打开自己的电脑，拉了一个自定义房间开始了补刀和控线的练习。

这是他最常做的事情，虽然很枯燥、很无聊，但是章凡颜依旧照做，包括用身体卡兵的动作都要反复练习。

安西一直说章凡颜是天赋型选手，可是哪儿有什么真正的天才，天赋并不是天生的，而是靠着大量的训练打磨出来的。

时间会把任何一个天才变成普通人，但是不会辜负一个普通人的努力。

补完最后一刀，章凡颜看了一眼时间，凌晨三点。

说起来这样的时间、这样的气氛都有些奇怪，有一个大活人就坐在你的旁边，但是你们不说一句话。房间里只有机器的底噪和清脆的键盘音在响，没有开灯，显示器的光忽明忽暗，彼此就好像幽灵一般。

章凡颜揉了揉眼睛，稍微歪了一下头，看向苏哲的屏幕。

苏哲好像也开了一个自定义的房间，在用豹女 solo 小龙。最近豹女打野很火热，因为清野效率十分之高，但这种顺风狗英雄要是发育不好，团战作用几乎为零。之前的比赛中苏哲几乎是没有拿过这个英雄的。

能上场的打野英雄本来就那么几个，所以几乎每个英雄都是打野们必须练好的，就如同 ADC 一样。

最考验英雄池的位置其实是中单，每逢王者对决，6 个 ban 位里留给中单的是最多的。

像小圆、白所这类打野，最喜欢秀英雄池，每次都能掏出不一样的英雄，但苏哲不一样，只要你不 ban 我，我就一直拿一个英雄，你永远别想知道我到底会几个。

"好看吗？"

一个惩戒落下，豹女成功击杀小龙，苏哲扭过头来，正好对上了章凡颜的眼神。

"呃。"章凡颜有点手足无措。

苏哲冷着一张脸说："你不是不想见到我？"

章凡颜心想：我只是来训练室里练习，谁知道你也在啊，要是知道的话鬼才来。

"蠢货。"

"你说谁蠢啊？！"

"除了你还有谁？"苏哲说道，"连控线的节奏都有问题，你到底是用什么打到现在这个位置的？"

"要你管啊！还不准人有个状态起伏啊？！"

"如果可以我也不想管一个每次都把线推到人家塔下的双人路。"苏哲耸肩，"你知道有多难gank吗？天天在训练赛上犯愚蠢的错误，你到底多大的心，还在这个时候谈恋爱？"

"我没有！"章凡颜不知道苏哲是不是闲得没事干，天天要带自己的节奏。

"你没有什么？你怎么不想想这个赛季你都干了点什么？是，你对线是挺强的，疯狂地对线清兵，然后呢？你拿的三杀、四杀哪次不是队友帮你把路铺平了你上去平A，没了他们你还会什么？"

章凡颜有点抖，呼吸起伏，没有说话。

"大家烦神烦神地叫你，可是你哪一次超神了？"苏哲并没有停下来的打算，"不过都是哄着你玩的，你当真的了？多大的人了，还天天活在过去？"

章凡颜烦躁地说："关你屁事啊！再说了……我哪儿有这么不堪啊？！"

"那你知不知道你这样就是在拖别人后腿？"

"你这人是不是有病啊？！"章凡颜唰地站起来，"我不就打了你一巴掌吗？你干吗要处处针对我？！分明是你先招惹我的啊！你管我打得好打得差啊！"

苏哲站了起来，居高临下地挑起了自己的下巴："我就是要管又怎样？"

"我……"章凡颜被迫抬头对视苏哲，他很害怕和苏哲这样单独接触，特别是现在苏哲冷着一张脸，强大的压迫感让他有些委屈，哽咽了起来。

"你是不是又要哭？"苏哲极认真地看着章凡颜，"打不过就哭，还说自己不是小孩儿？"

"你闭嘴！"章凡颜大叫了一声。

苏哲忽然又变得有点无奈，叹了一口气，"我是为你来的LC，我们不能好好合作吗？你真的那么讨厌我吗？"

比赛当天，大家在基地里做最后的准备，章凡颜擦着自己的键盘，有点走神。

彭炀走过来，双手在他面前拍了一下，吓了章凡颜一跳："发什么呆呢？"

"没有。"

"我怎么感觉你今天特别蔫？"彭炀仔细看了看章凡颜，"没睡够？"

"没事。"章凡颜摇了摇头，"在想今天用什么英雄好。"

"想用什么？"

章凡颜摇了摇头。

没一会儿，他收到了一条信息，李想说："我今天去看比赛了。"

章凡颜回复："知道了。"

他们提前一个小时抵达了赛场，看季后赛的人数要远多于常规赛。再加上是周末，前门、后门围了一群人。章凡颜有时不能理解，都是普通人，怎么就这么大的瘾？

李想一直坐在观众席上，只能跟章凡颜发信息。章凡颜窝在休息室里，安西在嘱咐大家比赛的时候要注意什么，又说："虽然对手是联赛排名靠后的队伍，但不能有任何闪失或者轻敌，BO5 的比赛变数最多。"

李想说："今天是 LC 季后赛的第一场，你紧张吗？"

章凡颜回答："还行吧，习惯了。"

李想说："争取三比零带走吧。"

章凡颜说："尽力。"

李想说："打完之后你们会直接回基地吗？我能在后门等你吗？"

章凡颜想了想，回一句："好吧。"

时间差不多了，他站起来拿上自己的外设最后一个出了门，安西在门口等他，然后拍了拍他的肩膀。

解说依旧在说段子暖场，现场的工作人员在做最后的准备。章凡颜坐在座位上，抬头看了一眼灯光，然后戴上眼镜。

例行的选手介绍，镜头一一扫过，得到欢呼声最大的苏哲一直低着头，不知道在发什么呆。解说见状开他的玩笑，说："苏帅已经进入无我模式了。"

音乐响起，LC 对战 RG 的 BO5 比赛正式开始。

蓝色方 LC，红色方 RG。

在最开始的两局里，LC 算是打得比较顺，苏哲能把正经事和别的乱七八糟的分开。他心情不好的时候往往杀意泛滥，每次一出现在线上必定会死人。镜头一给到他画面就是一脸严肃,说好听点叫肉食性打野,其实是一张臭脸。

章凡颜十分听安西的话,常规阵容拿了两局的男枪,堆了特别高的攻速,就差一秒五狙了。

二比零拿下了赛点,他们只要再赢一局这场就结束了。

休息期间,章凡颜窝在沙发上,他旁边坐着彭炀。赛点的时候心情多少会不太一样,他低头玩自己的手指,脑子里却很空洞,安西噼里啪啦说了一堆话,他一句也没听进去。

他的脑子里一直都是苏哲的话,他只知道自己开始是不喜欢苏哲的,苏哲总是针对自己、吓唬自己。每次面对苏哲的时候,章凡颜总有一种自己是整个联盟里排名倒数ADC的错觉,就像一坨扶不上墙的烂泥。可事实上,他的数据也是位居榜单前列的,并没有苏哲说的那么垃圾。

可惜,原来章凡颜不认识苏哲的时候敢喷他,现在却一点都不敢了。

因为苏哲会本人的套路很可怕。天哪,重点都不对啊!章凡颜想挠死自己。他觉得苏哲就是个大浑蛋,搞得他要死要活,自己却好端端的没事人一样。

章凡颜抬眼偷偷瞄了一下苏哲,不由得想起之前彭炀说的一个词——冤家。

他赶紧把目光收回来,愣了一会儿,深深地叹了口气,靠在了彭炀的肩膀上。

ADC和辅助总是坐在一起的,彭炀也习惯了章凡颜靠着自己,顺势搂了一下章凡颜,问道:"怎么了?"

"头疼。"

"怎么又头疼了?"彭炀笑了笑,"打蒙了?"

"嗯。"章凡颜的头动了动,"好烦啊。"

彭炀摸了摸章凡颜的头,没说话。

"行了。"安西指了指他俩,"你俩老夫老妻的别腻歪了,下场差不多该开始了,争取三比零带走吧。"

几个人站起来,很默契地把手叠在一起:"LC加油!"

LC对战RG第三局,LC回到了蓝色方,祭出了大树、豹女、泽拉斯、飞机、风女的毒瘤Poke(电子竞技战术,主打消耗战的流派)阵容。RG则是纳尔、皇子、沙皇、男枪、锤石。

"我怎么觉得这阵容这么别扭啊。"张思卿看着Loading界面说道。

高程点了点头:"除了两个打野不太一样之外,其他的位置谁拿对面都没法儿。中路俩大刷子,这把看打野的了。"

五个人抱团，入侵对方野区，在蓝 buff 附近分开了。没承想立马碰到了 RG 的人，章凡颜走在最前面，忽然冲出来人吓得他赶紧学了个 W 后跳，几个人四散逃命。

"我学的 W，亏死我了。"章凡颜叫嚷，"完了，下路已崩，求换线。"

"换什么啊，兵线都出了。"张思卿回到了中路上，"自己抗压去。"

章凡颜无奈，只能拉着彭炀回了下路，好在彭炀是个风女，还能马马虎虎保他一条狗命，但是因为一级学错了技能，他被对面压刀压得特不舒服。更倒霉的是苏哲竟然真的选了个豹女，一直扎在野区里清野，几乎不上线 gank。

简直就是地狱一般的对线期。

那个一级 W 就好像蝴蝶效应一样，他下路劣势，对方打野就来下路蹲，逼他闪现逼他治疗，风女保不住了只能卖了自己让飞机逃命。

结果对方男枪 3-0 开局，章凡颜都想把头埋到桌子下面了。

"打野干吗呢？"章凡颜忍无可忍，"下路都能打麻将了啊。"

苏哲回答："反蓝。"

张思卿应和："嗯，在为了我的蓝爸爸努力。"

"爸爸我又要死了啊……"章凡颜哀号，说话间，用 W 躲掉了男枪的技能，结果撞到了锤石的钩子上，瞬间坠机，被赶来的皇子收了人头。

下路炸穿了。

高程笑了出来："你这实力撞钩，万磁王附体吗？"

"我以为他要预判我走位，我就想干脆直着走好了，结果没想到这锤石这么耿直。"

拿完蓝的中野两人绕到了上路，下路已经崩盘，就只能从别的路找找机会了。

高程看队友过来了，开始发挥演技："纳尔怒气快没了。"

"你卡一下兵线。"苏哲标记了纳尔，起手一枪戳了出去。

纳尔见三个人来越塔杀自己，自觉跑不了，就追着苏哲想换一个。苏哲是先上来抗塔的，本来三个人抗塔无压力，但是小兵卡了一下他的走位没走出去，多抗了一下，技能还在 CD，苏哲计算了一下，回身干脆 A 了个小兵瞬间升级回了点血，马上钻进了草丛。

纳尔的人头被泽拉斯收掉。

张思卿看了看计分板："这下路真是要不得了啊。没关系啊烦烦，一会儿带你飞。"

彭炀说："烦烦，你是不是真头疼啊？"

章凡颜苟延残喘地说："你们别说话了，给我十五分钟我就能出山了。"

"给你十五分钟？"高程笑了，"那我们早投了。"

"那有什么法儿啊？"章凡颜抱怨，"又没打野帮我压线。"

频道里安静了一秒钟。

"你求我啊。"苏哲淡定地回答。

章凡颜一口气差点没喘上来。

他吭哧半天没说话，苏哲可没闲着。虽然下路基本崩了，但是小龙不能丢，他时不时地在小龙附近溜达一圈清清视野，对面AD在塔下欺负人，他就叫张思卿过来帮忙把龙偷了，偷完小龙"顺便"去了下路。

他从野区里摸过去，插插眼放放夹子，章凡颜疯狂标记敌人，苏哲就是不为所动，变成豹子在草丛里跳来跳去，看走位像是要离开。

"你眼睛不好使啊！"章凡颜忍不住叫了出来，"你过来Q一下就一套带走了啊！"

"我要先拿个红。"苏哲回答。

接着，他跑远了。

章凡颜心里喊了一万遍"你回来啊你回来啊"……可那个打野叫苏哲，他并不敢说出口，只能缩在塔下瑟瑟发抖。

"下塔别要了。"张思卿发话，"过来中路收兵。"

章凡颜和彭炀俩人散了，彭炀和苏哲两个人游走做视野，章凡颜满地图找资源补发育，还得防止被对面单抓。其实这局LC基本是亏在了下路上，上中野的发育还算顺利。章凡颜打得憋屈得不行，觉得离他翻身还遥遥无期。

强队的粉丝通常不少，更何况LC还有苏哲这么个大神，光排个眼台下都有观众欢呼。现在的比赛LC处于劣势，但是控小龙控得很死，你杀我的人，我就拿你的塔，团队经济并没差太多。

章凡颜心惊胆战地补发育，结果在野区里就出了事。

当时场面一度混乱，解说激情地喊道："烦神在野区里被逮到了一个W后跳！幸好风女赶来一个盾救起！现在两边上单同时传送！这波要打吗？！LC现在团战不好打啊！纳尔的怒控得很好现在它变大了！可是它空大了！皇子EQ盖到三个人！但是风女开启大招把大家都吹了出去！老树过来捆一下！豹女现在的伤害好高啊！一个Q男枪已经被打成了残血，可是地形太狭窄了！泽拉斯开启大招一炮两炮三炮男枪被秒了！现在RG的输出不太够啊！单靠一个变大的纳尔并不能完成收割！现在这个大树还没死还在抗！豹女就是在疯狂地点人啊！天哪真是太疼了！坩埚治疗给到了飞机！飞机拿到双杀！纳尔能走吗？纳尔想换飞机！关键时刻豹女站起来给了口治疗！三杀！团灭！一直都没人管这个在后面的飞机啊！"

章凡颜松了口气："吓死我了，我还以为我又要死了。"

"哪儿那么容易死，多少个保命技能都给你了？"张思卿回答。

苏哲标记了一下大龙："过来打大龙。"

章凡颜血量太残先回城了，其他四个人轮流抗龙打了下来。这波遭遇战本以为打不赢的，结果他们抓住了对方失误，把劣势反打了回来，而后重新找回节奏，拿下了比赛。

章凡颜摘下了眼镜，觉得这局打得特别累。

他掏出手机，看到李想的信息，之前约定好在后面等他的，现在后门附近应该都是等选手散场的人。章凡颜收好了外设，背着包跟着队友往外走，出门之后就拐弯朝旁边的通道过去了。苏哲眼尖，等章凡颜走了一段，也跟了过去。

"不烦。"李想见章凡颜来了，笑了起来，"恭喜啊三比零了。"

章凡颜不好意思地挠了挠头："第三局开局打崩了，差点就输了。"

"但是你们团战打得很好啊！你走位躲掉了那么多技能，还不是站到了最后。"李想回忆起比赛，眼睛像是在发光一样，看着章凡颜，心里全是仰慕，"你那会儿特别帅！"

"有吗？"

"是啊是啊！"李想笑道："我最喜欢你了。"

喜欢？

章凡颜恍惚了一下，忽然想起苏哲，他是很反感自己谈恋爱的。

"烦烦。"李想叫了他一声，"你发什么呆？"

"你喜欢我什么？"

"嗯？"

"我……我只会打游戏，你喜欢我什么？那是什么感觉？"

"这个呀。"李想思考了一下，"就是喜欢啊，希望你做自己喜欢的事情，开开心心的，想把最好的都给你，即使追求不到也还会喜欢。"

"我……"

"嗯？"

章凡颜耳朵里听到的是李想形容的喜欢，脑子里却全是比赛的画面。他喜欢游戏，跟别人喜欢他是同一种喜欢吗？他不理解，又带着些许叛逆和好奇。

"我答应你。"

"答应我什么？"

"在一起。"

李想愣了一下，惊讶地用手捂住了嘴，眼睛里全是喜悦。之前表白的时候章凡颜没理她，她本以为是被拒绝了，退而求其次地想，做朋友也很好。没想到章凡颜现在忽然又答应了。

少女梦成真，该有多开心啊。她觉得不真实，甚至掐了自己一下："天哪，我不是在做梦吧，我竟然成了章凡颜的女朋友……我……我……"

章凡颜看她很开心的样子，觉得自己也应该是开心的。他没谈过恋爱，不知道此时此刻该做什么样的表情。

女孩子像是雀跃的小鸟一样。

李想说："我能抱抱你吗？"

章凡颜点了点头。

李想踮起脚搂住了章凡颜的脖子，亲了一下章凡颜的脸，小声说："谢谢你。"

章凡颜手足无措，摸了摸李想的头发，光滑柔顺。

苏哲靠在墙后看着这如同电影画面的一幕，也不知道自己是什么心情。他不理解那个花痴哪里好，这比打游戏重要？

他懊恼地握紧了拳，有一种自己都推上高地了结果发现家被人偷了的感觉。

被人带节奏，对于打野来说，简直就是耻辱。

因为赢了比赛，阿琛带着大家出去吃夜宵，虽说是夜宵，但是也挺丰盛。

其间章凡颜一直抱着手机，时不时地按来按去。他没有李想那种激动的心情，意外的是还很淡定，只是李想一直发笑的表情，章凡颜想起就想笑。

在苏哲眼里，这完全就是谈恋爱了的幸福表情。

彭炀把剥好的虾放在章凡颜的碗里："别盯着手机了，吃饭啊。"

"啊？哦……"章凡颜把手机放在了桌子上。

张思卿啧啧了两声："彭彭你为什么不是个姑娘啊？！你要是个姑娘我就收了！我也想有个人给我剥虾陪我双排给我暖床啊！"

一边的高程疯狂点头："我也想，我也想！"

安西坐在彭炀旁边，一把把人搂过去："你们都别想，要论潜规则也得我先上，我们家彭彭王者段位，上得厅堂暖得了床。你们这些阿猫阿狗还是边儿待着吧。"

"我也是王者段位，好吗？"张思卿不服，"当年哥还登顶过呢！"

高程拍了拍他的肩膀："好汉不提当年勇。"

章凡颜看他们逗贫，自己一边儿笑一边儿吃饭。

打辅助的人通常有两个极端，要么脾气极好能忍 ADC，要么脾气极差能吊打 ADC，否则下路永远不太平。彭炀属于前者，哪怕最开始章凡颜各种闹别扭，他都没生过章凡颜的气。

也许在有的人眼中，年纪小的人就是应该被照顾的。

然后章凡颜就被彭炀惯得越来越撑脸。

章凡颜咽下最后一口食物，其他人还在开彭炀的玩笑，于是他擦了擦手，挽着彭炀的胳膊，十分撒娇地说："可是彭彭是我一个人的呀！"

众人做呕吐状。

"你太不要脸了。"张思卿扶额。

苏哲不说话的时候几乎没什么存在感，他不太饿，吃得也少，现在更是觉得烦得不行。

他嫉妒这个辅助拥有这个 ADC。打多了双人路的人都明白 ADC 和辅助的关系，就像夫妻一样，要的就是无间的默契。章凡颜无条件信任彭炀，或者说如果没有彭炀，章凡颜也到不了现在这个高度。

章凡颜累了可以靠着彭炀，哭的时候只有彭炀哄才管用，开心的时候会跟彭炀撒娇……彭炀对他来说，是不同的。

苏哲觉得，这游戏太难玩了。

阿琛刷了刷网页，忽然说："NAS 和 TMA 的比赛 NAS 赢了，就是说下一场我们跟 NAS 打。"

"又是 NAS 啊。"张思卿抱怨，"TMA 竟然没爆冷，看来我得准备准备了。"

阿琛说："这有什么爆冷不爆冷的，只不过进了败者组而已。说真的个人还是喜欢单败淘汰赛，输就是输赢就是赢。"

"可能组委会为了赚门票吧。"高程说，"大队长，小心被单杀啊。"

张思卿汗颜："大队长是什么鬼？对了，比赛什么时候啊？"

阿琛回答："后天下午五点那一场。"

安西撂下筷子，拍着苏哲的肩膀说："跟 NAS 打，还是看苏帅的表现吧。"

苏哲心说：关我什么事？我只想撕了那个 ADC。

一顿饭吃完已经很晚了，四月的天气很暖和，晚上也不再觉得凉了。

几个人在马路上溜达，商业街道两边林立着各种店铺，虽然都关了门，但是灯光还亮着。

章凡颜走着走着忽然停了下来。

"怎么了？"彭炀顺着章凡颜的目光看去，是一家蛋糕店，橱窗里摆着各式各样精致的蛋糕，"馋了？"

章凡颜摇了摇头，快步走了上去。

回到基地，安西开恩，说："今天大家可以早点休息，不必训练到那么晚。"

几个人刚回来也累了，随便上了上网就都回去睡觉了。章凡颜却还是蹲在电脑前刷兵玩，手机屏幕时不时地亮一下，只是他一玩游戏就会完全忘记别的事情，并没有理会李想发过来的信息。

他其实蛮喜欢拿枪拿炮的 AD 英雄，但为什么男枪和飞机玩得一般般也说不上来理由。金克丝和卢锡安玩得就很溜，后来寻找其中的原因，他觉得自己可能就是个颜控，不帅的玩不起来。

最近卢锡安又渐渐地出现在赛场上了，这个上赛季称霸下路的英雄在这个赛季初期被削弱过，不过也还是能上场的。章凡颜专门拿出来复习一下，以便以后的比赛能派上用场。

主要还是今天拿飞机的那一场太丢人了，在章凡颜的记忆中，好像自己的职业生涯里很少能一条路打得这么逆风，特别还是在对方那种级别的队伍手里……烦神很受伤，不知道自己是怎么搞的，平时根本不可能犯那种一级 W 的错误，但就是脑子梦游，至于为什么梦游，他也不想承认那个理由。

虽然赢了比赛，可苦恼还是苦恼。

然后苏哲又阴魂不散地出现在训练室里了。

章凡颜正发着呆，旁边的开机声吓了他一跳："你走路怎么没声儿啊？！"

"是你走神吧。"苏哲说道，"不睡觉？"

"睡不着。"章凡颜白了他一眼。

"确实，废物就应该多练习。"

"你说谁废物啊？！"

苏哲耸肩。

章凡颜双脚踩着椅子，整个人缩成了一团，摆弄自己的手指，小声地说："我有那么废物吗？"

苏哲沉默了一下，答非所问："我们为什么见了面就会吵架？"

"因为你有毒。"

苏哲笑了一下："那你呢？"

章凡颜把头贴在桌面上："我也有毒。"

苏哲的左手放在键盘上，轻轻地点，也没什么节奏，他漫不经心地说："你喜欢那个女孩儿什么？"

"嗯？"章凡颜没反应过来。

"就是那个总看你比赛的女孩子。"苏哲一提起那个人心里就开始弥漫一股说不出来的感觉，"我看她很普通，你喜欢她什么？"

被这么直白地问，章凡颜有点羞于谈这个问题，把头扭了过去，没有回答。

房间里又是诡异的安静。

"不知道喜欢什么，就是想谈恋爱了。"

"我看你是吃饱了撑的。"

章凡颜惊讶地看向苏哲，小暴龙心中生出一股寒，从后脖颈子一直蔓延到尾巴尖。

两人就这么对视，再对视。

苏哲无奈地笑了一下，"怎么不说话？这么讨厌我？"

章凡颜有些犹豫，然后点了下头。

"为什么？"

"我承认你很厉害。"章凡颜回答，"可我也并不是你口中的废物。"

人都是需要认同感的。

苏哲总喜欢放大他的一些错误来针对他，一个很强的人总是这样说他，这让章凡颜开始产生自己可能真是个废物的错觉。可是他的数据很完美，数据不会骗人。章凡颜有点迷茫，不知道该怎么打了。

被说成废物的 ADC 在那个打野面前常年抬不起头。

即使章凡颜再怎么幼稚，终归有身为男人的自尊心，总是喜欢争强好胜的。他开始更加努力地训练，也只是希望自己不再是苏哲口中光靠队友才能 carry 的 AD。

章凡颜觉得，苏哲跟他示好一定是想捉弄他，每当想起这些，心理压力就会变得很大，跟队友的相处确实是个大问题。

苏哲深深地叹了口气，觉得剧情发展得简直一团乱麻。

次日苏哲起了一个大早，穿戴好了就出了门。

他站在繁忙的街道上，面对着昨天经过的蛋糕店，走了进去。

苏哲回忆了一下昨天晚上章凡颜看的方向，在玻璃柜前犹豫了半天，最终确定了下来。问店员定好了尺寸，他想了想，选了今天送货上门。

正当他付款准备离开的时候，身后有人拍了他一下。

"苏帅！"一个陌生的女孩儿叫了出来，"真的是你啊！"

"请问你是……"苏哲压根不认识这个人。

"啊！我是你的粉丝啊！天哪，竟然能在这个地方碰到你！"女孩儿很激动，"能求合影、求签名吗！"

苏哲看了看周围人异样的眼光，无奈地点了点头。

女孩儿掏出了手机："来给女朋友买蛋糕？"

"什么？"

"那个啊。"女孩儿指了指橱窗，"那款铺满草莓的新款蛋糕啊，可惜太贵了，苏帅的女朋友真幸福。"

苏哲没说什么，只是笑了笑。

他如平常一般回了基地，清早出门，折腾了一圈，回来时候已经赶上吃午饭了。几个人见苏哲从外面回来，还以为他去运动了，就都没多问。

下午的训练室，大家都在各自练习，很安静。

忽然门铃响了，闲着的安西去开门，接着拎进来一个盒子。

他看着收货人姓名，说道："章小烦，有人给你寄炸弹。"

"啊？"章凡颜摘了耳机走了过来，"你梦着呢吧？这什么啊？蛋糕？"

"那你自己拆啊。"

章凡颜懒得搭理脑子进水的安西，拆开了盒子，其他几个人围了过来。章凡颜把盖子掀开时，大家都有点吃惊。

"这得多少钱啊？"张思卿感慨，"一定是真爱粉儿。"

彭炀看了看章凡颜，靠在他身边说："这不是你昨天看到的那个吗？"

章凡颜愣了一下。

摆满草莓的蛋糕粉红鲜嫩，十分精致，看着特别有食欲。他昨天路过那家店的时候一眼就看见了，身为甜食控根本不能忍，但是彭炀问的时候，他却不好意思说，只当什么都没有。

但，今天他居然收到了这个蛋糕，真是太诡异了。

高程说："一定是个白富美，我知道这个牌子，死贵死贵的。"

安西捅了捅章凡颜："赶紧切了让为师品品！"

"这……"章凡颜有点为难，把蛋糕推到了一边，"你们吃吧。"

"你怕有人下毒啊？"张思卿说，"哦，我想起来了，烦神不接受投喂。嘿嘿嘿，那我们就不客气啦。"

张思卿直接动手把蛋糕切成了几块。

章凡颜确实眼馋，但是来路不明的东西他根本不吃，只能默默地回到了自己的座位上继续打排位。

苏哲心里早就爆炸了。他怎么就忘了章凡颜的这毛病？当时想的是好好地给他个惊喜，结果现在看来，还不如自己直接拎回来。

章凡颜一口没吃，都喂了狗啊！

他一只手撑着额头，觉得现在自己一定是一张臭脸。

"苏帅！"张思卿拿着个盘子就过来了，"你吃吗？"

几个人风卷残云地瓜分了草莓蛋糕，连渣都没剩下。

苏哲在游戏里拿了个 ADC 的位置，大杀特杀。

手中的键盘轴声特别清脆，他按的时候还特别用力，噼里啪啦的跟泄愤一样。

可是他泄愤给谁看呢？章凡颜自有他的一套小学生逻辑，媚眼算是抛给瞎子看了。章凡颜的手机摆在桌子上一直闪，他戴着耳机玩游戏没发现。

苏哲推了他一下："你的电话响了。"

"哦。"章凡颜正好死回了城，只有那么十几秒的时间，拿起手机夹在肩膀上，语速很快地回答："喂？李想啊，我玩游戏呢，你有事吗？啊，那我一会儿给你打吧。"

然后他啪地挂了电话，瞬间恢复严肃的表情面对屏幕。他们或多或少都有这个习惯，打游戏时手机静音或者直接关机。要不这正打团、打大龙，那边手机忽然响了，闹心不闹心？就算接了也是马马虎虎应付两句赶紧挂掉，推了一个电话事小、漏补一个兵可是大事。

章凡颜嘴上说着一会儿给李想打，把手机屏幕朝下的盖着，这"一会儿"就到了晚上吃饭，事也彻底被忘到脑后了。

季后赛是双败赛制，虽然少了竞技爆冷的悬念性，但是也最大限度地保证了冠军的含金量。就算跌入了败者组，还可以再打上来，所以大家心情相对轻松一些，饭桌上随意聊着明天比赛的安排。

"我觉得明天跟 NAS 打还是中路压力最大。"高程说道,"毕竟背负太多。"

张思卿可怜地看着苏哲:"苏帅明天请帮我控好可心的蓝 buff。"

"你们不是单杀之约吗?跟蓝有什么关系?"苏哲回了一句。他仍旧记得那个蛋糕的事,心想要是张思卿真的打赌输了也是喜闻乐见的。

"苏帅还是忘不了旧爱啊嘤嘤嘤嘤嘤。"张思卿做垂泪状。

"你怎么这么恶心?"高程一脸嫌弃。

饭后章凡颜满世界找手机,忽然想起来要给李想打电话。他有点担心也有点无奈,怕李想为此而生气,也觉得自己不应该把这个事忘记。

训练室里太吵,他拿着手机打算出门,权当饭后运动了。开门时,他正好遇到了从厨房出来的苏哲。

"你干吗去?"

"遛弯。"

"那你等等我,我也去。"

"喂喂!"章凡颜刚要拒绝,就被苏哲推出了门。

我并不是真的出来散步的啊!

章凡颜拿着手机翻信息,李想给他发了好多,结果他都因为玩游戏没看到,那些信息就变成了人家的自言自语。他叹了口气,强行无视身边背后灵一般的苏哲,拨通了电话。

"喂?"

"是我。"章凡颜赶忙说,"不好意思,我下午一直在训练,忘记要给你打电话了。"

"没关系。"李想回答,"我知道你很忙的。"

她好像是怕章凡颜太自责,还轻松地笑了一下。章凡颜不知道回什么好,也尴尬地笑了一下。

后来李想跟他说了好多话,什么训练再忙也要注意身体啊,不要总是熬夜,春天要多喝水……章凡颜觉得亲妈都不见得会跟他嘱咐这么多,只能"嗯嗯啊啊"地答应。

他绕着小区走了大半圈,这通电话才算结束。

见他挂了电话,苏哲不咸不淡地说:"陪女孩儿很麻烦吧?"

"要你多嘴。"

"今天送来的那个蛋糕你怎么不吃啊?"

"你妈没教过你来路不明的东西不能吃啊?!"

"我妈只教过我不要对任何投怀送抱的女孩一概接受。"

"你！"章凡颜一把抓住了苏哲的衣领，但是他比苏哲矮了大半头，所以这姿势做起来略显搞笑，"你是不是欠啊？！"

苏哲知道章凡颜抓着自己费劲，还特意低下了身："我只是实话实说。"

章凡颜瞪了苏哲一眼，甩开了手："懒得跟你吵架。"

他双手抄在口袋里慢慢地溜达，苏哲跟在他身边。两人起初谁也没说话，小区里很安静，路灯亮着，街上只有他俩，好像只要说话就会被全世界都听到一样。

"明天好好打。"苏哲忽然低声说。

章凡颜不解地看他："你发什么神经？"

"没有啊。"苏哲笑了笑，"你不是总说我针对你嘛，现在我叫你好好打，有什么问题吗？"

"这才是最有问题的。"章凡颜嘟囔，"反正我在你眼里就是个废物，你这么关心废物能不能打好？"

"原来你这么在意我说的话啊？"苏哲反问，"我说别的话你有没有在意？"

"你……"

章凡颜本想强行无视苏哲的，但是苏哲不给他躲闪的机会。他这么直白的问题，叫章凡颜根本不知道说什么好。尴尬倒谈不上，他只是单纯觉得苏哲不太想跟他搞好关系。

"女孩儿要陪也要哄，你有时间吗？"苏哲说这话的时候嘴角是扬起来的，"就算你有，你会哄吗？"

章凡颜觉得自己又要在苏哲面前抬不起头了："要你管。"

苏哲理所应当地说："我当然要管啊。"

章凡颜刚要回嘴，只见苏哲手指在自己口袋里轻轻一夹，手机就被拎了出来。

"还给我！"章凡颜跳着去够苏哲举起来的手。

"追得上就算你的！"苏哲腿长，一步就迈了出去，章凡颜一个天天蹲电脑前渣游戏的宅男哪里跑得过他。他在后面一边儿追一边儿骂苏哲，连树上的鸟都吓得飞走了，可还是追不上苏哲。

"王八蛋！"章凡颜彻底放弃了，站在后面叉着腰喘得不行，"你有毒吧……累死我了……"

苏哲离他大概十几米，拿着章凡颜的手机脸不红心不跳地说："让我翻翻啊……我跟你当了一个春季赛的队友，你连我的电话都没有，太说不过去了吧。"

"我天天都能看见你那张臭脸，还要什么电话啊！你是不是有病？！"章凡颜喘着气,因为语速太快最后还呛了自己一下,咳了起来。

看着他自己别扭得不行的样儿,苏哲忽然心情好了很多:"这可不一样。嗯……我的手机号、微信号、QQ 号全给你存进去。"

"你是不是有病啊?!"

苏哲耸肩,背对着月光,笑脸有些模糊不清:"我乐意。"说着,他隔着老远把手机扔向章凡颜,"接着!"然后转身向前走。

真男人从不回头看爆炸。

一个手机突然朝自己丢了过来,章凡颜愣了一下就没接住。手机结结实实地摔在了地上,粉身碎骨。

苏哲只听到背后一声大喊。

"玛丽苏,你还我手机!"

他刚回头,小暴龙就张牙舞爪地扑了上来,苏哲为了保命只能跑:"是你没接住,你赖我啊!"

"就赖你!"章凡颜差一点就摸到了苏哲,"你砸了我的手机还想跑!你!你给我站住!"

"站住才傻吧!"

两人你追我赶,一路跑回了基地。张思卿开门的时候看见两人跟死狗一样靠在门边,惊讶地问:"你俩这是干什么去了?"

苏哲调整了一下呼吸:"跑步。"

"哦。"张思卿说道,"下回跑步叫上我啊,我感觉我也该锻炼锻炼了。"

因为晚上被迫运动了半天,常年阿宅的章凡颜觉得腰疼腿疼哪儿都疼。彭炀掐了他一下,他就在床上来回打滚哀号。

"彭彭你杀人啊!"

"哎哟。"彭炀无奈,干脆回自己的床上刷网页,"祖宗你可小点声吧,你们俩干吗去了?弄成这样回来。"

章凡颜翻身,盘腿坐在床上,痛斥苏哲的罪行:"都是那个缺德打野!你知道吗?他把我的手机砸了!"

"让他赔你一部啊。"彭炀不以为然,"一部手机而已,不至于。对了,你的手机卡拿出来了吗?"

"我晕。"章凡颜拍了自己一下,"光顾着追杀了,这事忘了。"

"那回头再办一个吧。"

"哦。"

彭炀捧着iPad，忽然皱了下眉，思考了一下，然后把屏幕对向章凡颜，问章凡颜："烦烦，你看这个是不是那天咱们路过的那家店啊？"

"这人是谁啊？"章凡颜定睛一看，"那个人？"

是论坛里的一个帖子，楼主贴了张照片，说："特别幸运出门遇到了苏帅还合了影，苏帅给女朋友买蛋糕好贴心啊！"然后还特意贴了苏哲买的那款蛋糕，下面的回帖都是羡慕嫉妒恨。

彭炀是随便点开看的，人倒是没太在意，就觉得这蛋糕特别眼熟："这不是咱们今天吃的那个吗？"

"所以呢？"

"玛丽苏没有女朋友啊。"彭炀着实纳闷，觉得此事挺诡异的。忽然他好像想到了什么，表情诡异地看着章凡颜。

章凡颜有点瘆得慌："你看我干吗？"

"那个不会是苏哲送给你的吧？"

"啊？"章凡颜已经看不懂剧情了。

彭炀坐了起来，实力分析："你看啊，今天一大早玛丽苏就出门了吧，然后这个帖子里说，是上午碰到苏哲的。目测周围的环境是咱们那天晚上经过的那个店，图里贴的蛋糕是你看上的那一款，还是今天咱吃的那个，哪儿有这么巧合的事情？至于他说给女朋友买，可能就是敷衍。毕竟一个大老爷们买草莓蛋糕说出去也不好听。我感觉，可能他想跟你搞好关系，所以买个蛋糕讨好你，只是没想到你不吃。我说哪儿有别人无缘无故送上门一个不署名的蛋糕，套路啊！都是套路！"

章凡颜哑口无言地看着彭炀。

"傻愣着干什么呢？"

"没有。"章凡颜摇了摇头，有点出神，"你们套路太深，我看不懂。"

"顶多也就是个常规套路吧。"彭炀看章凡颜的眼神就跟看小学生一样。

"可是被你说的感觉好厉害。"

"那是因为你蠢。"

"喂！"章凡颜不服，"为什么连你也这么说我！"

"可能你玩习惯AD就喜欢单线思考吧，咱们位置不一样。"

彭炀虽然好脾气，队里谁都能捏他一把，但是赛场上并不是个软柿子。这个赛季章凡颜表现平平，版本又限制了高程。张思卿虽说是个老油条，但是中路指挥多少影响操作，真正带动全队节奏的是他们的辅野游走。彭炀就是一个字：稳。即使比赛打得特别顺风都顺到人家高地门牙上大家都去浪了，他也能坚持点塔。这也保证了他打逆风基本不崩。身为辅助，彭炀对开团和反开团的时机把握得也颇精准。上个赛季章凡颜最风光的时候，大家都觉得他是 LC 的大腿，但事实上，Living 只是个打手，一直低调的 Peng 才是这个 ADC 真正的爹。

一个能场上把局势分析得明了透彻的辅助，看现在这点小套路、小节奏就跟玩一样。彭炀本来认为苏哲是有两把刷子的，事实却有点出乎他的意料。

想到这点，他不由得觉得悲哀，章凡颜就是个小学生，苏哲本来一个王者选手硬生生地被拉到了小学生水平。他们两个天天互相打架，简直就是青铜五场均一百人头的 rank 局。

如果他们能比赛的时候把对手也拉到这个段位就好了，天天把基地弄得鸡飞狗跳的好歹为战队做点贡献啊！

"你觉得……"章凡颜犹豫了一下，"你觉得玛丽苏这个人……怎么样？"

"你指什么？游戏水平还是他这个人？"

"你不是洞察力强吗？分析一波啊！"

"你什么时候这么关心队友了？"

"我只是想好好打夏季赛。"

"这个嘛……"彭炀挠了挠头，"我记得好像之前说过这个事吧。他人不错，所以我不理解你讨厌他什么地方。至于能力更是没得黑，就是长相影响大家对他的能力的定位而已。"

"这也能影响？"章凡颜无语，"什么跟什么啊？！"

"玛丽苏长得太帅了啊！以至于太过影响啊！长得帅脑残粉就多啊！脑残粉一多无论正主多牛总归会招黑。打得好了就吹吹吹，打得不好就无脑护。圈内人知道他是真的强，但是不太懂行的人想到他第一个反应就是大帅哥，光顾着花痴去了，谁管他打得好坏？"

"你说得真邪乎。"

"毕竟每一个职业选手都希望自己的能力被认可，而不是其他的东西被莫名认可。"彭炀耸肩，"不信你问苏哲，电竞第一帅和世界第一打野到底哪个名号比较有吸引力？"

"世界第一打野？"章凡颜不屑道，"他国内能混个前三就不错了。世界第一打野，我还世界第一 ADC 呢！反正吹牛又不花钱，之前比赛也不知道是谁被养了整场的猪。"

"我只是那么一比喻，你看你又小学生思维了吧。"彭炀无奈地笑了笑，"苏哲各方面都算顶尖，至于人品……你看他那么多女粉还能淡定自若就该明白这也不是什么随便的人了吧。但我觉得有一点，安西说的是没错的。"

"什么？"

"他对输赢不够执着。"

章凡颜不理解这话的意思。他记得安西那时候是说在苏哲身上看不到赢的欲望。可那时候也只是听了一耳朵，并没多想，如今彭炀又说了出来，他突然觉得弄不明白了。

彭炀看他一脸迷茫立马知道这家伙智商又不够用了，于是慢慢悠悠地解释："这个，说好听点是够淡定，说不好听点就是输赢对他都一样，并不影响什么。可能这跟每个人的心理状态有关系。比如你，特别重要的比赛一旦输了，你肯定会哭吧？"

"你不要黑我。"

"不要在意这些细节。"彭炀继续说，"但你什么时候见苏哲崩过？有什么比S级赛事打输了更沮丧的？但他去年真是淡定得有点过了，现在也一样，我不知道这样的心态是好是坏。"

章凡颜还是不解："永远不被打崩难道不好吗？"

"不好。"彭炀摇头，"说胜败乃兵家常事的只不过是事后失败者的佯装大度，没人喜欢输的感觉，特别是竞技体育，赢才是王道，赢才能洗白一切。一个人如果不看重输赢，那就永远不会发挥到极致。"

"可他打得真的挺认真的啊……"

"联赛而已，现在的输赢其实都是小打小闹，只要能拿到总决赛的门票，之前的这些比赛其实都是废话。"

"哦，好吧。"章凡颜听彭炀分析了一宿感觉有点费脑子，困意忽然涌了上来，习惯性地想看时间，但是手机已经爆炸，"彭彭，我困了，咱们睡觉吧。明天你叫我好吗？我的手机坏了。"

"嗯，行。"

这是一个晴朗的夜晚，月朗星稀，房间里很安静。章凡颜犯困的脑袋在躺下之后忽然变得有些清醒，他回忆刚才彭炀的话，觉得好像不太认识苏哲这个人了。

其实他是知道的，在彭炀、高程和张思卿的眼中，苏哲要远比他自己靠谱得多。他虽然嘴上对苏哲骂骂咧咧的，但是心底里多少也有认可苏哲的地方。这是出于一个职业选手的情结。只是让他说出来，是万万不可能的。

彭炀一直都很欣赏苏哲，因为两人打的都是控节奏的位置。彭炀最清楚苏哲的控图能力，说不理解章凡颜为什么那么讨厌苏哲，这句话重复了一万次，搞得章凡颜也开始怀疑自己为什么要讨厌苏哲了。

他那么强，那么帅，样样都好，牛得像是小说里的万能主角一样，自己为什么要讨厌他?

章凡颜赶紧制止住这个不知道从哪儿冒出来的奇怪想法，反正讨厌就是讨厌，肯定是有理由的！他今天还砸了自己手机，这种人就是手欠啊！

章凡颜翻了个身，觉得还是催眠自己赶紧睡觉，要不然明天比赛要是梦游了，那可就真的糟糕了。

那个打野，
问题真的很大。 ▶ ▶▶

七、
菜是原罪

LC 与 NAS 的比赛是当天五点的那一场，上一场是败者组的比赛，最终是 TAM 拿到了胜利。

　　因为比赛接近晚饭时间，已经有粉丝送吃的过来了。几个人在休息室里也不含糊，摆满一桌子开始吃。队伍里数张思卿最坏，拿着个汉堡恨不得凑到章凡颜耳边去吧唧嘴。

　　"你个死老头天天吃垃圾食品也不怕得腿毛癌啊！"章凡颜皱着眉一把推开了张思卿。

　　张思卿无耻地回答："如果能得这病，老衲这辈子也值了。"

　　章凡颜气得起身，换了个位置，坐到角落里逃离战场。

　　苏哲看了看他，从自己的包里掏出了一个盒子，走到章凡颜身边，直接塞到他怀里，什么都没说。

　　"你干吗？"章凡颜没好气地说，"这是什么？"

　　"吃吧。"

　　章凡颜感觉十分莫名其妙，打开一看，发现竟是一块精致小巧的草莓蛋糕。章凡颜联想起昨天彭炀的实力分析，顿时觉得手里揣了个炸弹："这……"

　　"你不是喜欢这个吗？"苏哲坐在他身边，"放心，吃不死人的。一会儿比赛不知道要打到几点，不吃点东西万一饿到梦游怎么办？"

　　"你才梦游。"章凡颜努嘴，手上捧着那一小块蛋糕不知如何是好。

　　"怎么着，还要我喂你啊？"苏哲说话间，手抬了起来。章凡颜连忙往后躲，这架势，哪怕苏哲给了他一碗毒药他也得生吞了。

　　章凡颜非常喜欢甜的东西，虽然这爱好很像小女生，但他真的觉得吃甜食时会特别开心也特别满足。

　　可这块蛋糕真是他含着泪吃完的，在苏哲的注视下。

　　末了，苏哲满意地笑了一下。

　　他们在那边吃着，安西在一边重复安排："第一局的时候先 ban 狐狸和妖姬，NAS 至少也应该会有一个 ban 位在中单，到时候看咱们起手在哪一方再选择。"

　　张思卿哀号："这么针对中路啊，我狐狸妖姬玩得也不错啊！"

"但是可心拿这两个就能 carry 啊。"安西笑着嘲讽,"这个版本中单能上场的比之前少了很多,所以中单最容易被针对。我觉得有必要再 ban 一手 Wishper 的豹女,他这种类型的打野,一旦拿豹女游走起来就太可怕了。"

彭炀点了点头:"就算不上线 gank,但是带起了节奏也很难搞。最近的老 AD 有点开始倾向于拿卢锡安了,烦烦,你要不要拿一手?"

章凡颜回答:"拿卢锡安就要打线上了,得抓一下对线。不过没必要先手抢,看对面阵容吧。"

"如果 NAS 蓝方,他们肯定是先手拿上单或者中单;如果他们是红色方,最后的从 counter 位应该会留给中单。不过没关系,反正教练参与 BP,问题不大。"安西十分轻松的样子,"关键还是要控好比赛的节奏,排名前三的队伍实力不分上下,就看谁的套路更深了。"

章凡颜听安西说"套路"这个词,不由得深深地看了苏哲一眼。

"好啦!"安西看了看时间,起身拍手,"该我们上场了。"

几个人同时起身,穿好了队服,互相击掌。

"LC 加油!"

LC vs NSA,第一局。

LC 拿到了蓝色方,高程按照说好的安排,率先 ban 掉了诡术妖姬。没想到 NAS 那边首 ban 的却是狐狸。

"典型的我拿不着你也别想拿。"张思卿点评。

安西思考了一下,说:"ban 泽拉斯吧。"

NAS 紧随其后 ban 掉了复仇之矛。

最后一 ban,高程在英雄界面里看了半天,征求其他人的意见,最终还是决定 ban 掉 Wishper 的豹女。而 NAS 最后一 ban 则是留给了挖掘机。

高程首选上单大树,几乎是秒锁。NAS 则拿到了兰博和皇子的组合。

"他们这个组合团战好强的啊。"章凡颜插嘴,"现在能 carry 的上单还有什么啊,只有兰博和丽桑卓了吧?"

"就你话多。"轮到张思卿和苏哲选人,张思卿来回点英雄,"抢什么?"

"先把风女抢掉。"安西指了一下屏幕,"大树和风女就有前后排了。"

苏哲说:"可惜没有挖掘机了,要不这阵型随便配俩都无解。"

张思卿说:"拿中单吧,NAS 肯定是给可心最后的位置、先抢一个是一个,现在场上还剩下什么啊，丽桑卓怎么样？"

"还行。"安西表示同意。

NAS后手又拿了金克丝和锤石，最后的counter pick留给中单可心。

BP换到章凡颜和彭炀，彭炀想都没想给章凡颜锁了卢锡安："Hide拿金克丝了，咱拿卢锡安风筝致死。"

"你怎么给我锁了？"章凡颜有点纳闷。

"我看见了就直接点了。"彭炀淡定地回答，"不要在意细节，赶紧锁个打野。"

"哦。"章凡颜问道，"选哪个打野啊？"

苏哲看了看场上的英雄和阵容，回答："挖掘机被ban了，拿哪个都问题不大。"

"呵呵。"章凡颜冷笑了一声，"剩下的你会玩吗？"

"拿蔚吧。"苏哲说，"最近玩这个玩得多。"

安西无奈扶额："你们还真是随意啊。"

章凡颜刚点到了蔚，苏哲又说："还是拿盲僧吧，这个稳，或者努努可以吗？"

"你怎么这么多废话？！"章凡颜有点不耐烦，"努努那是个鬼套路啊！给你选个飞机去打野得了。"他一边说还真把英雄选到了飞机上，搞得解说和台下观众都弄不明白LC是要搞什么套路了。

苏哲叹了口气："你别瞎闹，还是努努吧。"

章凡颜看了一眼安西："努努行吗？感觉这个特别废啊。"

"至少努努打野不会丢龙。"安西点了点头，"看你们自己，喜欢玩就拿吧。"

章凡颜双手放在键盘上，来回输入了半天都没搜出努努，眼看着时间就快到了，他有点着急地问道："努努到底叫什么啊？！"

安西站在章凡颜身后连指带比画地说："雪人骑士啊！你看哪儿呢？那不就是啊！"可是章凡颜依旧眼瞎得没看见，搜的时候输入法还切错了。倒计时快要结束，台下的人看着读秒都慌了，安西恨不得自己上，飞机打野是什么鬼？！

最后一秒，章凡颜手疾眼快地在能看到的英雄里面秒锁了一个。

人马打野。

一向淡定的苏哲表情微微出现了裂痕。

"这……"张思卿的表情也凝固了，"虽然人马是能打野，但是苏帅从来没拿过啊……"

高程扭头看了看坐在自己身边的苏哲："苏帅，你会玩人马打野吗？"

"我……"苏哲都不知道自己该做何表情了，"我要是说我不会呢？"

张思卿哀号："啊，GG了，二十投（游戏规则，游戏开始20分钟后可选择投降）吧。"

此时此刻的安西恨不得把章凡颜的头按爆在键盘上，章凡颜一脸尴尬，摄像机扫到他的时候赶忙低头，十分牵强地解释："总比飞机打野强。"

大家都在尴尬地想这阵容到底该怎么办，虽然人马打野没问题，而且最近也蛮火的，但是他们几乎没在训练赛里见苏哲拿过。英雄适不适合位置是一个问题，关键还得看选手会不会玩，毕竟比赛跟打rank有本质上的区别。一开始连解说都纳闷章凡颜给打野选个英雄换来换去是在干吗，现在在镜头里看到章凡颜和安西慌张的样子，推测十有八九是拿错了。

NAS并没有理会这个小插曲，最后一手拿了卡牌。

"中单这是没得选了吗？"彭炀说道，"可心这是要全图带线流了？"

张思卿说："稳健净化卡牌，黄牌加Q我也是很虚。"

高程说："你是有多爱演？求不扯淡。六级前杀不了他一次提头来见。"

张思卿笑道："我现在就大口吃屎。"

Loading之后进入游戏画面。

LC：TOP（上单）-LichK（扭曲树精）、JUG（打野）-Wind（战争之影）、MID（中单）-MissU（冰霜女巫）、ADC-Living（圣枪游侠）、SUP（辅助）-Peng（风暴之怒）。

NAS：TOP-Eiji（机械公敌）、JUG-Wishper（德玛西亚皇子）、MID-ImaGine（卡牌大师）、ADC-Hide（暴走萝莉）、SUP-XD（魂锁典狱长）。

章凡颜看着游戏画面，忽然说道："我觉得这阵容不错啊，有前排有后排有输出有控制还能突脸打团，你们在纠结什么？拿人马真的比什么努努瞎子强啊！这阵容简直完美！"

苏哲补刀："可是我的人马我自己都害怕。"

"你别闹了。"章凡颜叫唤，"人马打野现在这么火，你都没练练的吗？你怎么这么坑啊？！"

苏哲无奈，心说到底是谁坑谁手残选了个这货？不过唯一庆幸的是至少人马还能打野。

美国队长张爱民·思卿望了望天花板，忧郁地说："还是二十投吧，四打五打不过啊。"

"哎，我还是稳定抗压吧。"高程回答。

几个人虽然嘴上这么说，其实也只是嘲讽一下章凡颜犯的低级脑残错误。不过比赛就是如此，总会有各种各样的意外发生。既然事已至此了，他们还是得认真地打。

苏哲被迫拿了人马，但也不是毫无准备，打 rank 的时候倒是玩过，只是没拿上过比赛。因为他人马的胜率低到令人发指……他想了想，召唤师技能干脆就带了惩戒和传送。他对这个英雄的理解就是带线分推，反正没人跑得过他。

"你应该用电玩战魂那个皮肤。"高程说，"那个皮肤特别炫，我那个号上花了不少钱才买到那个皮肤。"

"如果这局能赢，我就去买个那个皮肤庆祝一下。"苏哲笑得有点无力。

起初，双方都是做眼位看对线。高程跟着人马在野区里晃荡了一圈才上线，下路倒是早早地拼了起来，金克丝线上打卢锡安有些费劲，章凡颜仗着风女的保护自然是不虚。

彭炀第一个眼位并没有插在河道草丛里，而是插在了草丛对面稍微偏一点的位置，很难被扫到。对面皇子拿完 buff 二级打算来抓一波，结果每一步都被看在了眼底。

章凡颜说："你觉得他会蹲到什么时候？"

彭炀回答："要不要我上去卖一波？"

通常来说，蹲人和反蹲看的就是演技。有的时候不能演得太直接，一看就是上来卖的走位，谁都会知道自己蹲眼上了；但是也不能太谨慎，专门靠里走，人家也知道这波 gank 没戏了。这是心理上的博弈，就看对方信还是不信。

有时候大段的心理抗争表现在赛场上可能就只是电光火石的一刹那，所谓选手的灵性，指的是对于危险的敏感和判断。

Wishper 应该是觉得自己来的时候眼已经掉了，但是就差了那么一秒。

圣枪游侠依旧在小兵中穿梭，自信甩枪，职业杀手的皮肤特效自带主角光环。他一直切计分板，把线控在一个让对方觉得他可能会上的位置。彭炀稍微往靠河道的那边走了一下，正好和章凡颜走了一个交叉，皇子 EQ 飞出。

章凡颜手上有位移技能就是不交，把彭炀卖在后面一路点对面 AD，三个人追着他俩就快回到塔下，金克丝交了个治疗想硬拿人头，只见背后一道蓝色光束开始旋转，人马传送到了他们身后。

"这波能反打。"章凡颜标记了 Hide，走位点了个小兵升级，回身就是一枪。彭炀走位及时躲过了致命技能，残血给章凡颜套盾，配合人马正好夹击金克丝。金克丝没有位移技能，在这种场合显得有些无力，只能交闪现逃命。章凡颜一记冷酷追击对着 Hide 的脸突，Hide 挣扎无望，临死前换了风女。

一波操作下来，章凡颜突进突回小秀了一番，台下观众一片欢呼。

旁边的苏哲已经宰了辅助，章凡颜刚要继续去追残血的皇子，苏哲打断了他："已经赚了，别追了，没状态。"

章凡颜把兵推进了塔下，然后A了两枪防御塔，收枪回城："你不是不会玩人马吗？你不是玩人马自己都怕吗？"

"呃……"苏哲顾左右而言他，"过来拿小龙。"

张思卿推了一波线也回了城："苏帅肯定是实力卸锅啦，不过刚才那波传送确实nice。"

"呵呵。"章凡颜冷笑。

LC的下路虽然有优势，但并没有扩大到整体。NAS追经济一直追得很死，逐渐稳住了节奏，双方在中期陷入了十分尴尬的胶着境地。

"卡牌有中娅了。"张思卿看了一眼时间和比分，觉得可心这刷兵能力真不是盖的。

章凡颜"哼"了一声："那就让他落地生财。"

他仗着团战的时候前排有大树顶着，后排有风女保护，每次都特别自信地来回闪，恨不得踩人家脸上，不过也就是他走位够好能躲技能，换了别人，队长早就开喷了。

可惜他如此也没能让可心落地生财。一旦爆发团战，可心大招支援落地金身，总是能切出来一张黄牌，而且每次都能打到章凡颜身上。

高程在前排都无语了："你这实力接牌也是醉了。"

"我发誓我只接到了两次！"章凡颜辩解。

"两次还不够啊？！"张思卿说，"打团先秒ADC我压力很大啊！输两拨团还玩什么玩！"

苏哲回城之后给鞋子附魔了家园卫士，看了看各路的兵线，说："你们尽量不要开团，拖住节奏，我去带线。"

一个跑速极快的人马带线能力不容小觑，他到下路带线拆塔，NAS只得派人去守。他跑到中路抱团，团一波之后再去上路推一波，能蹭助攻就蹭助攻。NAS团战建立的优势很快被苏哲带线拆塔追了回来。

双方一时间也是有来有回。

回家更新装备之后，彭炀十分阴险地蹲在众人身后的草丛里，确定对方没有视野之后，插了个眼，苏哲立刻会意传送过来。

家园卫士特效的人马开大招从背后一路狂奔碾过人群，丽桑卓开大招把卡牌定住，章凡颜疯狂收割。

几乎是一波团灭。

而苏哲继续带线，坚持贯彻人马的奥义——身体和心总有一个在路上。

NAS被无脑带线扰乱了节奏，还死活追不上人马。其实双方正经的5V5团战并没有打多少，主要是这个打野不参团。当你觉得你赢了一波团的时候，三路的兵线都要推上高地了。

借着NAS清兵线的时间，几个人又马不停蹄地去偷了个大龙。带着大龙buff，LC直奔高地。

张思卿指挥道："烦神，上高地的时候别被秒了啊。"

"那要不然我也去买个中娅？"章凡颜开玩笑。

张思卿说："哪儿凉快哪儿待着。"

他们在上路高地纠结的时候，苏哲早就传送到了下路高地塔。两边对着拆，NAS过来守。章凡颜找了机会上去A两枪，两边的经济并没有相差甚远，LC输团战一度是陷入劣势的，生生地靠带线打了回来。

终于，在三路兵线的压制之下，LC拿到了第一局的胜利。

休息室里，安西脸上是掩盖不住的兴奋之色。

"干得不错！"他拍了拍苏哲的肩膀，"那个人马出来的时候我还以为这局要黑了，苏帅，行啊！"

张思卿附和："是啊！我还以为你不怎么会玩呢！你这不玩得挺溜吗？开大招跑起来的时候简直老司机。"

苏哲笑了笑，没有说话。

彭炀说："还是套路深，人马其实打架就那样。这英雄就是跑线的。苏帅对于英雄的理解远高于操作，这局可以说是兵不血刃。"

"总之，赢了第一局也算增加点信心，但是！"安西强调了一下，看着章凡颜说，"章小烦你是怎么回事啊？选个英雄都能选错，要是这局输了，我肯定让你吃不了兜着走！"

章凡颜有点委屈地说："我也不知道啊，就是卡了一下没点出来啊。"

"好吧，好吧。"安西说道，"问题并不大，下一局注意一下走位，不要自信甩枪了。两张黄牌，你是硬接了可心两张黄牌啊，到底是他针对你还是你送温暖啊？"

章凡颜耸肩。

几个人商讨了一下下一局的安排，看时间差不多，陆续准备上场。苏哲是跟在章凡颜身后出来的，见大家走远了之后，拉住了章凡颜。

章凡颜吓了一跳，赶紧甩手："你干吗？"

"不干吗啊。"苏哲笑得人畜无害，"我想要电玩战魂那个皮肤。"

"你跟我说干吗？！你不是不会玩人马吗？"章凡颜看着苏哲的笑脸，恨不得手里有把枪能爆了他的头，"你装啊！你再装啊！你怎么不装得再像点，干脆这局打输了反正我背锅！"

"我本来真玩得不熟的。" 苏哲解释，低下头笑道，"可我怎么忍心让你背锅啊？"

章凡颜的脸有点泛红，不清不楚地说："那我是不是还要谢谢你啊？！"

"是啊。"苏哲直起身，"我想要人马那个电玩战魂的皮肤。"

"苏哲你怎么这么得寸进尺！"

不论章凡颜怎么跳脚，苏哲一直笑着说"我不管我就要彩虹马"。最后章凡颜气极，反手一刀："那你先还我的手机！"

苏哲愣了一下，才想起来昨天晚上的爆炸："哦，你不说我都忘了。"

你是属金鱼的吗？只有七秒钟记忆？章凡颜觉得这都是苏哲的借口，懒得理他，径自往前台走去。

苏哲跟在他身后问："我之前摔坏的那是5S吧？要不要给你买部6？"

"你去死。"

"不喜欢？"苏哲想了想，"Plus？不过对你来说有点大吧。"

章凡颜回头，冷漠脸地看着苏哲，接着一言不发地扭头走了。

"想要什么颜色的啊？白色还是土豪金啊？"

"你去死！"章凡颜大喊。

结果苏哲真的去死了。

第二局苏哲拿了个稳定打团的皇子，但不知道是不是上一局里强行会玩人马之后用掉了所有的运气，他开局被反buff之后就特别不顺，中间一次像弱智一样蹲在人家的眼上回城，被对方中单和打野杀了个爽。

LC其他几个人很郁闷，线上还稳定发育着，自家野区就先炸了。

蓝buff刷新的时候，张思卿刚从下路回来，眼见一大波兵进自己塔下了，转头跟苏哲说："你先抗一下蓝爸爸，我去收波线，马上。"

"嗯。"

张思卿补塔刀有点强迫症，收完最后一个兵赶紧去野区拿蓝，苏哲已经抗得只剩个血皮了，蓝buff还在猛捶他。苏哲见张思卿一个技能丢过来，自己这边立马后撤，结果两个人莫名地伤害错过去一点。

丝血蓝 buff 在生命的最后一刻砸死了那个打野，随后被手残的中单收掉。

顶级联赛里，打野被野打死，画面太美。

观众一阵爆笑，连解说都忍不住了，说："苏帅一世英名毁在了一个蓝 buff 上。"

导播甚至把苏哲死的那个画面慢镜头放大重播了一遍，摄像机同时给到了 LC 这边。苏哲倒是绷得住一脸淡定，但 LC 其他几个人早就不行了。章凡颜笑得捶桌，然后意识到镜头在自己面前，赶紧忍住，还若无其事地扶了下眼镜。

但这一切好似蝴蝶效应，一点一点地累积起来，LC 逐渐落了下风，经济被拉开。苏哲开团进去就是个死，团战也打不赢，最终 LC 还是输掉了这局。

双方打成一比一。

而后，NAS 乘胜追击又拿下一局，本来先下一城的 LC 先被对方拿到赛点逼到悬崖边。

第四局的时候，LC 一度又被打到劣势。但是在关键的一波团战里，彭炀风女一波连续操作开大招逆天改命，把 LC 拉了回来。

结束之后的休息室里，气氛已经没有第一局那么轻松了。

这场比赛一旦输掉，LC 会落入败者组。且不论接下来要面对各种队伍打一周的 BO5，心理压力会变得很大。特别是章凡颜，第一局幸好是赢了，否则他接的那两张牌能被说个把月了。

安西没有再说什么，既然打到第五局了，就只剩下玩套路和玩心理了。他只是拍过了每一个人的肩膀，说："放轻松玩，反正又不是最后一场比赛。"

章凡颜推了他一下："我的天，只是一个春季赛的季后赛而已，你干吗搞得这么沉重？"

"我有吗？"安西指着自己，忽然反手摸了下章凡颜的头，"你小子给我好好打啊！要是再接钩接牌吃技能，你下个星期别吃饭了！"

"只要脑残打野别先崩了！"章凡颜甩开安西的手，"男人的头不能摸！"

安西笑道："那你们就都别吃饭了！"

苏哲无语："跟我有什么关系？"

安西习惯性地拍了拍手："好啦，都轻松点。你们的职业生涯中输过那么多比赛，还在乎这一场两场的吗？"

张思卿呵呵地回应："这真的是一个教练该说的话吗？"

几个人互相鼓励地击了掌，重返赛场。

LC vs NAS 第五局，决胜局。

本场的胜者将和上一场的胜者争夺胜者组的决赛名额，败者将掉入败者组，继续打一轮，只有一路赢到底才有决赛资格。

双方的粉丝都已经做出互撕的架势，特别是 NAS 的粉儿，他们本来对苏哲转会这事多少就有偏见。那段时间他虽然自己没太在意，不过外界确实说的风风雨雨的，他和可心那对中野绑了一年多，确实有点无解，忽然就这么拆了，大家多少有点难以理解。

要是他输给老东家，大概也会掀起一阵舆论风波。

章凡颜深深地叹了口气，闭着眼睛靠在椅子上手指撑着自己的前额，彭炀坐在旁边，伸手拍了他一下，章凡颜睁开眼迷茫地看着彭炀。

"我不想打败者组。"彭炀笑了一下，"别让我打败者组。"

章凡颜默默地点了点头。

比赛开始，LC 回到蓝色方，ban 掉了狐狸、妖姬、豹女，NAS 随后 ban 掉了泽拉斯、丽桑卓和兰博。

于是问题又回到了原点，又是一场中单大战。

高程先帮张思卿拿中单，点到了劫，问："这个怎么样？"

张思卿赶紧回答："我压根都没通过中忍考试，嗯……拿露露吧。"

"露露？你不会是……？"

"是时候出大招了。"

高程便给他锁了露露，这个英雄上单、中单、辅助都能打，对方不清楚对面的露露会打什么位置，就先拿了纳尔和挖掘机。LC 继续拿了努努和大树，NAS 拿到飞机和卡牌大师。

LC 最后一手，彭炀看了看阵容，选到了风女。

章凡颜皱了一下眉："我只能拿大嘴了啊。"

"锁吧。"张思卿说道，"保得住你。"

章凡颜觉得神经紧了一下，最终还是点了确定。

NAS 最后一手选到了辅助安妮。

刚进入游戏画面，几个人就暗暗地准备换线。大嘴是个后期英雄，前期正常对线会很难受，一旦能平稳度过发育期，那么对面迎来的便是爆炸伤害。很显然 LC 并不希望己方大嘴一开始就被对面的飞机按在塔下打。光换线的套路就设了一层又一层，在什么地方插眼，大嘴什么时候在线上出现一下，什么时候回家再换线，大树这边怎么开，折腾了好几圈，最终还是心机更胜一筹，把章凡颜成功地换到了单人路，高程稳定抗压。

章凡颜知道全队把宝都押在自己身上了，打得格外认真谨慎，补刀走位都抓不出毛病来。但也因为最后一局了，多少有些心理负担，前期节奏不免弄得有些紧。

其他各路也并不能有什么优势，严格地说，不打出劣势来已经难能可贵了，说其他几个位置的英雄是在打辅助也不为过。前期的小龙苏哲都懒得控，频频照顾章凡颜那条路，就是想保大嘴能发育起来。

苏哲带着彭炀、张思卿打算去偷个蓝，结果被对方察觉，五个人迅速地包了上来，他们所有技能全交，只有个残血的露露逃生。随后NAS抱团推掉了中路一塔。以现在的阵容来看，正面打团LC必然是打不过NAS的，只能拉锯战，消耗一波就赶紧散，打到二十多分钟之后，双方在野区碰到，NAS看准了对面人少强开了一波，卡牌大招落地正好卡在大嘴和保护他的前排中间，黄牌定身一套带走。

这波团因为大嘴率先被秒直接GG，NAS顺势拿下大龙，并且借着大龙buff推平了上路。

LC完全陷入了被动，章凡颜显得有些急躁了。

两边拉拉扯扯，游戏进行到三十分钟，卡牌在带线，章凡颜带着彭炀打算打一波，结果对面的支援很迅速，章凡颜点了撤退："这波别打了，输了就真GG了。"

他话音刚落，挖掘机就强开了大嘴，LC剩下几个人立马赶到。露露大招把章凡颜救了回来。大树上前捆人，章凡颜赶紧后退。5V5的团战就这么莫名地打了起来。NAS的技能全丢给大嘴想秒了他，LC这边再上所有技能把大嘴保住。混乱的团战中章凡颜始终让自己保持在安全的走位极限输出，打出了一波四换五，全场只有他一个活了下来。

因为人头大部分都给他，回家之后大嘴离自己的完全形态越来越近。

张思卿说道："抱团推，不要让他们抓了烦烦。"

在队友的保护下，几近完全无解的大嘴爆炸输出，但因为前面劣势太大，NAS人头遥遥领先，四十多分钟的时候，大龙buff在手，还是破了一路高地，秒了风女和露露。

NAS好像是胜券在握一样，可心还跑上来打算A两下高地，章凡颜喊道："这波能打这波能打！我装备是齐的！"

高程想都没想就上去留人了，NAS几个人没商量好，有的打架有的拆塔，章凡颜知道这可能是最后的机会，拼尽全力打出了最高的伤害，生生地点死了对面的人。

二换四。

"Nice！"张思卿大叫，"烦烦漂亮！"

"一波了一波了！"章凡颜冲出了家门，对方复活时间太长，之前已经点掉了对面中路高地塔，他一个人冲过去拆家应该没什么问题。

章凡颜有些兴奋也有些紧张。他很久很久没有这种感觉了，全队把胜者组的希望都押在自己的身上，他像个孤胆英雄一样冲上对方高地，全然不顾队友还在半路上，一个人疯狂地点NAS的门牙塔，门牙就要点掉，水晶近在眼前。全场的欢呼声达到高潮，NAS本来推到LC的高地，马上就要胜利了，结果被反打团灭，章凡颜只身拆塔眼看着就要完成逆天翻盘！

LC众人到达高地，NAS陆续复活。

"烦烦！别拆了！快下来！"张思卿大喊，"你没状态了！"

"我能点掉！"

之前被到手的胜利冲昏头脑的NAS这次再也不会给LC机会了，冲出泉水，汹涌地反扑，一刹那技能将高地点亮，瞬间爆炸。

章凡颜看着面前的黑白屏幕有些愣。他明明可以做到的，为什么就死了？

ACE。

台下的观众爆发出排山倒海的欢呼，解说恭喜NAS经过艰难的五局战斗最终晋级，很遗憾LC掉入败者组。

章凡颜依旧看着自己的屏幕，不太相信。

直到NAS过来握手，彭炀拍了他一下，他才缓过神来。没了那时拆塔的紧张和兴奋，章凡颜像是一身力气被尽数抽掉，只觉得无力和懊恼。

真的，只差一点点啊。

如果他冲出家门的时候换了装备，如果他中间能等一等队友，如果他跟着兵线一起上的话，结果是不是会不一样？

下来的时候安西安慰一样拍了拍队伍中所有人的肩膀，笑着说："大家都尽力了，只是运气差了一点点，没关系的，还有的打。"

章凡颜眼睛是红的，倒是没哭，事后大家都没怪他，他觉得自己也没脸哭，彭炀摸了摸他的头。

"对不起。"章凡颜哑声说，"都是我的错。"

彭炀笑了一下："我要是能有两个坩埚就好了，你也不会死得太早。"

章凡颜看着彭炀，已经不知道是怎样的心情。比赛之前彭炀跟自己说不要掉到败者组，那时他隐约就明白，彭炀是希望他能调整好状态抗下最后一局的，但他没能做到。他觉得自己一定让彭炀失望了，彭炀却笑着说"是我没保护好你"。

那种辜负了别人的希望却仍旧被护在手心里宠爱的反差让章凡颜觉得自己简直就是个废物。他本来忍着的难过情绪忽然就爆发了出来，大哭着说："彭彭你为什么不骂我啊？！"

后台的所有人都被他吓了一跳，章凡颜哭起来就跟被抢了糖的小孩一样。

彭炀赶紧哄他："我骂你什么啊？一场比赛而已，又不是直接出局了。"他拍着章凡颜的背继续说："乖，差不多得了啊，这么多人，回头人家又该说你被打哭了。"

张思卿他们看着章凡颜哭，阴郁的心情不觉变好了一点，好像章凡颜哭了，事情就不算太差。苏哲表情微妙地看着彭炀和章凡颜，张思卿以为他被这场面镇住了，说："见怪不怪吧，他不哭才是见鬼了。"

高程点头："每一个哭过的 ADC 都会成长的。"

"屁啊！"张思卿叹气，"他一被人虐了就哭，要成长到什么时候啊？"

安西想了想，说："大概是未来的某一天吧。"

因为章凡颜完全沉浸在自己的世界里了，彭炀只能站原地哄他，其他几个人暂时走不了，后台人来人往的，大家只能在旁边瞎晃荡。

"小风！"

苏哲下意识地回头，全世界这么叫他的大概只有那么几个人。

只见可心十分轻松地走过来，刚要跟苏哲说话，就看见旁边哭得惊天地泣鬼神的章凡颜，十分震惊诧异地问："小烦这是怎么了？"

苏哲看了看章凡颜，又看了看可心，说："被你打哭了，你说，你怎么赔吧？"

"我？"可心指着自己，有些纳闷，"怎么了？"

"没什么。"苏哲懒得解释，"小孩儿脾气，过会儿就好了，你来干吗？"

"我看你们还没散就过来看一眼。"可心说话的时候也没什么表情，顿了一下，把苏哲拉到了一边，"晚上……要一起吃个饭吗？"

他说完这话就不自觉地低下了头。可心本来就是情绪起伏不大又慢热的性子，谁看他都觉得是个清汤寡水的人，赛场上的可心强大得让人畏惧，场下他却是个挺闷的人。

苏哲在 NAS 的时候，算是能和可心说话多点的。

"方池，你从常规赛说到季后赛了。"苏哲耸肩，"可我真的没时间，再说了，咱们今天立场不同，还是算了吧。"

"我们又不是敌人。"

"可我们也不是队友了啊。"苏哲指了指自己背后，"我回去还得和那群家伙做赛后分析总结。"

方池有些沮丧："没必要这样吧？你走的时候我不在基地，回来就见不到你人了……好歹一起打了一年多，你都没跟我说一声就离开了。"

苏哲淡淡地回答："我忘了。"

他转身要离开，方池忽然叫住了他："难道我不 carry 吗？"

苏哲偏了一下头："你不是 AD carry。"

APC 和 ADC 只差了一个字母，但意义差之千里。

"回头等有时间吧。"苏哲摇了摇手。

方池有些不甘心，可又太清楚苏哲的性格，苏哲做了决定就没人能影响他改变他，他从来都是一个义无反顾的人。方池看着苏哲远去的背影，看着他穿着 LC 的队服和 LC 的人站在一起，章凡颜哭得一抽一抽的，苏哲把他从彭炀的旁边拉了过去，拎着人就往外走，其他几个人见终于能撤了，也纷纷跟了出去。

方池忽然有一种莫大的委屈和嫉妒的感觉，找一个合得来的打野搭档太难太难了。习惯也太难改了，苏哲要的是个 AD，可自己终归只是个 AP。

LC 众人回到基地的时候已经很晚了，大家输了比赛，都没什么吃饭的兴趣，回去之后放下东西，简单收拾收拾就直奔会议室，把今天的五局比赛拿出来逐一分析。

章凡颜之前哭得太厉害，虽然现在不哭了，可是那个劲儿还是缓不过来，眼睛通红通红的，说话都带着鼻音，样子十分可怜。

他看着比赛的镜头，在场上的时候因为局势太紧张，有时看不到这么多内容，现在以上帝视角来看，自己兴高采烈地冲上高地的时候好像一个小丑。

安西先是十分客观地把细节全都分析了一遍，大家也都在进行自我检讨。过后，安西啪地关上了画面，站起来说："我知道输了比赛你们都很难过、很自责，觉得如果自己当时能多做一点，哪怕多拆一个眼，也许结果就不一样了，是不是？"

大家沉默。

"但是很可惜，这是五个人的游戏。"安西笑了笑，"比赛赢了大家都有功劳，比赛输了也并非一个人的错，赛后分析并不是分锅大会。就像我在比赛之前跟你们说的一样，在你们的职业生涯中赢过那么多比赛，也输过那么多比赛，输赢其实都像吃饭睡觉一样，是很正常的事情，现在只是一个季后赛而已，我们还有时间把输掉的东西再赢回来。"

他围着人群慢慢地走,拍过所有人的肩膀后继续说:"不要在意外界的舆论,永远都要相信你的队友。"

会后大家散了回到训练室各自练习,安西又恢复了一脸贱笑的模样说了句"老年人跟你们熬不了夜了啊,人家去吃好吃的了",然后就真的跑了。张思卿觉得安西一定是双重人格,一会儿搞得自己好像《新世纪福音战士》里的碇源堂,一会儿又忽然化身《银魂》里的长谷川泰三。

真是活在梦里。

章凡颜盯着电脑屏幕发呆,不想打排位,就开自定义房间补兵。但是因为情绪不好,他补刀都变成青铜水平了,只能看着小兵一个劲儿地打自己的英雄。原来章凡颜喜欢用手机刷刷网页,可现在手机被苏哲摔了,他只能用电脑打开论坛。明知道一进去会看到什么内容,可他还是忍不住。

人多多少少都喜欢看别人对自己的评价,越是漫骂就越是在意。

有一个帖子标题是"慈母彭炀",章凡颜点开就看到不知道谁拍的彭炀在后台抱着自己的照片,不出意外下面的回复全是嘲讽。除了嘲自己只会哭之外,大部分人还说彭炀职业生涯中唯一的黑点可能就是摊上了不烦这么个狗脾气的 ADC,场上场下都跟保姆一样,得亏他人好,换成别人早大嘴巴抽不烦了。还有人开玩笑似的说自己也好想当彭炀的 ADC,当彭炀的 ADC 只需要会补刀就行了,技能都不用躲,反正彭炀能护得住。

章凡颜烦得关了帖子,各种负面情绪如同洪水猛兽一样淹没了仅存的理智,他觉得糟糕透了。

屏幕右下角的企鹅开始闪烁,他用力地点开,是李想找他。

"烦烦,你在吗?"

"嗯。"

"今天的比赛……不要太难过啊,你已经尽力了。"

章凡颜没说话。

李想继续说:"昨天我发信息问你几点到赛场你就没有回复我,今天一直没找到你,我都快急死了,以为你怎么了……哎,现在有音信就好。"

章凡颜看着这行字,才想起来苏哲把自己的手机摔了之后,他就完全忘记了还有李想这么个人,原来她怎么都联系不上自己了。

"我的手机坏了,还没换新的。"

"原来是这样啊。"

章凡颜心情不好，也不知道跟李想聊什么，那边李想一直在说安慰的话想让他开心点，他就有的没的"嗯嗯啊啊"，最后干脆只看着屏幕上跳字。李想问："你怎么不说话了，是不是去训练了？"他也没有回复。

他实在没有多余的精力顾及李想了。

苏哲坐在章凡颜旁边，自然能感受到那股烦躁难耐的气场。他正好结束了一局排位，看了眼时间，起身绕到章凡颜身后，两只手忽然从他腋下穿过把他整个人架了起来。

"你……你干吗！"章凡颜大惊。

苏哲没说话，把他拎到了厨房。

其他几个人有点莫名其妙，张思卿说："苏帅这是忍不住了想在厨房里剁了章小烦吗？"

"你以为是《汉尼拔》的剧情啊。"高程白了他一眼，戴上耳机继续打游戏。

彭炀也懒得管这俩小学生了，即使发生血案，他们也来得及支援，于是就没说话。

苏哲一进厨房就反手关上了门，章凡颜好不容易从魔爪中挣扎出来，气哄哄地说："你神经病啊！"

"我饿了，你饿不饿啊？"

"啊？"

LC基地的厨房很大，食材也很全，苏哲拉开了冰箱，拿出来点东西，说："晚上比赛太晚结束了，我一宿没吃东西，饿了。"

"那你把我拎过来干什么啊？！"

"你待在那里也只会散播负能量。"苏哲一笑，"反正也玩不进去，还不如过来陪我聊聊天。"

章凡颜双手环臂靠在墙边，懒得说话。

苏哲只觉得他这样子好笑又可爱，眼睛还是红的，却要装作一副"我很厉害你不要惹我"的样子。

他仔细地把肉切成细小的肉丁，然后开火，肉过油的时候发出嗞嗞的响声，待差不多的时候把面酱倒进去，加了一点水，慢慢地熬。苏哲又在另外一边煮了一锅水，将面下了进去。

"你在做什么？"章凡颜问，香味勾得他一阵饿意涌上。

"炸酱面。"趁煮面的时候，苏哲又洗了根黄瓜切成了丝。他手艺很好，切菜又很稳。章凡颜看得有点吃惊，觉得如果换成了自己，早把手都切烂了。

"我恰巧发现基地里有甜面酱。"苏哲继续说,"你去京市的时候有没有人忽悠你吃什么小吃?我跟你说,最正宗的炸酱面还得去别人家里吃,外面卖的那些都差了点意思。"

章凡颜不懂,歪着头看苏哲:"有什么区别?"

面已经煮好,苏哲挑了一只碗过水,放了炸酱放了菜码,转身从橱柜里拿了一双筷子,塞到了章凡颜的怀里:"中国人吃饭讲究情怀,外面做的跟自家做的比起来,差了点人情味。"

章凡颜傻愣愣地看着苏哲,苏哲笑了一下,又捧回了碗,给他把面拌开,挑了一筷子,说:"要不要我喂你啊?"

苏哲的笑容满是诚意又人畜无害,好像厨房里的蒸汽还没散去,云里雾里的看着特别迷幻。随后章凡颜才意识到,其实是自己眼里有雾气。

他又没忍住,眼泪掉了出来。

苏哲赶忙把碗放一边:"你不至于吧,吃个饭也要感动到哭出来?"

章凡颜哭着说:"你怎么也不骂我啊,你不是应该跟别人一样嘲笑我才对吗?"

"安西的话,你没听明白?"苏哲一边帮他擦眼泪一边说,"比赛输了并不是一个人的过失,是大家都没做好才会导致这个结局。这场输了,下场再赢回来不就得了?骂你能解决问题吗?你成年了已经不是小孩子了,以后不要再哭了。"

苏哲温柔地说:"如果以后再玩四保一,我就给你出坩埚、出鸟盾,不会再死了。"

张思卿打完排位去接水,正好看见章凡颜失魂落魄一抽一抽地出来,特别八卦地跑到高程旁边,小声说:"他们在里面那么长时间,苏帅不会是把章小烦制裁了吧。"

"你想什么呢啊?!"高程无语,被张思卿一弄自己又死了,"章小烦是傻子难道苏哲也是傻子?你真是天天活在梦里。"

"呃……"张思卿赶紧岔开话题,"咱们下场跟谁打啊?"

"四天后,跟第五场的胜者,BKA吧。"

"又是BKA啊。"张思卿握拳,"老娘这次要三比零!"

"先问问你烦爹答不答应。"

"他敢!"

章凡颜躺在床上,刚吃了一碗面,现下肚里很暖和,炸酱偏甜,是他喜欢的口味。他有点庆幸自己没有手机,要不然这会儿可能又在暗暗地看那些负面消息了。

但他依旧有自己的烦恼。

对于比赛，对于自己，对于苏哲，他想不明白的事情太多了，他想尽力做到最好去证明自己，可有点适得其反。未来有无数种可能，哪一个才是属于他的？

章凡颜拿被子裹住了自己，潜意识里想逃避，可又有一个声音告诉他，这是你该面对的，你不能当一个逃兵。

夜晚很静，夜晚很黑，夜晚睡不着。

章凡颜翻腾到半夜也睡不着，他没手机，不知道是几点了。从常规赛的后半段到现在为止，他几乎每个晚上都很难睡得安稳，睡不着的时候他就去训练室打 rank 或者练习基本功，只是常常都碰到苏哲……

那家伙也要用那么多的时间来练习吗？都不知道平时练了些什么，拿到人马的时候还骗自己不会玩，不过他好像拿的英雄都很单一，很少为了让对面拿不到而去抢英雄，哪怕是教练安排的 BP，他大多时候也只是犹豫一下，然后合着自己的喜好来。

除非是特别重要的比赛或者重大 BP 套路，否则在某一个点的选择上，安西是不太强求他们的，拿自己用得最熟练、最顺的英雄总好过勉强迎合 BP。

章凡颜又摸到了训练室，见显示器亮着，坐在那里的人一只手撑在桌子上夹着烟，另一只手点击着鼠标。

"嘿！"章凡颜噌地跳了过去。

"啊！"高程叫了一声，回头看到他，"你想吓死我啊！"

"你大晚上不睡觉干吗啊？"章凡颜拉了一把椅子坐下，"在训练室里抽烟，小心我告诉阿琛。"

"反正现在没人，明天味道就散了。"高程并不在意这些，"你不也没睡觉吗？大晚上的下来干吗？"

"我睡不着，下来打 rank。"

"我看了一宿视频。"高程指了指屏幕，"这个赛季韩国和欧洲的联赛。"

"看出什么门道了？"

"想问问他们的膀胱还好不好。"高程开玩笑，"动不动就打一个多小时，唉，真的受不了。下个版本要变成肉盾联盟了，蒙多打到大后期搁哪儿都是个爸爸，简直打不动。"

"不要对自己的位置这么不屑啊！"章凡颜沉重地拍了拍高程的肩膀，"要不你赶紧练一手，以免对面拿了，还有塞恩什么的，反正身为 AD 我是很不喜欢打这些坦克，切不动。"

高程沉默了一下，说："烦爹，你练一个英雄要多久啊？"

章凡颜想了想，回答："不知道，AD能上场的就那么多，有那么三两个英雄能玩到十分，剩下的就是八九分，都差不多。"

"那你觉得我哪个英雄玩得最好？"

章凡颜这次想都没想："刀妹。别人玩刀妹能玩到十分，但是你玩刀妹能玩到十二分。"

"是啊。"高程叹了一下，"但是这个赛季我几乎没怎么拿过刀妹，版本或者BP上的原因，上单不必carry，我必须拿能当前排站得住的，我要给你们创造输出环境，有的时候我拿个大树在前面顶，可是一回头发现队友都死光了，那时候我真的觉得挺无奈的。"

"呃……"章凡颜挠了挠头，不知道该如何回答。

"你知道我是怎么来LC的吗？"高程忽然说。

"怎么来的？"

"可能你从来不知道，最开始的时候，我就是个菜鸡。"高程说道。

"别闹了，你来LC的时候可是国服前十了啊。"

"那是后话。"高程把烟头掐灭，又给自己点上一根，显示器微弱的光照亮了那些烟雾，让他整个人变得有些深沉，"刚开始的时候，我真的特别特别菜，也许你们是有天赋的，可我只是个普通人。那时候菜到被当时战队的队友嫌弃，那会儿我单纯地认为，我哪怕没有天赋，但只要付出比别人更多的努力，也许一样能被认可。但是你知道吧，在电竞圈里，菜就是原罪。后来各种各样的原因下，他们找到更合适的人替代了我，我发现我只能天天待在基地里打rank。有时候叫队友双排都没人乐意理我。那段时间我真的过得特别痛苦，不知道打职业的意义，不知道自己的选择对不对，甚至一度想过放弃，每天都浑浑噩噩的，活在只有自己一个人的世界里。"

章凡颜听高程说这么多话有点愣。他在知道高程的时候，LichK已经是国服赫赫有名的人物了，他觉得今天晚上高程说的这番话的主角应该是另外一个人，而并不是高程自己。

"后来我觉得我就是喜欢玩游戏，真心喜欢玩这个游戏。"高程继续说，"所以为此付出多大的代价都是值得的。比别人努力如果还不够的话，那么就要去努力一百倍一千倍。我受够了被人嘲笑菜鸟了，那段时间我几乎每天只睡三四个小时，疯狂地打rank练英雄，有时候甚至是连轴转。赛季结束的时候安西找到了我，我甚至不敢相信。说什么证明给懂的人看就好了，我要证明给所有嘲笑过我的人看，我能靠自己的努力打进顶级联赛甚至世界比赛。那些当年嘲笑我的队友现在都不知道哪儿去了，可我依旧站在这里。这故事是不是挺有意思的？"

章凡颜点了点头。

"可是现在，我又不知道这游戏该怎么玩了。"

高程轻轻地叹了口气，点了下烟蒂，一个深呼吸。章凡颜没有搭话，觉得一向跟张思卿一样不正经的高程跟自己说这番话一定有别的意思，隐约能明白，但是又不太确定。

季后赛队伍整体的状态确实出现了一些问题，看似平和的表面下其实充满了各种不稳定的因素，他自己先炸得厉害，当下也只是沉浸在自己爆炸的悲愤中了，自然没怎么顾及队友的想法。

章凡颜觉得，也许真的是自己的问题拖累了队友，这个想法又让他陷入了深深的自责中，他闷闷地说了一句："对不起。"

高程愣了一下，淡淡地说："我不是在暗示你什么，毕竟不是你一个人的过失。这段时间我一直在想这个问题，我发觉自己好像到了瓶颈。当自己还是菜鸟的时候，那会儿有追求，拼了命地想证明自己，后来证明了自己，又想着能拿世界冠军就好了。可是说真的，被韩国制裁了两年，到现在说这句话自己都莫名觉得有点虚，顾及越多的东西，就越不知道该怎么玩下去了。都说勿忘初心，我有点不知道初心是什么了。烦爹，你还记得自己的初心吗？"

章凡颜抿了一下嘴。他很少想这个，只知道要一直赢。他享受游戏带来的乐趣，但几乎不愿意承受失败的痛苦。他太幸运了，职业生涯里遇见彭炀这么个队友，LC里的人又都比他大，有时懒得和他计较，久而久之，他习惯了几个人相处的固定模式。

他认真地想了想，说："我只是想玩游戏。"

"不想拿冠军吗？"

"想。"

"用什么拿？"

"……"章凡颜摇了摇头，"不知道，没想过。"

高程抬起手摸了摸章凡颜一直低着的头，说："最近安西让你练的男枪和飞机练得怎么样？"

"比赛用没什么问题。"章凡颜声音很低，"可是我不知道怎么carry，就算用我上个赛季最喜欢玩的卢锡安也不知道该怎么carry。呜喵，你说你最难的时候，是不是就是这种感觉？"

高程沉吟了一下，说："如果你现在就觉得这游戏很难玩了，那我可以明确地告诉你，以后会更难的。小烦，你在游戏上很有天赋，不要让外界的干扰影响自己，有天赋就不要浪费。"

"天赋个毛线啊。"章凡颜懊恼地说，"我觉得自己是个废物，彭彭都要带不动我了。"

"你可千万别这么想啊，烦爹。"高程的语气一下就恢复了平日那种侉里侉气，拍着章凡颜的大腿说，"我们还等着你带我们飞。"

章凡颜肩膀一松，靠在椅子上："飞不起来。"

高程看了眼显示器上的时间："反正都睡不着，要双排吗？"

"好啊，国服？"

"嗯，国服。"

两人打排位总会比一个人顺利一些，虽然一个上单一个ADC离得八丈远。高程问，他们上一次这么大半夜还在打排位的时候是不是得追溯到去年的总决赛了？章凡颜点了点头，然后手起刀落收下人头。

仔细想来，真的是有太久的时间没这样玩过了，章凡颜几乎都是在跟彭炀打双人路，和其他人双排的机会并不太多。新来的苏哲反而和高程他们玩得多一些，毕竟打野是爸爸，多照顾下哪一路都能直接影响线上局势和整体节奏。

只是苏哲跟自己双排的时候几乎甚少打野，大部分是在打辅助。他打辅助跟彭炀不一样，彭炀很依赖视野，从不干没谱儿的事。而苏哲大部分情况就是靠感觉，感觉这波可以打就二话不说闪现大招，章凡颜想吐槽很久了。

不知不觉间，黑夜过去了，天边露出了亮光，又是一个寂静的清晨。

打完了排位，高程要出去呼吸呼吸新鲜空气顺便抽根烟，章凡颜觉得累，揉了揉脖子。

"回去睡会儿吧。"高程拿着外套往外走，"中午吃过饭又要打训练赛了，要不没精神。"

一听到"训练赛"这三个字，章凡颜表情黯了一下："哦，好。"

高程看了看黎明的天色，忽然叫住他："我怎么觉得晚上跟你说的那些话特别不真实？"

"你什么意思？"章凡颜回头。

"啊，没什么。"高程点了根烟往外走，"可能都是我瞎编的吧。"

中午，是基地一天的开始。

大家陆陆续续醒来，吃过午饭后各自先打两三盘rank，然后开始一天的训练赛。

一直到晚上十一点常规训练结束，后面自由训练自己安排。

职业选手的一天可以用"无聊"两个字形容。

章凡颜早上才睡下，中午起来时免不得还有些迷糊。打训练赛之前他用凉水洗了把脸，用力拍了拍自己打起精神来，可训练赛还是发挥得极其一般。

谈不上不好，但也谈不上坏，他算是去打了个卡，没有拖后腿。

这个状态让章凡颜很难受，可他也不知道该从哪儿寻找突破。线上的处理没有什么问题，他现在会听话地等打野过来才往上冲，但是一切好像都并没有改变。

他带的整个队伍都走向了个奇怪的方向，死拖着一口气突破不了，卡在那里不上不下。

间歇的时候李想会找他聊天，章凡颜也懒得理，只是"嗯嗯啊啊"地回答。也许他把烦恼告诉李想，也只能得到对方毫无用处的安慰。道理谁都懂，但他就是想不开。他知道李想是想让他开心点，但不知道是该沉默还是装作开心。

无论哪种结果都让他觉得累。

晚上的训练室里，人都在，但除了键盘声就没有别的了。章凡颜拿着男枪猛点基地水晶，对方复活出来，他一个大招轰炸，只是按的时候太过用力，手指按到了键位的缝隙中，往外拔的时候把R键带了出来。

章凡颜忍不住骂了一句，还好最后游戏胜利。他退出了房间，拿起弹出的键帽往回按，但怎么都按不进去。他转头找彭炀："彭彭，你有新的键帽吗？"

彭炀摘下耳机走过来，仔细看了看章凡颜的键盘："你跟键盘多大仇啊，轴都被你按坏了。"

"啊？"章凡颜反应了一下，"我记得元旦前打比赛的时候R键掉下来了，我一直没管，可能这回彻底按烂了吧。"

"怎么着，你是修还是换新的啊？"

章凡颜还没说话，彭炀继续顺着说："要不直接换新的吧。你这键盘也用得够久了，说不定换个新键盘手感就回来了，你还要这个牌子的吗？"

"不知道，我对这些没什么研究，给我三十块钱的键盘也照样用。"

"我有个备用键盘。"旁边的苏哲忽然插话，"还是新的，你要吗？"

章凡颜看着他，表情稍微纠结了一下，点了点头。

不一会儿，苏哲就从房间里拿过来一块崭新的键盘，跟他自己现在用的一模一样，红底黑键，字母侧刻。

"你是不是有强迫症啊？"章凡颜接过键盘连在主机上，"这东西还买一样的。"

"我现在用的这块是别人送的。"苏哲回答，"不过我确实只用这一款键盘。"

"你都不喜新厌旧的啊？"

苏哲摇摇头："我的喜好挺难改变的。"

章凡颜插好键盘，双手轻轻放上去随便敲了几下，手感正好。

苏哲又说："WASD 有备用键帽，红色的，你要吗？"

章凡颜看了看苏哲桌面上和自己桌面上的两块相同的键盘，为了区分，还是换了键帽。

他原来喜欢把 R 键换掉，喜欢疯狂地点，结果 R 键真的被点坏了。真不知道是键盘质量差还是他自己的问题。

"要双排吗？"苏哲忽然问。

"不要辅助。"章凡颜回答。

"我打野。"

"行吧。"

两人排进去之后，一个三楼一个五楼，苏哲拿的蔚，章凡颜拿的飞机。

一进入游戏，苏哲就蹲在野区里刷刷刷，章凡颜被对面打野骚扰了几次就有点耐不住性子开始抱怨："你要刷到明年吗？我都要死了！"

"不着急。"

"还不着急啊！"章凡颜说道，"我差点被拿一血，你知道吗？！"

"一血不是拿了对面的吗？"

"我是说我的一血啊！"章凡颜辩解。

苏哲无奈："你待着吧。"

章凡颜的飞机向前轰炸几发之后就往回跑，苏哲终于刷够肯出山了，立马直奔下路。辅助去游走了，章凡颜一个人在收兵，对面的人隐约在地图上冒了个头。

可是苏哲走得慢了一些，对面看到章凡颜一个 AD 在收线就想过来抓人，章凡颜掉头跑得比狗还快。

苏哲说道："你怕什么啊？！"

"会死人的啊！"

"别怕。"苏哲淡定地按着键盘蓄力，"我在你身后。"

话音一落，铁拳就击飞了追着章凡颜打的那个中单。

章凡颜仗着有打野爸爸撑腰回身反打，双方队友都支援了过来。只不过自己这一边更快，打了一波团灭，对方瞬间爆炸。

　　"打得不错。"苏哲轻描淡写地说了一句，章凡颜看了看他，觉得他好像是在表扬小学生一样。

　　他们打到半夜两点多，其他几个人差不多去睡觉了。苏哲本来要走，但是看章凡颜又排进去一局，一点结束的意思都没有。

　　"你还要继续？"

　　"嗯。"章凡颜认真地盯着屏幕，模糊地应了一声。

　　苏哲知道他进了游戏就不会理人了，于是抄着口袋站在章凡颜的身后，安静地看着。他觉得章凡颜的打法有些改变，比原来稳了一些。队友犯了脑残错误，他立马敲开对话框，噼里啪啦打一堆字，好像想发出去，最终还是犹豫了一下删掉了那些内容，只是自己烦躁地抓抓头，继续打。

　　原来的章凡颜飞扬跋扈却光芒万丈，但他现在在有意识地改变自己。苏哲皱了皱眉，不知道这样的改变是好是坏，那个暴脾气的 ADC 竟然开始会忍了。

　　他抬起手按在了章凡颜的头上，因为突如其来的重力，章凡颜下意识地抬了下头，苏哲又把他按了回去："你不觉得委屈啊？"

　　"委屈什么？"章凡颜双手都在键盘上，只能任由苏哲动作，嘴上却不干净，"把你的爪子拿开。"

　　"你真的没必要这样的。"

　　"我又怎么了？"

　　"按照你原来的方式打没错的。"苏哲说，"一条路走到黑，总好过你现在连路都不会走了。"

　　"谁不会走路了？"章凡颜低声说。

　　"你刚才那一波。"苏哲拉过椅子坐在他旁边，指着屏幕说，"其实是能打的，以前你肯定会自信回头，但是你现在都不打了。"

　　"你是不是瞎啊。"章凡颜点着地图说，"刚才打野爸爸不在啊，打个毛线。"

　　"如果是我在，你会上吗？"

　　章凡颜不知怎么一个走位失误瞬间被秒，屏幕变成了黑白。

　　他扭头看着苏哲："嗯？"

　　"如果是我在，你会上吧。"苏哲换成了肯定的语气。

　　章凡颜心想：你是有多自恋？

"你那个小女朋友怎么样了？"苏哲轻轻地指了指章凡颜鬓角耷着的头发，示意他把头发捋顺别到耳后。最近训练比赛都忙得不行，章凡颜有段时间没剪头发了，他自己又懒得打理，常常是一副乱糟糟的样子。

"就那样。"

"她没抱怨你冷落她？"

"没有。"章凡颜白了苏哲一眼，"你问这干吗？"

"我关心一下队友的感情生活不行吗？"苏哲笑了笑，"当你女朋友真是惨，光有一个名分，剩下什么都没有了。"

章凡颜没理他，复活之后附魔家园卫士就冲了出去啪啪啪地甩枪。

苏哲轻叹了一下，低头用手轻轻拍在章凡颜的肩膀上："你累死我得了。"

他就这么坐在旁边，看着章凡颜又打完了一局。等他结束的时候，苏哲又问要不要双排，章凡颜揉着眼睛点了点头。

只不过苏哲这回选了辅助，美其名曰陪着章凡颜打双人路。

排着排着天就蒙蒙亮了，章凡颜打着哈欠点掉了水晶，然后就双手离开了键盘，对着电脑发呆。

他习惯性地搓了搓手，并没有下一步动作，身体告诉他该休息了，可是脑子里是空的，不知道要干什么。

苏哲伸手在他面前晃了一下："醒醒。"

"你又干吗？"

"走，睡觉去吧。"

"睡不着。"

"还是去睡会儿吧，下午还得打训练赛。"苏哲说，"反正就这么两三天，你练多练少其实都没多大意义，顶多是催眠自己，可输赢真不差这点。"

"我知道。"章凡颜长叹了一下，"可我就是睡不着。昨天我跟高程打到了天亮，我觉得自己挺累的了，可我躺在床上还是睡不着，只能闭着眼待着。后来眯了一会儿，又起来训练了，我不知道为什么会这样。"

"我真觉得可能比赛还没崩到打不了，你自己先把自己搞崩了。"苏哲耸肩，"输赢有那么重要？"

听他这么问，章凡颜想起了彭炀的话，异常认真地问苏哲："输赢对你来说不重要吗？"

苏哲没想过章凡颜会问这个，被问得有点纳闷，又重复了一遍："哪里重要？"

章凡颜站起来，半坐在桌沿上，双手抱臂说道："我每次比赛输了都感觉很差，难道你觉得输也是一天赢也是一天吗？那打职业赛对你来说是什么？"

苏哲沉默了一下："只是玩游戏而已，你太认真了。"

"天哪！"章凡颜做了个很可笑的表情，"我的队友竟然跟我说'游戏只是游戏'，你就不想赢吗？你输了不难过吗？"

"可这并不能影响什么。"

章凡颜盯着苏哲，无奈地说："你真是个冷血的人。"

苏哲不知道话题怎么到了这一步，整理了一下思路，回答："我真的觉得比赛对我其实……就那样，输赢再正常不过。我知道我能玩好，仅此而已。即便我不打职业赛了，还可以回去继续读书。所以我为什么要觉得输赢很重要？因为可以跟人炫耀自己拿了多少冠军？"他轻笑了一下，继续说，"这真没什么意义。"

"那对你来说什么才有意义？谈恋爱？"章凡颜顿了顿道，"可我是真的想赢。"

"问题是我也并不想输啊。"苏哲回答，"我只是说无论输赢，对我来说影响并不会像你那么严重而已。"

"好吧好吧。"章凡颜摆了摆手，"我们压根就不在一个次元里。"

苏哲忽然凑近笑着问："是吗？"

章凡颜伸手挡住了苏哲："滚蛋！你离我远点！"

"我的彩虹马呢？"

"我的手机呢？！"

"好吧，好吧。"苏哲学着章凡颜刚才说话的样子和口气，又打开了自己的电脑，噼里啪啦地打了一串网址，"'肾6'好不好？白色的，就这个吧，我下单了啊。"

他一边说一边输入地址。最近天天训练，他是真忘了这个事。不过想想，章凡颜没了手机，小女朋友压根找不着人了，现在既然章凡颜提起来，索性就当下买给他吧。

苏哲爽快地按下回车键，说道："等着收货。"

章凡颜"喊"了一声，并不想理这个脑残，打算离开。

"那我的彩虹马呢？"

"你一边去吧！"

"喂！"苏哲拉住了章凡颜，一只胳膊无赖地搭在他的肩膀上，"我真走了你怎么办？以后就没打野爸爸了。"

"没事，我有辅助妈妈。"

"哈哈哈……"苏哲被他这么一句别扭的话给逗笑了，手掌抵在章凡颜的肩膀上笑得整个人都颤。

"你真无聊。"章凡颜翻起了白眼。

苏哲又想起来什么，说："再有两天该比赛了。"

"嗯。"章凡颜点头。

"要是再输了，就真的没机会了。"

"我知道。"章凡颜顿了一下，抬头直视苏哲，"不会再输了。"

"那要是输了呢？"苏哲冲着章凡颜走远的背影大声问道。

"输了我就大口吃翔！"

八、
我带你飞

两天之后败者组赛场上，LC 对战 BKA。第一局因为 BP 上的一点问题导致后期团战打不了，被 BKA 拿下一分。这一分几乎要压垮章凡颜的神经，同时也激发起他的斗志。章凡颜整个人触底反弹，连下三分送走了 BKA。

比赛结束，与 BKA 握手之后，章凡颜看着身后大屏幕上的"胜利"字样，心里也并没有放松。

如果 LC 不能拿冠军，其实在哪一个节点结束比赛都是一样的。

几个人出来的时候正好碰到了白飞和小圆。章凡颜跟白飞的关系不错，但他并不知道白飞和小圆也好到能同进同出了。

"白所！"章凡颜叫了一声跑过去，"你来看比赛？"

"你敢叫我的大名？"白飞对这个称呼很无语，朝章凡颜身后的几个人点了点头，说，"嗯，正好今天没排训练赛，想着过来看现场，当作提前熟悉一下决赛对手了。"

"啊？"章凡颜忽然想起来上一场是 VIVA 跟 NAS，他待着的时候脑子里全是战术安排和 BP 选择，压根没注意别的。这会儿听白飞的语气，应该是 VIVA 赢了直接带着胜者组的一分进决赛了。他问道："你确定我们也能进决赛？"

"只要你下一场别用脚打就行。"白飞笑了笑，"今天打得不错，我还以为前段时间你那个状态到整个春季联赛结束了都缓不过来。"

"小心决赛的时候，我屠杀你！"章凡颜说狠话的样子在白飞这种老狐狸眼里如同小土狗亮乳牙。他拍了拍章凡颜的肩膀，笑着说："决赛是不是我上场还两说，阳阳可比我强。"

章凡颜瞪着大眼问："阳阳是谁？"

"修昊阳啊。"白飞理所应当地回道，"小圆啊。嗨，我最近不知道为什么，特别喜欢叫人大名，你没看我都章凡颜章凡颜地叫你吗？"

"哦，我一下没反应过来。"

章凡颜特别不理解为什么 VIVA 会养两个打野。众所周知国内缺好打野，白飞和修昊阳竟然能同时被圈在一个队上，也是神奇。比赛时两人谁状态好谁上，他本来替白飞不值，因为白飞这种级别的随便换个队都能当队霸。只可惜 VIVA 是白飞的老东家，他念旧情又是个乐观的人。白飞跟章凡颜说，VIVA 是他贡献了整个职业生涯的战队，这里承载了他所有的辉煌和失败，如果可以，他希望能在VIVA结束自己的职业生涯。

"那你还是上吧。"章凡颜嘟囔了一嘴，"你上了我们赢面还大点。"

"你就这么看不起我啊！"白飞戳章凡颜的头，"到时候养你们家打野的猪！"

"别我们家。"章凡颜拍开白飞的手，"谁啊，就我们家的了？！"

"行行行！你们队！你们队！"白飞耸肩，"意思又没多大区别。"

章凡颜心想，差得远了。

白飞好像才想起来LC的打野是苏哲，又说："你们家打野是玛丽苏，那我还是别上了，打不过。"

这回反倒是章凡颜说他："你是有多看不起自己啊！连区区一个玛丽苏都打不过，你干脆回家卖饼得了！"

"我就那么一说。"白飞解释，"不过玛丽苏确实强，这个赛季的IMBA(imblanced,指游戏人物强弱不平衡)版本都没难倒他。唉，也算野区大腿了。今天你们比赛，要不是他频频照顾下路，就你那脾气，估计打得不会那么顺。"

"行吧，行吧。"章凡颜并不打算跟白飞争论苏哲，"我抱大腿行了吧？"

"那你可得抱住了啊。"白飞说道，"好歹决赛见。你看全明星投票了吗？基本上前两名是稳了。"

"谁啊？"

"玛丽苏和他的前队友可心。只可惜NAS被我们送走了，可心那一场打得挺迷的，中间有一次团战就站在那儿生吃技能，不知道想什么呢。"

章凡颜忽然问："全明星什么时候来着？"

"五月份啊，反正没几天了。"

"哦……"章凡颜叹了口气，"反正跟我也没多大关系，投票这种事从来都轮不上我。"

白飞笑了一下："不也轮不上我吗？你懂的啦，投票这种事情都是看脸的啦。"

"我又不丑！"章凡颜反驳，"你当我跟你一样啊！"

"但是你看着太小了。"白飞比画了一下，"小姑娘们都喜欢玛丽苏那样的，能让她们幻想成韩剧欧巴（哥哥）的那种。你不行啊，站玛丽苏身边小他一圈，什么都没有。"

"那按你这么说，为什么可心能第二啊？"

"大概大家都喜欢看玛丽苏跟可心在一起吧。"白飞一脸"你懂的"的表情，"毕竟中野王道。"

"中野王道个什么啊！"章凡颜不屑，"也没见你和绝心情比金坚。"

"那是因为他和阳阳比较情比金坚，就像你和彭彭那么情比金坚一样。"白飞一边说一边比画。

章凡颜说道："什么彭彭阳阳啊，被你说得好像动物园。"

他俩正说话的时候，在旁边跟人聊完天的修昊阳溜达了回来，看他俩说得眉飞色舞的，问道："你俩聊什么呢？这么开心。"

白飞笑着回答："聊队友之间如何正确培养革命友情。"

"……"修昊阳扶额，"玛丽苏呢？怎么没见他人啊？也就常规赛见着他几次，这会儿一打完比赛就不知道闪哪儿去了。"

"你找他有事？"白飞四下张望了一下，"我给你找他啊。"

"没什么事，好不容易能碰上，聊聊啊。"修昊阳双手抄在口袋里，话是对白飞他们说的，眼睛却在四处找人。

章凡颜看着他俩这样特别来气，一个电竞玛丽苏到底哪儿来的那么大魅力，全明星投票第一是他，其他职业选手下了场第一个找的还是他？

这种 IMBA 的设定不科学啊！

事实上他们根本不用找，因为他们并不知道只要章凡颜消失一会儿，苏哲就会寻找各种理由脱离人群来找人，只可惜章凡颜自己也不知道为什么每次来叫自己走的是苏哲。

"哎哎哎！苏帅！"白飞看见苏哲的人影大喊了一声，方才说话间他们叫苏哲"玛丽苏"，但是当着面还真不敢这么叫，甚至连玩笑也不怎么开。

职业选手这一个圈子里的人相处起来都有固定的模式。同一个位置上的最怕比较，白飞倒是不怎么在意这些。自己队里就有一个天天被拿来比的，但他自己和修昊阳关系确实很好。至于苏哲，毕竟大家都喜欢强者。白飞也不例外，只是他觉得苏哲这人太难混熟，好像谁都能和他有点关系，但是谁的关系也没近到能撑脸。原来苏哲在 NAS 的时候，大家都觉得他和可心关系最好，毕竟赛场上的默契是靠生活中的点点滴滴培养起来的，结果他离开 NAS 的时候真是说走就走，据说连可心也被蒙在鼓里。

这人真是叫人猜不透。

"怎么了？"苏哲走了过来，站在章凡颜身边。

白飞觉得自己刚才跟章凡颜描述的画面出现了，章凡颜跟苏哲站在一起就是一小孩儿，怪不得女生都不爱他。

这并不能怪章凡颜，他其实不矮，普普通通的路人身高。只是苏哲一个特大高个，谁跟他站一起都自卑。章凡颜脸小白净，巴掌大，看着幼稚，要是戴个帽子一低头只能露个下巴颏，打比赛时还喜欢戴护目镜，遮得更严实了。

有时候人跟人的感觉不一样，大多还是气质上的原因。

苏帅就算一大早起来脸都没洗，打个直播女孩都会觉得他帅。而像章凡颜这种十几岁就出来打职业赛的，大家初见那会儿就认定了他是个小孩儿，即使过个几年年纪大点了，仍旧认定他是个小孩儿。

女孩儿喜欢章凡颜都是当儿子那种喜欢，喜欢苏哲是当老公那种喜欢。

这能赖谁？

"阳阳说找你。"白飞指了指修昊阳，苏哲顺着白飞的手指就看到了修昊阳。

修昊阳摆手："好久没看见你了，最近玩什么呢？"

"打野。"苏哲面瘫着一张脸回答。

"哎，你这人。"修昊阳站在墙边顺势一靠，无奈地说，"还真是耿直。"

苏哲笑了一下："我还能干吗？白天打训练赛晚上打排位，你们应该也不比我训练得少吧。"

"你现在都跟谁双排啊？"修昊阳问。

"他。"苏哲用下巴指了一下章凡颜。

"打野和 ADC 能排到一起？"不光修昊阳，白飞也有点纳闷。

"我有的时候打打辅助。"

白飞瞬间抬高了一条眉毛，难以置信地看着苏哲。苏哲打辅助的时候他们交过手，只是那都得追溯到上上个赛季了。他没想过这个人私下里还会跟章凡颜打下路，因为白飞早就看出来苏哲打辅助的时候哪个 ADC 都看不上。

他伸手在章凡颜的头上揉了揉："你真是有福了。"

"赶紧拿开你的手！"章凡颜挣扎，"啊啊啊，头发要掉了！"

可能是彭炀先带起来的，后来谁调戏章凡颜都要摸他的头。彭炀能摸是因为有特权，其他人一摸章凡颜准爆炸，可大家反而会更乐此不疲。

修昊阳觉得章凡颜这样特别搞笑，也伸手凑过去，两个人正好把章凡颜挤到了墙角，章凡颜都要暴走，白飞还一边笑一边说"你给我摸摸又不会死"！

"你们直接进决赛了？"苏哲忽然打岔，那两个人才停下来。苏哲伸手捞了一下章凡颜不让他靠着墙，怕蹭一身墙灰。章凡颜气哄哄地弄自己的头发，好长时间没剪过了，这下被人一揉，简直乱成了鸟窝。

"嗯。"白飞点了点头,"我说你们都不看别人比赛的吗?这还再问一遍。那你知不知道你们下一场和谁打啊?!"

苏哲想了想,回答:"RG 和 LKT 之间的胜者。不过无所谓,打谁都是赢。"

其余三个人异口同声地暗骂一句,苏哲狂得可以,这话要是让别人听到,大概又能被舆论带三个月节奏。

国内三大打野和一个 ADC 凑一起聊天自然吸引路人,只不过苏哲气场太强,愣是没一个人敢靠过来套近乎,女生们只敢远远看着发花痴,没人敢上来说话。

"那咱们决赛见了啊。"白飞笑着说,"你们磨合一个春季赛了,决赛该拿点真本事了吧。"

"呵呵。"章凡颜面瘫冷笑,小声嘀咕,"越磨合越差。"

只可惜苏哲听力也不差,他嘴角一抬,一只手搭在章凡颜的肩膀上,歪着头问章凡颜:"有吗?"

在整个春季赛的相处中,通常来说,只要见苏哲这么一笑,章凡颜保准虚了。他想挣脱苏哲的胳膊,可苏哲搂得紧,章凡颜愁眉苦脸地说:"你别压着我了!"

苏哲不以为意。

白飞和修昊阳以为苏哲只是逗小孩儿玩,外界一直盛传 LC 内部打野和 ADC 天天撕得鸡犬不宁,队内矛盾无法调节导致队伍后半程爆炸,流言闹得沸沸扬扬的,今天一看,也许都是子虚乌有的八卦新闻。

忽然一个女生喊了一下章凡颜的名字,章凡颜一回头,远处的李想在和自己招手。

章凡颜看了看苏哲,又看了看李想,赶紧甩开苏哲的手臂,朝李想跑过去。

"那女孩儿是谁啊?"白飞八卦地问,"章凡颜也有长大的时候?"

"不认识。"苏哲冷着一张脸回答,"可能是普通朋友吧。"

"哦,这样啊。"

正牌女友李想此时此刻并不知道自己被苏哲在背后安了一个"普通朋友"的名号。她好久没见着章凡颜了,一来是因为章凡颜没手机,二来是章凡颜最近确实是很忙。和一个职业选手谈恋爱注定付出的是寂寞,李想自己也懂,所以从来没要求过章凡颜什么。

只是他们之间的关系好像只是名义上的,着实不像真的在谈恋爱。

"你怎么来了?"

"我来看比赛的。"李想回答,"刚才看你们在那边聊了好久,我也不好过去找你。"

"嘿，你早说啊，我们就跟那儿瞎扯。"

"你什么时候回基地？"

"等老头做完采访。"

"嗯？"

章凡颜才意识过来李想不知道自己说的是谁："哦，就是我们美国中单。"

"不是美国队长吗？"李想笑道。

"都差不多啦！"

两人笑了一会儿，李想顿了一下，才说："你什么时候才能有空呢？我都没和你约会过……要春季赛打完吗？"

"这个……"章凡颜想了想，"要是我们能打到决赛，决赛之前安西都会放一天假的，我带你出去玩，好不好？"

"决赛啊？"李想有点犹豫，"这样不好吧……还是等都结束吧。"

"没多大差别。"

虽然李想有些忐忑，章凡颜还是自己做了这个主。

在 RG 和 LKT 的比赛中，LKT 决胜局拿到一分胜出。

在准备和 LKT 的比赛的时间里，章凡颜几乎是连轴转。他心里明白其实并不是技术上的问题，关键是他的心态总调整不好，并且容易急躁。苏哲不知道发什么神经，这几天顶着一张闭关的脸，天天闷头训练，还总是玩歪的邪的，弄得章凡颜更觉得虚。

他这一虚，就虚到了比赛当天，然后又虚给对方两分。

事态到了有些严重的地步，目前和 LKT 的比分是零比二，LKT 拿到赛点，如果下一局 LC 再输，那真就输到太平洋去了。休息室里一阵静默，大家都各自调整心情懒得说话。

章凡颜沙包一样挂在彭炀身上，彭炀拍着他的背说："没事。"

苏哲低着头跷着二郎腿坐在一边，没什么表情，不知道在想什么。

等再上场进入 BP 的时候，苏哲想都没想拿了盲僧。

"哎哟……"张思卿叹了口气，"稳不稳啊？"

盲僧并不是当前版本打野最好的选择，可苏哲喜欢选："稳。"

"决胜局了你别玩了行不行啊？"连章凡颜都有点看不过去了，"挖掘机什么的没 ban 就是给你留着的啊，你怎么不拿啊？"

"你不信我？"苏哲话音刚落就点了确定键，想反悔都不行了，"你听没听过盲僧是打野最后的尊严？"

"这是你自己说的吧。"章凡颜暗暗地说。

因为是 LKT 的赛点，所以 LKT 打得格外稳，LC 一度被打到了劣势。就在比赛焦灼得不行的时候，苏哲在小龙坑处果断 R 闪踢人开团，打了一波团灭逆转了节奏，扳回一城。

此后 LC 一鼓作气，第五局尾声 LC 拆水晶的时候，章凡颜开心地大喊："让二追三了！"

"Nice！"一向稳健的高程也忍不住欢呼了出来。

伴随着观众席的呐喊，LC 最终以三比二的成绩成功从败者组突出重围进入决赛，而这场比赛的 MVP 苏哲当之无愧。

明天就是和 VIVA 的决赛了，胜者组自带一分，意味着 LC 与 VIVA 将以一比零开始。虽然今天的比赛赢了，可是大家都知道赢得并不轻松。VIVA 春季赛在联赛中更是呈现统治地位，他们对明天对方的状态并没有太多猜测，只有自己尽力而已。

晚上十一点大家就结束了训练，毕竟第二天决赛，还是要好好休息，事已至此，多练几个小时也不可能影响局势。

大家陆陆续续地离开了训练室，苏哲叫住了章凡颜。

等人走光了，章凡颜问道："干吗？"

"这个给你。"苏哲从抽屉里拿出来一个盒子，"今天上午到的，不过你那会儿没起来，下午又有比赛，我就给忘了。"

章凡颜看着他手里的盒子，是前几天苏哲给自己买的手机。

"哦。"章凡颜默默地接了过来。

他俩谁也不知道该说点什么，只能互相静默，苏哲低声说："明天好好打。"

"好好打就能赢吗？"章凡颜反问。

"你想赢吗？"

"废话！"

苏哲微微欠身，指着自己说："章凡颜，你说句好话求求我，明天我就带你飞。"

"滚蛋！"章凡颜骂道，"你是不是疯了？！"

九、
春季赛的最后一战

英雄联盟职业联赛春季总决赛。

现场早已爆满，前台闹哄哄的，后台两支队伍在做着最后的部署。章凡颜双手抄在口袋里原地跳了两下，晃了晃头，想放松一下自己。说不紧张那都是假的。即使他打过那么多比赛见过那么多阵仗，该紧张还是得紧张。

安西习惯性地拍了拍手："今天是最后一天了，大家放轻松打吧，不论结果是好是坏。"

决赛的程序与平日比赛没有太大区别，先是解说噼里啪啦的一顿开场白把观众情绪调动起来，然后是选手介绍。

今天VIVA第一局打野上的是小圆，也就是修昊阳。安西之前针对两个打野做过不同的战术和BP安排，所以这对于LC来说并不算太意外。

镜头扫过苏哲，他阴了半个赛季的脸到决赛也没改变，看都不看摄像机。导播是个会玩的，苏哲不看镜头，他也不挪开，直到解说和观众都开始起哄了，苏哲才收起了面瘫表情，对着摄像机笑了一下。

他嘴角带钩，笑的时候格外好看温柔，台下的女观众一阵欢呼尖叫，解说调侃说："LC的队服是红黑色，《灌篮高手》中湘北队的队服也是红黑色，可是你们见没见过流川枫笑啊？"另外一个解说笑道："苏帅又不是冰山。"

总之他们的结论是，苏哲为了LC今天的比赛也是拼了。

闲扯没几句，比赛正式开始。

LC vs VIVA 第一局，LC红色方，VIVA蓝色方。

因为VIVA自带一分，又是起手BP，所以比赛开始时双方处于一个求稳的境地。游戏角色阵容都选得无功无过。对线换线也毫无亮点，线上双方打了个五五开，大家都捞不到好处。

VIVA这么打没什么问题，LC就怕稳着稳着就稳输了，只要输一局VIVA就能直接拿到赛点，还玩什么？可惜苏哲着实也没太好的办法。修昊阳蹲人反蹲都很及时到位，苏哲抓不到很好的时机。这种比赛每一个点都很关键，不gank还能发育，要是gank的时机抓得不好被反打一波，极有可能是要带团全灭的。

彭炀一看赛场局势就把章凡颜扔线上了，跟着苏哲做视野。

对方辅助也不见了，只剩下章凡颜和绝心线上1V1。

男枪打飞机，两边儿对着死亡轰炸。

"你往前压。"苏哲说道，"没事，我在。"

他从河道绕了一下，大概确定了一下其他人的位置，上单没传送，他堂而皇之地钻到了对手一塔后面的草丛里。别人压线要担心打野是不是在，但章凡颜压线太考验对方心理，因为通常打野不在，他也会强行压线。绝心有点纠结，以章凡颜现在的血量，如果没有打野来帮，那肯定能被自己收了的，不过稳妥起见，他最终决定塔下收兵。

"越塔。"苏哲话还没说完手里的EQ就丢出去了，皇子从草丛中飞出来穿过绝心的身体顺便抗塔，绝心感觉自己走不了，准备塔下走位去换章凡颜。

"啊！"章凡颜的屏幕瞬间变黑白，他被绝心临死前最后一下普攻收了，"我的我的。"

他刚没算好塔的伤害，自己多抗了一下塔，本来这波他和苏哲都可以全身而退的。

"不影响。"张思卿离开中路去游走，"复活之后把线上的兵收了。"

这波越塔一下影响了整体节奏，双方加快了进程，最终大龙处LC打了一波完美团战，推掉了VIVA的高地，拿下了宝贵的一分。

双方一比一回到相同的起点。

休息室里，大家都挺安静的，他们几个人越是到这种时候就越懒得说话。只有安西一个人反复强调下局要注意的问题，他们只需听着便好。

章凡颜一直习惯性地靠在彭炀身上，彭炀握了握他的手，感觉有点抖，问道："你怎么了？"

"我？"章凡颜抬头看他，"没什么。"

"那你手抖什么？"

"我那波越塔是不是挺蠢的？"

"那个啊。"彭炀笑了笑，"只要赢了就无所谓啊，别让一点点失误影响自己。"

回到赛场上开始第二局，双方互换位置。

如果说上一局还有点见面礼的意思，这一局VIVA瞬间恢复了凶狠的本性。不过苏哲发挥更加出色，节奏带得飞起，杀人、拿塔、反野，一气呵成，前二十分钟奠定了巨大优势。VIVA也是苦守高地，但最终不敌LC猛烈的进攻，败下阵来。

比分二比一，LC率先拿到赛点。

第三局换成LC稳着打了，拿到赛点的队伍其实压力根本不会比对方小，双方都是一念之差千里之分。苏哲前期节奏很顺，LC有个不大不小的优势，游戏进行到中期的时候，LC装备领先，英雄优势也打到临界点，本来应该是找机会开团打一波的，可VIVA只带线不打团，LC想打架可没地方打，生生地被拖过了优势期。

就在他们满地图刷的时候，VIVA又十分阴险地偷大龙。苏哲意识到的时候龙血已丢过半，其他人还没有赶到，他一个人在龙圈外晃荡寻找机会。

"抢不了，算了。"张思卿说，"算了算了，大龙让了。"

"我试试。"苏哲回答，"锤石给我灯笼。"

"好。"

彭炀率先赶到，苏哲心里计算了一下时间，EQ突进龙圈。但他没想到VIVA五个人步调异常一致，围上来把彭炀的灯笼踩住不让他点。苏哲当即反应过来坏事了，手一滑就按了闪现。结果闪现撞墙，他直接被秒。

苏哲眉毛皱了起来，顿时一张臭脸。

同样的龙坑不同的味道，原来他在坑里风光过无数次，现在全还了回去。

连导播都特别有眼色地把镜头切给了他。

修昊阳把苏哲的人头揣在腰带上，打完大龙带着队友出来开战。因为LC少个人，团战结果可想而知，本来的优势瞬间不复存在，一波团战溃败，VIVA再拿到一分，把LC活生生地拖到了决胜局。

安西知道此时此刻队员们的心情一定很压抑，顺风被翻盘比什么都糟糕。在休息室里他干脆不说别的了，开了开玩笑想缓解一下大家的心情。

大家能理解教练的意思，只是到这份儿上了，谁也没心情开玩笑。

章凡颜已经坐不住了，在休息室里来回踱步。苏哲看他一圈一圈走得心烦，伸手压着他的头把人定在了原地。

章凡颜叫唤："你别碰我！"

"你老实待着。"

"你管我啊！"章凡颜嚷了一声，"要不是你闲得没事干去抢龙，这会儿说不定我们都举奖杯了！"他刚说完就意识到说错话了，大家看智障一样盯着他。章凡颜愣了一下，抿了一下嘴不再言语。

"你瞎说什么呢？"彭炀厉声道，"过来坐着！"

章凡颜低着头不说话，缩在彭炀身边，偷瞄了苏哲一下。苏哲倒没什么反应，表情变都没变。张思卿张嘴开始转移话题，大家只当刚才什么都没发生。

章凡颜十分后悔，苏哲一伸手压他，他就嘴上没个把门地开始吐槽。现在这种时候最忌讳队友之间互相挑刺甩锅，要是苏哲因为这个下一局心态有点什么变化把比赛带崩了，他大概只能一死以谢天下了。

好在没有太多时间给他后悔，没一会儿双方上场进行最后的对决。

不过跟之前三局不一样，最后一局对面的打野换成了白飞。

LC vs VIVA 第四局，LC 蓝色方，VIVA 红色方。

LC 分别 ban 掉了狐狸、泽拉斯、复仇之矛。

VIVA 随后 ban 掉了小鱼人、锤石和挖掘机。

高程首先拿到了兰博。

VIVA 上单和中单那边把剩下的英雄过了一遍，选定了露露和猪女。

"猪女能上场了？"高程问了一声。

苏哲点头："rank 里最近又火了起来，看打野对英雄的理解吧。"

Pick 画面跳到 LC 这边，张思卿说："他们露露肯定打中路的，我要上我的黑科技了。"

"呃，不是吧。"高程扶额。

安西拍了下张思卿的肩膀："不要拿卡特！"

于是 LC 锁了豹女和乐芙兰。VIVA 那边犹豫了一下，选定了 EZ 和凯南。

"凯南上单？"画面回到 LC，章凡颜看着对面的阵容，"露露中单，小黄毛 AD，拿男枪吧？"安西点了点头。

彭炀说："你们真的确定对面是打这个位置？要是 EZ 中单呢？"

"露露必然是中单，辣椒根本不会玩露露上单好吗？"张思卿说道。

彭炀想了一下，最终拿了日女。而 VIVA 最后一选拿了纳尔。

章凡颜骂了一句："凯南辅助。"

张思卿说："以不变应万变，正常打。"

两队最终选定之后，大屏幕上出现了对阵画面。

LC：TOP-LichK（机械公敌）、JUG-Wind（狂野女猎手）、MID-MissU（诡术妖姬）、ADC-Living（法外狂徒）、SUP-Peng（曙光女神）。

VIVA：TOP-Pepper（迷失之牙）、JUG-Gofly（凛冬之怒）、MID-JX（仙灵女巫）、ADC-Sum（探险家）、SUP-Leaf（狂暴之心）。

苏哲拿到豹女时不怎么喜欢上线，通常是从线上路过一下，暗示对面"我就在这附近你别随便上"，随后又一头扎进野区里刷野。

反倒是 VIVA 的电耗子基本不怎么跟 EZ 混，满场游走，配合打野抓到了刚拿完 buff 的苏哲。苏哲双招全交，外加位置比较尴尬，队友没法儿支援过来，只能送出一血外加 buff。他倒也不着急，淡定地在对话框里记录时间点，一句话也没说。

因为这样一个一血，白飞刷刀超过了苏哲，装备也渐渐拉开了一些，苏哲到后来感觉他扔个两枪在猪女身上时都没有暴击的快感了。

比赛进行到二十分钟，VIVA 领先四千。

LC 经济落后，不过好在经济大部分都集中在章凡颜身上，C 位的发育还算不错。

"尽量不要打团。"张思卿说道，"秒不掉 EZ 团不好打。"

"这个真秒不了。"彭炀说，"前排一堆肉还带保护，难打。"

章凡颜说："我去收线。"他能确定对方大概位置，所以才会坦然地去收线。把兵线带到对方上路二塔的时候，章凡颜对着防御塔平 A 了两下想把盾打掉。

结果这一平 A 耽误了两秒，竟出了大事。他被从角落里冒出来的电耗子闪现大招晕在了原地，随后纳尔传送上线收掉了章凡颜，拿到一个终结。

"我身上叠了三层晕。"章凡颜有点急躁地敲键盘，"这个凯南符文带的减 CD 吧，他大招太快了！"

就在章凡颜死的时候，小龙却恰好刷新，LC 根本开不起团来，只能让掉。

劣势渐渐变大。

苏哲切了一下计分板，万万没想到一个辅助 carry 全场。这种局对方打顺了就怎么着都好打，同理自己这边的妖姬，要是打不顺，怎么着都难。张思卿手上捏着技能，只能是趁着开团进去对 EZ 来一套，极有可能有去无回。就在他们补发育拖节奏的时候，大龙刷新。

VIVA 想在大龙处定输赢，高程问："这波打不打？"

张思卿 TAB 了一下，坚决地说："这波打，再不打就没得打了，输了我背锅。"

VIVA 将大龙打到了半血，LC 众人赶到，场面变得有点似曾相识。苏哲手指屈了一下，目不转睛地看着大龙的血量。白飞看对面人都到了，指挥队友先拿龙再打架，正当他准备惩戒的时候，彭炀一个大招砸进去，苏哲想都没想就跳进去先手按了惩戒。

大龙伤害吐得满地都是，白飞一看龙被抢了，必然不能忍，直接配合 EZ 秒了苏哲。他出装够肉，顶在前面都切不动，又碰巧纳尔变大。本来抢龙能逆转局势的 LC 因为撤退不够及时，被反打了一波团灭！

当时章凡颜脑子里只有一个念头——GG。

完了。

VIVA 推上高地拆门牙的时候，LC 还在做最后抵抗，但已无力回天。

VIVA 身后的屏幕显示出"胜利"字样，全场爆发欢呼声，本赛季春季赛最终的冠军产生。

章凡颜摘下耳机、眼镜，靠在椅子上揉着太阳穴。

后面的颁奖他没太在意，一个人去洗手间洗脸，其他几个人也不知道跑哪儿去了，大家此刻心情都有些沮丧，可意外的是，章凡颜自己却很平静。要不他早该哭了。

四局比赛下来，该做的做了，但失误确实是失误，他看着胜利属于别人，脑子里空空如也。好多画面断断续续地出现在脑海中，从自己开始打职业赛到昨天晚上苏哲跟他说的话，他觉得有些恍惚。

以前赢了会开心，输了会难过，可是这一秒，他只觉得无力。

这赛季太难太难了。章凡颜揉了揉眼睛，因为顶光，镜子里的自己看着有些可怕。水顺着发梢往下滴，再沿着脸颊流下来。镜中人的轮廓，跟两年前的少年开始重影。然后他笑了一下，只觉得比哭还难看。

"喂！"

章凡颜猛地回头，看见苏哲双手抄兜倚在门边。他微微颔首，没什么表情。章凡颜愣了一下，擦了擦脸，从他身边经过，低声说："我没事，走吧。"

苏哲一转身拽住了章凡颜："你要是觉得恨就说出来。"

"我自己都打得不好，我该恨什么？"章凡颜疲惫地笑了一下，"我不知道是不是因为从一开始就觉得自己打不过了，输了好像也没特别伤心。我觉得是自己的态度有问题，我想赢，可是不知道该怎么赢。"

苏哲沉默了一下道："对不起。"

"对不起什么？大家都尽力了。"

"也许我最后一局应该拿别的，是我太自信了。"

"安西说，比赛不是一个人的责任。"章凡颜叹了口气要往外走。

"以后还会有很多能赢的比赛。"苏哲说，"不会这样了。"

章凡颜看了他一眼，没说话就走了。苏哲在后面跟着，一直到回了基地，两人也没说上一句话。

基地的煮饭阿姨为大家特别准备了夜宵，阿琛说："春季赛已经结束了，所有的不开心就留在原地吧，后面还有夏季赛，还有很多个版本，夏天才是重头戏。"然后还开玩笑地说，"我们春季赛的目标不是保级吗？现在拿到第二名，已经超出计划很多了。"大家毕竟久经沙场了，刚下场的那刻确实失落，回来后都缓和得差不多了。

阿琛又说："接下来我们有一个月的假期，俱乐部准备了团队活动，带大家去旅行，辛苦了一个春季赛，也该出去走走散散心了。"

"所以我们要去哪儿？什么时候啊？"张思卿问。

"海南。"阿琛回答，"大概五月份吧。"

"五月份？"高程反映，"五月不是有全明星赛吗？"

"所以呢？"

张思卿说："所以，苏帅大大是票选第一名，要去美国打全明星赛啊。"

"那别带他啊。"章凡颜说道。章凡颜说出这句话的时候，所有人都看了过来，眼神里写满了"你牛你竟然说这句话"，而苏哲的眼神只是冷淡，没什么多余的内容。

"呃……"章凡颜努了下嘴，小声说，"当我什么都没说，你们决定吧。"

"没关系，全明星赛反正只有那么三天，能错开的。"阿琛打圆场。

"嗯，没关系。"苏哲点了下头，不知道这句"没关系"是指哪件事。

"对了。"阿琛说道，"从现在开始大家可以进入休假状态了，五月二十二号夏季赛开赛，我们度假回来就要进入赛前训练了。你们在此之前要回家的、要约会的，不管要干吗的都把事干了啊，待在基地时假期取消门禁，就这样。"

几个人吃完夜宵就散了，不过基本还是都在训练室里待着，看看电影上上网，好不容易有属于自己的时间，游戏暂时是不想玩了。

章凡颜的手机卡是阿琛帮忙弄好的，此时他坐在自己的位置上摆弄新手机，换好卡一开机，瞬间涌现出一堆消息记录。

大概找他的人都觉得，章凡颜已经从这个世界上消失了吧。

消息里面最多的是李想的。

章凡颜这才记起来，他答应了李想放假要陪她的。于是，他拿着手机出了门。

章凡颜出门打了个电话，回来之后洗了澡就躺了。他在电话里约了李想明天见面，基地离市区有段距离，他得早起才赶得上。

第二天中午吃饭的时候，全基地的人除了章凡颜之外都在。苏哲扫了一圈，问："章凡颜呢？"

彭炀反应了一下："啊？一大早就出去了。"

"干吗去了？"

"约会吧。"彭炀耸了下肩，"我记得昨天晚上听他说来着，具体要做什么不知道。"

张思卿淫荡地笑了笑："约会还能干什么？咱们现在没有门禁，看他晚上回不回来吧。"

高程扶额:"章小烦还是个孩子啊,你竟然这样揣测他,你真是污得可以。"

"你才别闹了。"张思卿很是不屑,"章小烦都十八了,不小了。你还当他是天天看《猫和老鼠》的年纪啊?你也不想想你十八的时候在干什么。"

"我十八的时候还在青铜坑里挨喷。"高程回答得很坦然。

张思卿竖起了拇指:"你牛。"

苏哲吃过饭一直窝在训练室里打游戏,时间越晚,苏哲就越烦,彭炀光从他身边路过一下都能感受到一种莫名的杀气。其他人都不在,他只怕苏哲走火入魔了,于是拍了拍苏哲的肩膀,随便找了个话题:"你还会玩中单啊?"

"嗯。"苏哲只哼了一声,压根都没正经搭理彭炀。

"苏帅,你全明星赛准备得怎么样了?"

"没准备。"

屏幕上显示"胜利"字样,然后跳到统计画面,彭炀瞅了一眼,14-1-8 的数据,就算是职业中单也差不多就这样了,简直不给 AD 活路。

"你跟可心也是老搭档了,应该不用准备太多吧。"

苏哲转过身来看了看彭炀,沉默了一下,小声说了一句:"我懒得打全明星。"

"什么?"彭炀有点吃惊,"不知多少人想打都没资格。"

苏哲歪了下头,没有回答。过了一会儿,他忽然问:"章凡颜今儿晚上回来吗?"

"他没跟我说,你找他有事?"

"他欠我东西没还。"

"什么啊?"彭炀好奇地问,"设备还是什么?"

"他……"苏哲胡诌了个理由,"他欠我个彩虹马。"

"哦。"彭炀笑了笑,"那你等着吧,他欠我五杀琴女至少欠了半年,最近说给我买电玩,琴女不知道又得到什么时候了。"

"那你为什么不自己买?"

"那你为什么不自己买?"彭炀用同样的句子反问苏哲。

苏哲当即感觉,人畜无害小绵羊一般的彭炀其实是个很阴的人。

不过彭炀迅速转移了话题,打了个哈欠说:"困了。"就上楼睡觉了。苏哲全无困意,也懒得打 rank,就蹲在训练室里看视频。其间电脑右下角的 QQ 图标闪了半天,苏哲一扫是各种人问自己放假了打算去哪儿、打算干吗、全明星赛准备得怎么样了、什么时候走,他通通屏蔽了。特别意外的是,他的大忙人老妈发微信问他假期回不回来。

苏哲回复了老妈一句:"放假在魔都待着不回京市了。"

老妈问他:"是有什么事吗?"

苏哲说:"您就别管了。"

老妈继续说:"在那边一个人要注意身体,不要总熬夜,不想打了就赶紧回来读书再找个女朋友。"

苏哲无奈地对着手机叹了口气,说:"我自己有谱儿。"然后他顺手屏蔽了老娘。

傍晚章凡颜抵达了李想的学校,那会儿李想还没下课,章凡颜在教室门口等她。

他压了一下帽檐,百无聊赖地靠着走廊的窗台,看着窗外开败了的桃花发呆。下课铃响起,章凡颜这才回神,扭头看见李想在朝自己招手。

"我不是告诉你几点下课了吗?等了多久?"李想笑嘻嘻地问。

"我待在基地里也没事干,就提前出来了,你们学校挺大的。"

"反正得走会儿。"李想很自然地挽起了章凡颜的胳膊。

章凡颜下意识地往回抽了一下,只有那么一下,李想还是注意到了,问道:"怎么了?"

"没什么。"章凡颜抱歉地笑了一下,"我……我不习惯……"

"哦,这样啊。"李想讪讪地收回了手背在身后,"你饿不饿啊,我们要不要去吃饭?你喜欢吃什么?"

章凡颜想了想,说:"你带我去你们学校食堂吧,我都不知道在学校里吃饭是什么感觉的。"

李想扑哧笑了出来:"还好我们学校的食堂不算难吃。只不过你得小心点,万一被人认出来可说不清楚。"

"谁会认识我?"章凡颜很纳闷。

"当然有大把的人啊,学校里玩 LOL 的人那么多,自然会有知道你的啊!你以为自己是个无名小卒吗?"

"我以为只有苏……"那个名字还没说完,章凡颜就自动闭嘴了。

李想大概猜到了他的意思:"苏帅是很有名啊,那么个大帅哥即使是个路人,大家也要多看两眼吧,更何况还是个电竞明星。"

"这么说你也喜欢他咯?"章凡颜问道。

"不是啊。"李想摇了摇头,"我其实有点……害怕他。"

"你又不认识他。"

"你记不记得春季赛时,我有时候到后台去找你?"李想说,"我觉得他好像很讨厌我的样子。"

"他对谁都那样。"章凡颜说这话的时候自己都虚。

两人走了一会儿才到食堂，正好遇上学生下课。食堂里人有点多，李想拉着章凡颜排队："想吃什么？"

章凡颜顺嘴回答："香芋扣排骨。"

李想笑道："我们这儿可没这个，算了，等排到的时候你看吧。"

排在他们前面的是一个个子很高的男生，章凡颜习惯性地踮了下脚，前面的男生回头，俩人正好四目相对。那个男生辨认了一下，指着章凡颜说："你是不是烦神？！"

"我？"章凡颜一愣，不知道该怎么回答。

"真是烦神啊！"男生拍了下章凡颜的肩膀，"没想到能在学校里碰见你！来我们学校找人？烦神，能给我签个名吗？"

"哦，好。"

那个男生直接把他拉出了队伍，李想跟在后面，然后不知道哪儿又来了一群男生把章凡颜给围住了。每个赛季章凡颜除了打比赛以外压根不怎么出门，大庭广众之下被一群人给围了，着实有点应付不来，至少平时还有队友啊！

一群男生吵吵闹闹地说要请章凡颜吃饭，章凡颜不知道怎么拒绝，干脆拉着李想一起去了。别人认识他，他不认识别人。不过好在几个男生一直在问游戏方面的问题，章凡颜聊起游戏话题肯定不会冷场。那些男生只差拉着他去网吧里实战一局了。

等吃完一顿饭，章凡颜只能借口说基地有门禁得回去了，上了车之后才给李想发信息，说："没想到今天有这么个插曲，都没能单独陪你吃个饭。"

李想说："没关系，自己习惯了。"

看到那几个字的时候，章凡颜不清楚心里是什么滋味，有些愧疚，但也无可奈何。

或者苏哲说得没错，他没办法……

章凡颜拍了拍自己的脸，想停止自己的想法。

回到基地的时候，张思卿和高程都已经放假回家了，苏哲说他不回京市，彭炀也不着急回家。才隔了一天而已，基地里就剩下他们仨了，连煮饭阿姨都放假了。

章凡颜回去时，苏哲正和彭炀吃饭。彭炀见他回来了，招呼道："你今天回来得够早的啊，吃饭了吗？"

"吃过了。"

"要不要再吃点？"彭炀指了指桌子，"今天苏帅心情好亲自下厨啊。"

章凡颜看了看坐在一边的苏哲，摇了摇头，就上楼了。

苏哲下厨房其实并非心情好，只是煮饭阿姨不在。彭炀虽然看着"人妻"，但是做饭只会煮面。苏哲又实在不喜欢吃外卖，嘴还挑，只能亲自操刀，好在就两个人，怎么着做都不会太复杂。

"我怎么觉得这两天小烦都不太精神？"彭炀回到座位上自己嘀咕。

"你天天跟他睡一起，难道不应该最清楚吗？"苏哲回答。

"他又不见得什么都跟我说。"彭炀笑了笑，"可能青春期的小孩儿都这样吧，神神秘秘的。"

"可能真在谈恋爱。"苏哲若有似无地说。

"不像。"彭炀回忆了一下，说，"我记得之前是有个姑娘来着，就是老来看咱们比赛的那个，我觉得那个还有点谱儿。不过……没怎么听小烦提过。"

苏哲一只手支着下巴，说："那他提谁多？"

"大概是你吧。"彭炀说，"他那个骂骂咧咧的性格你也知道，只看得见自己眼前一点东西，不爽了就开始骂。当初我确实挺担心你俩的关系弄得太僵搞得全队爆炸，不过好像也没那么严重。"

"我一直觉得能和你当队友，怎么说都是件挺幸运的事。小烦原来说的话，你也别放在心上。你比他强，他自然就会听你的了。"

"这就是为什么你能和他安稳打这么久下路的原因？"

"不全是吧。"彭炀解释，"有的人不喜欢他，是因为他嘴确实不干净，打个排位都能跟人骂起来，不过那其实是因为他把输赢看得太重。接触了这么久你也明白吧，他其实就是个笨蛋。"彭炀一边说一边用手比画了一下，"说好听点是太单纯，小孩儿心思。你对他好点，他就美得跟什么一样，渐渐地会对你产生依赖。跟他打这么久下路，我能看出来只要对面不跟他争不跟他抢，他都不会太刻意去压人。但凡是刚正面的，他就喜欢和人家对着刚，说白了，他的得失心太重。"

苏哲哼了一下："是吗？"

"嗯哼。"彭炀用筷子指了指苏哲，"而你压根就没得失心，所以可能你们会比较互补吧。虽然一个AD一个打野理论上并不存在什么互动关系，但那是在比赛里面，实际上你们要是能成为朋友也不错，你说是吧？"

"但愿吧。"苏哲说话的时候，眼神不自觉地朝楼上看了一眼。

章凡颜躺床上听歌，没一会儿张思卿给他微信发来消息。

"你小子行啊!"

"怎么了?"

张思卿发了条语音过来,章凡颜点开就是他那特别八卦的声音:"烦神厉害啊,刚才我无聊刷了刷贴吧,原来你今天还微服私访了啊,怎么着,会女朋友去了?哎哟喂,烦神终于长大了,我很欣慰。"

章凡颜无奈地说:"你有完没完?"

张思卿说:"难道你没从我的语气中听出来羡慕嫉妒恨吗?"

"我只听出来智障了。"章凡颜还附赠了个"再见"的表情。

"怎么着,一血拿了没,高地上了没?"

"你无聊不无聊!"

"我必然是无聊啊!"

章凡颜隔着屏幕都能脑补出张思卿的嬉皮笑脸样,反正跟那个人斗嘴谁都赢不了,章凡颜索性不搭理他了,把手机扔一边儿自己躺床上发呆。从快节奏的比赛中挣脱出来之后,章凡颜一个网瘾少年忽然变得喜欢发呆了,这样他就可以不必想很多事情。彭炀大概在楼下上网,他自己待着挺没劲的,但是,他也不想看见苏哲,因为一看见苏哲就觉得各种麻烦事铺天盖地地飞来。章凡颜揉了揉太阳穴,拿起手机翻自己之前收藏的电影目录,然后选定了一部片子开始看——《爆裂鼓手》。

不过他也看不懂电影的深层含义,直到看完都觉得是一部单纯的励志片。他觉得男主角的生活跟自己所接触的圈子里的每一个人都很像,为了所谓的什么理想或者梦想之类的东西日复一日地练习,承受身体和精神上的压力,甚至不得已放弃很多东西。成功之日万众瞩目,但背后是不断的崩溃和失落,甚至自己会把自己折磨疯掉。

特别是当男主角在一个小餐馆里跟交往不久的女朋友提分手的时候,那一段对白看得章凡颜有些愣。

"我会一直追求我所追求的,所以在练鼓上花的时间会越来越多,能陪你的时间只会越来越少。当我陪你的时候满脑子全是练鼓、爵士和乐谱,所以你迟早会讨厌我,之后你会抱怨让我腾出更多时间来陪你,因为你会越来越没有安全感。但我做不到,而且只要你开始说'少打点鼓',我就会开始讨厌你,再然后只能彼此厌恶了,所以长痛不如短痛……因为我想变得更优秀,我想成为最伟大之一,有你我就成不了。"

这个片段让他一瞬间想到了李想,似乎两个人只是名义上在一起。章凡颜一直在打比赛,几乎没有时间去见李想,更从没陪过她。而没比赛的日子,他通常窝在训练室里没日没夜地打 rank,一切通信设备都变成了摆设。可能刚和李想说几句话,游戏却开始了，他就会彻底忘了还有这号人的存在。他也不知道单独面对李想的时候要聊什么。

章凡颜对自己疏于经营这段感情而抱歉。他按照电影里男主角的逻辑思考了一下，如果李想跟自己说"少玩点游戏"，他会怎么想？

他肯定会觉得反感，因为不加倍练习怎么能赢别人？

幸运的是，李想说的是"没关系，习惯了"。

打季后赛时，章凡颜一度觉得压力太大，李想会安慰他，但这好像并非是他想要的。那天苏哲嘲讽地说："找个女孩能干吗？她们只能坐在台下，看着你哭或者看着你笑，可是最终能陪你站上领奖台的人是……"

章凡颜习惯性地揉太阳穴，苏哲说的是他们。

所有的事情好像从一开始就是一团乱麻，本来就是怎么都说不清，还被自己带得更乱了，或许不应该这样？章凡颜看着手机屏幕上画面定格的内容，女孩儿颤抖地问："你不可能有空陪我，因为你有更远大的追求，是吗？"男主角坚定地回答："是的。"

章凡颜把手机扣在床上长长地叹了口气。他并没有"成为最伟大之一"这种目标，但是希望能走得更远。

如果他们能拿世界冠军就好了，哪怕一次也好。

心里揣着事的章凡颜变得有些没精打采的。他依旧每日去找李想，但最终两人往往是对着彼此沉默。苏哲的生活作息一下子恢复得特别健康，他每天晚上十二点之前准时睡觉，第二天早上早起跑步，回来之后无聊就跟彭炀双排玩游戏，辅野双游不要太爽。

俱乐部管理给LC战队所有人发了通知，出游计划定在五月初，十天左右。回来他们差不多就要开始夏季赛的训练了，满打满算苏哲是赶不上趟了。悲剧的是，去美国的签证以及乱七八糟的各种手续办得异常顺利。苏哲要是早知道有这么一出，恨不得当时写自己压根没收入、没工作、没学历、没房、没车什么都没有。

日子就这么晃着，晃得人有点发慌。

苏哲纠结去不去全明星赛，但只要他说不想打，方池就会跟他哀怨半天，搞得他十分烦。章凡颜纠结的事情就更多了，多到能排到外太空去，他第一次无比怀念打比赛的日子，那种每天一睁眼就开始玩游戏，一玩玩到睡觉的生活多简单。

直到四月的最后一天，李想跟章凡颜说，明天学校放劳动节假，她就得回家了，希望章凡颜出来陪自己吃个饭。章凡颜很爽快地答应了。

吃饭的时候，李想拿着菜单说："这家店有你最爱吃的香芋扣排骨。"

章凡颜一下没反应过来，而后"嗯"了一声。

不一会儿菜上齐了，李想给章凡颜碗里夹了一块排骨："你最近怎么都一副不开心的样子？发生什么了吗？"

"没有啊。"

"是吗？"李想歪了一下头，装作开玩笑地说，"你是不是喜欢上别人了？你要是喜欢别人了，要尽早告诉我啊。"

"没有。"章凡颜摇头，并不敢看李想的笑容。

"其实，我大概能感觉到……"李想看了看窗外，目光又放回章凡颜身上，"你并没有多喜欢我，我不知道你当初为什么会答应我，不过现在看来……也许我只要远远地喜欢你就好了。"

章凡颜一脸迷茫地看着李想。

李想继续说："女生都喜欢有人陪，我不是抱怨什么。我知道你很忙、比赛压力很大……如果能让我感觉到你有一点点喜欢我，我都是可以坚持的。我想尽力做好，但可能你有更想去追求的东西吧。"

这一幕有点似曾相识，仿佛电影里的片段在现实重现，只是男女主角交换了立场。

章凡颜不知道该说什么好，只能保持沉默。

"这个年纪的女生通常都比男生敏感。"李想忽然笑了一下，"大概有比我更喜欢你的人存在吧。"

"不……不是的！"章凡颜用力摇头，紧张得有点结巴，"不是你想的那样。"

"我想的哪样？"

章凡颜简直想以头抢地。

"没关系的。我之前说过，希望自己喜欢的人能快乐，但是你跟我在一起的时候大多闷闷不乐。"李想顿了一下，"我觉得我们之间的关系说分手怪怪的，嗯……我们做回朋友吧，或者让我当回一个普通的小粉丝。"

章凡颜低着头，面对这种事情，反倒没有女孩子轻松大方，大概真是他耽误了人家太多的时间。沉默了一阵之后，章凡颜微微地点了下头，低声说："对不起。"

李想笑了笑，拍了下章凡颜的肩膀："那身为朋友你能不能告诉我，那个人是谁？"

章凡颜摇了摇头。

李想没有继续追问，轻松地转移了话题。章凡颜一顿饭吃得五味杂陈，可心底里有种莫名的解脱感。回到基地他才发现没带钥匙，给他开门的是彭炀。两个人往里走的时候，彭炀问他："你明天还出去吗？"

"干吗？"

"要是出去你可得记得带钥匙啊，我明天和苏帅去买东西。"

章凡颜惊讶地看着彭炀："你什么时候和那个人关系这么好了？我怎么不知道？"

"你天天忙着跟女朋友约会能知道什么啊？你到底出不出去？"

"不出去。"章凡颜扭头上了楼，"我没有女朋友了。"

好巧不巧，最后一句话让刚从房间里出来的苏哲听了个正着。

第二天傍晚的时候，各大论坛就传出了八卦消息。消息当然不会是关于章凡颜的，是关于苏哲的。

苏哲放弃全明星资格，理由不详。传言还说官方已经审核通过了苏哲的申请，空缺的名额顺延给投票第三位。

一时间有关苏哲弃权的原因众说纷纭，有人说是因为他状态不好怕丢人丢到国外去，有人说可能是因为情感问题一蹶不振，有人说是家庭原因父母不想让他打职业了……说什么的都有，各路亲朋好友纷纷给苏哲致电求八一八。

方池一个电话打过来，本来性子冷冷清清一个人劈头盖脸一顿问："签证都办好了，行程也弄好了，审核也通过了，都报备好了，你现在在搞什么？！"

苏哲简单回答了一句话——"家务事，走不开。"

之后不论方池说什么他都顾左右而言他，最后干脆手机关机，谁也不理。

他前脚刚递交了退赛申请，扭头就立马跟俱乐部说自己状态不好心情不好不打全明星赛了，想随队出游。管理那边自然要问个清楚，毕竟事关重大，苏哲各种胡诌理由，反正俱乐部拿自己没法儿，他说什么那边最后都得答应。

于是劳动节刚过，LC 战队全员浩浩荡荡地踏上了前往三亚的飞机。

十、
海南单杀之旅

几个人的座位没有连在一起，章凡颜和彭炀两人单独在靠窗的一侧。因为起飞的时间太早，章凡颜还没睡醒就被拉上了飞机，彭炀也直犯困，两个人就互相靠着睡觉。

苏哲和安西的位子离其他人都要远一些。

"不知道现在去海南热不热啊。"安西随意说道。

"还行。"苏哲回答，"只有正经夏天的时候会热一点，现在问题不大。"

"哦——"安西拉长了尾音，忽然转移话题，"你不去打全明星赛不会就是为了出来玩吧？一个小小的海南岛而已，能对苏大少有如此大的吸引力？"

苏哲抬起头直视了一下安西。

安西耸肩："别看我，弃权可不是什么小事，而且打全明星娱乐赛纯粹就是出去风光的，又不用背锅。这你都不干，还弄得这么突然。你是早就想好了还是突然受了什么刺激啊？你知不知道现在各大贴吧论坛已经把这个事说得天马行空了？"

"他们爱怎么说就怎么说吧。"

"你真是个让管理头疼的队员。"

"你们觉得恨，可是也离不开我啊。"苏哲闭目养神，"我自然有我的理由。"

"唉，我就当你这是为了与队友增进友谊所做的努力吧。"安西笑了笑，不着痕迹地低声说，"说起来今年春季赛是挺逗的，把你挖过来了，没想到章小烦后半段打到爆炸。不过差不多就这样了，全看夏季赛了。"

"他有亲妈辅助罩着。"

"哎哟喂，看你这酸的。"安西又挂起了那副油腔滑调，娘炮兮兮地说，"关键时刻不还得看打野爸爸吗？"

苏哲实力嘲讽冷笑，换了个姿势假装人机分离。

经过一段时间的飞行，飞机抵达三亚凤凰机场。几个人从闸机口出来的时候都是一副没睡醒的呆滞脸。

一群睡眠重度缺乏症少年被汽车一路拉到了酒店，管家婆阿琛负责给他们办理入住，一行七个人，势必得有一个人单出来自己住。

"我要跟彭彭住一间。"章凡颜一张臭脸举手申请，生怕阿琛一高兴又来个无脑抽签，在这种事情上他的运气总会莫名的差，搞不好就得出事，于是附带了一句："不给就送。"

"行。"没想到阿琛答应得特别爽快,还把门卡交给了彭炀,"这是你们俩的,这次比较好的是咱们的房间都挨在一起,你们过来随便拿吧。"

结果分来分去,苏哲自己单独住去了。他拖着行李进了房间,打开所有窗户,窗外是大海,然而苏哲始终面无表情。等收拾完东西之后,大家出来集合,差不多也到了吃中午饭的时候。

阿琛点了点数,发现少了一个:"小烦呢?"

"他没睡够,说中午不吃饭了。"彭炀回答。

"章小烦一天得睡多久啊?"张思卿说道,"早晚得睡傻了。"

高程说:"人家年轻正是长身体的时候呢!你以为都跟你似的啊,靠抽烟就能活着啊。"

张思卿摆了摆手:"我也是服啦!"

他们倒没有安排什么具体的活动项目,吃过饭也是自己想干吗干吗。海南并不是一个值得逛游的地方,所谓度假的真谛,其实就是能在碧海银沙之中慵懒地打个盹,暂时忘记现实生活中所有的压力和烦恼。

对此贯彻最深入的,还是章凡颜。

傍晚时他终于肯出来了,直接在沙滩躺椅上一瘫。彭炀过来拉他,他恨不得打滚说不想动。

"你不是最喜欢大海吗?"彭炀说。

"可是我今天来'大姨妈'了啊。"

彭炀做了个无奈的动作,死拉硬拽地把章凡颜拉到了海边。一旁拿着冲浪板正打算往海里冲的苏哲看章凡颜犯懒的样子突然玩心大起,不自觉地笑了一下,然后不动声色地走到章凡颜背后,抬起腿来一脚将人踹到了海里。

"啊——"

彭炀惊得下巴都快掉下来了。

张思卿拍手赞叹:"不愧国服第一盲僧,回旋踢出神入化。"

"炸了啊咯咯咯咯!!"章凡颜挣扎了两下才从浪潮中站起身来,浑身都湿透了。海水浸到他的眼睛里,变得有点红,怒火中烧的章小烦一下子扑到了苏哲身上:"玛丽苏你是不是有病啊?!我招你惹你了?"

两个人站在海里,苏哲任由章凡颜瞎扑腾,还觉得有点好玩:"是你防 gank 意识太差啊。"

"gank个鬼啊！"章凡颜简直想咬死苏哲，"那我打你看能不能打出暴击来啊！"

"你可以试试。"苏哲说着一头扎进海里，章凡颜游泳只会狗刨，真要在水里开战，苏哲能花式秀他一脸。

"浑蛋！"章凡颜气得一拳打在海面上，还溅了自己一脸水。

远处的几个人抱着手看小暴龙濒临暴走，高程一脸面瘫地问："这算什么？哥斯拉大战咸蛋超人？"

张思卿思索几秒，回答："大概是队友间的迷之情谊吧。打是亲，骂是爱，实在不行用脚踹。"

高程点头："毕竟第一盲僧。"

章凡颜喘着粗气，懊恼地走回岸边。彭炀拿了条毛巾丢在他身上："先擦擦吧，一会儿回去洗个澡换衣服。"

章凡颜骂了一句，把T恤脱了丢在旁边，裹着毛巾来回擦。他喜欢大海不假，但是一点也不喜欢海水咸湿的味道。苏哲也回到了岸边，他本来是要去冲浪的，因此只穿了条沙滩短裤，往章凡颜身边一站，章凡颜立刻警觉地斜视苏哲："看什么看？！"说完，他撒气地把毛巾丢到了苏哲身上。

苏哲实力接毛巾，顺道擦了擦自己身上的水。

"喂！你真生气啊？"

"滚！"

"那一会儿我给你买个椰子吧。"

"椰个鬼啊！"章凡颜觉得这个打野脑子里一定是进了水，气哄哄地坐到了一边。

苏哲四处看了看就离开了，没一会儿回来，手上拿了个东西递到章凡颜面前："这个你总爱吃吧，草莓味的。"

章凡颜能一张臭脸地看着苏哲，但是并不能臭脸地看着对方手上那个草莓芭菲。

于是他的表情变得有点搞笑。

苏哲蹲了下来，又将芭菲往章凡颜面前凑了凑，另一只手搭在章凡颜的膝盖上，笑道："对不起啦。"

这人就是太精明，知道自己脸好看，笑起来谁也不会生他的气，要不怎么说长得好能当饭吃。

章凡颜觉得自己要瞎，纠结了一下还是伸手接过了芭菲，然后又狐疑地看着苏哲。

苏哲说："怎么着？还要我喂你啊？"

章凡颜白了他一眼，捧着芭菲就跑了。

因为一大早坐飞机跑过来，下午的时候又在海边玩了半天，等到晚上几个人都累得够呛，吃完晚饭后谁也没约谁，一群懒货都决定先回房间补个眠。

高程和张思卿一个房间，无论他人在哪儿，都有睡觉之前先打三局 rank 再说的习惯，就怕放假太长时间不玩手会生。

张思卿只能抱着个 iPad 在旁边刷网页。

"啊，感觉又是一波节奏啊。"

"你为什么放假都不忘记刷贴吧啊？"高程目不转睛地盯着屏幕，手上操作不断，"谁被带节奏了，苏哲？"

"嗯哼。"张思卿手指在平板电脑上来回扫，"大概一直到全明星赛结束都不会完吧，反正在外人看来这几天他都在闹失踪。看来发微博得注意点了，不能发有苏哲的照片。"

高程嗤笑了一下："你以为他在乎？"

"谁知道呢？"张思卿伸了下懒腰躺在床上，长叹道，"不知道这届全明星赛能打成什么样啊，VIVA 可别被三比零了。"

"你好像很幸灾乐祸的样子？"

"哪儿能啊？不管国内打比赛的时候怎么互撕嘲讽，出了国门那就是代表中国赛区的队伍，无论怎样我都希望他们能赢啊。"

"话是这么说没错。"高程点掉了水晶，回头看张思卿，"可我还是会自私地希望去打比赛的是我自己。任何一个拿了冠军的队伍代表的都是赛区的荣誉，不是我的。"

"好吧！好吧！我理解你的意思，其实换了我……我心里一样会酸。"张思卿摆手，"所以年底的总决赛机会再也不能放过了啊。"

"是啊，今年一过，不知道又要退役多少人了。"高程顿了一下，忽然认真地说，"可能机会真就这么一次了。"

张思卿被他这个样子弄得略微不适，开玩笑说："咱们还是剑指 S13 吧。"

"别闹，S13 已经有人预定了。"

高程一下就被张思卿逗笑了。

章凡颜洗过澡之后整个人平摊在床上，他们的房间一直开着窗户，夜风徐徐吹来，就好像有双手在身上温柔地抚摸一样，他觉得自己都要被摸睡着了。

"里面点。"彭炀把他往里推，"给我让个地儿。"

"哦。"章凡颜懒懒地哼了一声往边儿上滚。

阿琛随便丢给两人的房间里只有一张超级大的床，章凡颜跟彭炀睡习惯了就懒得换。反正在他看来，只要不是和苏哲住同一个屋檐下，在哪儿都是安全的。

"彭彭。"章凡颜迷糊的时候喊别人的名字总有点奶声奶气的感觉，吓了彭炀一跳，不知道他犯什么神经。

"你干吗？"

章凡颜坐起来，指着自己的眼睛："今天可能弄进海水了，我觉得有点不舒服。"

彭炀认真地看了看："就是有点红，应该没什么事吧。哎哎哎！你别揉啊。"

"那怎么办啊？"

"要不然……"彭炀摸下巴，"要不然我揍你一顿然后你大哭一场好了。眼泪能缓解一切疼痛，真的。"

章凡颜不可思议地看着彭炀："你是不是被什么脏东西附身了？一定是玛丽苏，都跟你说了他这个人有问题的，你跟他能混出个好来？！"

"等等。"彭炀打断了章凡颜，"你这说话的口气跟谁学的啊？"

"什么？"

彭炀说："你这不是北方话吗？"

"啊？"章凡颜愣了一下。

彭炀恍然大悟："哦——我知道了，苏哲？"

"他这个人问题很大。"章凡颜一脸无奈，"不要提他了。"

"可是我记得他说话很干净的啊。"彭炀似乎没太在意章凡颜，完全陷入了自己的推理，"就算打 rank 的时候他也基本不说话，你这学得也太快了吧。"

"我睡觉了，晚安！"章凡颜唰地盖起了被子装死，他死都不会告诉彭炀，苏哲陪自己打 rank 的时候经常用小号。那个小号没什么人知道，有时在下路打着打着章凡颜跟对面喷起来了，苏哲就算正在按技能也能帮他喷回去，手速快得飞起。

也是那会儿章凡颜才知道，苏哲就是个真人面兽心衣冠禽兽。反正谁也不知道账号主人是谁，他什么乱七八糟的话都能说出来，拐弯抹角骂人的时候往往自己一脸面瘫，不知道的人还以为他在极限输出。章凡颜自己也潜移默化地会了好多。

只是可怜了那些无知的粉丝和媒体，被苏哲的外表和伪装所蒙骗。

所以说，那个打野，问题真的很大。

他们在海南的行程安排得并不紧凑，大概就是铁了心想休息。

大家每天睡到自然醒，然后满世界玩，满世界吃。

苏哲这段时间在外人眼中是纯消失的状态，几个关系稍近的人都找不到他，电话打不通，各种联系方式不回复，不知生死。

远在美国的VIVA在全明星赛上以一分之差惜败给韩国队伍，不过这个结果算是中韩决赛圈最好成绩了，至少双方能打得来有回，不是零比三，虽然以失败告终，但也算给了年底的总决赛一些希望。

不过LC众人并不太关心这个，一个海南岛把他们跟外界完全隔绝，这是大家一年里仅有的能够不去思考比赛的时间。

而未来，只会更加残酷。

章凡颜从酒店里溜达出来，走了一整条街，才在路边的一个大排档找到了他的队友们。

"你怎么才来啊？爸爸等你好久了。"张思卿站起来招呼他，"你这睡觉也睡得太久了吧，从早到晚啊。"

"反正又没事做。"章凡颜随手拉了凳子坐下。他不知道怎么回事，来了这边之后就容易犯困，也许是之前打比赛熬夜太多，现在得补回来。

"等你半天了，想吃什么随便点。"张思卿笑道，"反正不是我花钱。"

大家吃腻歪了海鲜，就跑出来找个地方撸串。章凡颜下午睡觉没跟他们一起出来，还是彭炀打了半天电话才把他弄出来的。

几个人一边儿吃一边儿聊哪儿好吃哪儿好玩，天南海北胡扯一通，不过都莫名地没说起任何关于游戏的事，安西点了两箱啤酒说："先漱漱口。"

"你喝什么？"安西用下巴指了一下章凡颜。

"白开水。"

张思卿笑了一下，端起了酒杯："不来点？"

章凡颜眼睛一翻："那你就等着叫救护车吧。"

苏哲有点不解地看着他们，彭炀低声解释说："小烦酒精过敏，只要沾一点估计都能出暴击然后GG。"

"……"苏哲有点难以言语，"也是娇气。"

整个LC除了新来的苏哲，大家都知道章凡颜有这毛病。话还得说回最开始的时候，LC有次打比赛赢了，晚上大家出来吃饭，一群男生闹开了肯定要喝到开心。可章凡颜一大杯灌下去没一会儿就不行了，吓得大家直接把人拉去了医院。大夫说没什么大事就是酒精过敏，一下喝得太多。那会儿的章凡颜其实也不知道自己是这体质，后来怕出事，什么带酒精的东西都不碰了。

大家喝酒，他喝白开水，像个还未成年的小鬼一样。

老板给上了一盘烤好的鸡翅，章凡颜随便拎了一份吃得起劲儿，高程随手递了根烟给苏哲，苏哲摇了摇头没接，高程转手给了张思卿。

"明天去潜水你去吗？"张思卿问。

"不去。"苏哲依旧摇头，"原来玩到耳膜穿孔，我可不想再体验一次了。"

"这么严重？"

"反正挺疼的。"苏哲耸肩，"所以你们去吧，我随便逛逛就行。"

安西说："那明天就分两拨吧。出海潜水的一拨，剩下的自由活动爱干吗干吗。哎哎，你们今儿晚上可别喝多了啊，免得明天死海里头。"

"要准备什么吗？"彭炀问。

阿琛说："带上鼠标、键盘、备用键帽。"

众人"喊"了一声。

他们聊天的时候谁都没管章凡颜，还是彭炀先感觉少了点什么，扭头一看，章凡颜目光呆滞眼神放空，脸颊微红，喘气的节奏有点不太对。

"小烦！"彭炀推了他一下，"你怎么了？"

其他人这才意识到。

彭炀用手在章凡颜面前晃了晃，章凡颜迷迷糊糊地看着他："我觉得有点……痒……"

"不是吧。"张思卿也凑过来看他，"你刚才吃什么了啊，你还对什么过敏啊？"

章凡颜摇了摇头，觉得脑袋有点晕，身上有些热、有些痒，可他也不知道自己吃错了什么，以前从没这样过。

"我想起来了！"高程一拍桌子，"点的那堆鸡翅里有一份是带红酒的，你不会是吃错了吧？不是你傻啊？这都吃不出来？"

安西说："现在追究这个也没用了，严不严重啊，会不会跟上次一样GG啊？"

彭炀看了看章凡颜："应该问题不大，先带他回去吧。"

苏哲起身二话没说直接把章凡颜给拽起来了。浑身无力外加大脑迷糊的章凡颜有点分不清什么情况，差点一头栽倒在地。苏哲扯着人说："反正我明天不出去，就先带他回去休息吧，你们玩你们的。"

安西思考了一下，回答："也行，你俩回去路上小心啊。"

彭炀从口袋里掏出了门卡："这是我们房间的门卡，你……"

"不用了。"苏哲打断了他，搂着整个人死机状的章凡颜出了门。

苏哲本来想打个车把人拉回去，可一路上鬼都没见着。章凡颜又严重死机，自己只要一松手他就能瘫在地上。苏哲觉得章凡颜这反应有点夸张，用手拍了拍他的脸："喂，你行不行啊？"

"啊？"章凡颜一副多说一句话就断气的样子，看了半天双眼都没法儿聚焦。他喘着气说："死……死不了……我就是……就是反应大……没……没事……"

"行吧。"

苏哲长这么大也没见过酒精过敏能过敏出这种阵仗的，叹了口气连拉带拽，总算把章凡颜弄回了酒店。

把章凡颜扔床上的时候他自己倒累得半死，苏哲也是服了，章凡颜看着轻飘飘一个人，实际上死沉死沉的。

"你别抓了，越抓越痒。"苏哲看着章凡颜在自己身上抓的一条一条的，不由得更无奈了。

照顾失了智的人很麻烦，苏哲没有什么经验，看章凡颜那个样子又想着要不要去医院，万一真出什么事情怎么办？就在他纠结之际，章凡颜突然抓了他一把，苏哲把章凡颜往一边推，章凡颜好像故意跟他作对一样，仗着自己失心疯又拉又拽。

苏哲只得镇压。章凡颜神志不清，谁还能让着谁？

结局就是 LC Wind 击杀 LC Living。

第二天早上，苏哲是被一阵门铃声吵醒的。他十分不爽地起床，黑着一张脸把门打开，门外站的是彭炀。

"怎么了？"

"小烦昨天在你这儿睡的？"彭炀踮着脚想往里看，但是被苏哲挡了个严实，只能问，"他没事吧？"

苏哲面无表情地说："没事，就是还没起来。"

"哦，这样啊。"彭炀从口袋里掏出门卡递给苏哲，"我们去潜水了，门卡给你。一会儿等小烦醒了你直接给他就行，我走了。"

"嗯，拜拜。"

送走了彭炀，苏哲反身把门一关，幸好彭炀没有进来的打算。

"嗯……"睡梦中的章凡颜轻轻哼了一下，之后才迷迷糊糊地睁开眼。他只觉得头沉得都要爆掉了，眨眼的时候眼眶又酸又疼。

眼前是苏哲那张脸，章凡颜静止了一秒，腾地翻身起来一脚把苏哲踹下了床，连滚带爬地扑了上去，抓着苏哲就是一巴掌："你！你……哎哟！"

章凡颜龇着牙一脸崩溃地看着苏哲："你怎么在我的房间里？给我滚！"

苏哲被踹得不轻，还得在地上抵挡章凡颜爆炸式的物理攻击："你让我滚哪儿去啊？再说了这是我的房间！"

章凡颜对着苏哲拳打脚踢还喊道："你为什么不送我去医院？你是不是想我死？玛丽苏你真是其心可诛！"

"你这不是没死吗？"

章凡颜被怼了一句，觉得十分委屈。

苏哲无奈，将章凡颜推到洗浴间，说道，"是我不好，昨天晚上没照顾好你行了吧？先洗洗吧……你要发脾气以后有的是时间发。"

章凡颜洗完澡以后，苏哲坐在他面前，说："你不用这副表情吧？"

他指的是章凡颜的臭脸。

"好吧，好吧。"苏哲一耸肩，说，"是我错了。"

"我不是费了那么大劲儿就只是为了捉弄你……"苏哲不自觉地咬了一下下唇，"你是我最欣赏的 AD carry，从我是辅助的时候就想……"

每天陪着双排打 rank、比赛的时候会尤其照顾下路、送过键盘……

"我要 AD，不给就送。"苏哲笑了一下。

章凡颜沉默，推开苏哲起身下床就要往外走。

苏哲叹气："你想去哪儿啊？"

"回我的房间。"

"怎么回去？撬门还是翻窗户？"苏哲走到章凡颜面前，把卡片塞到他手里，"彭炀早上把门卡送过来的，你要是困就睡觉去，有什么不舒服的给我打电话。"

章凡颜转身离开回去睡觉。

等到晚上其他人回来，彭炀进房间一眼看见床上躺了具"尸体"。他走上前戳了那具"尸体"一下："你一天要睡多久啊？起来。"

章凡颜"哼"了一声，揉了揉眼睛："你回来了啊。"

"你是还没好吗？"彭炀赶紧把他的手拉开。

彭炀见人还活着，当下也没管太多，拿了东西就去洗澡了，出来的时候见章凡颜已经彻底醒了。

"饿了吗？"彭炀擦着头发问道。

"饿。"

"那一会儿出去吃夜宵？"

章凡颜摇了摇头："我不想动。"

彭炀正要跟他说话，门铃响了。彭炀打开门，门外的苏哲手里拎着挺大一个袋子。

"有事吗？"

这回是苏哲隔着门往里面看，彭炀的身板也挡不住苏哲的视线。

"怎么了？"彭炀又问。

"这个给你。"苏哲把手里的东西塞给彭炀，"他应该饿了。"

话刚说完，苏哲也不等彭炀反应，扭头就走。彭炀站在门口看着自己手里的东西有点不清楚现在是什么情况。他回到房间里，把吃的放在床头柜上："昨儿晚上你和苏哲……你们俩又闹什么故事了？"

"我们俩……我们……没怎么啊。"

"那他干吗给你送吃的？还知道你一天没吃饭？"

"我哪儿知道。"章凡颜翻身，背对着彭炀。

彭炀狐疑地看了一会儿章凡颜，最终放弃："我感觉你们俩只要单独在一起肯定出事……你们是不是八字不合？"

那是因为都赖苏哲——章凡颜心里嘀咕。

"哎——"彭炀拆开了苏哲送来的东西，袋子里面是一个方形的盒子，打开是一整块上面堆满新鲜水果的蛋糕。彭炀惊讶地说道："他是拿你当猪喂啊！这么大一个，我说，苏哲到底欠了你多少要这么给你赔礼道歉？"

章凡颜扭头看见桌子上的东西，一时间百感交集。

那么大一个蛋糕，彭炀嫌腻，没吃两口就扔一边儿了。章凡颜开始也是一点没动，后半夜躺床上睡不着觉，又挨不住肚子饿，从床上爬起来吃东西。

第二天看着精神萎靡的众人，阿琛摇了摇头："你们要是平时训练有这么刻苦，大概春季赛冠军就是咱们的了吧。"

安西笑道："你们也是无聊。"

他们的假期逐渐进入尾声，隔天几个人跑去爬山，章凡颜不乐意动，硬生生地被彭炀推着走。

"人家休假都满世界玩，怎么你休假休得越来越懒？"彭炀说，"爬个山能累死你啊？"

章凡颜欲哭无泪。

热带的山林里总是生长着各种奇奇怪怪的植物，高程一边儿走一边儿说："有种进了荆棘谷的感觉。"

"可能一会儿三季稻就杀出来了吧。"安西顺嘴回答。

"哟，你还知道三哥？"

"我什么不知道？"安西笑了一下，"华丽奥爆低调走人，小子，哥当年在荆棘谷风骚的时候你还不知道在哪儿呢。"

说罢，他俩一起笑出了声。

小学生章凡颜听不懂这些关于《魔兽世界》的段子，只觉得前面两个人实在无聊。

几个年轻人上山速度本来不慢，就章凡颜行动迟缓，后来彭炀都懒得拉他了，他被远远扔在后面。

章凡颜在路旁找了块石头坐下，对着前面的人喊道："爸爸要累死了，儿子们你们先走吧，一会儿上面等我就行了。"

为了避免辈分上的错乱，大家选择无视章凡颜。

原始森林很大，来的游人也不多，一条路上就他们几个。一个转角过去，偌大的一个世界里只剩下了章凡颜。

周围很安静，时而有风吹过，树叶唰唰地响，周围一片绿色，章凡颜闭着眼睛深呼吸了一下，感觉轻松了很多。

"喂。"

章凡颜睁开眼，苏哲抄着口袋歪着头看自己。

"干吗？"章凡颜一张脸顿时拉了下来。

"回头没看见你，就下来找你了。"苏哲伸出手，"走吧，跟这儿待着算什么事？一会儿到了山顶好吃饭。"

"我不饿。"章凡颜扭头，"懒得动，不想走。"

"你天天宅着体力会越来越差的。"

"怪我啊？！"章凡颜大声反问。

"怪我。"苏哲笑了一下，双手从章凡颜腋下穿过先把他架了起来，然后转身，手掌撑在膝盖上半蹲，"上来吧。"

章凡颜看着苏哲的背影，心里一动，大大方方地爬到苏哲背上，然后用尽全身的力气往下压。

苏哲被章凡颜这么一弄差点重心不稳往后倒，站定之后掂了掂："哎，我早该知道你不轻。"

"男人得对自己说过的话负责啊,小伙子。"章凡颜开始进入死猪状态,巴不得再往身上揣两块石头,死命往下压还乱动,"快跑快跑!家园卫士冲锋彩虹马!"

苏哲默默地翻了个白眼。

得亏苏哲平时勤于锻炼刻苦修行,背着章凡颜这么一巨型拖油瓶也能脸不红心不跳地上山。平白来一个免费车夫章凡颜自然乐意,只是没一会儿他就觉得无聊了,趴在苏哲背上开始犯困。

"你可别睡着了啊。"苏哲晃了他一下,"山里有风,会感冒的。"

"知道了。"章凡颜迷迷糊糊地回答。

几个人等了半天,见他们终于来了,安西风凉地说:"可算齐了。"

"有事?"苏哲问。

"没什么。"安西站起来,"叫你们出来爬爬山看看海就是为了让你们开阔一下胸襟,春季赛打了这么久,过去的就过去了,有什么不爽的、不开心的就留在那会儿吧,夏季赛才是看本事的时候。"

"唉。"张思卿无奈,"合着你跑山顶上来摆鸿门宴啊。"

"我可什么都没说。"安西狡猾地一笑,"明天再给你们一天睡觉的时间,后天咱们就回去了,都给我操练起来,别一个个迷糊得都跟最后那几场一样。"

阿琛咳了几声,打断了安西的话:"安西负责给你们安排训练的事情,我还有几件事要提前跟你们说,也是我刚收到的消息。一个是咱们回去之后要换新基地了,这次离市区近一些,不过搬家的具体时间得看管理那边;还有一个是夏季赛开赛之前官方拍宣传片的事情。"

听了这句话,几个人异口同声地说:"叫最帅的去啊。"

"你们还真是……"阿琛无语。

每个战队在赛季一开始都会出一套完整的队伍宣传片,一般都会弄得特别酷炫不明觉厉,时而还有点中二,只是这帮网瘾少年在镜头前实在没什么表现力,往往一个比一个面瘫。联盟官方也会抽选每个队的一到两名队员拍摄官方宣传片,一般来说都是选队长或者队内的明星选手。

春季赛的时候LC是张思卿去的,他一百个不乐意,因为官方的镜头有毒,每次都能把人拍得特别傻,以至队友们经常拿这个取笑他。

"这不是每次开赛前的常规项目吗,还有必要单独拿出来说?"高程打岔问。

"因为今年不一样啊?"阿琛回答,"夏季赛官方要出两套片子,一套还是原来那样，另一套是要选手COS最擅长英雄的，大概是圈粉的娱乐项吧。"

所有人的下巴掉在了地上。

张思卿拼命摇头："我不去我不去，打死我也不想COS狐狸。"

高程拍着他的肩膀安慰："没关系，你还可以COS妖姬啊队长大大。"

"滚蛋！"

章凡颜笑着说："你知足吧，要是最擅长的是卡萨丁怎么办？还真贴满脸触手啊？"

阿琛问："那你们是不是都不想去啊？"

大家齐刷刷地点头。

阿琛颇为难地说："那怎么办啊？这次官方可给了咱们两个名额，反正怎么着也得抓俩壮丁上去。"

"官方的人脑子是不是进了水啊？"张思卿说，"两个名额里面肯定有一个是给苏帅的，毕竟联盟的颜面担当，剩下一个……"他环顾了一下，一拍巴掌，"有了！就按照之前全明星投票结果算，除了苏帅，排在第一的那个上啊。反正官方肯定要人气高的，这么算肯定不亏。"

阿琛一副很有道理的样子看着张思卿。

"可问题是，咱们几个谁第一啊？"彭炀问道。他们因为比赛打得不顺谁也没关心过全明星的事，毕竟拼投票谁也打不过苏哲。这会儿张思卿猛地提出按照全明星的投票来，大家都不知道自己排在哪儿。

"我搜一下啊。"安西掏出手机，山上的信号不是特别好，他刷了半天才刷出全明星的投票页面，好在票数都还留着，他把LC所有队员调出来排了个序，"烦神，是你。"

章凡颜愣了："关我什么事？！"

安西把手机朝向他："你确实领先别人啊，在大名单上也不落后，看来ADC就算变成了捞货也还是圈粉的。"

"滚！"章凡颜骂道。

张思卿带头鼓掌："恭喜烦神恭喜烦神。"

"我不想去！"章凡颜如拨浪鼓一样地摇头，"你们太不够意思了吧！这么陷我于不义！"

"COS金克丝这波不亏。"高程笑道，"反正你俩都是平胸。"

"是啊！"张思卿附和，"你说你要让我上，我胸前还得揣俩馒头，影响不好。"

在张思卿和高程两个人一波节奏的带动之下，大家举双手双脚赞同把章凡颜扔出去丢人现眼，这次连彭炀都没帮章凡颜说话，一副坐等看好戏的样子。

事情就这么简单粗暴地决定了，阿琛生怕章凡颜反悔，顶着微弱的信号把名单提交到了官方那边，章凡颜只能 GG。

他自己不爽，看着身边若无其事还能笑出来的苏哲瞬间更加不爽："你笑个屁啊！等着自截双目 COS 瞎子吧！"

"没关系啊，我皇子玩得也挺好啊。"苏哲辩解。

"你是说那个被人抢了蓝 buff 还 EQ 进大龙圈出不来的皇子吗？"

苏哲没想到章凡颜记自己的黑历史记得倒挺清楚："谁还没个失手的时候？"

"呵——呵。"

他们在山上吃过饭后四处游玩了一阵就下山回去了，次日几个人买买逛逛的一天也就过去了。隔天又是一大早的飞机，众人顶着黑眼圈换登机牌托运行李，苏哲排在章凡颜后面，两个人的位置挨在了一起，跟其他人还不在一排上。

章凡颜一上飞机就靠着窗户睡得死去活来，苏哲也闭目养神。只是这一路气流都不太稳，飞机忽上忽下颠簸得厉害，一下给章凡颜吓醒了，苏哲睁开眼看着他："怎么了？"

"没事。"章凡颜摇了摇头，"刚才那一下有点失重，难受。"

飞机飞过天空，朝着现实生活飞去。一个松松散散的假期就这么过去了，谁也不知道迎接自己的，是怎样的未来。

CHALLENGER ▶▶▶ ▶▶

[下册] **最强王者**

南北逐风 著

长江出版社
CHANGJIANGPRESS

CHALLENGER

最强王者·下册 | 目录

001
一、
本命英雄

013
二、
低潮

037
三、
菜狗就要多努力

055
四、
突出一个跌宕起伏

073
五、
我是真的喜欢游戏

107
六、
向着全球总决赛前进

125
七、
谁上都是三比零

157
八、
荣耀属于英雄

CHALLENGER

最强王者·下册 | 目录

177.
九、
回国以后

197.
十、
不再离开

219.
番外一、
苏哲的演讲

225.
番外二、
那对中野

233.
章凡颜生日番外
梦开始的地方

243.
出版特约番外
无限风光在险峰

251.
后记

CONTENTS

▼
▼
▼

一、
本命英雄

"小烦，你键盘没装。"

"啊？哦……"章凡颜接过了彭炀递过来的键盘，将它塞进包里。

没想到放假刚回来没多久，队里通知大家准备搬家，新基地谁也没去看过，据阿琛说新基地还挺不错的。

他们一群宅男乱七八糟的东西少，收拾起来也快，只用了一天连搬家带收拾东西全弄好了。

新基地的房间是管理给直接分好的，破天荒地把章凡颜和苏哲强行分到了一起。

章凡颜抱着彭炀一脸怨念地看着苏哲。

苏哲表示：真的跟我一点关系都没有。

烦神一百个不乐意，安西说："你和辅助默契培养得够好了，赶紧和打野培养培养，你俩再爆炸，那夏季赛我们就可以收拾东西滚蛋了。"

章凡颜说："难道不应该是中野培养感情吗？关我屁事！"

张思卿秒回了一句："那个打野太帅我怕怀孕。"

安西回答："因为队长大大一个人在中路不会出事，你线压过去没打野爸爸来帮就会炸出一片天。"

章凡颜简直想架起火炮轰死这个人。

不过无论过程如何，这个结果是无法更改的了。苏哲很是明智地选择低调不说话。他想如果自己再说点什么，那么比下路率先被炸穿的将会是新基地。

他并不想露宿街头啊。

晚上的时候，阿琛在饭桌上和他们聊起了宣传片的事。

"还有差不多十天就开赛了，定的是明天去拍片子，你们俩得早起。"

"反悔还来得及吗？"章凡颜问。

"不要问这种小学生问题。"阿琛回答。

其他人一脸看好戏的表情，拍着章凡颜说："明天请多发点照片回来，一定都是爆炸伤害。"

章凡颜糊了他们一脸。

第二天一大早，苏哲把章凡颜从床上拉了起来。章凡颜眼都还没完全睁开就被推着出了门。到了路边，苏哲随手打了个车，他又被一路拉到了摄影棚。

两个人去得算早。化妆师提前收到了每个选手的资料和照片，一看见章凡颜立马兴高采烈地拉他进了化妆间，把苏哲晾在了一边儿。

"你干吗……"章凡颜还没弄明白这唱的是哪一出。

化妆师是个姑娘，把化妆间门一关，笑着对章凡颜说："当然是给你做造型啊。"

章凡颜心里咯噔了一下："什……什么？"

"咱们先拍角色版的片子。我之前收到了主办方给我的资料，上面写你的角色是'金克丝'。啊，对了，我还没自我介绍，你叫我盼盼吧。"

"熊猫吗？"

"Whatever（随便）。"盼盼笑得大大咧咧的。

"说人话！"

"哎呀，你怎么这么可爱呀！"因为其他人都还没来，化妆间里只有他们俩独处。章凡颜只觉得眼前这个女人简直就是要吃了自己，盼盼捧着章凡颜的脸说，"你多大了，有没有成年？萝莉就应该是萌萌的男孩子来Cos（cosplay，角色扮演）啊！"

"别这样。"章凡颜脸都要僵了，"我觉得我还是EZ（游戏人物，伊泽瑞尔）玩得比较好。"

"哎？"盼盼拿出自己手上的资料又看了一遍，"EZ是TMA的大A出呀。"

其实章凡颜的EZ大概就是普通水平，当初他还买了个未来战士的皮肤督促自己练习，但是死都没练到超神。他果然还是适合那种扛着枪到处轰炸的英雄。

盼盼不管他那么多内心戏，把人按在化妆台前就是一通蹂躏。

其间陆陆续续有人进来，VIVA来的是打野修昊阳和辅助刘潇，NAS来的是中单方池跟打野Wishper，TMA是ADC（Attack damage carry，攻击输出核心）王漾。另外有两支夏季赛刚从甲级联赛打上来的队伍，苏哲不是很熟，他待在一边和VIVA的那两个人聊天。

"你来得够早的啊。"修昊阳说道。

"大概来得早可以抢角色吧。"苏哲回答，"像什么狮子狗、蜘蛛、挖掘机、豹女这种打野英雄……画面太美。"

"哈哈哈！"修昊阳笑道，"主办方都是很精的，肯定给你留个最帅的，吕布皇子怎么样？"

"……"苏哲顿时想到章凡颜说自己皇子有毒，"那我就真跟你们都不在一个次元了。"

刚聊了没几句，其他化妆师拆开了三人并分别带走去装扮。苏哲COS的并不是皇子而是盲僧，不过主办方都偏爱脸长得好的选手，给他的是龙年瞎子——因为这款皮肤是有头发的。

大概人长得帅不用怎么捯饬都能出效果，他第一个出来，外面的工作人员看见苏哲的扮相，姑娘们口水都要流到了地上。

背后绣着一条龙的白色对襟外衣，袖子挽上去露出一截小臂，苏哲本身个子高，衣服在他身上衬得服帖好看，整个人神采奕奕。

其他的人也相继完工，Wishper拿到的是皇子，他捋着头顶的两根翎子笑嘻嘻地出来，然后操着奇怪口音的中文英文跟其他人比画。大家只能连蒙带猜地确定，他言语之间的关键词是"方池"和"狐狸"。

然后方池就一张脸阴沉地被人推了出来，尾巴差点掉了一地。

顿时整个摄影棚里一片哄然大笑声。

方池无奈扶额："中单英雄女人多。"

"哈哈哈哈，你别闹了！"早就扮上锤石的刘潇笑得不行，笑道，"辅助才都是女人吧！哈哈哈！中单卡萨丁啊，劫啊，沙漠皇帝啊，三只手啊！什么的都是摆设吗？哈哈哈哈！"

修昊阳一样笑得不行："只能说你会玩的全是女人！哈哈哈！明明亚索那么帅！哈哈哈！"

苏哲以一言难尽的表情看着方池，忽然明白了为什么张思卿死都不愿意来了。

面对众人的嘲笑，方池也不知道该说点什么。来之前他只知道是来拍宣传片，也没问过具体细节。来之后被告知要出COS，他本就不善辩解，只能硬着头皮上了。

不过万幸的是，最早进去的章凡颜终于出来了。

他出来的一瞬间时间仿佛停止了一样，两秒之后，整个摄影棚炸开了锅，顺便解救了方池。

所有人笑得前仰后翻，Wishper更夸张，趴在地上捶地狂笑，方池感觉自己好像也不是那么苦兮兮了。

"你们笑个鬼啊！"章凡颜大喊。

"哈哈哈哈！暴走萝莉暴走了！"修昊阳笑得喘不过气来，"快给我治疗，哈哈哈我不行了！"

王漾掏出手机一顿猛拍："我感觉今天真是值了！"

章凡颜要气炸，早知道就得这样！盼盼弄好装扮的时候，他看着镜子里的自己心里萌生起了一股删号的冲动，差点破窗而逃。

他还真的扮得跟金克丝一模一样啊！身上被剃得毛都没有了，蓝色的麻花辫、哥特妆、文身花臂、抹胸短裤、裤腰大腿上缠着的各种皮带武器、粉红色渔网丝袜、马丁靴……镜子里的这个妖怪是谁？！

章凡颜选择死亡。

Wishper早就因为方池的狐狸笑趴下了，这会儿又出来个章凡颜的金克丝，差点气绝，声音抖着眼含泪水朝章凡颜竖起拇指："Nice！"

苏哲一直双手抄兜靠在墙边，咬着嘴唇低着头，但是还能看出来身体一颤一颤的。

章凡颜黑着一张脸看着他："再笑就骂街了啊！！"

"好好好。"苏哲闻言把一张脸绷了起来，却仍然掩盖不住笑的痕迹，"不笑了不笑了，嗯……挺……"他努力想了半天措辞，"挺萌的。"

"萌什么萌！"

"大家注意一下啊！"工作人员打断了选手们一阵又一阵高能的笑声，"我们先过来拍照，一会儿拍视频，很短，每个人就几秒的镜头，大家要珍惜啊。"

主办方还算是有良心，LOL里非人类的英雄太多，为了避免场面太过搞笑，全部的角色都进行了拟人化，所以并没有出现上单顶个大树、打野弄个狗头之类的造型，这么一番改造，原本的英雄都帅气了很多。

除了那两个来搞笑的狐狸和萝莉。

一个人上去拍，其他人就在下面吃吃喝喝围观聊天顺带嘲讽调戏，也就苏哲上去的时候大家选择沉默不说话，各自装作看风景。

刘潇递给章凡颜俩苹果："给你。"

"我不想吃。"

"谁让你吃了啊。"刘潇下巴一仰，"快揣在胸里。"

章凡颜骂了一声。他刚开始特别不习惯，但是被嘲讽一顿之后渐渐地接受了这个设定，也能自嘲一番。刘潇推着椅子坐到了他身边，章凡颜拿着苹果往胸口塞："这太大了兜不住啊。"

"你是不是蠢？！"刘潇唠叨了他一句，然后把他背后的带子松开，将苹果塞好，再给重新系上。

章凡颜弓了下腰："你别勒死我！"

刘潇拍了拍手："不错，暴走萝莉。"

章凡颜自己也觉得搞笑。

刘潇掏出手机，一把搂过章凡颜的肩膀自拍，章凡颜十分配合地瞪大眼睛噘嘴做小鸟依人状。他本就脸小，再加上盼盼近乎整容的化妆改造之后，稍微靠在刘潇身后的样子确实像个女孩儿，只是站起来之后就差了十万八千里——身架在那儿摆着，就算瘦成狗也是个巨型萝莉。

"地上最强下路组合，金克丝、锤石，就问你怕不怕！"刘潇发微博写了一句。

照片里章凡颜那对苹果胸着实亮瞎眼，他自己还恬不知耻地用手托着。苏哲拍完了走到他们这边，看着章凡颜有点目瞪口呆："你干吗呢？"

"没干吗啊。"章凡颜不以为意地回答，掏出胸前的苹果咬了一口，胸部顿时变得高低不平。

苏哲都无了奈了，刚才还一副章凡颜不情不愿的样子，现在比谁玩得都开心，脾气变得是有多快？

他没来得及说几句话，章凡颜就被拎上去拍照了。工作人员将他的衣服整理了一遍，又递过来一支火箭炮。那东西做得极其逼真，章凡颜掂量了掂量，感觉主办方真是有钱没地儿花。

他一只脚踩在椅子上，反手把火箭炮扛在身后，学着原画里面暴走萝莉的动作摆姿势，只是原版金克丝虽然平胸但好歹身子架小，章凡颜一个四肢僵硬患者学那个动作怎么看怎么奇怪。

等到后来拍动态视频的时候，导演把金克丝的动画宣传片拿给章凡颜看了一遍，告诉他给他安排的镜头是"金克丝回眸"的那个片段，章凡颜对着屏幕学了半天也学不会。

"这太难了。"章凡颜抱怨。

"少年你可以的！"导演拍了拍他的肩膀，"请赌上ADC的尊严好吗？！"

章凡颜瘫着一张脸嘟囔："我春季赛已经完成了被所有ADC单杀一遍的成就，早已没有尊严了好吗？"

"哦。"导演淡定地点头，"那我就把你拍成搞笑艺人吧。"

"别这样。"

他背对着镜头，脑补了一下那个表情就开始往旁边走。

"萝莉走路是很轻快的啊！"导演喊道，"请放下偶像包袱，释放天性！"

偶像包袱要什么要！

章凡颜心想：给你弄成这样，看你还轻快得起来吗？

他抱着豁出去死这一次的想法，蹦蹦跳跳地往前走，突然停下来慢慢回头，天真无邪地看着镜头咬着下唇,嘴角松开之后颔首微笑。

苏哲站在后面看着这一幕,心里觉得痒。

"Nice!"导演喊了停。

后面一群宅男大喊"烦神嫁我烦神求交往",章凡颜下来就拿着火箭炮甩了他们一脸。

他去更衣室换衣服时,苏哲轻飘飘地跟了过去。见四下无人,他从背后拍了下章凡颜的肩膀:"小萝莉,不要一个人乱跑啊。"

"你有病啊!"章凡颜回身反击,"猥琐不猥琐啊?!"

"有吗?"苏哲笑了笑,"你这样子很容易让人多想吧?"

"你别说话!"章凡颜一脚朝苏哲踹过去,苏哲敏捷闪避。他笑着对章凡颜说:"我盲僧玩得不差,别在我面前秀。"

章凡颜从裤兜里掏出手枪指着苏哲:"我金克丝玩得也不差,再说一句就把你的头打爆。"

"饶命。"苏哲举起双手,"顺便说一句,新版本金克丝被削成狗了。"

章凡颜被苏哲厚颜无耻的德行气得不行,一跺脚不理他就走了。

下午的时候,大家各自换回队服,拍摄正式的宣传片。

自然而然地,别人要么是背影要么是半身要么就一晃而过,只有苏哲一个人摄影师是对着人脸猛拍。因为要表现出特别酷炫的眼神,苏哲得一直盯着镜头,打光特别近还很强,导演一说"停",他赶紧闭上眼,觉得眼泪都要掉下来了。

苏哲揉着眼睛往角落里走,有人递过来一张纸巾,他说了声"谢谢"接了过来,再抬头才发觉是方池。

方池抿了下嘴,好像不知道该说什么。

"怎么了?"苏哲问。

方池摇了摇头,放弃一般笑了一下:"一个春季赛回来,我都不知道该怎么跟你说话,原来都怎么说的来着?"

"原来?原来都是点地图啊。"

"是吗……"方池一低头,"原来以前我们也不说话啊。"

苏哲看了看四周,发现章凡颜在跟 Wishper 玩。两个人语言不通只能连比画带猜,倒也能玩在一起,也许是因为两个人年纪都不大,满场跑来跑去得像两只小土狗。

"Wishper 春季赛打得不错。"苏哲说。

"教练说他年纪太小了。"方池顺着苏哲的目光看过去,"容易上头,带崩了就三线都崩了。"

"那你岂不是很心累?"

"我试过那么多打野。"方池犹豫了一下,"可还是觉得你最好,你知道我……我以为至少还可以在全明星赛的时候和你以队友的身份再打一次……"

他刚要继续说,就被一个工作人员打断了。对方过来叫他俩去拍剩下的全员镜头。苏哲从方池身边经过,小声说:"没我你也能打得很好,没什么谁和谁最合适。"

结束了一天的拍摄,章凡颜已经累得不想说话了。好在新基地在市区里,回去时间也不算晚。煮饭阿姨给两个人留了饭,其余几个人暗暗地溜进来。

张思卿拉过椅子坐下,笑得一脸猥琐:"今天怎么样啊?"

高程附和:"说好的有图有真相呢?"

"并没有!"章凡颜拒绝。

彭炀从背后变出一个 iPad 摆在章凡颜面前:"我看了刘潇的微博,你们挺会玩啊。"

高程和张思卿顿时拍桌狂笑。张思卿说:"烦神你知道吗?今天 Wishper 的微博炸了,他一天都在图文直播你们现场的情况,全都是你和可心的女装照。哎!快笑死我!"高程也顺手摸了一下章凡颜的下巴,"你怎么不直接穿回来先让兄弟们看看啊?"

几个人调戏了一番章凡颜后都回去打排位了,平时玩闹归玩闹,但是他们每一个人心里都清楚得很,今年夏天的争夺会异常惨烈,逆水行舟,不进则退。

章凡颜打到半夜一点多困得不行,头差点磕在键盘上。他激灵了一下,行动迟缓地收拾东西上楼准备睡觉。

苏哲还没打完排位,房间里只有章凡颜一个人,他累过劲儿了刚躺下睡不着,就拿着手机刷微博。

他的微博几乎是个空号,从来都是拿来窥视别人,自己懒得发东西。章凡颜暗暗地摸进了 Wishper 的微博里,果然全是图,他不会发中文,写的要么是拼音要么是英语。

几乎当时在场的每个人都被他拍了一遍,有一条微博是单独发的苏哲和方池,俩人好像在一边儿说话被 Wishper 拍了下来。章凡颜点开了下面的微博评论。

"风心党头顶青天啊!"

"狐狸什么的和盲僧最配了!"

"有生之年系列。"

"苏帅你为什么离开 NAS 啊？！可心的中路不能没有你啊！"

章凡颜看得直犯困，真不理解这帮人在想什么，那个玛丽苏有什么好，在 NAS 的时候肯定是抱方池的大腿才有的今天！

他这么想其实也不为过，上个赛季的可心神挡杀神佛挡杀佛，人文文静静的，上了赛场就凶残得不行。有很多职业选手，都是出道即巅峰，之后打不出来就是打不出来了，好光景就那么一两年。

这个春季赛，确实有那么几场是可心在强行 carry（带领队伍胜利），其他时候总有失误。

章凡颜打着哈欠伸懒腰，把手机放一边儿翻身睡觉，他迷迷糊糊快要睡过去的时候，觉得额头有点痒，就伸手去抓。

"以后睡觉手机不要放在枕头旁边。"苏哲轻声说道，帮他把手机放在了一边儿的桌子上。

"啰唆。"章凡颜回答，被弄醒了一时半会儿又睡不着了，看了眼时间，"你打排位打了好久。"

"你这是抱怨？"

"我是说，你不是很强吗？也要打到半夜？"

苏哲说道："一代版本一代神。我如果不努力带不动你了，被你嫌弃了怎么办？"

"我用得着你带？"章凡颜腾的一下坐了起来。

苏哲赔笑："好好好，是我得加倍努力争取不拖烦神的后腿。"

章凡颜静默了一阵，说："夏季赛……你是不是也没谱儿？"

"嗯？"苏哲反应了一下，"没关系，去得了总决赛的。"

现在说几个月之后的事情为时尚早，竞技体育不到最后一秒钟，谁也不知道结果会怎样。春季赛是各个战队的磨合阶段，夏季赛才是真刀真枪对着干的时候，而且随着版本的改变，总决赛采用的版本是否会影响到自己的英雄池和战术也还未可知。春天的辉煌并不意味着能笑到最后，何况 LC 这个春天的尾声过得也并不愉快。

"唉……"章凡颜躺在床上长叹了一声，"不想那么多了，睡觉。"

苏哲捋了一下他的头发："如果去不了怎么办？"

"你刚才不是还说能去吗？"章凡颜翻身背对着他，"去不了我就退役回家直播卖饼。"

"你年纪轻轻的退什么役？"苏哲笑了笑，"这是我这个年纪的人该考虑的事吧？"

"你粉丝那么多，卖饼大概能发家致富吧。"

"可我不想那样。"

"那你想怎么样？"

"我如果退役就回去把大学念完，我家里想让我继续读下去。本科读完了也许会出国，也许……我现在还没想好。"

"说得好像自己成绩很好一样。"章凡颜嘟囔。

"我的成绩确实很好啊。"苏哲低头在章凡颜的耳边轻轻说了两个字，那是他的学校的名字，章凡颜也是从小听到大的。

几乎每个老师都会教育自己的学生，以后要奔着那里考。

他回了一句"读过大学了不起啊"，然后就再没说话了。

这个世界上总有人是特别优秀的，也许苏哲就是那类人。长得好，游戏玩得好，成绩也好，没什么不良嗜好，光看他平时的作风和谈吐，想必也是有点家庭背景的——简直就是小说里的人物。

这种人不应该活在现实世界中，可是好巧不巧，他就这么来到了章凡颜的世界，然后又拖着章凡颜去了另外一个世界。章凡颜以前对苏哲不屑于了解，所以对他本身知道得并不多。章凡颜总觉得像他们这些人，大多是除了玩游戏，别的什么都不行的普通人，在电竞圈里待着，可能由于是大神让别人高看一眼，但是一旦离开了，并不比普通人好到哪儿去。

普通人尚且会读书工作，他什么也不会。

今天听苏哲讲自己的事情，章凡颜突然有种隐隐的自卑感。因为苏哲和自己不一样，就算不玩游戏了，他仍旧会有很好的人生——也许这就是为什么苏哲总对输赢不太在意，毕竟优秀的人在哪儿都是优秀的。

都说游戏玩得好的人脑子肯定也聪明，至少数学逻辑够好，但是章凡颜不这么认为。他能电光石火地计算出伤害，但是看见数学题就像看见了天书。此时和苏哲的一番对话除了令他感到卑微之外，甚至引起了章凡颜对未来的些许惶恐。

他是真的没有想过，如果有朝一日不打职业赛了，那么还能干什么？

章凡颜惆怅时喜欢用被子蒙着头，结果刚撩起了被角就被苏哲扒开。

苏哲说："这都夏天了还蒙头呢啊？你也不怕憋死。"

"你管我啊。"

新基地里LC逐渐恢复了往日训练的样子，甚至比春季赛更严格。每天基本十二个小时的固定训练量，之后的自由训练每个人自行安排。夏季赛的赛程已经出来了，

LC排得不好不坏，唯一庆幸的是和VIVA的首轮比赛安排得比较靠后。

在开赛前头三天里，官方放出了宣传片和每个战队各自的宣传片。战队宣传片大家拍的水平都差不多，跟韩国那边的宣传片一比后期简直就是五毛特效。但是官方这次不知道是不是砸了钱，弄得异常像大片，就连那个娱乐向的COS版都力求还原，本来大家都是有点搞笑的，经过一番特技之后还有点那个意思。正片就更是炫酷，一个个网瘾少年被拍得那叫一个热血帅气，张思卿看完之后大呼被官方坑了，以前都是浓郁的山寨风，这次竟然正经起来了，早知道能搞得如此炫酷，他死都不把名额让给章凡颜。

"那你去就真得COS妖姬了。"章凡颜提醒他。

"So what！"张思卿大喊，"可心都能COS狐狸难道我不能COS妖姬吗？！"

"当初明明是你死都不乐意去的啊！"章凡颜无奈，"更何况人家可心长得还行啊，你的妖姬……我是真不敢想象。"

"你那个金刚萝莉我还没吐槽呢！"

"我哪儿金刚了啊？！"

旁边的彭炀看不下去了，过来带节奏："我觉得苏帅的龙瞎挺帅的。"

"帅个鬼！"张思卿和章凡颜异口同声地道。

"呃……"彭炀只能悻悻地离开。

比起他们俩私下的争执，观众粉丝对这次的宣传片倒是一致点赞，特别是对娱乐版。大家纷纷猜测官方到底给了烦神和可心多少好处以致他俩能如此牺牲色相。可心的狐狸还好，至少穿得多，烦神的金克丝可是豁出去了，一身上下衣服没多少，该露的地方全露了。

一夜之间章凡颜的男粉都炸了个干净，纷纷表示"烦神大腿好白"。女粉们则是永无止境的"烦烦好萌烦烦好可爱"！

电竞圈的CP乱斗也是一道亮丽的风景，片子一出，一波风心党又炸开了锅。因为里面有个镜头是模仿比赛画面的，狐狸被围剿，盲僧一脚上去解围。这个画面被多才多艺的粉丝们以各种手段做成了教学素材，大家只能感慨官方逼死同人。

有人萌官配，那必定有人萌冷CP。在众多奇奇怪怪的帖子中竟然冒出了一个实力分析LC下野CP可否一战的帖子。帖主有理有据地分析了苏哲离开NAS来到LC之后打野套路的转变，以及和队友们相处的蛛丝马迹，最后得出结论，苏烦有得萌！

下面的回帖几乎是一边倒地劝楼主不要活在梦里：苏哲转变打野套路是因为章凡颜没打野帮忙肯定会炸，你看他春季赛尾声有打野帮不也还是炸了吗？更何况众所周知这两个人从一开始就不和,章凡颜可是明摆着当着好多人的面喷过苏哲的,苏哲也是脑子抽了才跑去LC。这队伍春季赛打了个高开低走,夏季赛搞不好要GG(Good game,此处指游戏结束)。

当然了,这些都是开赛之前的一些小花絮,大家也只当是茶余饭后的谈资,没人会真的在意。

因为,夏季赛已经到来了。

二、
低潮

炫目的舞台、热情的观众、蝉鸣的夏天，这一切都昭示着本赛季的夏季赛正式拉开了帷幕。

章凡颜习惯性地揉自己的眉心。场馆里开着空调，他觉得有些冷，便套上了队服外套。LC首战在开赛第二天，正逢周末，来的人很多。他出门的时候忘记带护目镜，在后台的时候恰好碰到了今天的解说北极，就拉着人问："北哥你有眼镜吗？"

北极家住得离市区极远，每次来解说的时候都会在周边的酒店开个房，装备自然是准备齐全的，他说："有啊，等我从后备厢拿去。"

没一会儿北极回来了，他的护目镜跟章凡颜是一个牌子的，只是镜架稍微宽一点。章凡颜觉得有总比没有好，说了声"谢谢"就准备上台了。

北极和搭档深蓝已经坐到了解说台上，选手在下面准备的时候，两人分别介绍了今天出场的队伍LC和PG。LC观众们都已很熟了，PG是刚从甲级联赛打上来的新队伍，之前双方只在杯赛上交手过一两次，大比分上LC全胜，除此之外并无其他交集。

镜头时不时给到选手们，北极调侃说："烦神今天没戴眼镜，用的还是我的。"话刚说完他就看见章凡颜皱了下眉，然后取下眼镜仔细看了看，又戴回去，反复了几次，还用力掐了一下镜架好像要往回收。

深蓝立刻笑着说："完了，眼镜不合适，烦神已崩。"

北极打着哈哈说："你可别黑我烦。"

两个人有来有回地说了几句，大屏幕上出现了BP画面。

北极说："好啦，现在进入BP阶段了。蓝色方是LC，红色方是PG。LC上来先把豹女ban（禁用）了，这个没必要啊。"

"可能别有深意吧。"深蓝的话说得也别有深意。

事实上的深意就是，在开赛前的训练赛上，苏哲不知道哪根筋搭错了酷爱用豹女，还莫名地大部分都坑了，简直陷入了一个怪圈。开赛第一局，为了稳妥起见，其他人一合计，还是自己先ban了吧。

当然这段心路历程苏哲是不知道的，他本来也没打算继续再用豹女，慢慢悠悠地自己选了一个努努。

比赛服版本稍微落后实际版本，章凡颜想都没想就锁了金克丝。

时隔一个多月再回到赛场上,大家都还不太习惯,比赛刚开始打得都比较稳。刚晋级的PG显然需要时间来适应新的比赛节奏,首场便遇上LC,心理上存有一定的障碍,节奏被带得有点偏离。

比赛进行到二十多分钟的时候,LC准备拿下自己的第四条小龙,几人在河道清了一圈视野。PG看着LC要开龙了,便召集了人马朝这边赶,团战一触即发。

"金克丝有闪现吧?"张思卿问。

章凡颜回答:"有。"

"开龙。"

解说台上,两个解说目不转睛地盯着屏幕。

北极语速极快:"苏帅开了龙,风女在一边保护一下,PG看起来并不打算放过这个机会。LC这边小龙打得很快啊,PG打不打?!龙血掉得很快,最后四分之一!猪妹进场了!哎呀!苏帅丢龙了啊!"

深蓝补充:"两边应该是同时落的惩戒,苏帅慢了一点。现在PG拿到了小龙!龙圈里一堆人这是要打麻将吗?!金克丝位置很好可是被锤石钩到了啊!烦神闪现撞墙!难道真是北极的眼镜诅咒?!"

一波团战打下来,LC虽然没把之前的好局赔回去,但也吃了亏。镜头及时给到了被抢龙的苏哲,只见他微微低头,眼神都变了。

春季赛章凡颜就嘲讽他连个龙都抢不到,结果夏季赛第一局他又丢了条龙,还是努努打野丢龙,简直颜面扫尽。苏哲心中顿时一口恶气不知道往哪儿撒。

"你们俩梦游呢啊?"队长大人发话了,"一个丢龙一个闪现撞墙,搞什么飞机?!赶紧给老娘清醒点!"

苏哲不说话,章凡颜顾左右而言他,其他两个人假装人机分离。

张思卿忽然有种身为家长的无奈感。

不过好在没亏太多,接下来LC主动组织了两波团战并且获得胜利直取高地。

休息室里的气氛莫名有点尴尬。

起初只是安西在一边儿叨叨下一局的安排,交代得差不多之后忽然就没话说了。房间里陷入了一片沉默,大家的视线四处晃都不知道在看哪儿。高程低了会儿头,扑哧一声打破了安静。

"你笑什么?"章凡颜问道。

"就是觉得挺好玩的。"高程笑着说,"你们有多久没犯过这种低级错误了?"

大家还是沉默。

高程又说:"当时的场景太搞笑了。我知道那波团打输了我们比赛也不会输,所以当时的心情,嗯……就好像打 rank(段位)一样,单纯觉得好玩。"

大家随着高程的话回忆了一下小龙团战,先是苏哲开团惩戒慢了被抢龙,大招都还没念完就被捅个半死,章凡颜本来认为自己能后排输出,结果没想到对方锤石险象环生,竟然一个神钩把他给拉了进去,自己屁滚尿流地闪现竟撞了墙。

顺带着脑补了一下当时两个人的表情,几个人都笑了出来。

休息室里气氛顿时轻松了很多。

他们都把比赛看得太重,开赛第一局就失误连连,以至所有人的状态一下子就回到了春季赛的尾声。

怕犯错,他们就会不断地犯错。

"好啦!"安西习惯性地拍手,像招呼几个小孩子一样,"准备下一局比赛吧,都轻松点,又不是最后一场。"

第二局,见章凡颜没戴眼镜,深蓝就一个劲儿地嘲讽北极,说:"第一局烦神闪现撞墙一定是你的眼镜有毒!"北极只能一个劲儿地说:"好好好,眼镜的锅、眼镜的锅。"

进入比赛画面,因为对面 AD(Attack damage,物理输出)选的大嘴,LC 这边便做好了插眼换线的准备。但是大嘴一直没出门,出了门之后被眼看到又从中路绕,章凡颜也就跟着绕。两边绕来绕去,结果卢锡安去了上路,大嘴出现在下路。

看着对方上单出现在自己的视野里,章凡颜随即知道自己没对上线。可是因为刚才没控线,对面兵早就推到了塔下。

"我这兵线啊!"章凡颜说了一句。

彭炀说:"你待着,我去插眼。"

他在河道插眼特别喜欢贴边插,一般都是在扫眼极限距离外面的盲区。如此这般,在大家的注视下,对方打野钻进草丛打算 gank(围杀)一波。

"跟我演?"章凡颜点了下地图,标记了草丛里的人,"我去送啦!"

"哎哎哎!"彭炀话都没说出来,只见金克丝举着枪天真无邪地直线朝对面上单就过去了,经过河道草丛的时候又忽然一个飘逸转身对着打野啪啪啪地放冷枪。章凡颜下手比对方快,对方被这么一弄当下没反应过来,恰巧苏哲也已经支援过来,上路三打二,章凡颜拿下双杀。

张思卿把画面切回自己身上,觉得就算现在过去也捞不到助攻,便索性安稳刷兵。

张思卿说道："你这也太耿直了吧。说上就上，对面打野也是年轻。"

高程说："演技，都是演技。"

"屁啊！"彭炀才从刚才倏忽爆发的战斗中缓过来，幸好他和章凡颜的配合早就不需要语言。章凡颜往前一走自己就能下意识地跟上，否则这一波章凡颜得黑。他说道："我早晚得被你一惊一乍弄出来心脏病。"

一个顺得不能再顺的开局奠定了胜利的基础，这一局他们几乎没什么磕磕绊绊地迅速杀人拿塔控大小龙，直至比赛结束拿下三分。

虽然是开门红，但因为对手是新军，并没有什么特别值得高兴的地方。回到基地之后，大家赶在饭前做比赛分析，几个人七嘴八舌地讨论着，训练室里炸开了锅。

苏哲整个人还沉浸在被抢了条龙的记忆里，分析的时候很沉默，吃饭的时候也很沉默。晚上他和彭炀双排，打野英雄轮着换了一遍，一句话不说，手感不好，跪了一宿。十一点左右，彭炀说要陪章凡颜排两把，小暴龙之前打韩服，国服的号再不打要掉段了。苏哲猜他大概是心疼自己的分了。

白天打比赛，精神高度集中，晚上一点多的时候，大家就陆续回去休息了，苏哲下了国服的号，又上了韩服。

半夜的服务器里永远不缺各种意义上的奇葩，苏哲不会韩语，只能在频道里敲英文，结果对方还是噼里啪啦说地韩语，苏哲没了耐心。

又是一个寂静无人打排位的深夜，最后一把，苏哲推掉水晶下线睡觉。

房间里很安静，章凡颜躺在床上已经睡着了。他背对着门，抱着被子的样子看上去很幼稚，整个身子睡得乱七八糟。苏哲站在床边轻轻地把他扳正，章凡颜哼了一下，并没有醒。

最近苏哲整个人都不太对，这是 LC 所有人都能感受到的事情。

训练赛上他的表现极其不稳定，要么 carry 全场，要么三路带崩，分明版本上没有什么特别的变化，但苏哲就是特别的迷。

第一局比赛上丢的那条龙如同一个节奏点，突然把苏哲给带偏了，以至于接下来两个星期的比赛、训练赛他一直呈现一种低迷的状态。

状态这个东西谁都没有办法把握，能量守恒定律，出来混的迟早要还。

好在 LC 的双 C 位够 carry，暂时弥补了缺憾，和几个对手撑死打成平局，大比分上尚未落败。

安西找苏哲聊过，苏哲面无表情地摇了摇头，说："我可能是还没适应比赛节奏。"

安西笑着说："打了这么久的比赛还适应不了节奏？"

苏哲没说话。

安西说："你是个聪明人，主意也大，要是有点必胜的决心，我也就不担心了。"

晚上的训练室里热闹得不行，大家乱哄哄地打 rank，国服的、韩服的都有。章凡颜拉着彭炀陪他双排，结果排到对面打野是苏哲。

卢锡安举着枪，蹲在墙边打算阴人。

"等我大招。"彭炀的安妮一蹦一跳地去找章凡颜，"你别 E 到墙上。"

"老娘直接闪现！"章凡颜学着张思卿的口气一下就飞了出去。

彭炀无奈："我这个大招放偏了，这波失误。"

"别说话、别说话、别说话！"安妮倒下之后，圣枪游侠灵活地躲技能输出 1V3 收下两个人头，苏哲剩下血皮往外逃，章凡颜开启圣枪洗礼，最后一枪扫到苏哲，拿下三杀："吻我！"

"吻你吻你吻你。"彭炀接他的茬，"不过刚才对面怎么死的啊？这波不科学。"

"都是操作。"

"……"彭炀懒得理他，买了装备回到了线上。

这波打下来卢锡安装备好到飞起，神挡杀神佛挡杀佛，二十多分钟就推上了对方高地。章凡颜加了胜点的同时，苏哲又掉分了。

他没说话，立刻排了下一局。

彭炀洗澡去了，剩下章凡颜一个人排，排到了五楼，在频道里敲字说："五楼 AD。"

结果好死不死地，四楼那个人不吭声地拿了个 ADC，章凡颜让他换，那人不说话也不换。章凡颜没法儿，自己拿了个辅助。

角色界面一跳出来，章凡颜"唰"地就掀了桌。

"苏哲你是不是脑子堵了？！"

"啊？"苏哲愣了一下，"我没看见是你。"

"没看见个鬼啊！"

"三楼把打野抢了。"

"那你不会骂他啊！"

章凡颜回头看了一眼屏幕，已经进了游戏画面，打野头上顶着"Whisper"的名字。

"好吧。"章凡颜坐好,"这局稳了。"

苏哲 ADC 拿的卢锡安,章凡颜不太会玩辅助,只会一个风女还经常把盾套给自己。两个人在下路对线,他走着走着,不禁习惯性地走到了前面,疯点对方 ADC。

"你往后边点。"苏哲说,"小心安妮六级。"

"没事的,他没闪现。"

"打野下来抓了。"

"哪儿呢?你哪儿看见的?"

"我感觉到的。"

章凡颜顿了一下:"你怎么不去死?"

苏哲点了下草丛:"插眼。"

章凡颜只能跑过去,刚靠近草丛,一只狮子狗猛地扑了出来。

章凡颜屁滚尿流地大喊:"你坑我!"

"你反身 Q 啊。"

就在苏哲说话之时,章凡颜吹了个风,卢锡安要往回走。章凡颜说道:"你别直接走啊!开大招扫然后关掉大招 E 过来一个 Q 一个平 A 就带走了!你明不明白!你这波操作也是绝了!我五岁的时候打得都比这好!"

一口气说下来,章凡颜的屏幕变成了黑白,苏哲的屏幕同样变成了黑白。

"唉,心累。"章凡颜一只手支着头。

下路双双送掉,Whisper 在频道里敲了个问号,章凡颜敲了一个"ADC xiba",那边 Whisper 哈哈大笑。

一个会玩辅助,一个会玩 ADC,本来应该是个强势下路组合,但偏巧两个人的角色互换了。

章凡颜本来打排位就喜欢叨叨,苏哲就算晚出了个无尽他都要嘲讽半天,嘲讽完之后又一副心累得要死还不如自己上的样子。

好在韩国小野王玩得溜,帮了两波下路,节奏就带了回来。

章凡颜苦口婆心地说:"你看看人家。"

苏哲都想双手离开键盘了,一局打下来,心塞的程度不比章凡颜轻。

当然他也从心底里觉得,Whisper 很强,还是那种又疯又浪的强,也许年纪小的时候都会这样,对自己的操作和意识无比自信,即使送了一波也坚信自己能打回来。都说二十岁是职业选手的一个巅峰年龄,这些还未到二十岁的小鬼每一局比赛都在进步,每一局都在往上爬。

苏哲想了一下自己十八岁的时候在干什么？

他似乎是过着白天上课晚上玩游戏的生活。那时候恰逢高考，他象征性地努力学习了三个月直到高考结束。在漫长的暑假里，一个人守着一个空房子昼伏夜出，把号的段位冲到了国服前列，之后安心地去上学了。

大学同学得知他那么厉害，总是请他去网吧玩。久而久之，学校那片网吧的人都知道了他，他在国服高端局的排位也混出了名堂，就有人来邀请他打职业赛。

他觉得也许去打游戏会比现在的生活有意思，于是通知了一下父母，自己办了休学来了魔都。

一下过去了两年多，苏哲并未感觉到现在的生活像自己当初预想的那般快乐。枯燥的训练和繁重的比赛，再也没有更多的东西了。他也曾想过，如果自己还在读书的话，会是怎样的光景？

如果读书的话他就遇不见章凡颜了，这样想想，职业生涯其实并非那么单调。

一局排位打完，彭炀恰好回来了，章凡颜立刻抛弃了苏哲去跟彭炀双排。苏哲歪头看他，不经意地笑了一下。

苏哲例行排位排到半夜，这是他几乎从夏季赛开赛到现在都没改变过的事情。隔了一个假期回来，他不免觉得自己有点状态下滑，其实每个职业选手都会面临这个问题，只是苏哲没想到会来得这么快。

于是他只能用加重训练量来弥补状态不佳的情况，可又会陷入另一个怪圈，努力练习的东西都不知道去哪儿了。

夏天天气热，章凡颜困得早，晚上一点多就回去睡觉了。本来他以为和苏哲住同一个房间没好事，可后来发现，自己几乎碰不到苏哲待在房间里。

苏哲回来的时候章凡颜早就睡着了，章凡颜醒的时候，苏哲已经起床离开了。

两人就像原来那样，只能在训练室和饭桌上碰个面，苏哲变得有点沉默。大家约莫知道是什么原因，只是谁也不敢去问。

这天去比赛，他们是最后一场，章凡颜意外地收到了李想的信息，信息说："我来看比赛了。"

章凡颜对这个女孩心里总归揣着愧疚，开赛前又把李想拉到了后台："你怎么不早点跟我说你要来啊？我还能给你弄一个前排的位置。"

"我也是没课无聊来看比赛嘛，不用这么麻烦的。"

"没课？"章凡颜立即反应过来，"哦，上大学可以翘课……上学真好，多自由。"

李想听他这话说得别扭，就笑嘻嘻地拍了拍他的肩膀："感觉一个多月不见，你又长高了。"

"有吗？"

"原来我到你这里。"李想比画了一下，"但是现在感觉不太一样了，也帅了。"

章凡颜不好意思地笑了笑。

没了男女朋友的关系，他觉得和李想聊天时反倒轻松了许多，两人甚至比原来更亲密了一些。他看了眼时间快到了，便跟李想说："我现在要去做准备了，等结束时再来找你啊。"

可结束的时候，谁也没了心情。

因为LC迎来了开赛以来的第一次负场，这是谁都没想到的。

第一局开局打得不错，可惜丢大龙毁一生，而且指挥那波龙团的正是苏哲。第二局里，苏哲在野区里被抓了两次直接崩了，换作原来，即使在没有视野的情况下，他都能够直觉感受到危险的来临，但是在这场比赛中，苏哲就像个瞎子一样在漆黑的野区里游走，然后送上人头。

胜利不是一个人缔造的，失败也不是一个人造成的。这两场比赛失败只能说是大部分原因在苏哲身上，可并非全部。

场上的时候章凡颜就忍不住想叨叨了，但是张思卿一直在说话，分析该怎么打，愣是没给他插嘴的机会，他只能心中充满怨念。下了赛场之后，安西说："不早了，大家吃个饭再回去吧？"也没人搭理他。

章凡颜忽然想起李想了，就给她打电话约在后门见。李想知道他们要从后门出来，早就在那里等了，当然门后还聚集了一些其他想要签名合影的粉丝。

"小烦！"李想招手，"这儿！"

章凡颜压了一下帽檐，快步跑过去。

李想措辞了一下："你今天已经打得很好了，只是输了一场而已，以后赢回来就是了，别太在意。"

章凡颜摇了摇头："没事。"

"你这就回基地了吗？"

"我……"他刚要说话，苏哲就从后面拉了他一下，冷冷淡淡地说："走了。"

章凡颜不耐烦地甩开了他："你别拉我。"

苏哲目光扫了一下李想，视线又回到了章凡颜身上。他连跪两场本来心情就不好，出门还遇见这么一出雪上加霜的画面，口气不觉重了一些："怎么说话呢？"

章凡颜被他搞得也有点火大："什么叫我怎么说话？我活了十八年一直这么说话，你第一次听啊？！"

"小烦……"李想拉住了章凡颜，示意他小点声。

其实他这火窝了不是一会儿半会儿了，从比赛的那会儿就想撒，苏哲俩人头全送给对方 ADC 了。他这边好好对线，对面回到线上瞬间领先自己两件装备，这还怎么打？要是打 rank 局，章凡颜早就怒喷队友然后挂机了。

只是这是比赛，就算再难打，他也得硬着头皮打。

"我告诉你苏哲！春季赛我打崩了多少场夏季赛都还给你！你要再像今天这样，就别怪我说话难听！"

章凡颜最后一句话抬高了音量，顿时周围所有人都看了过来，他瞪了回去，拉着李想就往外走。张思卿他们出来得略晚，看着眼前的场面有点不知所以。他捅了捅苏哲："怎么了？怎么忽然开大了？"

"不知道。"苏哲揉了下头发，烦躁地说，"走，抽烟去。"

章凡颜闹哄哄的自然引起了一些人的注意，他一张臭脸拉着李想走出了场馆，李想也没搞懂什么情况，只能跟着章凡颜走。

"小烦，你怎么生这么大气啊？"李想问，"苏帅也没说什么吧？"

"你别说话。"

李想被他逗笑了，觉得此时此刻的烦神就好像一个不开心的小鬼拉着家长离开是非之地。转眼间两个人都走到马路上了，李想拽住了章凡颜："我们晚上去吃东西怎么样？我知道有家新开的馆子很好吃的，正好你从那里回基地也方便。"

"哦……"

可能是为了哄章凡颜开心，李想特意点了一桌子的菜，却不纠结两个人到底吃不吃得完。她没提比赛的事，只是聊了聊自己近些日子的见闻。

李想说："学校快要放暑假了，那时候我就有时间天天玩了。"

章凡颜一直低头吃东西，因为只要一停下来就会想起下午比赛中苏哲的各种带崩，自己胸闷心塞一口恶气不知道往哪儿撒。之前这个人虽然有病，但不至于隔了个假期忽然变成菜狗了吧？

"你笑笑嘛。"李想自己先笑着说，"知道的是比赛输了，不知道的还以为你跟谁闹别扭呢。"

"没有。"

"那我们不说这个了,你假期玩得好吗?"

一提到假期,章凡颜顿时有种脊背爬满冰柱的感觉。对于那个假期他已经没有什么太多别的记忆了,也没吃好也没玩好,要么主动睡觉要么被动睡觉,现在想想好像那几天他的主旋律就是在床上躺着。

"马马虎虎,就那样。"章凡颜故作轻松地回答,"只是简单的休假而已,没什么特别的。"

"哦……"李想点了点头。

章凡颜又扒了两口饭,看了眼时间,忽然想起来他是匆匆忙忙就跑出来的,大概别人都直接回了基地。

"我得回去了。"章凡颜把嘴里的东西咽了下去,"回去晚了要被骂的。"

"那你赶紧走吧。"

"多少钱?"章凡颜在身上掏钱包,掏了半天才发现自己只带了部手机。

李想笑着拍了拍他:"你赶紧回去吧,下次请我吃饭不就得了?"

章凡颜点了点头:"行,那我走啦!"

他回到基地的时候,大家几乎都在训练室里,有的在看比赛,有的在打排位。没人说话,气氛死水一样。

他刚一出现,张思卿立即一脸"求解救"的表情看着他。

章凡颜睁大了一下眼睛,意思是"怎么了"?

张思卿指了指自己背后,苏哲戴着耳机面无表情地打排位,他时不时地咬一下下嘴唇,浑身笼罩着一股"非战斗人员请回避"的气场。章凡颜悄悄地走过去看了两眼,然后觉得苏哲这把大概是怄气不想玩了,拿着一个卢锡安打中单,出门不带眼,把对面中单压在塔下打,对面打野来了就闪现加E技能逃命,还不忘回身甩一个圣枪洗礼,生生地把对面中单给扫死了。然后咬着的下嘴唇终于松开了,他用几乎是听不见的声音吐出了一个字"菜"。

章凡颜用莫名其妙的眼神看向张思卿,张思卿把他拉到了厨房。

"你拉我干吗?"

"你可离他远点吧!"张思卿一副不得了的表情,"你知道吗?我一直以为玛丽苏是脾气挺好一个人,今天简直了!我们那会儿在外面抽烟,玛丽苏一直阴着脸一句话也不说。本来两场比赛确实该他背大锅,但这也没什么啊,毕竟谁都有个状态好坏,坑个一两场哪儿算坑啊?"

"等等。"章凡颜打断了对方,"他最近训练赛也挺坑的,哪儿是坑了一两场?"

"你别说这个。"张思卿大手一挥,"春季赛你不也一路坑到了尾吗?"

"你继续。"

张思卿咽了口唾沫:"回来之后他也是一句话没说,就一个人闷头打排位,而且是瞎玩。我刚才稍微瞄了一眼,他排在前面就直接抢位置,玩得特别奇葩。"

"就这?"

"你是没感受到他那个劲儿,虽然不说话,但就是恐怖。"张思卿象征性地拍了拍章凡颜的肩膀,"你跟他住一个房间,好自为之吧……哎,对了,你们是不是出来的时候吵架了啊?"

"没有。"章凡颜摇头,"没别的事我打排位去了。"说完,他转身离开了厨房。

章凡颜的位置就在苏哲旁边,回去时苏哲还在噼里啪啦地打排位,好像跟平时没什么区别。

章凡颜心想:哪儿有那么邪乎?

可惜这个世界上总有人会揣测别人的一举一动。

此时此刻的贴吧首页几乎全是探讨 LC 队内问题的帖子,矛头几乎都指向了 LC 下野不和。因为晚上有不少人看到章凡颜大庭广众下跟苏哲吵架的那一幕,矛盾都闹到明面上来了,那私底下得是什么样?

又是一场互撕大战。

这面苏哲的粉丝说:"不就状态不好输了吗?谁还不能有个打得不好的时候,那个烦狗也是矫情,有什么事不好私下说,每次都是他先开口喷人的,也不看看春季赛是谁坑,苏帅什么时候回过他一句不好?"

那面章凡颜的粉丝就说:"烦神春季赛没打好可是夏季赛 carry 了啊,夏季赛完了马上就总决赛,现在状态不好可没人给你时间调整,全队陪着你爆炸啊?"

当然其中还有各种理智粉动之以情晓之以理地从比赛局势开始各种实力分析,只不过全被淹没在口水战中。

最后大家一致得出结论:"苏哲当初就不应该来 LC,要是还在 NAS 哪儿还有现在这么多破事。现在 NAS 可心和 Whisper 打不出中野配合,苏哲自己又全给带崩了,得不偿失。"

外面的人说 LC 队内矛盾激化到谁也容不下谁了,可基地里倒是没怎么受影响。毕竟苏哲一句话不说,大家不知道该从哪儿开口。

半夜两点左右,大家陆陆续续从训练室离开,彭炀叫了苏哲一声,苏哲说:"排位还没打完。"就没再理彭炀了,彭炀只能叹气离开。

负面情绪是个很奇妙的东西，比开心快乐的感情更能影响别人。章凡颜躺回床上也睡不着，拿着手机翻到了那些帖子，翻完之后更睡不着了，感觉自己似乎活在大家杜撰的世界里。在那个世界里他章凡颜天天骑在苏哲头上耀武扬威，人民群众万人血书纷纷表示想救苏哲于水火之中。

真不知道是谁骑谁，章凡颜郁闷地把手机往旁边一扔，心想自己有那么不堪嘛，不就是嚷了苏哲一句？何况今天那两局那个人就是欠骂，看着那几个击杀出现他自己都着急，可是苏哲愣是一句话不说，到头来还反问自己一句"你怎么说话呢"？

自己干脆被那个傻人气死算了。

想着想着，章凡颜想到了春季赛那会儿，自己确实后半段发挥不怎么样，那时候好像苏哲并没说什么——正如帖子那些回复的人说的一样，苏哲从来没对自己表示过不满，自己哪儿来的脸喷人家？

章凡颜怒砸床，决定挺尸睡觉，不再想其他事。

只是苏哲还是没有回来。

第二天清晨的时候，章凡颜被梦吓醒了。他梦见LC和别的队争最后一张去总决赛的门票，直到BO3（三局两胜制）的最后一局，一路打得都很顺，只是最后一波团战自己走位失误被抓直接爆炸，基地炸的时候章凡颜瞬间就睁开了眼。

还好是一场梦。

他看了看窗外，天刚亮，时间还早，苏哲的床是空的。章凡颜下床摸了一下，凉的，看来那个人压根没回来睡过觉。

一场噩梦吓出了一身汗，章凡颜打算去冲个澡回来继续睡，猛地一开门就和苏哲撞了个满怀。

两个人对视了一下，谁也没先说话。

苏哲眼下有点发青，打了一宿的排位，早上他感觉脑子有点转不动了，就回来睡一会儿，下午还要打训练赛。他稍微侧了个身，让章凡颜出去，然后反手就带上了门。

章凡颜回来时，苏哲已经睡着了，安静的人怎样都安静。他蹑手蹑脚地靠过去看，苏哲的睫毛随着呼吸自然地颤动着，投在眼睑上的阴影让苏哲看上去很疲倦，连睡容都疲倦不堪。

章凡颜正看得出神，苏哲微微抬了一下眼睛，伸手拉了下章凡颜。章凡颜没站稳，下巴磕在了苏哲的胸口上。

苏哲迷迷糊糊地说："你不是不让我拉你嘛，现在怎么不说话了。"他声音含含糊糊，听上去有点沙哑，懒洋洋的。

"……"章凡颜抬头，睁大了眼睛看苏哲。可从苏哲的角度看，章凡颜就像是他怀里的猫。他摸了摸章凡颜的头："你的头发没吹干。"

"吹风机太热，吹干了又要出一身汗。"

"你今天醒得好早。"

"呃……"章凡颜想起来，但是苏哲手抓得紧，他只能费劲地抬眼看苏哲，懒得说话。

"再陪我睡会儿吧。"苏哲深呼吸了一下，然后长长地叹气，"我累了。"

可能是通宵排位累了，也可能是这一段时间压抑的比赛打累了，章凡颜不知道他说的是哪一种。

不知不觉，章凡颜自己也睡着了。

一周之后，他们迎来了跟 NAS 的首轮较量。

因为这场比赛算是当天的压轴戏，所以被安排在了最后一场。

安西在休息室里简单地说了两句上场之后要注意的点，就放大家自由活动了。这段时间以来队里的气氛都有些压抑，问题还是出在苏哲身上。一个出色的打野是能带动队友节奏的，在这一点上苏哲表现得倒是淋漓尽致，他自己身上弥漫着一股迷之消沉，带得大家一样莫名消沉。安西觉得队员们现在就像一摊死水，急需一根搅屎棍子去搅和两下。

夏季赛的争夺异常激烈，几乎每一场过后前几名的队伍之间的排位都会有一些变动，上次 LC 被二比零之后排名瞬间就掉到了第四名。今天跟 NAS 也是苦战，结果如何并不好说。

苏哲坐在位置上，手指轻轻地在键盘上敲，镜头给到他的时候，人正对着显示器发呆。解说叫他，他也没理。张思卿隔着章凡颜和彭炀说话，章凡颜在中间用手撑着头，一副要入定的样子。

不论实际上是怎样的情况，在观众来看，LC 这支队伍确实是矛盾重重。

安西走到他们身后进行 BP（ban/pick，禁用 / 选用），NAS 最后一 ban 并没有 ban 掉雷克塞，高程看了一眼安西，先行帮苏哲把雷克塞拿掉了。

"蛇女怎么样？"张思卿问了一句。

章凡颜说："你要表演扔蛇了吗？"

"让你见识见识 AP（Ability power，法术输出）高达 1000 的蛇女长什么样。"张思卿笑着回答.

"呵呵。"高程淡定地说,"可心拿了沙漠皇帝,感觉你得被他先戳死。"

"不能够!"

没一会儿,大屏幕上出现了本局的对阵。

LC:TOP(上单)-LichK(扭曲树精)、JUG(打野)-Wind(虚空遁地兽)、MID(中单)-MissU(魔蛇之拥)、ADC-Living(战争女神)、SUP(辅助)-Peng(魂锁典狱长)。

NAS:TOP-Eiji(战争之影)、JUG-Wishper(雪人骑士)、MID-ImaGine(沙漠皇帝)、ADC-Hide(暴走萝莉)、SUP-XD(深海泰坦)。

看见对面的阵容,苏哲下意识地摇了下头。

张思卿说:"打野帮抓人马吧,他带的惩戒,不要让他刷起来。"

"嗯。"

比赛刚开始,NAS三个人就抱团进了LC野区,把大树放在那里的儿子引了出来。高程"呵呵"了一声,当作什么都没发生。

Whisper跑到蓝buff(增益效果)处打算偷蓝,一片漆黑的情况下谁也没看见。苏哲还刷着三郎,解说一个劲儿地说:"苏帅蓝要被偷了不应该贪三郎。"

Whisper偷完了蓝潇洒转身,苏哲才过来,看着空无一物的野区,叹了口气。

自己家没了,那就去对面看一看吧。被偷了蓝的打野愤怒地刷了一波F4。

上帝视角的观众是能看见此时NAS的红buff还在,挖掘机就离它那么一点点距离,可是始终没往那边儿走。看客们着急,主角却压根不知道发生了什么。

这么里外里地算下来,苏哲亏了不少。

线上,蛇女被沙漠皇帝紧追不舍,索性买了一身抗性塔下稳健补兵。张思卿也是有一手,塔刀一个没漏,并没被沙漠皇帝甩下太多。

苏哲从对方下半游野区往回绕的时候正好被眼看到,金克丝和泰坦两个人去包夹他,锤石过来放灯笼,金克丝立刻摆了地雷封路,苏哲无奈地送出一血。

章凡颜心里哀号,因为一血送给了金克丝。

一血虽然并不意味着什么,但大多情况下就像是一个连锁反应的开端,这波苏哲打亏了,人马就像他们预想的那样刷了起来。高程毫无办法,团战进去抗一波伤害,回头一看队友死得差不多了。

怎么打都是输,NAS率先拿下一局。

安西没说别的,只是分析了一下情况,做出了第二局的安排。苏哲听教练说完了,起身离开休息室去洗了把脸，回去的时候差不多要开始第二局了。大家陆陆续续地往外走，章凡颜走在苏哲身侧，小声说："如果这一局再输，你就别活着走出体育馆了。"

苏哲先是愣了一下，随后又觉得有些好笑："是键盘爆头还是鼠标线锁喉？"

"你还有心情开玩笑？"章凡颜不可思议地看着苏哲，"老头子在中路都被戳成筛子了也没见你往中路走过，你说你是不是放水？"

"我都被抓成那样了还有什么水可放？"苏哲无奈地说，"有些事情真不是我能控制的。"

"你！"章凡颜气极，一摘眼镜用力甩到了苏哲身上，"你一个打野连比赛都控制不了要你干吗？！我！我……"

章凡颜气急败坏地"我、我、我"了半天，最后肩膀一松，泄气一般说，"亏我以为有你就能躺赢的，春季赛的时候我真的是这么感觉的，原来并不是。"

他说完了，就转身上了赛场。

苏哲站在原地看着章凡颜的背影，心情甚是复杂。

很久之前彭炀就跟他说过："对于章凡颜，你只要比他强，他总会服你。"

春季赛的时候自己状态好，并未有什么特别的感觉，到了夏季赛，特别是打到现在这个地步，苏哲多少有了些感触。他曾多次跟章凡颜承诺要带对方飞，结果现在连这点也做不到了。

电子竞技的世界观中，王者才能被认可，菜就是原罪。

章凡颜转身前看他的那个眼神就好像在对苏哲说：你骗我。

苏哲深呼吸了一下，走了过去。

第二局 BP 的时候，雷克塞并没有被 ban 掉，然而 NAS 也没有拿，反倒是拿了一手酒桶，不免让 LC 这边有一种深深被鄙视了的感觉。

雷克塞在场上，我不拿，放给你，因为我知道你拿了也没用。

高程说："苏帅，我不知道你是什么脾气，要我肯定不能忍。"

"嗯。"苏哲的语气很平淡，"他不要那就给我吧。"

最终，NAS 那边纳尔、酒桶、炸弹人、轮子妈和锤石。LC 拿到了大树、雷克塞、露露、卢锡安和安妮。

"那个酒桶我看不懂啊。"彭炀说，"纳尔、轮子妈上来强开团，炸弹人勉强算能跟上吧，酒桶几个意思？"

"大概想秀了吧。"高程回答。

"真的不会秀歪了吗?"张思卿说,"Whisper 也是年轻气盛,我要是可心早杀了他了。"

章凡颜趁着进游戏的时间说:"幸好他们上单没选龙女,要不然就是 Whisper 看不起玛丽苏,Eiji 看不起老头儿。"

张思卿买好装备出门:"咱们 BP 已经赢了一半了,你可以不用说话了。"

只可惜苏哲去反野的时候正好和 Whisper 围着草丛绕了一圈,锤石过来一钩,苏哲交闪现。

两局开局都是苏哲先出事,张思卿无奈地笑道:"苏帅,原来你是帅死的,现在你是萌死的。"

他这句话出来,频道里紧张的气氛忽然轻松了一些。

打野缺闪现,线上就进入了无限的对线。章凡颜打得激进,把锤石的闪现打出来了。

苏哲看自己的闪现快转好了,游走到下路,食指在键盘上嗒嗒嗒地轻敲了几下。章凡颜上前勾引,苏哲掐着闪现时间直接出手将锤石顶起,章凡颜连点两下,苏哲收下一血。

"不错不错。"张思卿说道。

苏哲拿了人头,话都没说一句,在野区里绕了一圈直奔小龙。

"他们没眼。"苏哲说,"AD 过来偷龙。"

"嗯。"

两个人将小龙打到半血,对面酒桶嗅到了危险的气息,朝着小龙而来。苏哲往外面插了个眼看到了酒桶,然而露露和安妮也赶了过来。可是安妮不小心被对面锤石钩到,轮子妈一波打过来安妮瞬间残血。

大家本以为安妮必死,没想到露露升到六级极限距离给大招一口顶了起来,安妮一套控制打出去还嗨了一波,雷克塞把酒桶堵在龙圈里,配合卢锡安几下就点死了。

小团战打完,LC 拿到一个大节奏。

比赛中段,高程缺一个传送导致 LC 又输回去一些,对面炸弹人瞬间就肥了,双方又打成了均势局。

"净化炸弹人不好秒。"张思卿说,"小龙快刷了,下波团战之前卢锡安能掏出轻语吗?"

"你不说话就能。"

NAS肯定不想给章凡颜时间做轻语，集结人马就奔着小龙去了。苏哲靠龙坑那边近，想都没想跟着往前冲，轮子妈看雷克赛这样以为他身后一群人，没来得及跟队友说清楚就把大招交了。

"直接开直接开！"张思卿喊。

苏哲最靠前，上去顶着等队友来，一波没抗住先倒下，LC开始后撤。锤石卡在河道处想要出手，章凡颜一个滑步转身潇洒圣枪洗礼，对着NAS贴脸扫射把锤石击毙。高程闪现跟上，炸弹人想把卢锡安弄死，章凡颜风骚走位反秀方池，横扫全场。

胜利的天平逐渐倾向LC，最终他们带着五小龙buff推平了NAS高地。双方战成一比一平，暂时握手言和。

拿下了第二局，几个人都稍微松了口气，但也有种只是没死透还在苟延残喘的错觉。

NAS那边气氛却很是轻松，Whisper任性，酒桶玩输了还是一副笑嘻嘻的样子。一边的方池在收拾东西，Whisper站起来拉着方池的手臂摇晃了两下，嘴里不知道说了什么，方池看他，然后摇了摇头。

回到基地之后，安西简单地说："今天大家打得不错，要记得第二局的节奏。"

苏哲依旧没说什么话，回去之后自己默默地打排位。章凡颜晚上饿了，从厨房拿了一堆吃的堆到了桌子上，双手占着也玩不了游戏，就靠在后面看苏哲排位。

这一局队友坑得不行，苏哲退出来看了看自己还剩下的那点可怜的分数，再输一场差不多就真该掉段位了。

章凡颜咽下最后一口食物，忽然说："彭彭去打韩服了。"

"嗯？"苏哲回头，不明白他的意思。

"哦，没事。"

苏哲脑子里转了一下，马上就给章凡颜发了游戏邀请。

苏哲打野，章凡颜玩AD，没想到两个人互相坑，最终成功把苏哲坑出了王者。苏哲出来看着自己的号，感觉短时间内都不想再打国服了。

章凡颜打着哈欠眼泪汪汪地看着苏哲说："困了想睡觉。"

苏哲心软，哄着他上楼了。章凡颜只要白天打比赛，晚上就困得早，躺床上没一会儿就睡着了。可苏哲睡不着，一闭上眼睛，脑海中就浮现出各种比赛的画面——击杀、死亡、水晶爆炸。

Whisper 第二局的自信酒桶确实有点影响他的心态，看赛后 Whisper 的样子也不像打得有多认真，就跟随便玩了一把排位一样。

打不好的人真的只有被人看不起的份儿。

苏哲在床上来回翻腾了两下，又爬回了训练室打 rank。

这一打，他就打到了天亮。

早晨他回到房间的时候，章凡颜还安安稳稳地睡着，苏哲躺床上一时半会儿也睡不过去。下午还有训练赛，他不睡觉的话难保打成什么样。他们现在一路朝下走，谁也不知道哪里是个头，或者还有更大的爆炸等着他们。

近日他的努力没有一点成效，就像个恶性循环，愈演愈烈。

如果说跟 NAS 的比赛还是吊着一口气活着，那么夏季赛第一轮最后一场跟 VIVA 的比赛则是彻底将 LC 诸人赶尽杀绝。

VIVA 开局毫不留情地二比零带走 LC，第二局的节奏更是快得跟人机一样，先是中路被无脑针对抓崩，然后 VIVA 中路养肥了和打野一起游走 gank，LC 几乎没什么招架能力，自家的水晶就炸了。

赛后白飞去找苏哲，今天的两局比赛都是他上的。他只是知道苏哲最近状态特别不好，可没想到居然能崩成这样，而且一点缓和的余地都没有。场上两人是对手，也许经常会被拿去比较，私底下，彼此多少有点惺惺相惜。

刚绕过赛场白飞就看见站在拐角一个人不知道在干什么的苏哲。

"你跟这儿站着干吗呢？"白飞快跑了两步过去。

"没事。"苏哲回答，"出来透透气，得待会儿才能回基地。"

白飞仔仔细细地看了苏哲半天："你最近怎么了？"

"我能怎么着？"

"我以为你是那种怎么着都不会崩的人。"白飞笑了笑，直截了当地说，"但是今天打了一局，感觉你跟以前完全不一样了。我不知道你是自甘堕落还是有什么事情。夏季赛过了一半了，马上就是季后赛，季后赛结束还有预选赛，现在是六月末，你真的要这样过到八月？"

苏哲犯懒一般伸了伸腰，回答："要是真这样到八月，估计就打不进总决赛了。"

说完他自己都觉得无奈，苦笑了一下。

"其实我挺能理解你的。"白飞看似轻松地说道，"其实上个赛季有段时间，我也感觉不会玩了，怎么打都输，输到最后不知道该怎么赢。其实自信是赢出来的，输的时候只有崩溃。"他拍了拍苏哲的肩膀，继续说："不过这东西就跟抛物线一样，死前尚有回光返照……"

"你别说话。"苏哲打断他，"被你说得我好像马上要进棺材了一样。"

白飞咧嘴一笑："不要在意这些细节，我文化低，比不上少爷你。"

苏哲又一字一顿地重复了一遍："你、别、说、话。"

白飞跟没听见一样顾左右而言他："不过你最近真的瘦了，还是肉眼可见的那种。"

"哦，是吗？"

"是啊。不过你放心，你仍旧是联盟的颜面担当。"

苏哲一歪头看向白飞，后者立刻说："好好好，我不说话。哎，我该走了啊，我就这么一个赛季了，好歹决赛的时候咱们在国外好好打一场。"

苏哲顿了一下，才慢慢点了点头，白飞已经跑远了。

原来白飞今年也是最后一年了吗？不过想想也是，一个队里两个打野，小圆年纪比白飞小，大的总该让位置的。更何况，职业赛打久了是会累的，身体上也许可以承受，可心累的感觉根本无法用语言形容。

苏哲没想到的是，白飞能如此轻松地说出这些，就像聊天气一样。

他不自觉地抬头看了看天空，初入职业圈的时候从来没想过的问题此时竟然都浮现了上来。看来是要掐着时间过了，到夏季赛结束满打满算一个多月，开赛前章凡颜曾问他是不是没底，现在，苏哲是真的没底。

LC对目前战队的问题很是头痛，他们从不认为状态不好是某一个人的问题，团队游戏玩不好谁也脱不开关系。高密度的训练让队员们根本没时间思考，可问题越来越严重，最终俱乐部决定放假三天调整心态。

"这三天干什么？"张思卿表示不理解，"发呆吗？现在都什么时候了，不训练干坐着？"

"可能是要冥想吧。"安西用手指在太阳穴上转了一下，"我看下现在的排位啊，嗯……我们还稳定地排在第四名，当然了第五名跟我们只差一分。季后赛打完之后，冠军直接晋级，剩下的四支队伍争夺两张门票。我掐指一算，要是保持现在的状态，我们还是能一战的。"

章凡颜双手托着脸，说道："战个鬼。"

安西说："请注意文明。"

彭炀干巴巴地笑道："也好，可能大家最近都累了吧，放三天假就当……"他也不知道该当成什么，就没有再说下去了。

宽大的会议室里，大家围坐在桌边，似乎都懒得说话。

高程抄着裤子口袋仰靠在椅背上看天花板，章凡颜托着脸发呆，苏哲低着头玩手机，张思卿也是神游天际，彭炀本来话就不是很多，只剩下安西一个人在中间正襟危坐。

房间里安静得能听见空调运转的声音，外面骄阳似火，屋里面却冷飕飕的。

"我说。"安西咳了一下，"你们是都聋了吗？"

没人理他。

安西站了起来："别一个个好像明天就是世界末日了，给你们放假不是让你们沉浸在自己制造的悲惨世界里，你们第一天打职业赛啊，这就受不了了？"

大家看他，可是没人说话。

安西就像往常分析比赛那样在房间里面慢慢踱步，说话的语气却难得正经："我在这个房间里跟你们说过无数次类似的话，可能你们自己听得耳朵也磨出了茧子。但是没办法，这就是我们现在要做的事情。夏季赛过去一半了，这一年也过去一半了，我知道在过去的几个月里大家很辛苦很累，可以说在过去的一到两年里我们都一直重复着这种状态，到现在这个节点为止……"他清了一下嗓子，继续说，"真的没有比现在更差的时候了。

"我并不想批评你们之中的任何一个人，因为你们还在坚持，还在努力，本身就是一件值得欣慰的事情。毕竟都说每一个现役选手多少都是有点梦想的。可是我也不想鼓励你们，你们有粉丝有支持者，他们会跟你们说'没关系，这场丢了下场打回来。你在我心中是最强的，我永远支持你'。你们多多少少都打了差不多两年了，第一年的崭露头角积累沉淀，第二年的爆发崛起走向巅峰，可能这就是一个职业选手最好的两年。在这两年中不知有多少昙花一现的人出现，能走到这一步本身就是不容易的。"

众人沉默。

安西慢慢地走到窗边，然后转身："韩国的 Reed 你们不陌生吧？前年的 VBA 宇宙最强打野。可能你们之中有的人还和他交过手，那时是不是感觉世界上根本不可能有人打败他？结果去年整个赛季他的状态你们也看到了，他的状态迅速下滑以至于不得不去看饮水机，几乎一整个夏季赛都缺席，韩国随便一个新人好像都能骑在他头上，按照这个故事的节奏，我们几乎可以说是又见证了一代王者的陨落。"

"可是，今年春季赛上日常替补的 Reed 关键时刻逆天改命，把濒临淘汰的 VBA 救了回来，队伍甚至拿到了季后赛的冠军。同时他自己代表韩国赛区参加全明星赛拿到冠军，重回巅峰。你是想说这个吧？"张思卿抬头补充。

"没有永恒的王座，这个圈子永远是一代新人胜旧人，你们沉浸在悲观的情绪里还不如仔细想想怎么把欠下的胜利讨回来。"安西笑了笑，"你们现在的压力跟 Reed 比起来差多了。毕竟他当年宇宙无敌，当真是从天上掉到了地上。你们几个现在才哪儿到哪儿？巅峰的时候有人敢说自己中国第一？"

安西的眼神凌厉地扫过每一个人："所以我想说的是，菜狗没资格伤春悲秋！"

章凡颜皱着眉刚要张嘴反驳，被安西一眼瞪了回来，马上就闭上了嘴。

几个人仍旧陷在沉默里，安西也坐下来不再说话。

他刚才那一句就好像是点到了所有人的症结所在，只有真正登顶的人才有资格说陨落，其他人的上上下下只是优胜劣汰。

这个世界是残酷的，没有那个命的人，却还在自怨自艾，想来都可笑。

安西绷着的脸突然松了下来，好像刚才说话的人不是他："不过假还是要放的，我这段时间跟你们说了这么久，每次拿出冠军级的阵容也赢不了，爸爸感觉好心塞的。所以这三天你们谁都别找我呀，爸爸要去度假！"

队长大人低着头叹气，本来还有点想自我反省的，但是现在这是什么鬼？

教练永远都是帅不过三秒。

"你们这几个菜狗这几天要好好思考思考啊！拿不到欧洲游的门票的话……"安西笑眯眯的眼神瞬间变得杀气四溢，语气低沉到了极点，"那就趁早退役卖饼吧。"

他说完就转身往外走，刚要出门的时候又往回退了一步："啊，忘了说了，就算卖饼也得人气高才卖得出去，玩家可不买菜狗的账。"

几个人唰地抬头看他，安西"呵呵呵呵"地出了门。

"啪"的关门声之后是死一般的沉寂，五个人除了打比赛，似乎从没在这样密闭的环境中相处过，特别还是现在这种时候。

张思卿率先站了起来，走到门边，手指在把手上轻轻转了一下，把门锁上了。

"最近训练和比赛太多,队伍的状态也不好,大家都有感觉。我们几个人好像也没怎么单独说过这个事情。"张思卿斜靠在门上说道,"择日不如撞日,今儿咱们每个人,把自己的问题说清楚,嫌弃别人的地方也说清楚,实在不行关上门打一架。等出了这个门,就一起再拼一次。"

"*Living* 就是活着的意思。
ADC 活着才能有输出,活着就是一切。" ▶ ▶▶

三、
菜狗就要多努力

关于那天队员们在会议室里做的事情，教练和管理层都不知道。然而状况并没有什么太大的变化，唯一值得欣慰的是，LC目前的情况没有那么跳水下跌得厉害了，基本稳定在一个平缓的范围里。

但是想要强行提高排名并非易事，七月份第二轮的比赛已经进入到一个白热化阶段，离预选赛越来越近。NAS中野始终存在一些细节处理问题，LC此时状态不佳，VIVA的统治地位一时无人能及，观众心中几乎已经锁定了夏季赛的冠军席位。

"今年夏季赛的季后赛是淘汰赛，也就是说比起春季赛，冠军的角逐变得更加有悬念了。"安西一只手撑着额头，另一只手拿着笔在本子上画来画去，"常规赛的排名决定了季后赛先遇到谁，按照现在的这个局势，VIVA铁定在上半区。"

"所以我们最好能保持在下半区？"张思卿说，"下半区是第五、六、七、八名，再多输两场不就行了吗？"

"很难。"安西回答，"当然我是不介意输多少场，但是你们确定能受得了舆论的压力？媒体和粉丝才不管你们为什么输。"他将手机屏幕的光投在自己脸上，阴森森地说："想想几天前你们听到的话吧。"

因为状态实在不好，LC只要没赢，大家就不管三七二十一地一通谩骂嘲笑，粉丝互喷互相甩锅。苏哲渐渐变成了大家口中的捞狗打野。野区崩了之后，章凡颜闷头发育，其他几个人实力打卡。

苏哲坐在一边儿微微低着头，样子看起来深沉得不行。

"反正都这样了，大家应该能接受变得更差的设定吧。"章凡颜靠在彭炀肩膀上揉了揉眼睛，天气越来越热，他也越来越懒，"嗯，这也算是战术上的输吧。"

"战术个鬼。"高程说，"观众只会相信是因为我们太菜才输。"

"嗯嗯。"张思卿点头，"到时候一定是漫山遍野的'LC肯定拿不到总决赛门票大家洗洗睡吧'这种话，我赌十块钱。"

安西无奈地抓了一下头发："你们真是把这看得越来越淡了，真不知道是好是坏。"

他用力地舒了口气，起身说："今年夏季赛除非你们脱胎换骨，否则我感觉拿冠军比较悬，是不是啊菜狗们？"

大家默默地朝安西比了个中指。

"好了，不开玩笑了。"安西习惯性地一拍手，"无论怎样，输都是会影响心态的事情，一直输就会不知道怎么赢了，所以我还是希望我们能尽可能地去赢，只有赢才能知道以后如何再去赢。今年总决赛的三张门票其实我们只能去抢另外两张。大家加油吧，好了，散会。"

大家纷纷往外走，安西还在位置上看着自己的本子。他用笔在上面一画，忽然叫住了章凡颜："烦神。"

章凡颜回头："嗯？"

"常规赛最后一场是你的生日。"安西笑道，"是和 VIVA 的，开心吗？小狮子？"

章凡颜扯了扯嘴角，僵硬地说："开心死了。"

安西走过来揉了揉章凡颜的头发："到时候不要给爸爸丢人啊。"

"你去死！"章凡颜拍开了安西的手，"男人的头不要乱摸。"

"等你真的成为男人的时候再说吧。"安西顺势又摸了一把。

他们日常的训练量增加了更多，每个人都在压缩自己的休息时间去打训练赛和排位，时间不会等待落后的人，对手同样不会。

苏哲艰难地把自己国服的号打回了王者，过程中没少抱章凡颜的大腿。两个人的套路是苏哲刷一波 buff 之后到下路 gank，打开下路局面，从而带动游戏的整体节奏。

睡觉前的最后一局，苏哲不免有些困了，迷迷糊糊地点了个盲僧。

章凡颜骂了一句："你别选这个，这个太坑了！"

"啊？"苏哲看了一眼界面，"这个稳的。"

"老子不想掉分啊！你要把我也坑出王者？！"

苏哲掉段这个事情已然变成了 LC 内部的段子。只要遇见队友坑的，大家都会来一句："今天要坑出王者了。"苏哲对此表示默默接受。

"真的不坑啊。"苏哲无奈地扶着额头，左手食指在键盘上"嗒嗒"地敲，"坑了你说什么是什么。"

章凡颜面瘫地摇摇头："我不信。"

倒计时结束，苏哲还是锁了盲僧，章凡颜挂机的心都有了。

差不多六级的时候，苏哲回到下路寻找时机，章凡颜已经把对面压在了塔下，苏哲心里盘算了一下，R闪越塔强杀。

只是特别寸的，他这一脚上去给踢歪了，章凡颜多抗了一下塔，对面支援赶到，他的屏幕瞬间变黑白。

章凡颜双手离开键盘低头捂了下脸："我不想说什么了。"

苏哲也一只手盖在眼睛上："我知道了，你别说话。"

频道里出现了对方中单发的信息，多半是个嘴欠的人，明里暗里嘲了苏哲一通。

章凡颜指了指屏幕："他喷你。"

"哦。"苏哲面无表情地说，"喷就喷吧。"

"我不知道你是什么脾气，这事要放我身上我肯定不能忍。"

"我什么脾气你不知道？"苏哲反问。

"我说你这人怎么这么烦？"章凡颜复活回到线上，"固定句式懂不懂？"

"哦。"苏哲发出一个单音。

进入到正常的对线，章凡颜最近酷爱刷刀，线上来回收兵。对面的中单还在不停地叨叨，屏幕上不停地跳字。

章凡颜觉得碍眼，用键盘敲了几个字说："没完没了了啊？"

对方中单说："哪儿敢啊，第一次排位遇到大神，难免兴奋多说两句。哎呀，大神操作就是细腻，真是受教了。"

"你真能忍啊？"章凡颜扭头问苏哲。

"这没什么吧，他多说两句我又不掉血。"

章凡颜一副准备进入战斗模式的样子："我不能忍！给他脸了他就上头了啊！"

"忍不了就过来。"苏哲本来弓着的背坐正，他在地图上点了一下，对章凡颜说，"你来中路。"

章凡颜切地图看了一下，盲僧在草丛里猫着，他问道："有眼吧。"

"没有。"苏哲说道，"我记得时间。"

章凡颜还是从野区里绕了过去，那个中单在收兵，苏哲知道对面打野也在附近。他看着章凡颜过来的路线，自己的技能全都已经转好，手指快速地在键盘上飞过，跟之前的路数一样，盲僧一脚把人踹到了防御塔下，不偏不倚。

"你真有钱，竟然插真眼摸。"章凡颜赶到，收下人头。

而后两个人不管干什么，只要逮住那个中单就是杀，最后章凡颜还十分无耻地金身虐泉，退出游戏之后顺手举报那个中单，理由是该玩家水平过低。

把电脑一关，章凡颜打算上楼睡觉了。苏哲也下线关机，跟着章凡颜回了房间。

苏哲关上了门，问章凡颜："刚才那局，人家说的又不是你，你跟他对喷个什么劲儿？"

"看着烦。"章凡颜直率地回道。

苏哲的语气有些轻快："别人嘲讽我，你烦什么？"

"你怎么这么多废话？！"章凡颜抬起胳膊，蠢蠢欲动地想要捶过去，只听苏哲又说："我在你心中有没有一席之地？一点也好。"

章凡颜果真一拳砸过去："你是不是脑子进水了？我为什么要给你位置？！"

苏哲眼睛向上翻了一下，然后叹了口气："好吧。"

他永远相信章凡颜说的话是真情流露，章凡颜只对胜利敏感，或者说他们都是这样的人。

大家能叫得上国服第一的那个人的ID，却永远不知道吊车尾的人是谁。那么问题来了，王者段位上排在苏哲前面的人那么多，章凡颜为什么要记住他？

一个掉出王者好不容易才爬回来，比赛贡献一血三路带崩，状态迅速下滑的废物打野。

换作原来，他是不在意这些的，比赛时尽兴就好，打职业赛并不会给他的人生带来多大的改变，不打他也不会损失什么。如今，他体会到了所谓的求而不得，不知道章凡颜对于冠军的渴望是否也是这种感觉。

他从野王到捞货打野就这么个把月的时间，可再回去又谈何容易？

苏哲忽然觉得自己的职业生涯异常艰难。

他也许应该像张思卿说的那样，为了梦想，再拼一次。

为了章凡颜……的梦想。

次日苏哲在自己的显示器上看到了一张小字条，张牙舞爪地写着一行字。

"菜狗就要多努力。"

他不用想都知道谁才会做这么幼稚的事情。

苏哲不着痕迹地看了看一边儿打排位的章凡颜，心里不自觉地有些愉悦。

可能就是心理上产生了这么一点点的变化，当天的训练赛苏哲的成绩不错，拿下了近日少有的全胜。

他依旧每日忙于rank，中午起来吃饭，和大家一起训练，然后自己打排位打到天亮，睡三四个小时，就又是一天过去了。苏哲在全球总决赛之前的封闭训练里都没有如此认真过，以至于有时会想，那时候就特别努力特别拼的话，是不是早已捧个冠军回来了，自己在章凡颜心里的身价是不是也就不止这点了？

不过苏哲马上制止了自己的想法，从全明星赛的表现来看，韩国的队伍仍旧具有最强的实力，在他们身上讨便宜太难了。只是在训练赛上约战的韩国队伍就相当棘手，目前来看，冠军真的离LC太远。

他们还是先踏实地拿到门票吧，否则一切都是痴人说梦。

菜狗就要多努力。

今天的比赛是下午第一场，所有人起得都比平时早一些，苏哲干脆没睡觉。

章凡颜问他："你觉也不睡，下午的比赛是想二十投（指比赛开始二十分钟后投降）吗？"

苏哲说怕睡那么几个小时清醒不了，索性直接抗下来。

"BKA，打得过吗？"张思卿靠在休息室里摸着下巴问大家。

"我觉得悬。"章凡颜说，"毕竟四打五。"

说完，他指了指顶着两个黑眼圈一直低着头的苏哲。

苏哲忽然抬头，懒洋洋地转了转脖子："不送包赢。"

"你自己不送？"章凡颜问。

"随便你怎么理解。"

章凡颜狐疑地看着苏哲，小声嘀咕："今天一定是吃多了。"

若是夏天之前苏哲表现得这么自信，那是应该的。现在夏季赛都要打到尾声了，几乎是迷了大半个夏季赛的苏哲此时无缘无故地蹦出来这么一句话，其他人听了多少有点虚。

这完全是毫无根据、毫无理由、莫名自信的一句话。

"既然苏帅这么说。"彭炀笑了笑，"那今天的比赛肯定稳了！"

苏哲抬起手，比了一个"胜利"的姿势。

"彭彭你今天也吃多了吗？"章凡颜不可思议地问，辅野两个人问题太大。

"不是应该的吗？"彭炀一副"你才吃多了"的表情，"我们本来就应该赢，输了几场难道连'赢'这个字都不敢说了吗？小烦，这不是你的性格。"

章凡颜被彭炀戳了，顿时哑口无言："我……我……谁说我不敢说赢啊！今天要是拿不下三分我大口吃屎！"

张思卿笑道："我记得烦神原来也说过这句话啊。"

高程接茬："嗯，反正那次结果是赢了。"

安西一拍手："而且上次也是对战BKA，春季赛败者组，啊，时间真是快啊。"

张思卿扶额："好了，你别感慨了，咱们上场吧。"

安西挥手："为了苏帅最后的尊严，为了烦神不去吃翔，孩儿们你们要努力啊！"

五个人集体回头朝安西比中指。

比赛初期的节奏一如往常，苏哲开局依旧不是很顺，gank无效导致自己的等级落后。好在一波团战之后，他把劣势补了回来。

章凡颜却很郁闷，因为团战里苏哲捡的都是自己的人头。

一直到中后期双方都是均势的状态，BKA确实打得稳，再加上阵容自带五千经济，LC就算把外塔全拔了也推不上高地。

章凡颜不自觉地皱眉，彭炀知道章凡颜打后期容易着急，说："小烦，没事，一会儿开团你找位置输出就行了。我们在前面顶着，你死了还有中单，咱们不缺输出，没事。"

张思卿说："我压力好大。"

"我开了啊！"苏哲说完就往前冲，他的位置极好，直接卡到了对方C位，各种大招接连上去。高程传送绕后，顶上去把塔拆了，ACE。

LC艰难拿下第一局。

章凡颜长长地舒了一口气，把眼镜丢在桌子上，跟着队友往后台走去。

他下台的时候，走在他前面的彭炀转身朝他伸手，章凡颜十分自然地把手搭了过去，让彭炀牵着自己。

中场之后的第二局相对轻松了许多，苏哲跟打了鸡血一样，摄像机给到他的画面永远是一脸的杀气，解说调侃："苏哲憋了一整个夏季赛，这是终于要觉醒了。"

不知道是短暂梦回巅峰还是熬过低谷就会进化成大魔王。

最后拆水晶的时候，张思卿都停手了，嘴上说："不行啊！不要拆，人家要看烦神吃屎。"

章凡颜大喊："你是不是有病？！"

章凡颜攻击力堆得很高，即使一个人拆也就几下的事，屏幕上出现"胜利"字样，耳边是久违的欢呼。

苏哲摘下耳机四处看，眼光落在了已经起身去握手的章凡颜身上，他和队友们说说笑笑的，很是欢快。

很久……他真的是很久没有过这种表情了。

苏哲缓缓起身，走在了队伍的后面，不自觉地笑了一下，跟了过去。

一局胜利改变的只是心情，并不足以改变现在的大局势，LC的排名并不是自己可以决定的，这种要看别人比赛结果来判定自己位置的感觉并不好。

何况好歹他们是春季赛第二名，夏季赛却跌了下来，落差之大叫观众难以接受。

各大贴吧论坛赛后又展开了各种讨论，各方粉丝纷纷引战，有的人说"苏帅回来了"，有的人说"可能只是回光返照，常规赛马上就要结束了，能拖到什么时候才死透谁也不知道"。

去现场看比赛的观众贴了一些随手拍的照片分享出来，结果下面就开始起哄了，因为有那么两张相当精髓。

一张是彭炀拉着章凡颜下台阶，苏哲正好在后面看着他。

另外一张是比赛结束两队去握手的时候，苏哲满是笑意的目光放在章凡颜身上。

只是章凡颜都背对着他。

一个路人猛然来了一句：玛丽苏看烦哥的眼神好腻歪呀。

这下全都炸开了锅，大家本来觉得这两个人除了相杀就是相杀，但是隔着照片都能看出来，苏哲看章凡颜的眼神确实变得不一样了，这就很有趣了。于是各路人马就章凡颜和苏哲的队友关系又展开了一番争论。

最终大家纷纷脑补分析出来个结论：苏哲单箭头章凡颜，所以才会转到了LC，所以才会在章凡颜每次喷自己的时候都不还嘴，所以才会那么照顾下路，所以才会状态下滑。

一切未解之谜都变得合情合理了。

群众的脑洞朝着根本糊不上的方向开得越来越大，众多粉丝捧着已经碎裂的心感慨"苏帅你怎么就这么眼瞎"，随即又脑补出一百八十万篇倒贴虐文。

调侃归调侃，大部分人仍然相信苏哲和章凡颜是有矛盾的，因为后面有人跟帖说："我去看现场了，真实的情况是去握手的时候玛丽苏不知道在干什么，章小烦回头就是一拳。春季赛章凡颜坑苏哲，苏哲好歹还带得动，夏季赛苏哲坑章凡颜，全队的战绩就下滑得不行，不天天互撕才怪。"

半夜回房间睡觉的时候，章凡颜没睡死，被他弄来弄去的就醒了。

"你……干吗？"章凡颜声音模模糊糊的，意识还没全回来，自然想不到骂街。

"没什么。"苏哲说，"只是想逗逗你。"

"有病。"章凡颜用手掀被子，打算把头蒙住继续睡，只是苏哲突然捏住被子一角。

苏哲的手指修长，他们这些打职业赛的人就是靠手吃饭，常年摸键盘早已把手指练得灵巧有力，此刻他钩着被角，章凡颜也没什么办法。

"彭炀可以拉着你。"苏哲说，"而且还是在赛场上。"他摆弄手里的布料，继续说，"可你不让我也拉着你。所以等你睡着了来逗……"

"你别说话！"

苏哲顿了一下："好，我不说话。"

随后沉默没几秒，他又问道："我今天打得好不好？"

"不好。"章凡颜有点赌气。

"哪儿不好？"

章凡颜想了想："你抢我的人头。"

"哦。"苏哲笑了笑，"以后都让给你。"

"爸爸用得着你让？"章凡颜轻蔑地笑了一下。

"小烦。"苏哲轻飘飘地捋了下章凡颜的头发，"如果真的没打进总决赛……"

"没有如果。"章凡颜打断了苏哲，"不到水晶爆炸，就永远没有假设和如果。"

苏哲在他耳边哼了一下："比赛有这么重要？"

"有。"章凡颜回答，眼神突然变得无比坚定。

"有多重要？"

章凡颜想了想，可是没有说出答案，苏哲也没说话，房间里一阵安静。

过了一会儿，苏哲起身，一只手撑在章凡颜的脸侧，低头俯视他："我知道了。"

他站起来往外走，章凡颜唰地跟着站起来："苏哲！"

苏哲略微意外地回头，因为章凡颜好像从来没正经叫过他的名字。

"我知道我春季赛打得坑，大家都没有埋怨过我，你……你还陪我打过那么久的双排。"章凡颜说话的时候眼睛不停地眨，好像不知道该看哪儿，"其实夏季赛我不该说你什么的，我清楚状态不好是什么感觉，压力确实很大，重新找回比赛的感觉也很难，只是……我……"他犹豫了一下，有点结巴，却无比诚恳地看着苏哲，"我想去打总决赛，我可以告诉你它对我有多重要——我愿意用我拥有的一切去换一个冠军。"

苏哲靠在门边看着章凡颜，没说话。

章凡颜低头抿了抿嘴，又抬起了头："你……你懂吧？"

苏哲看了章凡颜一会儿，歪了下头，转身出门。

章凡颜大喊："你干吗去？"

"Rank。"苏哲背对着他摆了摆手，"你都这么说了，好歹这波不能让你打亏了。"

八月初，炎热的天气让所有人都变得有些躁动，常规赛进行到了最后一个比赛日，所有队伍的比分都咬得十分紧。除了排名靠前的队伍，后面的队伍谁也不能确定自己的最终排名是多少，能否进入季后赛，或者说是否面临降级。

命运掌握在自己手里，亦掌握在别人手里。

LC 两轮比赛的最后一场都是跟 VIVA 打。

赛程早在春季赛之后就已经排好，那时组委会把实力相当的队伍排到压轴也是为了增加比赛的可看性。但谁都没料到，一个夏天过去了，这场本该是伯仲之间的较量似乎变得没什么悬念了。

并且 LC 现在的排名无论怎么看都并不是一个好的位置，他们后面还有一场比赛，要全部尘埃落定的时候才能看到自己最终的排名。

赛前，安西看着自己手里的小本子，一边算计一边说："我们最好的情况是能一口气拿下三分，这样进入季后赛之后首轮对到的就是 PG 了，但是目前来看很难做到。如果最后打平或者输了，进入季后赛是没什么太大问题，但是首轮的对手可能就会比较棘手了。"

大家一个个要么闭目养神，要么发呆，只有张思卿象征性地"哦"了一声。

"我们春季赛是第二名。"安西又算了算，"夏季赛只要能过首轮，从积分上来看我们是可以进入中国区选拔赛大名单的。"他笑着叹了口气，"所以首轮的难度，还是要看今天的结果。"

"唉！"张思卿感慨，"当年造的孽怎么着都得还。"

"造什么孽？"彭炀问。

"哦，没什么。"张思卿摆手，"就是感觉掉段了再往回爬挺难的。"

高程轻飘飘地"哼"了一声："硬打呗。"

章凡颜低着头不知道在想什么，直到彭炀拍了拍他说："该上场了。"他才回过神来。

所有选手熟练地插上鼠标键盘，调机器。

章凡颜斜着看了一眼VIVA那边，第一局上场的是白飞，他跟队友有说有笑的，很是轻松的样子。章凡颜斜过去的视线正好还能经过苏哲，只见对方依旧瘫着一张脸，章凡颜只觉得发愁。

明明白飞都二十四五了，为什么能越打越猛，苏哲比他小，结果却率先爆炸了？

我方打野和对方打野的差距为什么那么大？

本场比赛依旧是由北极和深蓝解说，夏季赛即将收官，两个人先对各大战队的战绩做了一番点评。

即将开始的是LC和VIVA的比赛，他们解说时的重点自然地被放在这两支队伍上。

"最近几个比赛日里，LC的状态相对于夏季赛前半程而言稳定了很多。"北极说道，"特别是打野Wind的状态终于小有回升。"

"是的，没错。"深蓝接茬，"总体而言最后一天的比赛对于所有排名靠后的队伍都是一个机会，毕竟现在谁走谁留还是留有悬念的。大家都很期待各个战队能够献上精彩的比赛。"

"好的，现在进入比赛画面。"大屏幕上的画面切到了游戏界面，北极继续说，"蓝色方VIVA，红色方LC，VIVA首先ban掉了挖掘机，LC紧接着ban掉了复仇之矛。"

大家眼看着VIVA这边ban掉了露露，那边LC随后就ban掉了沙漠皇帝。

最后一ban，VIVA选择ban掉卢锡安，LC犹豫了一下，ban掉了螃蟹。

几番抉择之后，VIVA最终选定了人马、猪妹、卡牌、轮子妈、女坦，LC拿到了大树、努努、豹女、锤石。

最后选AD的时候，章凡颜想了半天也定不下。

"那就挑个你最想玩的。"张思卿撑着头说。

"我想玩螃蟹。"章凡颜说，"可是你们给ban了。"

"不ban，对面的人绝对要拿啊。"

章凡颜抓了抓头："你竟然还中单豹女，豹女这英雄真的有毒！"

张思卿说："你信不信我打爆对面啊。"

"真的吗？"

安西拍了章凡颜一下："快点，时间到了。"

读秒结束之前章凡颜拿了个飞机，比赛随即开始，章凡颜嘟囔："但愿别被对面带得满场跑。"

局面却正如他所说的那样，张思卿线上配合苏哲打出了优势，绝心被他单杀了一次，场面一度很不好看。但是架不住后来对面人马满场跑，各种冲脸再加卡牌落地，金身先秒 C 位。

这一来一回把 LC 拉入了一个完全被动的局面，最终 VIVA 分推上了高地，LC 无奈败北。

第二局 VIVA 的打野换上了修昊阳。

开始 BP 的时候，章凡颜真挚又诚恳地说："答应我别选豹女了好吗？"

"请不要针对英雄！"张思卿嘴上反驳着，手里拿了个稳妥的妖姬。

这局 AD 只 ban 掉了螃蟹，章凡颜一扫剩下的英雄瞬间拿了复仇之矛。

LC 的阵容为纳尔、挖掘机、妖姬、复仇之矛、锤石，VIVA 则是人马、努努、轮子妈、风女，最后一选留给中单。

绝心把中单英雄全点了一遍，观众席忽然沸腾了起来。

"报告队长！"高程说，"对方中单嘲讽我们！"

张思卿隔着苏哲跟高程说："你别说话。"

绝心手下一停，选了个劫。

"哇哦。"张思卿伸了下腰坐正，"要么我把他打炸，要么他把我打炸。"

"哦，你肯定能把他打炸，我就不去中路了。"苏哲淡定地说了一句。

张思卿立马泄气："别这样，还是来吧。小圆肯定住在中路，人家中野关系那么好，我们也搞好点吧！"

苏哲僵硬地扭头看张思卿，愣是不知道该说什么。

其他人早就笑成了狗，章凡颜看了一眼对战英雄，说："努努加人马，真是熟悉的味道。"

苏哲对着屏幕揉了下脖子："不过是杀一个和杀两个的区别。"

一进入游戏，镜头大部分时间都放在了中路，两个刺客高手的对决永远是精彩纷呈的，每增长一级，或者双方互拼一波都有可能爆发人头收割。

劫来回走位，想骗妖姬的技能。妖姬把兵线控在一个安全的位置上前调戏一波反身就跑。两个人对彼此的习惯都很熟悉，中路上满满都是算计。

苏哲在中路来回经过就是不帮 gank，张思卿只能在线上跑来跑去。

中路两人几乎同时到六级，妖姬之前交了 W，劫有打野帮忙上来一套爆发。

苏哲不知道从哪个地方忽然跳出来，把劫撞在塔下。中路爆发的战斗一时间吸引各方人马从四面八方赶来，竟然打出了一波小团战。妖姬丝血拿到劫的人头，优劣顿现。

张思卿看了下自己的钱和装备："OK，接下来爸爸带你们飞。"

此后这个妖姬一路超神，堆了一身的神装，伤害爆炸，就连章凡颜这个复仇之矛输出都略逊一点。

劫团战无力，VIVA转而开始了分推，只可惜苏哲和彭炀把视野做得太好，搞得绝心特别难受。

北极嘴上不停地说："现在被这个妖姬打一套谁都得没命了啊！简直爆炸伤害！哎，等等，VIVA这边是打算偷大龙了吗？LC正好是没有眼的啊！VIVA现在开始打大龙了！龙血掉得很快！LC还没有发现吗？妖姬过去了！这波龙团打不打？！妖姬在找位置等其他人！现在VIVA的血量有点残，情况很危险！妖姬进去了！挖掘机也赶到！努努惩戒了大龙，妖姬被秒了！但是烦神赶到了！这个复仇之矛什么时候一身神装的？！双杀！三杀！四杀！还剩下一个纳尔在逃！有没有五杀？！哎呀，那里有挖掘机的洞啊！挖掘机过去了！移动速度很快！哎？没有技能吗？！复仇之矛在哪儿在哪儿？！纳尔回头了！平A！五杀！LC living生日快乐！！！"

大屏幕上显示出"ACE"的字样，观众一阵排山倒海的欢呼。

"Nice！"早就躺地板的张思卿大喊了一声。

因为偷龙的时候VIVA的兵线不是特别好，团战打完，章凡颜顺势带着兵线推掉了中路。

各自复活后双方又拉锯一样打了几波，最终LC推平了VIVA的基地水晶，打成了一比一平局。

拿下五杀的章凡颜有些兴奋，站起来搓了搓手。虽然两队最后打平了，但他还是掩盖不住笑容。大家纷纷离开位子过去握手，苏哲站在自己的位置上没有动，直到章凡颜过来，他才和章凡颜并肩一起下台。

LC留在赛场上看完了最后一场比赛，他们的排名锁定在第五名，这对各位队员来说是个尚能接受的位置。

季后赛四天后开始，今天算是拿到了想要的结局，而且又碰上了章凡颜的生日，几个人打算回基地放松一下。

煮饭阿姨早就备好了一桌的饭菜，桌子上还摆着粉丝们送给章凡颜的生日礼物和蛋糕，好几个大小不一的蛋糕放在桌子上，都要摆不下了。

"哟。"张思卿一进门就惊叹，"还是烦神厉害，过个生日这么大阵仗。"

安西笑着说:"其实是早就准备好的。你们之前训练忙就没提,正好也是赶上了常规赛结束,也算大家一起吃顿好的吧!好了,都别站着了,坐啊。"

几人落座,安西先是让大家把杯子满上,苏哲悄无声息地坐在了章凡颜身边,递给他一瓶饮料。

比赛结束后章凡颜一直心情不错,顺手接了过来。

"常规赛就这么结束了。"安西一如既往地满脸微笑,"虽然一路走过来磕磕绊绊的,但总归结局不算太坏,我还能坐在这里稀松平常地跟你们讲笑话是因为我知道你们还有救,我能看到你们的压力,也能看到你们的努力。事情没有朝着更差的方向发展,迎接我们的是之后更重要的比赛,我希望以此作为一个节点,好的不好的都留在过去,从明天开始……"安西的笑突然变了味道,"你们都别想睡觉了!给老子魔鬼训练!"

章凡颜说:"拜托!我今天生日,你还搁这儿玩反转。"

"嘿嘿。"安西做了个鬼脸,"现在你们可以放松个两秒啊,今天寿星最大。说吧,你想先切哪个蛋糕?"

"都哪儿来的?"章凡颜问。

"你的小粉丝们送的,今天基地的煮饭阿姨别的事没干,签了一天快递单子。"

章凡颜扫了一眼,摇了摇头:"哪个我都不想切。"

"得了,就知道你事多!"安西说着指了指最中间的那个,"切这个吧,这个是俱乐部定做的,放心,吃不死你。"

章凡颜抿着嘴不由自主地笑了一下。

张思卿拿着打火机点蜡烛:"烦神今天是十九岁生日了吧,啊,告别青春的十八岁了啊,又老了一岁啊!"

"你别说话!"章凡颜说,"怎么着也比你年轻!"

"是是是,烦神最年轻!烦神还能 carry 五百年!"张思卿把打火机往桌子上一扔,跑去关了灯,"烦神赶紧许个愿啊,快点许比赛勇夺世界冠军的愿啊!"

章凡颜一脸无奈地睨了张思卿一眼,闭上眼睛心里默默地许愿。他本不相信这一套,现在也不由得开始期待或许愿望真的会实现。

"烦神生日快乐!"大家一起喊着,然后顺便把蛋糕甩在了章凡颜身上。

章凡颜勃然大怒,抓起桌子上剩下的蛋糕就往回扔,几个人顿时在饭厅里炸开了锅。

本就是二十郎当岁的年轻人,松懈下来之后玩得比谁都疯。其他人平时不敢跟苏哲瞎造，此时也什么都不顾了，逮到谁抹谁。安西苦笑，看来结束之后有的收拾了。

"你今天好像很开心。"苏哲洗完澡回来，擦着头发问躺在床上上网的章凡颜。

"我看上去很开心吗？"

"你现在说话的时候脸上都是笑的。"

章凡颜下意识地摸了摸自己的脸："哦，是吗？"

苏哲走过去坐在床上，自己跟着笑了起来："是啊。"

他刚洗完澡，头发上的水还没擦干，整个人都萦绕着一股水汽，现在笑起来，眼里一片波光氤氲。

两人就这么对视了一会儿，章凡颜先不好意思了。

苏哲抬眼笑道："生日快乐。"

章凡颜低下了头，沉默了许久之后，才有反应："哦。"

"生日礼物就当我欠着你的吧。"苏哲习惯性地捋了一下章凡颜的头发，"以后给你。"

夏季赛季后赛首轮的八支队伍分成四组，一天两场 BO5（五局三胜制），进程远比双败制快得多。

LC 首轮对战的是 TMA。在春季赛和夏季赛中，TMA 的水平始终保持在中流梯队，曾有几次能往上冲的机会，但总是缺少后劲。

这对 LC 来说，反倒是个不错的对手。

比赛前一天章凡颜把键盘送去洗了，拿回来的时候崭新崭新的，他晚上就没打 rank，把键帽全都拔下来又重新安了一遍。

键盘还是当初苏哲给的那一块，当时章凡颜本来是想暂时用用，结果后来就忘记换了。

有太多事情是他那会儿想都没想过的，可也还是晃晃荡荡地走到了现在。

他把键帽全都插好，鲜红的键盘上码得整整齐齐的黑色键帽。他觉得苏哲真是闷骚，键盘还要买这种配色，不过恰好 LC 的队服也是红黑的。章凡颜回头看了一眼苏哲，苏哲刚从外面溜达回来，衣服还没来得及换就开电脑准备排队。人坐在椅子上跷着二郎腿，上面的那条腿轻轻地晃着，手指飞快地在键盘上敲密码。

苏哲出门时随便抓了件队服穿，正好脚上还是一双红黑相间的鞋，章凡颜仔细看了看，印象中他好像在漫画中见过那双鞋。

苏哲腿长，晃动的时候却不显轻浮。

章凡颜觉得老天真不公平，为什么能把人造得这么完美？

完美？章凡颜赶紧摇了摇头，长得好看有什么用？这打野是个傻人，老天其实还是公平的。

他坐在一边抱着键盘，脑子就像过弹幕一样，各种奇怪的想法唰唰地飞过，强行给苏哲添了好多减分项。什么菜狗啊、神经病啊、傻啊之类的，这才把苏哲在脑内塑造得像是一个凡人。

"想什么呢？"

章凡颜忽然感觉头顶一股压力，被迫抬起了头，苏哲的脸瞬间跳进视线里，他一挥手，拍开了苏哲的胳膊："别摸我的头。"

苏哲笑了笑："男人的头不能摸，是吧？"他觉得低着头看章凡颜有点累，索性蹲在章凡颜的腿边，一只手搭在章凡颜的大腿上。

"手拿开。"章凡颜动了一下，"热。"

苏哲跟没听见一样，手还在原处放着："明天咱们是下午第一场还是第二场来着？"

章凡颜歪着头看苏哲，用力翻了一下白眼。

"TMA 吧？"苏哲继续说，"季后赛第一场，你紧张吗？"

"紧张有个屁用。"章凡颜把键盘收起来，说话的声音不是很大，更像是自言自语。

苏哲的手还在章凡颜的腿上，另外一只手撑着自己的下巴，章凡颜正好一低头就能看见他，觉得苏哲就好像蹲在旁边的一只哈士奇。

随后他又否定了自己的想法，哈士奇太二了，苏哲这个皮相再装一个二货的内里，那场面真是太奇幻了。

"你们俩干吗呢？"张思卿转过身看见这么一个画面，十分惊讶地说，"苏哲大大你不是应该和我搞好关系？说好的中野情谊啊！"

章凡颜立马把苏哲的手扒拉开，起身回到自己的座位上："你们俩慢慢搞。"

苏哲也站了起来，揉了揉手腕走到张思卿面前，扫了一眼张思卿的屏幕："那明天第一个眼插在中路吧。"

张思卿抱拳："谢苏哲大大垂爱。"

"玛丽苏的眼有毒的。"章凡颜插嘴，"完了，明天中路一准 GG。"

"你别说话。"张思卿说。

晚上十二点，所有人结束 rank 去休息。

章凡颜在床上来回翻得睡不着觉。苏哲其实是有点困了，可是章凡颜一直折腾，他不由得觉得烦，出声制止章凡颜继续烙饼子："别动。"

章凡颜双手一拍："赶紧睡觉好吗？"

苏哲假装思考片刻："明天的比赛那么重要，我怕我打不好。"

章凡颜压根不明白苏哲是在逗他，一听这种丧气的话，眼睛一瞪："打不好你就死在外面吧！"

苏哲一愣，叹了口气："哦。"

然后他就没有再说话了。

过了一会儿，章凡颜先忍不住了，小声说："如果明天过不了首轮，就拿不到多少积分了。"

"哦。"

"积分少的话，就不好进预选赛大名单了。"

"哦。"

"我想去决赛。"

苏哲沉默了。

他突然觉得手上一热，原来是章凡颜拉住了他的手。

章凡颜上身稍微抬起了一下，凑到苏哲面前，一双眼睛盯着他看。

房间里又是一阵安静。

苏哲终于说："原来……你真的这么想去啊。"他抬起手把章凡颜推开一段距离，"小烦，有件事情我想再跟你说一遍。"

章凡颜迷茫地看着他。

"能不能拿到门票，对我来说都不重要，直至今日我都不觉得比赛重要，我不想骗你让你觉得我是真的执着冠军。"苏哲说话的时候仿佛是带着笑的，可是细看上去又像是没什么表情，"你说你想去，那么好吧，我尽力。可你不需要做出任何改变，像平常那样开心地玩游戏就好。你原来是什么样，现在就还是什么样。我欣赏的也是这样的你。"他说着话，把章凡颜折腾乱的头发一一捋顺。

章凡颜歪了下头，迷茫的表情依旧没改变，苏哲知道他听不懂，笑了笑："睡吧。"

章凡颜有什么好？蠢还幼稚，脾气又冲又急，嘴巴不干净，除了会玩游戏之外其他什么都不会，比赛打输了还会哭。

可这就是自己选择了的游戏伙伴。

没一会儿章凡颜先睡着了，苏哲却清醒了好多，夜晚这么漫长，未来同样漫长，哪一个都不好说。

四、
突出一个跌宕起伏

观众的尖叫、解说的呐喊，章凡颜揉了揉眉心，戴上眼镜。

与 TMA 的第五局比赛即将开始，LC 在前两局胜利的情况下被 TMA 连追两局，此刻场上的十个人怀揣的心思都各有不同。

TMA 希望乘胜追击，LC 则被逼到了悬崖边上。

然而戏剧的是，LC 始终存在 BO5 魔咒——在 BO5 决胜局的争夺中，他们的胜率小到可以忽略不计。

所有人身上的压力几乎是在成倍增长。

安西上来拍了拍队员们的肩膀："没什么大不了的，即使输掉我们也还有机会进预选赛，大家放轻松，第五局了，就选自己玩得顺手的英雄吧。"

画面跳到 BP，双方互相针对 ban 了三轮之后回到 Pick 界面。

拿中单的时候张思卿犹豫了一下，看了看安西。安西大概明白他的意思，点了点头。张思卿自己锁定了诡术妖姬。

TMA 的 counter pick 最终留给了中单，最后一选，对面拿出蛇女。

LC：TOP-LichK（机械公敌）、JUG-Wind（酒桶）、MID-MissU（诡术妖姬）、ADC-Living（圣枪游侠）、SUP-Peng（风暴之怒）。

TMA：TOP-Faye（迷失之牙）、JUG-Pipe（虚空遁地兽）、MID-Kira（魔蛇之拥）、ADC-Amber（战争女神）、SUP-Scorpion（魂锁典狱长）。

双方的厮杀从一开始就很激烈，比赛打到第五局通常会有一方率先崩盘，很难出现均势局，但往往也会有逆天翻盘的情况。

在这场 BO5 的角逐中，先崩的是 LC。

"控制一下视野，现在打团胜算不高了。一会儿去大龙旁边清一圈，看看有没有什么机会，别被抓了。"张思卿指挥完就摸出一本杀人书冲出了基地，频道里没人回话，气氛十分凝重。

打到现在大家其实并没有什么太大的失误，视野做得也不错，但是架不住对方比他们做得更好。一直被诟病后劲不足的 TMA 在连续追了 LC 两盘之后士气一下就起来了，打得 LC 节节败退。

LC 靠着死拖把比赛拖了下来，时间一分一秒地过去，几乎就是一波团战定输赢的时候了。可是要说打团，他们赢面并不大。

LC 先抓了一个落单的纳尔，随后几乎打出一波完美团战，双 C 打出全部伤害。

看着对方复活的时间，章凡颜有些激动地说："能一波的！"

"先打大龙。"苏哲说。

张思卿犹豫了一下，说："直接推。"

然而在他们犹豫的刹那间里，对面纳尔率先复活出来，挡在路上把兵线断了。LC 和挡路的纳尔纠缠几下，TMA 众人陆续复活，LC 只能无奈后撤。

理应到手的胜利还了回去，对他们来说是个不小的打击。

随后团战中张思卿第一个被秒，章凡颜后续伤害不够，全盘崩析。

看见 TMA 众人已经开拆自家基地水晶，章凡颜直接摘下了耳机、眼镜，双手离开了键盘。

主持人说着恭喜 TMA 晋级四强的话，LC 几个人在座位上等着对方来握手。

所有人的表情都不太好看，只因为最后一秒的犹豫导致所有努力付诸东流。LC 止步于夏季赛，就连是否能进中国区预选赛都得取决于别人的成绩。

章凡颜失落地站在原地，心里觉得"BO5 魔咒"就是个可笑的字眼。

"烦烦，走了。"彭炀搂着章凡颜的肩膀把他往台下带，"没关系，我们已经打得很好了，只是对方更出色而已。"

章凡颜低头咬着嘴角，没说话。

张思卿觉得整个赛场闷得不行，拉着高程出去抽烟。事实上，当他掏出杀人书的时候就意味着局势即将朝着不可控的方向发展，只是他没想过，即使赌上法师的尊严，也没换来一个好的结局。

在后台的时候，章凡颜一直在角落里低着头不说话，大家各自揣着心事，谁也顾不上谁。

章凡颜低着头，觉得眼前有些模糊，好像有什么东西要掉出来了。他生怕掉出来，赶紧仰起了头。

仰头的瞬间，一双手蒙住了他的双眼，眼前漆黑一片。

"想哭就哭吧。"苏哲在章凡颜耳边低声说，"没人看得见。"

"我没哭。"他的声音却带着哽咽。

"嗯，没有。"苏哲的指缝间有些湿润，他站在章凡颜背后，叹了口气，"对不起。"

章凡颜仰着头，肩膀轻轻地颤动，可是一声都没有再出过。

LC 的基地几乎是死一般沉寂，那口不上不下的气好像终于停止。

因为他们的夏天已经提早结束了，比预想中的早太多。

不光是季后赛折戟，首轮的出局导致 LC 在积分上受到了极大影响，夏季赛的积分要比春季赛多出一些，后面的比赛谁也不知道结果如何。只能说，LC 理论上还有进预选赛大名单的资格。

一切都是理论上，命运掌握在别人手中的滋味并不好受。

就连网上的言论也是一致唱衰，说 LC 常规赛最后那几场果然只是回光返照。

章凡颜回基地之后一直对着电脑机械地打 rank，rank 不想打了就退出来换成人机补刀，看着每一个小兵死掉之后跳出的金币数，章凡颜心中有种异样的感觉。

在体育馆的时候，苏哲搂着他哭，他只觉得眼泪不停往外流，其他的感觉却仿佛不是自己的，连声音都发不出来。回来后，他一直坐在电脑前，手上习惯性地敲键盘，心里却意外地十分平静，完全不知道该用什么样的情绪来面对现在的一切。

每一个赛季结束，他都觉得下一个赛季应该可以再进步，就能离冠军更近一点了。如今他的第三个赛季将要结束，但现实已经离他的梦想越来越远了。

章凡颜忽然觉得自己的职业生涯就是一个笑话。

可他手上还是在不停地刷刀补兵，眼睛都没眨过。

队友们彼此间也没怎么说话，大家都需要静一静。

所有人都以为常规赛的低谷熬过去了就会变好，谁知道等着他们的竟然是个更差的结局。

最后一刀落下，章凡颜下线，把键盘用力往桌子上一推，起身往外走。大家看他沉着一张脸，然后又互相看看彼此。彭炀本来是想跟着出去的，可苏哲却使了个眼色，先他一步出门。

苏哲快跑几步，终于追上了已经走远的章凡颜。

"大半夜的你干吗去？！"

章凡颜甩开苏哲的手，沉默地继续往前走。

苏哲看着他渐行渐远的背影，忽然大声说："我不该指挥去打龙！对不起！"

章凡颜站住，转身，无奈地笑了一下："你忘了安西说过最多的话了吗？比赛输掉从来不是一个人的过错。"

"可是如果我最后没有多那一句话,我们也许已经一波推上去了。"苏哲慢慢走上前,与章凡颜面对面,"对不起。"

"你说一万遍'对不起'又有什么用?"

"我们……还有机会。"

苏哲整个人都被章凡颜用力推开,失控地向后退了几步。

章凡颜大喊:"有机会个鬼啊?!除非NAS止步四强!否则谁给你机会啊?!NAS打BKA和DB,你告诉我他们怎么会输?!你当别人都是傻子啊?!"

他一边儿喊一边儿恨不得用拳头捶苏哲:"反正输赢你都无所谓!你一个少爷你退役了比谁过得都好!你爱打不打!可是!可是我不想自己的职业生涯活得像句废话!你没有梦——我有!"

章凡颜喊得有点泄气,最终颤抖着声音说:"可是现在什么都来不及了,比赛……已经结束了。"

"还没结束。"苏哲拍了拍章凡颜,轻声安慰,"你什么时候变得这么悲观了?NAS和DB的比赛还没开始,你就放弃了?"

章凡颜红着眼睛说:"那你告诉我常规赛第二名要怎么输给一支夏季赛刚晋级的队伍?只要他们输了,积分榜上半区的队伍位置几乎都要有变动。NAS自己搞不好都得压线,这种比赛,NAS会输?"

"可这就是竞技体育啊。"苏哲笑了笑,"不到最后一秒,永远不要轻言放弃。"

"那我换句话说。"章凡颜变得更加无力,"比赛二十分钟,外塔全掉,对方经济领先一万。这种局,你觉得你还能赢吗?有的时候真的不用到比赛最后一分钟的。"

苏哲认为章凡颜这个问题问得实在刁钻,正想着如何回答,章凡颜喃喃着继续说:"你别说什么竞技体育了,竞技体育只有输和赢。你能这么说其实就是觉得无所谓吧,什么对你才重要啊?你说对不起有什么用?错的是你吗?我哪怕伤害能打得再高一点点都不会是这种结局。"说到这里,章凡颜的情绪又极其激动,近乎声嘶力竭地喊道,"是我自己打得烂!你着急背什么锅?!我才是那个废物!"

章凡颜一直抖,苏哲沉默了好久,就那么看着他抽泣。

所有人都知道LC的ADC是烂脾气,一捅马蜂窝绝对炸,可现在章凡颜在苏哲面前又喊又闹的,苏哲只觉得心疼。

从春季赛到夏季赛,章凡颜丝毫未松懈过,每天除了常规训练之外,还会额外地练习补刀。补刀是每一个选手的基本功，就连这些再微不足道的小事，章凡颜也要做到最好。

他是个极具天赋的人，同时也是最努力的人。

因为他真的太渴望一个冠军奖杯了。

就像章凡颜自己说的，春季赛他坑的那些局，夏季赛他全要打回来。可惜章凡颜和苏哲好像永远不对盘，他再怎么 carry 也带不起来一个崩盘的野区，他们最终在季后赛里炸了个干净。

苏哲知道章凡颜一直想说点什么，但只有那次他忍无可忍才嚷了他一句。那天他们五个人关着门在会议室里，他觉得章凡颜会先揣起椅子往自己身上砸。

可是什么都没有。

章凡颜只是低着头说："今后我会加倍练习，我不会再强压线了，打野可以分出来照顾中路。我做得不好的时候，你们就骂我吧，只要能赢，怎么样都可以。"

都说章凡颜小孩儿脾气，有时候他却是懂点事的。

苏哲看着章凡颜，章凡颜紧握着拳头，咬着嘴唇："打团我能多站住一秒都不会输的，明明能赢的……"

"我真的不理解你为什么一定要这么早给自己判死刑，沉浸在自己编造的悲剧故事里很好玩吗？我是不在乎，可是你以为全世界只有你有梦想？那你的梦想可真金贵。"说到这里，苏哲的表情突然变得正经起来，"眼泪还是等真正落选的时候再掉吧，现在说什么都是废话。"

章凡颜的表情没有变，苏哲觉得他就好像某种幼兽，对所有外物的认识都是未知，可仍旧会龇着牙面对一切。他莫名想起章凡颜生日的月份，真的是一只活脱脱的小狮子，哪是什么小暴龙。

想到这里，苏哲径自笑了出来。

"我想起一个好玩的事，你知道吗？算命的说我这一生都是万事顺遂心想事成。以前我确实也这么认为，我从小到大好像真的经历没什么坎儿，从未付出过任何努力，得到的却比别人多很多。直到我来 LC 之前，我都觉得这世上的事没什么难的。"苏哲说话时嘴角一直弯着，"可后来，我真的遇到了最大的难题，比我打过的任何一场比赛都难——仅仅是你一个人，就让我觉得从头至尾都是逆风局。可我仍旧觉得，事情没那么糟糕。"

苏哲凑近章凡颜："你可以尽情活在自己的悲剧世界里，我可是要去拿冠军的人，你信不信我有这个命？"

第二天的比赛，章凡颜坐在电脑前从头看到了尾，NAS以一个漂亮的三比零带走了DB晋级四强。看着水晶爆炸，章凡颜的心瞬间坠入了深渊。他试图相信过苏哲的话，但现实背道而驰。

NAS下一场的对手是BKA，就两队过往的交手记录和现在的状态来看，这场比赛悬念并不大，特别是NAS的中野配合越来越有默契，从他们身上找到突破口实在是不容易。

章凡颜觉得真的不该听苏哲的那些废话，没有希望哪儿来的绝望。

在预选赛名单正式确定之前，所有人都无心训练，基本每天就打打rank，然后看别人的比赛。

看着自己的命运是怎么被别人操控的，这滋味真的难受。

季后赛为期十天，各场比赛间隔举行，没有比赛看的日子大家显得有点无所事事。

章凡颜成天除了吃就是睡，偶尔去翻翻贴吧论坛，结果里面全是带节奏的帖子，每个人都是一副要亡了的口吻，看得他更心塞。

以前章凡颜逃避现实的方式是睡觉，可现在他不敢睡觉了，各种负面情绪让他在梦里也不安生。他最常梦到的是上个赛季总决赛八强赛的时候，在异国的城市里，自己默默地看着水晶爆炸，烟霞烈火，他试图大喊："你们打我吧，不要拆我的水晶！"可是面前的屏幕是黑白的，他也说不出话。

伴随着"失败"的字眼，章凡颜唰地睁开了眼，眼前是自己房间的天花板。

明明是盛夏，章凡颜却觉得很冷。

那个画面他再也不想看到了。

章凡颜起身，坐在床上发呆，时间不早不晚，苏哲并没有在房间里。

已经没了睡意，他穿好衣服起床，洗漱之后去了训练室。没想到苏哲正在训练室里打rank。

章凡颜走过去，苏哲看了他一眼："早啊。"

"嗯。"

苏哲正好一局结束，扭头对章凡颜说："今天下午你有事吗？"

"没有。"

"我们出去散心怎么样？"

章凡颜面瘫地看着苏哲，不屑地撇了下嘴："你是不是有病？"

"你忘了吗？今天下午是 NAS 的四强赛。"苏哲笑了笑，"你不想去现场看看命运到底长什么样？"

章凡颜习惯性地压了一下帽檐。他这几天闷在屋子里，猛一出门差点晒得精神恍惚，到体育馆的时候，整个人已经蔫了。

"你该锻炼锻炼身体了。"苏哲好心提醒。

"你别说话。"

苏哲四处看了看，用手指着一边："那边有卖冰激凌的，你吃不吃啊？"

"不吃！"章凡颜掏出手机看了一眼，"快开场了，进去吧。"

一进场馆，观众席几乎被坐满，章凡颜暗骂了一声："没地儿了，都赖你，在外面磨叽半天。"

"好好好，赖我赖我。"苏哲好脾气地赔不是。

他早就打算来看比赛，特地托老队友方池给自己占了位置。方池着实实在，占上了第一排正中央两个空位置。

来之前方池还纳闷地问苏哲："你八百年不看一次现场，这次是吹的什么风？"

苏哲随便打了一行省略号过去。

过了一会儿，方池说："你在下面看我打比赛我会紧张的。"

苏哲说："你尽全力发挥就好了，四强赛加油。"

台上的灯光聚集，选手已经做好了准备工作，解说提醒比赛开始。

章凡颜的手指微微握起来贴在唇边，时不时地咬一下，目不转睛地盯着大屏幕。

"你还记不记得咱们冬天在一个杯赛上碰到过 BKA？"苏哲不经意地说，"那会儿可是输给了人家啊。"

"都多久之前的事了，BKA 闹了一场转会风波，实力早已不比当年了。"章凡颜皱眉，"你别说话了，安静看比赛。"

赛场内空调开得足，比赛气氛热烈，但空气还是凉飕飕的。章凡颜把帽檐抬了抬，并没有摘下。

第一局的时候，双方 BP 都十分常规，对线上也没有特别明显的压刀。可是 Wishper 从野区去中路 gank 了一波之后，局势就有点一边儿倒了。

但之后的发展并不是如同章凡颜期望的那样。BKA 的中路在对面连续的针对之下自然而然地崩了，从此一发不可收拾，第一分没什么悬念地被 NAS 拿下。

不过好在第二局的时候，BKA 及时调整了心态扳回一局，比分打平。

章凡颜坐在下面，比上面比赛的人还紧张，看着双方打得有来有回，看着BKA下路出问题，都想大喊一声"放着我来"。

在观众席上看比赛跟实际打比赛是两种不一样的感觉，双方局势优劣看得一清二楚，而且观众的尖叫听得更清楚。坐在两人身后的几个女生，一直"可心可心"地叫唤，恨不得可心拆个眼都尖叫，给章凡颜烦得不行。

他恶狠狠地回头瞪了一眼，只可惜那张脸实在没什么说服力。

"呀！烦神！"观众席灯光很暗，但其中一个女生还是认出了他，"天哪！你竟然在现场！"

"烦神烦神！求签名求合照好不好！"另外一个女生也激动了起来。

"我……"章凡颜黑着一张脸想拒绝，却被苏哲单手揽了回来。

"他今天'大姨妈'，不方便走动。"

然后章凡颜就听见自己背后一阵诡异的笑声。

他斜着瞪了一眼苏哲，苏哲假装什么都没看到。

第三局BP开始，NAS拿到了一个相对优势一点的阵容。

"NAS这手真稳。"章凡颜低声说，"BP就赢了一半了。"

"得看这BP是什么人拿。"苏哲认真地回答，"在方池手上，已经赢了百分之七十了。"

章凡颜点了点头："也对，Wishper的挖掘机也很厉害。"

苏哲挑眉："是吗？"

"反正比你厉害。"

苏哲轻轻笑了一下，懒得跟章凡颜计较。

他们两个人的判断没有错，这一局NAS打得顺风顺水，异常轻松地就拿下了赛点。

章凡颜看着比分，都快瘫在椅子上了："我不想看了。"

"别啊，赛点而已，还没结束。"

章凡颜看着苏哲，忽然说："我可能真的容易心态爆炸吧。"

第四局开始，这是NAS的赛点，同时也是决定LC能否进入大名单的关键一局。

在前二十分钟的时候NAS都是优势，雪球一旦滚起来那么优势将越滚越大，章凡颜不停地咬着手指，另外一只手搭在扶手上来回敲。

他的烦躁肉眼可见。

NAS在小龙坑处开团，双方打得难解难分，章凡颜一口气全提在嗓子眼里了。

苏哲看了他一眼，揽住了章凡颜的肩膀。

章凡颜的精神全力集中在大屏幕上，几乎没感觉到苏哲的动作。

可惜NAS的ADC极限走位输出，BKA被团灭，章凡颜的肩膀跟着垮了。

镜头先是给到了选手，然后在观众席中扫了一圈，碰巧扫到了章凡颜和苏哲。章凡颜看着屏幕上的苏哲，这才意识到他在干什么，连忙甩开苏哲，把帽檐狠狠往下一压。

但是这一幕已经被全场观众看了个够。

大家好像忘记了刚才场上那个激情团灭一样，瞬间满场充斥着什么都明白了的笑声和口哨声。

解说也是会玩的，立马调侃："苏哲带着现任看前任比赛！"另一个帮腔说："你们实在太污了。"

章凡颜此时此刻无比希望自己就是个挖掘机可以遁地，苏哲表情倒是没怎么变，竟然还能笑出来。

调侃归调侃，比赛还在继续。

NAS的优势很明显，但是BKA也不是拖不起后期，后者选择带线慢慢耗，耗到可以一战的时候。

中间一波小团战，本来NAS可以全身而退，只是方池似乎打得有点兴起，残血也要上去，结果送给了对面。

方池的阵亡直接导致BKA选择趁机拿大龙，将比赛拖到了大后期。最后一波团战BKA率先秒掉C位，一口气推了NAS的高地，艰难翻盘。

全场的欢呼声达到了顶点，章凡颜觉得有倾向地看比赛真累，心脏一上一下的，早晚得出事。

苏哲舒了口气："最后一局了，生死有命。"

"我希望NAS也有BO5魔咒。"

苏哲笑了笑："反正BO5都是赌上尊严的，总有一方会先打崩。"

章凡颜歪头："你赌过吗？"

苏哲思考了一下："以后有机会的吧。"

章凡颜一耸肩，自言自语："怪不得我们BO5总是输，合着打野的尊严全揣自己兜里了。"

第五局的BP有些奇怪，轮到NAS最后一选拿中单的时候，方池挨个点了半天，就是不知道拿哪个。

镜头给到Wishper，只见他一直噼里啪啦地在讲话，还扭头冲着方池说了什么，方池就跟都没听见一样。最后教练去拍了拍自家中单的肩膀，方池才选了一个露露。

Wishper 向他比了一个"OK"的手势。教练也转身离开了，可在他转身的一瞬间，方池把露露换成了劫。

全场哗然。

章凡颜十分惊讶地说："可心脑子抽了啊？这个赛季用劫的有几个赢过啊？！儿童劫这英雄有毒的啊！生死局他搞什么幺蛾子？！"

"赌尊严呗。"苏哲倒是一副稀松平常的样子。

要说劫这英雄确实有毒，几乎快一年的联赛中这个英雄的胜率都奇低无比，赢了的比赛屈指可数，可有时候还是有人愿意冒险一试。

方池本就顶尖中单操作，劫玩得也是火影级别。可 Whisper 就跟闹别扭一样，一直没去过中路，方池被对面压得有点惨。

"这真的是决胜局？"章凡颜更看不懂了，"怎么打得跟 rank 一样，还是说有套路？"

"大概已经崩了吧。"苏哲目不转睛地看着屏幕，"这不是你很希望看到的吗？"

劫去收兵单带被抓又送了人头，NAS 的局势有点倾斜。

虽然章凡颜感性上是希望 BKA 赢的，但是打职业赛的惯性思维让他一直弄不明白现在 NAS 在打什么，脑子里各种分析了半天找不出个答案。

NAS 的中路被彻底杀穿，结果渐渐清晰。

最后一波团战，方池竭尽全力把自己能做到的都做了，可惜大势已去，无力回天。

最终 BKA 以三比二的成绩艰难战胜了 NAS，爆冷晋级决赛。

章凡颜靠在椅子上，还是不太敢相信眼前的结局。

苏哲拍了拍他："这才叫比赛结束，走啦。"

章凡颜扭头看苏哲，苏哲全程保持淡定，就算两个队打得再怎么难解难分他都跟看戏一样。章凡颜一想他昨晚说过的话，心底出现了一个奇怪的念头。

"你饿了吗？"

夏天的夜晚遍地可见大排档，整条街都热闹得不行。苏哲和章凡颜并肩走着，却是少有的宁静。

章凡颜还是想不透，抓着苏哲说："我有个事问你。"

"什么事？"

章凡颜面色有些犹豫："你……你跟可心……他最后一局是不是演的？"

苏哲纳闷地看着章凡颜。

"他本来都选露露了，为什么最后换一个劫？他从第四局就打得不对了，第五局简直不是他的风格！你说，你是不是让他演的？"章凡颜说话有点急躁，"之前你就一直说有希望有希望，你哪儿来的自信？"

听了这话，苏哲扑哧笑了出来："一路上看你面色沉重，原来就是想这个事？章凡颜，你是不是蠢？这是季后赛不是常规赛，谁会那么傻地去演啊？再说了，你觉得我跟方池关系能有多好，以致他能冒这么大风险去打假赛？他任性选劫是他的事，打输了也是他的事，别什么都往我头上算。"

章凡颜撇嘴，小声嘀咕："你们不是最佳中野吗？"

"哟。"苏哲一条胳膊搭在章凡颜的肩膀上，"我怎么听着这么酸啊？"

"酸什么？"话一出口，章凡颜就意识到了苏哲的意思，脸色马上就变了，"酸什么啊！你是不是活得不痛快了？！"

章凡颜愤愤地往前走，却被苏哲一把拉住："我命好不好？"

"你有病啊！"章凡颜无奈，"你牛，你好，行了吧？"

两个人回到基地，明显感觉气氛不太一样了。

前几日如死水一般的气息渐渐退去，大家想必都知道了下午那场比赛的结果，张思卿就差点上三根烟感谢方池实力送温暖了。

不过大家其实多少还是有点怀疑这事跟苏哲有什么关系，可也只是有那么个隐约的想法。对苏哲而言，结果是好是坏其实并没有太大差别。

他最近少有的心情不错，因为章凡颜看上去心情也不错。

平日里的章凡颜晚上回房间里基本就是睡觉，今天洗了澡以后开开心心地躺床上玩手游。夏季赛打得压抑又烦躁，他完全没心情弄别的，手机没什么其他用处，几乎不用来社交联系，剩下的功能就是玩游戏了。

界面上一排又一排的游戏图标，看得人眼花缭乱。

他正玩到兴头上，突然手机屏就飞了。

"你干吗？"章凡颜伸手，"把手机还我！"

"天天躺床上玩对眼睛不好。"苏哲不知什么时候坐到了他旁边。

"我眼神好着呢！"章凡颜从床上爬起来，把手抬得更高，"你快点给我，你那手有毒，上次就摔了我一部手机。"

苏哲笑着把手背到后面："没关系啊，反正摔几部我都买得起。"

章凡颜觉得跟这人废话压根就没用，干脆上手抢。苏哲被他猛地一扑，没坐稳就倒在了床上。

"你给我！"

"你别挠我！哈哈哈！"苏哲被章凡颜弄得身上痒，在床上来回闪躲，忍不住笑，笑得人要岔气。

"我跟你说我可没闹啊！你还给我！多大人了还玩这个！"章凡颜嘴上不停地说话，手上也没停。

"谁闹啊？！"苏哲眼睛睁大看着他，上半身往上抬了一下，章凡颜没把握好距离，下巴就磕在了苏哲的胸口上。

"啊！"章凡颜立刻用手捂着下巴揉。

"磕疼了？"苏哲靠近，"我看看。"

"看什么看！"章凡颜说话太用力，抻到了下巴，坐在床上龇牙咧嘴。苏哲想笑，可又怕章凡颜爆炸，只能忍着。他刚要说话，门就响了。

"两位大爷，安西说要庆祝一下起死回生出去吃夜宵，你俩去不去啊？"张思卿在门外喊。

章凡颜怕苏哲再玩海南那一出，立刻大喊："我不去，我要睡觉！"

"行行行！"张思卿赶紧赔不是，"你不去就算了，苏帅去吗？"

苏哲嘴一张就被章凡颜堵上了："他已经死了！"

"哦，好吧，那我们走了啊。"

两个人默默听着张思卿的脚步走远，听着楼下一群人乱哄哄地出了门。

生活总该继续，比赛也尚未终结。

网瘾少年们的生活始终离不开游戏。

VIVA 在一片欢呼声中拿下了夏季赛的冠军，延续着它的王朝，联赛结果已经尘埃落定。

一切的是是非非都要留给昨天了，因为这一个赛季最重要的比赛，才要刚刚开始。

"我觉得我们运气不错。"安西一只手撑着额头，一只手拿着笔在本子上有节奏地来回点，"不管是狗屎运还是别人送温暖，反正我们算是打着擦边球进了中国区预选赛。除了 VIVA 已经以冠军身份拿到了全球总决赛的门票之外，剩下的 BKA、NAS、LKT 还有我们要在三天中角逐另外两张门票。预选赛是九月四、五、六三天，也是《英雄联盟》的周年庆典。"

他说话的时候大家还是发呆的发呆，抠手的抠手。

"三天的BO3，双败制，胜者组胜出的队伍拿到门票并且在最后一天和VIVA争夺种子名额，胜者组落败的队伍和败者组胜出的队伍在最后一天争夺最后的机会。"安西继续说，"我看了一下，我们第一天的比赛是下午的第二场，三点半，跟……LKT。"他放下手中的笔，抬头看着所有人，"有信心吗？！"

几个人拉长音回答："没——有！"

"你们去吃屎吧。"安西冷笑了一下，"我希望在未来的三天里，你们能拿出最好的状态，把每一场比赛当作最后一场来打，如果不能出线的话，也许这会是你们当中一些人最后的比赛了。好了，解散！"

晚上训练室里一如既往地火热，就像这个夏天一样。

章凡颜和彭炀配合打下路。

最近彭炀一直在玩牛头，只是章凡颜实在不喜欢这个英雄，原因特别简单——因为丑。

"我到现在才觉得你可能是个死颜控。"彭炀手上操作不停，"怪不得名字里面有个颜，哎哎哎，这里有眼别上！"

话还没说完，章凡颜的屏幕就黑了。

"可是我觉得你风女玩得最好啊。"

"你边儿待着吧。"

苏哲和张思卿双排，张思卿本来嘴就贱，一会儿说这一会儿说那，一晚上了都没停，给苏哲烦得不行。他打rank还不喜欢说话，只能默默地忍着。

苏哲十分不明白，张思卿明明打比赛的时候说话精简利索，怎么打个rank突然跟个话痨一样，特别是最近这段日子，尤其过分。

"啊，老公，我的蓝被偷了。"张思卿一边儿面无表情地说话，一边儿腾出手来抠脚。

苏哲刚帮人AD刷了个红，回头听见张思卿瞎叫唤，瘫着一张脸从中路路过，然后去上路反蹲。

"你真的不管我啊？"张思卿连忙点鼠标往塔下跑，"我要死了啊！"

"视野给你留了，死了是你太菜。"

张思卿手上噼里啪啦一波操作，塔下丝血极限反杀，队友给他打了一行"6666"。

下路夫妻中野 CP，就剩下高程一个人默默地刷刀玩。他最近烟瘾大，打个两三盘就要出去来一根放松神经，然后回来继续。

所有人近乎全力地去做任何一件跟比赛相关的事情，训练也好战术分析也好是一个都没放过。

预选赛的日子越来越近，网上关于进入预选赛的战队实力自然有很多分析，各种出来带节奏的数不胜数。

大家注重的点不光是谁能打进决赛，还有谁更适合去打外战。

总结而言，VIVA 在全明星赛上输给了韩国队一事让大家对这支冠军队伍仍旧持保留意见。相反 NAS 虽然止步四强，但是队内的韩国重量级选手则给他们的外战道路增加了胜利的砝码。

舆论似乎已经忘记了从生死边缘回来的 LC，他们也确实消失了太久。

随着九月份的到来，所有人都变得有些紧张。

这种紧张源自过去低谷的状态和近一段时间训练赛上的起起伏伏，以及对于未来比赛的不够自信。

九月三日，中国区预选赛前一天，LC 例行全体休整。

安西说："明天就要打响本年度最艰难战斗的第一战了。"

他精心准备了比赛战术套路，并把 LKT 近三个月内所有的比赛拿出来分析。可是到场上去比赛的是队员而不是教练，他的战术和 BP 只能决定场上前十分钟的事情，后面的只能看队员们的临场发挥了。

其实总有点听天由命的味道。

当天晚上，大家把自己的键盘、鼠标全清了一遍，BP 环节也重复了一遍，确保万无一失。

"我觉得好像高考啊。"章凡颜说。

"得了吧。"高程手里夹着一根没点的烟过干瘾，"就你这文盲高考能考过吗？"

章凡颜白了他一眼："你考过啊？"

"我当然考过啊！爸爸当年也是好好学习过的！"

安西一巴掌招呼了过去："就你们这群不良少年还有脸提高考？考得好还来打职业赛啊？"

章凡颜顺手一指苏哲："他考得好，不也来打职业赛了吗？"

其他几个人顺着章凡颜手指的方向一起看苏哲，张思卿说："老公，你考上哪儿了？"

苏哲无奈扶额："也不是很厉害，家门口的学校而已。"

张思卿又问："老公你家住哪儿？"

苏哲说："五道口。还有，你再喊那两个字，我就退役。"

众人顿时笑趴下，张思卿呵呵地说："老公你真逗。"

当时苏哲的内心是崩溃的，那个中单瞎闹个什么劲儿？！就算一直跟自己打配合也不至于这样啊！是最近比赛压力太大已经入魔了吗？而且每次张思卿都喊得有股抠脚感，苏哲甚至觉得自己脸上要绷不住了。

但装还是得装，他总不能一个牛头的Q技能上去把张思卿顶得血崩吧？

"好了好了。"安西拍手，脸上还是忍不住地露出笑意，"高考还在后面，明天撑死只是个模拟考试。今天晚上早点睡吧，争取以最好的状态迎接比赛。我们曾在过去的无数次比赛中战胜过LKT，我相信这一次赢的依旧是我们，以后也会是。"

章凡颜努了下嘴："你这话说得好没有创意，热血漫画里我已经看了无数遍了。"

"哦。"安西摸了下下巴，"明天打输了就全给我去大口吃屎！现在给我回房休息！"

众人作鸟兽散。

时间对他们这种常年夜猫子的人来说还有些早，章凡颜睡不着，在床上翻腾了一会儿，掏出了手机。

打开许久没登录的微信，弹出来的各种各样的消息吵得手机要爆炸，他挑挑拣拣地看了看，其中有一条是李想的。章凡颜觉得好像很久没有见到她了，就顺手回复了一条，并且跟她问好。

那边李想马上回复，不过也没多说，无外乎就是"比赛加油""注意身体"，只是这个姑娘实在懂事有趣，章凡颜总能被她的话哄笑。

章凡颜的作息时间和生活习惯，苏哲比跟章凡颜住了一年多的彭炀还要清楚。一般来说，章凡颜举着手机的时候通常是在打游戏，而且他打游戏的表情十分单一，要么皱着眉，要么面无表情。可是他现在拿着手机点来点去，还面露笑容，嘴里默默地念叨着自己打的内容。

苏哲虽然听不清，但是感觉得到手机对面那个人应该和章凡颜关系非比寻常。

能和章凡颜关系非比寻常的，苏哲自然就联想到了那个女孩儿。

于是苏哲看似自然地走过去一屁股坐在章凡颜身边，然后又看似自然地脸往章凡颜肩膀上靠，顺便瞄了一眼章凡颜的手机屏幕，一系列操作行云流水毫无 Ps 痕迹。

"还聊呢啊？"苏哲视力极好，阅读能力也强，瞬间一目十行地扫过内容然后确定对方确实是那个女孩子。

"你困了啊？"章凡颜稍微侧了个身，把手机屏幕往自己的方向一转，"你困了就睡觉啊，我又不吵你。"

"人家想跟你一起睡啊。"

章凡颜手一抖按出去个闪现，顿时和苏哲拉开距离："你被张思卿那个老头子传染了啊？"他说着一巴掌就往苏哲脸上招呼，"快醒醒！！明天就要比赛啊！！"

"*Living* 就是活着的意思。
ADC 活着才能有输出,活着就是一切。"   ▶ ▶▶

五、
我是真的喜欢游戏

九月四日，英雄联盟世界总决赛中国区预选赛正式开赛。

因为同时伴随着周年庆典，所以预选赛的场面搞得格外隆重，就连比赛的场馆都定在可容纳万人的体育馆。比赛规格犹如总决赛一般，两排巨大的LED屏幕分别代表交战战队。

开场时灯光全部熄灭，伴随着雄壮的交响乐，屏幕上出现了近一年比赛中的战斗画面以及战队巡礼，在场观众无不兴奋尖叫。

音乐结束后，主持人穿着游戏中的英雄服饰出场，介绍进入到预选赛当中的战队，各队按积分排名先后出场。

舞台缓缓升起，章凡颜觉得眼前的光有些刺眼，大型体育馆的灯光设施不知道比原来的比赛场馆好多少倍，台下观众又拿着各种各样的荧光棒和灯牌。

聚光灯打在脸上，他简直要看不清眼前的路了。

章凡颜记得去年也是一样的流程，只是今年的排场比去年大了很多，可惜LC的成绩并不如去年那般理想。

听着台下观众的欢呼声和激昂的音乐，章凡颜感觉现在的场面像极了热血漫画里的万千荣耀加身，只是这才刚刚开始，他暗自握了一下拳。

已经进入到预选赛了，过去一年都可以暂时放下，他们能否进入决赛，就看这三天的表现了。

VIVA以冠军身份已经率先拿到了决赛门票，所以只是出来走个过场。

马上要进入首个比赛日的第一场比赛，NAS对战BKA。其他战队成员可以到内场观众席第一排观战。

这场比赛对NAS来说是关键一战，一是在于这是整个预选赛的首场比赛，二是因为在季后赛中，NAS输给了BKA止步四强。

怎么看这都是一场复仇之战。

在之前的战队采访中，主持人曾问NAS对即将跟BKA的再次交手一事有什么想法。当时Whisper噼里啪啦地说了一堆，方池想了想，说自己再也不玩劫了。

"要是以后比赛都能在这么高大上的地方就好了。"张思卿抬着头揉了揉脖子，"你看这大屏幕，这么高、这么大，看着就是爽，座位也宽敞。"

"你当联赛是世界比赛啊?"高程说,"不过观众倒是多,气氛比平时热烈多了。"

"毕竟预选赛。"张思卿笑了笑,指着大屏幕,"我觉得一会儿 NAS 可能要祭出最强杀招了。"

"你也是想太多。"

章凡颜听着自己旁边的两个人一直聊天,叹了口气,一只手撑着脸盯着大屏幕。

他坐在第一排最靠近过道的位置,苏哲跟他之间隔着其他队友,两个人的位置一头一尾,没什么交流。

"我记得季后赛 NAS 最后一场的时候苏帅去现场看过吧。"彭炀忽然说。

"对哦,我记得后来 NAS 就跪了。"张思卿接茬。

高程点了点头:"苏帅自带凝视 de-buff(减益效果),NAS 这场要黑。"

张思卿突然捶了下手掌:"我记得上次看直播的时候,切到苏帅在观众席的画面是和章……哎哟!"

章凡颜一手肘捅了过去,张思卿被他捅得差点吐血。

台上已经进入了 BP 环节,解说的声音在场馆上空三百六十度无死角回荡。

第一局大家打得相对较稳,并不如观众赛前预想的那般激烈。

只是 NAS 的运营更加优秀,全程没怎么打架,经济却一点一点地压了上去。

二十多分钟的时候人头比还是三比零。

"这比赛打得太虐了。"张思卿说,"我真的最烦打这种套路的,BKA 再不打开局面就是在慢性自杀。"

彭炀说:"找不到开的点,你说他们开谁?也就能开个大树,开大树又没意义,他们阵容拖后期又没意义,这一把悬念并不大。"

说话间 BKA 小龙处强行开团,可惜后续输出没有跟上,被沙漠皇帝拿下三杀。

"可心略猛啊!"高程感叹,"看来杀意已决。"

张思卿摸了摸下巴:"BKA 这把是黑了,看看下一把的节奏吧。"

如同他所说的,NAS 带着三路兵线推上了高地,最终在高地塔下拿到 ACE,取得第一场比赛的胜利。

关键的是,这一局比赛中 BKA 被剃了光头,全场一个人头都没拿下,士气大败。

也许正是因为受前一局的心态影响,NAS 第二局比赛暴力输出,干净利索地拿下了首场比赛的胜利,进入到第二天的胜者组的比赛中,等着他们的将会是 LC 和

LKT 当中胜出的队伍。

中场的舞台上是一些采访和节目，接下来上场的两支队伍在各自的比赛位置上做着准备。

章凡颜插好键盘，双手灵活地在键盘上一阵敲打，然后搓了搓手。

今天场馆的不同给他比赛的心情带来了些许变化，他感觉自己脑子里很空，此时此刻不知道该想什么，可心脏跳得莫名的快。

这种场合之下说不紧张都是骗人的。

章凡颜赶紧又活动了一下手指，生怕自己脑子卡顿带得手上的操作也不流畅。

"烦烦。"坐一边的彭炀叫了他一声，章凡颜扭头，彭炀对着他笑，"加油啊我的 AD carry。"

章凡颜愣了一下，然后点头。

安西站在他们背后指挥 BP，第一局双方意外地 ban 了几个非常规英雄，如此一来很多版本 OP（overpowered，指英雄过于强大）英雄都放了出来。LC 蓝色方，首先拿到了上单纳尔。

LKT 拿下沙漠皇帝和牛头。

"我真的不想看到这个场面啊。"张思卿说着又摸出来个蛇女。

"我也并不想看到什么 1000AP 的蛇女。"高程说道。

安西说："你们觉得烦神会玩螃蟹吗？"

章凡颜抢先说："我真的蛮想玩的，但是我感觉拿出来要黑。"

"拿个打野吧。"安西说。

苏哲点了点头，在挖掘机和酒桶之间切了半天，最终拿了挖掘机。

LKT 纠结了一下，拿了人马和猪妹。

LC 最后一手拿下路组合，彭炀选到了莫甘娜，章凡颜转了半天，再看了看安西："我都打不动。"

安西指了下屏幕："拿薇恩或者大嘴吧。"

章凡颜心里有些纠结，犹豫了半天，放着大嘴看了好久，最后还是拿了薇恩。

LKT 最后一手选了轮子妈。

选完之后，张思卿摸了下鼻子："有点难。"

苏哲一直低着头揉脖子没说话，高程清了一下嗓子："ADC 的尊严，靠你了。"

这个 BP 让章凡颜觉得有点别扭，线上打得十分谨慎，但还是有些劣势。苏哲过来只能帮他缓解一下线上的压力，但是硬推并不好推。

苏哲转身刚走就被对方的眼位看到，LKT 几个人往下移动，章凡颜嗅到了危险，可惜为时已晚，薇恩前期的无力让他送出了一血。

局势变得更加艰难。

随着时间的推移，章凡颜眼睁睁地看着对方 ADC 的装备领先了自己，不由得感觉有点头痛。

中路遭遇，LC 被迫后撤，章凡颜从家出来："你们拖着，这波能打。"

纳尔满怒气变大，回头一个大招把三人拍在了墙上。章凡颜一个劲儿地往前跑，正面战场之上双方均是残血，蛇女临死前所有技能全交，莫甘娜给盾大招，章凡颜打算赶到收割。LKT 五个人觉得一个没成型的薇恩不足为惧，追着他的屁股往回轰炸。

章凡颜皱了下眉，手指飞快地敲击键盘，脑子里瞬间全空，眼前只有对方，走位中躲掉了对方无数技能。之前的团战中 LKT 交出的技能太多，章凡颜先是手起刀落把追着自己到塔下的双 C 点死了，然后反身怒打，就像对方刚才追他一样回头追对方，一直追到了对面野区。

场下的观众已经到达了情绪的高潮，LC 语音频道里却鸦雀无声。

直到章凡颜千里追杀拿下五杀，张思卿才喊了出来，同时爆发的是满场观众排山倒海的尖叫！

解说激动地说："刚才的那波操作 Living 处理之冷静已经不是大脑可以控制的了，完全是身体的极限反应打出了全部的伤害！"

拿下五杀的章凡颜表情都没变，只是肩膀稍微松了一下。

"烦神 carry 啦！"张思卿大笑，几个人集结到大龙坑，趁着对方团灭一举拿下大龙。

五杀薇恩超神发挥，一反之前的逆境，LC 拿下首胜。

"烦神牛啊！"

一下场张思卿立即扑在了章凡颜身上："那阵容你都能打得赢，真是'666666'！"

章凡颜一脸疲惫的表情说："我感觉刚才那一波我都要把蓝打空了，好累。"

"别介啊！"高程神色也有些激动，"你知道你那波打得有多厉害吗？乱军丛中直取五杀！我都以为那波要黑了！小说里都没这么金手指的！"

彭炀拍了拍章凡颜的肩膀："你是真 AD carry。"

中场休息后，大家重新回到台上，刚才的战斗让章凡颜的自信心起来了一些，坐在座位上的时候他平静了很多。

第二局的章凡颜拿到了卢锡安,线上一开始就打出了优势。因为气势不同,他像往常那样凶巴巴地压着对方打,下路一路通关。

章凡颜火力全开,LKT 全员抵挡不住一个 carry 的烦神,打出了 GG。

两场的 MVP(Most valuable player,最有价值玩家)都颁给了发挥亮眼的章凡颜,实至名归。

首日的比赛全部结束,NAS 和 LC 在第二天的胜者组中角逐第一张门票,BKA 和 LKT 则进入了败者组。

这场比赛是最近几个月以来最振奋人心的,同时还赢得十分漂亮,LC 众人都十分亢奋,安西更是开心到不行。只是因为第二天还有比赛,所以大家还是尽量克制,彼此说着"要庆祝不妨等真的拿到门票再说",比赛结束之后到后台收拾东西准备回基地。

大家都在恭喜章凡颜,章凡颜也在笑着感谢。

苏哲从比赛到现在都没怎么说话,打了两局下来只是把该做的都做了而已。他看着章凡颜被围在人群之中,心里的感觉不知道该怎么形容。

大家前前后后地走出体育馆,苏哲走得慢,落在最后。章凡颜背着包从苏哲身边走过,快速扫了他一眼,那一眼却无比深意。

苏哲也歪头看他。

章凡颜快步往前走,忽然又回头说:"事实证明,没有你帮,我也能 carry。"

苏哲站在了原地,一时无话。

"咱们明天是第一把打 NAS 吧。"

打完 rank 之后,几个人叫了外卖围在饭桌前,张思卿一边往嘴里塞东西一边问。

高程回答:"你脑子是进水了吗?连这个都要问。"

"哎呀,我就是随便一问嘛!"张思卿往苏哲那边一靠,"老公他凶人家!"

苏哲实在没什么心情跟张思卿开玩笑,一个眼刀过去,张思卿立刻闭嘴。

彭炀单手撑着下巴百无聊赖地说:"明天不好打。"

"从夏季赛到现在哪一场好打了,不也是这么走过来了吗?"高程说,"我觉得今天打完后,至少大家的状态打回来了一些,烦神今天多厉害啊。"

章凡颜听见高程说他,把脸从食物中抬起来:"那我明天也拿薇恩?"

张思卿赶紧打断:"别别别,薇恩这种大杀器还是不要轻易祭出,你明天拿点稳当的吧。"

"大嘴稳不稳啊？"

"你别闹了。"高程说，"我在LC这么久，从来没见你用大嘴打出过梦幻后期，你用这英雄有毒，前期不符合你的性格。"

"烦烦大嘴打过梦幻后期啊。"彭炀笑着说，"只是最后一波运气差了一点而已，要不然……"

要不然他们就不会在上届总决赛的时候止步八强了。

大家陷入了一阵沉默，张思卿深呼吸了一下："所以今年烦爹怎么着也得戴罪立功带我们再杀入决赛啊。"

"说真的。"章凡颜看着张思卿，认真地说，"以后不要再拿出什么1000AP的蛇女了好吗？"

张思卿嘴一噘，掐着嗓子摇着头说："不嘛！人家就要做任性的小公主嘛！"

章凡颜一脸难以接受："你怎么不去死。"

大家一片哄笑。

苏哲看着其他人，脸上没什么表情。他们刚才说话苏哲并未听进去多少，从赛场回来之后他心底就有一种极度不安的情绪在徘徊，说不清是什么，也说不清这股莫名的情绪来自哪儿。

但他明确地知道自己的情绪并不是来自章凡颜今天最后那句话，可是无论怎样，都不是什么好兆头。

这真的是，从未有过的感觉。

就连第二天到达比赛场馆时，苏哲的右眼皮都一直在跳。

所有人在后台做最后的准备，如果LC能拿下这场，那么门票就到手了，输掉的话还要再进行一轮比赛，到时才真的是命悬一线。

场内都能听到外面观众热闹的声音，安西一直在说话，反复提醒大家今天的战术安排，还有各种捕捉他们操作的摄像机。

苏哲看着安西的嘴一直在动，真正听进去多少只有他自己知道。

忽然传来一阵铃声，苏哲吓了一跳，从口袋里掏出手机，屏幕显示是他妈的来电。

苏哲很纳闷，自己老娘八百年不联系自己一次，她应该都不知道自己今天打比赛，这个时候打电话能干吗？

他朝大家示意了一下，才走到一边去接电话。

"今天大家放松打，我们只是有BO5魔咒，BO3可是无往不利。"安西说完了正经事就开始开玩笑了，反正苏哲上一边儿接电话去了，而且没什么别的要讲，只说，"烦爹今天带大家起飞啊。"

章凡颜一脸看智障的表情看着安西。

苏哲的这一通电话打的时间不短，直到快上场的时候，安西去叫苏哲，他才慌忙地挂了，准备跟着大家上场。

"苏帅，你打算空着手上台？"安西拉住了苏哲问道。

"啊？"苏哲反应过来才发现自己键盘、鼠标都没拿，又跑回去拿。

安西皱眉："你怎么了？怎么接了个电话回来冒冒失失的？有什么事吗？"

"我……"苏哲犹豫了一下，"等打完比赛跟你说。"

说完人就跑去了赛场。

安西觉得今天的苏哲真是奇怪。

NAS对LC来说简直就是剪不断理还乱的关系，有苏哲在场上坐镇，两队之前的比赛总是充满了火药味和恩怨。

大家都在猜测，季后赛的时候可心送了LC一波温暖，预选赛的时候苏帅会不会还了这个人情，直接把NAS送进总决赛。

但是这个代价太大，大家也只是随便想象了一下。

赛场上依旧灯光辉煌，气氛热烈得不行。

苏哲一直低着头靠在椅子上，单手撑着额头，闭着眼睛不知道在想什么，摄像机镜头给过来时他也没抬头。开赛前选手席的灯光是暗的，只有后面的背光，LC最开始在红色方，猩红的灯光在昏暗中把苏哲衬得一身血气。

张思卿说："跟NAS打还是得针对中野，只要可心不爆炸，他和Whisper的配合就没的说，苏帅一会儿帮我反蹲一下啊。"

苏哲没理他。

场上音乐响起，比赛在一阵欢呼和掌声中开始。

一开始的进程还算顺利，中途一波团战，Whisper酒桶大招把苏哲炸了回来，导致LC阵形脱节，方池正好赶上把苏哲带走，又追着残血的章凡颜跑。章凡颜被各路围堵，想着怎么也跑不掉了，立马回头，拼尽全力换了方池，两人同归于尽。

这对LC来说形势非常不利，之后苏哲完全被Whisper牵着鼻子跑，很难发挥出什么来，最终送出一分。

在后台的时候，安西一直在抚慰大家的情绪，布置下一局的战术。说完他就看着苏哲一直双手环臂，手指在自己的胳膊上有节奏地点，看上去有点焦躁。

安西故作淡定地跟大家说了几句有的没的，临上场之前，悄无声息地把走在最后的苏哲拉了下来。

"那个电话很重要吗？"安西认真地问，"你比赛之后要跟我说什么？"

苏哲咬了下嘴唇，说："今天的比赛一打完我就立刻回京市。"

"你搞什么？"安西惊讶地问，随后压低自己的声音，"明天还有比赛，你这时候回京市，除非你有什么正当理由，否则我不会同意！"

"我爸心脏病发作，现在在医院，情况……不好说。"苏哲抬头，"刚才是我妈打电话说的这个，我不知道我回去有什么用，只知道无论如何我都要回去。"

安西的惊讶变成了震惊，但随即又恢复了冷静。

他低着头踱了几步，像是在消化苏哲刚才的话，然后才开口说："我明白了，俱乐部那边我会应付，一会儿打完比赛，你赶紧去赶飞机吧，至于明天……"

"我明天会赶在比赛前回来。"苏哲顿了顿，补充了一句，"如果我爸没事的话。"

安西神情凝重地点了点头，拍了拍苏哲的肩膀："一定会没事的，好了，上场吧。"

BP 结束，安西回到教练席观看比赛，觉得苏哲的状态确实不应该继续比赛了，因为现在对他而言，最好的选择是尽量压缩比赛时间尽快结束。况且第二局开始的时候 NAS 很明显就在压着 LC 打。

可事实上，苏哲还是在尽其所能地做视野、入侵、gank。

他做着身为打野在场上能做的每一件事，其实就苏哲目前的心态而言，已经是在最大程度地发挥自己的作用了。

安西有些欣慰，同时也为自己那些乱七八糟的想法感到愧疚。

只可惜你不失误不代表别人就要输给你。

NAS 在赢过一局之后状态好到不行，LC 也是完美开团，无奈硬生生打不过。

最后一波逼上高地的团战，LC 只剩下彭炀一个辅助活着无力回天，最终 LC 零比二不敌 NAS，进入败者组。

而 NAS 以胜者组胜出的身份拿到了第二张门票，几个人都特别高兴，Whisper 更是站起来拥抱方池。他虽然年纪小，但是个子很高，正好把方池搂了个满怀。

LC 众人等待着 NAS 过来握手，胜利者向失败者慰问和炫耀。

章凡颜一直在座位上发呆，彭炀拍了他一下他才反应过来，起来和大家握手。

Whisper 笑嘻嘻地朝苏哲走过去，拉着对方的手还拍了下他的肩膀，没说话，一直在笑。

　　跟在 Whisper 后面的方池看着苏哲一脸凝重的神情，上去握手的时候低声说："你今天表现得不好。"

　　苏哲点了点头："我知道。"

　　方池说："加油，我在总决赛等你。"

　　苏哲沉默，然后又点了下头。

　　下了场之后大家收拾了东西准备回基地，安西问他们要不要留在这里看下一场比赛，大家纷纷表示没什么兴趣，还不如回去打 rank。

　　坐在回去的车上，章凡颜开始一直闭着眼睛。车走到一半，他突然睁眼，问："玛丽苏呢？"

　　离他最近的彭炀四处看了看："是啊，人呢？难道没等他？"

　　安西才说："苏帅回京市了，家里有急事。"

　　"啊？"章凡颜颇为震惊，"那明天的比赛怎么办？多着急的事非得这会儿走？死人了啊？！"

　　"你闭嘴！"安西吼了他一句，"你多大的人了说话还这么没大没小？全队的人品都要被你败光了！"

　　章凡颜不说话了。

　　"苏帅说明天的比赛他会赶回来的。"安西又说，"别大惊小怪的，又不是跑去美国了。"

　　众人沉默。

　　张思卿尴尬地笑了一声，像是安慰大家一样："其实京市到魔都也挺近的，坐飞机就一两个小时，很快的。"

　　彭炀跟着点了点头："既然他都说了，那么他就会回来，我相信他。"

　　大赛当前队友突然离开，显然他们谁都没经历过这种事情。虽然不知道到底发生了什么，但是明天的比赛对 LC 来说至关重要。生死之战，出现任何一点差错一年的努力都白费了，所以大家心理上多少有些起伏。

　　起伏最大的莫过于章凡颜。他打了一宿的 rank 打得躁得不行，几度忍不住想骂街，可实在没得骂就忍住了。

　　下午在车上，他忽然想问苏哲是不是为了送方池进决赛而演的，一睁眼却发现压根没这个人，才问了一句。

没想到结果出乎所有人意料。

章凡颜心里原本的火没撒出来，一下再来个爆炸消息，气得想掀桌子。

他看着旁边空着的位置，看着看着又觉得委屈难受。

打 NAS 没打过对他来说是件特受打击的事情，具体为什么他也说不清楚，只是总觉得 NAS 是比 VIVA 还要宿敌的队伍。可能潜意识里章凡颜是认为苏哲和方池的关系说不清，关键时刻搞不好谁来个手下留情，局势就不好说了。

可要问他为什么会有这种想法，他也说不清，都是源自莫名其妙的直觉。

他泄气一般瘫在椅子上，幽幽地说："你们说，如果明天玛丽苏回不来，我们会怎么样啊？"

高程回答："那还用说？直接 GG 呗。"

彭炀问："比赛允许四个人上场吗？"

张思卿说："以前没有过这种情况，顶多就像是打排位的时候其中一个人掉线了，倒也不是不能打，只是基本上没戏而已。"

章凡颜说："不能打我也要打！"

说这话的时候，他自己心里都没底。

张思卿敲着键盘又说："你们干吗把事情想得那么糟啊？苏帅只是回个家而已，明天说不定一大早就回来了。你们真当跟小说里写的一样，回来的时候遇见什么堵车没赶上飞机或者飞机晚点回不来什么的情况啊，想什么呢？"

高程无奈地说："可是苏帅的设定就是小说里才有的啊。"

此话一出，大家竟然找不到任何反驳的点。

晚上的房间里只剩章凡颜一个人，他觉得热，翻来覆去睡不着，明明空调开得很足，可就是无法安眠。

眼瞅着生死局就在眼前了，苏哲怎么能掉链子啊？章凡颜心想，果然不能相信苏哲，什么带着自己飞都是骗人的，还不如靠自己 carry！可是没一会儿他又觉得虚，毕竟五个人打比赛还能有输有赢，要是真的只有四个人，除非活在梦里，否则一点机会都没有。

他刚才在训练室里发呆，回头的时候发现旁边的座位是空的。那会儿章凡颜突然间产生一种陌生的感觉，因为那里从来都是有人的。

一个一天到晚在自己眼皮子底下晃荡，从来没消失过的人，此时此刻在几千公里外的城市，不告而别。章凡颜第一次感觉到心里如同开了个洞一样，所有情绪水一样往外流，剩下的只有慌张和不安。

他觉得昨天不应该那样跟苏哲说话，只是当时不知道怎么的那句话就说出去了。

这是个团队游戏，少一个人都不行。章凡颜会那么说，多半有赌气的成分。

他不想承认的是，苏哲是重要的，没了他根本不行。

没了他，自己连觉都睡不安稳。

摸出手机看了眼时间，都已经半夜两点多了，章凡颜纠结半天，打开微信，苏哲的账号还是苏哲自己输进去的，他从没想过会有用到的一天。

经过一番复杂的心理斗争之后，章凡颜打了一行字。他本来想问"苏哲你那边怎么样了"，可又觉得怪别扭的，全给删了，重新敲了一行。

"明天下午三点半比赛，你赶紧回来。"

发出去之后，他躺下戳手机屏幕玩，等苏哲回话。

章凡颜等啊等，不知道什么时候抱着手机睡着了。

直到天亮他都没等到苏哲的回复。

章凡颜做了一宿的梦，各种各样的情节，可没一个是好的。

心里揣着事，睡觉都轻了很多，恍惚间仿佛听见手机信息提示响了一下，章凡颜"唰"地睁开了眼，滑开屏幕之后发现只是一条推送消息，他有点失落地把手机又放回了一边儿。

天是亮的，可时间还早，章凡颜躺在床上睡不着，也不知道要干什么。

苏哲一直没有理他。时间一点一点地走，章凡颜越来越瘆得慌。

该怎么办呢？

苏哲拿着手机坐在医院的走廊里。他风尘仆仆地赶回了京市，下了飞机又一路不停地往医院跑，一进医院就看见妈妈失魂落魄地等在手术室门口。他安慰的话没说两句，父亲被推了出来。

手术室开门的时候，苏哲心里咯噔了一下，他能面上装得淡定，内里却是心惊肉跳的。

大夫说："还没脱离危险，天亮看情况。"父亲又被推到了ICU。

想来是病情来得太急，他妈还来不及通知别人，先把他叫回来了，此刻大晚上的也不好再打扰谁。苏哲在医院附近开了个房先把母亲安顿好，一个人又回了医院。

打完比赛千里迢迢地跑回来，之后又没少折腾，苏哲却没有丝毫困意。他坐在医院的走廊里发呆，章凡颜的信息他不是没看见，只是不知道该说什么。

苏哲大概能猜出章凡颜这句话里是几个意思，十来个字明确地说出了什么时间要做什么事，看来比赛在章凡颜眼里真是比什么都重要，他的梦想也比什么都金贵。

自己是不是中了邪，要不然怎么会像个没头苍蝇一样到处乱撞。在过去相当长的一段时间内，苏哲都感觉自己整个人是起起伏伏的。换作原来，玩得不开心了那就不玩了，他还能回京市过现世安稳的生活。

他干吗非要死磕呢？

可能他真的是中了邪，邪门的事情都是不讲道理的。

章凡颜也不讲道理。

他只知道打比赛，赢了笑输了哭，再没什么别的情绪。

就连自己此时此刻不知情况如何地身处京市，他的关心也只给了比赛。

"你赶紧回来。"

他的意思再明白不过。

苏哲觉得自己的人生从来没有这么失败过，他想，要不然就不回魔都了吧，职业赛也不打了，退役吧，违约金他赔得起，他不想这么累了。

早上医院里人渐渐地多了起来，苏哲听见有人叫自己，一抬头才发现是他妈妈来了。

"妈，您来这么早干吗？"苏哲起身，"您来了也是在外面空等，我在这儿就行了。"

苏哲的妈妈年轻的时候是个美人，虽然一直忙于工作，可生活向来精致。儿子都这么大了，自己还未显老态。只是昨晚那么一闹，整个人顿时憔悴了很多，脚上穿着没来得及换的居家拖鞋，在苏哲的印象中，他妈从来没这么狼狈过。

"我哪儿睡得着？"苏妈妈叹了口气，"心慌。"

"我爸在里面躺着，您要再出什么事，让我怎么着？"苏哲把妈妈搂进怀里，让她靠在自己的肩膀上，"对了，要给叔叔伯伯们打电话吗？"

"等你爸的情况稳定了再说吧。"苏妈妈摇了摇头，"都是上了岁数的人了，就算知道了，除了跟着一起担惊受怕还能怎样？"

母子俩沉默了一阵，苏妈妈好像想起了什么："我给你打电话的时候太着急了，忘了你有比赛，你突然回来，不会有什么影响吗？"

苏哲奇怪地问："你怎么知道我在打比赛？"

"那些铺天盖地的新闻我怎么可能看不到。"苏妈妈疲惫地笑了一下，"我和你爸一直忙，整年整年地和你聚少离多。可你毕竟是我亲儿子，你心里喜欢什么，当我真的不知道？你今天是不是还有比赛？应该很重要的吧？"

苏哲淡然地说："只是打游戏而已，也不是很重要。"

苏妈妈却像是打开了话匣子："你小时候我们陪你太少，长大了，你也不需要人陪了，我们唯一能做的，就是支持你去做你喜欢的事情。所以你当初说要退学去打什么职业电子竞技，我们也没有拦着你。你以为我们是不关心你吗？你还以为我不知道你什么时候在比赛？你从小就是个有主意的人，自己打定主意的事情谁也拦不住，好在你总归有分寸，我们实在没有必要跟你讲那些古板的道理，由着你高兴就好。"

"妈……"

苏哲刚一说话，正巧大夫过来了。医生去病房检查了一番之后，出来对苏哲母子说："病人暂时没什么危险了，但还需要继续观察。"

两个人听了大夫的话，心里的石头终于落了地。

苏妈妈吃下了定心丸，精神恢复了一些，对苏哲说："你还赶得及回去吗？"

苏哲看了看时间，点头。

"你爸这儿也没什么事了。"苏妈妈说，"你要是赶得及，就回去吧。"

"妈，您一个人在这儿……"

"哪儿是一个人？"她笑了笑，"攀你爸的关系想当床前孝子的人能从这儿排到医院门口，打个电话不就都来了吗？亲儿子得去做更重要的事。"

苏哲犹豫了一下，说："您也觉得那重要吗？您觉得……我喜欢玩游戏吗？"

"这得问你自己了。"苏妈妈轻飘飘地戳了一下苏哲的胸口，"你自己喜欢什么不喜欢什么，还要我告诉你吗？你是不是没见过自己玩游戏的德行。"

苏哲被他妈弄得笑了一下。

"好啦。"苏妈妈把自己披散着的头发绾了起来，"我的儿子比任何人都优秀，以前的事你都做到了，以后的也不要叫我失望，就算你爸醒着，也会这么说。"

苏哲看着眼前的女人好像恢复了原来那般干练犀利的模样，思考了一下，然后用力点头："我知道了。"

喜欢什么不喜欢什么，真的没人比自己更清楚了。

章凡颜看着手机上显示的时间，已经是十一点多了，苏哲依旧没有音信，他忍不住又发了一条信息问苏哲在哪儿，无人应答。

他拿着手机在手上一直转，心跳得厉害。

其他人也不知道该怎么着是好，安西还算淡定，该干吗干吗。

下午的比赛一点开始，先是VIVA和NAS争夺种子队伍的名额，三点半那场则是LC和BKA争夺最后的出线机会。

中午吃过饭他们就要去比赛场地。出门的时候，章凡颜说："要多拿一套键鼠吗？"

别人当下没反应过来，还是彭炀反应快，转头问安西："苏帅走的时候是带着东西一起走的吗？"

安西点了点头："他走得特别着急，应该是都一起带走了。一会儿他可能直接去赛场了，我们多拿一套预防万一吧。"

今天是周年庆典的最后一天，是中国区预选赛的最后一天，也是观赛人数最多的一天。毕竟有一场生死之战，想必会是全年国内联赛最为激烈的一场了。

悬念即将揭晓，谁都不想错过这个重要时刻。

可惜主角之一偏偏不在场。

内场第一排的位置依旧留给选手们观赛，但是章凡颜实在没心情，一个人窝在后台里。

他垂头丧气地拿着手机，看着时间一点一点地流逝，听着外面模糊的欢呼和尖叫，人也越来越慌张。

他又发信息，问："苏哲你在哪儿，你能不能回来？"

依旧没人回复。

章凡颜的脑子里就像爆炸了一样，他颤抖着手在通讯录里翻苏哲的手机号，好不容易翻到了，可电话又打不通。

他一遍又一遍地打，听着忙音，觉得眼眶胀痛。

休息室里太安静了，一声一声电子音像是魔咒一样把章凡颜的神经渐渐拴紧。

苏哲像是消失了一样。

章凡颜觉得浑身都是冷的，干坐在休息室里。外面的欢呼声忽而变得很闷，闷在他的脑子里嗡嗡的。可除了那些嗡嗡的声音，还有苏哲对他说过的好多话，答应他的好多事情。

是不是他都不能当真了？

那种绝望的心情逐渐占据了章凡颜的整个身体。

也不知道过了多久，休息室的门开了，队友们走进来，章凡颜红着眼睛抬头，眼泪唰地就掉了下来。

"哎！"张思卿有点慌，"烦爹你怎么了？！"

彭炀连忙过去："发生什么了？好好的，哭什么？"

章凡颜低下头用力摇了摇，小声说："苏哲……是不是回不来了？"

他说话的时候尽量不让自己过于失态，可还是忍不住哽咽。

彭炀看看其他人，不知道该说什么。

安西说："我刚才给他打电话了，联系不上，再等等吧，现在距离比赛还有段时间。"

刚刚VIVA和NAS的比赛结束了，VIVA的进程异常顺利，打了两局就结束了战斗。大家在前面没事做，就回了休息室，但谁都没预料到在休息室里的漫长等待是多么痛苦。

一向淡定的高程都开始忍不住地抖腿，最后实在忍不住了跑出去抽烟。

安西说："你们不要着急，我先去联系一下组委会，看看能不能多给些时间。"

安西离开后，其他人在休息室里，谁也不知道该怎么办。

章凡颜靠在彭炀的肩膀上，眼泪忍不住地往外流。可他哭不出声儿，一直抽泣。

彭炀摸着他的头一直在安慰，说："没事的，就算他不回来咱们也能上场打比赛。"

可四个人上场的结果，不用说也知道。

距离三点半越来越近，那条时间线的终点像是迎接他们的死神，即将迎来一次没有任何宣判，毫无征兆，不许抵抗的死亡。

安西开门进来，立即感受到屋子内的气氛，他咳了一下，说："俱乐部跟组委会沟通了一下，鉴于情况紧急又比较特殊，能多给我们十分钟的时间。但现在联系不上苏帅，所以我不知道这十分钟到底有没有用。如果他真的来不了，允许我们四个人上场，但是……这很难，是不是？"

大家没有说话。

"你们可以选择放弃。"

大家的沉默已是做出了选择。

"好吧，既然这是你们的决定，那就勇敢面对吧。苏帅有他的难处，我希望你们也不要把这件事怪在他的身上，他也许……真的尽力了。"

安西看了眼时间，十分钟过得极快，他如往常上场前那样拍了拍手："好了，别一个个都死了妈一样,你们就没排到过掉线的局?上场吧,这可能是你们职业生涯中最辉煌的一战了。"

所有人起立,章凡颜用力把眼泪擦干,安西转身打开了门。

灯光、舞台、尖叫,本赛季国内最具悬念的一场比赛拉开了帷幕。

主持人在场外的副舞台上进行着嘉宾采访,参加比赛的选手在主舞台上调试设备。

打野的位置在上单和中单之间,LC 的那里一直是空的。

访谈结束,镜头回到了解说台上,北极坐在三位解说之间,他的左面是老搭档深蓝,右面则是一位女解说,名叫君君。

"今天的比赛对国内玩家来说应该是这一整年最为期待的一场比赛了,因为它关乎最后一张世界总决赛的门票的归属。"北极低头看了一眼刚刚收到的通知稿件,"我想此时此刻屏幕前的观众朋友应该也能感受到现场的热烈气氛。可能很多人已经注意到 LC 打野位置的缺席,今天的比赛确实有些特殊,Wind 因为个人的情况暂时无法到场,所以 LC 将会迎来一个四打五的局面。"

"是的。"深蓝说,"可能大家排到路人局的时候会有这种情况,但是在职业比赛中我们几乎没有见到过这样的比赛,我想 LC 也是经过深思熟虑之后做出了这样的选择。我们不必过多地揣测这种特殊类型的比赛结果会如何,至少在我看来,他们选择站在赛场上继续比赛,已经是很值得钦佩的了。"

君君说:"选手应该已经准备就绪了,现在已经进入了 BP 环节,LC 蓝色方 BKA 红色方,LC 这边率先 ban 掉了……"她忽然身体往前倾了一下,皱了下眉,"哎,等等,导播请给一下现场的镜头。"

大屏幕上立刻变成了场上的画面,内场前排一阵骚动。

苏哲弯着腰,双手撑在膝盖上,喘得几乎是断了气一样,整个人像是刚从水里被捞出来的,膝盖和手肘还有大片的划痕,有的伤口在往外渗血,样子狼狈不堪。

他刚才从体育场的正门进来,看着屏幕上已经是准备画面了,想都没想直接冲了上去,连爬带滚地翻上了舞台。

站在舞台的最中间,所有镜头都给了自己,屏幕上也是自己,苏哲闭着眼睛深呼吸了一下,直起身子抬起了头,转身面对所有观众和导播的方向大喊:"我是 LC 打野 Wind!请让我上场!"

不明所以的观众显然被现场情况弄得有点茫然,都在等着看后续的发展。

比赛暂停，几个工作人员迅速赶来想先把苏哲带下场，苏哲还以为是要干吗，一个劲儿地往舞台里面退。

安西本来在台上指挥 BP，抬手刚准备 ban 人，就见有个人影往台上冲，看清是苏哲的时候所有人都傻了。

"对不起，请您配合我们的工作。"工作人员比了一个"请"的手势。

"一个英雄都还没有 ban，比赛还没有开始！"苏哲强调一遍，"请让我上场！"

"苏帅！"安西叫了他一声，"这件事交给俱乐部来交涉吧，你不要再说了。"

"可是我必须上场！"

"你说再多也无济于事。"安西回答，"还是交给我们吧。"

导播把画面切回解说台上，毕竟是在现场直播，解说们还弄不清是什么状况，只能各种猜测加胡扯地拖延时间来糊弄看直播的观众。

至于场内的观众，则开始有些骚乱了。有人喊"怎么比赛还不开始"，有人说"既然人都来了，为什么不上场？"人是怕被煽动的动物，声音此起彼伏地响着，渐渐地观众都开始同情苏哲了，竟然集体高喊让 Wind 上场。

章凡颜从苏哲冲上台的一刻起心跳就差点停了。

他简直不敢相信一个怎么都找不到的人竟然会以这种方式出现在赛场上，从昨天到今天经历的事情就跟坐过山车一样，大起大落。看着那儿围了一团人开始争执，章凡颜有点着急，摘了耳机就往舞台边缘走，其他几个人看章凡颜过去了，也跟了过去。加上观众的呐喊，不知道的人还以为要打群架，特别是苏哲还挂着彩。

经过短暂交涉之后，组委会给出的结果是，第一局已经开始不允许人员变动，苏哲可以第二局的时候上场。

这对 LC 来说，已经是万幸。

安西拍了拍苏哲的肩，说："后面两场可要看你的啦。"

苏哲擦了一把汗，点头。

比赛重新开始，因为 LC 少一个人，第一场自然是毫无悬念地先送一分，只是大家似乎都不太在意了，毕竟送一分总好过两分全送。

苏哲回来了，至少还有比下去的机会。

LC 的休息室里，苏哲低头活动手腕，身上的伤都擦干净了，所幸只是擦破了皮，并无大碍。其他人在一边沉默地盯着他看。

"我觉得我这心脏早晚得被你们弄得罢工。"安西白眼要翻到了天上，"不过幸好苏帅回来了，也算悬崖边上救回一条命吧。"

他又一歪头，对着苏哲说："你真是漫画里才有的主角，卡着时间到场，还有这一身怎么弄的？别告诉我你路上出车祸了，小说里都是这么写的。"

苏哲摇头："没有，就是摔了一跤。我手机什么的都没电了，本来飞机有点晚点，到了魔都之后又堵车，我怕赶不及就跑来的。"

张思卿扶着额头，无奈地说："这就是小说里的情节吧？哪儿那么寸都让你赶上。什么都丢了竟然还能带着选手证。"

"一直带在身上的，先不说这个。"苏哲挥手，"你们谁带多余的键盘了，我的包忘出租车上了，东西全没带。"

安西指着旁边沙发上的包说："那边有，还是今儿出门的时候烦神提醒我们多带一套的。"

苏哲顺着安西手指的方向，正好也看见了章凡颜。章凡颜之前一直死盯着苏哲，这会儿苏哲回头，四目相对，章凡颜慌忙低下头。

"哦。"苏哲应了一声，又说，"那还有多余的队服吗？我实在不想穿身上这件去打比赛。"

他昨天打完比赛回京市熬了一夜，今天上午又着急忙慌地往回赶，连跑带折腾的缘故，身上那件衣服早就被踩躏得没法儿看。

"这……"安西摸下巴，然后一拍手，"你等着，我去阿琛身上给你扒一件！他们在观众席上。"

安西说完风一样就跑了，留下五个人在休息室里。

谁都不知道该说什么，一时间无比安静。

"也不知道阿琛的衣服苏帅穿不穿得了。"高程开口说了一句。

张思卿接茬："估计穿身上会特显身材吧。"

他一说完，大家都笑了。

笑声停了之后，苏哲忽然低声说："对不起。"

"哎哟！"张思卿松垮垮地笑了一下，"听苏帅道歉真是天上下红雨了，不过大家中野一场也别这么见外啊，回头随便赢两局不就得了吗？"

彭炀说："你回来就好，回来就还有的打。"

高程说："只是你这出场方式真是挺特别的。"

"就是。"张思卿点头，"我的老公是盖世英雄，有一天他会踏着七色云彩带我打进决赛——你应该这么出场才对。"

"七色云彩我没有。"苏哲弯了下嘴角，"身上倒是各种彩。"

"不影响比赛吧？"彭炀问道。

"只是皮肉伤，没什么大不了的。"

安西推门进来，把手里的衣服丢给苏哲："你换上试试看。"

苏哲一边往身上套衣服一边说："阿琛穿什么啊？光着呢啊？"

"火烧屁股了你还有闲心管他？他就算光着有几个人乐意看啊？"安西说，"你光着倒是有人看，可那叫影响比赛风气。"

苏哲换好了衣服，果然肩膀有些窄，衣服全贴在了身上。

安西品评了一番，说："还行，挺性感的。"

大家集体朝他比了个中指。

"咱们成败就是这一局了啊。"安西继续说，"BKA的赛点，我们已经没得选了。"

他说着伸出了手，其他人的手围了上来，依次叠加，然后重重落下。

"LC必胜！"

大家前前后后地走在一起，后台的灯光很暗，衬得出口处异常亮。他们就像是在黑暗中前行的人，目标只有光明的前方。

张思卿走在最前面，晃了晃脑袋，漫不经心地说："你们不觉得这是很多热血桥段里最常见到的画面吗？"

高程说："如果再有点什么热血的背景音乐就好了，一定特别中二。"

彭炀脸上一直挂着笑容，却没有说话。

"我常想，如果能活在漫画里就好了。"张思卿继续说，"在漫画里永远不必担心故事的走向，因为正义永远会战胜邪恶，主角永远会赢，梦想总能实现，世界终究会和平。"

"不不不，你真是想多了。"高程摇头，"《灌篮高手》你看过吧？湘北最后可没拿全国冠军，谁告诉你那些道理了。"

张思卿耸肩："谁知道呢？"

他们继续往前走，脚下之路无比漫长。

章凡颜稍微抬头看了一眼自己斜前方的苏哲，快走了两步，深呼吸了一下，小声说："苏……"

他的声音卡在喉咙里，苏哲也没听到他的前半句，章凡颜咬了下嘴唇，鼓起了勇气拉了一下苏哲的手臂。苏哲回头，章凡颜赶紧松手。

"怎么了？"

"你……"章凡颜有些躲闪，"你还好吧？"

"嗯。"苏哲淡淡地回应。

"我以为你……不会回来了。"

苏哲微微笑了一下："原来我在你眼里就是那么一个对比赛毫不关心的人？"

"不是，我没……"章凡颜嘴上一磕巴，不知道后面该怎么说。

"我其实并不是一个很会面对困难的人，上学的时候遇到不会做的题我就不做了，反正不影响什么。我的人生太顺利，没道理为了那些磕磕绊绊而烦恼。整个夏季赛我都打得不开心，但是我竟然还在坚持打，我给自己找了太多的理由，想来想去只有一个原因，也许我是真的喜欢……"苏哲顿了一下，目光在章凡颜身上停了刹那，"喜欢玩游戏吧。"

抵达通道的终点，苏哲一脚踏上舞台，回过头居高临下地对章凡颜说："也许我曾经对比赛不够认真，但是这一次，我要赢。"

章凡颜抬头仰望苏哲，他的背后是万丈光芒和欢呼尖叫，逆着光的剪影被勾勒出一层金边儿。

不知怎么的，章凡颜脑海中忽然浮现出一个词：

王者归来。

"欢迎回到《英雄联盟》中国区预选赛的比赛现场，现在进行的是BKA和LC的第二局比赛，双方进入ban/pick（禁用/选用），LC红色方BKA蓝色方，本局比赛是BKA的赛点，赢下的话BKA将拿到最后一张决赛门票。"北极语速极快地说道，"BKA率先ban掉了蛇女，LC则ban掉了妖姬。"

"BKA又ban了沙漠皇帝。"深蓝感叹了一下，"看来又是一场中单大战。"

"是的，LC这边继续ban掉了璐璐。"君君笑道，"好担心他们左边一个炸弹人右边一个泽拉斯啊。"

北极说："那这局比赛咱们就从四十五分钟之后再开始解说吧？"

深蓝说："最后的两个ban位，BKA这边ban掉了努努，LC最后一手ban掉了复仇之矛。"

北极说："这样的话，放出去了很多英雄。看看BKA这边要拿什么，首抢一个螃蟹吗？"

"还真锁了。"君君说，"LC这边拿到的是大树和狐狸。"

"BKA 是在考虑打野的人选吗？其实这局 ban 掉的几乎都是中单，版本强势的打野差不多还都在场上。"

"是的。"北极说，"BKA 这边是选到了酒桶和小鱼人。随着版本的更改，酒桶逐渐回到了大家的视野当中啊，而且一跃到打野位的首选英雄之一。接下来看 LC 方面要怎么选剩下的两个位置。哎，是要选盲僧了吗？"

大屏幕上的画面给到了张思卿和章凡颜，张思卿先拿到了牛头。

章凡颜询问打野人选，苏哲看了看身旁的安西，然后说了个名字。

"确定要盲僧吗？"章凡颜重复了一遍。

苏哲点头："确定。"

"可是盲僧……"章凡颜刚要说话，却瞬间自动闭嘴了，"那就他吧。"

BKA 最后两选拿到了莫甘娜和锤石，LC 的 ADC 选到了卢锡安。

大家排列英雄位置，准备进入游戏。

"LC 的阵容蛮像春季赛前半段时候的样子。"北极说道，"BKA 是拿到了上单小鱼人、中单莫甘娜。而苏帅拿到了许久未上场的盲僧。深蓝，你可以就双方阵容点评一下哪边胜算比较大。"

深蓝说："得罪人的事我可不干。只能说盲僧确实在这个版本上场的次数不多，主要这个英雄前期要打出优势，越到后面他的贡献就会越来越少。不过本局是 LC 的生死之战，苏帅祭出了本命英雄，想必他也有自己的想法吧。"

画面一变，比赛正式开始。

苏哲刷完己方的野，盲僧刚升到二级就入侵到对方野区，大半个赛季了大家几乎都没怎么看见苏哲这么毫不犹豫地偷 buff 的行为，只是他的运气不太好，酒桶早插了眼，眼见 buff 血条见底，苏哲想摸一把，结果把自己搭了进去。

LC Wind 阵亡，送出第一滴血。

听着系统的提示音，章凡颜觉得头皮都麻了。

王者归来什么的是骗鬼呢吧？！

不过苏哲好像并不怎么在意，复活之后扎在野区里开始猛刷。他刷完一圈之后看了看线上的局势，果断往下路跑。

章凡颜拿到对线强势的英雄就是个大线霸，本来线压得就靠前，现在更是十分不讲理地上去打了一套。对面锤石上来保护，反倒差点送人头，于是先行回家。

苏哲从后面过来蹲在附近，伺机行动。

"那里没有眼。"彭炀说，"只是我感觉除非强杀，否则不太行。"

"那就强杀。"苏哲话音一落，手就按出去了，一个 Q 技能准确无误地击中了残血的螃蟹。章凡颜当下没意识过来，但也只是刹那之间，毕竟身体反应比脑子快，三个人把螃蟹压在塔下一顿揍，苏哲收下人头。

锤石回来时，螃蟹的尸体都凉了，只能无奈收一波兵。

得到经济补充的盲僧买了装备就往中路跑。

"我感觉酒桶在蹲。"张思卿说，"我已经很久没看见他了。"

"看得见才有鬼。"苏哲说，"你能骗个盾出来吗？"

张思卿说："我怕他故意给我个盾，然后我就被旁边杀出来的酒桶炸飞了。"

"怕什么，我在你后面。"

"那你敢先开吗？"

张思卿控了下兵线，像是要打一套似的一个劲儿地往前压，不知道对面莫甘娜是怎么着，E 技能交得异常果断。几乎是同时，两个打野都支援了过来。酒桶的大招比盲僧快一下，狐狸被炸到中间，苏哲一看，想都不想就把莫甘娜往旁边一踢，好在狐狸足够灵活。张思卿正好一个走位躲了莫甘娜的技能，反手一波将人带走。恰好高程那会儿兵线推了进去，直接徒步走到中路，拦截了妄图逃跑的酒桶，苏哲摸眼 W 过去，结果了酒桶。

盲僧和酒桶在中路来回踢人炸人，把对方两个中单弄得有点虐心，中路2V2完败。

"插真眼？"高程说，"你真有钱。"

苏哲看了眼自己的经济，感觉钱在手里确实踏实，不慌不忙地去摸小龙。

虽然苏哲送了一血，但是两波有效 gank 让他瞬间建立了优势并且掌握到节奏和主动权，连解说都说："看来关键时刻还是得掏本命英雄出来，秀起来的 Wind 谁都拦不住。"

双方平稳发育了一会儿，狐狸拿了蓝就去游走了一波，正好抓到一个落单的辅助，想都没想就将其带走。

苏哲在对方野区里如同逛街一样，对面小鱼人过来抓人，苏哲挨了一套技能有点疼，往前走位两步之后隔墙插眼 W 躲技能。他们在野区的下半游纠缠，下路组合纷纷赶到，苏哲看了一下地图上的位置，R 闪把 CD（Cool down，技能冷却时间）中的小鱼人向后踹飞。

章凡颜有种什么东西往自己脸上飞来的感觉，但是他手快，小鱼人到他这里基本上命已经由不得自己做主了,被一枪爆头。

因为苏哲的飘逸走位把对方秀了一脸,场下的观众一阵欢呼高潮,瑟瑟发抖了好几个月的苏粉此时此刻终于敢大声说话了。

"苏帅这场可以啊。"北极说,"踢人踢得好准。"

"可能手感回来了真是拦不住吧。"深蓝说。

君君笑着说:"盲僧这个英雄秀起来就是好看。"

北极应和:"毕竟打野的尊严,认真的男人太可怕。"

场上的节奏一直抓在苏哲手里,他只要出现在线上,对方必定出事,非死即伤。

比赛的进程比想象中的顺利,前期的优势逐渐被滚了起来。BKA到后面已经无力回天,生生体验了一把哪怕完美开团也硬是打不过的感觉,因为苏哲每次都能踢到最关键的人然后扰乱他们的输出。

双方比分战成一比一平。

"苏帅'66666'!"一下场张思卿恨不得扑到苏哲身上,"梦回春季赛啊!啊啊啊,我野爹回来了!"

苏哲一只手把张思卿拒到一边:"你别过来我身上疼。"

张思卿拍手:"实力大腿,下一局求carry。"

苏哲耸肩。

"还是要注意一下整体节奏的把握。"安西反倒是冷静的,"上一把有几波团开得有些勉强,只是靠个人能力打了下来,接下来的这一局,每一个点都要把握好。"

"嗯,我知道了。"苏哲点了点头。

安西说:"比赛进行到这里我也没有要继续讲的东西了,大家发挥出自己的实力就好,不要有遗憾。"

"那我可以玩德莱文吗?"章凡颜问。

"不可以!"大家异口同声道。

章凡颜的英雄池里最有毒的一个就是德莱文,他德莱文rank的胜率倒是不低,但是比赛的时候用过的场次几乎没赢过,再怎么顺也赢不了。大家总开他的玩笑,说"并不是英雄的问题,而是章凡颜的问题太大。"

第三局比赛的时候,气氛被哄抬到了最高点。

BKA对战LC的整个BO3的比赛都充满着戏剧性,先是LC打野没到场导致LC

送了一分，打野来就来，居然还以一个特别小说的方式登场。上场之后又像是打了鸡血一样整个人脱胎换骨重回巅峰状态把将死的LC救了回来。

大家都喜欢看这种极具英雄主义色彩的故事。

同样，某个选手的改变对交手双方的心态具有很大影响。

BKA之前在战术上已经不再把Wind作为特别针对的一个点，现在他突然冒出来，不免让所有人都回忆起当年在野区被苏哲支配的恐惧。

曾经的野王沉默了太久，以至于大家忘记了他本来凶残的模样。

于是本局BKA上来就ban掉了盲僧，不管这个版本ban这个英雄是不是真的有意义，无论如何都不能再放给苏哲，真是给尽了尊重。

苏哲挨个点剩下的打野英雄，从酒桶、挖掘机、猪妹到狮子狗、螳螂、稻草人、潘森，就连蛮易信都点了一遍。

他每点一个，场下的欢呼声就大一些。

"易大师和赵信就算了。"张思卿无奈地托着下巴，"蛮王是几个意思，要不要这么嘲讽啊？"

"瞎点。"苏哲最终拿了挖掘机。

毕竟关乎决赛的最后一张门票，双方不敢乱玩，都拿出了可以拿到的最稳的阵容。比赛节奏也是小心翼翼，两队都不给对方任何机会。

比赛前中期一度陷入焦灼状态，谁都没有拿到特别明显的优势。

但越是这样，越是吊观众的胃口。

"他们可能在打大龙。"高程说，"那里的眼全掉了。"

苏哲还在家里，说："过去。"

彭炀距离大龙圈最近，他跑速够快，先行赶到，一个眼插进去照亮了龙圈，大龙的血还剩下一半。

他在外面徘徊："来不及了。"

解说台的三个人早就上帝视角地看到了一切，北极说："BKA打大龙的速度很一般，可是苏帅这个时候是没有大招和惩戒的！不知道能不能赶上！"

苏哲各种技能全用上一路往前赶，彭炀看他快到了，给了个灯笼打了一把，其余人也在逐渐靠近。看眼大龙的血条见底，苏哲在外面转悠了一圈，问："就这一波团，你们信不信我？"

频道里沉默了一秒，张思卿坚定地说："从你正式成为我的战友的那一刻起，你做的每一个选择我都无条件相信，以前是这样，现在也是这样。"

彭炀说："开吧,不开没机会了啊!屠龙勇士。"

"……"章凡颜深呼吸了一下,"你抢得到的。"

"看来这一波是要打啊!"深蓝不由自主地语速变快,"苏帅在找位置!看看这一波能不能抢到!其他人的位置不是很好!滑板鞋这一下是打在了努努身上!BKA应该是要拿到大龙buff!"

忽然台下一阵欢呼,解说台上的三个人也发出了不同程度的惊讶声!

"哇!"北极高喊,"Wind像个优雅的野兽一样从天而降抢到了大龙!果然是不会丢龙的男人!BKA这边大龙没有拿到,那么这波团战已经是LC的一波节奏了!复仇之矛闪现过墙,拼命滑一下两下三下收下令人绝望地三杀!ACE!"

"赢了!"章凡颜激动得快要坐不住,一整场的压抑局面终于在此刻爆发。

LC的兵线位正好过来,带着大龙buff推上了高地,拆水晶的时候章凡颜感觉自己的手都有点抖。整整一年的联赛他都没有像现在这么激动过,整整一年,所有的辛苦努力质疑迷茫在此时此刻都是值得的。

身后的灯光全部亮起,音乐震耳欲聋,屏幕上出现了"胜利"的字样,所有人都松了一口气,章凡颜摘了耳机、眼镜想都没想站起来就往苏哲那边跑,抱住苏哲大喊:"赢了赢了!我们赢了!"

苏哲刚起身就被扑了一下,惯性地朝后退了两步,章凡颜抱他抱得很紧,他能感受到章凡颜的心情,轻轻拍了拍章凡颜的头,示意他把自己放下来。

五个人去BKA那边握手,BKA的中单眼中含着泪,但仍旧恭喜他们打进了决赛。

在机会面前大家都是平等的,只是LC把握住了。

这就是比赛。

画面镜头给了前方的主持人,所有队员下场,后台的工作人员也纷纷向LC众人道贺。竞技永远没有皆大欢喜,苏哲看着另外一边BKA的队员沮丧的样子,教练在安慰他们,不过是明年从头再来。

可并不是谁都有机会从头再来,也不是谁都有下一个赛季。

苏哲庆幸站在那里的不是自己,还好没有留下遗憾。

"这一年值了。"安西拍了拍自己的心脏,"比赛拖到后面我都担心你们,还好没黑。"

大家还沉浸在胜利的喜悦当中,张思卿说:"你在想什么?怎么可能会黑?!"

彭炀笑道:"反正赢都赢啦,这才是个开始,后面还有更重要的比赛。"

工作人员给他们送来了提前定做好的中国代表队的统一队服,一会儿参加出征仪式，上台的三支队伍都要穿。

这是 LC 第二次穿上带有中国国旗的队服，只是不知道这一次，前方的路能有多长。

巨大的舞台之上，演员们身着游戏英雄的服饰站在两边。大屏幕缓缓开启，十五名统一着装的选手伴随着雄壮的音乐从中走来，两边的英雄们纷纷向他们行礼致敬。

主持人激动地说："恭喜 VIVA 战队、NAS 战队、LC 战队成功晋级英雄联盟全球总决赛。他们代表着《英雄联盟》中国赛区的最高实力，代表着所有中国玩家，让我们恭喜他们！同时也希望他们能够在世界的舞台上取得更加辉煌的成绩！在场的召唤师们，请用你们的掌声祝福他们！"

漫天飞舞着彩带，全体观众起立为他们的英雄献上掌声和欢呼声。

张思卿举着通行证对一旁的高程说："每次都整得这么燃，你说拿下总决赛的场面是不是比这个还大？"

"废话。"高程面无表情，"终极之战可是在万人体育场开，你看去年那个不就快牛出宇宙了吗？"

"有生之年不知道有没有机会啊。"张思卿感慨，"现在我已经觉得像是活在梦里了，就在今天下午三点半之前，我都觉得这个赛季没戏了，甚至打算退役卖饼了。"

"哈哈哈哈。"张思卿笑出了声儿。

彭炀摸了摸章凡颜的头："烦烦，开心吗？"

章凡颜用力点头："像做梦一样，比去年开心。"

"那你可别哭啊。"

"谁会哭啊？！"章凡颜不着痕迹地看了一眼旁边的苏哲，小声说，"我再也不会哭了。"

今年的一切都来之不易，他们几度要失去一切机会，可最终还是挺了过来。没有人生来就是英雄，只有经历过跌倒、痛苦、挫折的人，才有面对一切艰难的勇气。

只有胜利者才有资格谈梦想。

只有胜利者才有资格享受荣耀。

只有胜利者才有资格成为传奇。

英雄，去超越！

大家吃过饭之后才回了基地，本来想好好庆祝一下，后来发现再怎么庆祝顶多也就是吃一顿，便早早地回了。

全球总决赛十月在欧洲举办，小组赛、淘汰赛和决赛分别在不同的国家和城市。

安西跟队员们开玩笑说："就算为了欧洲十国游也要打到最后啊！"

距离他们的欧洲之行还有二十几天，这时间说长不长，说短也绝不算短。俱乐部决定放三天假休整，然后进入封闭训练。

苏哲给自己老妈打电话，跟她说比赛赢了，他妈先是恭喜了他一番，然后告诉苏哲他爸爸的情况已经稳定了。苏哲想了想，开了电脑订第二天回京市的机票。

晚上章凡颜在房间里玩游戏，苏哲洗完澡回来，打开衣柜开始往外掏东西。

"你又要走啊？"章凡颜问道。

苏哲回头，看了他一眼。

章凡颜转了一下眼睛："我……看到你那会儿在订机票。"

"嗯。"苏哲点头，"反正有三天假，待着也是待着。"

"哦。"章凡颜不知道说什么，沉默了一下，问，"你什么时候走？"

"明天下午的飞机。"

章凡颜低着头，又"哦"了一声。

苏哲说："这次我会准时回来，不会耽误训练也不会耽误别的，你放心。"

"我不是这个意思。"章凡颜连忙解释，"我……我就是问问。"

苏哲伸了伸腰，把窗帘一拉，转身对章凡颜说："你没什么别的事了吧？"

章凡颜摇了摇头。

"那我睡觉了。"

苏哲从昨天到今天一直没有闭眼，中间还坐飞机飞了一来回。在赛场上的时候，因为精力高度集中觉不出什么来，回来之后疲惫的感觉像潮水一样涌了上来，只是他累过了劲儿，躺在床上一时半会儿又睡不过去，只能闭着眼睛。

黑暗之中只有章凡颜的手机屏幕有些光芒，他听着苏哲平稳的呼吸，以为人都睡着了。

章凡颜发呆一样坐在床上，看了苏哲好久。

他蹑手蹑脚地爬下床，凑到苏哲身边。

苏哲的睫毛很长，闭上眼睛的时候在下眼睑形成一片阴影，只是他最近一段时间忙比赛、忙训练睡觉的时间都很少，黑眼圈也重了一些。除了今天在场上的那会儿，其他时候看着远远不如往日那般神采奕奕。

"看我这么久干吗？我好看吗？"苏哲忽然说话，声音不大，可是无比清晰。

章凡颜吓了一跳："你……你不是睡觉了？"

"哪儿有那么快？"苏哲睁开眼睛，懒洋洋地说。

章凡颜低着头眼睛不知道放哪儿，默默地躺回自己的床。

苏哲翻过身来面对章凡颜，一只手撑着头，同样看了一会儿章凡颜，说："我问你一个问题。"

"嗯？"

"如果我今天没超神发挥，然后我们被二比零带走了。"苏哲顿了一下，"你会怎么样？"

章凡颜想了一下，摇头："不知道，没想过。"

苏哲又说："我今天打得好不好？"

章凡颜点头："好。"

苏哲笑了笑："我会尽我的全力打比赛，并不是只有你一个人想拿冠军。"

章凡颜不明所以地看着苏哲，觉得苏哲话说得奇怪，却不清楚哪里不对了。

他想了很久很久，是想跟苏哲说"对不起"的，他之前不应该说"没有苏哲自己也可以 carry"那种话。他心里明白苏哲是很重要的，今天打的那两局比赛他是真的很开心，不单单是因为拿到了门票，更多的是苏哲又找回了比赛的节奏，就像他原来那样，是野区里的王。

这个人回来了他才觉得心安，哪怕那时候苏哲狼狈地爬上舞台，可在章凡颜眼里却像从天而降的神明一样。

苏哲没有身披铠甲踩着七色的云彩，但是却是真的带着他打进了决赛。

他那时忽然觉得，能一起去拿一个冠军也许是件很好很好的事。

两个人揣着各自的心事谁也没有多说一句话，章凡颜的眼神在苏哲眼里却成了别的意思。

章凡颜问苏哲："你什么时候回来？"

"不知道。"苏哲回答，"看家里什么情况吧，我不是答应你会准时回来的吗？"

"那你不要骗我。"

苏哲没有应答。

没一会儿章凡颜的呼吸逐渐平稳，苏哲动了一下他的胳膊，对方也没反应。他心想，这人果然头脑简单心里不揣事说睡着就睡着。

苏哲不知道的是，昨天晚上章凡颜自己闹腾了整宿同样没睡好，就是因为他不在。

章凡颜同样不知道的是，他是因为苏哲在，所以才能安心入睡。

第二天日上三竿的时候章凡颜才睁眼，一觉睡到了这会儿，苏哲已经不在了。

他穿好衣服迷迷糊糊地下楼，张嘴就问："苏哲去哪儿了？"

彭炀说："人早走了，去机场了。"

章凡颜又说："他不是下午的飞机吗？走得好早。"

其他人一致说："这我们哪儿知道？"

三天的假期是他们过去一整个赛季的放松，同时大家也要休整好准备迎接新的征程。只是大家解压的方式实在没什么特殊的，无非是出门吃吃喝喝。几个男生能去的地方又不多，沿着一条街从头溜达到尾，只能搜罗出一些吃的。

经过一家蛋糕店，章凡颜觉得眼熟，蓦然想起来很久之前苏哲送过自己一个一样的蛋糕。虽然时隔很久，现在想起来，那个蛋糕的味道他还记得。

彭炀见章凡颜眼神都直了，便问："想吃吗？"

章凡颜犹豫了一下，点了点头。

高程和张思卿凑了过来，知道章凡颜喜欢吃甜食，张思卿压着章凡颜的头问："烦爹想吃哪个？正好我也想吃，咱们买个大的吧。"

章凡颜用手指着橱窗里面那个铺满草莓的蛋糕说："那个。"

"哟，这么少女啊。"张思卿嘴上虽然这么说，但作为队长还是特负责地掏钱买了下来。

蛋糕做好了，章凡颜先切了一刀，咬了一口之后，忽然问彭炀："草莓什么季节好吃啊？"

"就是这会儿吧。"彭炀说，"怎么了？"

"没什么。"

只是不如几个月前吃到的那次好吃罢了。

三天的休假本来应该过得飞快，章凡颜是数着小时过的，反倒觉得慢得很。

第三天晚上的时候，苏哲还没有回来。

马上就要封闭训练了，到时候连手机都要上交，章凡颜想现在闲着也是闲着，自己待着无聊，就开了直播。

因为他平时几乎不直播，突然开了一下来看的人还不少。

事情一传十十传百，有一个人知道了，就会告诉得全世界人都知道，直播间的人数不断地往上涨，渐渐地被顶到了平台首页。

很多人不喜欢章凡颜是因为他性格太差，但是同样有很多人喜欢他，因为看他操作会有莫名的快感。章凡颜打法特别的刚，秀起来的时候极具观赏性。

章凡颜的摄像头在显示器最上面，斜着照下来，镜头里的他看上去甚至比实际年龄都小了很多，别人都是女友粉，到他这儿都是亲妈粉。

刚结束的一局，章凡颜打的节奏很快，观众刷了一波小礼物，只是他都没看。排下一场的空当他扫了眼时间，发愁一样努了下嘴，就抓起了手机，手指来屏幕上来回摸了一圈，最后打开了微信。

"你什么时候回来？"

苏哲没回他，他就盯着手机屏幕发呆，连已经进游戏了都不知道。

还是彭炀实在忍不住了提醒了一句。

"烦烦，你 ban 都没 ban，再不选英雄就秒了啊。"

"啊？"章凡颜抬眼看屏幕，赶紧把手机扔到了一边儿，"啊啊啊！选什么啊？！"

"薇恩啊。"

"哦。"章凡颜不疑有他，听着彭炀的话就点了薇恩，刚点上就到了确定时间，"谢了。"

"不用谢。"彭炀说，"我在对面。"

章凡颜回头怒视彭炀，但是彭炀一直拿后脑勺对着他，当作自己什么都不知道。

进入游戏，章凡颜看了一眼自己身边选了巴德的辅助，心里有点无奈，路人局这个英雄真是废到了家。看着对面的锤石，章凡颜觉得游戏里什么时候能有个屏蔽好友的功能就好了。

"哎呀，你这个走位。"彭炀说，"别人的薇恩那么飘逸，为什么你的薇恩全是地板技能？"

"薇恩的奥义就是滚地板啊。"章凡颜说，"我手短我滚地板我脆皮但是我能拿五杀啊。"

彭炀说："好好好，你是好 boy。"

下路对线的时候，章凡颜本想预判彭炀的钩子，但是被彭炀阴了一下，直勾勾地把他拉了过去。这会儿手机正好响了一下，章凡颜立马双手离开键盘去拿手机。

"哎哎哎，你都不挣扎一下的啊？"

"送你了。"

章凡颜滑开屏幕，果然是苏哲的信息。

"我刚下飞机，刚才没看到，一会儿就回去了。"

"哦，好。"

只是他没意识到自己在敲这两个字的时候不自觉地笑了一下。

结果彭炀跑过来，十分惊讶地看着章凡颜说："你干吗呢？对着手机笑什么？"

章凡颜纳闷地抬头："啊？我笑了吗？不是，我笑不笑你看得见？"

"我打开你的直播了啊。"彭炀理所当然地说，"你笑得像个弱智，你知道吗？"

"不知道。哎，你不打了啊，跑我这儿来干吗？"

彭炀指了指屏幕："不打了，队友有个智障。"

这次换成了章凡颜惊讶："你也会挂机？"

"跟你学的啊。"

"哦。"章凡颜直起腰来，端坐在电脑前，"那这波我好好打。"

他手上操作不停，放在一边的手机又闪了一下，他目光瞄了一眼，一分神，电脑屏幕又黑了。

彭炀一直靠在他的椅背上："这你都赢不了？"

"你闭嘴。"

趁着挂掉的时间他又看了下手机，只是一条推送消息。

彭炀看着章凡颜想拿手机也不是，不想拿又放不下的纠结样子，站直了身体双手抱臂一脸审视地对章凡颜说："烦烦，你原来打 rank 从来不玩手机，今天怎么了？"

"啊？"章凡颜的表情有些迷茫。

"你是谈恋爱了还是欠人钱了啊？"彭炀开始实力分析，"不过我觉得后者可能性并不大。咱们马上就要准备比赛了，你可千万别捅什么娄子。"

"并没有。"章凡颜辩解，"你想多了，我天天在你眼皮子底下晃，跟谁谈恋爱去？"

"彭炀！"张思卿忽然叫了一声，"你赶紧给我回来！"

"干吗？"

"那个上单是我！"张思卿怒道，"爸爸要被你坑得掉段了！"

"啊？"彭炀意外，"你改名了怎么不说一声？我说怎么那个上单那么智障。"

"你用小号也没跟我说啊！"张思卿说，"快点回来啊！爸爸又死了！"

彭炀耸肩，回到了座位上，锤石从家里出来，回到战场。

由于中间双方的辅助和AD各自强行挂机了一会儿，这场比赛莫名其妙地被拖到了大后期，双方互上高地，想投还投不了，最终薇恩超神，拿下胜利。

章凡颜笑得捶桌。

张思卿看着自己被扣的点数觉得十分心疼，章凡颜十分开心地对张思卿说："要不要爸爸带你双排上分啊。"

张思卿扭头，一字一顿地说："你给我滚。"

门外一阵响动，苏哲一踏进训练室，章凡颜便下意识地朝着他说："你回来啦！"

"嗯。"

苏哲应了一声，把东西扔到了一边儿。人刚在电脑前面坐下，张思卿就从后面跑来，扒着他的椅背贱兮兮地说："人家今天被烦神坑了，要掉段了，快带人家重回王者啦！"

章凡颜大惊："关我什么事？"

苏哲扫了张思卿一眼，特别诚恳地说："你离我远点。"

张思卿捂胸口："你怎么能这样对人家？！"

苏哲抬头无语问苍天，觉得可能是自己进门的姿势不对，一回来挨个犯神经。

彭炀问苏哲："你晚上打不打rank？"

苏哲问："干吗？"

彭炀指了指张思卿："我被这货坑得扣了不少分。"

张思卿反驳："大哥分明是你挂机啊！"

彭炀摊手："So？"

苏哲笑道："我今天不打了。话说有吃的吗？我饿了。"

彭炀说："厨房里什么都有，就是得现弄，要不叫外卖？"

苏哲想了想，说："算了，我还是自己弄吧。"说着，他起身去了厨房。

章凡颜听苏哲要去弄吃的，把已经进了BP的游戏秒退，跟着就过去了。

张思卿摸着下巴说："最近是不是天气太热，烦爹中暑了脑子不清楚啊？"

彭炀问："怎么了？"

张思卿一指："他竟然跟在玛丽苏屁股后面转。"

苏哲踮起脚去够壁橱最上面的东西，厨房的吊顶太高，他勉强能摸到，一回头发现章凡颜站在门边。对方一只手扶着门框，眨着眼睛正在看自己。

"怎么了？"

章凡颜回了下神："我……我饿了。"

"哦。"苏哲顿了一下，伸出手朝章凡颜勾了勾，"过来。"

章凡颜乖乖过去。

苏哲明白，章凡颜听话的时候必是有所求。他心里算了算时间，距离去打比赛还有不到二十天，比赛打到最后要一个月。如果他们没有被三振出局，他自己的美梦至少能做到十一月。兜兜转转了快一年，也算善始善终。

那会儿再说那会儿的事吧，他答应章凡颜的事总要做到。

苏哲说："想吃什么？"

章凡颜看似认真地思考了一下："草莓。"

苏哲无奈笑道："大晚上的我上哪儿给你偷去？"

章凡颜刚要说话，忽然想起什么似的，从桌子上跳下来往外跑："哎呀，我直播还开着呢！"

苏哲自己站在厨房里，不知道该做什么表情。

章凡颜火急火燎地跑回来，屏幕上的弹幕一行又一行的全是"某主播直播椅子月入百万""某主播直播队友背影月入百万"等。章凡颜扑哧一下笑了出来，观众都说："烦神你可算回来了，一回来就笑得跟朵花一样，有什么开心的事吗？"

章凡颜的脸上从来藏不住心里的事，他勾了下嘴角，随意地说："你们送我个大宝剑，我就告诉你们。"

弹幕上一群人哀号说："快来个'土豪'！我烦实力点名大宝剑啊！"

结果还真有"土豪"给刷，章凡颜傻眼了，很是纠结地挠了下头，正好苏哲叫了他一声，章凡颜就说："我要去吃饭了，回头再跟你们说。刷大宝剑的那个你私信我ID，有时间我带你打rank，大家再见！"然后秒关直播间。

群众纷纷表示主播骗钱！差评！退订！

六、
向着全球总决赛前进

如果说平日的训练可以用"枯燥"两个字来形容,那么封闭训练就是"痛苦枯燥至极"。

不停地打训练赛,讨论战术策略开发套路,看其他赛区的比赛视频分析对手,反复操作优化每一个点、每一个细节,压缩睡眠时间,与外界断绝联系。

LC众人感觉二十天过完都该要升仙了。

好在训练期间大家的状态还不错,特别是苏哲,自打预选赛生死一战之后,整个人一直保持一个稳定回升的节奏,在判断和决策上面比之前更加果断。

他的实力有目共睹,几经沉浮之后的回归更是被大家寄予厚望。

比赛时间一天天走近,九月二十八号,三支中国区代表队乘坐飞机抵达他们召唤师之旅的第一站——法国巴黎。

今年的全球总决赛分别在四个城市举办,巴黎承办十月初的小组赛部分,随后四分之一决赛在伦敦举办,半决赛于十月底在布鲁塞尔举办,进入决赛的队伍则在十月三十一日会师德国首都柏林,王城决战。

来自五大赛区以及外卡区的十六支队伍被分成了四个小组,进行两轮BO1的比赛,每组积分前两名进入淘汰赛。从目前的分组来看,VIVA所在的B组情况最好,组内没有韩国队伍,其他欧美外卡队实力一般,不出意外VIVA小组第一出线的问题不大。LC所在的C组形势一般,同组的韩国队伍是韩国联赛第二名,其他两支队伍分别来自中国台湾和北美。NAS不幸掉入了死亡之组A组,组内分别有韩国联赛第一GNR、欧洲联赛第一ARI以及一支东南亚赛区强队,出线形势令人担忧。

但是小组赛最是跌宕起伏,因为是BO1的循环赛,谁也不知道各个队伍是否能掌握住快速的节奏,所以现在下定论为时尚早。

中国区代表团包括选手、工作人员、翻译、解说在内的一行人浩浩荡荡地入住了官方提供的酒店。都说巴黎是个浪漫的城市,却无人有心去欣赏。因为时差的缘故,所有人皆是一副魂飘的样子。

章凡颜一进房间就扑倒在床上,彭炀收拾好行李,同样是一副没精打采的德行。

时隔一整个夏季赛，章凡颜和彭炀又住到了一起。张思卿、苏哲一房，正应了那句"中野夫妻"的设定。

起初听到分配时，苏哲倒是面无表情，张思卿捧着心口说："怎么办？好害怕被你的女粉围攻！"高程指着章凡颜说："你看这个不还好好活着呢？"彭炀接茬来了一句："那怎么一样？"

章凡颜神经一下就紧了。

在床上滚了两圈，还是有点分不清白天黑夜，坐了那么久的飞机下来，章凡颜现在脑子里有点嗡嗡作响。

他最讨厌出国打比赛，因为要倒时差，倒不好就状态不好，整个人都蒙得不行。

"九月有多少天啊？"章凡颜没来由地问了一句。

"今天二十八号。"彭炀躺在床上开始算数，"还有二十九号、三十号，然后是国庆了。"

章凡颜翻了个身："接着该比赛了，一号到四号，一天一场 BO1 吧。"

"而且第一场是和韩国的 KG。"彭炀叹了口气，"万事开头难，不过应该知足了。要是分到 NAS 那组，能出线我就已经要哭了。"

"一群欧美菜队有什么可怕的？"章凡颜说，"我真看不出来 A 组哪里死亡轰炸了。"

彭炀说："欧美队在你眼里是菜，但是人家能成功抗韩，别活在梦里了。"

章凡颜老实地"哦"了一声。

官方专门为每一支队伍都准备了相对独立的训练室，隔天开放使用。几个队伍会互相打一打训练赛，权当热手。

对线和一些套路的练习都是队内自己打，特别是双人路上，LC 安排了章凡颜和彭炀打高程和苏哲。即使苏哲相当长的一段时间里没怎么玩过辅助了，手感虽然差一点，意识却没话说，依然在顶尖行列。

高程总是被章凡颜没头脑地上来凶一波，可抱着辅助大腿仍旧能和对面打个五五开。

章凡颜不服，哀怨地看了彭炀一眼，后者说："你那点伤害全打辅助身上了，你赖我啊？"

章凡颜又是老老实实的一个"哦"字。

比赛的气氛在这个城市里已经越来越浓郁，场馆外面整条街道的灯柱上已经挂起了本次总决赛的旗帜。

傍晚，章凡颜胸前挂着选手证，双手抄在口袋里，站在会场的门口。

所有的设施都已经搭建完毕，门口的 LED 屏幕正在放映本届赛事的纪录片和宣传片。他看着片子里各大赛区冠军夺冠的场景，以及那些没能进入决赛的，一张张或者失落或者哭泣的脸。

里面也有自己，还好是胜利的表情。

明天就要正式进入比赛日，章凡颜有些紧张，但更多的是兴奋。夏季赛成绩不好又怎样？预选赛濒死出线又怎样？哪怕所有玩家都不看好他们，既然已经来了这里，那么谁都有勇气说为冠军而战！

"小烦！"远处的彭炀叫了他一声，然后快步走过来，"你跟门口发什么呆啊，他们都在里面，你进去看看吗？"

章凡颜摇头："不去了，反正就为了比赛而已。"

没一会儿，队友们纷纷回来了。天也渐渐黑了下去，灯光渐渐亮起，门口陆陆续续出现了其他的选手，有些章凡颜能叫上名字，有些他无法将人和 ID 对上号。

LC 的几个人还在纠结着晚上吃什么，这时 NAS 的队员从会场里出来了。

Whisper 先是一蹦一跳地往外跑，一个人跑得快，把其他人落在了后面，觉得不对劲又跑了回去，出来的时候是和方池并肩而行。

方池听 Whisper 叽叽喳喳地说话，在中国待了一个赛季，再加上年纪小人又聪明，他的中文突飞猛进，简单交流已经没什么太大问题。可他话太多，大半方池还是听不懂的。

他皱着眉正想打断 Whisper，眼睛一扫就看见了那边 LC 的众人。

"风！"方池叫了一声，引起了对面几个人的注意，苏哲朝他笑了一下算是打招呼。

"你们……"方池走过去，说，"是要回去吗？"

苏哲说："不知道。"

"哦。"方池想了想，说，"你们明天就有比赛了吧，加油啊！"

苏哲笑道："谢了，半决赛见。"

Whisper 脑子转得快，操着结结巴巴的中文说："我们要第一出线，半决赛去打韩国。"

章凡颜说："你自己就是韩国人，你忘啦？到时候别跳反啊。"

Whisper 一愣，转头像小狗一样看着方池。方池不知道说什么，还是张思卿笑了一下，说："私底下怎么调侃都无所谓，既然来了这里，代表的就是中国赛区，那么目的也只有一个——夺冠。这不光是赛区和战队的荣誉，同时也是极大的个人荣誉，我想无论是谁都不想错过机会的吧。"

　　他一边儿说，一边儿不着痕迹地瞪了章凡颜一眼。

　　苏哲说："我请你们吃冰激凌，去吗？"

　　Whisper 立刻边说着"好啊好啊"，边拍手。

　　NAS 其他人对冰激凌没兴趣，先行回了酒店。

　　一行人兜兜转转的，章凡颜问："哪儿有卖冰激凌的啊？"

　　"我记得有的。"苏哲凭记忆寻找了一会儿，过了一条街之后，苏哲指着前面的店说，"就那个。"

　　那家冰激凌店门面不是很大，所有的口味都摆在玻璃柜里。几个人站在正前方，看了看彼此，有点卡壳。

　　问题来了，几个学渣英文单词都不认识几个，何况现在还是在法国。

　　高程捅了捅方池："你们队里不是有英文老师吗？快上去秀一波。"

　　方池说："老师只教我们游戏里用得到的词啊。"

　　Whisper 抢道："我会中文！"

　　彭炀笑道："行行行！你中文八级。"

　　苏哲在一边说："你们想吃什么？"然后把柜台上所有的口味都给翻译了一遍。

　　张思卿惊呼："你还看得懂这鸟语？"

　　苏哲无奈地回答："下面有英文的。"

　　张思卿了然地一拍手，说："我都忘了苏帅是高才生来着。"

　　"你这个梗什么时候能过去啊？"苏哲很想知道为什么异国他乡的张思卿也不放过他。

　　张思卿实力无视，指着玻璃柜说："我要这个！"

　　正好章凡颜也选好了，说话的时候声音正好跟张思卿的叠在了一起。

　　他眨着大眼睛看苏哲，苏哲只能扶额说："买。"

　　章凡颜吃东西喜欢吃各种水果口味的，尤其爱草莓，倒也没什么特别的原因，只是在他的味蕾结构里，对草莓的味道接收得最为全面罢了。

　　苏哲用流利的英语跟老板交谈，只是老板看上去不太喜欢用英语，说得蹩脚腔调还重，苏哲听了半天才听明白什么意思。

他给每个人都买了一个，最后一个是章凡颜的。苏哲结了账，把冰激凌递给章凡颜。

章凡颜问："你不吃吗？"

苏哲摇头："我不是很喜欢吃这个。"

章凡颜把冰激凌举到了他面前："你尝尝啊，真的挺好吃的，喏，这半面我没舔过。"

都送到自己面前了，苏哲只能稍微低头，用舌尖轻轻扫了一下。

章凡颜期待地问："怎么样？"

"太甜了。"苏哲说。

"冰激凌就要甜才好吃啊！"Whisper嘴里塞得满满地说道。他话多，吃东西也快，给他点什么都能几口吃完。自己的吃完了，就眼巴巴地看着方池。

方池说："我吃不了，你吃吗？"Whisper点了点头，把嘴张开了。

其余几个人被韩国小野王如此不羁的行为弄得眼睛有点不知道该往哪儿放，方池也感觉尴尬，说："你自己拿着吧。"

张思卿号了一声："苏帅你看他们！我也要！"

大家顿时就笑了。

苏哲更是笑得不行，说："这回我可帮不了你。"

章凡颜不嫌事多，跑到方池面前，张开嘴说："我也要喂。"

方池本来脸皮儿薄，大家闹他，他更不知道该怎么着了。几双眼睛在他身上，他看着苏哲。

苏哲耸了下肩，只是笑了一下，上前先把章凡颜拉了回去，用手指抹了一下他的脸，说："老实吃你的吧，张着嘴全跑脸上去了。"

"啊！我没注意。"章凡颜赶紧用手擦。

他边擦边走，就听见身后Whisper喊了一句，小池，别发呆了，要走了。

十月一日，英雄联盟全球总决赛拉开帷幕。

三支中国队伍里只有NAS第一天没有比赛，VIVA的比赛异常顺利，然而LC第一场便遇到了韩国的KG。

比赛进行得极其艰难，前期对线双方均势，后期团战打得五五开。只可惜最终一波团战因为章凡颜被最先集火秒掉，导致LC将基地拱手让人。

赛后回到酒店，大家把比赛的视频拿出来逐帧分析。

终极团战的时候，安西定格了画面，说："烦神，你竟然会被兵卡了走位，黄金选手都不会被卡住吧。"

"我……"章凡颜仔细回想了一下当时的情况，"是我太着急了，对不起。"

坐在他身边的彭炀拍了拍他的肩膀。

安西说："今天这场比赛反映出来，我们的能力和操作其实和韩国不相上下，只是在团战的处理和战术的执行上还稍有欠缺，不过这些都不是问题。韩国的队伍一直是我们迈不过去的坎儿，我认为很大程度上是你们自己在心里早已认定自己打不过。这个问题我从最开始就说过。从头到尾你们都打得很小心、很谨慎，但越是这样，越容易因为一点失误导致心态上受到影响。"

"然而这话并没有什么用啊。"张思卿一只手撑着下巴吐槽了一句。

安西回敬了他一句："如果你能不被单杀一次，可能我说的话就有用了吧。"

张思卿立刻不说话了。

"我们在下一轮才能再次遇到KG。"安西说，"比赛当然是赢了好，输也可以接受，至少能学到一些东西吧。或者看看欧美的队伍是怎么打韩国的，他们从来没有怕过，打奔放点未尝不是一件好事。"

吃过晚饭后，章凡颜懒洋洋地躺在床上。虽然首战告负多少心里有些底，但心情照旧会低落。他把手放在肚子上揉了揉，翻了个身用力押筋，喉咙里挤出了细小的咕噜声。

"彭彭，我那个走位是不是真的特别黄金？"章凡颜小声说。

"没有啊。"彭炀拿着平板电脑看视频，漫不经心地说，"黄金选手可打不进世界级比赛。"话刚说完，他就趴到了章凡颜身边，把平板电脑推到对方面前，"你看这个。"

"这是什么啊？"章凡颜看了一眼，"这不是今天的比赛吗？刚才都看了多少遍了还看。"

彭炀说："这个是粉丝们录的选手第一视角的视频。"

"那这是谁的视角啊？"

"苏哲。"

章凡颜白了他一眼："你不看人家韩国选手的第一视角，看他的干吗？"

"我要跟他配合做视野和支援。"彭炀说，"你看最后团战的时候，他技能都留给你了,但你还是没站住一秒就倒了。"

章凡颜仔细看了看,说:"他应该留给中单,那时候老头的位置比我好。"

彭炀说:"我觉得他可能都没过脑子想,以对方那个集火的速度,你闪现都没来得及交。但是他速度确实在所有人之上,这应该是身体反应,过脑子的话不会这么快。"

章凡颜越听越瘆得慌,有点尴尬地说:"呃……可能……嗯……"

"不过这种时候确实应该保双C位的,而你当时又离他比较近。"彭炀不以为意,视线转回到了章凡颜身上,看着他说,"是吧?"

"嗯!"章凡颜一个劲儿地点头。

彭炀把平板电脑丢到一边,舒了口气:"没想到苏哲这把岁数了还能有这个反应,羡慕啊……"

"他也不老吧。"

"我记得他说过自己多大。"彭炀想了想,"今年二十二了吧,对职业选手来说不小了。其实年龄倒不是什么太大的问题,主要是竞技状态太难保持。夏季赛那会儿,苏哲的状态挺像这个年纪最尴尬的情况。不过最后的比赛里他那些操作,真的是巅峰。刚才给你看的那段,你比他小三岁,不照样反应没他快吗?"

"我是被兵卡了啊!"章凡颜辩解,"反应快去打中单打AD啊,打什么野?!"

"这个你得去问他本人。"

然而章凡颜并不会去问苏哲本人。

次日LC还有比赛。

跟其他赛区的队伍的比赛相对轻松了很多,正常节奏就拿下了。NAS也开启了他们的首战,可惜一样是告负。

等到第四天小组赛第一轮快要结束的时候,VIVA全胜战绩,LC两胜一负,NAS则是两个败场。

小组赛第一轮最后一场是NAS的比赛,如果再输下去,那么他们可谓是出线无望。

比起在国内的比赛,压力空前大。

NAS全员从酒店出发准备去赛场,方池忽然想起自己的选手证没带,就跑回楼上拿,再进电梯的时候正好碰到了苏哲。

方池迟疑了一下,苏哲先跟他打了招呼。

"去比赛？"

"嗯。"

苏哲笑了一下："加油。"

"嗯。"

两个人在电梯里一阵沉默，方池开口："你们今天没比赛，不去训练吗？"

"打了两把不想打了。"苏哲回答，"出门溜达溜达。"

"哦……"

电梯迅速抵达一楼，门开的时候，苏哲忽然说："选手证是不是可以自由出入赛场啊？"

"好像是。"

"反正我一会儿没事做。"苏哲笑道，"都是老熟人了，介不介意我搭个便车去看比赛啊？"

方池看了苏哲一眼，视线又垂了下来："你在下面坐着，我怕我又打输了。"

一上车 Whisper 正叽叽喳喳地叫唤，一回头看见了苏哲，他惊讶地问："你怎么来了？"

"我路过。"苏哲并不想理 Whisper 那个话痨，自己找个位子坐下了。

Whisper 十分紧张地挪到方池身边，小声嘀咕了一阵，听不清说什么，方池笑着摇了摇头。

其他人跟苏哲都挺熟，彼此有一茬无一茬地聊着天，没一会儿车就到了比赛场地。

因为是中国赛区第一轮最后的一场比赛了，并且关乎 NAS 的生死，解说的语气表情都要比平时严肃很多。

苏哲拿着选手证堂而皇之地坐在第一排，眼前的场景让他觉得似曾相识，只是那会儿自己不是一个人，那场比赛的结果是 NAS 以失败告终。

比赛开始。

双方一开始就打得特别激烈，什么都没干上去先互相杀一波，然后再回去继续发育。团战打得勤，暴露出来的问题就多，双方互有失误，比赛陷入了紧张而焦灼的境地。

台下观众的情绪随着赛况高低起伏。两支战队之间没有明显的优势和劣势，战斗异常激烈，大家谁也不知道谁能取得最后的胜利，进而增加了比赛的刺激感。

苏哲一向冷静，可此时此刻坐在下面看比赛，也不由自主地轻咬屈起来的手指。

双方都已经把对方的外塔拆光，随着时间的推移，很可能是一波团战定输赢的节奏。

大龙团战打完，NAS丢了龙还被打得小团灭，而对方仅阵亡了ADC。

TAG带着大龙buff不顾自己家门口的兵线，直接推上了对面高地打算一波带走。

苏哲看着屏幕，心里觉得要GG了。

NAS只剩下方池一个人守家，他伤害高但是也极其脆，没有前排给他挡着，TAG几个人撕他就像撕纸一样。

他只能小小地干扰对方拆门牙，为队友复活争取更多的时间。

Whisper率先复活，为方池抗下了一波伤害，方池丝血杀了对方中单。本来已经觉得要输掉比赛的解说瞬间重燃激情，声嘶力竭地高喊着方池的名字。

上单复活，直接传送到对方基地偷家。

Whisper千里赶战场，同时来到TAG的基地。此时NAS众人相继复活，翻转的节奏之快令人窒息。

苏哲握紧了拳头，直至屏幕上的水晶爆炸，显示"胜利"的一方是NAS。

全场爆发震耳欲聋的欢呼和掌声，所有人都在高喊NAS！

苏哲站起来鼓掌。

Whisper摘了耳机一把抱起方池，刚刚体会了一次从死亡边缘爬回来的感觉，抱着方池一个劲儿地说："You are so brave!You are my hero!（你很勇敢！你是我的英雄！）"

方池只觉得自己快要被勒死了。

一局惊心动魄的比赛增长了NAS的士气，大家一扫前几日比赛失利的阴郁。

赛后官方采访到了方池，问他一个人守家的时候在想什么。

方池想了想，有些腼腆地说："我当时觉得我能反杀，我能赢。"

在场的中国观众全笑了，连翻译都忍不住笑了一下，然后才翻译了出来，只是那个官方主持体会不到方池话中的深意，以为只是字面意思，惊叹地评价方池当时真是冷静。

事后论坛有人就方池的采访内容发帖，说LOL三大错觉已经被ImaGine实力证明不是梦了，大家后续跟着一阵调侃。

不过这都是后话。

当天比赛结束的时间晚，方池问苏哲要不要跟他们一起去吃饭，苏哲婉拒。

方池说："自从你离开 NAS 之后，我找你吃饭你都没答应过。"

苏哲反问："有吗？"

方池点头："今天我赢了这么重要的一场比赛，你都不赏脸吗？"

苏哲笑道："你有队友，我去不太好。"

方池说："他们以前也是你的队友。"

苏哲说："并不全是。"

方池明白苏哲说的是队里的两个韩国外援。对他这种模糊不清的说法，方池无言以对，只能略微失落又无奈地看着苏哲，苏哲被他看得没办法，最终点头答应。

一顿饭闹闹哄哄地吃了许久，而后苏哲才回了酒店。

一回到房间他就看见张思卿拿着自己的笔记本在打人机刷刀玩，便问："别人呢？"

"高程在打 rank，彭彭和烦爹在房间里。"张思卿手起刀落，"安西他们在扒今天所有战队的比赛。你想找谁？"

"没谁。"

苏哲顺手从口袋里掏出手机，里面有两条未读信息，打开一看是章凡颜的，第一条问他打不打 rank，第二条问他在哪儿。

他看了看消息时间，正好是下午看比赛的时候，那会儿场馆太乱，自己完全没注意到。

把手机揣兜里，苏哲溜达到章凡颜的房间门口，敲了敲门，开门的是彭炀。

"有事？"彭炀问。

"章凡颜呢？"

"他睡觉了啊。"

"这么早？"苏哲有点意外。

"这都几点了还早？你当在国内啊？"彭炀说，"今天看完 NAS 的比赛他就说困了，你找他有事吗？"

"没什么。"苏哲说，"我以为他找我有事。"

彭炀回头看了一眼房间里，又看看苏哲，问："你们这是玩的哪一出啊？"

"我们？"

"他从打完预选赛整个人画风就不太对了。"彭炀指了指里面，"老实说，烦一直说讨厌你，但是你不在的那几天他竟然有点心不在焉的，可能你预选赛缺席的那一次真的吓到他了吧。"

"那次是我的问题。"

彭炀笑了笑："他把比赛看得比什么都重要，机会来得太难得，他也比谁都害怕失去。"

苏哲沉默了一下，点头："我知道了。"

他又一个人晃晃荡荡地回了房间，张思卿还在刷塔刀玩。苏哲洗了个澡躺回了床上，过了一会儿，开口说："如果我预选赛的时候没来，你们是不是都会恨死我？"

张思卿惊悚地看着苏哲，问："你怎么忽然来这么一句？"

"想到了而已。"

"我说不准，毕竟你的假设没有真实发生。"张思卿说，"不过那会儿上台比赛的时候，感觉是挺悲壮的，觉得那可能真的是我人生中最后一场比赛了。"

苏哲看着张思卿，没说话。

张思卿把游戏一退，站起来说："咱俩年纪差不多，我可能还稍微大你一点，想的事应该也大体相同吧！咱们队里，能稳稳当当地说明年还能继续打的，恐怕就章凡颜一个了，其他人都得看状态。其实就算你不来，我想我更多的还是会遗憾自己没能晚生几年。"

"晚生几年也许就不是 LOL 的天下了，最开始的星际魔兽、后来的 DOTA、到现在的 LOL，谁知道下一个是什么？"

张思卿笑道："所以那些都是假设啊，'现在'永远是最好的时候。"

苏哲也跟着他笑："可能吧。"

小组赛第一轮结束后有三天的空当方便队伍休整适应，这三天各支队伍都在紧张地训练，准备以万全之姿迎接下一轮的比赛。选手们谈论最多的，同样也是比赛。哪怕身在异国他乡，大家还是离不开键盘鼠标，只是暂时换了一个空间，生活从来都没有改变过。

然而网上讨论最多的还是 NAS 的绝地反击以及方池的守家，大家都喜欢孤胆英雄，"方池一人拦住了对方进攻的步伐"自然是被吹上了天。比赛时的各种画面被单独截了出来，其中有一张里竟然是苏哲。

镜头里的苏哲注视大屏幕的表情很认真，与周围情绪激动的观众格格不入。大家惊讶于苏哲好端端地怎么跑去看现场了，这张画面引发了一波无限遐想。

但正义的人终究认为，毕竟两人是老队友，毕竟NAS是生死局，毕竟夏季赛方池关键时刻拉了苏哲一把，苏哲的举动也不为过。

三天后，小组赛第二轮开始。

VIVA依旧是"神挡杀神佛挡杀佛"的势头，NAS在经历过一场绝地反击之后重新找回了节奏，LC则依旧是不温不火，输给了北美一场。

在小组赛开始之前，他们本就是最不被看好的，大家认为以LC夏季赛的状况而言，很可能首轮淘汰赛就会被带走。只是分组出了以后，大家的注意力都转移到了NAS身上。

LC与KG再次相逢时，已经是小组赛最后一场了。无论输赢，他们基本都已确定出线。这场比赛的价值更多则在于小组赛战绩是否全败于韩国。

章凡颜揉了揉眼睛，场上的灯光不如国内比赛时那么亮，他并没有戴护目镜。章凡颜对安西比了一个"OK"的手势，然后选了卢锡安。

对方一开始打算换线，但是被苏哲插的眼看到了，LC成功地对上了线。对方上单的树儿子被引了，LC算是拿到一个不错的开局。

章凡颜补兵、推线、控线，每一步精准得如同教科书。他死死地盯着屏幕，连一旁的彭炀都感觉到他紧绷的神经，说了句："我过去插眼，你一个人可以吧？"

章凡颜"嗯"了一声，彭炀便离开了。

他前脚刚走开，章凡颜就说："我感觉不太对，对面在蹲。"

地图上确实少人，苏哲点了一下，立马往下路走。

他蹲在章凡颜身后的草丛里，说："别怕，我在你后面。"

章凡颜没搭理，专心致志地用尽毕生演技上去勾引对手。果真对面打野杀了出来，章凡颜回身一个滑步，苏哲也露了面，直接一个闪现大招把对方AD炸到了塔下。高程瞬间支援，拿下双杀。

"Nice！"高程说道。

成功击杀之后大家并没有散，清了清视野之后，几个人绕到了对方塔后的草丛里，对面 AD 复活出家。这次是高程先手开到了他，送了对方一个套餐。

场上一片欢呼。

下路的局面彻底打开，章凡颜打得顺手，也不枉费张思卿中路抗压。

"现在能打团，你们为什么不开啊？"章凡颜说。

"别被反手了。"张思卿说，"打团是打得过，找找位置吧。"

苏哲说："小龙刷了，第五条了，大家小心点。"

他率先赶到，只是 KG 已经先开了龙，而且对方显然是想打的。苏哲左右衡量了一下，等高程传送。

一个从天而降的大纳尔一巴掌拍中了四个人，大家各种大招一交，龙被苏哲钩到了一边儿惩戒，但是他距离战场中心太近，拿到龙之后瞬间阵亡。

张思卿有点激动地喊："我去追那个辅助，你们赶紧去打大龙！"

兵分两路，章凡颜他们开龙的时候只见屏幕上显示对方团灭，张思卿紧赶慢赶地回来跟着打大龙。成功击杀之后，五小龙加大龙 buff，LC 一波推上了高地。

"这竟然就赢了？"张思卿不可思议地说，"还真是一波团战定输赢。"

高程点头："可以可以。"

章凡颜点掉最后一下水晶，松了口气，才把耳机摘下来。

虽然只是小组赛，但至少他们不是全败于韩国队，还算欣慰。

彭炀习惯性地摸了下章凡颜的头，说："烦烦 nice。"

章凡颜朝他笑了一下。

握手，然后 LC 对全场观众鞠躬，台下的人都在喊他们的名字。

赛后有一段时间，观众可以上来和选手拍照。眼见几个女粉丝冲上来，高程小声说："你们猜是冲着谁？"

张思卿赢了比赛，开玩笑就更没谱儿了："苏帅你可不能被外国的女妖精们勾走了啊！"

苏哲还没说话，那几个外国女粉丝团团围住了章凡颜，又是搂又是抱的，章凡颜人都傻了。本来他以为没自己什么事的，结果就这么被突然 gank 了！他向队友们投以救命的眼神，其他人笑着强行无视。

眼瞅着章凡颜即将被几个人扒光了，苏哲走过去与那几个外国女粉丝说了句英文，她们立即惊讶地放开了章凡颜，然后又噼里啪啦地跟苏哲说了一堆有的没的。章凡颜听不懂，始终保持着石化的状态。

LC在外吃过晚饭才回去，可回去没多久章凡颜又喊饿了。合计了半天还是找苏哲出门吃饭，他人生地不熟的，好歹得带个随行翻译。

"你想吃什么？"苏哲指着一整条街说，"要我一家一家给你翻译吗？"

"我想吃香芋扣排骨。"

"……"苏哲无奈地回答，"你这要求也太高了吧，能找到个中国餐馆就不错了。"

"我也不知道吃什么。"章凡颜的眼睛四处乱瞟，"一边儿走一边儿看吧。"

"那成吧。"

两个人就这么慢悠悠地晃荡，章凡颜说："你那会儿跟那几个洋妞说什么了？"

"没什么啊。"苏哲漫不经心地说，"我就说这个AD是我们队宠，你们不要随便乱摸。"

章凡颜臭着脸撇了下苏哲，并不说话。

苏哲笑了笑："我开玩笑的。"

章凡颜一边儿走一边儿伸腰，随后不自觉地叹了口气。

苏哲问："年纪轻轻干吗老叹气？哪儿那么大心事，今天比赛赢了，不该开心点吗？"

"是开心啊。"章凡颜拉长了尾音，"但总是觉得少点什么。你觉得KG最后一局是认真打的吗？"

苏哲摇头："至少我们认真打了。"

夜晚的灯光把城市点缀得明亮而朦胧，周围是异国情调的建筑，满眼望去全是不可能认识自己的人，章凡颜讷讷地说："过几天就要去伦敦打八强赛了。"

"嗯。"

"还是和韩国打。"章凡颜说，"是D组的第一名，不知道……"

苏哲忽然打断了他的话："那NAS和VIVA不就排到了一起吗？"

章凡颜脑子过了一下小组赛的结果，说："是啊，NAS是A组第二，是会碰到B组第一的。"

苏哲沉默了一下，自言自语地说："该来的总会来。"

这句话章凡颜倒是听到了："什么来不来的，冠军只有一个，第二名跟第十六名没有任何区别，都是炮灰而已。"

苏哲对章凡颜的言论倒是没什么太大意外，一副了然的神情说："我只是觉得

NAS好不容易出线，结果却在淘汰赛第一轮遇到了VIVA，有点可惜罢了。"

"你还是多心疼心疼你自己吧！"章凡颜说话跟自言自语一样，"训练都找不着个人影，还有空跑去看现场。冒泡赛人家能送你，决赛了还送你才真是见了鬼。"

苏哲表情变得有些认真："你这张嘴就不能说点别的？"

"谁说话好听，你听谁的去啊！"章凡颜略微不服，本来张开嘴就是堵不住的脏话，但他生生都咽回去了，改口说道，"我就是狗嘴里吐不出象牙来，你第一天认识我啊？"

苏哲实在不想跟他置气，特别是今天本来赢了比赛该高高兴兴的。他无奈地叹了口气，没理章凡颜径自往前走，走过了街口之后忽然感觉身边没人，转过身，章凡颜没在后面跟着。

苏哲快步走回刚才的街角，来来往往的行人车辆、车水马龙的街道，哪儿还有章凡颜的影子？

他看着满街的人，心想，糟糕了。

就这么一会儿的工夫，章凡颜人就没了，苏哲绕着整条街开始找。从街头到街尾，找不到人他自己也慌，沿路问别人有没有看到过一个黑发黄皮肤的小孩儿。

找了一圈，他站在街边喘了口气，才想起来给章凡颜打电话，电话一通，对面却是彭炀的声音。

"苏帅？"彭炀奇怪地问，"你不是跟烦烦在一起吗？"

苏哲心里早把章凡颜千刀万剐了一个遍，黑着一张脸说："没事，我把他弄丢了。"

然后他"啪"地挂了电话，脑子里瞬间闪现了各种可能以及应对的办法，只是就这么点时间，人能跑哪儿去？

他正想着，就看见前面有个化成灰都认得出来的人。

"章凡颜！"

苏哲大喊了一声，快步跑了过去。

章凡颜手里抱着一堆吃的，还没反应过来怎么回事，就听苏哲对着自己嚷："你跑哪儿去了？！你知不知道我找了你半天？！"

"我……我买吃的啊。"章凡颜指了指身后的门面，一个巨大的麦当劳标志。

"那你不会叫我一声啊？"苏哲一股脑地往外蹦字，"你丢了我上哪儿找你去！"

"你不是不喜欢听我说话吗？"章凡颜回了一嘴。

苏哲简直要被他气得闪现大招来一套了,刚要爆发,章凡颜从怀里掏出来一个汉堡递过来:"我买多了,你吃不吃?"

技能生生被打断。

章凡颜见苏哲没反应,手又往前伸了伸:"拿着啊。"

苏哲接过汉堡,心里不禁叹了一下,有时真没法儿跟这人置气。

手机又响了,是彭炀打过来的。他一头雾水地问:"烦烦丢了?怎么回事啊?"

苏哲说:"没事,他去买东西吃了,我俩走散了,现在找着他了。"

"哦,你俩吃完了赶紧回来吧,明天要早起去伦敦的。"

拳头公司安排所有人乘坐欧洲之星从巴黎前往伦敦,但是时间比较早,一群习惯了昼夜颠倒的人先是在车上睡了个半死。

起初的十六支队伍转瞬变成了八支,韩国和中国赛区足足占了六个名额,车厢里像是被亚洲人承包了一样。

说来各位选手虽然线下不熟,线上却已经是过招多次的旧友了。即使语言不通,但是一谈起游戏,大家仿佛自然能够突破各种障碍,一路下来相谈甚欢。

"Living 就是活着的意思。
ADC 活着才能有输出，活着就是一切。"

七、
谁上都是三比零

为期四天的八强赛在伦敦的温布利体育馆举办，两支韩国战队分别迎战来自欧洲和北美的队伍，第三支韩国战队的对手是 LC，NAS 和 VIVA 两支来自中国的战队提前进入同门相争的修罗场。

国内观众对这个对战分组结果表示担忧，本来韩国的战队就不好打，还要自己人内斗一番，运气不好的话极有可能只有一支中国战队进入四强。

情况不容乐观。

不过事情也完全不能这么想，冠军只有一个，并不能以概率来计算，第二名和第十六名没有任何区别，这是章凡颜的理论。

入住酒店之后他们研究了一下比赛的时间，每一天一场，下午三点半开赛，LC 在最后一天。进入淘汰赛之后全都是 BO5 的比赛，虽然早已经习惯，但是在国际大赛上，心态尤其重要，特别是第五局。

对手是韩国战队，大家都不敢松懈，几天里一直在集中训练。章凡颜有八强赛阴影，去年他就是停在了这里，今年又是这种情形，他给自己的压力无形间大了很多。

在伦敦的日子里，章凡颜和高程住一间。高程练习的时候话不多，章凡颜有很多打团的问题一直在问高程，高程都耐心地给他解答。章凡颜其实并不是对团战的理解有偏差，只是实在怕被对面开到，就一直问高程这种喜欢开别人的人的意见。

高程说："你只要心态上别被激到基本没什么别的问题。"

章凡颜看似明白地点了点头，但是怎么才能做到内心平静，他也不知道。

由于是最后一天的比赛，LC 赛前的时间要比其他的队伍多一些，也有时间去看比赛。

前两天的比赛，两支韩国战队毫无意外地战胜了欧美战队晋级四强。第三天的时候，迎来了 NAS 和 VIVA 的比赛。

大家对这场比赛自然格外关注。

中午的训练室里只剩下苏哲和章凡颜两个人。

苏哲正在玩游戏，章凡颜忽然问他："如果我们能打进四强，你想碰上谁？NAS 还是 VIVA。"

苏哲专心致志地盯着屏幕，说："没区别，都一样。"

"怎么可能一样？"章凡颜小声嘟囔。

"如果是为了拿冠军的话。"苏哲回头，"那么无论是谁挡在面前都不可以啊。"

章凡颜看了苏哲好一会儿，才说："还是先打赢SUN吧。"

下午比赛时，正好LC在打训练赛。训练结束时，安西推门进来，公布了一个惊天的消息："你们知道吗？刚才NAS三比二打赢了VIVA，现在国内都炸了！"

张思卿惊讶地说："啊？NAS爆种了啊？国内打比赛的时候，他们打不赢VIVA的啊！"

高程同样有点感慨："春季赛和夏季赛的第一名，中国赛区的种子队，就这样被送走了？"

彭炀问："比赛视频出了吗？"

安西摇头："刚才你们打训练赛的时候，我们在旁边房间里看的直播，应该晚上才会出吧。第五局真的太惊心动魄了，可心简直跟打了兴奋剂一样，Whisper一直针对中路，JX线上就崩了。"

众人一阵惊叹。

VIVA JX，也就是绝心，他在中路的地位就如同VIVA本个赛季在联盟里的一样，都是具有统治力的。线上被打崩，还是被一个在联赛中多次较量的对手打崩，简直像是天方夜谭。几个人闻言更想知道第五局到底发生了什么。

"怎么办？我忽然觉得压力好大。"张思卿扶额，"联赛第一都被打下去了，小组赛突围的NAS就问你怕不怕。"

"现在四强已经出线三支队伍了。"彭炀说，"咱们也要努力了啊，可不能三韩战中。"

安西点了点头："不过幸运的是，如果我们胜出了，至少能够保证有一支中国的队伍进入决赛。从目前的分区和出线形势来看，GNR和KG会在半决赛相遇，剩下的则是NAS对我们或者SUN了。"

张思卿握拳："并不能给韩国战队这个围剿我中国赛区的机会！"

高程笑着哼了一下："毕竟谁上都是三比零。"

听了这句话，大家又沉默了。

不是因为谁上都是三比零，而是那真的会是一场苦战。

晚上大家吃过饭后只短短地训练了一段时间。安西叫大家早些休息，全力以赴地迎接明天的比赛。

章凡颜在床上来回翻，高程没怎么跟他住在一起过，根本不能理解对方在折腾什么。他问章凡颜："你怎么了？"章凡颜说："紧张睡不着。"高程说："那你去楼下跑圈吧？跑累了就睡着了。"

章凡颜就真的穿衣服起床了。

不过他倒是没跑圈，只是打算出去溜达溜达，刚走到大厅门口，正巧看见苏哲进来了。章凡颜纳闷这大晚上的苏哲跑出去做什么，刚要叫他，却看到方池跟在苏哲后面也进了门。

他赶紧往旁边闪。

方池不知道跟苏哲说了点什么，苏哲满脸笑意，随后两人就一起上了电梯。

看着他们离开的背影，章凡颜不知道怎么的，心里涌上了一股奇怪的情绪。

他心想：苏哲你大晚上的不睡觉往外瞎跑什么？方池也是，拿下了四强赛名额，难道不应该去好好庆祝吗？两个八竿子打不到一起的人，怎么想都不应该出现在同一个画面里。

然后又有一个念头冒上来，两个人怎么会八竿子打不到一起？他们是老队友了，绑了整整一年的最佳中野，哪儿是说分开就能分开的。

心里那股情绪刺激得胃都饿了，双手摸了摸口袋，出来着急没带一分钱，章凡颜急匆匆地跑回房间拿钱，再出来的时候又碰上苏哲也从房间里出来。

两个人对视了一下，章凡颜扭头就走。

"你大晚上干吗去？"

"你管我啊？"章凡颜说话头都不带回的。

"我说你这话怎么听着这么别扭啊？"

苏哲打算跟过去，章凡颜唰地回头，指着他说："我现在要出去吃东西，你别跟着我。"

苏哲笑道："我不跟着你？万一你跑丢了怎么办？"

"你当我是三岁小孩儿啊？"

苏哲歪了下头，耸肩："那可不好说。"

他走上前，双手扶在章凡颜的肩膀上推着对方，说："你想吃什么？我带你去吃好不好？"

苏哲看上去心情十分不错，章凡颜一想到那个可能会令他心情不错的原因，不由自主地朝苏哲大喊了一句："你去吃屎吧！"

苏哲并不可能真的去吃，反倒是章凡颜吃了个痛快——当然是夜宵。

章凡颜的夜宵与别人的不太一样，国内大晚上睡不着还可以出去撸串，然而伦敦什么都没有，这里的食物章凡颜吃了第一口就不乐意吃了。苏哲只能给他买了块大蛋糕，然后看着他塞得满嘴都是。

吃甜食心情会变好一些，章凡颜总算压下了心里那股无名火，咽下嘴里最后一口东西，长长地喘了一口气。

"吃饱了吧？"苏哲问。

章凡颜点了点头。

"吃饱了回去吧，明天还有比赛呢！"

章凡颜也不知道自己一个人坐着脑子里在想什么，特别坚定地握拳捶桌，唰地站起来说："走！"

苏哲完全没看明白章凡颜今天这是中了什么邪。

章凡颜这样的状态一直持续到第二天进赛场。在后台的时候，张思卿不由自主地哆嗦了一下，说："我怎么觉得有股杀气？"

高程说："我有一种不祥的预感。"

"你别说话。"张思卿说。

安西一再交代了比赛的注意事项，五个人就上场去做准备了。

温布利体育馆是个万人体育馆，欧洲观众的观赛热情极其高涨，即使是没有欧洲队伍的八强赛，体育馆里还是有八九成的上座率。

战队一进去即被观众的欢呼声感染，有一种万人朝拜的感觉。

LC先进入的是红色方，舞台的另一边是SUN的队员。因为场馆面积很大，双方隔得也很远，中间庞大的大屏幕可以让每一个观众都能看清楚。

调机器的时候，彭炀对身边的章凡颜说："不知道今天会是什么结果。"

章凡颜双手习惯性地敲键盘来测试每一个键是否正常，不以为意地说："谁上都是三比零。"

"烦烦？"

章凡颜把眼镜戴好，调整了一下位置，扭头对彭炀说："去年丢的三分我今年要拿回来。"

彭炀笑了一下，看着章凡颜眼镜里折射的光，想起赛前张思卿说"觉得有股杀气"。

比赛开始，双方教练上台指导BP。

第一轮双方就像试探一样，各种邪门英雄都放了出来，但越是这样，越容易影响之前的战术安排。最终，LC 选到了刀妹、挖掘机、沙漠皇帝、复仇之矛和风女，SUN 选到了纳尔、酒桶、蛇女、卢锡安和锤石。

安西照例拍过了每一个人的肩膀，之后到舞台中央跟韩国的教练握手。随后双方教练下台，大屏幕进入游戏画面。

现场的官方解说使用的是英文。国内的解说坐在场馆一侧的转播席上，他们隔壁就是韩国的转播台。本次比赛深蓝和北极搭档，配合退役人气选手 ST 来进行直播。

伦敦时间下午三点半，即国内时间晚上十一点半，周末，坐在电脑前观战的玩家想必更多一些。

"复仇之矛竟然也放出来。"张思卿上线，"不会有诈吧。"

"老头，你不相信我？"章凡颜反问。

"烦爹冤枉啊！"

他们只是刚开始的时候调侃了两句，一对上线，谁也不说话了。

苏哲在下路帮了一下忙，回头看了眼自己的野区，说："我的红没了。"

"对面三 buff 开。"张思卿说，"但这并没有什么用。"说完在地上立了个沙兵，对着蛇女一顿猛戳。对面的蛇女也是能屈能伸，线上占不到便宜就安心补刀，差距并没被拉开多少。

但这并不是 LC 众人想见到的情况。

两方慢慢拉锯的时候，一个击杀的音效传至众人的耳边，屏幕上立即显示刀妹击杀了纳尔。

章凡颜惊讶地说："那个纳尔是不会玩吗？！"

"胡说！"高程淡定地回答，"他跟我装，我不宰他一次给他脸了。"

可能由于对方的上单托大，这一次击杀给大家带来了不小的鼓励。

高程几乎一个赛季没怎么拿过刀妹，但是再次拿出来，风采依旧不减当年。

上路打开了局面，高程把兵线一推就开始各处游走。

而苏哲就跟住在了下路一样，把对面压到残血回家之后，几个人开始打起了小龙的主意。

除了最开始苏哲被反了一个红之外，整场 LC 都打得特别主动，SUN 善于打团队运营，但是 LC 完全没有理会这些，上来丝毫不虚就是主动出击，把 SUN 的节奏打得有点乱。不过大家毕竟都是久经沙场的了，SUN 即使刚开始不适应，慢慢地也稳了下来。

北极说："现在 SUN 稳定了局势，LC 需要找到应对的办法。"

深蓝点头："第一局比赛对 LC 来说至关重要，而这场比赛的关键，就在打野身上了。"

苏哲看了一眼小地图，大脑中迅速分析了一下当前的情况，毅然决然地去了上路。

高程的装备起来得很快，苏哲从对方塔后绕了一下，示意高程准备越塔。高程明白苏哲的意思，但仍旧安稳地在纳尔面前晃荡，一个劲儿地点他，纳尔被点回了塔下。

"看来这一次是要越塔啊。"北极说，"纳尔虽然残血但是现在怒气要满了，这个不好打啊。哎？挖掘机上了！纳尔一个大招，拍中了！"

ST 眼睛尖，立刻说："但是复仇之矛来了，这个纳尔必死！"

"哇，这个爆炸伤害！"深蓝看着章凡颜的装备感叹，"这是什么鬼装备，没人管这个复仇之矛啊？！他从哪儿来的？！"

看着屏幕上的击杀提示，彭炀喊道："烦烦 nice！"

章凡颜没说话，但是彭炀能感受到身边那个人燃烧的小宇宙。

刚刚那一波章凡颜正好把线推过去回家，苏哲 Pin 了下地图，章凡颜心领神会地从后面绕了一圈过去，正好赶上。苏哲和高程即使中招也抗住了塔，章凡颜收下人头。

第一局的节奏落入 LC 手中，众人快速地杀人推塔取得优势，因为中间打得有点上头输了一波团战。好在苏哲完美控龙，最终 LC 还是利用兵线优势和小龙 buff 推上了对面的高地。

LC 先下一城。

安西并没松一口气，反倒提起了十二万分的精神。中间的休息时间很短暂，他拿着本子安排好下一局的事情，补充说："虽然我们赢了一局，但是这并不意味着什么。可我还是想说，大家打得漂亮，打韩国的队伍一定不能跟着他们的节奏走，大家再接再厉。"

五个人互相鼓励了一番，可章凡颜并没有往日赢了比赛的那种轻松神情，张思卿问："烦爹，下局也要爆炸输出啊？！"

章凡颜面无表情地看了看张思卿，然后点头。

再次上场的时候，双方交换阵营，LC 来到蓝色方，率先就 ban 掉了蛇女。张思卿故作沉重地说："我还蛮想玩的啊。"

高程回答："哦，我们就是给你 ban 的。"

"再见。"

SUN 吃了苏哲的亏，这次一上来就把挖掘机 ban 掉。双方又互相针对了一下中路和 AD，最终确定阵容。

LC选到了小鱼人、酒桶、发条、轮子妈和锤石，SUN选到了人马、猪妹、妖姬、卢锡安和风女。

"哎呀，忘了妖姬还在场上了。"张思卿说道。

"怎么着你想玩？"彭炀问。

"嗯哼。"

高程说："早知道你想玩我就ban了。"

张思卿怒道："有这么针对自家中单的吗？！"

章凡颜冷不丁地说："妖姬这英雄有毒，谁拿谁爆炸。"

一上线，张思卿就说："等我先刷二十分钟，二十分钟出山来见你们。"

众人齐声道："呵呵。"

本局比赛上路打得异常激烈，也许是因为上一局比赛中，SUN的上单由于失误被单杀了一次，这局急于找回场子，跟高程互拼得很凶。虽然当前版本上单对线几乎毫无看点可言，但是小鱼人和人马两个英雄一来一回还是有些爆点的。

章凡颜跟一个有保护的卢锡安对线，其实于他而言并不是什么好的选择，可对上了就是对上了，章凡颜只能靠走位去寻找机会。他和彭炀把线控在了中间稍微靠自己这一边的位置，章凡颜说："过来。"

苏哲正好在下路附近徘徊，悄悄地往那边移动。上路的高程刚推完线，看见苏哲往下走了，招呼都没打直接开传送绕后，此时张思卿把对方中单缠在了中路不能动弹，当彭炀看到传送的光柱的时候，瞬间闪现Q钩到了交了技能的卢锡安，苏哲和高程同时赶到战场，四人将下路荡平。

台下一阵欢呼，开始有观众高喊LC。

北极兴奋地说："小鱼人这个传送太到位了！简直就是预判传送啊！太果断了！"

两个人头都给了章凡颜，四个人顺势将下路一塔拔了。SUN显然不理解他们研究了一整个赛季的LC的比赛，为什么现在对上了之后对方的画风完全不一样，明明夏季赛还各种迷之团战，可现在一个个都鸡血得飞起。

说好的"上单只玩肉，中路一直刷，打野各种送，下路不参团呢"？！

这一波快速地推塔拿龙给下路奠定了很大的优势，之后苏哲又来下路反蹲，将对面风女击杀。他顺势入侵对方野区，所到之处能抢的全抢了，还叫上章凡颜一起来抢，简直不讲道理。

但SUN也不是吃素的，集合人马中推了一次，拿下了中路一塔。

张思卿哭诉："苏帅你都不来帮我，我中路抗压啊，什么时候这么委屈过！"

四个人没一个搭理他的，苏哲标记了小龙，说："过来打小龙。"

这两局苏哲的节奏控制得都很精准，什么时候该做什么事，每一件都十分到位，大家一反常态打得十分激进，或者说现在是回到了他们最开始的状态。

只是夏季赛的沉沦让大家逐渐忘记了这支队伍本来的面目，就像忘记了苏哲本该有的野区控制力。

但是现在，在面对来自韩国的队伍的时候，这些都回来了。

LC 把对方打了个措手不及，虽然中间小有坎坷，但最终还是一举拿下第二局。

几个人在场下都还不由自主地有些兴奋，中国的队伍在抗韩之路上从来没有一次在 BO5 的比赛中如此快地拿下赛点。前两局比赛都是梦幻节奏，这让他们对第三局更是充满信心。

安西冷静地说："你们打得很好，但是越到这种时候就越要谨慎，SUN 是以韩国第三名的身份出线的，其实境遇上跟我们差不多，大家水平相当，我们是因为打得好才会赢。"

他说话的时候坐在一边的章凡颜不自觉地开始抖腿，另一只手也在膝盖上来回敲打，整个人是发呆的状态。

彭炀拍了他一下，章凡颜才哆嗦着回神，彭炀问："怎么了？"

"我……"章凡颜深呼吸了一下，"我有点紧张。"

彭炀笑道："你紧张什么？"

章凡颜挠了挠头："可能比想象中顺利太多了吧，我怕事情有变。"

"那赶紧拿下第三局。"彭炀说，"等四强名额到手了就不会有变化了。"

苏哲坐在对面看着两人说话，双手抱臂，手指也轻轻点了一下。抬头看了眼时间，苏哲起身说："该上场了。"

一行人浩浩荡荡地出门，张思卿说："你们还记不记得春季赛的时候，安西安排了一场训练赛，骗我们说是欧美队，结果打赢了才告诉我们是韩国的队伍那次？"

高程说："记得，怎么了？"

张思卿说："我现在忽然觉得，我离柏林很近。"

几个人秒懂了张思卿的意思，在临近赛场的光亮门口，大家抱作一团，大喊"LC 加油"！

SUN 对战 LC 第三局，SUN 蓝色方，LC 红色方，LC 赛点。

解说台上的三个人也激动而紧张，北极说："中国的队伍已经很久没有在BO5的比赛中战胜过韩国队了，如果今天LC取得胜利，我想此时此刻在电脑前观战的中国玩家一定是十分激动的。"

"是的！"深蓝说，"而且LC现在的状态非常好，我很想知道他们是怎么在夏季赛的迷茫中调整过来的。"

ST解释说："其实每支队伍都有自己的特点，可能LC更适合打这种国际型的比赛，特别是打野Wind，他的发挥影响了整支队伍的节奏，可以说第三盘的关键仍然掌握在他的手中。而且你们没发现妖姬现在真的有毒吗？"

"总之现在拿这个英雄搞不好就会很尴尬。"北极表情变得轻松了一些，开玩笑说，"你们说，这种生死局苏帅会不会又祭出盲僧啊，就跟预选赛的时候那场一样？"

深蓝笑着说："这可不好说。"

ST却摇了摇头："我觉得不会。一是盲僧在这个版本实在是太乏力了，二是就算苏帅个人能力再优秀，以他的性格，不到万不得已，应该不会弄这么大的阵仗。"

果然，在解说几人讨论着的时候，苏哲就锁了个努努。

大战一触即发，大屏幕上过完了选手阵容，随即进入比赛。

苏哲刷完野区之后立刻跑去了上路蹲，中路张思卿一个沙漠皇帝来回戳，对面泽拉斯，两个人就互相刷。章凡颜推了线回家的时候看了看中路的情况，心里吐槽了一句，毒瘤。不过他更庆幸张思卿不会玩什么炸弹人之类的，要不然这场比赛大家得四十五分钟之后见了。

上路在苏哲帮忙压线之后，高程的人马把对方的大树打回了家，顺便把塔点掉了一半。

"挖掘机在下面。"苏哲提醒说。

"那你们就来下路打一波啊。"章凡颜说道。

复仇之矛只有在第一局比赛中放了出来，随后场场被ban。第三局章凡颜拿到了卢锡安，而SUN的AD选了半天之后选了金克丝。

章凡颜不乐意了，一个上场率并不高也不是版本热门的英雄，你拿出来嘲讽我啊？

本来之前还有点紧张的，这下紧张全部变成了熊熊燃烧的小宇宙，他是个玩金克丝的高手，自然知道这个英雄要怎么打。

暴走的ADC贴脸平A金克丝，哪怕对方在地上摆了一地炸弹，也不能阻拦章凡颜的脚步。就在如此暴力对线的情况下，金克丝不免有点虚，以为章凡颜身后有一群人，所以并不敢贸然上前。

ST笑着说："愤怒的烦神就问你怕不怕，哎呀，这个金克丝还敢上来试探，烦神这波要忍不住了，要上去教做人了！人马有传送！可是对面也有传送啊！"看着屏幕画面，ST脸色一变，迅速说，"烦神这个位置并不是很好！双方上单都开始传送了！苏帅还在八百里之外啊！对方打野也过来了！"

"可是大树下来是没有大招的！"北极说道，"烦神先把塔点了！这波怎么说？！人马一个大招开到了三个人！卢锡安血量有点残现在在往后退，风女保护一下！开大招！哇，这个大招完美切割对方阵形！现在是要反打了吗！沙漠皇帝也过来了！一个大招推！卢锡安还没有死还在极限输出！双杀！哎哎哎！金克丝跑得有点远！卢锡安滑步上去追但是血太残了啊！金克丝感觉能打！卢锡安躲过了！点燃挂上但是烦神还没有死！烦神不服反打！他手里还捏着个闪现啊！暴击！三杀！"

下路一波激烈的团战让台下观众欢呼迭起，特别是最后章凡颜冲上去反杀。在金克丝阵亡之后，画面特写给了当时正在收枪回城的卢锡安，明明白白地显示血量只有10点了，真是极限追杀！

深蓝大喊："这波烦神真是秀得飞起啊！LC的一波大节奏啊！"

这么一打麻将，下路掌握了优势，又回到了前两局拿龙拿塔的节奏，剧情就好像复制了一样，一发不可收拾。

但是一个梦幻的开局并不意味着一个梦幻的过程。

SUN也是拼尽全力稳住的局势，朝中路迈进，知道跟LC打套路套不进去，那就打正面战。这样一来一回的，塔数追平了，经济也逐渐拉了回去。

"别跟他们拖着打。"张思卿说，"要打就一鼓作气开团，拖下去有那个泽拉斯上高地，太难了。"

苏哲看着地图盘算了一下，说："他们很可能利用兵线牵制我们然后去拿龙，大家小心。"

彭炀说："大龙的眼掉了。"

大家心里忽然有不好的预感，因为视野的关系导致在目前的时间点上他们无法判断SUN的人到底在哪儿，况且大龙处还漆黑一片。

"我过去。"苏哲说，"我身上有眼，如果他们在打龙，你们见机行事。"

他移动到龙圈外面，一个眼插进去照亮了一群人。SUN辅助见状赶紧下了一个扫描把眼排了，另外有人来干扰苏哲安图劝退。

LC众人全力以赴地跑向战场。

苏哲只有插眼的一瞬间看到了大龙的血量，随后便没了视野，时间来不及让他多想，这条龙不能丢，他只能凭借经验和感觉试一试。

他心里默念了一下，一个闪现跳了进去！

北极惊呼："苏帅进去了！闪现大招惩戒！抢到了！龙抢到了！不会丢龙的男人！"

他喊得嗓子都仿佛要劈了，其他两个人同样近乎亢奋得不能自已。

深蓝大声说："现在胜利的天平已经逐渐向 LC 倾斜！LC 其他人已经赶到正面战场双面包夹！现在 SUN 这波团根本没法儿打！泽拉斯瞬间被秒！烦神这个爆炸伤害啊！已经没人管得住他了！他还在输出！风女开大招奶了起来！ACE！漂亮！"

"烦神一雪前耻！"ST 激动地说，"去年自己亲手造的孽，今年全还回来了！一年前在 LC 最需要 Living 的时候，他没坚持住！然而今天！他用实力告诉所有人！这场比赛！我能 carry 全场！"

团灭对面之后正好中路的兵线赶到，带着大龙 buff 的 LC 一路通关，ST 惊道："这是要一波了吗！对方 AD 复活了！我们不走继续正面进攻！"

北极说道："然而这个金克丝并不能抵抗带着大龙 buff 的 LC！他现在上来就是在以卵击石！"

大屏幕上显示金克丝被击杀，解说们激动地喊："真的要一波了！谁上都是三比零！我们把韩国队三比零了！"

看着眼前惊心动魄的画面，全场高喊着 LC，一片沸腾！

最终水晶爆炸！画面显示 LC 取得比赛胜利！

章凡颜看着电脑屏幕有些愣，同样是爆炸的场面，去年是红色的，今年是蓝色的。

他们真的打赢了？三比零？

直到彭炀激动地抱住他，大声喊："烦烦你真是太棒了！"章凡颜才反应过来，哦，真的赢了。

五个人纷纷站起来拥抱，他们曾无数次陷入绝境，也曾无数次从绝境中爬起，然而并没有一场比赛像今天这样，让他们在真正意义上捍卫了中国赛区的尊严！

在场的掌声是属于 LC 的，同时属于所有的中国玩家。

SUN 众人失利之后十分颓然地坐在座位上，他们的 AD 甚至在掩面哭泣，他们打得没有一点错，只是输给了轻敌。

SUN 作为第一支离开赛场的韩国队伍，英雄之旅，到此结束。

章凡颜去握完手，回到舞台中间向所有观众鞠躬。这时候他才逐渐感染了兴奋的感觉，是的，他在去年跌倒的地方爬了起来，听着万人高喊 LC，觉得血液都在沸腾。

战斗的感觉太美妙了，赢的感觉也太梦幻了，章凡颜激动得想哭，可是告诫自己不能哭，真正残酷的比赛，才刚刚开始。

下了台大家心情好到爆炸，说好了今天晚上要大吃一顿。安西非常痛快，找了个中国餐馆铺了一桌子，几个人见状比赢了比赛还开心，这几天吃的东西简直不叫人活。

尽情吃喝玩乐一场之后，大家打算溜达回酒店，反正离得不是很远，权当消化。因为比赛结束得早，他们抵达酒店的时间不算很晚。

打了一下午的比赛又尽情地吃了一顿，大家不觉有点累了。明天在伦敦休整一天，就又要动身去布鲁塞尔了，于是大家纷纷各自回房休息。

章凡颜的兴奋劲儿难以过去，满世界溜达。他叩开了彭炀房间的门，开门的是苏哲，章凡颜不疑有他地进去，问："彭彭呢？"

"他去拿键盘了。"苏哲说，"回来的时候，他没自己带在身上。"

章凡颜看着苏哲，眼睛一转，笑着"哦"了一声。

"看来你心情不错。"苏哲跟着笑了，"你今天打得很棒。"

"你也不赖。"

苏哲感叹："你会夸我好，真是太阳打西边出来了。"

"那我要说你今天是世界级表现。"章凡颜往前凑了一步，"你是不是要爆炸？"

"不会。"苏哲摇头，十分诚恳地说，"因为我本身就是世界级打野。"

"你可真是吹牛不带打草稿的。彭彭不在，我先走了。"章凡颜扭头离开，开门的时候忽然想起什么似的转身，"半决赛我们就要对上 NAS 了。"

"我知道。"

章凡颜认真地说："我不会手下留情的，不管对面是谁，我都要打爆他。"

说完他"啪"的一声带上了门。

他带门的声音很大，苏哲站在原地，心里大概明白了刚才章凡颜的意思，苦笑道："我也不会的。"

只是房间里只有他一个人了。

比赛结束的第二天，也是 VIVA 离开伦敦的日子。

只有四强有资格在决赛的时候观战，VIVA 结束比赛之后休整了一下就准备动身回国。几支队伍本来就住在一起，VIVA 浩浩荡荡离开的动静也不算小。苏哲跟白飞他们关系不错，临走的时候送了送他们，章凡颜也来了。

今天伦敦的天气不好，阴着天，马上就像是要下雨的样子。

章凡颜蓦然想起了去年总决赛结束回国之后，队上的打野V神也是不久后便退役离开了，那时候送他的心情，章凡颜现在还记得。

白飞把最后一件行李搬上了车，下来跟他们道别。他笑着搓了搓手，不知道话要从何说起："苏哲，我记得夏季赛的时候跟你说决赛见，只是没想到我得先离开了。"

苏哲沉默了一下，说："你已经打得很好了。"

他看了NAS对战VIVA的全部比赛，最后一局决战是白飞上局，关键时刻队里还是要有一个老将坐镇，白飞也确实表现得无可挑剔，只是对方状态已经不能用好来形容了。他看到比赛结束的时候，摄像头扫过VIVA的每一个人，白飞低着头双手掩面，难过得好像是自己辜负了所有人。

可他明明已经尽力了。

白飞看了看乌云密布的天空，叹了口气，笑道："本以为可以进决赛看一看的，可没想到最后一场比赛竟然是这种结果。"

"最后一场？"章凡颜奇怪地问。

"这是我的最后一个赛季了。"白飞说，"年纪大了，也打不动了。"

三人俱是沉默。

白飞忽然大笑了几声："你们俩表情真是出奇地一致，我不打职业赛了还有别的事情可以做啊，打打直播做做视频，还能继续玩我喜欢的游戏。比你们这些人不知道要逍遥多少倍，打职业赛那么辛苦，我这是解脱好不好？！"

他说完又笑了几声，只是笑完之后脸上是止不住的落寞神情，低声暗道："要是能有个世界冠军，这辈子也值了。"

苏哲拍了拍他的手臂，一句话也没说。

章凡颜说："你认我当爹，我拿了冠军奖杯之后可以让你摸一摸。"

"哈哈哈！"白飞大笑。

他们正说话的工夫，方池着急忙慌地从门口跑了出来，见VIVA的人还没走，松了口气："不好意思啊，说了送你的，结果我睡迟了。"

白飞开玩笑地说："反正其实都是你送我回家的啦。"

方池不好意思地笑了笑。

修昊阳下车来喊白飞，提醒他要开车了。白飞拍过了他们每一个人的肩膀，忽而正经地说："决赛就是中韩大战了，不管你们最终谁进了决赛，务必记住，今年说什么也要把冠军奖杯留在中国赛区。对不起，全明星赛的时候我们没做到，我希望你们可以做到，因为能走到这一步的你们，已经很强大了，所以不要让自己有遗憾。"

他们鲜少见到如此正经的白飞，皆是表情凝重地点了点头。

"不过我现在可以置身事外看热闹不嫌事大啦。"白飞换回了轻松爽朗的笑脸，"你们俩。"他指了指苏哲和方池，说，"半决赛的时候是不是得开撕啊？"

方池说："他只要不反我的蓝就好。"

苏哲笑道："前提是 Whisper 控得住。"

章凡颜看着他俩简直要喷出火来，心想你们两个人在本爹面前还敢装，半决赛的时候通通给我去死好了！

还是白飞看到了章凡颜一张臭脸，笑着抱了抱章凡颜，比着自己的胸口说："我刚认识你的时候你还这么大点，现在也可以独当一面了，以后要肩负 carry 队伍的使命啊。"

"你才十六岁的时候一米五！"章凡颜一巴掌招呼在了白飞的脸上，"你赶紧滚吧！"

"好好好。"白飞赶紧赔不是，"烦爹在我心中永远一米九！好了我走了，你们要加油啊！"

VIVA 的几个人在车上跟他们挥手道别，车渐渐远去。乌云比刚才更重了一些，雨终于落了下来。

"下雨了。"苏哲说，"回去吧。"

章凡颜和方池同时"哦"了一声，然后看看彼此，章凡颜早就进入了半决赛剑拔弩张的状态，而方池不知道该如何是好。

"差不多得了。"苏哲拉了一下章凡颜，"走了。"

半决赛于十月二十四日在比利时的布鲁塞尔举办，为期两天，现在距离比赛日还有不到一周的时间，休息了一天之后四支参赛队伍出发抵达目的地。

接下来便是地狱魔鬼训练。

NAS 对 LC 来说简直熟得不能再熟，国内的比赛都打了无数次，双方互有输赢，队里还有一对爱恨"纠葛"的离婚中野，双方走到这一步都是要出大招了。对于两边的粉丝而言，场面已经是要到开撕的地步了。

只是选手们浑然不知而已。

在布鲁塞尔的时候，章凡颜又和苏哲住到了一起。

大家每天都在抓紧时间训练，时间过得特别快。章凡颜回到房间之后几乎倒头就睡，苏哲也好不到哪儿去。他天天盯着小地图分析战况，脑子都像是要爆炸了，感觉高考的时候都没这么费劲过。

晚上两个人各自躺床上大脑放空地发呆，章凡颜突然叫了一声，然后哀怨地喊了一声"苏哲"。

"干吗？"

"方池就住咱们楼下。"章凡颜象征性地指了指下面，"你去套点战术出来吧。"

"你疯了啊？"苏哲语气波澜不惊地说，"我套？我拿什么套？"

章凡颜翻身起来，坐在床上看着苏哲，开玩笑说："身体。"

苏哲一副"你一定是疯了"的表情看着章凡颜。

章凡颜爬上了苏哲的床，刚要说什么，想了想又放弃了，自言自语地说："算了，反正谁来都是死。"

"你俩对线都对不到一起，哪儿来那么大仇？"

章凡颜恶狠狠地说："你要是敢送一波温暖那这就是血海深仇。"

苏哲笑着用手指勾了一下章凡颜的鼻子："方池到底做了什么对不起你的事了？"

章凡颜想了想，说："他挡着我的路了。"

"不就是半决赛吗？换成谁不一样啊？"苏哲说，"你之前还说我在 NAS 的时候抱人家的大腿，现在就不认了？方池是个老实人，也不太擅长交际，平时没那么多朋友……"

"那你给我滚回 NAS 好啦！"章凡颜打断了苏哲，"有你这么说话的吗？合着还想来一出身在曹营心在汉啊！"

苏哲看着章凡颜在自己面前瞎胡闹，忍不住扑哧一下笑了出来："可是没办法啊，方池虽然性格冷了一点，可他的的确确是个好人啊！打中单技术好到没话说，人还温柔懂得体贴，而且做事认真专一，怎么看都是个值得深交的人。"

章凡颜听苏哲这么说，心里的火腾的一下就起来了，都有种恨不得撕烂苏哲嘴的冲动："那你也送他一个三比零啊！也不枉费你们相识一场！"

苏哲脸上浮现出忍不住的笑意："听上去也不错。"

章凡颜震惊地说道："你不会真有这个想法吧？我跟你说！你要是敢放水，我……我就……"

"你就怎样？"苏哲笑着的脸忽然变得认真，"还是说我在你眼里就这么不可靠？我原来说过的话你都忘了？"

章凡颜迷茫地看着苏哲，显然什么都没想起来。

苏哲叹了口气，说："不只是你想要一个冠军，我也想要……我想跟你一起站上冠军领奖台。"

章凡颜别扭地把头转向一边，低声说："谁稀罕。"

"我稀罕。"苏哲说道，"我稀罕得都不行了。"他温柔地捋了捋章凡颜额前的碎发，说，"咱们睡觉吧，我困了，你想折腾想闹等比完赛再说吧？到时候就算把楼掀了也由你。"

章凡颜扭过头来，看着苏哲说："你是不是觉得我很无理取闹？"

"没有。"苏哲摇头，"我只是觉得你要是有方池一半安静就好了，原来跟他住一起的时候我经常觉得房间里就我一个人。"

"苏哲你给我滚出去！"

好在晚上的酒店走廊里几乎没人经过，被关在门外的苏哲好声好气地敲门让章凡颜放他进去，可章凡颜就是不理他。最后苏哲没脾气，只能去敲隔壁房门。

彭炀打开门看到是苏哲，问："怎么了？"

苏哲侧了个身就进去了，大大方方地说："给我腾个地儿，章凡颜把我踹出来了。"

"啊？"显然彭炀没消化完这句话，"你俩打架了？"

他跟张思卿同房，张思卿见苏哲来了，当即往一边儿挪了下，拍着床说："睡这儿！"

苏哲犹豫了下便转身往外走，说："我还是去问问看有没有备用房卡吧。"

直到他走后，彭炀和张思卿都没弄明白到底发生了什么。

彭炀有点担心地说："他们俩不会又闹什么别扭呢吧？"

"要爆炸早炸了。"张思卿不以为意，"这就跟两口子过日子一样，相敬如宾那种说不定哪天就分了，这种天天吵架的没准儿就走到老了。"

彭炀怪异地看着张思卿说："你知道得还真是多。"

苏哲费了半天劲才好不容易重新回到自己的房间，进去就看见章凡颜尸体一样躺在床上，不知道有没有睡着。

他反手将门锁上，轻手轻脚地走到章凡颜床边，俯身贴在他的耳边，温柔低沉地说："睡了吗？"

章凡颜没理他，但是苏哲借着月光都能看到床上人耳边泛起的鸡皮疙瘩。苏哲存了逗他的心，见章凡颜装死，就捏了下他的耳垂。章凡颜揣着无尽电刀闪现暴击一巴掌招呼过去："你有完没完？！"

苏哲敏捷地往后闪："你干吗每次都往我脸上招呼？"

"你以为你长得很好看啊！"

"对啊。"苏哲一脸正直，"我就是长得好看啊。"

章凡颜一时无言以对。

苏哲靠近他，脸几乎都要贴上了，笑着说："你不喜欢我长得好看？"

就算房间里没开灯，章凡颜也能看清楚苏哲的脸，彼此的距离太近了，苏哲笑得勾魂摄魄，章凡颜只觉得要被晃瞎了。

他翻身躺下，拉起被子把自己蒙了起来，说："你不是嫌我烦吗？边儿待着去，明天还要训练，我要睡觉了。"

"不准睡！"苏哲把被子扒拉开。

章凡颜有点恼，瞪着眼睛说："不睡觉干吗？！"

苏哲的手指在章凡颜的头发上钩了一下，他漫不经心地说："我只是怀念一下老队友就被你大半夜地轰出去，天地良心，我这还没上去送呢？怎么着，要不后天比赛我先送两局看看情况？他要是念我的好，多送一程也无妨；要是不领我的情，那我这心态可保不齐要炸。到时候可就真不好说了啊。"

他平时说话正正经经，此时却拿上了腔调。苏哲说话一带上口音活脱就是个四九城里的纨绔子弟，手指还轻飘飘地在章凡颜脸前面划了划，样子轻浮得不行。

章凡颜怕痒，苏哲一摸他，他立马起了一身鸡皮疙瘩。章凡颜拍开苏哲的手，说："你这是哪儿来的太监腔？"

苏哲当时一口血差点喷出来。

他叹了口气，起身："后天的比赛我不去了，我要回京市。"

章凡颜对"京市"那个地方已有不好的回忆，听苏哲说了这么一句话，大脑都没反应一下赶紧爬起来，慌道："你别走！"

苏哲没想到章凡颜反应这么大，说道："我为什么要答应你？"

"我……"章凡颜抬头看他，像是在思考，却说不出理由。

也怪自己真的不应该拿这个开玩笑，苏哲这么想着，一言不发地独自出门。他发觉自己和章凡颜永远没在一个波频上，本来只是几句玩笑而已……

他刚出门，一条走廊都还没走到底，就听见自己背后章凡颜带着哭腔甚至有点凄惨地喊他的名字。

他喊："苏哲你别走，我不闹脾气了，你说什么我都听你的，你不要走。"

看他又要喊，苏哲赶紧回去把章凡颜拖回了房间："你大半夜瞎喊什么？不怕把人都弄醒了啊？！"

"可是你说要回京市。"

"哎。"苏哲被章凡颜弄得无奈得都想笑,"章凡颜你是不是蠢,逗你玩的一句话你也当真。这黑灯瞎火的我做梦回京市啊?"

章凡颜接着问:"那你干吗出去。"

"我出去透透气不行啊?"苏哲说,"就许你无情无义无理取闹啊?还讲不讲理了?"

其实章凡颜也不知道怎么的,见着苏哲丢下自己往外走心里瞬间就慌了,那天预选赛在场上的所有复杂心情一下全冒了出来。他失魂落魄地开门往外跑,看见苏哲还没走远就朝他大喊,一刹那间章凡颜觉得心里难过,眼圈都红了。

苏哲看着章凡颜那个可怜劲儿,只能自己认栽,轻声说:"我哪儿也不去,睡觉吧,明天还要训练。"

他用手轻抚章凡颜的后背,像是帮猫顺毛一样,只是章凡颜一直抓着苏哲的手臂,睡梦中觉得手都麻了也不放开,生怕一眨眼,苏哲就又没了。

苏哲对他而言那么重要,可不能再走了。

第二天醒来,章凡颜的眼睛睁不开,苏哲捧着他的脸看了看,告诉他眼睛有点肿。

章凡颜自己揉了一下,还是觉得蒙。

"别用你那个脏爪子揉了。"苏哲说,"先吃饭去吧。"

他不吭一声地跟在苏哲身后下楼吃饭。自打醒来章凡颜的兴致就不高,打了一场训练赛之后他才逐渐找回状态。中间休息的时候,彭炀坐在章凡颜身边,小声说:"你昨儿晚上干吗呢?叫丧呢?"

章凡颜警觉地看着彭炀。

"你俩又怎么了?"彭炀眼睛看着苏哲几个人讨论刚才训练赛中的问题,嘴上却朝着章凡颜说话,"你奇怪,他也奇怪。"

"我没怎么。"章凡颜小声说。

"我不知道自己是不是应该跟着你们朝什么奇怪的方向想。"彭炀把头靠在章凡颜肩上,继续说,"烦,我只是想说,你知道自己在干吗?"

章凡颜感觉彭炀的目光好像要穿透自己,过了一会儿,他小声说:"你是不是知道什么了?"

彭炀抬头,笑道:"我本来什么都不知道,只是你这么说,我就明白了。"他没给章凡颜反应和惊讶的时间,附在章凡颜耳边说,"别的我不想多说,你觉得开心就好，别影响比赛，毕竟……我们都走到这里了。"

章凡颜傻愣愣地看着彭炀，面前的人观察力那么强，心思也那么深，却毫无保留地对自己好。他觉得彭炀给自己打辅助真是暴殄天物。

被别人知道了不该知道的事，章凡颜心里多少觉得紧张没底，本来在彭炀面前他就不敢装，这下更是无地自容。不一会儿苏哲过来，看章凡颜双手握拳抓在膝盖上，一副弱弱的样子，问："你这是干吗呢？"

一旁的彭炀笑道："没什么，就是跟我说了一点小秘密。"

他把"秘密"两个字说得轻飘飘的，苏哲扫了彭炀一眼，也跟着他笑了一下。

章凡颜自顾自地沉浸在自己的世界里，完全没在意身边两个人你来我往又意味深长的笑容。

打野和辅助的共同点都是要有大局观和掌握节奏，懂得在瞬息万变的比赛中分析局势，而苏哲和彭炀又分别是自己位置上的佼佼者，两个人一来一回已经心知肚明，无须多说。

"好啦。"彭炀起身，顺便也拉起了章凡颜，"该继续下一场训练了，烦烦你可脑子清楚点，到时候要是被打崩了，除了我跟你受苦受难，你还指望谁来救你？"

章凡颜跟着他走，嘴上说："我怎么可能被打崩？你太看不起我了。"

"哦？"他们走远了，可彭炀还是回头看了苏哲一眼，接着扭头带走了章凡颜。

苏哲看着彭炀和章凡颜离开的背影，不由得想叹气。本来自己跟章凡颜的事就还没弄清楚，忽然对方的辅助赶到战场了，solo（单排）变成了1V2。章凡颜没脑子，可彭炀带着脑子。就算他再怎么牛，也不可能搞得定这对暴力加智商的下路组合啊。

搞不好自己还得再在野区里刷刷野补补发育。

这游戏太难了。

下午大家一直在训练，针对NAS的比赛准备没有一点怠慢。从上赛季到这赛季，NAS虽然人员有变动，但其实体系几乎没有太大改变，原来就是靠中野双游带节奏，如今依旧是这个样子。只是Whisper和苏哲的区别在于，苏哲喜欢去反buff，所以方池在线上从来都是当大爷。Whisper控buff倒不是特别讲究，只是他蹲人和反蹲意识极其优秀，对危险的嗅觉也特别灵敏。

总之，明天的比赛需要无脑针对中野，再在上下路打开优势。而如今版本中上单的对拼实在没什么看点，也拼不出个所以然来，所以这个责任自然而然地落在了下路的章凡颜身上。

回到房间之后，章凡颜往床上一躺，累得不想说话。

苏哲本想问他"你跟彭炀说什么了"，话到嘴边却觉得不太好，这样搞得自己和彭炀好像在仗着章凡颜人蠢从他嘴里套话一样。

章凡颜已经集中精力地从早到晚打了一天，这会儿苏哲也不想让他思考太多事情了。

苏哲刚一起身，章凡颜就跟着起来了，眼巴巴地看着他，苏哲说："我去洗个澡，不干别的。"

章凡颜站起来说："我是想跟你说别的。"

"什么？"

"……"章凡颜犹豫地咬了下嘴，"如果我明天把方池打爆了，你……"

"你要去打中单啊？"苏哲开玩笑，"ADC和中单好像对不到一路上吧？"

"我打团总要第一个秒他吧！"

"所以你想说什么？"

"如果我把他杀了。"章凡颜认真地问，"你会讨厌我吗？"

苏哲想了想，回答："像你讨厌我那样？"

"可是我……"章凡颜话冲到了嘴边，又生生地咽了回去，多一个字都说不出来。他心里隐约明白，两人闹了这么多天，苏哲只要吓唬吓唬他，他就能什么里子面子都不顾了。

章凡颜不是针对方池，是真心觉得方池很强，可就是要第一个秒了方池，于公于私都要先秒了他。

之所以打SUN打得那么拼，是因为章凡颜心里想着无论如何都要去打NAS，无论如何都要踩着NAS进决赛，只是又感觉自己这样的想法太邪恶了，他不敢说出口，只能跟苏哲瞎闹腾。

苏哲见章凡颜又不说话了，也没了多大期待，摸了摸章凡颜的头说："明天下午就比赛了，什么都别想了，到时候……大家各自尽力吧。"

半决赛的首日，GNR以三比二的成绩艰难战胜KG胜出晋级决赛，第二日的比赛则是NAS对阵LC。

比赛在下午开始，只是换了个场馆而已，感觉上并没有多大改变。

安西在后台拿着本子随手写东西："感觉好像回到了国内联赛啊，只是外面的观众都不太一样。你们紧张吗？"

张思卿头靠在一边儿的墙上，说："我选择死亡。"

安西笑道："今天你的压力最大了，毕竟对方是ImaGine，以他现在的状态来看，说一句国内最强中单也不为过吧。"

张思卿无奈地点头："是是是，你说得对。"

"但我们有ImaGine的前任野爹啊。"安西把本子合上，"走吧。"

大屏幕上是战队的介绍，所有人先向观众致意，然后回到自己的位子上做准备。

章凡颜擦了擦手心里的汗，把键盘往主机上一插，根本听不懂主持人在说些什么，脑中只想着今天的比赛要如何打，只是这种事情想得越多忘得也越快。

NAS蓝色方，LC红色方。

意外地，第一局比赛双方哪边都没有ban掉复仇之矛，这个当前版本的最强ADC。章凡颜在上一局的时候曾经使用过复仇之矛，一个爆炸输出的英雄加上一个暴力ADC，结局大家都是知道的。

然而NAS首抢也并没有拿复仇之矛，而是拿了个常规的上单大树。

高程看了看安西，安西问章凡颜："烦神，复仇之矛你打得崩吗？"

"不会。"

"如果人家就是看不起你呢？"

"你怎么这么多废话？！"章凡颜说，"他们敢放出就必须有被打崩的觉悟。"

"OK."安西比了个手势，"拿下路，风女和复仇之矛。"

NAS随后拿下努努和沙漠皇帝，LC拿到纳尔和酒桶。

NAS最后选到了轮子妈和牛头，张思卿说："看来又要祭出蛇女了。"

"反正我伤害够。"章凡颜说。

"别闹。"张思卿笑道，"我可是要抢'最强中单'称号的男人。"

大家一起"呵呵"了一下。

NAS显然不想跟LC对线，一开始双方就在换线上面迂回了很久，但是章凡颜被眼睛看到，NAS换线成功。

高程感慨："为什么抗压的总是我？"

张思卿说："因为你并不能完成单杀。"

方池一个沙漠皇帝大线霸戳得张思卿有点难受，事实上他每次在线上碰到沙漠皇帝都被戳得难受，可惜打野爸爸并不来帮。

章凡颜和彭炀都在上路，方池把线一推就往上走。对面见LC的打野和辅助也跟着过去了，明摆着是想干点什么。章凡颜感觉到有人过来，残血往塔下靠，等对方三个人一露头，章凡颜心里又想骂人了。

牛头先冲上来把章凡颜顶了起来，彭炀除了在旁边套盾干扰并不能做太多，辅助和打野两人抗塔，沙漠皇帝只需要远远地戳，章凡颜觉得自己气得不行，干脆往外走把伤害全打在了沙漠皇帝身上，这个时候苏哲赶到，然而已经无力回天。

苏哲赶到的时候又偏巧是牛头、努努两个人被塔打得残血。沙漠皇帝也被复仇之矛戳得残血，而且和彭炀三个人位置极其近，对面为了杀章凡颜技能都交得差不多。苏哲突然从草丛里出来，先是结果了牛头，残血追着沙漠皇帝和努努追到了地老天荒，方池一边儿跑一边儿风筝苏哲，眼见苏哲都要死了，自己技能全部CD，酒桶A死努努之后瞬间六级闪现大招上来带走了沙漠皇帝。

一波下来，章凡颜和彭炀死了，苏哲却成了全场最肥的人。

章凡颜心里也是恨。

本来就是版本强势的打野英雄，加上一个三比零的战绩，简直就是梦幻开局。

方池的阵亡也缓解了张思卿线上的压力。

章凡颜补刀够，但死了一次还是有点不甘心，反正苏哲人头傍身，他就把野区的资源全搜刮了一遍，心里憋着一口气三条线打钱。开始大家都没太注意他的存在，可下一波团战的时候，这个复仇之矛已经在不知不觉间变得无人可挡。

小龙团战，章凡颜位置不太容易被开到，彭炀减速其他人，电光石火之间章凡颜把彭炀又丢了出去，风女开大分割了NAS的阵形导致对面前后脱节，其他人陆续交技能。

章凡颜知道方池没大招，闪现到方池面前贴脸打他，一波团下来，NAS已经显露出败势。

最终LC率先登上高地，拿下一分。

可随后的比赛中，双方互拿分数，四局下来打成了平手。

双方都渴求胜利，一时难分伯仲。

比赛到了第五局，气氛焦灼得可怕。

第四局输的时候，章凡颜下来就不太高兴，因为最后一波团是他站位太靠前了以至先被秒才输掉的。他坐在椅子上不自觉地抖腿，彭炀拍了他几次他才停下。

都说夜长梦多，等到了决胜局，谁都不知道会发生什么，安西没话说，事实上这个时候谁都没话说。

大家安静地调整自己的情绪，时间过得很快，差不多又该上场了，几个人松松散散地往前台走去。

后台人多，工作人员来回穿梭其中，各种架子和板子隔开的空间也多，苏哲本来走在章凡颜前面，忽然停了下来，一转身，专心走路的章凡颜就撞到了他的胸口。

章凡颜抬头，还没弄明白苏哲要干什么，就被一把推进了旁边的一个隔间里。

苏哲有点背光，章凡颜抬头看他时觉得有种莫名的压迫感，章凡颜有些不知所措，低头说："该比赛了。"

"你不是问我如果你把方池打爆了我会怎么想吗？"苏哲低声说，"他一个不够，最好把他们所有人都打爆。"

"喂！腻歪得差不多了吧。"彭炀的声音在背后响起，章凡颜惊醒一样推开了苏哲，苏哲一转身把章凡颜挡在了身后。

"你们想怎么胡闹，等比完赛再说。"彭炀本来斜靠在墙边，站直身体，说，"现在，该上场了。"

被队友撞见了这种事情，章凡颜恨不得把脸埋在地里，赶紧甩开两个人跑了。

苏哲面无表情地看了彭炀一眼，慢慢悠悠地往前走。

"你也真是胆子大。"彭炀走在苏哲身侧，低声说，"不怕被人看见？"

"也就你喜欢没事脸探草丛。"苏哲说，"故意的吧？"

"你才是故意的吧。"彭炀反问。

苏哲比彭炀高，歪着头用眼睛扫对方的时候，多少看上去有点不屑，只是他看着彭炀，忽然就笑了，笑得特别意味深长："你不妨问问我从哪一段儿就是故意的了。"

"这我可不知道。"彭炀也跟着他笑，"我只知道章凡颜就是个榆木脑袋，除了玩游戏什么都不会。"

"他是蠢。"苏哲说，"可你又不蠢。"

"所以呢？"彭炀说，"你也是厉害，能哄得他对你俯首帖耳的，没少装可怜吧？"

苏哲轻哼了一下："我是真可怜，哪儿是装的？"

彭炀垂下眼睛，不知道在想什么，自言自语地说："烦烦是真蠢。"他抬起头，对苏哲说，"你知不知道，你对着烦烦的时候，跟对着我们完全不一样？"

"有这么明显？"

"是。"彭炀继续说，"严格来说，我并不觉得你是什么善茬，你对别人都游刃有余的，在烦烦面前却什么都没有，好像可怜兮兮的。可是，我不信你是个毫无打算的人，就算没有从头打算好，至少也不会没有后话。安西说你大局观好，指不定你自己心里想的是什么。烦烦脾气不好，但是说到底，他也是个胆儿小的人。我现在有点后悔跟你说预选赛的时候他害怕了，也不至于那天晚上搞得他在走廊上大喊大叫，怪可怜的。"

"你听到了？"

"我睡觉挺轻的。"彭炀顾左右而言他。

苏哲停下脚步，面对彭炀，说："你也不是什么善茬。"

彭炀耸肩："可我不会伤害别人。"

"难道我会吗？"

彭炀说："我可不是你肚子里的蛔虫。"

苏哲笑了出来，摆了摆手，大步往前走："现在只由得别人伤害我，我可是伤害不得别人半分。"

彭炀问："以后呢？"

"以后？"苏哲转身与他对视，两人沉默了一会儿，苏哲微微眯起了眼睛，嘴角一勾，笑道："你猜呢？"

彭炀觉得背后一凉。

苏哲没给彭炀说话的机会，一脚踏上了赛场。

NAS 对战 LC 第五局，NAS 蓝色方，LC 红色方。

比赛开始！

屏幕上是比赛的 BP 画面，双方各自针对 AD 中单 ban 英雄，NAS 首抢了战争女神。

"AD 没几个了。"高程说，"拿什么？"

安西指了一下屏幕："上单、辅助。"

LC 选到了大树和牛头。

张思卿感慨："中单也没有几个了。"

"你说……"高程问，"蛇女没了，ImaGine 会玩发条吗？"

苏哲冷不丁地说："他不会。"

只见 NAS 那边两个英雄闪了半天，打野选了酒桶。中单英雄转了半天，方池跟教练说了半天不知道在说什么，本来选择框一直是放在发条上的，最终换成了狐狸。

LC 几个人瞬间觉得，苏哲比开黑还邪乎。

选择框移动到 LC 这边，张思卿和章凡颜同时问："拿什么？"

几个英雄来回点，章凡颜说："我给自己选了啊。"

安西笑道："烦爹想玩什么？"

章凡颜问张思卿："人家对面是狐狸，你想玩什么？"

"他这个太复古了。"张思卿回答，"我随便打打啦，留着 Counter Pick。"

章凡颜看了看 ban 位上的几个英雄，自己常用的都被 ban 掉了，选来选去，他点出来个飞机，然后看看安西："这个可以吗？"

安西还没回答，苏哲就说："我要盲僧。"

安西问："你觉得稳吗？"

"我用这个英雄跟方池 solo 过无数场，你觉得呢？"

安西点头。

NAS 最后选了锤石和纳尔，张思卿拿出了中单维鲁斯。

"小朋友们……"下场之前，安西转头说，"不虚，就是干！"

舞台灯光一暗，大屏幕进入游戏画面。

苏哲知道给自己的时间只有前中期，如果不能带出节奏来，那么这场凶多吉少。看到方池拿狐狸的时候，他心里就明白了，无论怎样，都要做个了结了。

原来是队友的时候，苏哲经常跟方池 solo，大多数时间对的英雄就是他的狐狸。方池喜欢玩刺客型英雄，而苏哲同样喜欢秀。那会儿两个人开个自定义房间经常打到半夜，乐此不疲。

只是他们谁都没想到，终有一天，会在这么一个你死我活的境地中再次祭出这个阵容。

苏哲刚开局就进入对方野区插眼，随后看到了对方换线。章凡颜开开心心地往上路走，明晃晃地出现在轮子妈面前。

本场解说是北极和深蓝搭档君君，他们看飞机冒出来之后还跳了个舞，北极笑道："烦神这场心态还不错。"

君君翻了一下手中的资料，说："在过去的一年比赛中，LC 在 BO5 第五局的胜率低到令人发指，不知道他们今天能不能打破这个 'BO5 魔咒'。"

她说这句话的时候，章凡颜正在线上死亡轰炸，把轮子妈压在塔下进攻，一轮又一轮。

然而苏哲悄悄地摸到了中路静静等候。

"你猜 Whisper 在哪儿？"张思卿问。

"在 ImaGine 身后。"

"这么肯定？"

"肯定。"

张思卿看了下计分板，说："你竟然到六了，这么快？怎么刷的？"

"用手刷的。"苏哲卡准了方池的走位，Q 出去被狐狸躲掉，对面酒桶跟了上来，苏哲先一步 R 闪出去把方池踢到了张思卿的战斗范围内。章凡颜一看中路打起来了，二话不说就往上走，酒桶的速度慢盲僧一步，狐狸技能全交还是被带走。酒桶想追残血的盲僧，苏哲看到章凡颜来了，W 摸了一把飞机逃生。

整个过程行云流水像是排练过八百次一样。

其他人觉得是技术，可苏哲和方池彼此心里都清楚，是习惯。

一个好的开始并不意味着一局顺利的比赛。LC 打小龙团阵形不是很好，Whisper 一个大招大了四个，到头来谁也没跑成，一波团灭。

时间一分一秒推移，双方优势劣势都没拉开。苏哲面无表情，心里却开始盘算这场比赛打到后期的胜算。如果他进去开不到该开的人，那么后期团战就意味着四打五。

盲僧的乏力渐渐显出。

特别是 LC 又输了一波小团战。

NAS 经济慢慢领先。

北极说："现在 LC 的情况并不是特别好，飞机中期团战打得猛，但是越拖到后面，作用就越来越不明显。这个阵容前中期打架厉害，但是好像他们并没有打出这个阵容本该有的优势。"

"是的。"君君说，"就看 LC 这边团战怎么开吧。"

深蓝看了一下屏幕，说："LC 这个移动方向……是要打大龙了吗？！"

"NAS 好像并没发现！"君君说，"大龙圈是没有眼的啊。"

"只有河道上有一个眼位，看看谁会从那里经过。这个锤石竟然绕过去了！是运气还是嗅觉太灵敏啊？！"

北极继续说："LC 打大龙的速度不慢，现在就看 NAS 有没有人发现对方的动作！狐狸在往大龙处移动，能不能赶到！哎呀，没了没了，这个龙没了。"

深蓝感慨："NAS 竟然被偷了条龙！现在 LC 可以利用到手的大龙 buff 做一波推进……等等，狐狸没有走远，现在在草丛里蹲着。飞机一个人在带线，已经到塔下了这波怎么说？！狐狸上了一套连招，伤害有点猛啊！这个盲僧哪儿来的？！W 给到飞机虽然并没有用，一脚回旋踢把狐狸踢了出去，飞机后跳！狐狸没有大招能不能跑？！啊，看来是跑不了了。"

"主要是盲僧这一脚太准了啊。"君君说，"如果刚才苏帅随便空一个技能，可心都有可能双杀！毕竟是在防御塔下。"

"但这就是比赛，没有如果。"

由于方池的阵亡，LC 破掉了 NAS 上路高地。

"现在是 LC 的第五条小龙。"北极看了一眼比赛时间，继续说，"虽然苏帅前期节奏打得并不如预想的那么好，但是控龙控得蛮好的。"

"但是这一波肯定要打啊。"深蓝说，"双方互破高地，小龙团这波真是要决战了。"

北极语速极快地说："现在是 NAS 占据了小龙圈，这条龙并不能让，清一圈视野，LC 在外围纠缠，Whisper 这就开了啊！LC 的前后排有点脱离，锤石这一钩没有钩到！飞机的位置有点远！LC 这波可能要黑！盲僧上去摸了一下小龙，小龙对 NAS 造成了不小的伤害！飞机在不断地输出找位置！小龙本来血量就不多了！小龙是谁的？！LC 的！Whisper 惩戒慢了啊！沐浴龙血的 LC 这波团战已经十拿九稳！五层小龙 buff 势不可当！"

"还剩下一个萌萌的纳尔死里逃生，但是没有任何意义了。"深蓝说，"大龙也要落入 LC 手中了。五小龙加一条大龙，NAS 很难守这一波了。"

LC 五个人推掉大龙之后迅速回城，更新最后一次装备，带着满身的 buff 和兵线，向 NAS 高地挺近。

"要赢了！"章凡颜声音有些颤动，他觉得胜利离自己越来越近，只要带着兵线推上高地，那么决赛入场券就能握在手里了。

"别着急。"张思卿沉稳地说，"纳尔没死，而且他们有人能复活，就算有 buff 也要提防，毕竟这个时候，到手的鸭子别飞了。"

众人集结到 NAS 高地门牙塔下，NAS 双 C 已经复活，LC 拆塔的速度不慢，方池还在跟对面几个人纠缠，仿佛相信历史是可以重演的，上一次对手拆到基地的时候，他也是这么一个人力挽狂澜。

苏哲顿了一下，Q 到了狐狸，然而当他飞过去的时候，手指却轻轻地离开了键盘，随后屏幕变成了黑白。

大屏幕上打出了"胜利"的字样，是写给 LC 的。

LC 一方的灯光全部亮起，观众随之欢呼，五个人都松了一口气，大家如往常那般起立，开心地击掌，然后去和失败方握手。

苏哲从辅助一路握到了打野，Whisper沉默的表情有点绷不住，还是在握手之后把脸转向了一边。

他的身后就是方池。

方池看着苏哲朝自己走来，先是笑了一下，才与苏哲握手。彼此手指触碰的一瞬间，方池十分失落地低下头，咬着嘴唇不让自己的表情过于难堪。

苏哲张开手臂，抱住了方池，轻轻地在他的背上拍了拍，低声说："你已经做得很好了，你是我心中最强的中单。"

方池的肩膀抖了一下，终于再也无法抑制自己的眼泪，他将脸埋在苏哲的肩膀上，哽咽地说："嗯，我知道……我一直都想……都想和你一起打比赛……但是……但是我没这个机会了……你要加油啊……不要让我后悔……没有抓住最后的机会……"

苏哲摸了一下方池的头："嗯。"

章凡颜走在最后，看前面忽然停下了，连彭炀都绕开了路，只见苏哲搂着方池不知道在说什么。他大概能理解方池此时此刻的心情，换作是自己，自己也哭，去年他们被淘汰的时候，章凡颜简直哭得要背过气去。

比赛，说到底不输房子不输地，但是在输了的那一瞬间就感觉自己好像被全世界都抛弃了，过去一切的努力都变成了泡沫，什么都没有了意义。

只是他看看那两个人拥抱的场面，心里胀得难受。

比赛的胜利都不能冲淡那种胀痛的感觉。

他上前拉了一下苏哲，小声说："要下场了。"

苏哲这才放开方池，安慰地拍了拍方池的肩膀，说了一句鼓励的话，便和其他人到舞台前方向观众鞠躬致谢。

主持人向所有人宣布LC拿到了决赛入场券，决赛将于月底三十一号在柏林举行。

满场的欢呼中，章凡颜看了一眼苏哲，觉得自己比赢SUN的时候冷静得多。他做到了，虽然过程有些艰难，但还是战胜了NAS，比去年的成绩好太多太多。

但章凡颜要的远不止这些。

离开的时候，章凡颜跑到苏哲身边，开口问："最后打团的时候你为什么要双手离开键盘？"

"因为我必死。"

"你故意的？"

苏哲看着章凡颜，顿了一下，说："那时候已经不会影响结局了。"

章凡颜张嘴好像要说什么，只是张到一半就又吞了回去，吸了下鼻子，长长地呼出一口气，说："好吧。"

"赢了比赛不开心吗？"苏哲笑着问他。

章凡颜低声回答："开心。"

苏哲继续说："这可是决赛的门票。"

"嗯。"章凡颜说，"我知道。"

"全世界只有 GNR 和我们拿到了。"

章凡颜点了点头。

苏哲端详了他一会儿，说："不开心吗？"

"开心啊。"章凡颜重复，为了加深这句话的可信度，还扯着嘴角笑了一下，只是表情有些僵硬。

苏哲伸手想要抱抱他，章凡颜却挥开了他的手臂，独自离开了。

苏哲在原地站了好一会儿，彭炀过来喊他："烦呢？"

"跑了。"

彭炀懒得想后面的事，说："我有个问题，你今天……"

"你想问什么？"苏哲回头，像是换了一个人一样，"可惜无论哪件事情，我都不想告诉你原委，你套路那么深，自己想吧。"

彭炀忽然不知道该说什么是好。

"小朋友们今天表现不错呀！"在回酒店的车上安西显得很兴奋，"晚饭一人加一条鸡腿。"

拿到 LC 历史最好成绩，大家都很开心，也就跟着安西臭贫。

打满了五局，等回到酒店的时候时间也不是很早了，安西说带他们去吃饭，结果几个人回了房间就出不来了。

比赛太耗精力，大家都躺床上懒得动。

安西自己认栽，揣着钱包出门给大家买吃的。

章凡颜头一沾枕头，意识瞬间变得模模糊糊的。他没什么心气，不自觉地就想睡觉。闭上眼睛，眼前朦胧地出现那时候比赛的画面，盲僧冲到塔下被狐狸打中之后就再也没了动作，好像是心甘情愿的一样。

他觉得这糟糕透了，那会儿他想骂苏哲"你到底知不知道这是在比赛，你有没有体育精神？你知不知道只有自己拼尽全力才是对对手最大的尊重"？

可是当他看到苏哲抱着方池，温柔地拍怀中人的后背的时候，他觉得，好像那些什么鬼精神对苏哲而言并不重要。

章凡颜听到了苏哲对方池说："你是我心中最强的中单。"

在他还没认识苏哲的时候，苏哲就说他玩游戏不动脑子，只会无脑冲，然后一遍又一遍地在野区里羞辱他，章凡颜当时觉得这人怎么这么讨厌。后来两个人成了队友，苏哲对自己的评价也只是先成为第一AD再说，然而从未有过后话。

可今天他对方池说的那一句，算得上是真情实感、情深义重了。

苏哲总说"中单和AD都对不到一条线上，根本没有可比性"。但是章凡颜觉得，苏哲心里是有比较的。

比来比去章凡颜觉得自己似乎哪儿都比不上方池，心里那股胀痛的感觉之上又添了一些自卑的情绪。

可是他为何要跟方池比？他明明赢了方池。

章凡颜觉得自己不由自主地被带上了一条奇怪的路。自从预选赛打完之后这种感觉变得尤为明显，他的眼里全是苏哲，苏哲要干什么他都在意得不行，他不想让苏哲再跑了。他讨厌苏哲，讨厌苏哲把他变得这么诚惶诚恐。

想着想着，他心里又觉得委屈。

敲门声忽然响起，章凡颜被吓醒了，苏哲看了他一眼才去开门。安西买吃的回来了，挨个发到了他们这里，苏哲跟安西说了两句话，关上门回头就看见章凡颜一脸迷茫地坐在床上。

"醒了？"

章凡颜点了点头。

"醒了就起来吃点东西。"

苏哲打开袋子看到里面的东西，无奈地想笑。安西知道章凡颜什么口味，里面全是甜到齁人的食物。他坐到章凡颜床上，拿出一块点心送到章凡颜嘴边，章凡颜张开嘴，苏哲却反手就放进了自己嘴里。章凡颜落了空，眉毛一皱，脑子还没完全清醒，表情就好像被耍了的小动物。

苏哲笑了笑，把东西放在一边儿，然后伸手点了点章凡颜的眉心："烦爹今天赢了比赛都不开心啊。"

"你一个问题要问多少遍？"章凡颜瞪着苏哲说，"有完没完？"

"我只是觉得换作平时你早就上蹿下跳了，怎么今天这么安静？"

"要你管？"章凡颜拉着被子侧躺回了床上。

苏哲又问："你怎么了？"

章凡颜说:"我们是不是明天就得去柏林了?"

"嗯。"

"真快,来了快一个月了。"

"再有一个星期就该回国了。"苏哲笑了笑。

"不知道到时候会是什么结果。"章凡颜说着说着忽然想起来什么似的,问道,"四强是不是都可以去?"

"嗯,另外两支队伍可以观赛的。"

章凡颜没说话,不知道脑子想了些什么东西,过了一会儿才闷闷地开口:"方池这次要坐在下面看你打比赛了。"

苏哲想笑,但又不好太明显。他轻轻地拱了一下章凡颜,手指刮了一下章凡颜的鼻梁:"可是你坐在我身边跟我一起打比赛啊。"

章凡颜扭过头去,显然对苏哲这番说辞并不受用。

第二天 LC 一大早便要赶往机场,章凡颜和苏哲两人死活不想起来。苏哲也没睡够,但还是硬着头皮起床顺便把章凡颜拉了起来。

这次是四支队伍共同前往柏林,人数并不算少。章凡颜在候机大厅里就开始眼皮打架,苏哲面无表情,看上去也没什么精神。

彭炀看了他们一眼,无奈地扶额。

一上飞机俩人就倒头大睡,中间因为气流问题机身颠簸了一阵,章凡颜毫无意识地搂住了一边苏哲的胳膊,头枕在他肩膀上,来回动了半天才找到舒服的姿势。

飞机在高空中航行,决赛离他们越来越近。

八、
荣耀属于英雄

《英雄联盟》全球总决赛于十月三十一日在德国首都柏林的梅赛德斯奔驰文化中心展开巅峰对决，来自中、韩的两支队伍在这里角逐本赛季的最强王者。

　　"GNR的比赛视频之前我们也看过很多了。韩国春季赛和夏季赛第一名，韩国赛区种子队，从小组赛开始到现在为止，一场未输。无论怎么看，这场决赛我们的赢面都不算大。"安西揉了揉脖子，"真是人生中最艰难的比赛啊。"他转过身，发现屋子里的几个人要么发呆要么睡觉，并没有人听自己说话，于是把手里的本子丢到章凡颜身上，大喊，"章凡颜你给我醒醒！"

　　章凡颜被他丢得一个激灵，赶紧伸手抹了一下口水，迷糊地看着安西。

　　"你知不知道自己从飞机上一路睡到了现在？"安西把本子捡了回来，"你就算昨天晚上一宿没睡，现在也应该睡够了吧。"

　　听到"昨天晚上"四个字，章凡颜不自觉地低下了头，不敢大声说话。

　　不过安西倒也没再理他，继续说道："明天官方会安排决赛的两支队伍去录一个宣传片，最后一天你们要看场地安排开幕式，所以留给我们训练的时间其实并不多。不过这也影响不了什么，赛前的训练只是让你们保持手感和状态，这东西就跟考试一样，临时抱佛脚也没多大用处。"

　　张思卿抬头："我怎么感觉你说得好像我们没上场就要GG了啊。"

　　"哦，我就是随便一说。"安西摆手，"散了吧，散了吧。明儿早上还得起大早去拍宣传片呢！"

　　章凡颜起身伸了个懒腰，就慢吞吞地往自己的房间走。他在柏林和彭炀住一起，一回去像是气绝般往床上一躺。

　　彭炀拍了下他的屁股，说："你什么时候也变成这样了？"

　　"你也不看看你们俩今天那个样儿。"彭炀躺在了章凡颜身边。

　　章凡颜头一偏，不理彭炀。

　　十月底的柏林已经有些冷了，房间里开着窗户，傍晚的风吹了进来，章凡颜抖了一下，起身把窗户关上便又躺了回去。

　　过会儿章凡颜侧过身来，问彭炀："我这样好吗？"

　　"什么好不好？"

"我觉得自己有点不像自己了。"

彭炀说："你觉得自己很了解自己吗？"

章凡颜抬头看他，一脸不解的表情。

彭炀笑了笑，摸了下章凡颜的头："马上就要比赛了，你不要想太多别的。至于我想对你说的话……回国再说吧！现在最重要的是比赛。"

"能赢吗？"

"你为什么总是问我这些我没法儿回答的问题？"彭炀说，"我不知道呀。"

章凡颜闷闷地"哦"了一声。

"我只知道要凡事尽力，不要有任何遗憾。"

章凡颜仍旧没有回应，彭炀稍微动了一下，发觉章凡颜呼吸平稳，已经睡着了。

"唉……"彭炀轻叹了一声，"蠢东西。"

次日一大早大家被官方召集起来，前往户外拍摄地。

官方想营造出每个人在不同的地方，因为共同的信念被召集起来竞相角逐的感觉，所以每个人的拍摄位置都不同。有的人在卧室，有的人在街道，有的人在网吧里，还有的在学校，这一天下来跑了好几个地方。

傍晚，所有人聚在场馆里拍摄最后的场景。

章凡颜把帽檐一压，坐在一边闭目养神。高程捅了捅他，章凡颜不情愿地睁开眼睛白了对方一下："干吗？"

"你看那儿。"高程往前面一指，章凡颜顺着高程手指的方向看去，才发现他指的是 GNR 的 ADC。GNR 的人正在拍摄自己的部分。

"Kay？"章凡颜问，"怎么了？"

"我发现他比你还跳。"

章凡颜指着自己的鼻子惊讶地说："我跳吗？我多安静如狗！"

"你看他简直没一刻安静的时候。"高程无视章凡颜的话，"特别是在镜头面前，简直就是在抢镜！"

"所以你想表达什么？"

"AD 玩得好的人是不是性格都这样？"高程挑眉问道，"特别咋呼那种？"

章凡颜嫌弃地把帽檐重新压了回去，双手抄在衣服口袋里，整个身体在椅子上伸平，闭上眼睛："我很低调的。"

"说得好像每天打 rank 一直在骂队友的人是我一样。"高程笑了笑，"不过你这段时间确实收敛了很多，怎么，决赛对你有特殊的影响？"

"一把年纪了还骂个什么街？"

"是哦，Kay好像只有十六岁，你跟人家比起来确实一把年纪了。"高程拍了下章凡颜的肩膀，"不过你正好可以向他传授一下五千年中华文明沉淀的经典名言。"

"什么？"

"姜还是老的辣。"

章凡颜笑着推了高程一把："滚蛋！"他笑完了目光就放在远处，看着那群人，感慨道，"好羡慕Kay啊，十六岁的时候就能打进决赛了。"

"你十六岁的时候在干吗？"

章凡颜想了想，回答："网吧抠脚。"

"好吧。"高程站起来伸展了下身体，慢慢地往远处溜达。

章凡颜没理会，继续闭着眼睛待着。

没一会儿，耳边又响起了个声音。

"还难受吗？"

他一睁眼，就看见苏哲坐在自己身边。

章凡颜两条腿换了个叠加的姿势，说："几天了还缓不过来？早干吗去了？"

"哎哟，你在抱怨啊。"苏哲回道，"决赛要准备的事情太多，我这不也是刚得空跟你说句话吗？"

"哦。"

苏哲看着章凡颜眼都懒得睁开的样子，说道："你不要这么无情嘛。"

章凡颜像触电一样弹了起来，指着苏哲说："你别瞎说。"

苏哲满脸被始乱终弃的表情看着章凡颜，并没说话。

章凡颜被他看得心里发毛，又别扭地坐了回去，低声说："你想怎么样？"

苏哲不说话，还是那副表情看着他。

章凡颜也看着苏哲，自己的表情却绷不住，没一会儿，压着声音朝苏哲咆哮："我又没怎么着你！"

苏哲的笑意扩大："我金贵得很，你可负不起责任。"

"你身上贴金还是怎么着？"

苏哲站起来晃晃荡荡地一边儿伸腰一边儿往前走，用力拉高自己的时候，整个身体舒展修长，露出一截后腰。

章凡颜忽然想起之前的某场比赛，解说评价苏哲的话——优雅的野兽。

走了没几步，苏哲回头，表情一变："等决赛打完，你看看我身价涨不涨。"

对几天后的比赛，LC几乎所有人都没有太大的把握，就连章凡颜也有些忐忑，苏哲却无比笃定的样子。拿到冠军的人身价自然水涨船高，说是世界第一也不为过，听上去倒是很诱人。

后来，苏哲又走回来拉着章凡颜去拍照了。

结束了一天的拍摄，谁都不太记得自己拍了点什么东西，一个个只求正片出来的时候不要太奇怪。

官方提供的训练室只供白天使用，晚上LC队员们会带着笔记本在房间里练习。房间里噼里啪啦的全是机械键盘的声音，热闹得仿佛根本没有离开过基地一样。

这几天他们一直在压缩时间，训练，看比赛分析，脑子里转的全是这些东西。几人踏上欧洲之行的时候还在穿短袖，然而现在的柏林天气已经冷了下来。

"这个季节就已经这么冷了啊。"章凡颜出去找了一圈吃的，结果什么都没有，苏哲身为随行翻译自然也得陪着。

街上的人不是特别多，不过并不算清冷。

"十月底的天气不就是这样吗？"苏哲说，"京市也是这个温度啊。"

"魔都要暖和些。"章凡颜想了想，问道，"京市的冬天很冷吗？"

"不如东北冷，但是刮风的时候特别刺骨。"

"我只去过一次京市，那会儿是夏天，还是我很小的时候。"章凡颜说，"我妈带我去了全国最好的大学，那两个学校我不记得长什么样了，只记得我妈一个劲儿地跟我说，以后要考那里。"

苏哲抬手揉了揉脖子，放松地说，"考上也没什么稀奇的。"

"问题是我压根考不上啊。"章凡颜说，"我那会儿怎么都不会想到，自己会走上职业电竞这条路。"他顿了顿，又问，"京市好玩吗？"

"不好玩。"苏哲回答，"我也没怎么玩过，就认识自己家门口一亩三分地儿，你要是喜欢，回头我带你去？"

"我没有时间。"

"放假的时候啊。"

"放假也只在基地里玩游戏。"

"你不回家吗？"

"回家？"章凡颜似乎对这个词有些陌生，努力翻找有关这个词的记忆，"我过年的时候会回去。我家里人一直反对我打职业赛，觉得我不务正业，即使我能靠玩游戏自力更生，能挣钱养活自己，但是他们不喜欢我这样。我一回家他们就只会无休止地念叨我。我跟他们说：'我就像你们看的奥运会里的运动员一样，你们觉得他们不务正业吗？'"

"然后呢？"

"然后我爸就说，人家是奥运冠军，那是为国争光，有本事你也捧个冠军回来。"

苏哲沉默了一下，问："所以你对冠军这么执着？"

章凡颜却摇了摇头："不全是这个原因。以前我单纯觉得玩游戏玩得很厉害在朋友间特别有面子，别人可能学习好，长得漂亮，或者精通琴棋书画……可我只会玩游戏，也许在现实生活中他们很厉害，可在虚拟世界里，他们都要承认我。我好像只有这么一个优点可以拿出去跟别人比较，我执着比赛和胜利，是因为除了这个，我什么都没有。"

章凡颜说话的语气很平淡，神色完全不像平日里幼稚的模样，似乎只要一聊起游戏，他就能成熟很多。

"我现在觉得，既然选择了这条路，那么我就要做到最好。为什么我爸妈不认可我呢？不就是因为他们觉得玩游戏是不好的吗？可我想告诉所有人，电子竞技不是不务正业也不是不学无术。这条路太艰辛、太难了，但它仍旧是每一个游戏玩家心中最美好的事情，需要一个有分量的冠军来让所有说闲话的人闭嘴。"章凡颜的眼里有光，他看着苏哲，坚定地说，"它是梦想。"

苏哲从未见过章凡颜这般神情，一时间也有些恍惚，

只听章凡颜又说："一个月前一起来的三支中国队伍现在只剩下我们了。英雄联盟的S级赛事自举办以来，从未有过中国的队伍登顶，五年了，就像白飞说的，这个冠军奖杯也该轮到我们了……我觉得这可能就是责任吧，对于VIVA和NAS的责任，也是对中国赛区和中国玩家的责任。"

苏哲听章凡颜说完，忽然笑了一下。

"你笑什么？"章凡颜奇怪地问。

"想笑就笑了啊。"苏哲说，"你可以试试去高考，刚刚那段话，绝对是高考满分作文水平。"

章凡颜捶了苏哲一拳，有点气愤地说："你觉得谈论梦想很可笑吗？"

"不不不。"苏哲嘴角弯了一下，"我只是忽然觉得，我的ADC长大了。"

十月三十一日下午三点半，德国柏林，梅赛德斯奔驰文化中心总部。

全场黑暗，雄壮的交响乐响起，伴随着《英雄联盟》的主旋律，舞台中间的全息投影上闪过联盟内的数百位英雄。现场观众随着音乐的起伏不断欢呼尖叫，最中央的主屏幕上在迷雾中逐渐显现出召唤师峡谷的地图，倒计时十秒。

数字每跳动一下，观众的欢呼就更大一点，当最终显示为零的时候，决赛拉开帷幕。

交响乐停止，舞台升降台上升起扮作英雄模样的乐队，以电音摇滚展现出属于年轻人的竞技游戏，热血激昂，屏幕画面随之变为各大赛区预选赛以及小组赛和淘汰赛的激烈比赛画面。满场都是画面里的解说兴奋的尖叫、击杀的音效、胜利者的欢呼、失败者的眼泪。

每一个画面都变得热血而残酷，在这场全世界玩家的盛宴中，所有人都沉浸其中。

随着吉他仿佛要撕裂一切的长鸣，画面骤然静止，再开启时，已经变为本次决赛的宣传片。

来自韩国的 GNR 与来自中国的 LC 全部十名选手在不同的地方接受召唤师峡谷的征召，一路披荆斩棘地走向胜利的殿堂，画面依次闪过每一位队员的特写。最后一个是章凡颜，他目光冷酷地对着镜头比了一个射击的动作，瞬间屏幕炸裂，全场的灯光亮起，所有队员从打开的屏幕后面走出，双方队长各执队旗，两支队伍分别站在舞台一侧。

一直延伸到观众当中的延展舞台中心升起一个台面，主持人身着华服走上舞台，向观众介绍双方队伍，并且请上拳头公司两位创始人将召唤师奖杯放在舞台正中央。在经过一段简短的致辞之后，画面转交给解说台，比赛正式开始。

"好的，欢迎回来，本次决赛由我、深蓝还有 ST 为大家解说。"北极坐在国内解说席的正中央，他的身后便是比赛现场，观众的声音听得十分清楚，"刚才开幕式的视频还是很震撼的，虽然最后一个出来的是烦神，不过我感觉中国赛区的颜面担当还是苏帅。"

"是啊。"ST 也赞美道，"那个把帽子摘掉，低头回身再回头的动作太帅啊，搞得我都想回去重新跟他打比赛了。"

深蓝笑道："我还以为你要说你要爱上他了。不过苏帅确实帅，大家都爱嘛。"

"我退役那年正好是 Wind 的巅峰时期，现在想想都是活在恐惧之中。"ST 说道，"最近他的状态也是特别好，希望他能够在全年最具分量的这场比赛中继续超神发挥。"

北极看了一下画面："好的，现在双方教练登场，已经进入 ban/pick 画面，蓝色方 GNR 红色方 LC，上来就 ban 复仇之矛啊。"

"这种版本 OP 英雄基本上默认 ban 掉了，谁也别想拿到。好像之前预选赛有两场是放给了 LC 的烦神，后果也是相当惨烈啊。"ST 补充说明。

深蓝说："是的，LC 紧接着 ban 掉了豹女，这个应该是针对 ban，GNR 的打野 Reed 的豹女非常有名，也多次在比赛中使用为战队取得相当好的成绩，值得一 ban。"

"不不不，有可能是 LC 自己针对苏帅。"ST 笑道，"毕竟苏帅的豹女不是一般毒，简直就是一丈红。"

其他两个人笑得不行，纷纷表示 ST 对苏帅是真爱。

随后 GNR 将酒桶和人马 ban 掉，LC 则 ban 掉了艾克和牛头。

比赛开始，GNR 为大树、努努、沙漠皇帝、德莱文、锤石，LC 为小鱼人、雷克塞、发条、轮子妈、安妮。

"怎么办？我感觉烦神被藐视了。"张思卿说，"这一整年德莱文上场过几次？"

"一个顺风的德莱文 counter 所有 ADC 啊。"高程回答，"虽然我也看不懂。"

章凡颜"呵呵"地笑了一声："我不理解他哪儿来的自信。"

"也是年轻。"彭炀补充说。

比赛一开始安妮立即跑去对方野区晃荡，看到努努是在单人打 buff，于是跑去脏了一个小怪，努努没法儿顺利到二级，恨得不行。

章凡颜在线上等自己的辅助回来，Key 想凶他，章凡颜把线推了就跑根本不搭理。锤石出钩，章凡颜马上直线跑。彭炀在一边的草丛里蹲，Key 怕安妮控他也不太敢上了，一时间谁都占不了太大的便宜。

"大树刚才 TP 上线，打野控下龙。"高程在聊天界面里敲了 TP 的冷却时间，"注意安全。"

他说这句话的时候苏哲已经在下路蹲了八百年，虽然章凡颜带个辅助，安妮根本不虚对面。但是决赛第一局，LC 几人怎么都想不明白 Key 在这种阵容之下掏德莱文是什么意思。不过，万事小心为上，这个下路要是炸了，那画面就太美了。

苏哲观察了一下见对方貌似没有要上的打算，就趁着 AD 回家的时候去开龙，第一条小龙毫不费力地被他收入囊中。

中路发条对沙漠皇帝有些小压制，但是并没有造成太大影响。对方努努过来蹲，张思卿是有感觉的，一直靠着另外一边站位，对方似乎有点蹲不住，直接冲出来就要弄他。张思卿被沙漠皇帝堵住不好跑，对面大树也跟着往中路走，被三路夹击的发条献出一血。

"我把塔推一半了。"高程说,"三个堵你一个,这波并不亏。"

张思卿没说话,活了之后又上了线。

"我有大招。"彭炀说,"发条你把沙漠皇帝捆在中路,我们下路干一波,打野过来,上单自己找机会传,至少要搞死这个德莱文!"

章凡颜惊讶地说:"你怎么这么猛?!"

最后一个字音刚落,彭炀看着兵线上来了,闪现大招直接控住了Key。

北极惊呼:"安妮忽然闪现大招定住了德莱文,小鱼人瞬间传送,大树慢了一点,下路顿时打麻将了!双方打野也过来了!挖掘机顶起两人!小鱼人双杀!"

"这样可以顺势四个人把下路一塔拔掉。"见到LC这边拿到了小优势,ST兴奋地说,"GNR这波是没想到安妮开团开得这么果断啊!根本不做视野,上来就开你!LC也是支援到位!"

"这波下来小鱼人两个人头到手,大树要玩不下去了。"深蓝笑道,"GNR要气死了啊,说好的LC是支中国三流队呢?!怎么上来各种抱团强杀强拆的?!还能不能好好玩了?!"

ST接茬:"打韩国队伍真的不能跟他们讲套路的,套着套着容易把自己套路进去。就应该像刚才那波一样直接刚正面,即使打输了也得抱着杀人的决心!"

高程这个传送收获颇丰,他看着疯狂输出但只蹭到个助攻的章凡颜说:"章小烦,一会儿团战你把大招开好就行了,等爸爸带你飞。"

"你要是第一个被秒了,老子跟你没完!"

"喂喂。"张思卿说,"我跟沙漠皇帝激情缠斗了一万年,我容易吗?!"

苏哲更新了装备之后刷了一圈野便又住到了下路。中路两个人几乎什么事都没干就是在互刷。小鱼人倒是把大树的一塔给带掉了,但两座防御塔的优势其实并不算大。

比赛进行到中期依然有些焦灼,GNR稳住了局势以至LC没有办法把初期的优势扩大,一时找不到突破口,双方就这么互相磨蹭。LC在塔数上领先,视野也占优势,唯独忽略了大龙附近,GNR钻了空子五个人抱团去rush大龙,当LC发现已经为时已晚。

"GNR偷了一条大龙,然而这并没有什么用。"ST说,"这个大龙只能补充经济以及缓解兵线上的压力。"

"是的!LC这边清线能力还是很好的,有一个发条在。"

北极说:"刚才GNR利用这个大龙buff做了一波推进,现在大龙buff消失,看看这波要怎么处理。其实现在 LC 团战是好打的，主要这个德莱文初期没有像 Key 预想的那样飞起来，后期团战环境又太差，对面别的不说就这个安妮，德莱文真是得被控得死死的啊！"

"哎？安妮在中路草丛里，这是要准备反打吗？！"ST 指着屏幕大喊，"安妮闪现大招定住了对方三个人！接发条大，把对方双 C 位拉了回来，轮子妈开启大招，打算追杀沙漠皇帝！虽然大招把人都推开了，但是这个传送过来的小鱼人根本拦不住！Nice！GNR 这波已经大势已去！"

团战胜利的时候，章凡颜叫了出来。最后在高地上，GNR 似乎已经不想继续下去，第一局，没有做过多抵抗就让 LC 拔得头筹。

解说台上的三个人一时间兴奋无比。

ST 笑着调侃："我觉得这一把 LC 在开团上确实十分果断，但也实属 Key 玩脱了。就我个人而言，我还是希望国际友人在接下来的两盘里也这么玩。"

然而 GNR 并非像 ST 说得如此简单，要不然也不会称霸韩国联赛，在随后的两局比赛里他们依靠运营和完美团战将 LC 击败，二比一率先拿到了赛点。

气氛急转直下，一个胜利的开局让大家看到了夺冠的希望，但是后面的剧情又让所有人重回了恐韩的心态之中。

安西一再强调要针对下路，Key 就算线上打不出优势来，团战走位仍然是十分优秀。这个年轻的 ADC 似乎想告诉所有人，第一把确实是自己乱玩的，只要他想，就能立马赢回来，的确是不把人放在眼里的态度。

第四局比赛，Key 选到了薇恩，像是笃定这一局他可以用胜利来捍卫 ADC 的尊严。安西看着 BP 结果笑了一下，对章凡颜说："你十六岁的时候也是这样的。"

"我有这么脑残？"刚被打回去两局，章凡颜心里十分不痛快。

"不，是特别有冲劲儿，敢玩敢秀，敢输敢赢。"

章凡颜点了个卢锡安，看着安西说："你下场吧，好吗？"

"好好好。"安西举起双手，神态轻松自如，一点也不像被拿到赛点的样子，"小朋友们，好好干。"

章凡颜皱着眉用力闭眼，再睁开的时候，眼前已经进入游戏画面。

手指在键盘上轻轻地滑过，他感觉自己好像卢锡安那样，穿着风衣，将双枪上膛，奔赴战场。

"薇恩这边想要换线，但还是跟卢锡安对上了。"ST 从本局比赛开始就绷紧了神经，仔细观察每一个人的动作，如果可以都想跑到场上把自己所有的上帝视角告诉LC，毕竟这一局要是输了，就什么都没有了，"这局烦神线上打得好凶啊，这是铁了心要当纯爷们啊！"

章凡颜的目光一直盯在 Key 身上："打野死了没？没死过来！"

"我绕到塔后。"苏哲知道章凡颜要干吗，为了节省时间不给对方反应的机会，他刚一到位就冲出草丛封住了 Key 的走位。塔下兵和人挤在一起混乱到极点，章凡颜趁乱对着一个手无寸铁的薇恩猛点，薇恩身手灵活但是抵不过一群人的围堵，献出一血。

辅助残血想逃，章凡颜一个闪现滑步甩枪收下人头。

这个双杀让解说包括观众重新燃了起来，现在的 LC 仿佛是在走钢索的人，每一步都至关重要。可就是在这种时候，章凡颜竟然跟疯狗一样带着人去越塔强杀。

GNR 看到三个人在上路，其余人就在下路把小龙收了。

"把线换回来。"苏哲说，"下一条龙我要拿。"

苏哲三条路来回跑，虽然累但是对敌方起到了足够的牵制作用。由于刚开始的节奏压制，薇恩的装备更新一直特别慢，章凡颜知道这一局就是打前期了，后期对面薇恩起来了谁都顶不住。他有机会就上去点两下对方的 ADC，彭炀把他保护得很好，对方也不能把他怎样。

时间随着大家的发育慢慢地走过，眼看已经度过了中期，LC 情况小优，把对方的外塔全拔了。

"现在 LC 集结人马在朝着上路逼近，配合卡牌采取分推，现在兵线是比较有优势的，看一看高地这一波怎么说！其实并不好上。"ST 的语气有些紧张，"啊呀，这就开了啊！Wind 上去强开，炸回了对方中单，瞬间秒杀！烦神位置很好没人可以摸到他！先把塔拆了！薇恩还在输出，LC 血量有点低！看卡牌大招落在什么地方！落地黄牌金身！GNR 双 C 被杀！其他人并没有多少输出！LC 还在追，这是要一波带走的节奏吗？！卢锡安的血量非常健康你敢信？！闪现接 Q 收下人头！一波了！"ST 一大段话说完有点喘不过气来。

北极的情绪同样十分激动："LC 终于又从死亡边缘打了回来！逼迫 GNR 进入第五局！从春季赛的动荡到夏季赛的沉寂，再到预选赛的崛起！在小组赛唯一战胜韩国队伍的中国队！我们是不是可以相信 LC 可以创造奇迹？！"

点掉水晶的一瞬间章凡颜差点跳起来。结束之后他整个人瘫在椅子上像是脱力一样，这一局他简直就是抱着破釜沉舟的心情在打，没想到真的被带进了第五局。

现场的气氛达到了顶点，在历届决战之中已经很少有队伍能够打进 BO5 的最后一局，特别是在赛前的预测中，预选赛艰难出线的 LC 并不被大家看好，国内观众甚至说"我们不被三比零已经是很大的胜利了"。可是谁都没想到，LC 竟然绝地反击把 GNR 拖到了终极一战。

所有人的心态都产生了微妙的变化。

在后台进行最后一局比赛的准备的时候，安西什么都没有多说，只是让大家自我放松，事已至此，很显然只能尽人事，听天命。

安西看了看时间，站起来习惯性地拍手："今天大家的表现已经很好了，每一个点都很好，最后一局大家就选自己喜欢的、用着顺手的英雄，打一场你们都不会后悔的比赛。"

几个人往场上走，苏哲无意间碰到了章凡颜的手臂，感觉他的手很凉，就握了一下。章凡颜抬头看他，苏哲说："你可不要手抖。"

章凡颜挣了出来，低声说："手抖跟你姓。"

双方队员重新回到赛场上，LC 红色方，GNR 蓝色方，红色方处于后手位，并不是一个很好的位置。一番 BP 之后，GNR 选到大树、酒桶、发条、轮子妈、锤石，LC 选到人马、艾克、沙漠皇帝、卢锡安、牛头。

ST 坐在解说台上却感觉比台下打比赛的人还要紧张："已经很久没有决赛 BO5 出现了，这种大赛的第五局几乎不会有均势局，肯定会有一方心态先崩。"

北极说："不管怎样，我希望大家能以一个积极的心态来面对这场比赛的结局，对于双方队伍来说，到这一步已经很不简单了。"

赛场之上，安西指着屏幕说："苏帅，我还以为你会选盲僧。"

"我最近喜欢玩这个。"苏哲说，"但是我很少在比赛上拿，你觉得稳吗？"

张思卿插嘴说："你拿什么都稳啦！"

安西笑道："虽然我们有'BO5 魔咒'，但在决赛之路上，我们可是一局 BO5 都没输过啊。"

双方教练握手，本赛季最后一局比赛，战火一触即发！

章凡颜看着面前黑白的屏幕，不自觉地咬了一下空出来的手指。

"没关系，这波影响不大。"苏哲的语气十分冷静，但是语速比平时快了一些。

比赛进行到二十一分钟，LC 本来人头数领先，但是在野区被 GNR 打了一波埋伏，对面零换四还拔掉了下路二塔，瞬间经济反超 LC，扭转局势。苏哲存活果断回家，他说这波影响不大，但事实上是一波大节奏。

LC 和 GNR 这种世界顶尖队伍过招，团战先死一个人都有可能被抓住机会一波打散，本来控制好的节奏也还到了对方手上。

双方又进入到无限的拉扯期，从 GNR 的野区拉锯到中路，双方博弈，看谁想要先开团。

ST 紧张地说："现在大树的装备有点豪华，站在人群中完全能抗下伤害，人马在带线身上没有 TP，LC 肯定是不想打的。"他忽然喊道，"可是酒桶技能全好了，闪现大招炸回了 LC 的双 C 位！沙漠皇帝干脆翻身一个推，把酒桶轮子妈推了回去，但是烦神已经被发条大招爆死了啊！艾克也要被刮死了，但是开启大招回到四秒前无敌复活，看来是能顺利逃掉！这波怎么就被开到了啊？！人马过不来啊！"

北极眼看着 GNR 的人头数逐渐增多，心里着急得不行，说："万幸的是人马带掉了对方上路二塔，这一局 GNR 针对 LC 的双 C 位真是针对到死啊，酒桶大招、大树的捆、发条的大招几乎都能砸中至少一个，然后瞬间形成五打四的局面。然而还并非沙漠皇帝和卢锡安有任何失误！GNR 团战真是无解！"

看着逐渐落后的比分，大家的心情多少都有一点躁动，语音频道里所有人都不说话了，仿佛破灭前最后的寂静。

比赛进行到三十分钟，GNR 在大龙处清了一圈视野，准备开龙。

深蓝说："GNR 开始打龙，但是 LC 迅速赶到战场，这波怎么说？！"

"这怎么打？！"北极语气心塞得要死，"GNR 龙打得很快，看看苏帅能不能拯救世界！插眼惩戒！其他人已经堵在了龙圈！GNR 有点慌，看看这个龙是谁的！"

"Wind 抢到了！瞬间开启大招出圈！"全场观众沸腾了起来，北极被这个抢龙所振奋，"永远不会丢龙的男人！GNR 好气啊！"

"牛头顶起一个大树，但是这个大树太肉了啊！纵然有大龙 buff 也有点打不动！"ST 语速极快，"发条拉过了三个人，轮子妈开启大招，全队疯狂输出！沙漠皇帝的位置很尴尬被打掉了三分之二的血！哎呀，这个推把发条瞬间秒了！人马大招冲过了三个人，但是轮子妈靠走位躲开了，我的天！GNR 爆炸伤害！LC 残局要被收割了啊！卢锡安还在跑，能不能跑过？！反手 Q 歪了！竟然歪了！啊！都是细节啊！"

ST 颓废地叫了一声，这波大龙处的二换五对 LC 来说简直就是致命节奏，抢到龙还被团灭，特别是章凡颜反身 Q 打歪了，简直就是心态上的崩盘。其他两个人也十分沮丧，明明开局打得有来有回，可不知道怎么就进入了这种节奏。

中路下路高地被破，门牙被拆了一个，大家都有一种不好的感觉。

"没事没事。"张思卿沉稳地说，"把兵线清了，超级兵还没上来，还有得打。"

他指挥所有人到中路野区集结，找机会开对方一波，只要能抓死一个，一切就都还有机会。

双方在中路河道处相遇，大家的技能差不多都已经转好，张思卿看准了对方走位的空隙，一个闪现大招把发条推到了人群正中，几个人瞬间将其秒掉。

ST大喊："沙漠皇帝推到了发条之后，发条极限操作，但是什么都没按出来就被秒了！现在LC全线落后，但还是决定决一死战！"

看着LC追着GNR的人往前跑，观众都开始兴奋地尖叫。

"卢锡安大招疯狂扫射，这轮子妈有点难跑，牛头一个大招砸上去，卢锡安滑步秒了他！秒了他！！"北极难以控制地随着场上瞬息万变的节奏大喊，"大树要回去救，但是没有技能也送掉了自己！！LC直接推掉了对方中路！对方双C复活时间三十秒！"

"可是下路的超级兵，已经到家门口了！"深蓝着急得简直要捶桌子，"真的不分出个人回去守家吗？！家里只有一个门牙塔了！"

"搏一波！卢锡安点塔飞快！这一波可以的！"ST激动得快要跳了起来，开始语无伦次，"复活时间二十秒！超级兵已经拆自己家了，但是不管了！这个速度可以的！真男人就赌这一波！唯一的机会谁都不要尿！"

看着GNR复活的时间，整个场馆都要被观众的欢呼声掀起，所有人都仿佛窒息了一般，这疯子赌博一般拆家根本不像是决赛会打出的刺激场面。

张思卿忍不住大喊："还有十秒！别管那个辅助了，都给我拆塔！"

章凡颜已经感觉不到自己的心跳了，眼里只有面前的门牙塔，手却开始有点抖。

"十！九！八！七！六！五！四！三！二！一！"北极也喊了出来，"发条出来了！打基地打基地！他们都复活了！打基地！章凡颜你在干吗？！"

"发条带球拉到了四个人！轮子妈补上伤害！！"深蓝喊得嗓子几乎沙哑，"完了完了！炸了！虽然辅助阵亡了但是大树传送到了LC家里！！没了没了！"

章凡颜看着黑白的屏幕和自己复活的时间，顿时觉得一切都凝固了，耳边几乎什么声音都听不到。他只知道，队友跟自己一样，屏幕是黑白的。

他开始无法抑制地轻轻抽搐，天堂地狱，一念之差。

ST眼尖，在LC被小团灭之后率先发现了残存的苏哲，重燃斗志兴奋地喊道：

"Wind还活着！发条大招开过之后没有人管他！基地还有四分之一的血！但是一个艾克根本扛不住这几个人的伤害啊！他手里竟然还有个闪现！苏帅闪现走位躲过了一万个致命技能！现在基地只要再多A一下就爆了！可是自己家里也差不多了啊，他怎么能躲过对方两个C位？！艾克有大招时光倒流，瞬间回到了四秒前的位置让对方扑了个空！平A普攻！但是轮子妈回旋镖已出！啊——！"

苏哲倒地身亡，屏幕变黑白，他皱着眉长长地呼出一口气，身边所有的队友都摘了耳机跳了起来，张思卿抱着他大喊大叫："我们赢了！赢了！"

章凡颜不敢相信地捂着嘴趴在桌子上，双肩抖个不停。彭炀也像是大难不死一样松了口气，摸着章凡颜的头说："没事了，结束了，我们赢了。"

大屏幕上最后显示苏哲的技能要先一步释放，艾克倒地的同时，GNR的水晶被爆。LC自家水晶也只剩下丝血。

就差一点点，甚至一秒不到的时间很可能就是天差地别的结局，LC赢得耗尽了所有力气，GNR输得极为遗憾。

整个赛场的观众排山倒海爆炸一般齐声高喊LC，解说台上的三个人在经历了如此跌宕起伏的比赛之后早已脱力。ST甚至有些哽咽，身为前职业选手的他完全能够理解当时在场上的所有人经历着怎样空前大的压力："最后一局真的已经不是技术可以来衡量的比赛了，真的是看最后一秒的心态。"

"绝对是史诗级的翻盘。"北极深呼吸了一下以整理自己的情绪，"我从来没有想过有生之年能够在S系的决赛中，看到如此精彩绝伦的比赛！而且还是我们来自中国赛区的队伍获得了最终的胜利！我想这一刻是值得被历史铭记的！同样这个夜晚属于所有中国玩家！"

"五年了！我们终于以这样一场史诗级的战斗赢得了最终的胜利！"深蓝说，"这场胜利的缔造者正是这支夏季赛极不稳定，预选赛从死亡线上爬回来的LC！他们是可以创造奇迹的！"

ST拍了一下脸："只能说Wind关键时刻足够冷静，手里捏着那么多技能都没放，最后一刻站出来逆天改命拯救世界，在队友全死的情况下做出这种惊世操作，这个男人真是太可怕了。"

"我忽然想起来。"北极打岔，"今天好像是苏帅的生日啊。"

"哎，是吗？"深蓝说，"那就没的说了，我觉得这一刻苏帅真是上帝的宠儿，生日buff加成，这一波我服了。"

LC五个人拥抱在一起，几乎不敢相信刚才那一幕真的发生在他们身上。当时所有人都以为功亏一篑，没想到苏帅还活了下来。

大家相互望着，此时此刻只有难以言表的喜悦心情，竟然一句话都说不出来，只知道开心大笑。

按照惯例向 GNR 握手之后，所有人下场准备参加颁奖典礼。

章凡颜是一抽一抽着被拉下去的，似乎还是没有从最后那一波里缓过来，当时拆塔慢了一点的原因就是他跑去打人了。章凡颜已经做好了当千古罪人的准备，只是没想到苏哲能力挽狂澜。

"我真是要被你们吓出心脏病了！"一下台，安西激动地抓住了所有人，一边儿走一边儿跟他们说话，"但是这场比赛，我要吹一辈子！"

几个人渐渐拉开距离，章凡颜被落在了最后。

"回神了！"苏哲在他面前拍了一下，章凡颜被吓了一跳，瞬间目光就放到了苏哲身上。

"我们比赛赢了，不开心吗？"苏哲的语气很平淡，好像只是赢了一场 rank 一样。

章凡颜看着苏哲，咬了一下嘴唇，忽然"哇"的一声就哭出来了。以前他下定决心打比赛再也不哭了，可现在根本没办法控制自己的感情，哭的声音很大："我最后是不是特别蠢啊？！呜呜……我差点害了大家……黄金水平都比我打得好……"

"你被针对得那么惨，都能打出全部伤害来。"苏哲摸着他的头顶笑道，"我的 AD carry 是最强王者呀。"

章凡颜哭得要背过气去："我好怕自己打崩了……打崩了就什么都没了……"

"没事了，都过去了。"苏哲低声安慰，"你尽管打，崩了还有我。"

章凡颜彻底没了脾气，苏哲说得一点都没错，总决赛以来的每一局比赛，他都会来下路帮自己，自己要上的时候他也会说"不要怕，我在你身后"。

每次在章凡颜以为没机会了的时候，苏哲都像神明一样站出来拯救他的世界。

预选赛是这样，决赛还是这样，章凡颜紧紧拥抱苏哲，一时间百感交集，千言万语哽在喉头，竟然不知道说什么是好。

张思卿看着这个情况，有点莫名地问别人："烦神是不是哭晕脑子了啊，怎么见着个人就搂着哭？"

彭炀说："反正挑个最帅的，这波不亏。"

"事实证明，苏帅真是好脾气。"高程点评道，"要是我，早拍死他了。"

众人稍做休息之后，就进入到众所期待的颁奖环节。

主持人先请上了拳头公司的联合创始人，巨大的屏幕上是本届冠军队伍的照片，LC 的队员在舞台一边等候，里面穿的是自己的队服，外面的外套是本届赛事官方专门统一定制的。五个人站在一起，很是整齐。

章凡颜刚擦干了眼泪，眼角都还红着，但是他哭过了劲儿，此时也有了兴奋的感觉。

主持人一一叫到每个人的名字，被叫到的人上台同官方的人握手。

最先颁发的奖项是本次的"MVP"——最有价值选手。

屏幕上打出了苏哲的参赛照片和数据，随后就是本届比赛他的所有精彩操作，特别是极限拆家，简直就是全年最精彩镜头没有之一。

创始人将 MVP 戒指和奖杯颁给苏哲，并对他的英勇之举表示尊敬。

音乐逐渐变得激昂，所有人走到舞台的延展中心，两位创始人将奖杯递到 LC 手中。舞台瞬间爆出无数彩带和焰火，五个人将奖杯举到最高的位置，胜利欢呼。

观众高喊出他们每一个人的名字，主持人说："今天是 LC Wind 的生日，同一天获得总决赛冠军并且拿到 MVP 实属人生幸事。"现场观众领会了意思，开始集体为苏哲唱生日歌。

他们觉得苏哲就是拯救世界的英雄，而英雄值得无上的荣耀。

连解说台的三个人也开始唱歌。

"我的天。"高程看着这场面都有点愣，"这万人大合唱值了。"

张思卿笑道："苏帅人生赢家！不过，你的生日你为什么不早说？"

"只是一个普通的日子而已。"苏哲回答，"没有什么特别的。"

彭炀说："简直是电影里才有的场面，真的值了！"

苏哲笑了笑，没有说话，几个人靠得都很近，他悄悄地看了一眼章凡颜，当初自己说的话已经全部做到，他陪着章凡颜站到了冠军领奖台上，至高荣誉，决不食言。

一曲作罢，背后的主舞台依旧是五个人的合照，分舞台的屏幕已经变了画面，乐队从升降台上升起，从美国而来的知名乐队把现场带成了一片狂欢的海洋。

他们五个人可以随意留在台上，喜欢干吗就干吗，背后的音乐和人成了陪衬。

几个人都捧着奖杯的一部分，观众争先恐后地围在一边拍照，章凡颜踮起脚亲了亲奖杯，这才笑了出来。

苏哲站在章凡颜身边，半蹲着将他托了起来，让他骑在自己的脖子上。苏哲本来就高，在这样的舞台上，章凡颜骑在苏哲身上平白多出了一个人的身高，张思卿笑着把奖杯递给了章凡颜。

他在最高的位置捧着冠军奖杯俯视所有人，直至此刻，看着眼前近乎朝拜姿态的人潮，才真正明白登顶的含义。

"烦爹，骑在苏帅头上，爽不爽啊？！"张思卿满心以为苏哲是看章凡颜刚才哭了那么半天逗他开心，于是自己跟着开章凡颜的玩笑，"赶紧下来换我试试！"

"不要！"章凡颜笑着说，"这是我的。"

大家哈哈大笑。

解说台上的三个人看到舞台中的画面，ST笑道："一直传言LC的下野不和传了一个赛季，今天这场打完才发觉，他们关系其实是真的好。"

"关系不好，也不可能取得最后的胜利。"北极说，"这毕竟是一个五个人的团队游戏。"

"是的。"深蓝补充，"其实最后一下烦神有点上头，但还是换了对方的辅助，抛去最后一个环节不谈，在本届比赛上这名ADC确实有着世界级的carry表现。他还年轻，又有冠军加持，成为第一AD指日可待。"

全年的比赛画上了休止符，舞台上的狂欢还在继续。

这个冠军未眠之夜，属于每一个热爱游戏的人，属于每一个为电竞努力付出的人，属于每一个勇敢追逐的人！

每一个梦想都值得用行动去捍卫，因为终有一天会变成现实！

英雄，已然超越！

LC下场后，几乎是第一时间就收到了国内来自俱乐部和联盟的祝贺，庆祝自然不必多说。只是比赛结束之后时间已经不早了，安西问过队员们的意见，大家都说："不着急这一时半会儿。"于是简单吃过饭他们便回去了。

只是此刻再也没了比赛的压力，气氛轻松了很多，特别是他们还拿到了冠军，简直就跟做梦一样。

他们一路摸爬滚打地走到最后，确实是做梦。

章凡颜松松垮垮地进了房间，苏哲一直跟在他的屁股后面。苏哲看彭炀没过来，把门带上之后反手一锁。

"嗯？"章凡颜一回头就看着这么个大活人在自己房间里，"干吗？"

苏哲是直接跟着章凡颜进来的，衣服都没来得及换，把外套脱了搭在椅子上："讨赏。"

"什么？"

章凡颜一时没转过弯儿来，苏哲一步就跨到了他面前，笑道："字面意思。"

章凡颜说:"为什么赢了这么重要的比赛,你还跟没事人一样?"

苏哲顿了会儿才回答,"因为赢了就已经是过去的事情了。"

"最后一局拆基地的时候,你在想什么?"

"想……"苏哲抬起头,拉长尾音思索了一下,"其实什么也没想,脑子里是空的,我觉得可能多一点想法我都不会有那种操作了,现在再让我看,我根本不相信我能做到那样。"

"推了基地之后呢?"

"觉得就此退役都值了,那时候忽然就理解了你,原来赢的那一刻真的会快乐的,发自内心。"

章凡颜笑了笑,说话的声音不大,就像在跟苏哲随意聊天:"我好羡慕你。"

苏哲纳闷:"羡慕我什么?"

"羡慕你人生赢家啊。"章凡颜如实回答,"生日这天拿到总决赛冠军,MVP,留下一场史诗级战斗,受万人敬仰,就好像超级英雄一样。"

章凡颜心里是真的特别羡慕,无论是作为一个选手还是作为一个普通人,他都羡慕苏哲。苏哲有出色的外表,良好的家世,读的是章凡颜这辈子都不可能考进的名校,电竞职业生涯的履历还耀眼得无人可比……他样样都好,这么个完人现在就在自己身边,离自己这么近,怎么能不羡慕?

苏哲却低声说:"可你身上也有我得不到的东西。小烦,我……我其实很长一段时间都分不清比赛对我来说是什么,游戏玩得好对我来说意味着什么。直到拿到冠军的那一刻我才真正明白,我喜欢游戏,也喜欢跟你打比赛,这是一种相互依存的情感。就是因为喜欢,我才能坚持到现在,小烦,你呢?"

他没有明说是因为游戏才坚持到现在,还是因为章凡颜才坚持到现在,也许这两者都是他职业生涯中不可或缺的一部分,少了什么都不行。

"我……"章凡颜犹豫了,有些话不知道该怎么说出口,良久之后才说,"游戏对我很重要,你也是。"

"所以呢?"

章凡颜摇了摇头:"不知道,我只知道我不想你离开。"

苏哲沉默片刻,无奈一笑:"我今天过生日哎,还有不到三个小时就过去了。"

"我……我……"章凡颜手足无措,他没有给苏哲准备生日礼物,担心苏哲会责怪他。没想到苏哲在自己的口袋里翻了一会儿,拉住章凡颜的手,像是变戏法一样变出了自己的那枚MVP戒指,套在了章凡颜的无名指上:"生日快乐。"

章凡颜不明白:"今天是你的生日啊。"

苏哲说:"你记不记得你夏天过生日的时候,我跟你说礼物先欠着,到时候给你?"他用力握了一下章凡颜的手,"冠军是你的,MVP 也是你的。"

章凡颜脑子空白了一下,好久之后才闷闷地说:"我才不稀罕。"

九、
回国以后

第二天早上是苏哲先醒的，他看章凡颜睡得正死，猜章凡颜不到中午是不会睁眼的。

这一个多月的地狱生活把章凡颜折磨瘦了好多，他吃东西吃不惯，还在没日没夜地练习准备比赛，本来就是个把胜利看得比什么都重要的人，想必给自己施加的压力也大。

没承想章凡颜忽然醒了，迷迷糊糊的，眼都睁不开，就更别提有意识了。

苏哲一只手在章凡颜的鼻子上刮了一下，笑道："蠢样儿。"

"嗯……"章凡颜没脑子跟苏哲计较，他只觉得现在的柏林天气正好，窝在被子里睡懒觉特别舒服。他打了个哈欠，身体又往里钻了钻。

章凡颜鲜少有安静的时候，除非累了困了，否则就是一身的咋呼劲儿。

或许是比赛时的疲惫还没完全消失，不知什么时候，苏哲又睡着了，等他再醒来的时候时间差不多中午。章凡颜也醒了，可就是赖在床上不想起来。

苏哲走过去拉他："起来了，再不起来彭炀要报警了。"

他这么一说，章凡颜闻言"唰"的一下起来："我把他给忘了！彭彭要骂街了！"

"哎！"苏哲无奈地笑道，"这是你的房间，你的行李在哪儿？"

"不用了，你赶紧走吧！"

苏哲还没说什么，就被章凡颜着急忙慌地推出了房间。门关上的时候，苏哲简直想哭，像极了被抛弃的人。

他见到彭炀的时候已经是午饭时间了，彭炀却似乎并没有什么要说的。

安西通知队员们，俱乐部出钱让大家在欧洲玩一趟再回去，就当犒劳了，毕竟这个冠军分量太重。

来欧洲的时候大家带着比赛的压力，一路的风景都没有欣赏过，现在可以痛痛快快地玩，心情自然不同。回到巴黎的时候，某日逛街，苏哲看上了一条简单的链子，他想MVP戒指戴在章凡颜的手上有点大，于是买下链子将戒指穿上当项链。章凡颜觉得苏哲这人真是费劲，可还是收下了。

众人回到魔都时，天气已经冷了下来。

一回基地章凡颜就躺在了床上，阔别一个多月，有点想念这个在魔都的家。

所有人都好像回到了人间。队员们回来了，基地里又恢复了人气，一切都像没有变过。唯一不同的是，他们走之前还前途一片暗淡，如今却是衣锦还乡。

晚上吃饭的时候，阿琛跟大家说："因为苏哲在预选赛上的缺席导致队伍差点进不去总决赛，所以俱乐部在新赛季要扩充人员，各位做好准备。"

这是任谁都料到的事情，众人都不算惊讶。

"跟你们说的正经事就是这个，队伍应该是会扩充到人数上限，以后打比赛也会轮换，其他的没什么。"阿琛继续说，"还有就是，世界冠军们，你们回国之后不要觉得媒体会放过你们，至少在我这里就已经排了一场联盟的访谈节目，后续可能还会有别的。不过现在赛季快要结束了，基本上就那么几个小杯赛，所以这些活动并不影响你们什么……喂喂喂！你们到底有没有听我说话？！"

他看着一直埋头吃饭的几个人，感觉自己完全被无视了。

"阿姨做的饭太好吃了。"张思卿把嘴里塞得满满的，话都有些说不清楚，"国外吃的那都是什么？！"

"可能你自己吃的是屎吧。"高程面不改色地回答。

彭炀说："你们为什么总要在饭桌上讨论屎？"

"你不是照样说了？"章凡颜插嘴。

这几个人在外面饿了一个月，回来一个个都没了吃相，也就苏哲还算正常。

阿琛觉得无语问苍天，干脆也坐下开始吃饭了。

"哦，对了！"阿琛抬起头，"之后会有一个跨界的公益活动要穿正装的，你们有吗？"

大家都是一副"你开什么玩笑"的表情看着阿琛。

阿琛痛定思痛地说："改天去买，俱乐部出钱。"

现在俱乐部对这几个人的态度就是：你们要什么都满足你们，毕竟成绩摆在那儿。赛季结束也意味着转会期的开始，其他几个人都还好说，俱乐部最担心的人是苏哲，因为他当初来的时候只签了一年的合同，如今眼看着快到期了，就想无论如何要让苏哲续签。

一个世界冠军的奖杯加全场 MVP，本身还是一个相当具有舆论价值的人，身价自然高得无人可比，其他大俱乐部也有意向天价挖人，苏哲那边却一直没什么动静。

他们回国之后休整了两天，便去参加了官方的节目。

录制现场就是他们平时比赛的场地，彼时的厮杀都已经归于平静，再回来时大家已经换了种感觉。

几个人穿着俱乐部新赛季新设计的队服，齐刷刷地坐在舞台上，旁边坐的是主持人。

主持人先是祝贺他们夺得了世界冠军，弥补了中国赛区长久以来冠军的空缺，然后展开了冠军之夜的话题。

主持人说："我想代表我自己以及屏幕前的玩家问一个最想问的问题啊，就是在第五局最后拆家的时候，当时所有人都觉得没希望了，但是苏帅完成了惊天翻盘，我想知道当时在场上你们几个人都在想什么，心理活动是怎样的？从苏帅开始吧。"

"我？"苏哲想了想，平淡地说，"当时没想什么，就是先把基地拆了吧。"

"这么淡定？"主持人有些惊讶，"你们的语音频道里没炸开锅吗？"

"没有啊。"苏哲回答，"那会儿没人说话。"

张思卿打岔："嗯，当时我们可能都双手离开键盘了。我还是听到耳机里的声音才注意到原来已经赢了。"

"所以大家都觉得输定了？"

"对啊。"章凡颜说，"毕竟我都去杀辅助了。"

几个人笑了出来，主持人说，"烦神你真会自黑。"

"没有啊。"章凡颜解释，"那会儿我真的都打算回来背锅了，没想到最后能赢。我觉得其实挺幸运的吧，毕竟出去之前是最不被看好的一支队伍。"

主持人开玩笑："所以你要好好谢谢苏帅啊。"

章凡颜愣了一下，变得支支吾吾的。

苏哲说："他不骂我就好啦。"

"我什么时候骂过你？！"章凡颜都要暴起伤人了，"不要随随便便黑我！"

张思卿以一家之主的样子说："你们俩公众场合不要瞎闹。"

主持人笑着说："看来你们俩平时关系很好啊，那么二位对外界说你们不和的传言怎么看？"

苏哲耸肩："你问他啊。"

众人一齐看向章凡颜。

章凡颜埋怨地甩了苏哲一下："干吗问我？！"

然后他转头就对着摄像机十分诚恳地说："这个打野问题很大，我们是真的有仇的。"

主持人非常乐于见到几个人奔放地聊天，一场节目录下来倒是十分轻松。

世界冠军做什么都是对的，就算章凡颜在摄像机前这么说，节目播出的时候大家还是觉得 ADC 萌萌的。两人互动实在是一唱一和，章凡颜说话的时候苏哲始终微笑地看着他，于是那一句"玛丽苏看人的眼神好腻歪哦"再现江湖。

回国之后几个人基本忙于出席各种活动，俱乐部已经把很多没必要参加的都拒掉了，但总有逃不开的。这天，阿琛带着队员们去挑西装，他们本来都是网瘾少年，第一次穿正装，多少感觉别扭。几个人互相羞辱一番，就当玩笑了。

直到苏哲出来，其他人只有彼此微笑静默的份儿。

"我拒绝跟这个人出现在同一个镜头里。"高程率先说道。

"我也是。"张思卿附和，"虽然他很帅，但是我并不想自取其辱。"

彭炀十分不解地说："你们俩不至于吧。"

全联盟现役的选手们基本都来自南方的城市，苏哲一米八八的身高自然看着特别明显。身高够了，脸长得也好，穿什么都是像模像样的。章凡颜坐在一边儿托着下巴，觉得顶灯照着苏哲有些晃眼。他仔细想了想，感觉苏哲这个样子可能就是韩剧里流行的欧巴类型，随后转念又想，苏哲眉目俊朗，可比那些明星帅多了。

可能这就是女生们心中的白马王子吧？

他不知怎么的又想到了 NAS 的那个韩国人，叽叽喳喳的，也不知道回国之后在干吗？

苏哲其实长这么大并没几次穿西装的机会，原来是高中学校的成人礼穿过一次，后来他考上大学，只有大一学校的舞会上穿过。那次总有女生来找他搭话，他实在不喜欢那种场合，所以也没有什么太深的印象。

后来他就去打职业赛了，一直到现在都没穿过了。

他看自己看习惯了，并没觉得跟平时有什么不同，队友们说："你这就是在拉仇恨，等去出席活动的时候被围攻可不要求救。"

回来的时候苏哲悄悄问章凡颜："你喜欢我穿西装吗？"

章凡颜十分惊恐地看着苏哲："你脑子烧坏了？"

苏哲认为章凡颜真是不解风情，不过他这样也不是一天两天了，要真是次次都跟章凡颜置气，自己早气死八百次了。

晚上回到基地，几个人没什么别的事情做就只有打 rank，赛季末期都快要清算了，大家都冲分冲得兴起。

章凡颜在和白飞双排，一个劲儿地说话，一会儿是"你这个人都不往下路走啊"，一会儿又是"红 buff 都不帮我打一下"。白飞气得说："你多大人了还要我管你？"

章凡颜就说："这是一个打野的基本素养你懂不懂？"

白飞转公共频道说："AD你会不会玩？"

章凡颜打了一圈问号，实力质疑。

苏哲懒得听，自己打起了排位。

只是他那局开得实在是不顺，去哪儿送哪儿，三路转了一圈自己都快送超鬼了。彭炀路过的时候在后面看了会儿，看了苏哲那个一比十的数据，心疼地说："苏帅别送了。"

二十分钟一到，自己这边就投了，还好没掉多少分。苏哲摘下耳机回头看了一眼彭炀，问："你一会儿有事吗？"

"没有。"彭炀回答，"要双排吗？"

苏哲摇了摇头，然后比了个抽烟的姿势，起身就往外走。彭炀会意，拿了外套跟了出去。

"你要说什么？"

晚上的气温已经低了，彭炀瑟缩地拉了一下衣领。他知道苏哲并不是来抽烟的，队里就张思卿和高程是两个大烟枪，严重的时候比赛间隙都要出去来一根，幸好队里有规定不能在训练室里抽，否则基地早就成街边网吧了。

苏哲有时候是会跟两个老烟民去抽烟，只是他一直属于没什么瘾的那种，抽烟有时只是男人们之间的一种社交方式。就像现在，苏哲就那么比画了一下，彭炀就清楚他是有话要跟自己说。

"等等，你先别说，让我猜猜。"彭炀双手抄在口袋里思考了一阵，"跟合同有关还是跟小烦有关？你不至于是出来跟我聊天气的吧？"

"我不知道从哪儿开始说，不过我可以给你讲讲我这几天都经历了什么。"苏哲语气平淡地说，"赛季一结束，转会窗口就要开放了，我不知道你们有没有跟俱乐部提出修改合同待遇。不过那是你们之间的事，毕竟合同还在。我大概就剩下这一个月了，俱乐部方面也多次跟我交涉，不瞒你说，开的确实是个天价。"

"世界冠军加MVP，有这种殊荣的人全世界有几个？多少钱都值得的。"

"而且最近其他战队也开始跟我接洽了。"苏哲笑了笑，"因为今年LC拿了冠军，国内的'土豪们'似乎都对韩国外援不太感兴趣了，总之这几天我的各种联系方式都要爆炸。"

"所以你怎么想？"

"我?"苏哲沉默了一下,才说,"我自然有我自己的打算。"

彭炀看着苏哲,他无法从苏哲的神情上做出任何判断,章凡颜是个什么都写在脸上的人,苏哲则恰恰相反,他们俩就像是两个极端。不知道中间发生了什么,南极和北极竟然能凑到一起。

"合同的问题就这样吧。"彭炀说,"那……小烦呢?我其实一直很想知道你们关系是怎么变好的,毕竟他嘴上对你的评价……你知道的,并不是很好。而且说实话。"彭炀笑着耸了下肩膀,"无论怎么看,他都配不上你。"

"那又怎么样呢?你觉得有多少人配得上我?"

彭炀哈哈大笑:"我不知道该说你是自信还是自恋好啊!那不如换一种说法,眼高于顶的你,为什么对小烦那么特别?"

"你要知道,我原来可是打辅助的。"

"我真是没法儿反驳你。"

"所以在章凡颜到底哪儿好这个问题上,我们应该想的是一样的。"苏哲继续说,"他是最好的 AD。"

"可你后来去打野了啊,你应该找个最好的中单。"彭炀意有所指地说。

"……"苏哲沉吟了一阵,"我跟方池只是普通朋友,方池性格太内向了,不善于跟人交往,所以才会让你们产生误解。"

"但是据我所知小烦在你进队之前就很讨厌你了,这又怎么说?"

苏哲叹了口气:"我跟大家并没有什么不同,我的生活很简单,以前是读书玩游戏,后来就只有玩游戏了。我想说的是,能够在相对单一的环境下碰到一个搭配无间的伙伴太难了,这种情况又太特殊。章凡颜其实自己也不清楚自己喜欢什么,我只是做了第一个上去推他的动作而已,至少现在看来,结果不坏,不是吗?"

彭炀听苏哲这副说辞,皱了下眉:"说得好像你多情深义重似的,你倒是满足了自己,可你为他想过吗?他跟你不一样,你离开了电竞还可以选择的东西太多了,小烦不行,他就是为游戏而生的人。再说了,他年纪还小,对很多事情都不清楚,很容易依赖别人,如果他对你太过依赖,对他自己的职业生涯可不是什么好事。他嘴上不说,但在乎每一个人,包括你。"

"可我也管不了那么多了呀。"苏哲的语气有些颓然的无奈,声音又降低了一点。

"好吧,好吧。"彭炀摆手,"小烦心里想什么都写在脸上,张思卿和高程两人除了逗他别的根本不会多想。我和他打了这么久的下路也住在一起那么久,还是了解他的。预选赛你回来之后,他提起你的名字的时候表情都会不自觉地变得有点……"

彭炀找不到合适的词汇来形容，"很难说到底是什么，也很难让人不在意。"

"那你也真够能忍的。"

彭炀继续说："我怕你套路他，且不说他真实年纪有多大，心理上始终还是个小孩子。"

"对，他就是因为天真所以可以肆无忌惮地伤害我。有段时间我自己都觉得坚持不下去了，觉得他对我好纯粹是因为要打比赛。预选赛的时候我真的有过不回来了的想法，只是那时又忽然觉得，我跟他斗什么气呀？！我也想赢、想拿冠军，我真是遇见他就没了智商。不过，回来之后确实有意外收获，当时我还不太确定，越到后来，事情就显而易见了。"苏哲说着说着径自笑了一下，"你的话让我更加坚定了自己本来的打算。"

"什么？"

苏哲神秘地说："秘密。"

他俩的谈话一直持续了很久，回去之后大家都要准备睡觉了。苏哲洗完澡之后回到房间发现章凡颜还没睡，便逗他说："你在等我呢？"

"你要点脸。"章凡颜把手机一收，翻身背对着苏哲。

他确实是想等苏哲回来的，无聊的时候用手机刷了刷论坛。赛季末期没了比赛，大家讨论的内容应该只有一些边角料的事。人都会过分关注跟自己有关的事情，比如章凡颜看见标题有自己的名字就点进去了，没想到里面赫然写的是自己跟苏哲的事情。

首楼就是夺冠的那个晚上，他骑在苏哲的脖子上手捧奖杯的照片。

下面配文：男人的肩膀一生只给两个人骑，自己的媳妇儿和孩子。

章凡颜隔着屏幕都想把那个楼主挖出来用力晃醒他：你看清楚我是玛丽苏他爸爸！

可在别人眼里，苏哲就是章凡颜的野爹，他在线上称王称霸有一部分原因是苏哲在野区里替他扫清所有障碍。这点是章凡颜怎么辩解都没用的。

他滑动了下鼠标，后面的内容脑洞大得简直糊不上。什么"两个人相爱相杀可歌可泣"，什么"苏烦党终于能大声说话"，还有说"你们还记得大明湖畔被抛弃的可心吗……？"不过最叫他觉得胆战的是，中间有一楼说："你们没发现他们上那个官方的采访节目的时候，前面放着一排都是奖杯、奖牌，包括集体和所有个人的，但是唯独没有苏哲的MVP戒指，那么，戒指在哪儿呢？"

戒指现在就在他章凡颜的脖子上戴着啊！

章凡颜觉得这个世界真是可怕。

只是他心里揣的这些东西苏哲都是不知道的，谁会猜到两耳不闻窗外事一心只把 rank 打的烦神会去看那些无聊的帖子？

苏哲对章凡颜说："明天放假，你有事情做吗？"

"有。"

"嗯？"苏哲有点好奇，"做什么？"

"跟我女朋友约会。"

其实他刚回国李想就联系过他，只是他当时事情太多，好不容易都弄得差不多了，才想起了这一茬。虽然两个人在一起的时候就跟普通朋友一样，但是分手之后章凡颜跟她变得很要好。两人私下里聊天的时候，章凡颜总叫她女朋友，说白了就是很好很好的朋友。

可在苏哲耳朵里听到的，就是另外一个意思了。

他始终莫名地介意这个女孩儿，但还是故作平静地说："什么时候？"

"晚上。"

"我也去。"

章凡颜猛地翻身："你去干吗？"

苏哲学着章凡颜之前的样子说："你管我？"

在苏哲死皮赖脸的磨蹭之下，章凡颜只能无奈地带着他去吃饭。

他和李想约的是晚饭，只是地方离基地比较远，要提前出发。两个人到约定的饭馆的时候李想已经在了，她看见章凡颜就赶紧站起来招呼，紧接着又看到了一旁的苏哲。李想有些惊讶，不过没有太过表现出来。

"小烦，恭喜你啊。"

入座之后李想又向章凡颜道喜，虽然这句话她在微信里已经说过了，但还是觉得差一个面对面的正式恭喜。

"谢谢。"章凡颜不好意思地抓了抓头。

"啊，对了。"李想拎出来一个小盒子，"这个是我给你做的点心，你不是最喜欢吃甜食吗？"

章凡颜听李想给他带了吃的，开心地接过来，打开之后里面是摆放整齐的一块一块的蛋糕。他尝了尝，立刻有种心花怒放的感觉："好甜。"又拿出一块给苏哲，"你尝尝，特别好吃！"

苏哲看了一眼李想，凑过去张嘴。草莓的气息立刻在口腔内扩散，他不理解这东西有什么好吃的，章凡颜竟然会这么喜欢。

"你早说苏帅会来嘛。"李想笑道，"我就多带一份了。"

"没关系，我不太喜欢吃甜食。"

"哎？"

苏哲指了指章凡颜："只是他喜欢而已。"

席间，他们之间没有什么太过重要的聊天内容，多半是你一句我一句地说生活近况。李想说最近自己交了男朋友，章凡颜就笑着回答，自己的女朋友要跟人跑了。

苏哲安静地听两人的对话，并不插嘴。章凡颜一说起话来吃饭就慢吞吞的，没一会儿他的电话响了，章凡颜看了一眼，皱了皱眉，拿着手机离开了。他的交际圈都是在一个电竞圈子里，他认识的人苏哲也都认识，实在不明白有什么要离这么老远去说。

章凡颜走了之后，饭桌上只剩下李想和苏哲，李想忽然觉得气氛都变了。

她只好一直低着头玩自己的手指，但是感觉得到苏哲在用一种近乎审视的目光看着自己，这让人很有压迫感。她又抬起头，笑着对苏哲说："这里的香芋扣排骨很好吃。"

"嗯。"苏哲点头，"小烦最喜欢吃这个。"

李想"哦"了一声，犹豫了一下，说："虽然他平时骂骂咧咧的，但是你跟他关系一定很好吧？"

"比你想象中好。"

"哎？"

李想听苏哲的话里仿佛有些意味深长，联想到之前种种，就像个不经意间被点醒的人，心里明白了几分。

"小烦虽然平时是一个不懂事的小屁孩儿，但是在赛场上十分耀眼，想必只有更加强大的人才能与他并肩吧。"李想比画了一下。

苏哲笑了一下。他还是第一次跟这个女孩有正面接触，没想到她这么聪明，以章凡颜的智商估计十个都打不过人家。

"所以这就是你一直很讨厌我的原因吗？"李想问。

"什么？"

"我第一次去看小烦的比赛啊，那时候他带我进了后台，你一直是一副很讨厌我的样子。"李想回答，"只是当时我不清楚，第一次见面哪里来的那么大仇？现在大概理解了。"

苏哲顿了一下："原来那个时候就已经这么明显了啊。"

李想说："不过还是要谢谢你，决赛的那一场我都看哭了，跟小烦一起并肩作战登上巅峰，那一刻一定很幸福吧。"

苏哲没有回答，只是微笑。

他刚要说话的时候，章凡颜却一脸不善地回来了。苏哲问他："怎么了？"

"没事。"章凡颜回答，"回去再说。"

章凡颜憋不住事，李想又不好多问，吃完饭后三人在门口简单道别。

李想看着章凡颜心里一动，临走前抱了抱他，踮着脚亲了下章凡颜的额头。章凡颜没有想太多，乖乖让她亲。李想看了看苏哲，果然是一副臭脸，笑着离开了。

他们不着急回去，沿着马路溜达，夜晚刮风，有点冷。章凡颜走路时一直低着头不说话，苏哲靠过来先用胳膊蹭了他一下，然后碰了碰他的手，短短一瞬，冰凉的温度立刻传开。

"你接的什么电话？"苏哲问，"回来一副闷闷不乐的样子，现在只有我们两个人了，可以说了吧。"

章凡颜不太习惯在路上跟人勾肩搭背的，便推了推苏哲，可苏哲纹丝不动，他叹了口气，说："我本来是想跟彭彭说的，跟你讲你也听不懂。"

"你不说怎么会知道我不懂？"

"我……"章凡颜纠结了一下，最终还是讲了出来，"我爸给我打电话，叫我放了假回去。"

"你这一整年都没回过家吧，也该回去了。"

"我觉得挺奇怪的。"章凡颜闷声回答，"原来他们都不管我，觉得我沉迷游戏不务正业，我一心想在他们面前证明自己。可是我拿了冠军，他们又立马明白了过来，我就觉得，好像事情不是我想的那样……这样就好像，一个名声要比我这个人重要得多，我到底是不是他们亲生的啊？"

"这个啊。"苏哲笑了笑，"我也怀疑过我是不是我爸妈亲生的，从小到大我爸妈都很忙，我也不知道我怎么在没人管的情况下长这么大的，独自一个人身处异地也很少联系他们。直到后来，就是我爸生病住院的那次，我跟我妈在一起。我坐在病房外面的时候心里特别紧张，她跟我说了好多话，我原来一直以为她根本不关心我在干什么，拿了什么样的成绩，其实她都是知道的。并不是每个人都会把感情的事挂在嘴边，但那个时候我就明白，他们是在以他们的方式爱我。"

章凡颜听苏哲这么长篇大论的一番话，脑子里还没消化干净，只听苏哲又说："所以你也不要想太多啊，也许他们只是借这个机会跟你聊聊天呢？反正再打一个国内的全明星娱乐表演赛，今年对我们来说就算彻底结束了，有将近一个月的假期，不如回家看看吧。"

"你废话真多。"章凡颜嘟囔了一下，"啊，那个比赛是投票的吧？"

"是啊。"

"肯定会有你。"

苏哲嘴角一弯，揉了下章凡颜的头："冠军队伍谁都有的。"

他所说的比赛便是官方年底举办的一年一度的游戏嘉年华，压轴的内容便是LOL的全明星表演赛，选手是所有玩家票选出来的，一共两支队伍，每个位置的前两名有资格参加。

LC作为新科冠军，回国之后人气暴涨，能拿冠军的队伍自然各个方面都没有什么短板，五个位置均是榜上有名。

苏哲更是票王，票数甩了后面好几十万。

嘉年华在十二月开始，为期三天，表演赛被安排在最后一天。

场地里人满为患，这应该算是冠军回来之后的第一场线下比赛，虽然队员被拆分成了两支队伍，而且还是随便打打的娱乐赛，但是大家还是很期待一睹冠军队伍的风采。

章凡颜不和辅助分家，跟张思卿和彭炀在一支队伍里，高程、苏哲在对面的队伍。

他们队的上单是VIVA的Pepper，打野是NAS的Whisper，对面中单ImaGine，ADC是来自TAM的Amber，辅助是VIVA的Ido。

准备的时候大家在公共频道里聊天，张思卿敲着字说："哎呀，和苏帅分开了，苏帅一会儿不要来反我的蓝。"

其他人好像隔着屏幕都能感受到他的嗲声嗲气，苏哲干脆没理他。

现在Whisper总是自称他的汉语快专业十八级水平，其他人敲的汉字他都能看明白个大概，自己敲起中文来也是丝毫不含糊："我要三buff开！"

过了会儿，苏哲敲过来一个字："哦。"

解说已经把现场的气氛炒热，双方选手也准备好了，大屏幕上画面一切，进入了BP。

章凡颜他们在蓝色方，对面是红色方。

蓝方拿到了泰坦、酒桶、沙漠皇帝、金克丝、莫甘娜，红方拿到了人马、雷克塞、发条、轮子妈、风女。BP的时候Whisper就一直跟章凡颜说"你别拿金克丝，对面各种Counter你"，章凡颜一副"我听不懂你跟我说汉语啊！哎呀，不小心拿了，思密达"的样子，气得Whisper各种"阿西吧"。

其他三个人眼神交流了一下，幸好是一场随便打打的娱乐赛，要不然画面真是没法儿看。

他俩斗嘴归斗嘴，一上线的时候还配合起来玩了点小套路，Whisper先是跟着章凡颜去了对面，故意被对方的眼看到，在地图上停了一下之后原地回城。此时酒桶也不见了，大家以为酒桶也回城了，但是Whisper还躲在草丛里。苏哲也没管他，满心以为自己的野区没人。在这样的情形下，Whisper就把他的半边野区都清干净了。

苏哲刷完红buff那半边之后去打蓝，看着自己空空荡荡的野区，心都凉了。

单buff开局不算什么，但是单片野区开局，这离爆炸还远吗？

愤怒的苏哲决定去线上找找别人的晦气，第一个就想到了张思卿。

他摸到中路蹲着盘算了一下，看到酒桶在很远的位置出现了一下，立刻跟方池Pin了一下地图。方池瞬间会意，稍微调整了一下走位。苏哲知道张思卿肯定看得出来，看出来了之后肯定是要往后撤一下的。凭借对队友的了解，他闪现顶了一下，人是顶到了，只是不知道泰坦什么时候走了出来，酒桶明明八百里之外竟然也能赶到战场把他给炸到了塔下，苏哲多抗了一下塔，结果被反杀。

高程看了一下屏幕上的一血，淡定地说："苏帅别送了。"

苏哲那叫一个恨啊。

"我感觉那个打野可能会去反我的蓝爸爸。"

张思卿Pin了一下地图，他们野区里正好有一个视野消失的空当："Whisper你过去看看，搞不好能买一送一。"

当时Whisper正好在下路，张思卿说完话两人一起摸过去看，一个眼插下去就看见被打得丝血的蓝buff以及带着方池来偷蓝的苏哲。

"不要放过这对狗男男！"张思卿想都没想一个大招把两个人加一个怪推到了Whisper面前，顺便蹭到了最后一点伤害抢到了蓝，酒桶一番狂轰滥炸，方池一看情况不对，把苏哲一卖，自己跑了，其他人赶过来的时候，苏哲早就变成了刀下亡魂。

解说感叹："这就是MVP的待遇啊！"

总之，苏哲去哪儿，大家就一窝蜂地堵到哪儿。最后一波团战的时候，金克丝更是一发超远导弹把已经跑回高地的雷克塞轰炸死亡，拿到 ACE。

导播及时地给了一个苏哲的特写，只见他微微低着头，抬眼看屏幕的表情杀气十足。

然而这并没有什么用。

就在这样的局势之下，那个打野送到超鬼，蓝方拿到了比赛的胜利。

第二局大家玩的则是极地大乱斗。

英雄随机盲选，苏哲好死不死地随机选到一个琴女。任何奶妈英雄都是大乱斗地图里的爹级人物，当年打辅助的苏哲对这个英雄也并不陌生。

但是一进游戏剧情就不一样了。

"先集火奶妈！"章凡颜大喊着并且在琴女头上做了标记，几个手长的人朝着苏哲一顿狂轰滥炸，苏哲拼命放技能还是回不上来血，死了一次又一次。

然后张思卿就在公共频道里跟苏哲说："苏帅，别送了。"

苏哲回了一行问号，表示不服。

当他们那边被推到二塔的时候，苏哲找准了机会闪现大招，但是一闪过来对面就一堆技能往他身上丢，苏哲手滑了一下，琴女原地打了个转，大招朝着反方向放了出去。

全场爆笑。

"三百六十度原地空大。"高程感慨了一句，"毕竟老琴女。"

苏哲无语。

在这样连环的针对之下，蓝队拿到了二比零的结局。

只是娱乐赛，观众多半只是为了近距离地看一看偶像，顺便大家一起轻轻松松地玩几把游戏，权当乐子了，苏哲下了场之后就没再多说什么了。

而后观众可以和选手拍照，在场的几个人都差点被拆了，吃完饭的时候谁都没了说话的精神。

除了 Whisper。

他一直叽叽喳喳地说要吃这个要吃那个，章凡颜说："哎呀你闭嘴，吃都不安静。"

Whisper 嘴里塞着东西说："可是我饿了啊！我今天帮你打了红 buff，你干吗要说我？"

"难道你不应该给我打红吗？"章凡颜觉得 Whisper 这理论很奇怪，"那我是不是应该说辛苦你了？"

Whisper 刚要说话，坐在一边一直仰着头靠着椅背的苏哲摆了摆手："虽然你中文挺好的但还是不要跟他斗嘴了，以免学一堆乱七八糟的词。我给他打了半辈子红buff他都没谢过我，知足吧。"

章凡颜一个肘击捅到了苏哲的胸口上，苏哲一口老血差点喷出来。

"你们真奇怪。"Whisper放下了筷子，把嘴里最后一口东西咽下去，"还是小池最好了。"

他说着还朝着坐在他正对面的方池比画了一个心形的手势，然后迅速地收回双手，像是做了什么坏事一样低下头十分害羞。

方池正好好吃着饭，猛地被小野王打了一套，愣是没反应过来。

张思卿啪地把筷子一放："我不能接受这种行为。"说罢他起身跑到苏哲身边一屁股坐在苏哲的大腿上："苏帅我也要！"

"你给我滚！"

苏哲真是忍无可忍了。

几个年轻人习惯了这么打打闹闹的，一顿饭吃到后半程倒也欢乐。

全年的比赛就这样结束了，联盟的转会窗口正式开启，队员们进入了休假状态。

只是LC众人谁也没有过多谈论转会的问题，率先到LC基地里报到的是一个新人打野，名叫Seven，年龄很小。大家在高分rank里见到过这个昵称，只是没想到他会跑来打职业赛。

见试训几天的Seven状态还不错，LC便正式签了下来，随后大家就先放假了。

章凡颜买了回家的票，临走前一晚，不知道怎么的，躺在床上一直感觉特别紧张，苏哲就坐在旁边看着他。

"行李都收拾好了吗？"苏哲问。

"嗯。"章凡颜窝在被子里点了点头，"我没有什么要带的东西。"

"假期有将近一个月啊。"

"我知道。"章凡颜回答，"回来之后都明年了。"

"是啊，春节也很早，一月回来打不了两三个星期就过年了。"

"好快啊，这样又是一年了。"

苏哲笑着说道："我这一年过得很好。"

章凡颜伸出手抓住了苏哲的衣服："你什么时候回京市？"

"明天下午的飞机。"

"我们一起去机场吧。"

"可你不是上午的飞机吗？"

章凡颜闷着声说:"那又怎么样?"

"好好好。"苏哲说道,"我去送你。"

章凡颜上午十一点的飞机,苏哲下午三点,中间差了几个小时,苏哲懒得折腾直接带着行李去了机场。

机场里永远是人来人往,有独自行走的旅客,也有依依惜别的人群,周围一直是各次航班起飞停降的广播声。章凡颜换了登机牌之后一直不想过安检,因为过了那道门,他就得自己待着了。

苏哲往他的背包里塞吃的,章凡颜说:"你别塞了,我在飞机上又吃不了那么多。"

"你下了飞机到家不是还有一段路吗?"苏哲说,"这都快中午了,一会儿饿了找谁去?"

"你怎么跟个老妈子一样?"

苏哲一听这话就不乐意了,把东西一扔:"你自己走吧。"

章凡颜噘着嘴看苏哲,苏哲又被他这个样子逗笑了:"好啦,你过安检吧,时间差不多了。"

章凡颜抬头看了眼时间,才拎起背包往安检口走。他越走就越觉得不踏实,明知道苏哲就在自己背后,可还是觉得没着落。他走到尽头的时候又转身看苏哲,苏哲还在原地朝他挥手,章凡颜忽然丢下行李朝苏哲跑过去。

苏哲有点意外,问道:"怎么了?"

章凡颜说:"我问你个事。"

"什么?"

"我……"章凡颜最终还是没说出口,放了苏哲,"没什么,我走了,再见。"

他这次转身十分决绝果断,刚才他想问苏哲有没有在LC续约,他想问等自己回来的时候还能不能看到苏哲。一方面他觉得苏哲不在LC还能去哪儿呢?另一方面他又想,全世界都在挖苏哲,苏哲总归得挑一个最好的。

只是他没问出口。

苏哲知道章凡颜是有事情要说的,只是不知道他要说哪件。既然章凡颜自己没开口,他也不想再多问了。看着章凡颜的身影消失在尽头,苏哲叹了口气,起起伏伏的一年就要这么过去了,他忽然想起了自己一个人来魔都的时候,好像也是这样背着一个包在机场里,原来一晃就是三年。

来的时候他就是这么简简单单地来,走的时候也就这么简简单单地走吧。

苏哲背起了背包，朝着自己的候机大厅走去。

选手们休假的一个月里，各大战队相继开始公布转会名单，但是始终没有任何关于苏哲转会或者续约的消息，其间还有很多人放出假消息，说"苏哲已到某某战队试训"，也有说"苏哲在跟其他赛区接触"。一时间众说纷纭，但是谁也不知道苏哲去了哪儿。

章凡颜有联系过他，但都是说些有的没的，苏哲有时候能回复他，但是有时候就怎么都找不到人，这让章凡颜觉得心里很没底。

终于在转会窗口即将关闭的时候，章凡颜下定决心问苏哲到底有没有继续待在LC，消息发过去之后，苏哲始终没有回答他。

转会窗口关闭之后，战队之间相继亮出了买卖结果，章凡颜看了一眼，LC只有买进没有卖出，其他战队的买进名单里也没有苏哲。

他的一颗心这才算放下。

章凡颜在家里每天对着父母，他爸嘴上不说什么，但是看见儿子捧着冠军奖杯上了电视新闻的时候，心里自然觉得很是骄傲，只是当时把话说得太死，如今倒放不下面子了。章凡颜也没闲着，老家大大小小的网吧网咖都想找他过去打两场水友赛，给店面增加增加人气做做宣传，什么小学同学、初中同学、高中同学都过来找他。这个年纪他们正是泡在大学宿舍里玩游戏的时候，章凡颜拿了冠军名气大涨，谁都想在他面前凑个热闹。

只是他不喜欢这样，在基地里的时候，大家只当他是队友，回来之后却好像一个大明星。

他想知道，人们是喜欢章凡颜，还是喜欢那个Living呢？

答案显而易见。

章凡颜有点想回去了，想早点见到苏哲。他还是习惯那个像网吧一样的基地，还有那群不靠谱的队友。

在假期还有三天才结束的时候，章凡颜就买了机票跑回了魔都。他是最早到基地的，一个人掰着手指头数日子。三天一过，大家相继回来了，LC新签的中单和辅助也都来报到了。

基地一下就热闹了起来，可苏哲迟迟没回来。

晚上大家在一起吃饭的时候，章凡颜忍不住问阿琛："玛丽苏什么时候回来啊？"

"啊？"阿琛有点费解，"他回来什么？"

"他回来报到啊。"

"苏帅没跟你说吗？"阿琛说，"他合同到期之前，俱乐部跟他谈了很久，只是他表示想回去读书，所以决定退役了。"

阿琛一句话说得简简单单，章凡颜却消化了很久："退……退役？"

"对。"

章凡颜不敢相信地睁大了双眼，其他人也都十分惊讶。苏哲似乎只跟俱乐部谈妥了，并没有把这件事公之于众，好像连退役的消息都不想发，就这样悄无声息地消失了。

"我……我吃饱了。"章凡颜手哆嗦了一下，把筷子放在桌子上起身离开。彭炀想追上去，却被张思卿拦了下来。

章凡颜回到自己的房间，看着另一张空空荡荡的床，脑中仔细回忆苏哲之前的一举一动。他完全看不出来苏哲有过任何退役的想法，总以为苏哲不会走，为了他章凡颜，苏哲不会走的。

可他哪儿来这么大的自信？

章凡颜摸出了手机打苏哲的电话，回应他的却是"该用户已停机"。

他一下子就觉得回到了几个月前，预选赛之前他也找不到苏哲，那会儿就跟死过一样。章凡颜不想相信现实，继续重复拨打那个号码，可依旧是冰冷的女声。

这是苏哲在魔都的手机号，他回了京市，自然就不会再用。

章凡颜颓然地给苏哲发微信，问他："你为什么退役了？为什么不回来？为什么你都不告诉我？"

最后他说："你骗我。"

大晚上的，苏哲也没有理他。

一年前苏哲悄无声息地离开 NAS，也是谁都没通知。直到春季赛了，方池还在怨念这件事情。一年后，苏哲像当初一样离开了 LC，依旧谁都不知道。

章凡颜看着手机，呼吸慢慢加快，眼前也开始变得模糊。他一低头，眼泪就啪嗒地掉在了屏幕上。

他真是要恨死苏哲了，想来就来，想走就走，这中间当他是什么？他还想着要拿一个联赛的冠军，结果苏哲就不见了。

苏哲不是转会也不是转型，而是干干脆脆地退役。

离开了魔都，离开了电竞这个圈子，苏哲回京市读他的书去了。

天南海北，他们隔了这么远，以后还有再见的机会吗？

而这一切，他竟然连知道的资格都没有。

章凡颜气得一把抓下了戴在脖子上的戒指就要往外扔，手都举起来了又舍不得，想戴回去，可是链子刚刚被拽坏了，他怎么也扣不上，最后好像筋疲力尽一般倒在床上，哭得更凶了。

这次却再也没有人温柔地哄他了。

"*Living* 就是活着的意思。
ADC 活着才能有输出,活着就是一切。"

十、
不再离开

随着版本的更新，新的赛季开始了。

还是熟悉的赛场和界面，但是章凡颜身边的人已经变了。

在春季赛开始前一天，联盟对外公布了大名单。大家都没有找到苏哲的名字，再联系到赛季结束之后他就跟人间蒸发一样，不免过多猜测。

章凡颜两耳不闻窗外事，一心只打训练赛。彭炀是最清楚他们之间这点事的，但也不想过多评价。章凡颜房间里空出来的位置留给了新来的辅助 Infinte 陆明，他是彭炀在路人局里捡到的，十七岁，年轻但是一点也不狂妄，性格十分稳重。

他给章凡颜挑辅助，自然要挑个好的。

高程调侃说："彭炀你简直就像旧社会的时候家里的正房太太给老爷挑小妾，各方面都要亲自把关。"

其他人想了想，确实是这么个样儿。

小辅助条顺盘靓技术好，章老爷过得还算舒心。

春季赛第一场 LC 就让两个新人上场了，三带二，两个新人倒并不怯场，打得还特别硬朗，上来的两局比赛跟拆迁队一样干了对方二比零。只是陆明打团能力不错，对线却始终有点跟不上章凡颜，而新打野 Seven 周云硕控龙稍有欠缺。

不过新队伍，始终都是要磨合的，也应该给新人成长的空间。

两个星期过去了，大家把目光从消失的苏哲身上挪回了赛场之上。那个打野的名字渐渐地淡出了大家的视野。

"这里。"安西在地图上标记了一个位置。一月份的魔都很冷，基地开着空调还算暖和，他撩起了袖子，又在那个位置上画了几圈，"下周我们就要跟 NAS 打了，他们首场比赛的阵容没有变化。我不知道跟咱们打的时候会上谁，但是我在地图上标记的这几个位置，陆明，你可以着重研究一下这里的眼位。"

陆明就像听老师讲课一样，认真地点了点头，然后在本子上做笔记。

"小烦，你这个赛季打得比原来稳多了。"安西笑着说，"没有打野来帮也能够好好地在线上发育，真是长大了。"

"就算我 Pin 地图苏……"章凡颜顿了顿，改口说，"Seven 又不会来。"

"那我多帮下路吧。"周云硕作为新人很是谦逊。

"你甭搭理他。"安西说，"让人惯得一身臭毛病。"

章凡颜刚要顶嘴，想了想还是算了。

"下周打完比赛就要准备放春节长假了，为了能过好这个年，大家都要努力啊。"

散会之后都已经晚上了，吃过晚饭大家就准备准备开始打 rank。章凡颜习惯性地刷了几百刀之后又拉开了好友列表。自从放假之后，苏哲的号从来没上过线。段位都刷新了，他的号却连定位赛都没打。

春季赛开始到现在，章凡颜一直忙于训练。他拼命打 rank、打比赛，不想让自己去想苏哲，可一闲下来，还是会忍不住看跟苏哲有关的东西，心里始终觉得难过。

"烦爹。"陆明拍了一下他的肩膀，"双排吗？"

张思卿他们叫烦爹多半是逗章凡颜玩，现在陆明乖乖地叫了一句，差点把他吓尿。

"啊。"章凡颜反应了一句，"排，你拉我吧。"

"哦好。"

进入游戏，章凡颜一楼陆明五楼，两个人都还没说话，三楼就说要打辅助。章凡颜寻思了一下，就问陆明："要不要让位置？"陆明说："没事，给他吧。"章凡颜自己拿了 AD 没再说什么。

到陆明的时候就剩下了个打野位，陆明坐在章凡颜旁边，来回切了半天，献宝一样跟章凡颜说："我让你看我玩盲僧哦。"

章凡颜愣了一下，扭头看陆明。

陆明现在的位置就是原来苏哲的，苏哲最喜欢玩的英雄也是盲僧。章凡颜和苏哲 solo 过很多次，对他的盲僧印象最深。

章凡颜看向陆明的屏幕，陆明特别开心地跟章凡颜炫耀："你看，我还有龙瞎。"

看着现在这个穿着白色对襟褂子、背后火红龙纹的瞎子，章凡颜有点发火。

他的游戏界面是把 ID 都屏蔽了的，此时此刻看着那个灵活跳跃的瞎子，章凡颜只觉得眼眶疼。

一场游戏打得跟梦游一样，他迷迷糊糊地在下路带线，对面打野过来抓人。陆明一个劲儿地 Pin 地图说："你不要再往前走了，前面有人的。"

结果章凡颜还是直挺挺地撞了进去。

陆明打野其实玩得不错，但是 ADC 这么没头没脑地送，真是想都不用想地 GG。

章凡颜打完这局就说要歇会儿，一会儿过来再双排，随后就起身去厨房找吃的。

彭炀正好在后面观战，看章凡颜去厨房，就跟了过去。

"彭彭，你会做这个吗？"章凡颜翻箱倒柜地找出来一堆食材，看彭炀来了，把那些都摊在了桌子上挨个问。

彭炀点了点头，章凡颜却又说："我想吃炸酱面。"

"这我可不会。"

章凡颜深吸了口气，把那些东西收了回去："我记得原来打 rank 饿了的时候，苏哲就总来做吃的，那会儿总是因为晚上吃得太多撑得睡不着。"

他说话，彭炀就拉过了椅子坐下听。

"我觉得无论如何，队友离开都是很伤感的事情。当初 V 离开的时候我很难过，白飞说退役的时候我也很难过，但都只是当下的事。"章凡颜看似平静地说，"打了两个星期的比赛，我觉得一切好像都恢复了正常，可我还是很想苏哲。"

彭炀问："想他什么？"

"我不知道啊。"章凡颜觉得自己变得很可笑，"就是想他。"

"他是个好队友，对他的不辞而别，我们也很……"彭炀不知道该怎么说，"但是至少曾经一起为了梦想努力奋斗过，所以我觉得我们都应该尊重彼此的决定。"

章凡颜把手里的东西一甩："他那是什么鬼决定啊？！"

彭炀说："我记得他原来跟我说过，他上个赛季有两场很重要的比赛，一场是春季赛结束之后的全明星赛，另一场就是总决赛的预选赛。第一次他很轻易地就放掉了那个机会，即使别人骂他、黑他，他都不在乎，因为他那个时候觉得比赛可有可无。等到了预选赛的时候，他拼了命也要回来。他说那个时候，他是觉得自己真心热爱游戏的。你看，苏哲做的这些决定都是有理由的，想必忽然退役，也是深思熟虑过的吧。"

"反正他也不会回来了。"

"事在人为嘛。"彭炀忽然笑了一下。

章凡颜看着彭炀，没有再说话。

本周的联赛现场异常火热，因为是年前最后一场，又是 LC 对上了 NAS，受到的关注度特别高。

秉持着"打好比赛好过年"的准则，双方一上场就打得你来我往，着重突出一个有来有回。最终双方一比一握手言和。

至少这对两支队伍来说，都是能安心过年的结果。

LC 和 NAS 的休息室互相对着，下场之后，章凡颜就跟方池打了个照面。他本来都走过去了，突然想起什么似的叫了方池一声。方池问："怎么了？"章凡颜犹犹豫豫地把方池拉到了体育馆后面一片十分隐蔽的地方。

"你找我什么事？"方池问。

"我……"章凡颜还在肚子里打草稿，"我……我有个事情要问你。"

"你说吧。"

"你跟 Whisper 还好吧？！"章凡颜到嘴边的话就变了样。

"就这个？"方池莫名其妙，"我们都挺好的。"

"哦。"章凡颜低下了头，用力抠了下自己的手指，说，"苏哲退役的事情，他……他告诉过你吗？"

方池看着章凡颜，顿了顿，摇头："他转会的事情都不告诉我，退役为什么要告诉我？我也是看了联盟的名单之后才知道的。"

"那你联系过他吗？"

方池又摇头："没有。"

章凡颜有点着急："你们不是关系很好吗？你为什么不找他？"

方池都略微看不明白章凡颜要干吗了："小烦，你到底想说什么？"

"……"章凡颜闷声说，"我想知道，他到底会不会告诉别人。"

"无论如何，这种事情都轮不到我啊。"方池淡淡地笑了下，"他不想说的事情，估计连亲爹亲妈都不会告诉吧。我跟他只是朋友，他更没必要跟我讲的。"

"可是你和他，你们……"章凡颜把话憋住了，不知道要不要继续说下去。而方池明白了章凡颜的意思，他扑哧地笑了出来，说："我承认我有段时间对他是有点分不清，没办法，打中野打习惯了。我不太擅长跟人交际，他又那么好。我那会儿总想，我的每一个蓝 buff 都是他给我打的。时间久了，就容易陷入这个设定里。他忽然离开 NAS 我很接受不了，甚至有点怨他，中野分开真的就像离婚一样。那种连我自己都不知道是什么情绪的东西持续了很久很久，大概在这个赛季的后半段，我才能逐渐适应我的新打野。"

章凡颜听他说得有点愣。

"他一直都是我十分敬佩的选手，能够控制自己也能够控制比赛。"方池继续说，"我很开心和他曾是队友。"

他的话说得很明白。无论中间发生过什么，方池还是走出了苏哲带给自己的一切影响，那个一直笼罩着他的身影终将散去，两个人最终还是要回归朋友的位置。

章凡颜自言自语地说："苏哲真的这么好吗？"

"好不好你自己不知道？"方池回答，"好歹也是一起拿到冠军的人吧。"

他们两个人在这边儿聊天，Whisper 找了好久才找到，看见方池就扑了过来。Whisper 比方池高，可还是喜欢整个人架在方池身上："小池，你在干吗呀？"

"和 Living 聊天啊。"

章凡颜看着 Whisper，然后又小声问方池："那现在这个好吗？"

方池思考了一下："习惯了就什么都是好的。"

回到基地之后，大家先是复盘了比赛，随后就自由活动了。因为春节，联盟也进入了休赛期，所有人都在等待着新年的到来。

LC 俱乐部的年会很简单，无非是吃喝玩乐。章凡颜酒精过敏，大家就不闹他，可其他人却喝得欢乐。特别是新来的那几个，被灌得都要爬不起来了。

陆明大着舌头拉着章凡颜说话："烦爹你造（知道）嘛？我单排路人辅助上王者，就是特别特别想打职业赛。我也特别特别喜欢你，那个时候被叫来 LC 试训……我简直要开心死啦！"他说着伸手要抱章凡颜，"可是你都不好好打了……我好伤心啊。"

陆明自己说这话的时候也许并没有多过脑子，章凡颜心里却震了一下。以前队里就他最小，大家都由着他来，可现在这个小辅助比自己还小了两岁，他是不是已经到了可以承担别人的梦想的时候了呢？听陆明这么说，章凡颜也觉得让乱七八糟的事情影响自己的情绪简直太不应该了，可是又忍不住。

"我会努力的。"章凡颜只能这么说。

大家回到基地之后已经很晚了，年前的比赛和训练终于告一段落。

天亮之后，队员们纷纷准备回家过年。章凡颜早就打包了行李放在一楼。他看着行李发呆，脑子里不知道在想什么。距离上一个假期其实只有三个星期，在不到一个月的时间里，他却像过了一整年一样。章凡颜想在自己的大脑中把苏哲当作普通队友那样处理了，可记忆和习惯这个东西怎么都改不了。

起初自己魂不守舍地打 rank 和训练赛，春季赛开始就像憋着一口气一样。忙的时候是充实的，可只要发呆一秒，那个名字就在自己的大脑中扎了根，怎么都拔不掉。

放不下的东西始终会影响自己，想了许久之后，章凡颜猛地站起来，想，不如干脆点，给自己一个亲眼看到结果的机会吧。

大年三十的京市忽然下起了雪。

从早上开始，雪就洋洋洒洒地开始飘落，一个上午的时间便落满了整个城市。

每年春节，京市都会变成一座空城，连立交桥上都快没了车辆，一号线的车厢能一眼望到头。天气不好，这座城市没了往日的喧嚣，静静地等候属于它的新年。

上午将近十点，章凡颜从京市火车站里出来，外面已经是白茫茫的一片了。他有点茫然地看着面前陌生的城市，回头是火车站的标志性建筑——高大的钟楼。上面的钟表指向整点的时候，广场上响起了音乐。章凡颜激灵了一下，背了下背包，急速往地铁站里走去。

买了票之后，章凡颜在示意图上看了好久才找到站名，转头就踏进了二号线。他决定来京市的时候时间已经很晚了，机票都没的剩，火车票就更难说了。本来觉得没戏了，没想到最后一点人品爆发，订票软件里多出来一张来京市的特快车票。

他抱着背包在车上站了一宿，熬夜对于章凡颜来说是家常便饭，只是没这么挤过火车。半夜的时候，车厢里满满当当的人以各种姿势昏睡过去，就像尸横遍野一样。他站得实在是神经都疼了，随便找了个勉强栖身的角落蹲下，心里快要把苏哲撕碎了。

自己什么时候受过这种罪？自从认识了苏哲之后，自己真是各种委屈都尝尽了。

地铁晃晃荡荡的，章凡颜的意识也迷迷糊糊的，车厢里开的暖风，才让他觉得寒冷的身体就像在慢慢解冻一样。恍惚中听到抵达西直门的报站，章凡颜赶紧起来跑去十三号线换乘。

这一路在京市不算远途，但是他抵达的时候，已经将近中午。

"也不知道阿琛给的地址对不对。"

章凡颜掏出手机仔仔细细地看了眼记下来的地址，然后打开地图定位京市。按照这上面说，苏哲家就是出了地铁马路对面的那个小区。他不远万里地跑来京市，眼看目的地已经近在眼前了，自然也就忽略了饥饿和疲惫，朝着目标进发。

单元的门口有门禁，他到的时候里面有人出来，他就正好进去了。电梯上行，"叮咚"的一声开门，章凡颜又仔细核对了门牌号码，用力敲门。

敲了好久也没人回应，他对着冰冷的门，心里有着说不清的失落。

戳了戳通讯录里存着的那个永远打不通的号码，章凡颜又试了一次，还是没有结果。他安慰自己想，也许苏哲出门吃饭了呢？今天三十了，苏哲也有可能去亲戚家了。

鬼知道自己为什么要给他找这么多理由？

章凡颜肚子饿得不行，就又回到了来的时候的那条街上。地上的积雪很多了，走起来咯吱咯吱的，他从小就在南方长大，从来没见过这么大的雪，多少也冲淡了心里的不快。

可是街边的店面通通关门，一直走到十字路口的时候才有一家麦当劳还开着，他就想进去吃东西顺便暖和暖和身子。

"您好，请问您需要什么？"店员礼貌地问他。过年没人出门，店里只有她和几个人看店，正想着下午早点关店，没想到这会儿就进来一个少年。

"我要……巨无霸、双吉……"章凡颜饿狠了，看见什么都想吃，点了一堆东西。结账的时候一开钱包，里面就十块钱了，他有点尴尬地看了看店员："可以刷卡吗？"

"可以呀。"

章凡颜这才松了口气。

坐在窗边一边儿吃东西一边儿低头看手机，不一会儿他妈给他打了个电话，问他"怎么好端端的过年都不回去了？"，章凡颜借口自己要留在基地训练，前两周状态不是很好，想补回来。他妈妈觉得大过年的都看不见儿子有点不满，就又问东问西，问他"基地里有没有人""过年的时候吃什么？"

章凡颜咬了一口汉堡回答说："基地里管饭的，晚上吃饺子。"

好不容易把他妈哄过去，一顿饭也吃得差不多了，然而手机的电量却唰唰掉得厉害，移动电源里也没剩下多少了，他赶紧锁了屏幕。

章凡颜觉得苏哲可能晚上才回来，还有一整个下午的时间不知道要干吗，起身去问店员："请问，京大在什么地方啊？"

店员有点惊讶地说："你不知道吗？"她伸手指着外面，"这个路口一直往前走就是了呀。"

章凡颜回头看了看："哦，谢谢。"

他回桌子旁边歇了会儿，又背起背包朝着店员给他指路的方向走去。

章凡颜对大学几乎没有概念，苏哲跟他说的时候他也只是知道能考上这样一所大学很厉害，但是没有具象的感官意识。这学校太大了，他走了好久也不知道是不是尽头。雪还在下，他一路走得有些热，学校里放假了没有人，也没人管他在干吗。

苏哲说回来读书，就是回这么一个地方啊。章凡颜看着一栋又一栋的楼，不知道苏哲是在哪栋上课。

他忽然觉得自己对苏哲了解得少之又少，不知道苏哲读什么专业，除了游戏之外他不知道苏哲还喜欢干什么，苏哲的一切喜好他都没关心过……他只认识苏哲这个人而已，苏哲的世界却离他很远。

京大校园大得没有边儿，章凡颜在里面走得晕了向，不得已开着导航才回到自己进来的那个大门，下午的时光也过去了大半。

他再回到十字路口的时候，那家麦当劳已经关了门。这个时候大部分中国人在往家赶，他偏偏在离家几千公里之外的地方，为了一个影子都找不见的人。

一个人熬时间很无聊，章凡颜看见街角有家网吧，不知道还有没有开门，就想过去碰碰运气。

网吧老板百无聊赖地坐在吧台后看店，网管早就放假回家了，这会儿也不会有什么人来上网。他是本地人，并不着急回家吃年夜饭，就窝在店里看视频。忽然有人敲了敲他的桌子，他一抬头就看见帽檐下的下巴颏。

"老板，开台机器。"

老板指了指偌大的房间："都是空的，你随便挑吧。"

"哦。"

章凡颜正要离开，老板忽然叫住了他："等下！你过来。"

他仔细端详了章凡颜半天，叫道："Living？你是Living吧？！"

章凡颜被一惊一乍的网吧老板弄得有点不知所措，傻愣愣地点了点头。

"我去！这么巧！"老板一拍桌子，赶紧从吧台后面绕了出来，"我可是LC的头号粉丝啊！没承想今天能见着活人！烦神，这大过年的你来京市干吗？"

"我……我来找人。"

老板好像并不太在意章凡颜说的话，十分亲热地搂着章凡颜的肩膀说："今儿你在我这儿随便玩，要不晚上上我们家吃年夜饭去？"

过分热情的网吧老板让章凡颜有点吃不消，他端着的口音跟苏哲很像，只是苏哲没有老板这么贫嘴。

"你也是无聊来上网的吧？烦神你能带我飞两局吗？"

"好啊。"对玩游戏，章凡颜并不会拒绝，反正自己一个人挺没劲的，"你什么段位？"

老板有点不好意思地说："黄金三。"

章凡颜想了想："我没有大师以下的号，跟你排不到一起。要不我们打匹配，要不你就借我个号打排位。"

老板自己就一个号还玩不过来，哪儿有那么多小号？他赶忙给自己哥们儿打电话借号，可对方一听说拿来打排位就都有点犹豫，老板跑到一边儿对着手机小声说"是大神玩，包赢包上分"。他的朋友都觉得他在开玩笑，更不借了。

最后没辙，俩人只能蹲在空荡荡的网吧里打匹配和极地大乱斗。

一到过年这个时间段，小学生会特别多，一上来就是阿卡丽这种。章凡颜问老板："喜欢玩什么位置？"老板倍儿爽快地说"中单"。章凡颜"哦"了一声，还是玩的AD。

半个下午章凡颜都在游戏里殴打小学生，这对他而言无聊得近乎消磨时间。可对老板而言，简直就是前所未有的超神感觉。并不是谁都有机会能和世界顶尖选手坐在一起玩游戏，老板觉得这简直就是老天给自己的新年礼物，跟电影里演的一样。

  玩着玩着，外面的天都黑了，冬天天黑得早，其实也就刚过五点。他们打完了一局，章凡颜退出来习惯性地看自己的好友列表，朋友们在线的显示同样是在打匹配，他猜可能大家都在家里带妹大乱斗，要么是在带小学生。刚要笑的时候，他就看见苏哲的号忽然上线了。

  章凡颜几乎不敢相信自己的眼睛。

  他赶紧密了一下苏哲，可没一会儿那个号就又下线了。老板拉着他说再开一局，章凡颜立马拒绝了，嘴里说"还有事"，着急忙慌地就往外跑。

  不知道为什么，晚上的雪又大了点，他跑到苏哲家楼下按门禁，按了好久也没反应。章凡颜不甘地想砸门，然后对着楼上大喊了一声："苏哲你个王八蛋——！"

  声音把楼道里的灯震亮，在天空中回荡了一阵就散开了。

  他颓然地抵在门上，一天的疲惫和寒冷感突然就压了上来。京市下着大雪，在雪中的他不知道要到哪儿去。

  章凡颜每隔一段时间就机械地按一下门禁，这次他没那么好运，大冷天居民都在家里，也没人出出进进。最后他站累了，就坐在门边，手机里的电就剩下一个框了，他又给苏哲打了个电话，停机。他打开微信，里面全都是自己绿色的对话框，他觉得视线有些模糊，用冻僵的手指敲了几个字上去。

  "苏哲你在哪儿？"

  信息发出去之后，章凡颜又敲了一行。

  "我在你家门口，你在哪儿？"

  他刚点了发送键，手机屏幕闪了一下就自动关机了。

  章凡颜握着手机，低头把脸埋在双腿间。他已经不气苏哲了，气自己太傻，明明这个时候别人都在准备年夜饭了，可自己为什么要傻乎乎地跑来人生地不熟的京市？自己信誓旦旦地想要一个结果，可是连门都摸不到……之前都在幻想什么啊？他脑中不断地想,自己一定是被苏哲给骗了，苏哲有一万个选择为什么要跟自己继续打游戏？他可能就是打比赛无聊逗自己玩玩，反正现在也退役了，人家还有大好的人生。

  而自己偏偏不争气。

  还好单元门口有遮阳台，要不然这样大的雪早就落满了他一身。章凡颜坐得身子有些麻，可也不想站起来。他太累了，虽然很冷很饿，但都抵挡不住四肢百骸渗透出来的困意，他不知道这样过了多久，只是意识越来越模糊。

章凡颜要睡过去的时候手一松，抓着的手机就啪地掉在了地上。他一下醒了，赶紧伸手去捡手机，然而视野范围之内出现了一双脚。

他双眼蒙眬地抬头看，面前的人没什么表情，是苏哲一贯的样子。

两个人静默对视的时候，仿佛连雪都凝固在半空中了。

章凡颜低头揉了揉眼睛，然后再抬头，苏哲还是这样站在自己面前。

他要站起来，可是因为坐得太久，浑身又僵又麻。章凡颜"嘶"了一声，好不容易才站直。苏哲没有说话，也没有要扶的意思。他在手上哈了一口气，搓了搓，看着苏哲，自己也不知道要说什么。

章凡颜又低下了头，不自觉地咬了下嘴角，弯腰拾起放在地上的背包，翻出了一个键盘，拿到苏哲面前："还给你。"

"你就为了给我送这个？"苏哲没动作，章凡颜只能一直抬着手。苏哲当初送他的机械键盘很沉，章凡颜又没什么力气，没一会儿就觉得累了。他把键盘塞到苏哲怀里，说："对。"

他一松手，键盘落在了苏哲怀里。

"还有这个。"章凡颜在口袋里摸了一把，手掌一摊开，掌心里躺着苏哲的MVP戒指，链子被他拽坏了，只能挂在戒圈上。

苏哲沉默了一阵，说："我送出去的东西从来不往回收，你如果不要了，就扔了吧。"

章凡颜的表情十分难看，他吸了下鼻子，拳头一握，挥臂用力把戒指丢在苏哲身上："浑蛋！"

他拎起背包快步往外走，苏哲在后背喊了他一句："你去哪儿？"

"你管我！"章凡颜头都没回。

苏哲又喊："我送你的东西为什么不要了？"

章凡颜停步，在雪地中站了几秒，然后转头跑过来，捞起苏哲怀里的键盘就往人身上摔，几乎是带着哭腔大喊："你管我啊！我就是不想要了！你的东西我通通不想看见！你骗我！我凭什么还要你的东西？！你怎么不去死啊！"

他就像是发泄一样，苏哲也不躲闪，任由他胡闹。章凡颜最后叫了一声，哭着把键盘往地上砸："我真的……我真的最讨厌你了……我也讨厌这个破地方，魔都离这里那么远，我为什么要来啊……？"天气冷，章凡颜在外面待的时间久，脸冻得有些红，眼泪往外淌，哭得一抽一抽地说，"我什么都不要了，我再也不想见到你了，都

207

还给你吧……"

也许是他哭得太过悲惨绝望，苏哲就像泄了气一样，最终叹了叹，伸手要抱他。章凡颜不叫他抱，自然是一番挣扎打骂，可苏哲手臂圈得死，章凡颜无论用多大力气也逃不出去。他本就累了，刚才的哭闹让他有点筋疲力尽，只能认命般由着苏哲去。

他已经不想管那么多了，这段时间积压的负面情绪都涌了上来，只想把所有眼泪都哭干净。

"我的键盘两千多。"苏哲轻轻拍了拍章凡颜颤抖的背，"你砸坏了，要怎么赔？"

章凡颜只是哭自己的，可苏哲这么说他，他又悲又气，张嘴就咬在了苏哲的手腕上，直到口腔里有了一丝甜锈味儿才松嘴。

见他哭得厉害，苏哲碰了碰他的脸，手心里是冰凉湿润的："章小烦，消气了吗？"

章凡颜要推苏哲，抽泣地说："我在火车上站……站了十几个小时……京市哪儿我都不认识，你不在家，我……我在外面晃了好久，也没有地方去……从你离队之后，你的电话就打不通，发信息也不回……你知道这个鬼地方有多冷吗……我不生你的气，是我自己撞了邪……是我活该……"

听章凡颜这么说，苏哲莫名地心都疼了。他本以为就章凡颜那个宅着不愿意动的性格脾气，来京市肯定是挑着最舒服的法子，没想到竟然是受了这种磨难。自己千算万算，终究是忽略了章凡颜的脑子是一根筋通到底，他认定的事情根本不讲变通。

章凡颜一夜没睡，大老远地跑来找他，可他就为了心里那点不甘心，把人晾在这冰天雪地里整整一天，见到的第一眼明明已经觉得激动不已，却还是装着要怎么样人家一般算计一次。

就非得看见他这样吗？

苏哲一直都是想要什么非要弄到手的人，哪怕下多大功夫都无所谓。他能狠下心说走就走，把手机卡一拔就人间消失。可章凡颜这么可怜又卑微地站在面前，他就忽然舍不得了。

大概世间总有一物降一物吧。

章凡颜哭声渐弱，苏哲摸着他的头哄道："别哭了，乖，跟我上楼。"章凡颜摇头，擦了擦眼泪："我不跟你走，我要回去。"

苏哲弯腰捡起了掉在地上的戒指，将链子抽掉，擦了擦，拉过章凡颜冻得通红的手给他戴上："收了我的东西可由不得你做主。"

章凡颜手一握就要打他，苏哲快速地拎着章凡颜的背包就上了楼。

等章凡颜一进门，他就把门锁上，挨个把暖气、空调全打开了："这里虽然打扫过，但是我回来之后一直在我爸妈那儿住着。这边儿几乎没怎么来就没什么人气儿，不过一会儿就暖和了。"章凡颜目光有点呆滞，就跟哭傻了一样。苏哲笑了笑，帮章凡颜把外套脱掉，让他坐在沙发上，自己去浴室把水放上。

他一直不喜欢家里的浴缸，上学那会儿虽然是自己住，但是房子是爸妈找人给装修的，就都给置办得齐全。那时候他觉得累赘的东西，没想到这会儿能派上用场。

苏哲坐在章凡颜身边，点点他的手轻轻说："手都冻坏了，以后还怎么玩游戏？"

章凡颜没力气动，哑着嗓子说："那也不关你的事。"

苏哲故作生气道："你再说一遍？"

没想到章凡颜哆嗦了一下，把手往袖子里抽。苏哲觉得自己真是有病，平白无故干吗要再吓唬他，连忙反手按住了章凡颜手。

章凡颜有点求饶地说："你……你放开我……"

"去洗个热水澡吧。"苏哲低声说，"暖和得快些。"

章凡颜不作声地去了浴室，慢吞吞地脱衣服，平静下来的时候才觉得身体又累又疼。把身体没入温热的水中的时候，温度将骨头缝隙中的寒冷驱走，让人有种轻飘飘的感觉。

苏哲在外面待了好一会儿都不见章凡颜有动静，就去敲浴室的门，章凡颜却不回应。苏哲皱了下眉，打开门，浴缸里哪儿还有章凡颜的影子？他心里一惊，快步走上前，伸手在水里一捞，把章凡颜拽了上来。

"你想憋死自己啊！"

章凡颜用力大口喘气，擦了下脸上的水："水里暖和。"

苏哲没脾气，叹了口气松开手，自己走到外面取了块儿浴巾扔进来，叫章凡颜擦干净了用浴巾裹起来。

没一会儿，章凡颜才从浴室出来。苏哲惦记着他坐一宿火车没休息好，直接把人带到了卧室。他知道章凡颜肯定不老实，就拿了吹风机插到床头柜的插头上把人按在床上吹，章凡颜乱动，扭得床单都要被掀了。放在客厅的手机忽然响了，苏哲便放了章凡颜去接电话。

自己亲娘问他都该吃饭了怎么跑了，苏哲说"有点事"，他妈妈也不多问，就留了一句："事办完了赶紧滚回来吃年夜饭，让一大家子人等你一个还是怎么着？"说完就挂了电话。

苏哲看着手机，又回头看房间里的人，左右为难。

他想了想，给他妈发信息说："我事办不完，你们先吃吧，不用管我。"发送键一按，立刻把手机关机。

他肯定不能离开章凡颜，可要把章凡颜带上，他家里虽然不会管他什么，章凡颜那个魂儿都没了的样儿也是难办。苏哲一寻思，干脆就跟章凡颜过了这个除夕吧。

苏哲回房间就看见章凡颜趴在床上要睡着了的样子，侧脸贴着枕头，手放在自己面前，头发温顺地垂了下来。章凡颜样子安静，可始终皱着眉毛，睡得并不安稳。苏哲轻手轻脚地坐下，用手指在章凡颜的眉心一推，章凡颜唰地睁开了眼睛。

"没事，你睡吧。"苏哲给他把被子盖好，"我陪着你。"

章凡颜蹭了下脸，又闭上了眼睛。苏哲把灯关了，房间里漆黑又安静，章凡颜累过了劲儿，只是意识模糊，却睡不着了。

他的呼吸平稳，苏哲离自己很近，近得他能听到苏哲的心跳。过去二十四个小时的事情就像电影画面一样不停地在脑子里闪过，章凡颜睁开眼睛再闭上，再睁开，眼前和脑中的事情都不真实得如同梦境，他有点分不清楚了。

"苏哲。"章凡颜低哑地叫了一声。

"我在。"

黑灯瞎火，章凡颜只能摸到苏哲，翻身起来往前凑，碰了碰苏哲。

"睡觉吧。"苏哲哄道，"我在，睡觉吧。"

这句话就像是咒语一样，章凡颜闭上眼睛，不一会儿就睡着了。

苏哲伸手把章凡颜睡乱了的头发捋顺，章凡颜梦里觉得痒便伸手去抓，抓住了苏哲的手就不放开了。苏哲整个人被章凡颜以一种奇怪的姿势霸着，有点哭笑不得。

他真是把章凡颜冷落得太狠了。退役是早就有打算的，他只是谁都没告诉。他将手机卡拔了，可章凡颜给他发的信息他都还看得到，章凡颜总反反复复问他那一个问题，苏哲只是不想回答。即使早在决定退役的时候他就已经知道了那个答案是什么，但还是存心地吊着章凡颜。

苏哲总认为，章凡颜自己都不见得清楚自己在干吗，只是他没想过章凡颜会把自己搞成这样。他只庆幸章凡颜好骗也好哄，要换个稍微精明一点的人，早就玩脱了。

可换成谁都不行，谁都不是章凡颜，苏哲再也不想骗章凡颜了。

京市今年鞭炮解禁，十二点的时候，外面噼里啪啦地热闹了起来，章凡颜震了一下，似乎是被惊到了。苏哲刚要拍拍他，却觉得章凡颜身上很热，他下手一摸，赶紧把章凡颜晃醒了。

"嗯……"章凡颜极不情愿地睁开眼，眼睛有点对不准焦距，看苏哲模模糊糊的，

"干吗……?"他感觉苏哲好像要离开,就死抓着不放。

"你好像发烧了。"苏哲温柔地说,"我找药,不离开。"

他顺毛摸了好久,章凡颜因为发烧本来就没精力,终于还是松开了。苏哲把床头的灯打开,看见章凡颜本来白净的脸烧得泛红。

他给章凡颜量了下体温,烧到了三十八摄氏度多,年三十晚上也没医院可去,就先找了药哄着章凡颜吃了。苏哲又去洗了毛巾给他擦了擦,把被子盖严实了,这才让人躺下。

章凡颜没怎么睡觉,白天受了凉,晚上的时候又跟苏哲闹了一通,大半夜的他烧得有点迷糊,身上轻飘飘的,一会儿冷一会儿热,难受得很。

"苏哲……"章凡颜模糊地小声喊。

"我在。"

章凡颜就跟没听见一样,还是喊他。

"我在。"苏哲想他也许是在做梦,拍着他的背说,"我在。"

章凡颜抓着苏哲,惊醒一般睁开眼睛,对着苏哲看了好久似乎才看清苏哲,就靠近苏哲,闭上了眼:"苏哲……"

"嗯?"

"你是我最重要的人。"章凡颜的声音飘飘忽忽的,"不要离开我。"

房间里隐隐还能听到外面的鞭炮声,苏哲愣了一下,只觉得自己心中也炸得像这除夕的夜晚,一片烟霞烈火。

"哎!"苏哲满满地应了一声。

章凡颜到底年轻,病来得快去得也快。天亮的时候,苏哲又给他量了量体温,温度已经下去了。

大年初一的早上本该去长辈家里拜年的,章凡颜睡不醒,苏哲也不想动。昨晚起他的手机就一直没开,这会儿开机估计得爆炸。

死活挺了大半个上午,章凡颜才睁眼,看见苏哲坐在自己旁边,回了下神,伸脚就把苏哲踹了下去。

苏哲没提防直接滚下了床:"你踹我干吗?"

章凡颜想直起身,可一起来身上就疼,他龇牙咧嘴地指着苏哲说:"谁让你上我的床了?!你给我滚!"

苏哲一愣,笑着捡起了被子:"你昨天晚上是不是烧糊涂了,这是我家啊,你不记得了？"

　　章凡颜听了苏哲这话，坐在床上眨着眼睛看了看周围的环境，这才想起来昨天那堆事。他有点尴尬，却不想改口，别扭地把脸转到了一边儿。

　　两人打闹一阵，没想到门忽然就开了。苏哲一惊，就看见自己老娘同样惊讶地站在门口。

　　苏哲反应很快，立马翻身下床，苏妈妈恢复正常也很快，一脸阴郁地看着自己的儿子，冷声地说："你给我出来。"然后反手啪地把门一关。

　　章凡颜吓傻了，有点害怕地看着苏哲，苏哲安慰说："没事的，我先搞定我妈，一会儿就回来。"

　　苏妈妈在隔壁房间，双手抱臂站在窗前，苏哲敲了敲门就推门进去。

　　"你有什么要说的吗？"苏妈妈问。

　　"没有。"苏哲摇头。

　　"他是谁？"

　　"我队友。"苏哲回答。

　　"我从昨天晚上就给你打电话，到今儿上午了也没人接，我寻思着，人能去哪儿呢？就先到这边来看看，没承想就看见你的车停在下面，我当是什么事呢？"苏妈妈说话的时候也没显露太多表情，就跟聊天气一样，"什么队友犯得着你电话也不回，大过年的连饭都不吃了？你是不是想气死我和你爸？"

　　苏哲解释说："我这不是事出有因吗？再说了，一顿饭而已，平时也没见您有多关心。"

　　苏妈妈倒是面不改色："你还有理了啊？"

　　"没有。"苏哲上前拉着他妈的手臂撒娇一样摇了一下，"妈，反正事情就是这么个事，其他的您要想知道我回头告诉您。我队友来了我招待就行了，您就别管了。"

　　"嫌弃我还是怎么着？"苏妈妈一下拍开了苏哲的手，"你从小到大我就没管过你，你这点破事我也懒得管。但是你这么大的人了，也该知道自己在干吗。"

　　苏哲很认真地说："好了好了，明白了。"

　　苏妈妈看着苏哲良久，径自一笑，拎着包就往外走："你朋友在这儿我不跟你置气，这事咱们回头再说。"

　　苏哲恭恭敬敬地把母亲大人送到门口，忽然拉着母亲大人的手说："那我爸……"

　　"哟。"苏妈妈秀眉一挑，"怎么着，你惹的事回头我还得给你擦屁股啊？甭想！

你不是能耐大吗？我呀，不跟你费这劲了。"说罢便踩着高跟鞋离开了。

苏哲没想到自己老娘这么好说话，本以为是血雨腥风的事竟然这么容易就过去了，一颗心也就放回了肚子里。他这才想起来章凡颜还在房里，就赶紧回去。打开门一看，那也是个心宽的主儿，自己趴床上又睡着了。

他上去一通乱揉把章凡颜给弄醒了。

"嗯……"章凡颜透不过气，"你……"

"你可真是天塌了有个高的顶着。"苏哲笑道，"也不管我的死活了？"

章凡颜"哦"了一声："你不是好好的吗？"

"哎，我不跟你说这个了。"苏哲刮了下章凡颜的鼻子，"饿了吗？有什么想吃的？"

"我要回去。"

"你什么时候开始训练？回头我给你买机票，头等舱好不好？"

"有病吧你！"章凡颜说，"有钱烧的。"

"给冠军 AD 花多少都值得啊。"苏哲感叹，"怎么把链子拽坏了？唉，大过年的也没地方修去。"

"你还敢问？"章凡颜闷闷地说，"要不是因为你……"

"因为我什么？"苏哲追问，"难道是想我这个野爹想的？"

"胡说！"

"好啦我知道啦。"苏哲摸了摸章凡颜的头，起身，"是我错了，以后生气不要对乱七八糟的东西下手了，冲着我来嘛。不过现在咱们还是找地方吃饭去吧，都快中午了。"

"我不想动。"

"我背着你出门行了吧？走吧，我的车停外面了不知道有没有被贴条。"

章凡颜死猪一样不动，苏哲就把人架起来，叫他穿好衣服，然后一路扶着到了楼下。

一开单元门迎面一股刺骨的寒风，苏哲给章凡颜裹了围巾："京市风大，下雪之后更冷了。"

章凡颜说："魔都也冷啊。"

"不是一个冷法儿，以后你就知道了。"

章凡颜没深想这个以后是什么意思，就被苏哲拉上了车。

街边大大小小的店都关了门，苏哲带着章凡颜溜达了一圈也没找着什么好吃的，最后随便找了个地方对付。

苏哲问:"你不回家,家里知道不知道?"章凡颜一边儿往嘴里塞东西一边儿说:"我跟家里说在基地训练。"

"什么时候开始训练啊?"

"初五到基地。"章凡颜回答,"回去没多久就要打比赛了。"

苏哲点了点头,只是这样的生活再也不是他的了。

初二一过,苏哲父母飞去国外度假,彻底没人管他了。他趁着这几天没人,带着章凡颜满世界玩。

商场里的首饰店还是开着的,他先去给章凡颜换了条链子,这次特意嘱咐章凡颜好好戴着,不要没事瞎扯。买完链子买衣服,两个人满载而归。

两个人相处的日子过得飞快,初五一眨眼就到。苏哲果真如他说的给章凡颜买了头等舱的票,中午吃过饭后磨叽了好久才送章凡颜去机场。

机场的人永远那么多,苏哲不想这么快和章凡颜分开,忽然有点后悔自己干吗退役。可没办法,当初做了选择,他也有自己的人生要安排。

现在的场景就好像一个多月前他送章凡颜回家,只是心情却不一样了。

他给章凡颜带了一堆东西,让章凡颜回去给队友们分一分,反正是托运,章凡颜也没说什么。

"你键盘都砸了,回去有用的吗?"苏哲问。

"哎呀!"章凡颜一拍脑门,"我给忘了,不过他们应该有键盘吧。"

"哎,我一会儿回去给你买一个邮过去吧。"

章凡颜皱了下眉:"你怎么这么喜欢花钱?"

章凡颜眼睛一转,并不想看苏哲。

时间差不多了,苏哲才放章凡颜去安检。这一回去,章凡颜就没了休息的时间,基本上每天都要训练,最快两人也得等春季赛打完才能见个面了。他想自己大概会很想念章凡颜,但他并不想影响章凡颜训练比赛。

"我走了。"章凡颜小声说。

"走吧。"苏哲给章凡颜理了下衣服,"我知道你训练忙起来就什么都不记得了,但是我给你打电话,你要接,知道了吗?"

苏哲说:"专心打比赛,照顾好自己。"

章凡颜低着头,抿了下嘴发出了一个很模糊的单音,与苏哲告别,便转身离开了。

今天晴空万里,是这个城市冬天少有的好天气,更是与章凡颜来的时候不同。他坐上飞机,靠在宽大的椅子里,摸了摸胸口套着戒指的项链,不自觉地笑了一下。

回到基地之后，章凡颜给大家分东西，张思卿问："你这是去哪儿浪了？"章凡颜支支吾吾地说不清。彭炀在旁边说："有你吃的就行了，哪儿那么多废话？"张思卿这才不问了。

心里的疙瘩解开了，日子算是彻底过舒坦了。一个春节回来，大家开始以崭新的面貌迎接比赛。苏哲说送章凡颜键盘，结果隔天就到了，坐在他旁边的陆明看着美貌的新键盘有点流口水。

这个星期章凡颜的训练状态不错，首周的比赛就全取三分，章凡颜爆炸输出拿了两个 MVP。

陆明上场的时候中单是张思卿，彭炀上场的时候中单就换成了新人李环宇。两边交替着上，老人带新人。

他们打得节奏都不错，队伍的积分也一路上升，第一轮打完，LC 高居榜首。

章凡颜依旧每天打 rank 打到半夜，很忙，忙着提升自己，也忙着带陆明。这个赛季他已经不是那个谁都要哄着的小屁孩儿了，他要 carry 队伍，带着一个新人辅助和一个新人打野偶尔也做新人中单的两个后辈，开始有了一种使命感和责任感。

只有每天晚上临睡觉前，他才有机会跟苏哲说上几句，然后再睡觉。苏哲也并不是一天二十四小时都有空，同样忙。

苏哲就读了一年大一，要九月份开学才继续读。由于他读理工科，之前落下的东西太多了，为了避免开学吊车尾，得抓紧时间复习。章凡颜不在身边，爸妈又是满世界跑，苏哲又成了一个留守儿童。

虽然两个人发信息的时间有时候会错开，但是过节的时候，苏哲总是会送章凡颜各种礼物，章凡颜也就给苏哲买了个彩虹马的皮肤。

这东西章凡颜早就说给苏哲买，但是买了都快一年了连根马毛都没见着。苏哲收到之后，每天单独腾出时间来打 rank，把自己的号又重新打了回去。

这样他晚上至少可以在游戏里看见章凡颜了。

时间匆匆地过，气温也逐渐回升，LC 不负众望地以第一的成绩进入了春季赛的季后赛，又一路过关斩将杀入决赛。这中间，章凡颜功不可没。

所有选手和解说评论章凡颜，都说他这个赛季打得又稳又狠，以前他虽然 carry，但就是个神经刀，现在是稳定 carry 的队伍担当。

决赛当天，大家在后台准备。

安西一如既往地叨叨了半天，最后说："我忽然发现，我们好像从来没拿过国内联赛的冠军哎。"

"有世界冠军还稀罕这个？"张思卿说。

"可是我还什么都没有啊。"陆明嚷嚷。

高程说："年轻人，世界是你们的，也是我们的，但终有一天还会是你们的。"

安西一摊手："你们随便打吧，我不管。"

章凡颜安静地坐在角落里，手机突然响了，他不知道苏哲这个时候给自己打电话要干吗。

"喂？"章凡颜一边儿接电话一边儿走。

"小烦，你要比赛了吧？"苏哲问。

"嗯。"章凡颜说，"一会儿就开始了。"

"紧张吗？"

章凡颜笑道："小场面。"

苏哲说："你那里好乱啊，我听不清楚，你找个安静点的地方。"

"哦，那我去后门那边吧。"章凡颜说着继续往外走。

"我猜你一定紧张。"苏哲说，"你每次打比赛之前都这样的。"

"紧不紧张的你又看不见。"

"我怎么看不见？"

"看直播不算！"

"哦？"苏哲笑道，"笨蛋，回头啊。"

章凡颜听到这话就回头看，苏哲拿着手机站在离他不远的地方。章凡颜有点惊讶地揉了揉眼，确定真的是苏哲，想都没想就跑了过去。

"烦神想我吗？"苏哲笑着问。

"不想。"

"好啦我知道了。"

"你来干吗？"

"我买了票看比赛的好吗？！"

章凡颜说："场地的票又不分座位，你现在进去早就没地方了。"

"你当我跟你一样？"苏哲用指尖戳了戳章凡颜的额头，"我叫彭炀给我占了位子，第一排正中间。"

"彭彭竟然都没告诉我！"

"他没告诉你的事多了去了。"

章凡颜"哼"了一声。

苏哲笑了笑:"差不多该上场了。你进去吧,我得从观众席进去。"

"哦。"

苏哲来回看了看四周,发现没什么人,便点了一下章凡颜的额头:"去吧,我的世界第一 AD carry!"

热情的观众将整个赛场的气氛哄抬得无比激烈,场上的大屏幕是交战双方的战队介绍,解说逐一介绍参赛选手。镜头给到章凡颜的时候,他抬起头,认真地盯着摄像机,然后笑了一下。

他极少对着镜头有这种表情,因为台下坐着他的 MVP 打野。

《英雄联盟》春季赛总决赛,正式开始!

"*Living* 就是活着的意思。
ADC 活着才能有输出,活着就是一切。" ▶ ▶▶

番外一
苏哲的演讲

九月的校园朝气蓬勃，开学第一堂课上，阔别了一个暑假的同学们发现班上有了一个新面孔。

男生们对那个新同学表现出的热情态度比女生更热烈。

因为那个人是拿到了去年总冠军 MVP 选手的超级电竞明星苏哲。

久违的校园生活让苏哲多少有点不习惯，他复习了大半年才勉强不让自己在开学伊始就变成班上的吊车尾。特别是他的同学们跟章凡颜差不多大，以至于苏哲看他们的时候总有一种看毛头小鬼的感觉。

学生的业余生活很多，参加社团活动或者吃喝玩乐，比打职业赛的时候不知道轻松多少倍。他的同学们似乎特别热衷于找他开黑，就像原来的那帮同学一样。学校的电子队也力邀他加入，苏哲觉得既然自己擅长这个东西，而且上大学怎么着都得加个社团，于是就答应了。

只是他很少出现就是了。

有天，社团里心血来潮要搞一个演讲，为普通路人群众科普电子竞技。大家里外一合计，这种事情最有发言权的当属苏哲大大！于是就把他推了上去。

苏哲知道的时候内心是崩溃的。

但没办法，带了苏哲大名的宣传都做了，他总不能拒绝说："我不来你们找别人吧？"应承此事的当天晚上，苏哲跟章凡颜排了两局之后就说自己要写作业去了，章凡颜当时都惊了，问："上大学还有作业？难吗？"苏哲回答："难，比打比赛难。"

他开着文档绞尽脑汁地写了半天也不知道自己在写什么，后来抄抄剪剪算是整出来一篇看上去勉强能说是演讲稿的东西。

活动开始的那个晚上人来得异常多，一个偌大的阶梯教室坐得满满当当，里面还有很多从别的学校来的同学，当然男生居多。

苏哲站在台上看着乌泱泱的人群，脑子一下就卡住了。

然后他就完全忘记自己准备了一宿鬼都看不明白的内容，脑中一片空白。

苏哲瘫着一张脸和大家对视了几秒钟，大家还很奇怪这位大神在干吗？

过了一会儿，苏哲才开口。

"我在一个星期之前就准备了这次的演讲内容，一直到昨天晚上还在复习，生怕今天捅什么娄子。但是站在这里的第一秒,我还是忘得一干二净。坦白说,这是我有生以来第一次在这么多人面前发表自己的观点并且试图说服你们,所以我很紧张。可能很多人会说,你之前不是打比赛吗?每场比赛都有成千上万的现场观众,场面要比这激烈得多。我想说,不,当时我面对的是屏幕而不是这么多张脸。"

台下发出一阵笑声。

"面对电脑屏幕的我永远不会因为有多少人看而感到紧张,因为打比赛是我最为自信和熟悉的事物。既然我都忘了我准备的那些鬼东西到底是什么,那么我就说到哪儿算哪儿吧!以我自身为例,给你们讲一讲什么是电子竞技,一个电子竞技职业玩家的生活是怎样的。"

苏哲顿了一下,不着痕迹地调整了一下呼吸。

"自2003年起,电子竞技被国家体育总局列为第九十九个正式体育竞赛项目,距今已经过去了十几年,虽然我说不说这句话对后面的内容并没有影响,但是这至少说明我曾经从事的是一项正当职业,我并不是什么社会青年无业游民。对游戏,很多人存在一定程度上的偏见,家长不喜欢自己的孩子玩游戏,女朋友不喜欢自己的男朋友玩游戏。玩物确实丧志,但我想说的是,这并不是游戏的错。一个对自己没有任何自制力的人,任何事情都可能导致他沉迷上瘾,游戏只是其中之一。在这里,我想先让大家明确一个概念,电子竞技不等同于网游。通俗来讲我们说电子竞技就是依靠电子通信设备与其他人进行对抗,那么你在网上打斗地主也可以称之为电子竞技。有人会说,我玩《魔兽世界》打竞技场也符合这个条件,不过,《魔兽世界》是网游。我想大家是忽略了一个重要的词——竞技。

"竞技的基点是公平,讲究的是即时战略操作。在网游中我们可以通过人民币获得装备,或者通过打怪掉落装备,这本身就不是人人都能做到的事情,即使能够做到也需要一定时间的积累。而在电子竞技项目中,大家的起点是一样的,地图资源是平均且有限的,你需要在有限的地图资源中刷兵或者击杀对方来获取金币买装备提升自己。你有三千八你可以买无尽之刃,我有三千八我也可以买,获取这些物品都是我们各凭本事,绝不怨天尤人。我希望在座的各位同学不要混淆概念,或者看了些什么网游键盘小说里面有比赛有战队就认为是电子竞技。小说里描写得太帅了,小说中的主人公也许手速爆表,每分钟操作数高达六百,长相还风流倜傥一表人才,但现实中的电子竞技选手的生活其实很无聊也很枯燥,压力很大,而且比你们想象中残酷。

"可能你们或多或少听过这样的新闻,某某少年在网吧连续上网多少多少小时猝死。在座的同学一天玩游戏能玩几个小时?有没有特别喜欢玩游戏的男生?会经常一起去网吧玩通宵是吧？但是你们会天天通宵吗？同样是职业，上班族一天只工作八个小时，你们上课一天的时间应该也不会超过这个数。然而一个电子竞技职业选手，平均每天的训练时间在十到十二个小时。我们每天中午起床，听上去感觉不错是吧？吃过饭后就开始训练，从中午十二点到晚上十二点，基本能打两个 BO5，剩下的时间会复盘比赛，分析，然后针对训练。晚上自由打 rank，好了，差不多到十二点了，这对网瘾少年来说正是精神的时候，怎么能睡觉呢？于是就一直打到后半夜。我在联赛最紧张的时候经常连轴训练，多的时候每天也只能睡三四个小时，忙到很久没有使用过任何通信工具。打全球总决赛之前有将近一个月的封闭训练，那个时候训练室里几乎二十四小时都有人在训练或者看其他战队的比赛视频分析。每个人都在前进，你稍微休息一下就会被落下。女明星很漂亮是不是，但是让你每天对着她们的脸长达十二个小时一动不动，我相信不出一个星期你可能已经再也不想看到她们了。我想表达的是，电子竞技职业选手的生活一点也不酷炫，这条路远比你们想象的艰苦，梦跟现实差别很大，不要觉得玩游戏很简单，因为你真的连游戏都玩不好。

"我刚刚提到了我们痛苦枯燥的生活，那么你可能会问我，不就是玩游戏吗？何必这么认真？是不是打职业赛能赚很多钱？我只能说现在的这一代电竞选手待遇稍微好了一些。在几年之前，就是《DOTA》正当红的时候，几千块钱可以养活一支二三流战队。后来我们有了淘宝和各大直播网站，大家不要笑某某选手退役卖饼，其实这也是行业发展的一条必经之路，因为在此之前电子竞技是几乎没有变现能力的。我打职业赛的时候只有微薄的工资和迟迟不发的奖金，职业生涯就那么三五年，退役了我吃什么？淘宝和直播平台的出现才解决了我们这些选手的后顾之忧，这就是一种变现能力。其实直到现在，大部分战队还是在靠金主养活，因为战队本身是不赚钱甚至每天都在赔钱的，好在总有那种不喜欢玩车玩表就喜欢玩游戏的富二代。一些游戏的火热和联赛的兴起也让一些资本流入到电竞的市场，主流的媒体也开始给予我们一些正面的声音，我们有明确的条文来规范选手和俱乐部之间的关系，有越来越合理的转会制度和联赛体系，这些都是在朝着一个很好的方向发展，我们有比十年前更好的环境，那么既然我选择了这条路，为什么不轰轰烈烈地走下去呢？

"电子竞技是遵循丛林法则的世界，你打得不好，就算人再好长得再帅再有钱，还是活该被嘲笑羞辱。你打得好，那么你就有资格看不起所有人。这就是这个世界最后的公平。所以我说，电竞对我们来说是实现一个当英雄的梦想的途径，它可以让一个普通人变得伟大，可以让一个故事成为传说。电竞是美好的，但越美的事情就越残酷。这个世界上冠军只有一个，背后还有成千上万的失败者。你能说他们不努力吗？

不，他们很努力，但这就是现实。电子竞技同任何体育竞技项目一样，在有欢笑和喜悦的同时，也充满了眼泪和遗憾。

"现在有很多小孩子很厉害，十几岁能打到电一王者，然后就想不学习出来打职业赛。我不评价这种想法对或者不对，因为我们每个人都有自己的选择，但是我不鼓励你去打职业。原因就是我刚才所讲的，电子竞技看上去很美，但背后的痛苦和压力非常大，这就要看你的梦想是否足够强大到支撑你从困境中走出来。

"最后，我希望我的这些话能够对大家有所帮助，至少能够帮助大家正确评价电子竞技，对电子竞技能有一个客观公正的评价。我们并非玩物丧志，只是在用自己的方式，去实现一个英雄理想。

"我的演讲就到这里了，谢谢大家！"

台下是雷鸣般的掌声，苏哲向大家一鞠躬，下台后才松了口气，这可真的比打比赛难多了。

"*Living* 就是活着的意思。
ADC 活着才能有输出，活着就是一切。" ▶ ▶▶

番外二
那对中野

Whisper 名叫赵成灿。

他十六岁在韩国电竞圈出道，仅仅一年就打出了名堂。第二年 Whisper 便成了韩国联赛的实力野王，斩获当年的联赛冠军，随后被中国"土豪"挖到了 NAS，和他的老乡 Hide 一起。

十八岁的赵成灿就这样踏上了异国他乡的征程。

对 NAS，赵成灿是不陌生的，在 S 系的比赛上曾经碰到过，也同如今被他取代的打野苏哲交过手。在他看来，那对中野拆分开看其实只能说都还不错，但是加在一起就会迸发出惊人的威力。赵成灿很想知道这样配合默契无间的中野到底为什么会分开，这是他来 NAS 以后最好奇的一件事。

刚开始他来的时候虽然有翻译，但是翻译不可能一天二十四个小时陪着。俱乐部也安排了教语言的老师，可大家平时交流还是靠着蹩脚的英语。一群中国网瘾少年和两个韩国网瘾少年谁都不比谁好到哪儿去，彼此说的英语都夹杂着奇怪的口音，更多时候还是得靠比画。

所以在联赛初期，大家因为交流问题确实犯过很多错误。

解决的办法只有两个，要么努力学习语言，要么努力打配合。而能帮他解决这个问题的对象只有一个人——方池。

方池是个沉默的人，大多时候都不怎么爱说话，赵成灿性子就爱闹腾，有的时候会故意去撩方池，但方池就跟反应迟钝一样，对赵成灿爱搭不理的，搞得赵成灿碰了一鼻子灰。

一般玩打野的人控制欲都很强，赵成灿也不例外，死活非要带方池节奏。

不明真相的方池觉得这小孩儿简直是莫名其妙。

因为赵成灿招惹自己的方式十分幼稚。

最开始赵成灿天真无邪地跟方池说："我们以后就是搭档啦，如果我哪儿做得不好请多关照。"当时方池觉得这小孩儿还挺乖的，混熟了之后才发现，这小孩儿哪儿是乖，就是蔫儿坏！每天都要缠着方池说话，他本来就话多，又假借学汉语的名义天天跟方池说废话，以至于方池听见赵成灿的声音就觉得头痛。

后来赵成灿见方池有点烦自己的样子，一有不对的地方就乖乖地撒娇，嘴上就跟抹了蜜一样一口一个"小池哥哥"地叫。

方池本来性格清清淡淡的，并不是特别喜欢交际，跟大家都保持着友好的距离。可这个韩国来的小野王就跟个狗皮膏药一样，他怎么甩都甩不掉。

真是差点把方池愁死。

但是发愁归发愁，比赛还是要好好打的。赵成灿跟苏哲不一样，苏哲打得很凶但是给人感觉特别踏实，有他在方池总能线上安稳发育，赵成灿就是骚浪骚浪的，闲得没事干就喜欢往对面野区里跑。方池还总得帮他分心出来，每次都打得诚惶诚恐。

晚上的时候赵成灿特别喜欢找方池来双排，美其名曰培养中野默契，方池不知道该怎么拒绝，只好由着这小孩儿胡来。

有一天晚上，赵成灿像原来那样缠着方池要找他双排，可方池怎么着都不答应了，磨磨叽叽半天之后方池才说，自己找了别人。

而那个别人，就是苏哲。

赵成灿本来没觉得什么，你找了别人就找了别人嘛，我又不缺人双排。他就坐在方池旁边，过了一会儿感觉方池跟苏哲打 rank 打得特别认真，简直堪比比赛程度，说话也比平时多了一点，偶尔还会笑笑。

小野王不开心了。

你打野爸爸是我哎，你对我爱搭不理对别人那么亲热是几个意思？！

于是不明真相的方池发现赵成灿变得越来越恶劣了。

其实赵成灿还挺留心苏哲的，甚至对他带了些轻蔑的意味。自己比苏哲年轻，登顶过最强赛区，还是世界公认的野王。在比赛交手中他觉得苏哲也就那样，可是不明白别人哪儿来的能耐让方池笑出来。

这个奇怪的想法一直延续到春季赛的季后赛。NAS 碰上 LC，最终以三比二的成绩拿下胜利。本该高兴的一件事放在方池身上，他就是那么闷闷不乐。

原因很简单，LC 的那个小鬼输不起，在后台一个劲儿地哭。方池过去问了问，苏哲就说："人是被你打哭的，你要怎么负责？"

赵成灿在旁边听了一耳朵，大致意思是听懂了，不免更加觉得 LC 那群人问题太大，输了还有脸叫自家中单受委屈。他家中单就跟丢了魂一样，在接下的比赛里状态完全不对，以至于最后输掉了比赛。

当时赵成灿还没来得及为方池伸张正义就放假回韩国了。回国后他先是和原先的老队友聚会，聊了聊在中国的生活，但吃喝玩乐了没几天，日子就变得无聊了。

无聊了他就想起了远在中国的方池，韩服都不打了天天晚上在国服上蹲他。但是方池要么就是已经在队列中，要么就是"嗯嗯哈哈"地回些有的没的，赵成灿手指头掰着日子算，终于熬到了归队的时间。

回去之后队伍就被拎到片场拍宣传片，他自己超级喜欢吕布皇子，扮上之后神气得不行。全场只有两个"女性"英雄，就是方池和章凡颜，他看见方池怯生生地出来的时候就觉得：哇，阿狸！

别人闹他俩，方池尴尬得不知道要说什么，章凡颜则是骂骂咧咧地拿着火箭炮满世界杀人，完全就是相反的极端。

好不容易人才换回了正常模式，赵成灿看见安静站在一边的方池，悄悄地走过去从背后扑住了他。

"小池！"

方池吓了一跳："你……你一惊一乍地要干吗？"

"小池的狐狸，"赵成灿组织了一下语言，"最厉害！"

他说话口音很重，听起来特别蹩脚，方池笑了一下，没有回应。

"你都不跟我玩狐狸。"赵成灿噘嘴，他年纪比方池小，个子却比方池高，从后面勾着方池好像要把方池压垮了一样，"狐狸，多好。"

"狐狸这个版本就不好了啊。"方池解释。

赵成灿心想，哪儿是版本限制狐狸，分明就是你自己给自己下坎儿。

天气一天一天变热，方池反倒静下心来打比赛了。中单的主流英雄变成了维克托、沙漠皇帝、蛇女这些，刺客英雄上场的不多。赵成灿习惯性地蹲中路，想着夏季赛一定要把苏哲杀穿，可还没等他发力，苏哲自己先崩了，这多少让他觉得很无趣。

NAS 在夏季赛的战绩很好，一直到季后赛的排位争夺战里，整支队伍都是势不可当的样子，直到跟 BKA 的四强赛的最后一场。

其实到第四局的时候他已经觉出方池有点不对，第五局的 BP 上方池犹豫半天不知道拿什么英雄，教练拍着他的肩膀说"拿露露"。赵成灿甚至把头扭过去对着方池说"你就拿露露吧，这个稳"。方池点头了，可教练一转身，他就把露露换成了劫，然后点了确定。

赵成灿当时都傻眼了。

他根本不理解方池为什么这么做，你任性胡乱地打比赛，那我费什么劲儿保你？一整场比赛他就跟闹别扭一样几乎都不去中路，结果可想而知。

晚上回基地之后大家的气氛都不太好，领队和教练专门找了方池谈话。方池从房间里出来的时候，赵成灿双手抄在口袋里倚着门框看他。

"怎么了？"方池看上去很疲惫，但仍旧打起精神来问他。

"我有事，问你。"赵成灿说。

"那我们出去说吧。"

夏季赛临近结束，赵成灿也在中国待了将近一个赛季，汉语学得不错，写字可能有问题，但听说大部分可以理解了。好在方池说话清楚语速也不快，很多词能给他慢慢理解的时间。

夏天的夜晚是热闹的，可基地的周围永远那么安静。

"想问什么？"

"你……"赵成灿想了想，说，"最后一局，为什么？"

方池径自笑了一下："你们怎么都问我这个问题？"

"苏哲来了，他要你输的？"赵成灿很认真地问方池。

"没有。"

"那你为什么输？！"赵成灿音量抬高了一些，"露露可以的！为什么选劫？！"

"我想 carry。"方池平淡地说，"是我没发挥好，不赖别人。"

赵成灿看着方池那个心甘情愿的样子心里就炸了，一下没忍住嘴里噼里啪啦地就往外蹦字，有些太过复杂的句子他不知道怎么用汉语说，情急之下连韩语都出来了。

方池能听懂的中心思想就是：是苏哲要你输的。

再闷再老实的人逼急了也会爆发，方池对赵成灿大声说："小风从头到尾没跟我说过一句话，你别瞎甩锅！我就是故意输的怎样？！我就是要送他进预选赛！"

赵成灿目瞪口呆。

他好像缓冲了很久才消化完这些话，磕磕巴巴地说："那我呢？我……我也想打预选赛啊，你不管我了吗？"

小孩儿高高大大一个人，可终究年纪摆在那里，一脸可怜又委屈的表情叫方池也不忍心了，其实话一说完他就后悔了，觉得没必要弄成这样，只能叹了口气，说："再怎样我们都能晋级，可一旦我们赢了，他就一点机会都没了。我知道其实我不应该这样做，可是我觉得小风值得有更大的舞台。"

"你真是圣母。"赵成灿根本不理解方池的想法，眉毛一皱，"S5，他就是敌人。"

"我知道。"方池低下了头，"他是我最好的朋友，就这样吧。"然后他又抬起了头，对着赵成灿说，"以后再也不会了。"

赵成灿虽然心不甘情不愿，但还是勉强接受了这个结果。

后来他就没时间思考有的没的了，因为预选赛到了。

NAS几乎是势如破竹一般拿到了总决赛的第二张入场券，接下来又是封闭训练，大家都很刻苦努力，谁都不想被落下。

但在巴黎的小组赛首轮当中确实一股黑色的氛围笼罩着他们。

赵成灿觉得他从来没打过这么逆风的局，在生死之战的时候都要觉得GG了，可方池一个人力挽狂澜。拿下胜利之后他兴奋地抱着方池大喊大叫，说方池就是他的英雄。

那一刻赵成灿抱着方池都不想撒手。

他们到场中央跟观众鞠躬，下台的时候赵成灿就一直跟在方池身边，方池有点推拒，赵成灿觉得不乐意，对方越是躲开，赵成灿就越显摆。

没想到的是，苏哲也来了，方池一个劲儿地邀请苏哲一起去吃饭。

赵成灿心想，我给你抗伤害，你叫对面打野吃饭？

小野王不、开、心！

他不开心的时候整个人都显得特别躁，回去之后一直念叨，吵得方池头疼。

方池一个劲儿地说："你别说话。"赵成灿就反驳说："不，我就要说。"

方池抱着东西就要往房间外走，赵成灿赶紧拉住了他。

"大晚上的你干吗？"

"我想找个地儿清静清静。"方池说，"我就是不喜欢说话，你别跟我说那么多。"

"我！"赵成灿张了下嘴，又闭上了，小声嘟囔，"你干吗这样？苏哲，也不说话？"

方池纳闷地问："你扯他干吗？"

"因为你对他好。"

"我对你不好？"

"好。"赵成灿点点头，又说，"没他那么好。"

方池不理解赵成灿的意思，稍微歪了下头看面前的小孩儿。赵成灿也看方池，抿了抿嘴，一副欲说还休的样子，双手勾了下手指，然后低头说："我才是你的打野。"

就在方池还在震惊错愕的时候，赵成灿自己先跑了。

他跑出来是因为那一瞬间觉得很害羞，对着方池不知道该怎么说，不觉得有什么不好也不觉得奇怪,只是觉得不好意思。

赵成灿不想计较方池对谁比较好了,满脑子只有呆住的小池好像有点可爱。

下次有机会,那他就……

在异国夜晚的街道上,这位来自韩国的小野王不知道怎么回事,一个人低头傻笑了半天。

"Living 就是活着的意思。
ADC 活着才能有输出，活着就是一切。"   ▶ ▶▶

章凡颜生日番外
梦开始的地方

魔都城郊一家小网吧里，人声鼎沸，烟雾缭绕。每当夜晚降临，便是一天之中生意最好的时候。网吧的周围有许多老旧小区，很多初来魔都打拼手上又不太宽裕的人，多半会选择在这里落脚，加之这家网吧的价格便宜，就成了很多人休闲娱乐的地方。

最角落里坐着一个少年，他戴着耳机，眉头紧锁地盯着屏幕，手指在键盘上飞舞，屏幕上五颜六色的技能像是炸开的烟火。熟悉游戏的人只要在他背后稍做停留，就知道少年现在正处在一场战斗的关键时刻。

"哎哎，小章。"一个中年人忽然出现，拍了拍他的肩膀，把他的耳机摘了下来。少年被打扰了游戏，刚要回头骂街，见到来人是谁，嘴巴就闭上了。

这人是网吧的老板。

"有个单子，打一下。"网吧老板把一张便利贴贴在他的显示器上，"老价钱。"

少年盯着便利贴上的字，说道："艾欧尼亚打到钻石，得加钱。"

"就这点钱，现在打单子的人很多。"网吧老板随手往外边指了指，"你要是不想干，我可以找别人。"他看少年咬着嘴唇一脸挣扎的样子，拍了拍对方的肩膀，和蔼地说，"小章，你这么厉害，打这种单子还不是分分钟的事？我是看你年纪小又没地方去，心里也可怜你。打游戏厉害的人那么多，有几个打出来的？现在能赚一点是一点吧，一直不接活儿，你吃什么？住什么？"

少年低下头想了一阵，才不太情愿地答应了下来。

自己刚刚那场比赛已经输掉了，掉了不少分，距离他冲顶的目标又拉长了一大截。少年有些丧气，想要骂人，也不知道该骂谁，坐在椅子上翻来覆去地折腾了好久，才登了单子号。

看着上面的青铜段位和非常悲惨的战绩，他有点不知道该说什么。

那年《英雄联盟》刚火，网吧里一水的德玛西亚，玩家没少被骂脑瘫小学生，这是游戏中必然会存在的鄙视链。章凡颜倒是不太关心这些，他很有游戏天赋，刚一接触就玩得特好，逃课去网吧废寝忘食地奋战了一段时间之后，他的游戏ID在电一高分段里声名鹊起。

很多人找到他，想拉他组战队，章凡颜那个年纪对战队没有什么概念，就去网上搜了搜。原来《英雄联盟》是有职业联赛的，打得好不光能拿到世界冠军，还有相当不菲的收入。他看着视频里那些职业选手在赛场上华丽的操作与不凡的风姿，一下子就被吸引住了。

他回家之后跟父母说了自己的想法，被父母认作可笑，好好学习考个大学才是出路，天天玩游戏算什么正经事吗？不光如此，父母还严厉禁止他再去网吧，甚至说："如果学习成绩搞不上来，就送你去半军事化管理的寄宿学校，自由什么的想都不要想。"

章凡颜跟家里人大吵了一架，又害怕自己被送去什么网瘾治疗中心，于是便在一个夜黑风高的晚上，从家里偷了点现金跑了出来。

之前有个战队邀请他去魔都，他从来没去过那里，只知道那是个大城市，是电竞中心。

心里没什么担心被拐骗的提防，只带着对未来的无限期待，章凡颜踏上了前往魔都的列车。

出站广场上，一个其貌不扬的青年举着一个牌子，上面写着"迎接艾欧尼亚天命不凡"等字样，章凡颜一看就知道是在等自己，活蹦乱跳地就扑了上去。

来接他的是战队的队长，两个人是在游戏里认识的，现在有种网友见面的感觉。对方知道章凡颜年纪很小，对他很亲切，一路上两个人聊了很多。又是换地铁又是换公交车的，青年才带着章凡颜来到郊外的一个小区。

打开门，紧凑的两室一厅，客厅里摆满了电脑，有几个人光着膀子在打游戏。

"这就是我们的战队了。"青年向他介绍，"呃……现在条件是艰苦一点，但我们的成绩不错，只要打进 LPL 就有一大笔奖金。"

章凡颜的热乎劲儿还没过，根本不在乎条件好坏，兴冲冲地说："那我打什么位置？什么时候有比赛？"

队里缺个上单，章凡颜来了之后先顶替了这个位置。他跟着队伍打了几场小比赛之后，热乎劲儿一过，矛盾逐渐暴露了出来。

他总是骂骂咧咧的，又因为年纪小，说话很不走心。队友让着他不是，不让着他也不是。并且章凡颜的打法个人风格非常突出，暴力至极，carry 的时候简直一神带四腿，可一旦崩掉，他的心态也会随之爆炸，一条线带崩全盘。

队内气氛越来越凝重，队长几次找他谈话，他都不听，反而认为是队伍的战术有问题，是队友太菜了。无奈之下，队伍最终开除了章凡颜。

因为没有跟队里签合同，章凡颜最后拿到的工资微薄可怜。又因为嘴巴太脏，电一对他无人不知无人不晓，线下比赛他还嘲讽过对手，其他小战队都不愿意收留这个神仙。

章凡颜后来又去几个小战队试训，通通没有好结果。

他难道不厉害吗？他的国服rank能排到前几，为什么没有战队愿意要他？打职业赛不就是看谁分高谁就厉害吗？

章凡颜天真地幻想过自己来到魔都便能大放异彩，成为顶级职业选手，拥有无数的鲜花和掌声。可是现在，他什么都没有，连买碗泡面的钱都没有。

他又不愿意回家，回家就意味着他失败了。他跟父母说："游戏打得好可以当成一种职业，一样可以赚大钱，一样可以受人尊重。"

电子竞技不是不务正业。

当初他夸下了海口，现在却只能龟缩在一个小网吧里当代练，每天靠打单子度日。这么看来，游戏玩得好确实是可以挣钱的，每天到口袋里的收入可以支撑他睡地下室，网吧老板为了招揽生意，让他每天在这里玩游戏，泡面也可以随便吃。

章凡颜没钱，就赖在网吧里天天吃泡面。他不知道这样的日子要过多久，每天仍旧物色着有没有战队招人，可往往是对方一看他的ID，就摇摇头说"不需要"了。

俗话说，高手在民间，网吧就是一个卧虎藏龙的地方。老板每隔一段时间都会举办一些小型的网吧比赛，把附近一片的高手聚集过来切磋切磋，提升一下网吧的上座率。如果命好，从这里有什么大神打出去，还能顺便提升一下网吧的名气。

今天举办的是solo赛，冠军有一千块的奖金，章凡颜看着眼馋，问老板："我能不能参加？老板说："当然可以，不过如果你赢了，奖金只能给五百。"

"为什么？"章凡颜不满。

"你吃了我多少泡面？"老板反问。

章凡颜骂骂咧咧地离开了。

他把全部的怒意都发泄到了游戏里，人挡杀人佛挡杀佛，有几个号称打过半职业的人都被他杀得屁滚尿流。他的操作非常犀利，反应也很敏捷，堪称无懈可击。

对方不服，说要约章凡颜打一局正式比赛，章凡颜并不怕他们，双方就从网吧里现组的人。他登录了自己的大号，大家一看"天命不凡"的ID，俱是哗然。

这场比赛一传十，十传百，网吧里来线下围观的人越来越多。有人纯粹是对章凡颜这个国服有名喷子的真身感兴趣,有人就是来凑热闹的。

比赛进入了白热化的地步,章凡颜背后站着的人越来越多。男生们为他的种种极限操作尖叫呼喊,他却不受任何影响。

终于点掉了基地之后,网吧里爆发出阵阵掌声。

章凡颜摘掉耳机,看着大家脸上的激动神情,自己也有些情难自禁。他想,是不是拿世界冠军也是这般场景?他有点恍惚,觉得自己好像拯救了世界的大英雄一样。

在游戏的世界里,他就是一个英雄,所有人都会崇拜他。

"大神你太厉害了!"

"厉害厉害!能不能加个好友?"

章凡颜被人群围着,晕晕乎乎的,有点说不出话来。

老板今天很高兴,最后干脆地给了章凡颜六百块钱,让他晚上吃顿好的。

章凡颜小心翼翼地把钱收起来,晚上还有单子要打,他就买了瓶水,在网吧门口坐着喝,顺便透透气。

网吧隔壁就是一个小饭馆,刚刚看他打比赛并且对他顶礼膜拜的几个学生围坐在外面的桌子边吃饭,一看几个人就是很富裕的那种,男生吃得又多,就点了一桌子菜,很丰盛。

章凡颜看着他们,有点羡慕,肚子也开始咕咕叫。

他可以在游戏里称王称霸,但在现实生活中,他什么都不是。

别人称赞他,崇拜一般叫他大神,也是因为游戏。离开了游戏,他落魄得连饭都吃不起,过得还不如他的"粉丝"。

他的心情突然变得很不好。

脸上一凉,他吓了一跳,是一瓶冰可乐。一个笑眯眯的青年对他说:"大神,请你喝个可乐,有空聊两句吗?"

章凡颜摇头说:"不用你请我喝可乐,你想聊什么?"他才发现这个青年旁边还站着一个人,戴着个鸭舌帽,看不太清脸。

"我叫安溪。"安溪说道,"我知道你,今天第一次看你打比赛,你有兴趣打职业吗?"

章凡颜眼睛一亮,但很快,那抹光芒就消失了,他警惕地说:"你们又要骗我去打工吗?"

"骗?"安溪不解,"我是在邀请你。"

章凡颜说:"很多人都跟我这么说过,但是把我骗过去之后白使几天就叫我走了,连工资都不给。"

安溪看了看身后的人，叹了口气，指着他对章凡颜说："你知道他是谁吗？"

章凡颜摇了摇头。

那个人把帽檐拉高了一点，弯下腰，对章凡颜伸出了手，笑道："你好，我是LC站队的队长MissU，我叫张思卿。"他笑时眼睛弯了起来，口气吊儿郎当的，"或许你应该知道我们战队，就是拿了春季赛冠军的那个。你放心，我们不是骗子，你现在就可以查查。"

网吧门口出入的都是网瘾少年，已经有人对张思卿指指点点了，好像在努力辨认。

张思卿压下了帽子，说："你要是还不信，咱们就打一把？"

章凡颜最不怕的就是solo，先不管对方什么情况，打游戏倒也不耽误。一上线，他看到对方的ID觉得很眼熟，原来在高分段里见过，却不知道背后的主人是这么一个角色。

两个人最后打了个平手，张思卿打正面还真有点打不过章凡颜。不过他很老油条，套路非常多，算计章凡颜这么一个小鬼是很轻松的。结束时张思卿松了口气，万一真输给这小鬼，那自己这个队长可真是够丢人的。

安溪一直站在章凡颜的背后观察这个少年。他听说过章凡颜的事迹，第一次见到活人，瞬间对少年产生了莫大的兴趣。他能在面前的少年身上看到一股锐不可当的冲劲，只是这股冲劲太逼人了，还没有修饰打磨过，很难说到底是好是坏。

"我能打职业赛吗？"章凡颜问安溪。

"你很厉害。"安溪回答，"不过我想问你，你为什么要打职业赛？"

章凡颜想了想，说道："我想证明自己。"

安溪说："证明自己的方式有很多种，不需要打职业的。"

"我……"章凡颜又说，"我想赚钱，扬名立万。"

安溪笑道："你确定吗？"

章凡颜皱眉，好像对这个答案也不是十分肯定。

"这样，我们做个约定。"安溪说，"只要你能登顶国服，就给我打电话，我二话不说招你入队。如果你不能，那说明你距离职业赛还有很长一段路要走，但也有可能你根本就不适合打职业赛。你敢跟我约定吗？"

章凡颜说："我有什么不敢？"

张思卿说："小鬼，够狂的啊。"

章凡颜说："手下败将不要多嘴。"

张思卿说："我又没输给你！"

章凡颜说："那你也没赢我啊，如果把补兵数也算进去的话，我肯定比你多的。"

"你！"张思卿第一次见到这么不招人喜欢的小屁孩儿，很想打他。安溪拦住了他，说道："人家还小，你让着点。"

张思卿立刻做作地说："安溪哥哥，人家也是小朋友哦！"

安溪说："你给我滚。"

章凡颜看着他俩，觉得都很烦人。

跟人立下约定之后，章凡颜心中也开始暗暗跟自己较劲儿。他从来没打到过第一，以前只是玩游戏，目标都很模糊，打职业赛也是听说打职业赛的人都很厉害，仅此而已。

这是他第一次有一个明确的目标，想要在游戏里做成某件事，至于到底能不能因此而加入一家有名的职业俱乐部好像已经不太重要了。

为了上分，他推掉了很多单子，老板有点不满意，他说他要冲刺第一名，老板嘲笑他别不自量力了，那么多职业选手，怎么就能轮到他这个路人当第一？

章凡颜不信邪。

他不吃饭不睡觉，在电脑前奋战，周围人换了一批又一批，只有这一方天地属于他自己。为了一个目标，他在游戏里拼命厮杀，每一个补兵每一个技能都力求完美。为了赢，他甚至都不怎么喷队友了。

分数在一点一点地增加，终于到了最关键的一场比赛。

此时已经是半夜三点多了，网吧里大约就剩下半数人。网管在前台打瞌睡，客人们有的玩游戏，有的开启了午夜情感电台。

章凡颜冲上高地的时候，心已经提到了嗓子眼，点水晶的手都在颤抖。他的血量不多，敌人陆续复活，千钧一发之际，自家辅助赶到，硬是拿命把他给保了下来。

基地破碎，分数刷新的一刻，章凡颜激动地跳了起来。

他成功了！他登顶了！他是第一名！

"吵什么吵！"旁边的人骂道，"神经病啊！"

其他人听到动静之后，都像看傻子一样看着他。

章凡颜愣在原地，眼睛离开了屏幕，耳朵离开了游戏音乐，他就回到了现实生活中，是那个一文不值的小人物。

他孤零零地站着，没有人可以分享此时此刻登顶的喜悦。

但他心里好像没有那么孤单了，有一团火焰燃烧了起来。他只是很单纯地喜欢游戏，没有名利没有掌声没有鲜花也无所谓，他现在什么都没有，欢呼一下还有人骂，但那又怎样呢？心底的那种快乐与热爱是藏不住的。

他不光要做全服第一，还要做全国第一，世界第一！

他就是为游戏而生！

帮他取得胜利的队友还没有退，章凡颜在频道里打字感谢大家，特别是那个辅助，他还加了对方的好友，说有机会一起玩。

那个辅助"嗯"了一声，他知道天命不凡的ID，但是自己现在国服玩得很少，具体人不太了解，只是拿着朋友的号玩玩，恰好这次排到了。

他对着电脑打着哈欠，完全没意识到自己刚刚帮一个少年完成了登顶壮举，国服第一是谁他也不太在乎，这事都不会往心里去。下了别人的号他就换去了韩服，登录了一个名为"TheWind"的游戏账号，开始了自己的征程。

世界仿佛是平行的，彼此互不干涉。

安溪接到了章凡颜的电话。他其实早就得知章凡颜拿到第一了。安溪跟战队管理进行了几次沟通，坚定地要招章凡颜入队，相信这个少年将会成为他们队伍最锋利的矛。

他邀请章凡颜来战队里谈，章凡颜之前只去过那种小战队，都是驻扎在居民区里的。对这种有别墅的战队，他一进门就觉得好像进了什么花花世界。可以拥有一张属于自己的床，是件多么幸福的事呀。

"你之前打什么位置？"安溪问他。

"上单、中单、AD，我都打过。"章凡颜说，"他们缺什么位置，我就打什么位置。你们呢？你们想让我打什么？"

安溪说："你自己喜欢玩什么位置？"

章凡颜不假思索地说："当然是AD！"

"那好，你就打AD。"安溪说，"不过按照规矩，哪怕是我招你来的，你都要通过试训才行。"

章凡颜一听这个，脸都黑了。

"不过你放心，我们是有正规合同的，即使没有通过试训，也会得到相应的保障。"安溪说，"小凡，我希望你能留下。"

章凡颜这段时间上网看了好多LC的比赛，现在又眼见为实，确实是一支正规的职业队伍，觉得这一次可以试试。

"在此之前，你得给自己起个游戏 ID。"安溪说。

章凡颜说："我现在的名字不好吗？"

安溪说："职业联赛需要有专门的账号并且注册 ID，都是英文的，你想一想吧。"

这可难倒了章凡颜，他的英语词汇很有限，来回想了半天之后才从字典里拼出来一个词。

"Living？"安溪问，"有什么含义吗？"

"Living 就是活着的意思。"章凡颜说，"ADC 活着才能有输出，活着就是一切。"

对这样的解释，安溪大笑了出来，他拍了拍章凡颜的肩膀说道："那好，欢迎你加入 LC 战队，Living，让我们大干一场吧！"

"嗯！"章凡颜用力地点头。

LC Living 进入游戏，全军出击！

"Living 就是活着的意思。
ADC 活着才能有输出，活着就是一切。" ▶ ▶▶

出版特约番外

无限风光在险峰

高程退役之后没有从事与电竞有关的工作，而是下海做起了毫不相关的生意，开过桌游吧，开过饭馆，皆是与人合伙，生意做得有声有色。有段时间他在西南一带旅行，走到某个山头里不知名的村落后忽然想要停下，就盘了块地，开了家客栈。

客栈开业之前，高程特意邀请了自己的老朋友们过来玩玩。张思卿这些年的工作开始转向幕后管理层，除了重大赛事之外，很少再坐在解说席上。彭炀一直在战队里，如果不是赛季中，时间上比较自由。章凡颜和苏哲都在京市，两人放暑假，苏哲跟章凡颜去他老家玩，正好章凡颜的老家距离高程那里不算远，几个人合计了一番，旅行就这么定了下来。

章凡颜和苏哲离得最近，来得却最晚。到的时候是个晚上，高程举着手电在客栈门口等候，远远就看见一辆越野开了过来。车一停好，章凡颜骂骂咧咧地从车上跳下来，苏哲在后面提行李，高程笑道："烦神好久不见呀，怎么还这么大脾气？谁又惹你了？"

"还能有谁？"章凡颜往后一指，"你知道有多离谱吗？这边山路多不好走，路上弯弯绕绕的，这个人倒好，开车不看路标，直接开岔路了，要不然能这会儿才到？"

"盘山公路还能迷路？"高程说，"厉害啊！"

"我没开山下去就不错。"苏哲打了个哈欠，"你这地方不行，开发力度不够，导航跟路标打架，我怎么知道路况这么复杂？真的是藏在大山里。"

"要是开发力度够了哪儿还轮得到我圈地？行了，现在都快两点多了，那两个人估计都开始做第二个梦了，你俩也赶紧休息去吧。明儿早上醒了我带你们转转，你就知道这里的好了。"

章凡颜说："我可不困。"

"你是不困，你睡一路了。"苏哲揪着章凡颜的后领子就往里走，"别折腾了，好不好？"

高程早就习惯了这两个人的相处方式，他们尽管打闹，高程理都不想理，给两个人指了房间，自己就休息去了。

高程的作息调整得很好，无论夜里睡得多晚第二天都不赖床。夏天多雨水，夜里总会下那么一小场，天一亮雨就停了，外面雾蒙蒙一片，却与城市大不相同。山里的云雾都是干净透亮的，横在半山腰上，仿佛近在眼前。人站在外面轻轻一呼吸，空气中都带着针叶的味道。

等到中午，太阳完全出来拨开了云雾，又是不同的景色。

此时另外四人才陆续起床，章凡颜揉着眼睛刷牙。外面的阳光晃了一下，他推开窗户向外看去，一下子，眼睛瞪得老大。

他嘴里的泡沫都没清理掉，跑出去叫苏哲："你快看，有雪山！远处有雪山！"

苏哲还没来得及问清楚，章凡颜瞬间把卧室的落地窗帘全拉开了。苏哲下意识地挡了下眼睛："大哥，没必要吧。"

"外面有雪山哎！"章凡颜说，"我才知道，高程都没跟我说过。"

"那你没发现他这家客栈所有窗户都是一个朝向的吗？"苏哲拍了拍床单，"你看，躺在床上就能看到雪山，那边还有一个湖。"

"这人真是鸡贼。"章凡颜感慨道，"外面路还没完全修好，他就能找到这么一个地方。要是路全通了，他不得赚翻了？"

章凡颜盘算了半天，觉得有必要敲诈高程一笔，这地方这么好，最差得留个好房间给他。他想得正美时，肚子咕咕叫了起来，昨天一直在路上没怎么吃东西，现在休息好了就觉得饿了。他和苏哲下楼，在院子里看到了高程、张思卿和彭炀坐在躺椅上喝茶聊天，好不自在。

"小烦，醒了啊？"彭炀招呼章凡颜，"过来喝杯茶，高程说是从当地茶农那里收来的，新鲜得很，尝尝？"

"我饿了，有饭吗？"章凡颜问。

"我刚要说这事。"高程说，"我这儿吧，家伙事都是齐全的，就是这不没开业吗，没有工作人员，就咱哥儿五个，要想吃饭可以，得现做。"他是跟章凡颜说话，眼睛却看向了苏哲。旁边的张思卿同样笑嘻嘻地看着苏哲，意思再明显不过。

他们这几个人多少有点生活废物，打职业赛的时候在战队里有煮饭阿姨照顾，退役之后靠外卖完全能自给自足，平日里能煮个泡面已经很不错了，做饭是根本不可能做饭的。唯一能指望的只有苏哲，在章凡颜的描述中，苏哲做饭可是一等一的水平。章凡颜去京市上学后明显长了点肉，这可都是苏哲的战绩。

"行吧。"苏哲说，"我去做饭。"

张思卿拍着手开玩笑说："苏帅最帅！苏帅加油！"

苏哲无语："你给我闭嘴！"

苏哲走了，章凡颜就坐下来跟其他人一起喝茶，没饭吃先填个水饱也不错。可是等了半天都没听见厨房那边有什么动静，章凡颜嘀咕："做饭有这么麻烦吗？"

彭炀说："苏帅不会是没找到菜在哪儿吧？"

"不可能。"高程说，"都放灶台上了，昨儿刚跟村民买的，都特新鲜。"

"难道不会弄了？"张思卿马上又否定了自己，"不对，他又不傻，有问题肯定会问的。"

他们决定相信苏哲的智商和动手能力，正闲聊着，高程忽然想起了什么，说了一声"坏了"就跑去了厨房。其余三人一头雾水，也跟了过去。

一进厨房，大家才明白高程所说的"坏了"是什么坏了。

只见苏哲那么一大个人蹲在灶台边上，一边搓打火机一边往里面扔燃烧的纸，扔进去不一会儿就灭了，连木柴都没烧黑。他反复做这个动作，还用嘴吹了吹，吹出来一团黑烟，呛得他连连咳嗽。

门口先是一静，而后众人捧腹大笑了起来。章凡颜笑声最大，眼泪都快笑出来了，一抽一抽地说："哈哈哈哈！玛丽苏你笑死我得了！你不会生火啊？！哈哈哈哈你这个废物打野！"

张思卿也大笑："天哪你不会怎么不早说？在里面吭哧半天了，我们还以为怎么了呢？！"

苏哲站起来，把打火机丢到了一边，愤愤地道："都什么年代了怎么还有生火的土灶？！高程你想什么呢？"

"这才原汁原味啊！"高程说，"不会生火就说不会生火的事，不要赖我的灶台！"

"生火有什么难的？"苏哲又捡回了打火机，"等着，我一会儿就弄好，我还不信了。"他颇有誓不罢休的意思，章凡颜擦了一把笑出来的眼泪，抢过了打火机，说道："等你搓出个火星子来，我可能都要饿死了，边儿待着去。"

他蹲下来看了看，说："哎呀，你怎么把柴都堆满了啊？能点着才怪！"他随便操作了一番，说话间火就燃了起来，干燥的柴火发出"噼啪"的响声。

众人纷纷鼓掌，章凡颜炫耀一样对苏哲说："叫爸爸。"

苏哲看天。

章凡颜嘲讽："你可真是废物的城里人呢！"

苏哲继续看天。

"人家一个少爷怎么可能会干这个呀？"高程走到章凡颜的身边，胳膊架在章凡颜的肩膀上，"不过我真没想到你还有这手艺。"

"嘿。"章凡颜说，"我可不是大少爷，我外公外婆家就在农村，我小时候还会去帮他们干农活，弄这都是小场面。"

"厉害厉害。"高程说，"烦神小小年纪经历如此丰富，真是佩服。"

"好了好了，既然火生起来了，咱们也别闲着了。"彭炀说，"帮苏帅打打下手，兴许还能早点吃饭。"

事实证明，他们想得还是太美了。

客栈里都是土灶台，高程聘厨师的时候写明了这一点。但是苏哲是个被现代科技惯坏了的人，让他操持那么一个大锅着实有些费劲，完全没有往日那种自信的风采。特别是他刚刚生火碰了一鼻子灰，怎么看怎么有种落难少爷变形记的苍凉感。

等到几人正经吃上饭，已经快下午了。

苏哲坐在饭桌前完全没有吃饭的心情，随便垫了两口，其余四人倒是吃得欢，没在口味这件事上多挑剔苏哲。

饭后五个人靠猜拳决定谁去洗碗，苏哲运气很差，一路输到底，再次回到了厨房。很快几个人在院子里面就能听到苏哲大声质问："高程！为什么没有洗碗机？！"

高程一边剔牙一边说："物流太慢，还没运来，你凑合凑合吧！"

隔着老远，他们都能感受到苏哲的怨念。

傍晚时分，高程带老朋友们出门溜达。

村子里的农户不多，只有一条贯穿的主街，从头走到尾不消十分钟。镇子在几公里之外，高程说："我带你们去看看？"几个阿宅都不愿意走那么远的路，高程就说："走一半就好，那里可以看到更好看的风景。"

路上没有人也没有车，几个人可以肆意地走在道路的中央，一路拍照片。往前绕过一点，雪山就看得更清晰了，章凡颜用食指去指，苏哲按下了他的手。

"别这么指。"苏哲说，"雪山有神性，你要尊重它。"

"我要朝它磕个头吗？"章凡颜问。

"那倒也不必。"苏哲回答，"不过，你可以朝它许愿。"

章凡颜说："它离得那么远，兴许在几十公里之外，怎么可能听得到别人许愿？"

"风听得到，它就听得到。"苏哲笑道，意有所指。

"是啊。"高程说，"你听过那句话吗？愿风指引你的方向。"

"嘁。"章凡颜说，"我这个人可是很唯物的，才不要听你们的鬼话。"

张思卿一直走在前面，没听其他人的聊天内容。他越走越快，反应过来时发现后面的人被落下了。他折返回去一些，对高程说："高总，你什么时候把前面那个湖也承包下来，弄点什么湖边小筑什么的，一准儿赚钱。"

高程说："你也真不怕喂蚊子。"

五个人走了一路，这边天黑得晚，走累时，太阳才有要下去的意思。

今天天气很好，等到下午时云全部散去了，一条路通到底，便见尽头白雪皑皑的山峰上笼罩了一层金色的光芒，被风扬起的雪也变成了金色的粉末，远远看上去好像跳动的薄薄的金色火焰。

"好美啊！"章凡颜从未见过这样的奇景，不由得感叹。

高程才说："对啊，我就是觉得这里仿佛世外桃源一样，才选择开这家客栈。人们都爱去那些热门的景点，看那些名气大的山川河流，可是天下美景数不胜数，在这么一个不知名的小村落里，不也随处可见吗？有时想想，真的不想回去那种紧张忙碌的现代生活，当个乡野村夫，也挺好的。"

"谁不想呢？"张思卿说，"可惜人在江湖身不由己啊。"

一直没怎么说话的彭炀此刻双手合十，闭上了眼睛。章凡颜问："彭彭，你是在许愿吗？"

"嗯。"彭炀说，"我希望战队能拿一个好成绩。"

听他突然提起这个，大家都有点意外，没想到彭炀出来旅行还能记挂这件事。他的话如同一把记忆的钥匙，让几个人纷纷回忆起曾经征战赛场的时光。无论当时有过怎样的痛苦和不堪，他们现在再想起，记忆都将它美化得不成样子，就好像远处山峰上的金色光芒一样。

那确实是一段闪闪发光，仿佛金子一般的岁月。

"拜托。"张思卿说，"我们可是世界冠军哎！"

有幸见到如此壮美的景色，运气自然非同凡响，高程提议去村口的小卖部买彩票。章凡颜回忆了一下，自己好像从来没买过彩票，就机选了五注，像模像样地收好，好像彩票里真的藏了五百万。苏哲对这些不感兴趣，就买了张刮刮乐刮着玩。

但是他刚刮了没两下，就遭到了老板的嫌弃。

"不是那样，你要把这里刮开，然后看数字对没对上。"老板隔着老远指指点点，"哎呀不是，那里，全刮开，大胆点。怎么小伙子长得挺精神，干事这么费劲？"

章凡颜"扑哧"笑了出来，不过没有嘲讽苏哲，反倒是对老板说："刮哪儿不一样？反正又不会中大奖，不就是图一乐吗？我们爱刮多久刮多久。"他还指着那些刮刮乐卡片说，"这些我全都要刮了。"

运气这个东西非常守恒，一天之内不可能遇到所有奇迹。章凡颜把所有的刮刮乐都包圆给苏哲刮着玩了，结果没想到刮到最后，一张都没挣，全赔进去了。

老板满脸写着"孺子不可教"，把刮刮乐一张一张消磁之后丢进了垃圾桶里。

章凡颜拍了拍苏哲的肩膀说："你别气馁，不可能什么好事都叫你碰上的。"

"你这话还不如不说。"苏哲说，"再说了，你哪只眼睛看到我气馁了？"

"我安慰你，你怎么还不领情？"章凡颜嘟囔，"你这个人，真是的……"他是在故意装作生气，苏哲哪儿会看不出来？不过，苏哲还是转到了章凡颜的面前，说道："好好好，我现在非常气馁，需要被安慰、被爱护，好不好？"

"这还差不多。"章凡颜笑道，"不过，你真的运气好差，一张都没中，绝了。"

"废话。"苏哲说，"好运气花光了呗。"

章凡颜问："花光做什么了？"

苏哲反问："你说呢？"

章凡颜好像想到了什么，却不说话了。

他们在这里计划待一周，除了第一天不适应自给自足的田园生活，后面倒也过得顺畅。苏哲学会了生火，在那个厨房里能够应对自如。高程每天早上都会去跟村民买新鲜的菜，他们囤了猪肉，不过要吃鸡吃鱼还要去河里现抓。

章凡颜想要去抓鱼，蹲在岸边像是猫一样观察着池塘里的鱼，找准机会忽然出手。他觉得自己速度很快，可鱼反应更快，章凡颜抓了个空，整个人扑进了鱼塘里。他回去的时候浑身湿淋淋的，还沾着泥，像个闯了祸的小孩儿，看着有些可怜，又有些好笑。

张思卿这种人就会非常胆子大地嘲笑章凡颜，结果被章凡颜骂了回去。苏哲哄他去洗个热水澡，明天再吃鱼，今天吃自己抓的鸡。不过章凡颜不知道，苏哲为了抓这只鸡也废了不少工夫，甚至拿出了点当初世界第一野王的战略。

章凡颜听彭炀说鸡是苏哲杀的，倒是很惊讶，叹气地对苏哲说："你怎么能杀小鸡？"但是等他吃了一口苏哲炖的鸡肉之后，立刻改口说，"小鸡真好吃。"

入夜时，五个人坐在院子里的藤蔓下，一抬头就能看到星星。章凡颜只认得那个大勺子，高程告诉他，如果是半夜的话，这里可以看到银河。章凡颜感慨一番，被城市生活压缩最明显的，恐怕就是头顶的星空了。

它永远在那里，但不是那么容易见到。

"这里哪儿都好，就是太远了，路也不好走。"章凡颜说。

"可是，这不就是古人所说的'无限风光在险峰'吗？"苏哲说，"在人极难去到的地方，才会藏着最好的景色。"

"是吗？"章凡颜说，"那让你选，你觉得哪里的景色最好呢？什么样的生活最好呢？"

苏哲抬头看了看星空，又看向章凡颜，肯定地说："眼前。"

———————————— 完 ————————————

后记

在 2015 年初次写下这个故事的时候,我其实并没有想过到今日仍旧能和它重逢。在这里非常感谢各位编辑和幕后工作人员的辛苦付出,让这样一个现在看起来稍显"过时"的作品以一个全新的面貌与大家见面。

也许对于很多作者来说,最初故事的诞生往往是一种想要表达的冲动,我也不例外。现在已经很难追溯当时所思所想,但是那种热血与激情时至今日我还记得。随着时光的流逝,年龄的增长,这些特性似乎已经从我身上慢慢消失,可是我仍旧喜欢热血少年的故事,喜欢看他们挥洒青春的汗水,在胜利中肆意张扬地笑,在失败中毫无保留地哭。

我不爱回看自己写的东西,我总是觉得,故事完结便是真的结束了。也许他们的生活在某个平行宇宙中还在继续着,但我只是一个旁观者和记录者,那些我已然看不到了,分享也到此为止。在这次出版过程中,我不得不再次回看,那时写的内容如今看来十分幼稚,表述也很青涩,但是字里行间中透露出来的生动活泼又令我感慨万分。

原来在不知不觉中,我们都已改变。

我一直说,章凡颜永远十八岁。哪怕他在很多年后别人的故事中出现,哪怕他已经越过了那个年龄,朝着成熟一去不返,可是在我心中,以及喜欢他的读者心中,他永远是那副天不怕地不怕,不服输的少年模样。

也许,这也映衬的是我们每一个人内心中最后的一些坚持——永远年轻,永远热烈。

在这一路上,我们相遇,分开。人来人往,匆匆度过。不知道那时读这个故事的大家现在在做什么呢?是否也同书中的人物一样,实现了自己的理想,拥有了真挚的友情和美好的爱情呢?我们是否还会因为某些契机再次相遇呢?

虽不得而知,但山和山总会相逢,我相信。

南城晓风
2021.6.30

图书在版编目（CIP）数据

最强王者 / 南北逐风著. — 武汉：长江出版社，
2023.2
ISBN 978-7-5492-8270-8

Ⅰ.①最… Ⅱ.①南… Ⅲ.①长篇小说-中国-当代
Ⅳ.①I247.5

中国版本图书馆CIP数据核字(2022)第052724号

最强王者 / 南北逐风 著

出　　版	长江出版社
	（武汉市解放大道1863号　邮政编码：430010）
项目策划	力潮文创·蜜读
市场发行	长江出版社发行部
网　　址	http://www.cjpress.com.cn
责任编辑	钟一丹
封面设计	曾六六
封面绘制	菊　子　森　森
印　　刷	小森印刷（北京）有限公司
版　　次	2023年2月第1版
印　　次	2023年2月第1次印刷
开　　本	710mm×1000mm　1/16
印　　张	29
字　　数	420千字
书　　号	ISBN 978-7-5492-8270-8
定　　价	75.00元（全两册）

版权所有，侵权必究。如有质量问题，请与本社联系退换。
电话：027-82926557（总编室）027-82926806（市场营销部）